D1941687

Mary Scott

Frühstück um sechs
Truthahn um zwölf

MARY SCOTT

Frühstück um sechs
Truthahn um zwölf

ZWEI HEITERE ROMANE

WELTBILD

Die englischen Originalausgaben erschienen
unter den Titeln *Breakfast at Six* und *Turkey at Twelve*

Sonderausgabe mit freundlicher Genehmigung
der Random House Group Ltd.
Copyright © der deutschsprachigen Ausgabe Wilhelm Goldmann Verlag
in der Verlagsgruppe Bertelsmann GmbH, München
Übersetzung: Arno Dohm (Frühstück um sechs),
Christa von Ian (Truthahn um zwölf)
Umschlaggestaltung: Tandem Design, Düsseldorf
Umschlagmotive: Gruner + Jahr, Hamburg
Stockmarket, Düsseldorf
Gesamtherstellung: Clausen & Bosse, Leck
Printed in Germany
ISBN 3-8289-6920-8

2004 2003 2002 2001

Die letzte Jahreszahl gibt
die aktuelle Lizenzausgabe an.

Frühstück um sechs

1

Paul meinte: »Eine Aussteuer brauchst du überhaupt nicht, nur Shorts, leichte lange Hosen und etwas Zeug zum Reiten, am besten richtige Reithosen, denn die andern schieben sich hoch. Bloß nicht viele Kleider, dafür hast du doch keine Verwendung.«

Mutter machte eine tragische Miene, Vater sah erleichtert aus, aber ich blieb fest. »Selbstverständlich werde ich eine Aussteuer mitkriegen, wie andere junge Mädchen auch. Kleider halten doch jahrelang, weshalb soll ich da nicht eine Menge haben?«

Ich fand mich ganz vernünftig, aber Paul sah nicht überzeugt aus.

Mutter war in puncto Hochzeit ziemlich energisch. Ich sei dies und jenes schon meiner Position schuldig, sagte sie, was ich allerdings nie ganz verstanden habe.

»Wir werden ihr eine schöne Hochzeit bereiten, schließlich ist sie unsere Älteste.«

»Hochzeiten werden verflixt teuer, und sie hat noch zwei Schwestern«, warf Vater ein. In seinen Worten lag ein versteckter Vorwurf, dessen Ungerechtigkeit unsere Mutter wie mit Fanfaren auf den Plan rief. Sofort gab sie ihm scharf zurück: »Na, wer wollte denn absolut eine Familie haben, wie?«

Damit war Vater jedes Mal geschlagen. Er zog sich mit düsterer Miene zu einem Kreuzworträtsel in der Rundfunkzeitung zurück und brummelte, die Frauen verlören doch bei der Heiraterei jedes Mal den Kopf.

Diese lebhafte Unterhaltung war der natürliche Abschluss eines Ereignisses, von dem die Mädchen, die mich nicht leiden mochten, immer sagten: »Sie hat sich den Paul geschnappt«, während die Männer es den ›Raub der Susanne‹ nannten. Es kam nur auf den Standpunkt an.

Paul, der den Krieg an der Front mitgemacht hatte, war in unserer Stadt aufgetaucht, um einen alten Kameraden im Krankenhaus zu besuchen. Auf Zureden von Bekannten ging er zu einem Ball, wo wir uns kennen lernten. Innerhalb einer Woche waren wir verlobt, was Mutter freilich ein wenig betrübte. »Meiner Ansicht nach hättest du es besser haben können«, sagte sie, »denk doch an deine Schriftstellerei.« Sie sprach über die drei Kurzgeschichten, die ich geschrieben habe, gewissermaßen immer in großen Buchstaben. Vater trieb es noch schlimmer, wenn er mit gewählter Betonung sagte: »Unser kleines Mädchen schreibselt ein bisschen. Berühmte Schriftstellerin in den Kinderschuhen.«

Zum Glück hatte er keine Gelegenheit, das vor Paul zu äußern, denn dafür sorgte ich schon, indem ich die beiden auseinander hielt, bis unsere Verlobung gesichert war. Als die ›entsetzliche Wahrheit‹ zu Tage kam, nahm Paul sie in stoischer Ruhe auf, anscheinend kein bisschen beeindruckt. Er erwähnte nur eine Kusine, die Monologe geschrieben habe und schließlich davon abgekommen sei. »Aber egal«, konzedierte er großmütig, »wenn sie das will, findet sie bei den Hinterwäldlern genug Stoff. Und auch massenhaft Zeit dazu.«

Die erste Behauptung mag zu Recht bestehen, die zweite hat der Himmel ihm hoffentlich verziehen.

Unter vier Augen legte Mutter gern die kummervolle Walze auf. »Nicht, dass ich gegen Paul das Geringste sagen möchte. Er ist bestimmt ein netter Mensch und sieht dem Gary Cooper ein bisschen ähnlich, aber er sagt doch selbst, dass er arm ist und seine Farm halb wild und nur klein, meilenweit im Innern. Stell dir doch mal vor, was du da alles entbehren musst.«

»Für junge Leute die beste Schule«, sagte Vater, indem er sich noch tiefer in seinen Lehnstuhl versenkte und nach dem Wörterbuch griff. »Gibt's noch ein anderes Wort für ›Demagoge‹? – Entbehrungen und Strapazen haben noch keinem Menschen geschadet. Denkt doch bloß an die Pioniere.«

Aber Mutter war von ihrer Meinung immer schwer abzubringen. »Und für die jüngeren Schwester ist das nicht gerade vorteilhaft. Die haben dort kaum Aussicht auf besondere Partien. Du bist doch ziemlich selbstsüchtig, Susan.«

Das wollte ich auch sein. Paul war genau der Mann, auf den ich gewartet hatte. Ich war zweiundzwanzig und sehr selbstbewusst.

Als Paul zur Hochzeit kam, brachte er das Thema Flitterwochen zur Sprache. »Werden leider nicht lange fortbleiben können. Seitdem ich dich kenne, war ich reichlich oft in der Stadt: einmal eine Woche und zwei Mal ein Wochenende.«

Zwei Mal in sechs Monaten! Und eine Aussteuer hielt er nicht für nötig? Das schien mir Grund zum Nachdenken, nahm mir aber nicht den Schwung. Mit meinen 22 Jahren glaubte ich, die Welt zu kennen – und die Männer. Und das Leben? Oh, das wollte ich schon meistern!

Natürlich setzte Mutter ihren Kopf durch: Meine Hochzeit mit Paul vollzog sich unter den üblichen Zeitungsnotizen und diversen, einfach scheußlichen Fotografien. Paul erklärte mir hinterher, für ihn sei die Hochzeitsfeier zum Glück wie in einem Nebel vorübergegangen, und war erstaunt, als ich mich beklagte, er hätte sich eigentlich etwas begeisterter äußern können. Doch sonst benahm er sich prachtvoll. Als er mir beim Anschneiden der Hochzeitstorte half, flüsterte ich ihm zu: »An was denkst du eben?«

»Ob wohl auf der Farm alles klargeht«, gab er knurrend zurück.

Seine Dankesrede bei der Feier war recht zünftig, wenn auch sehr kurz. Während alle sangen »Hoch soll'n sie leben«, merkte ich, dass er mich anschaute, und seine Miene gab mir den Mut, ihn leise zu fragen: »Denkst du immer noch an die Farm?«

»Ja, und ich sehe dich dort. Zu Pferde. Um die Schafherden reiten. Und abends am Lagerfeuer.«

Das war schon besser, aber ob er mich vielleicht in der Fantasie nicht auch am Waschzuber sah? Und beim Strümpfestopfen vor dem Kamin?

Alle witzelten tüchtig über ›Susan bei den Hinterwäldlern‹. Originell war eigentlich nur die Lehrerin, bei der ich Englisch gelernt habe. »Ich werde aufpassen, wann dein Buch veröffentlicht wird«, sagte sie. »Zum Schreiben wirst du ja sehr viel Gelegenheit haben.«

Wir fuhren in Pauls uraltem, aber ehrwürdigen Wagen ab, was Mutter einigermaßen peinlich berührte. Sie hatte vorgeschlagen, wenigstens bis zum Stadtrand ein Taxi zu nehmen. Paul sah wirklich nicht ein, warum, und für mich gehörte dieser alte Wagen so richtig mit zu der festlichen Stimmung. Hauptsache, wir fuhren – irgendwohin. Es war Februar, also nicht zu erwarten, dass die Hotels überfüllt waren. Als wir am ersten Abend vor einem Landgasthof Halt machten, hob ich die erfreuliche Tatsache hervor. Worauf Paul kurz sagte: »Wir konnten sowieso nur im Februar heiraten.«

Ich kuschelte mich dichter an ihn, vom Sekt und vor Glück angenehm müde. Seine Ungeduld gefiel mir so.

»Im Januar hätte ich keine Zeit gehabt«, fuhr mein Herr Gemahl ganz ernst fort, »da haben wir die Schafschur und die Verkäufe. Und im März müssen die Tiere gebadet und desinfiziert werden und so weiter. Also ging es nur im Februar.«

Ach so. Ich wäre beinah hellwach geworden.

»Wir hatten schöne ›Flitterwochen‹ – und so sparsam. Meine Schwestern hatten mir einen Imbisskorb geschenkt, also nahmen wir unsere Mahlzeiten auf den Koppeln oder am Straßenrand ein und logierten nachts im ersten besten kleinen Gasthof. Wir mussten mit unserem Geld sorgsam wirtschaften. Auch das fand ich ganz lustig obwohl es mir neu war. Zu Hause hatten wir nie viel überflüssiges Geld gehabt, waren aber im Ausgeben alles andere als kleinlich gewesen. Jetzt war ich direkt begierig, sparsam Haus halten zu lernen. Überhaupt alles zu lernen – bei Paul.

Später habe ich mich noch oft gewundert, wie er es fertig brachte, volle acht Tage Flitterwochen zu machen. Vielleicht hätte er sie sogar noch länger durchgestanden, wenn wir nicht in eine kleine Stadt gerade zur Zeit des Viehmarktes gekommen wären. Gerechnet hatten wir damit nicht, als wir um eine Ecke bogen, fuhren wir in eine Staubwolke, aufgewirbelt durch Schafe, die für den nächsten Tag zum Verkauf gestellt wurden. Vorbei war es mit den Flitterwochen.

Morgens sagte Paul: »Warte nicht mit dem Mittagessen auf mich, vielleicht ist es ganz nützlich, wenn ich mal zur Auktion 'rüberschaue.«

Ich saß allein, und nachmittags machten wir uns auf den Weg zur Farm.

Es war eine lange Fahrt, immer weiter gen Westen, fort von meiner ›alten Welt‹. Gegen 5 Uhr erreichten wir das bergige Gebiet; immer urwüchsigere Hügel erschienen vor uns, immer seltener eine Farm, aber immer mehr Busch – Australien im Naturzustand. Schlechte Wege mit Haarnadelkurven und Steilhängen, bei deren Anblick mir die Luft wegblieb. Als wir auf den Kamm des letzten Hügels ratterten – am Ende der Welt, wir mir schien –, war es schon halb dunkel. Paul brachte das donnernde, wild bebende Fahrzeug zum Halten und warf mit einer großzügig erklärenden Geste einen Arm zur Seite. »Jetzt kommen wir in unsere Gegend. Gefällt's dir hier?«

Ich sah fünf, sechs Reihen von Hügeln, die seewärts abfielen. Ein wenig rosa Glut am Horizont – die Tasmanische See. Fremd, aber sehr schön fand ich das Bild. Ja, es gefiel mir, und das sagte ich ihm. Er zog mich an sich und drückte mich einen Moment, was mir Mut gab zu der Frage: »Wo sind denn aber die Farmen?«

»Liegen verstreut. Dieses ganze Terrain ist eine Soldatensiedlung. Davon hast du wohl schon gehört. Von der ›Rehab‹ eingerichtet.«

Das kannte ich nicht, bis er es mir erklärt hatte. ›Rehab‹ hieß Rehabilitation, also wirtschaftliche Sicherstellung der ehemaligen Frontsoldaten, und war eine Einrichtung der Regierung. Sie schoss den Soldaten das Geld zum Ankauf von Farmen vor und verfuhr bei geeigneten Leuten großzügig.

»Unser Land liegt da links.«

»Ist es viel?«

»Sind alles gleichmäßige Größen. Für Schafzucht gibt's ungefähr tausend Morgen von dieser Bodenklasse. Aber die Wohnhäuser liegen ziemlich dicht, manche nur eine Meile voneinander entfernt.«

»Muss ja direkt ein Gedränge sein.«

Wir kamen an ein Weidegatter, hinter dem ein schmaler Fahrweg mit zwei Schotterstreifen einen steilen Hang hinaufführte. Lärmend polterte Pauls Wagen auf die ›Schienen‹.

»Kann diese Tore nicht verknusen«, sagte er, »hier geht's so steil 'rauf, und meine Bremsen taugen nicht viel. Sehr störend, dass man wegen einem Tor erst anhalten muss. Aber jetzt sind wir auf unserem eigenen Grund und Boden, Liebling.«

Der Satz machte großen Eindruck auf mich, nicht wegen des Grund und Bodens, sondern weil ›Liebling‹ darin vorkam. Zum elften Mal nannte mich Paul jetzt so, das hatte ich mir gemerkt. Elf Mal in sechseinhalb Monaten. Er musste ja innerlich furchtbar erregt sein. Außerdem hatte sein letzter Satz tatsächlich ein Subjekt und ein Verbum enthalten, ein denkwürdiges Ereignis.

Auch ich war aufgeregt. Das also sollte mein neues Leben werden. Keine Vorstadtstraßen mit einem Radioapparat rechts, einem links und einem gegenüber, mit Freunden im nächsten Häuserblock, einer Milchbar an der Ecke und einem Kino bei der Bushaltestelle. Hier herrschte die Urnatur in ihrer riesigen Größe.

Dies war also die letzte Steigung. Das Auto, erhitzt und ermüdet, schaffte sie mit Mühe und Not. Ich überlegte, was passieren mochte, wenn mal bei nassem Wetter alle vier Räder von den Schotterstreifen rutschten. Ich hatte immer schlecht Entfernungen schätzen können, und diese Streifen waren sehr schmal. Paul wurde jetzt geradezu geschwätzig:

»Hoffentlich gefällt dir das Haus. Die meisten Kameraden haben neue Häuser. Ganz angenehm, aber mir ist viel Platz lieber. Unseres war früher das Gutshaus, ehe das Land parzelliert wurde. Ist schon alt.«

Unseres! Ich sagte: »Es wird mir gefallen.«

Als wir an der Haustür vorfuhren, war es beinah dunkel. Wahrhaftig, da sah ich sogar einen Garten im Anfangsstadium, ein paar Dahlien, Chrysanthemen und Astern. Ich fand dieses Bild beinahe rührend. Wie hatte Paul in den einsamen Jahren bei seiner vielen Arbeit auch noch Zeit gefunden, an Schönheit zu denken?

»Um den Garten werde ich mich nun kümmern«, murmelte ich liebevoll.

Das imponierte ihm offenbar nicht weiter, denn er nickte nur und bremste.

»Freitreppe, ist etwas wackelig, aber ich werde dich nicht fallen lassen. Gott sei Dank bist du ja ein Leichtgewicht.«

Aha! Er bereitete sich feierlich für die zeremonielle Handlung vor, seine junge Frau über die Schwelle zu tragen. Ich schloss, fast schwindlig vor Glück, die Augen. Also hatte er doch ein romantisches Gemüt.

Er hob mich auf und trug mich über die Schwelle, wobei ich nicht umhin konnte, zu spüren, dass die Stufen wackelig waren.

»Am ersten Regentag werde ich die ausbessern«, sagte Paul, als erriete er meine Gedanken. Und ich war es zufrieden, weil ich noch nicht wusste, dass für jenen ersten Regentag schon neunhundertneunundneunzig Arbeiten aller Art geplant waren. Demnach war dies die tausendste gewesen.

Das Haus hatte eine breite Veranda, die ein bisschen ›hing‹, eine Vordertür und verglaste Flügeltüren zur Veranda. Paul bracht mich in ein hohes quadratisches Zimmer von stattlicher Größe. Ich konnte bei der Dunkelheit die Einrichtung nicht erkennen. Er nahm von einem Wandbord eine große Lampe, riss ein Streichholz an und sagte: »Schade, dass wir kein elektrisches Licht haben, aber in drei Jahren soll's kommen.«

Später stellte ich fest, dass fast im ganzen Lande den Leuten elektrischer Strom ›in drei Jahren‹ versprochen war. Immerhin fand ich damals Pauls Hinweis ganz tröstlich.

Die Lampe war patentiert und sehr temperamentvoll. Allmählich kam ich mit ihr ja zurecht, aber erst nachdem ich mir das Haar, die Wimpern und eine von meiner Ururgroßmutter gestickte Decke versengt hatte. Heute Abend zeigte die Lampe sich mürrisch, warf ihre Flamme meterhoch, um dann, ganz klein und hässlich, nur schwach zu glimmen. Unsicher leuchtend, erlaubte sie mir, den mit Linoleum bedeckten Fußboden, einen viereckigen Tisch, vier harte Stühle und zwei Korbsessel zu unterscheiden, ferner ein paar mit Büchern, Papieren und vielerlei kleinen Maschinenteilen angefüllte Regale. Auf dem Kaminsims stand mein eigenes Foto, das resigniert die kahlen Wände mit den großen hellroten Rosen auf der Tapete betrachtete.

Ich war froh, mich damals vernünftig benommen zu haben, als Vater gesagt hatte: »Was wünschst du dir von mir als Hochzeitsgeschenk? Ich werde dir einen anständigen Scheck geben, aber verplempere das Geld nicht für unnützen Kram.«

Vater ist in Geldfragen äußerst nobel, aber leicht mit dem Begriff ›Verschwender‹ zur Hand, sobald wir etwas kaufen, was er nicht zufällig auch selbst brauchen kann, zum Beispiel Nylonstrümpfe oder Tennisschläger. Er blickte mich zärtlich an und brummte: »Wie wäre es mit nützlichen Dingen? Solide Sachen, Möbel?«

Als ich Paul zu Rate zog, sagte er abwehrend, die Wohnung sei schon eingerichtet. Immerhin, wenn ich gern ein paar andere Möbel haben möchte? Ich ging behutsam vor, indem ich ihm zu verstehen gab, was es für Spaß machen würde, wenn wir uns neue Sachen aussuchten – zusammen. Bei diesem Zauberwort war Paul besänftigt. Wir verbrachten nette Stunden in den Möbelgeschäften, bei neuen und antiken Stücken. Zu Vater sagte ich, es sei klug von ihm gewesen, an Möbel zu denken – und herzlichen Dank auch! Er blinzelte mir in seiner entwaffnenden Art zu, wie er das stets tut, wenn man ihn in netter Weise herumgekriegt hat. Jedenfalls war sein Scheck ebenso reell wie sein Rat.

Paul zündete in der Küche den Primuskocher an. Die Lampe hatte ihre Muckelei aufgegeben und brannte jetzt hell. Nun konnte ich auf dem Tisch die reizende, mit herrlichen Chrysanthemen gefüllte Steingutvase sehen. Die Blumen waren meisterhaft arrangiert. Zwischen ihnen steckte ein Zettel.

Willkommen daheim, Susan und Paul! Herzlichst

LARRY UND SAM.

Zum ersten Mal spürte ich die wohlige Wärme, die ich später beim Zusammensein mit Larry so oft empfand. Manchmal war es die Wärme reiner Zuneigung, manchmal Glut der Verlegenheit. Wenn ich versuchte, Paul zu einer Beschreibung Larrys, der Frau seines besten Freundes, zu veranlassen, grinste er immer nur und sagte: »Ich denke, du wirst sie leiden mögen. Larry benimmt sich ja oft toll, ist aber sonst ein ganz braves Wesen.«

Das war eine magere Auskunft. Drängte ich ihn, mir mehr über ihr Aussehen, ihr Alter und ihren Charakter zu erzählen, dann sagte er bloß: »Oh, das wirst du alles mit der Zeit schon merken. Natürlich hat sie was Irdisches an sich – na, du wirst ja sehen.«

Wenn ich die Blumen und die schöne Vase betrachtete, hatte ich das Gefühl, dass mir gefallen würde, was ich zu sehen bekommen sollte.

Ich ging durch einen breiten Korridor und öffnete ein paar Türen. Ach so, ein Badezimmer. Nur mit der Wanne. Mir schwante, dass Paul für Frauen alles dezent haben wollte. Na, es genügt, wenn in der Familie einer altväterlich prüde ist. Also ging ich tapfer zu ihm und fragte, in welchem Versteck die Toilette zu finden sei.

Er schaute mich ziemlich bestürzt an. »Ach, das hatte ich dir noch sagen wollen, bin aber nicht dazu gekommen. Wir haben hier nämlich keine besondere Hygiene. Konnte immer keinen Zement zum Ausmauern einer Senkgrube kriegen. Aber das werde ich bald nachholen.«

Ich sagte, das wäre fein, doch so lange könnte ich nicht gut warten. Er möge mir vorschlagen, was ich …

Paul begann zu stammeln: »Im Grunde genommen ist es sogar hygienisch, nur ein bisschen weit ab. Mir ist so was dicht beim Haus zuwider. Ich zeige dir, wo du gehen musst. Da, den Weg drüben und dann den Hügel 'rauf. Es ist nicht zu verfehlen.«

In schwachem Umriss sah ich am Horizont ein winziges Häuschen, das zweifellos schief stand, und erklärte, es sei schade, dass ich mein Fahrrad nicht mitgebracht hätte. Da Paul eine würdevolle Miene aufsetzte, fügte ich rasch hinzu: »Ich meine, der Weg muss ziemlich anstrengend sein. – Und was passiert, wenn du krank bist?«

Diese lachhafte und ganz unerwartete Vorstellung schien meinen Herrn Gemahl sehr zu befremden, denn er tat sie oberflächlich ab, indem er mir erklärte, es läge stets eine Taschenlampe auf der Fensterbank der Abwaschküche bereit. Ergeben machte ich mich auf den langen und beschwerlichen Weg.

Ich muss noch Stielaugen gehabt haben, als ich zurückkam. »Ein wunderbares Häuschen«, brachte ich leise keuchend hervor. »Ich werde es den ›Schiefen Turm‹ nennen. Da geht's ja tief in die Erde, fünfzehn Meter, schätze ich. So etwas sehe ich zum ersten Mal. Aber trotzdem, eines Tages willst du ja ... Ich meine, es muss doch ... Wenn auch nicht zu unserer Zeit oder in der nächsten Generation, aber vielleicht in der übernächsten ...«

Paul packte mich fest am Arm. »Lass die Aufschneiderei und komm lieber mit, das Haus anschauen.«

Da ward mir klar, dass mit den Flitterwochen endgültig Schluss war.

2

Endgültig Schluss. Das wurde mir auch am nächsten Morgen zum Bewusstsein gebracht, als Paul mich um 6 Uhr mit einer Tasse Tee und einem Lächeln der Entschuldigung weckte. Ich fing an, ihm zu beteuern, es sei schon Recht so, ich stände gern auch mal früh auf, doch er sagte: »Tut mir leid, dass ich verschlafen habe. Nach einem Urlaub werde ich immer lax, aber bald bin ich wieder im gewohnten Trott.« Nachdenklich schlürfte ich meinen Tee. Der Trott begann also offenbar schon vor 6 Uhr früh.

Paul sagte: »Ich will jetzt einen Rundritt machen. Kommst du mit?« Und, um auf seine junge Frau zarte Rücksicht zu nehmen: »Aber vielleicht möchtest du noch ein bisschen im Bett bleiben?«

Ich schaute durchs Fenster, das keine Gardinen hatte, die das prächtige Panorama verhüllten. Berge, Urwald und Meer, alles in großartigen Maßstäben. Da warf ich die Bettdecke zurück und sagte: »Natürlich komme ich mit.«

Er verließ das Zimmer mit der Bemerkung: »Schön, in zehn Minuten habe ich unsere Pferde eingefangen.«

Das beruhigend kleine Pony erweckte in mir Vertrauen. Es war nicht hübsch, hatte aber einen kräftigen Widerrist – ich habe gern etwas Stabiles vor dem Sattel – und den sicheren Fuß einer Gazelle, den es in diesem Lande brauchte, wo wir Pfade emporkletterten, die steil waren wie Häuserwände und auf der anderen Seite ebenso steil abfielen. ›Tommy‹ setzte sich dann auf seinen ulkigen Rattenschwanz und rutschte geschickt hinunter. Mir gelang es wenigstens, im Sattel zu bleiben, wenn auch ohne Eleganz.

Alles war ungeheuer aufregend. Erst um 9 Uhr kamen wir zurück. Tausend Morgen hügliges Gelände auch nur flüchtig abzureiten ist nicht wenig. Aber mir gefiel das alles, und Paul sah ich immer deutlicher die Selbstgefälligkeit an, während er meinen Begeisterungsausbrüchen zuhörte. Sicher dachte er: »Wusste doch genau, was ich tat, als ich dieses Mädel heiratete.« Diese Miene hatte ich an ihm schon mehrmals beobachtet und beschloss, mein Möglichstes zu tun, damit er sie beibehalten konnte.

Die Hügel waren größtenteils sehr steil, mit krummen, von den Schafen ausgetretenen Pfaden, dunklen Schluchten und hohem Dickicht über laut rauschenden Bächen. Ich sah Gras, das mir für Februar herrlich grün vorkam, doch Paul setzte mir auseinander, dass es härter und für das Vieh nicht so nahrhaft sei wie die stark gedüngten Wiesen im Flachland. – »Kann sein, aber ich mag die Ebene nicht, bin mehr für Berge«, sagte ich.

Die Berge – natürlich mit Paul, denn hier passte er so recht hin. Auch in der Stadt machte er sehr gute Figur, aber hier war er ein König. Und reiten konnte er! Wie mit dem Pferd verwachsen saß er im Sattel. Alle Erklärungen gab er mir sehr ernst.

»Hier läuft unsere Grenze, dahinter liegt Land der Eingeborenen. Bei mir heißt dieses Stück ›die Klippe‹. Am besten, du merkst dir die Namen der einzelnen Koppeln, dann kannst du später beim Eintreiben helfen. Nächste Woche fangen wir an, die Schafe zu baden. Die Ochsen da werden wohl nächsten Monat ganz gute Preise bringen. Ich habe sie einjährig gekauft, und sie haben sich hier zwei Jahre sehr nützlich gemacht.«

»Das ist die Koppel für die Schafböcke. Sind Romneys, gute Rasse. Ich züchte nicht alle Schafe auf Fleisch. Ziehe mir Mutterschafe gern selbst. Die da drüben sind Southdowns. Was meinst du? Ach so, richtig, nach der Seite zieht sich die Siedlung weiter. Ein paar von den andern Farmen können wir von hier aus sehen.«

Auch einzelne Häuser sahen wir liegen, wohlgeborgen hinter Gürteln von Hecken und Bäumen. Ich konnte bei einigen den Rauch dünn aus dem Schornstein quellen sehen. Trotz der meilenweiten Abstände zwischen den Häusern und der großen Entfernung von uns aus bewiesen sie mir, dass dort Menschen lebten, dass es Nachbarn gab. In welchem mochte Larry wohnen? Ich hätte gern mehr über die Leute in der Umgebung erfahren, doch Pail war zu sehr in wichtigere Gedanken vertieft.

»Welches Haus meinst du?«, fragte er zerstreut. »Ach so, das nächste ist Sam seines. Ja, bald wirst du Larry kennen lernen. – Sam? Ein ganz prima Kerl. Er und Tim und ich, wir waren ja im Krieg dauernd zusammen und haben es nachher fertig gebracht, hier unser Land nebeneinander zu kriegen.«

Natürlich wusste ich das, und dieses ›dauernd‹ hieß ›Mittlerer Osten und Italien‹ und bedeutet jetzt ›Nachbarschaft im Busch‹. Sam hatte während unserer Flitterwochen die Kuh gemolken und die Hunde gefüttert. Doch vergeblich versuchte ich, Paul zu persönlichen Schilderungen zu bewegen, seine Äußerungen über andere Leute waren immer vage.

»Ja, du wirst mit ihnen allen gut auskommen. – Siehst du das Mutterschaf da? Das habe ich vor vier Jahren mit der Flasche großgezogen, und dieses Jahr hat es Drillinge gekriegt. Alle drei tadellos selbst genährt. Feines Exemplar, was?«

Bei Tieren drückt er sich nicht vage aus. Ich blickte zweifelnd nach dem Schaf, das er meinte. Es sah genauso aus wie die andern hundert oder wie viele auf der Koppel waren.

Ich hatte mich im Sattel möglichst weit vorgebeugt, als Tommy über einen Erdhügel kletterte, und als wir endlich auf dem Rückweg waren, betastete ich vorsichtig meine Rippen. »Na, ich werde nachher bestimmt schön steif sein«, dachte ich. »Hoffentlich hat Paul mein Tasten nicht bemerkt.«

Als wir auf das letzte ebene Stück kamen, fühlte ich mich wie fünfzehn und brachte Tommy aus seinem ruhigen Kantern in gestreckten Galopp. Zu meinem Erstaunen machte Paul gleich mit. Wir ritten ein scharfes Rennen bis zum Hoftor. Ein schrecklicher Moment kam: Ich dachte, Tommy wollte das Tor im Sprung nehmen. Bremsen konnte ich ihn nicht, also schloss ich die Augen und krallte mich verstohlen in seine Mähne. Da änderte er seine Absicht und blieb mit einem Ruck stehen, dass die Hufe mächtig schlitterten. Ich aber blieb nicht mit stehen, sondern ›nahm‹ das Tor wie ein Hürdenläufer, nur dass ich weniger leicht zu Boden kam und nicht auf den Füßen landete. Wie aus der

Pistole geschossen war ich wieder hoch, und zwar schneller als Paul gedacht hatte – denn er konnte sein Grinsen so rasch nicht verbergen. Einen Augenblick war ich wütend – neun Tage erst verheiratet, und dann zu lachen, wenn ich beinahe zu Tode kam! Ein starkes Stück! Doch ich besann mich, dass es besser war, ebenfalls zu grinsen. Mein ›Lächeln‹ muss ziemlich gequält ausgesehen haben, denn der Boden war steinhart, und meine Hinterpartie schmerzte jetzt viel mehr als die Rippen.

Ich sagte: »Lachst du immer, wenn jemand stürzt?«

Er machte ein blödes Gesicht. »Möglichst nicht, und ich sah doch, dass du dir nicht wehgetan hast.«

Das konnte er eigentlich gar nicht gewusst haben, aber ich erkannte, dass ich mich an seinen besonderen Humor wohl oder übel gewöhnen musste. Es heißt, dass die Chinesen sich vor Lachen ausschütten, wenn sie einen Unfall beobachten. Zwar habe ich vergebens in Pauls Gesicht nach mongolischen Zügen geforscht, aber eine gewisse Verbindung muss da bestehen.

Wir waren hungrig wie Jäger. Ich humpelte in der Küche umher deckte den Tisch und briet auf dem Primuskocher Eier mit Speck – um den Herd hatte ich mich bisher gedrückt –, da hörte ich, dass Paul, der gerade die Milch geholt hatte, mit jemand sprach.

»Nein, nein, das kommt gar nicht in die Tüte, sie hat jetzt zu viel zu tun. Ich muss nach Hause, Larry wartet – wollte nur eben auf einen Sprung …«

Nun, man weiß ja, wie fanatisch ein Mann gegen angebliche Neugier protestiert, wenn er insgeheim darauf brennt, festzustellen, was für ein Mädchen sein Freund geheiratet hat, und das sogar schnellstens feststellen möchte. Das also war Sam.

Er war dem Bild, das ich mir von ihm gemacht hatte, sehr ähnlich. Dass er groß war, wusste ich, denn Paul und seine beiden Freunde waren schon bei gewissen romantischen jungen Damen in verschiedenen Gebieten des Mittelostens als die ›Drei Musketiere‹ bekannt gewesen. Vielleicht war er, nach allgemeinen Maßstäben, nicht ausgesprochen hübsch, doch das war Paul eigentlich auch nicht, wie mir meine Schwestern oft genug versichert hatten. Aber mir gefielen sie beide. Vielleicht fand mancher Sam umgänglicher als Paul, weil er nicht so ernst war und ein bisschen gesprächiger. Jedenfalls zeigte er sich sehr freundschaftlich und nannte mich gleich beim Vornamen. »Ich habe schon gefrühstückt, Susan, schon vor Stunden«, erklärte er mir tugendhaft. »Eine Tasse Kaffee nehme ich gern an, aber länger als zehn Minuten darf ich wirklich nicht bleiben.«

Sam blieb eine Stunde, und als er sich erhob, ließ er eine Bombe platzen: »Die Kameraden kommen heute Abend zum Polterabend, nach alter Sitte. Da wollte ich Ihnen lieber vorher Bescheid sagen.«

Ich war entsetzt. »Wie viele?«, wollte ich wissen. – So viele, wie sich ohne große Vorankündigung zusammentrommeln ließen. – »Aber ich habe doch nur meinen Hochzeitskuchen, zwei Schichten noch«, wandte ich ein.

Paul klopfte mich tröstend auf die Schulter. »Keine Sorge. Erinnerst du dich nicht, dass ich ein Fass hinten im Auto hatte? Damit kommen wir gut zurecht. Du brauchst nicht mal zum Vorschein zu kommen, wenn du nicht willst.«

»Selbstverständlich werde ich erscheinen. Für mich werden doch die Blechbüchsen auch geschmissen, oder etwa nicht? Wie steht's überhaupt mit den Frauen?«

Im Kreuzverhör gaben sie zu, dass die Damen manchmal teilnahmen, wenn sie voraussetzen durften, dass es der jungen Ehefrau recht war. Streng genommen gebot das Zeremoniell der Hinterwäldler, dass bei erster bester Gelegenheit nur die Männer dem jungen Paar ins Haus platzten, während die Frauen abwarteten, bis die Neue sich eingelebt hatte, und dann ›Visite‹ machten.

»Und Ihre Gattin, wie denkt die darüber?«

»Oh, sie wird kommen. Sie wird sogar böse sein, dass ich zuerst hier gewesen bin. – Übrigens, Paul, im Fliegenschrank liegt ein Hammelviertel. Ich war mit Schlachten an der Reihe.«

Sie erklärten mir, dass sie zu viert, nämlich Paul, Sam, Tim und einer, den sie freundschaftlich als den ›alten Archer‹ bezeichneten, vereinbart hatten, abwechselnd wöchentlich einen Hammel zu schlachten, von dem jeder ein Viertel erhielt. Und das machten sie ganz ehrlich, sodass keiner zu oft das Nackenstück oder die Schulter bekam.

»Wäre es denn nicht viel bequemer, das Fleisch einfach vom Schlächter zu holen?«, fragte ich.

Jetzt war es Sam, der mir auf den Arm klopfte. »Ruhig bleiben, Susan«, sagte er. »Ich merke, dass Sie der Bursche hier unter falschen Vorspiegelungen geheiratet hat. Der nächste Schlächter sitzt in Te Rimu, reichlich dreißig Meilen von hier.«

Anscheinend gab es hier auch keinerlei regelmäßige Transporte.

»Wie macht ihr's denn mit den anderen Lebensmitteln?«, fragte ich matt.

Da gäbe es ›Tantchens‹ Laden, sagten sie. Nur acht Meilen entfernt, in Tiri, dem zur Siedlung gehörigen Dorf. Tantchen habe auch die Poststelle mit der Telefonvermittlung zu den einzelnen Farmen. Die vier Siedler holten abwechselnd, jeder alle vierzehn Tage einmal, die Post und die Lebensmittel.

»Also siehst du, dass wir unsere Post und die Zeitungen zwei Mal wöchentlich empfangen«, sagte Paul, der mich etwas beklommen anblickte.

Natürlich erklärte ich mich damit zufrieden. Eine große Briefschreiberin bin ich sowieso nie gewesen.

Als Sam fort war, sagte ich zu Paul, es sei schon gut. Diesen Sam musste man ja gern haben. Aber wie stand's mit Larry? »Du musst mir doch ein ungefähres Bild von ihr geben.«

Paul bewegte unruhig die Füße. »Na, sie ist groß, größer als du. Viele finden sie sehr hübsch, aber besondere Freundschaften hat sie hier noch nicht geschlossen. Verheiratet sind sie seit zwei Jahren.«

»Das ist wenigstens etwas. Aber weshalb hat sie keine Freunde gefunden?«

»Weiß nicht. Lacht wohl im Allgemeinen zu viel. Ist zu jedem nett, sagt aber oft, sie hätte von den ›Bauernjungs‹ hier genug, es würde ihr langweilig. Und die Leute sagen immer, sie wäre ziemlich launisch. Sam ist natürlich zu nachsichtig mit ihr.«

Das klang nicht sehr vertrauenerweckend. Ich mag keine launenhaften Menschen, vielleicht weil ich selbst nie Zeit hatte, launisch zu werden. Auch jetzt hatte ich keine Zeit dazu, denn ich musste ja für den unglückseligen geselligen Abend ein paar Kuchen backen. Paul sagte freilich, ich sollte mir da nicht viel Gedanken machen, denn wenn die Frauen auch kämen, brächten sie was mit. Das fand ich damals allerdings sehr merkwürdig. Ich hatte auch schon den Verdacht, dass ich mir gerade dann, wenn Paul sagte: »Mach dir keine Sorge«, sofort Gedanken machen musste, und zwar erhebliche. Also holte ich mein Kochbuch hervor und bat ihn, den Herd anzuheizen und mir den Umgang mit diesem Monstrum zu zeigen. Es hatte ja keine Schalter zum Anknipsen, sondern nur ein riesiges Maul, das immerfort mit Holz gefüttert sein wollte.

Kochen konnte ich natürlich. Schließlich war ich zweiundzwanzig und die älteste von drei Schwestern. Mutter war stets zu sehr mit Golf und Bridge beschäftigt gewesen, und meine zweite Schwester Felicity, ist sehr, sehr hübsch – viel zu hübsch, um sich an den Herd zu stellen. Die dritte, Dawn, findet es, da sie sich an Schönheit nicht mit Felicity vergleichen kann, richtiger, die Zarte zu spielen – und diese Rolle spielt sie sehr gut. Deshalb also hatte ich gelernt, Mittagessen zu kochen und Kuchen zu backen, freilich auf einem Elektroherd. Jetzt waren diese Zeiten vorbei, ich musste mit dem prähistorischen Untier unter dem Schornstein fertig werden.

Paul bekam den Herd rasch in Gang und empfahl sich, um einen Weidezaun zu reparieren. Ich stocherte immerzu in dem Ungetüm, das seine feurige Glut nur nach innen zu entladen schien. Da der Herd kein Thermometer hatte, merkte ich außen von der Glut nichts. Prompt verbrannte mir die erste Partie Kuchen, und die letzte wurde nicht gar. Die anderen waren essbar, aber ich konnte schon sehen, dass wir unserem Hochzeitskuchen hart zusetzen würden. So mussten wohl von den kleinen Kartons, die mir Mutter gegeben hatte – mit einer langen Liste von Leuten, die ich nicht vergessen durfte –, viele leer bleiben.

Paul war nicht anspruchsvoll, er meinte, es sei ›einfach schneidig‹ von mir, so rasch was ›zusammenzuhauen‹. Da ich merkte, dass das ein Kompliment sein sollte, nahm ich es in geziemender Form auf, ohne zu erwähnen, dass dieses ›Zusammenhauen‹ mich zwei Stunden anstrengendster Arbeit gekostet hatte. Statt viel zu reden, genehmigte ich meinem zerschrammten Korpus und den steifen Knochen ein heißes Bad.

Es war fast 8 Uhr, als ein grässlicher Spektakel die Ankunft der Gäste verkündete. Da in der Stadt ein Petroleumkanister nur schwer zu haben war, fand ich sie mit ihren musikalischen Geräten Recht verschwenderisch. Paul setzte das Bierfass auf das Bord über dem Ausguss, daneben eine für sein bisheriges Junggesellenheim erstaunliche Reihe von Gläsern, und ging, um die Gäste hereinzubitten. Ich blieb in dem kahlen Wohnzimmer, hoffte, dass ich mein Lippenrot nicht zu krass aufgetragen hatte, und versuchte, ein einfältiges Lächeln zu vermeiden. Herein kamen zehn Männer und drei Frauen. Welche mochte Larry sein? Mir wurde das Herz schwer, denn keine der drei entsprach meinem Fantasiebild von ihr.

Und sie war auch nicht dabei. Erschienen war erstens Mrs. Archer, dick, gemütlich und freundlich, die ich gleich leiden konnte. Sie sagte: »Ist mir wirklich eine Freude, Sie kennen zu lernen«, und stellte einen Korb mit einwandfrei gebackenen Kuchen auf den Tisch. Zweitens Mrs. Jolson, ihr ganzes Gegenteil: klein, dünn und blass – und sehr, sehr schüchtern. Sie murmelte etwas Unhörbares und schrumpfte hinter Mrs. Archers gemütlicher Masse zusammen. Drittens Mrs. Grant, eine Dame mit säuerliche Miene und einer messerscharfen Sprache. Als ich zu fragen wagte, ob Mrs. Lee, also Larry, nicht mitgekommen sei, sagte sie laut schnüffelnd: »Mrs. Lee? Die gibt uns nicht oft die Ehre. Ist für uns zu vornehm.«

So durfte ich vermuten, dass sie nicht zu Larrys Anhängerinnen zählte. Mrs. Archer schaltete sich ein: »Nun, ich bin überzeugt, dass sie noch kommt. Sie ist doch Ihre nächste Nachbarin, Mrs. Russell, und die Männer sind so gute Freunde. Spät erscheint sie allerdings häufig, bei ihr kommt immer was dazwischen.« Mrs. Archer lachte gemütlich.

Von nun an entwickelte sich die Unterhaltung nur stockend. Mrs. Archer antwortete auf fast alles, was ich sagte, ziemlich einsilbig. Mrs. Jolson kicherte sanft, aber nervös, und Mrs. Grant suchte jedem, von dem gesprochen wurde, etwas am Zeuge zu flicken. Gerade überlegte ich, ob ich nicht Pauls altes geräuschvolles Radio einschalten sollte, da kam er plötzlich ins Zimmer geflitzt – mit einem Blechtablett, auf dem eine Flasche Sherry und eine Flasche Apfelwein balancierten, daneben sechs entzückende Kristallgläser, noch von seinem Urgroßvater, die er bisher versteckt hatte, um mich zu überraschen. Nie hätte ich geglaubt, dass Paul ein so kluger Gastgeber war, der gleichzeitig für Sherry und für Apfelwein sorgte. Eins dieser Getränke – notfalls beide – musste doch die Stimmung beleben.

Während ich Sherry einschenkte, nahm Mrs. Archer die Gelegenheit wahr, mir zuzuflüstern, ich sollte mir nichts dabei denken, dass Mrs. Jolson so scheu sei. »Es tut ihr so gut, mal in Gesellschaft zu kommen, denn sie hat bösen Kummer gehabt. Ist aber auch ein nervöses kleines Ding.«

Ich hoffte, durch Sherry ihre Nervosität zu besiegen, doch das gelang nicht. Allen schenkte ich tüchtig ein, wobei mich der grässliche Wunsch, zu kichern, packte. Nun gehöre ich wirklich nicht zu den Kichergänsen, wie meine beiden jüngeren Schwestern, denn mehr als zwei von der Sorte sind für eine normale Familie nicht tragbar.

Aber jetzt war ich so erschöpft, dass mir vieles, was mir am nächsten

Tag gar nicht aufgefallen wäre, komisch vorkam. Der Anlass war Mrs. Grant.

Nach ihrem zweiten Glas – Pauls Urgroßvater hatte noble Ansichten über die Größe von Sherrygläsern gehabt – hörte sie mit ihrer gehässigen Tonart auf und gab sich seelenvoll. Sie schien auf dem besten Wege, uns ihre ganze Lebensgeschichte zu erzählen. In fieberhafter Eile setzte ich ihr nun Apfelwein vor, innerlich betend, dass ihr der Unterschied nicht auffallen möge. Unser Gespräch drehte sich jetzt um das Dasein im einsamen Hinterland. Dummerweise fragte ich sie, ob es ihr gefiele. Sie reckte sich ordentlich und sagte mit einem Ausdruck des Elends: »Es ist mir zuwider, absolut zuwider! Hier stagniert der Mensch.« Das Wort stagniert brachte sie wundervoll heraus.

Ich prallte förmlich zurück und pries mich glücklich, schon zum zehnten Mal, dass keine von meinen Schwestern dabei war. Aber Mrs. Grant schob sich näher an mich heran, aus ihren vor Zorn ganz schmalen Lippen fuhr zischend der Satz: »Ich muss seelenverwandte Menschen um mich haben – Fröhlichkeit, Betrieb, Leben!«

Jetzt war ich baff. Nie hätte ich gedacht, dass Mrs. Grant für Fröhlichkeit zu haben sei. Ich stammelte zusammenhanglose Worte und blickte Hilfe suchend Mrs. Archer an, die jedoch, offenbar peinlich berührt, nur »T-t-t« machte.

Mrs. Grant rückte mir bedrohlich auf den Leib. »Und was hätten Sie dazu zu sagen?«, zischte sie.

Ich hatte wenig zu sagen. Nachdem ich mir das Hirn um eine passende Antwort zermartert hatte, murmelte ich ein ganz ungenügendes »Du meine Güte!« und suchte nach einem Fluchtweg. Von der Tür her erklang ein Lachen, das mir wie echte und schon vertraute Musik ins Ohr tönte.

»Fein gemacht, Susan. Das nenne ich Takt. Und noch viel zu milde ausgedrückt. Seid gegrüßt, alle miteinander. Bedaure, dass ich zu spät komme, aber unser junger Hund hatte mir einen Schuh entführt. Sam hat ihn dann erst in einem Winkel des Zwingers entdeckt, ein bisschen angekaut.«

Sie hob einen ihrer schlanken Füße vor, um einen feuchten, zerknautschten Schuh zu zeigen. Eine große, schöne und sehr heitere Frau. Mrs. Grant erstarrte zur Salzsäule und schwieg sich aus. Mrs. Archer lächelte gemütlich. »So so, Mrs. Lee, gerade hatte ich zu Mrs. Russell gesagt, dass Ihnen stets was dazwischenkommt.«

Wie weit dieser Ausspruch noch von der Wahrheit übertroffen wurde, sollte ich im kommenden Jahr erfahren.

3

»Haben wir noch andere Nachbarn?«, fragte ich Paul am nächsten Morgen.

Wir aßen unser Frühstück, Tee mit Toast, das Paul zubereitet hatte, im Bett. Die Konzession machte er mir, weil Sonntag war und unsere Gäste erst um 3 Uhr früh aufgebrochen waren. Es war jetzt 7 Uhr 30. Paul hatte mir klipp und klar zu verstehen gegeben, dass er mir das nicht für jeden Sonntag versprechen könne.

»Weiter entfernt noch viele«, beantwortete er meine Frage. »Es hat sich noch nicht sehr herumgesprochen, deshalb kamen nur die aus der Nähe – Gott sei Dank. Tiri ist ein ganz stattliches Dorf.«

»Wo unsere Poststelle ist, meinst du? Erzähle mir doch von Tantchen, die den Laden und die Post hat.«

»Was soll ich da groß sagen? Sehr nett ist sie. – Nein, noch eine Zigarette, das gibt's nicht. Ich stehe jetzt auf. – Tantchen? Oh, interessante Type.«

Nach diesen spärlichen Angaben war ich überzeugt, dass sie dick und gemütlich war und mit allen Leuten auf gutem Fuß stand. Dass sie am Telefon horchte und die Postkarten las, aber ein goldenes Herz hatte.

Als ich mehr hören wollte, sagte er nur, ich würde sie ja bald selber sehen. Wir seien am Dienstag mit dem Postholen an der Reihe, da wollte er mich mitnehmen, weil es das erste Mal sei. Woraus ich schloss, dass die Postbesorgung fortan zu meinen Pflichten gehören sollte. Innerlich zuckte ich ein bisschen zurück beim Gedanken an das alte Auto und die hiesigen Straßen, so weit ich sie erlebt hatte. Schon jahrelang hatte ich Autos gefahren, aber in der Stadt, und nur zuverlässige Wagen. Na, im Augenblick waren mir die Leute in der Nachbarschaft wichtiger.

»Jedenfalls ist Larry für mich ein großes Glück, denn ihre ganze Art gefällt mir.«

»Alles schön und gut. Heute Nacht war sie in Form, warte nur ab, bis du sie siehst, wenn's mal acht Tage geregnet hat oder ihre Schwiegermutter zu Besuch gewesen ist.«

Aus den bisherigen Gesprächen hatte ich schon entnommen, dass Schwiegermutter Lee eine Pfundsfrau sein musste, und ich fühlte mich – eigentlich eine gewisse Pflichtvergessenheit – erleichtert bei dem Gedanken, dass Pauls verwitwete Mutter nach Verheiratung ihrer einzigen Tochter mit einem Geschäftsmann in Sydney auch dort hingezogen war.

»Larry scheint viel Freude an Tieren zu haben.«

»Ist direkt vernarrt in Tiere. Hat überall Hunde, ein paar auch in der Wohnung. Darüber mokieren sich die anderen Frauen, aber das ist ihr egal. Als neulich der Colonel mal eine bissige Bemerkung machte, lächelte sie hold und zitierte das alte Sprichwort ›Je mehr ich die Menschen kennen lerne,umso lieber werden mir die Hunde‹.« Paul lächelte in der Erinnerung. »Kannst dir denken, wie beliebt sie sich damit beim Colonel gemacht hat.«

»Colonel? Du hast mir noch gar nicht erzählt, dass es hier so was gibt.« Ich hatte ordentlich die Ohren gespitzt, weil ich gleich an eine Partie für meine Schwester Felicity dachte.

»Gibt's nicht viel zu erzählen. Der Colonel ist hier die große Nummer. Larry hat ihm den Spitznamen ›Großer Panjandrum‹ gegeben, also aufgeblasener, pompöser Wichtigtuer, und der passt wie angegossen. Wie er aussieht? Na, englisch. Ist außer Dienst, fünfundfünfzig.« – Ich buchte ihn für Felicity schon ab. – »Dem hat mal die ganze Gegend hier gehört, er besitzt noch jetzt rund fünftausend Morgen. Da die Regierung ihm viel Land für die ›Rehab‹ abgeknöpft hat, liebt er uns nicht gerade.«

»Aber wenn er Colonel ist, wird er doch alten Frontkämpfern das gönnen!«

»Für ihn gibt's außer der britischen Armee nichts von Bedeutung. Hatte im Ersten Weltkrieg einen wichtigen Posten. Als er den Dienst quittierte, kam er hierher, kaufte alles Land in der Umgebung – er kriegte es billig, weil die Zeiten flau waren – und stellte einen guten Inspektor ein. Bald begann er das Feudalsystem wieder einzuführen – Gott segne unseren verehrten Gutsherrn nebst allen Verwandten, und so weiter. Ob du es glaubst oder nicht, die guten Leutchen hier fügten sich höchst bereitwillig seinem Regiment. Dann kamen wir alten Soldaten und verdarben ihm das Konzept. Er ist zwar höflich zu uns, aber diese ›verdammte Selbstständigkeit der Kolonien‹ passte ihm durchaus nicht. ›Bei Jott, wenn ich die Kerls in meinem Regiment jehabt hätte …‹ Na, du kennst ja diese Tonart auch.«

Ja, die kannte ich. Endlich einmal hatte Paul eine lebendige, malerisch deutliche Beschreibung geliefert. Es schien mir, als sei er dem Colonel nicht besonders grün.

»Wie ist denn seine Frau?«

»War schon gestorben, als er 'rüberkam. Verstehe überhaupt nicht warum der sich hier festbeißt. Sein Sohn ist im letzten Krieg gefallen, er hat nur noch eine Tochter.«

»Ist die nett?«

»Keine Ahnung. Hab' sie kaum mal gesehen. War bis voriges Jahr noch auf der Schule, dann hat er sie nach England geschickt, um sie seiner Verwandtschaft zu präsentieren. Ich hörte, sie soll jetzt zurückkommen.«

»Bin gespannt, ob sie uns gefallen wird.«

»Glaube ich kaum. Ist wahrscheinlich ebenso hochnäsig wie ihr Vater. Du brauchst noch nicht aufzustehen, aber ich muss jetzt los.« Weg war er.

Tags darauf kamen unsere Möbel, und wir hatten schwer zu tun, die alten in den Schuppen auf dem Hinterhof zu schleppen, wo die Schafscherer oder andere Saisonarbeiter hausen. Ich war erstaunt, dass Paul diese Räumerei Freude machte. Er war auf das neue Gesicht der Wohnung ebenso gespannt wie ich. Und sie wurde wirklich reizend, freundlich, ungezwungen und behaglich, ein Haus, in dem sich niemand zu scheuen braucht, die Füße auf den Kaminsims zu legen. Aber, wie gesagt, auch hübsch.

»Wie schade, dass sie nicht schon so war, als die Büchsenschmeißer kamen«, sagte ich.

»Nee, lieber nicht, dann wäre Mrs. Grant noch grantiger geworden, und du hättest bloß nervös aufgepasst, ob keiner Bier auf dem neuen Teppich vergießt.«

Das bestritt ich hitzig. Ich wollte nie eine kleinliche Hausfrau werden. Trotzdem betrachtete ich ganz hingerissen das verwandelte Wohnzimmer. Und dann kam der unvermeidliche Wunsch auf: »Paul, lass uns eine Party geben!«

»Barmherziger! Haben wir nicht eben eine hinter uns?«

»Ich meine ja eine ganz andere: bloß ihr drei und Larry und ich. Ich möchte doch Tim kennen lernen, der kommt ja heute zurück. Weißt du, keine formelle Geschichte, bloß Abendessen, und um 9 Uhr dürfen sie wieder abschwimmen. Ich würde gar keine Umstände machen, wirklich nicht.«

»Das hat meine Mutter auch immer gesagt, und dann kochte sie ein Diner mit vier Gängen und war für die nächsten drei Tage erledigt.«

»Ich verspreche dir, das nicht zu tun. Hätte auch keinen Zweck, sie sind doch deine besten Freunde. Da ich nicht immer große Geschichten machen könnte, will ich's gar nicht erst anfangen. Wollen wir sie zu Dienstagabend einladen?«

»Dann muss es aber früh sein, denn am Mittwoch mustern wir schon die Schafe zum Baden aus.«

Ich eilte ans Telefon, um Larry anzurufen. Als sie Einwände erhob, sie sei eigentlich an der Reihe, sagte ich: »Aber es soll ja gar keine richtige Party sein, wir wollen uns doch nicht gegenseitig große Kosten machen, also bitte keine Ausflüchte. Es geht mir doch nur darum, Tim kennen zu lernen und euch unsere Einrichtung zu zeigen. Übrigens: wie sieht Tim denn aus?«

»Oh, ein Adonis in höchster Potenz. Hat äußerlich alles, was Paul und Sam fehlt. Sonst aber vom selben Kaliber.«

Ich wusste nicht, ob Tim mir gefallen würde. Vermutlich war er eingebildet.

Am Dienstag fuhren wir nach Tiri, um die Post zu holen. Der Weg war für die ersten sechs Meilen genau wie ich befürchtet hatte: steile Hänge hinauf und hinunter, elend schlechte Fahrbahn und bösartige Kurven. Nachher lief er durch ein schönes Tal, wo Jersey-Rinder weideten und die Häuser ziemlich nahe beieinander lagen.

»Diese Altsiedler hier haben jeder an die hundert Morgen und halten Milchkühe«, sagte Paul etwas überlegen.

Ich äußerte, die Farmen seien sehr hübsch und sähen wohlhabend aus.

»Gewiss, wenn einer Lust zu so einem Betrieb hat«, knurrte er.

Woraus ich schloss, dass der Colonel nicht der einzige Snob in der Gegend war. Hier erfuhr ich zum ersten Mal von dem Vorurteil der Schafzüchter gegen die Milchfarmer, das ich unvernünftig und hochtrabend fand. Als ich von Paul eine Erklärung verlangte, weshalb er so auf die Kühe herabsah, antwortete er, der Mensch sei durch sie zu sehr gebunden, werde zum Sklaven seiner Farm, die er nicht mal für zwei Tage verlassen könnte, höchstens im Winter.

Ich wies darauf hin, dass er sich auch nicht in der Lage gesehen habe, seine hochgerühmten Schafe länger als drei Wochen in einem ganzen Jahr zu verlassen, sogar als es darum ging, sich eine Frau zu suchen, doch da knurrte er nur, nahm schneidig eine Kurve und zeigte nach einem schönen Haus auf einer Anhöhe, mit einem Wäldchen dahinter und sauber kultivierten Feldern im Vordergrund einer Einfahrt mit gemauerten Pfeilern und den Anfängen einer Allee, die in Windungen zu dem hoch gelegenen Hause führte.

»Gehört dem ›Großen Panjandrum‹«, sagte er. Das hatte ich mir natürlich schon gedacht.

Eine Meile weiter kamen wir ins Dorf. Es bestand aus einer Benzinpumpe, einer Garage sowie einer Art Pension, von der Paul zu berichten wusste: »Großer Geheimumsatz in Alkohol – du weißt ja, dass wir hier in einem Distrikt wohnen, wo es keine Schankkonzession gibt.« Daneben lag ein noch schäbigeres und baufälligeres Gebäude. »Sollen auch gute Einnahmen haben, aus dem ältesten Gewerbe der Welt«, sagte Paul geheimnisvoll. Den Rest bildeten ein Dutzend kleiner Häuser, die vorwiegend im Besitz von Maoris waren, und der Laden mit der Poststelle.

Äußerlich nicht sehr eindrucksvoll, obgleich frisch gestrichen, die Fenster sauber und mit hübschen Gardinen, wurde das Haus für mich eine Überraschung. Ich war nicht wenig erstaunt, als ich es innen zu sehen bekam, aber einfach baff über ›Tantchen‹.

Sicher hätte jeder nach Pauls Beschreibung hier bei den Hinterwäldlern im einzigen Dorfladen erwartet, eine Frau anzutreffen, die etwa fünfzig Jahre alt, zwei Zentner schwer, schwatzhaft und schmuddelig war. Eine Frau, die sich, wenn auch in gutartiger Form, in alle Angelegenheiten ihrer Mitmenschen einmischte.

Hiervon traf auf Tantchen nur zweierlei zu: Zweifellos war sie ein interessanter Typ und wahrscheinlich auch nicht weit von den fünfzig, aber in allen anderen Punkten hatte ich im Geist ihr Bild geradezu niederschmetternd falsch gezeichnet.

Und genauso falsch hatte ich mir den Laden vorgestellt. Ich hatte schon Schilderungen solcher Dorfläden gehört und erwartete ein wahres Glanzstück wilder Unordnung, ein Chaos von Waren wie bei einem Ramschverkauf auf kleinen Jahrmärkten, und dazwischen eine zwar fette, aber liebenswerte und ganz witzige Madam mit dem Watschelgang einer Ente.

Stattdessen fand ich hier einen tadellos geordneten, vor Sauberkeit blitzenden Laden, wo alle Waren deutlich mit Preisen ausgezeichnet waren und offenbar ganz nette Umsätze getätigt wurden. Durch einen Türrahmen, über dem ein Schild mit der Aufschrift ›Postkontor‹ hing, kam man in einen kleinen Alkoven, der ebenso sauber und übersichtlich war wie der Laden. Keinerlei spezifisch dörfliche Merkmale.

Und hier passte Tantchen vollkommen hinein. Sie kam, als wir den Laden betraten, gerade aus ihrer ›Post‹. Eine Frau in mittleren Jahren, modern und adrett gekleidet, schlank, in aufrechter Haltung. In ihrem klargeschnittenen, ein wenig adlerhaften Gesicht fand ich einen Zug liebenswürdiger Verschmitztheit. Peinlicherweise muss ich sie ganz verblüfft angeglotzt haben. Ich drehte mich stumm fragend zu Paul um. Konnte das Tantchen sein? Wenn es zutraf, fiel mir bei ihm der völlige Mangel neffenhafter Vertraulichkeit auf.

Paul benahm sich hier höflicher und aufmerksamer als zu seinen Gästen bei dem nachträglichen Polterabend.

»Miss Adams, darf ich Ihnen meine Frau vorstellen?«, sagte er.

Ihr Händedruck war fest, ihr Blick zugleich forschend und freundlich. Ich hatte das Gefühl, dass sie mich sofort richtig einschätze und auch spürte, dass mir noch ein gewisser Schreck in den Gliedern saß, denn sie lächelte klug.

»Ich bin ein Reinfall wie? Und der Laden auch«, sagte sie. »Er hätte viel malerischer sein müssen, nicht wahr, ein herrlich gemütlicher Wirrwarr, wo die Säuglingsflaschen in den Gummistiefeln stecken und so weiter? Tut mir ja Leid, aber ich kann Unordnung nicht vertragen.«

Ihre schöne Stimme setzte mich völlig matt. Zweifellos war sie das, was Mutter trotz unserer Proteste immerfort als für das uns wünschenswerte Ziel hingestellt hatte: eine Lady. Ich murmelte nur vor Verlegenheit, deren Grund sie sofort erraten hatte. Ich tat ihr Leid. In ihrer freundlichen Art, die sie, wie ich später erfuhr, niemandem versagte, fuhr sie gleich fort:

»Und Ihr Gatte hat Sie natürlich irregeführt, wie? Ich kenne diese Knaben: Die bilden sich ein, sie könnten mich durch ihre höflichen Redensarten täuschen, aber ich weiß ganz genau, dass sie mich hinter meinem Rücken ›Tantchen‹ nennen – manchmal auch direkt, die frechen Wichte –, und jeder Fremde glaubt dann selbstverständlich, hier eine nette, aber schmutzige alte Frau zu finden, die ihre Nase in alles steckt und jeden bemuttern will.«

Jetzt war ich die Lachende. Paul war hübsch rotbraun im Gesicht geworden und stammelte, jeder hätte doch einen Spitznamen, der nur ein Zeichen der Zuneigung sei. Mir schien, als hätte Miss Adams, die ich gut beobachtete, ihm vorzüglich Kontra gegeben. Sie gehörte zu den Menschen, an die man sich unwillkürlich wendet, wenn man in Nöten ist. Ich hätte mich von ihr lieber als von allen anderen mir bekannten Frauen bemuttern lassen – vorausgesetzt, dass sie mich leiden konnte. Und ich nahm mir schon jetzt vor, sie, wenn irgend möglich, dazu zu bringen, dass sie mich mochte.

Wir nahmen unsere Post, die wohl geordnet in Fächern lag, in Empfang. Die Posthalterin warf keinen Blick auf die Briefe. Nichts von dem brennenden Interesse, wie ich's mir eingebildet hatte. Sie las meine Gedanken – was sie, wie ich noch erfahren sollte, immer konnte – und sagte freundlich:

»So ganz Unrecht hatten Sie mit Ihren Vorstellungen doch nicht. Als ich das Haus hier übernahm, sah es genauso aus wie in Ihrer Fantasie. Ein liebenswerter, aber sehr beschränkter Postmeister saß hier, der nie die Außenstände kassierte. Sein Laden war ganz in den Händen der Grossisten. Er pflegte sich regelmäßig zu betrinken und brachte dann sämtliche Postsachen durcheinander. Aber Sie werden's kaum glauben: Er war im ganzen Bezirk beliebt. Als er starb – im Delirium tremens –, wurde ein erheblicher Betrag gesammelt und ihm davon auf dem Friedhof von Te Rimu ein prachtvoller Grabstein gesetzt. Nein, Mrs. Russell, Sie brauchen nicht zu denken, dass Sie ganz falsch getippt haben. Es gibt im Hinterland noch viele ähnliche Posthalter, die ebenfalls bei ihren Kunden beliebt sind, freilich nicht bei der Behörde. Da – wenn ich mich nicht irre, ist das eine von diesen Typen, der eben anruft. Entschuldigen Sie mich einen Moment?« Damit ging sie zum Telefon das wie toll klingelte.

Indem ich meine Ohren unanständig anstrengte, konnte ich das Gespräch mithören.

»Nein, Pat, ist nichts da. – Aber, Sie wissen doch ganz genau, dass der Postbus längst da war! – So, Sie haben die falschen Säcke abgeschickt? Da haben Ihre Kunden ja Pech. – Was haben wir heute? Ach so, Dienstag. Dann natürlich. – Also bitte, nennen Sie mich nicht so. Sie müssen ja ziemlich blau sein, sonst würden Sie nicht … Legen Sie sich lieber hin und schlafen Sie Ihren Rausch aus. Wenn Sie aufwachen, werden Sie schon wissen, wo die Postsäcke sind. – Nein, ich nehme Ihnen nichts übel, aber vielleicht die Oberpostdirektion. Schluss!« Also verstand Tantchen auch mit Posthaltern anderer Sorte umzugehen.

Als sie draußen im Schuppen war, um Zwiebeln zu holen, fragte ich Paul, wie er bloß auf einen so schlecht passenden Namen wie ›Tantchen‹ gekommen sei.

»Ach, das weiß ich gar nicht. Vermutlich aus demselben Grunde, warum wir Tim, der einsneunzig groß ist, beim Militär den ›Kleinen‹ nannten.« Er schien an dieser feinsinnigen Erklärung seine Freude zu haben.

Wir hatten Waren und Post zusammengepackt und wollten eben den Laden verlassen, da stoppte draußen ein sehr pompöser Wagen, ein Nachkriegsmodell mit piekfeinen Beschlägen. Ein großer, schlanker, älterer Herr kam herein. Niemand brauchte mir zu erklären, dass das der ›Panjandrum‹ in Person war. Sein Spitzname traf den Nagel auf den Kopf. Im Laden warteten mehrere Kunden, die aber beim Eintritt des großen Mannes respektvoll zurückwichen. Er grüßte sie höflich, doch mit einer Miene, dass man glauben konnte, sie strömten einen üblen Geruch aus. Sprach mit Paul gemessen und mit Miss Adams recht respektvoll.

»Ja, Ihre Post ist da, Colonel. Ich hole sie sofort. Paul, wollen Sie nicht den Colonel mit Ihrer Gattin bekannt machen? Mich entschuldigen Sie bitte, ich will erst diese Kartoffeln für Rangi abwiegen.« Miss Adams bediente ihre Kunden offenbar nicht nach dem Titel, sondern genau in der Reihenfolge.

Paul besorgte das Vorstellen steif und förmlich, der Colonel reagierte mit höflicher Geduld. Er fragte mich obenhin, wie mir die Gegend gefiele, schien sichtlich enttäuscht, als ich ohne Näseln antwortete, sprach die Hoffnung aus, dass ich mich nicht einsam fühlen werde – dann waren wir mit wortloser Selbstverständlichkeit aus seiner hohen Gegenwart entlassen.

Miss Adams wog weiter sorgfältig Kartoffeln ab, rief uns aber ein freundliches »Auf Wiedersehen!« zu. »Und wenn Sie Lust haben, kommen Sie mich mal besuchen, ja? Sonnabends und sonntags bin ich meistens frei, aber auswärts Besuche zu machen, dazu komme ich, scheint's, nie.«

Ich erklärte mich mit Begeisterung bereit. Das war ein Besuch, den ich schon in aller Kürze machen wollte.

Auf der Rückfahrt sagte ich mit einigem Stolz zu Paul, dass doch mein Bild vom Colonel überzeugend richtig gewesen sei. Sein Typ war beinah zu echt, um wahr zu sein.

»Zoll für Zoll ein Pukka Sahib, wie man in Indien sagt – ein feiner Herr«, knurrte Paul. »Eine richtige Witzblattfigur, wie aus dem ›Punch‹ von Anno dazumal. Er versetzt alle Leute in Angst, außer Tantchen, aber die scheint er ganz gern zu haben.«

»Wer hätte das nicht! Ich mag sie furchtbar gern. Aber wie ist sie bloß dazu gekommen, einen Dorfladen zu übernehmen?«

Paul griente. »Glaube kaum, dass sie eine so genannte Vergangenheit hat. Nehme an, sie will nur ein Leben in freier Landschaft führen und uns zeigen, wie man so ein Geschäft leiten kann. Und bei Gott, sie verdient gut, und zwar ohne jemand übers Ohr zu hauen. Ganz reell.«

Am nächsten Abend, als Tim, Larry und Sam zum Essen kamen, gab ich natürlich eine leicht übertriebene Schilderung meiner erstaunlichen Eindrücke.

»Zu dumm, dass Paul dich nicht vorher aufgeklärt hat«, sagte Tim nett.

»Ich beobachte so gern, wie die Leute auf Tantchen reagieren«, sagte mein Mann zu meiner Verwunderung. »Übrigens nenne ich sie wohl jetzt am besten ganz offen Tantchen. Sie hat es ja sowieso gewusst. Weiß überhaupt fast alles. Susan, die angeblich immer vorher weiß, wie fremde Leute aussehen und sein müssten, war ganz aus dem Konzept, bis der Colonel erschien. Bei ihm fand sie dann ihre Psychologie bestätigt.«

»Genau wie ich ihn mir gedacht hatte. Jetzt bin ich nur auf seine Tochter gespannt.«

»Das arme Ding. Kommt nächste Woche wieder. Hat kein schönes Leben.«

»Machst du dir« – wir ›Freunde von der Front‹ duzten uns jetzt alle – »machst du dir immer vorher ein bestimmtes Bild, ehe du jemand kennen lernst?«, wollte Larry wissen. »Dann sag uns doch jetzt mal, ob deins von Tim gestimmt hat.«

Ich wurde ziemlich verlegen, als ich in Tims lachende Augen blickte, während er kein bisschen verwirrt war. Konnte den überhaupt etwas durcheinander bringen? Er war so hübsch, wie Larry ihn beschrieben, und so geistreich, wie ich gehofft hatte, doch hinter seinem festen Blick verbarg sich noch mehr. Weshalb war er nicht verheiratet? Wie hatte er dem entgehen können?

Der grässliche Paul hatte meine Gedanken so klar abgelesen, dass ich allmählich Respekt vor seiner Fähigkeit bekam. »Brauchst für Tim keine Pläne zu machen, das ist zwecklos«, sagte er nämlich. »Er ist der vollendete Junggeselle. Ein ganz vorsichtiger Kunde.«

»Bezaubert berufsmäßig die Frauen«, spottete Larry. »Verkörpert die Erfüllung jedes Jungfrauengebets und ist, wie die Erfüllungen fast immer, nicht ganz erreichbar.«

»Gerissen wie die Hunde der Maoris«, ergänzte Sam ordinär.

Tim lächelte geduldig und griff nach den Bridgekarten. Wie gut sich diese vier Menschen verstanden! Einen Augenblick fühlte ich mich gleichsam auf Probe angestellt, ein Außenseiter. Als ich aber Paul in die Augen blickte, war alles wieder gut, obwohl er nur sagte: »Letztes Spiel, Jungens, dann müsst ihr abhauen.«

Und sie ›hauten ab‹.

4

Ausmustern der Schafe zum ›dipping‹, dem Desinfektionsbad, das hieß: fast noch vor Sonnenaufgang aus dem Bett, da wir nach ziemlich weit entfernten Koppeln reiten und die Schafe auf den Hof treiben mussten, bevor es zu heiß wurde. Paul sagte – wenn es ihm auch schwer fallen mochte, sich so selbstlos zu zeigen –, ich solle mich nicht bemühen, mitzukommen. »Ich werde schon allein damit fertig, musste es früher ja auch.«

Das wurde bei ihm bald zur stehenden Redensart, die nie verfehlte, mich erst recht in Schwung zu bringen. So antwortete ich prompt, ich wolle ihm gern helfen und das Ausmustern lernen. Später sollte ich, das hatte er mir versprochen, einen eigenen Hund bekommen. Bis dahin war ich begierig, alles genau zu studieren. Jedenfalls hatte ich das vor, bis Paul mir eine Tasse Tee brachte und eine Kerze auf den Nachttisch stellte. Ich protestierte: es sei ja noch Nacht.

Aber nach dem Tee und einer Zigarette schien die Sache nicht mehr so schlimm. Bis ich angezogen war, hatte Paul die Pferde in den Hof geholt und gesattelt.

Der Ritt über das hüglige Gelände war in der Morgendämmerung herrlich, die Pferde tanzten beinah Pirouetten, um zu zeigen, wie gut es ihnen gefiel, und die Hunde folgten dicht hinter ihnen, sehr jagdfreudig, doch mit sachlichem Ernst. Ich habe mich bei Landschaftsbeschreibungen eigentlich immer gelangweilt, und hier hätte es eines Dichters bedurft, um die Schönheiten des bergigen Buschlandes an einem frühen Herbstmorgen zu schildern.

Ich dachte an die Stadt und unsere komfortable Vorortvilla, wo um diese Zeit noch kein Mensch sich rührte. Dort begann jetzt gerade der erste Verkehr, der Milchmann setzte mit kräftigem Bums seine Flaschen ab, bald plumpste am Gartentor die Zeitung auf den Rasen, und dann fingen die Trambahnen auf der Hauptstraße oberhalb unseres Grundstücks mit ihrem morgendlichen Gekreisch an, das wie schreckliche Hilfeschreie klang. Hier aber gab es nur die Vögel und die Bäche, und sogar sie schienen nur gedämpft und noch verschlafen zu singen und zu murmeln. Und an den Hängen rührten sich schläfrig die Schafe, noch nass vom reichen Morgentau.

Paul besaß gute Hunde, und die Schafe ließen sich unschwer leiten, aber wir mussten sie langsam treiben, und es wurde mächtig heiß, bis wir an die letzte kleine Koppel neben der Furt kamen. Paul sagte: »Am besten ist, ich bringe diesen Teil der Herde schon zum Hof und hole die andern später. Tim und Sam werden bald hier sein, und wir müssen nachher die Tiere ziemlich lange im Hof stehen lassen.«

Das bisher leichte ›Ausmustern‹ war mir in den Kopf gestiegen. Voreilig sagte ich: »Die paar bringe ich nach, das werde ich bestimmt können.«

Paul sah aus, als bezweifelte er das. »Ohne Hund ist es schwierig, selbst auf einer kleinen Koppel. Aber es sind alte Muttertiere, die die Wege schon kennen. Wenn es dir gelingt, sie in Gang zu bringen, laufen sie direkt zur Furt. Musst nur ans obere Ende der Herde reiten und sie in Reihe zwingen. Aber gib es auf, sobald sie dir Schwierigkeiten machen.«

Als ich die Furt betrachtete, begann ich schon mein tapferes Angebot zu bereuen. »Werden sie hier auch brav durchwaten?«

»Vielleicht hast du's anfangs schwer mit ihnen, aber wenn du erst eins auf den Schwung gebracht hast, schließen die andern sich an. Auf jeden Fall kommt einer von uns 'rüber, falls du nicht bald zurück bist.«

Ich fühlte mich gehoben. War ich doch nun wirklich die Frau eines Schafzüchters. Sicher würden die Zeitungen bald ein Foto bringen mit der Unterschrift: ›Susan wird Schäferin‹ oder ›Dame der Gesellschaft bewährt sich im Busch‹.

Zu meinem Erstaunen begannen die Schafe sofort den Pfad zum Fluss hinabzulaufen, sobald ich hinter ihnen ein paar gellende Schreie ausgestoßen hatte. Und sie liefen tatsächlich zur Furt. Dann kamen die von Paul erwähnten Schwierigkeiten: Die Tiere schoben sich zu einem Haufen zusammen, als besprächen sie die Lage, blickten erst zu mir herüber und dann auf das klare, fließende Wasser. Anscheinend hielten sie mich für das kleinere Übel. Ich schrie Mord und Brand, stieg aus dem Sattel, suchte mir einen langen Stock und bearbeitete sie – mit dem Erfolg, dass sie sich noch dichter zusammendrängten. Ich japste wie ein toller Hund. Sie schauten sich um und grinsten höhnisch. Schließlich sprang ich in einem Wutanfall mitten zwischen sie und bekam ein altes Mutterschaf, das nicht aufpasste, am Hinterlauf zu fassen.

Das Tier war verblüffend stark und exerzierte einen richtigen Tanz, wobei ich wie ein Putzlappen an seinen Beinen hing. Endlich aber nagelte ich es sozusagen fest und es gelang mir, es durch Schieben und Stoßen mit großer Anstrengung, ins Wasser zu bringen. Seine beste Freundin folgte und dann meinten einige andere neugierige alte Mädchen, sie müssten sich auch mal ansehen, was da im Gange war. Nun ging der Tumult los. Plötzlich waren sie alle fünfzig entschlossen, blindlings hineinzustürzen. Rasch sprang ich aus dem Wege und trat auf einen Stein. Der rollte unter mir weg, und schon lag ich auf dem Rücken im Wasser, das über einen halben Meter tief war.

Bis ich mich wieder aufgerafft hatte, waren die meisten Schafe ein Stück weiter oben durch den Fluss gegangen – ich hörte vom anderen Ufer ein unmissverständliches Gelächter. Paul natürlich wieder! Ich drehte mich wütend um, doch diesmal war es Sam, der sich sofort alle Mühe gab, so zu tun, als sei das Gelächter von den Schafen gekommen. »Sind ein bisschen kurzatmig, diese alten Madamchen«, sagte er listig, doch ich fixierte ihn kalt.

»Ich habe geglaubt, Paul sei der einzige Mensch, der einen auslacht, wenn man sich verletzt. So was Stupides! Genau wie die Chinesen.«

»Kann nichts dafür. Vielleicht liegt das an meinem Namen. Was, daran hast du noch gar nicht gedacht? Ich könnte wetten, dass du der einzige Mensch in unserem Bezirk bist, der mich noch nicht gefragt hat, ob ich eine Wäscherei hätte.«

Ach so: Sam Lee – dieser echt chinesisch klingende Name! Natürlich musste nun auch ich lachen. Und wieder ward mir bewusst, dass ich in dieser Gegend meinen Sinn für Humor entschieden noch pflegen musste. Na, immerhin war das Wasser warm, da wurde ich bei der Hitze gewiss bald trocken. Sam kam und half mir ans Ufer, und nun, da ich mich wieder gefasst hatte, empfand ich Stolz, dass ich allein die Schafe durch die Furt gebracht hatte.

Larry kam nach dem Frühstück zu uns. Sie sagte: »Wird es dir nicht langweilig, uns so oft in der Nähe zu haben? Das ergibt sich aber, weil ihr eben das alte Gutshaus mit dem Schafbad und dem Wollschuppen und den anderen besseren Einrichtungen habt. Und das bedeutet, dass ihr euch für alle Ewigkeit mit uns herumschlagen müsst, weil wir die wichtigste Arbeit mit den Schafen auf eurem Hof verrichten müssen.«

»Das macht die Sache ja gerade nett. Ich bin Gesellschaft gewöhnt und habe gern Menschen um mich. Übrigens, willst du nicht mit mir zu dem Dorffest gehen, das zur Begrüßung des neuen Pfarrers veranstaltet wird? Paul will nichts davon hören. Mich hat Mrs Archer telefonisch gebeten, zu kommen.«

»Um Himmels willen, nein. Diese Veranstaltungen sind gräulich. ›Herren zwei Schilling pro Kopf und Damen einen Korb‹, mit anderen Worten: Du musst deine elenden Torten, die nicht gut geraten sind, vor all den anderen Frauen auspacken, die sich dann hinter deinem Rücken über dich lustig machen.«

Offenbar hatte Larry eine ihrer Launen. So gab ich den Gedanken, den Empfang des Pfarrers mitzufeiern, auf, protestierte aber gegen ihre Behauptung, dass die Menschen überall gleich seien.

»Vielleicht hast du Recht«, meinte Larry, »aber die Hinterwäldler sind jedenfalls so.«

Als wir das Geschirr abgewaschen und das Haus flüchtig ausgefegt hatten, gingen wir auf den Hof, um beim ›Bad‹ der Schafe zuzusehen. Sofort wurde Larry beordert, die Tiere abzuteilen – eine komplizierte Aufgabe mit einem kleinen Klapptor, die ich ehrfürchtig beobachtete. Aber schon gab mir Paul einen langen Stab, den er als ›Krücke‹ bezeichnete.

»Meinst du, dass du helfen kannst, sie mit durchzuschieben? Nur für ein paar Minuten. Schau dir an, wie Sam es macht.«

Sam lächelte mir zu. »Vorsichtig mit der Krücke. Einmal hast du heute schon gebadet!«

»Wieso vorsichtig?«, fragte ich misstrauisch. Im Fluss war das Bad nicht schlimm gewesen, aber hier in der schwarzen, übel riechenden Flüssigkeit? Nein –

»Anfänger gehen immer zu hart 'ran, dann bricht die Krücke ab und rutscht weg, und schon tauchen sie, und nachher machen selbst ihre besten Freunde acht Tage einen Bogen um sie.«

Und genau, als er das sagte, brach die Krücke – seine eigene. Plumps, lag er drin. Spuckend und kopfschüttelnd kam er wieder hoch, ein jammervoller Anblick. Nun war wieder ich mit Lachen an der Reihe, und sogar Larry stimmte ein. Allerdings bemerkte sie gleich verdrießlich, welch besonderer Genuss es sein werde, den unaussprechlich ekligen Anzug auszuwaschen.

»Geh ins Haus, nimm ein Bad und zieh Zeug von mir an«, rief Paul. »Wir haben sowieso eine Pause und eine Tasse Tee verdient.«

Sam ging mit hochnäsiger Miene ab und erklärte großspurig, er hätte schon Tausende von Schafen gebadet – jawohl, Tausende – und noch nie ... Die folgenden Worte gingen in unserem höhnischen Gelächter unter. Gerade wollten wir ihm ins Haus folgen, da hörten wir, wie ein schwerer Wagen die Anfahrt heraufschnurrte. Larry stöhnte: »Herrjeh! Im ganzen Gebiet gibt's nur einen Wagen mit so einem dicken Motor. Es ist der Panjandrum persönlich.«

Colonel Gerard zeigte sich nett, aber reserviert. Den schüchtern angebotenen Tee lehnte er ab, da er es eilig habe. Er hatte bei mir vergeblich angerufen. Ich machte ein schuldbewusstes Gesicht, wozu ich gar keinen Grund hatte, doch er bewies Verständnis.

»Ich begreife vollkommen«, sagte er, »auf diesen kleinen Farmen muss ja jeder mit zugreifen. Ich habe etwas Polizeiliches zu berichten. Anscheinend ist vor zwei Tagen ein Mann aus der Anstalt Borstal entwichen, der vermutlich die Richtung hierher genommen hat. Er fährt ein gestohlenes Motorrad, Nr. 9768. Ich bin gebeten worden, Ausschau nach ihm zu halten und sofort Meldung zu machen. Er soll lange weite Hosen und einen Pullover anhaben, natürlich auch gestohlene Sachen.«

Der Colonel klappte sein Notizbuch zu und musterte uns streng. Ich murmelte, dass ich selbstverständlich jemand benachrichtigen würde, wenn ich den Mann sähe, doch ich rechnete nicht im Ernst damit, dass …

Larry, die im Stillen kochte, platzte jetzt los: »Und wenn ich ihn sehe, werde ich ihm sagen ›Viel Glück für die Reise‹. Wie ich diese Menschenjagden hasse!«

Colonel Gerard blickte finster. Ich suchte nach einer taktvollen Bemerkung, fand jedoch keine.

»Was hat der arme Junge denn verbrochen?«, fuhr Larry fort. »Hat irgendwo ein schäbiges Motorrad gestohlen, wahrscheinlich schon vor zwei Jahren. Und hat natürlich keinen Freund, an den er sich wenden kann.«

Inzwischen hatte der Colonel wieder Luft bekommen »Von der Art seines Verbrechens habe ich keine Ahnung. Es steht mir auch nicht zu, die Gesetze dieses Landes zu bekritteln, sondern ich habe mich nach ihnen zu richten.«

Larry sagte taubensanft und aufreizend: »Wie nett. Ein sehr einfacher Ehrenkodex.«

»Ich darf Sie aber wohl daran erinnern, dass jeder, der einem entwichenen Gefangenen hilft, sich strafbar macht.«

»Ist ja entsetzlich! Doch ich glaube, ich werde es riskieren.«

»Jedenfalls habe ich Ihnen das Nötige bekannt gegeben. Guten Morgen.«

Der großmächtige Panjandrum, der jetzt mehr denn je seinem Spitznamen gerecht wurde, sagte mir höflich »Auf Wiedersehen«, zog vor Larry in viel sagendem Schweigen den Hut und ging in bewundernswerter Haltung hinaus.

Larry blickte ihm mit bösem Gesicht nach. »Bei jedem andern würde der Effekt jetzt dadurch verdorben, dass sein Motor nicht anspringt, aber dem passiert das nicht. Wie mir dieser Mann zuwider ist!«

Ich musste über ihre Wut lachen. »Warum regst du dich bloß so auf? Das lohnt sich doch gar nicht.«

»So? Aber vielleicht doch, wenn man irisches Blut in den Adern hat. Ich hasse jede Jagd auf Menschen.«

In der folgenden Woche wurde das Schafewaschen unterbrochen, die Männer mussten zur Stadt, da die Böcke, die sie auf der Ausstellung gekauft hatten, am Bahnhof Te Rimu angekommen waren und es dort keinen Lastwagen gab, um sie zu uns zu bringen. So mussten sie Tims alten nehmen und sie selbst abholen. Sie brachen früh auf, da sie zurück sein wollten, ehe es dunkel wurde. Ich blieb genüsslich bis 9 Uhr im Bett.

Gegen Mittag rief Larry an, um mir zu sagen, dass sie die Nacht über fortbleiben würden. Sam hatte ihr telefonisch mitgeteilt, der Lastwagen hätte schwere Schäden, die erst am nächsten Tage behoben sein würden. Paul ließe mich bitten, zu Larry zu fahren und bei ihr zu übernachten, worum auch sie selbst mich sehr bat.

»Aber ich bin doch kein bisschen nervös«, wandte ich ein.

»Weiß ich, aber Paul schien mir, für seine Verhältnisse, recht beunruhigt. Er sagte, nach den Bekanntmachungen müsse sich der aus Borstal entwichene Jüngling, ein gefährlicher Kunde, tatsächlich bei uns in der Gegend herumtreiben. Ich habe nicht die geringste Angst, aber komm doch 'rüber. Es würde mir Spaß machen, dir unser Haus und die Hunde und so weiter zu zeigen.«

»Heute ist doch der gesellige Abend für den neuen Pfarrer. Wollen wir nicht doch beide hingehen?«

»Ich gehe bestimmt nicht. Aber ich will dir die Tour nicht verderben, wenn du gern möchtest.«

»Nein, ich komme lieber zu dir für die Nacht.«

Ich fuhr gegen 6 Uhr hin. Larry kam zur Begrüßung heraus, gefolgt von zwei schönen Hunden, einem goldbraunen Spaniel namens Mick und einem riesigen goldgelben Neufundländer, den sie – warum, wusste wohl nur sie selbst – ›Maus‹ nannte. Die Tiere waren offenbar gut Freund miteinander.

»Ja, die vertragen sich. Maus ist noch jung und albern, sie zupft Mick an den Ohren, und der arme Kleine kann sich nicht revanchieren. Maus sieht nur so mürrisch aus, weil sie kurze Ohren hat und sich einbildet, ein übergroßer und nicht ganz echter Spaniel zu sein.«

»Kein Wunder, dass du dich vor entflohenen Gefangenen nicht fürchtest. Mit den Hunden als Schutz gehört dazu keine besondere Tapferkeit.«

»Ja. Ich glaube beinah, Maus würde jeden zu Hackfleisch machen, der hier dumme Geschichten verursachte. Sie ist sonst furchtbar sanft, aber als Wachhunde sind die Neufundländer kaum zu übertreffen. Komm erst mal 'rein, wir wollen den Tee auf der Veranda trinken.«

Es war ein hübsches kleines Haus, neu und praktisch eingerichtet, mit Schränken und einem schönen Kachelofen. Larry tat, als sei das nichts Besonderes. »Das Beste ist, dass wir etwas haben, was man hier in der Gegend ein ›Patenonkel‹ nennt. Damit bin ich auf der gesellschaftlichen Stufenleiter ziemlich hochgerückt.«

»Wenn es danach geht, gehöre ich mit dem ›Schiefen Turm‹ ja mächtig weit unten hin.«

»Ja, sehr tief unten – die Millars müssten eigentlich auf dieselbe Stufe, aber sie werden davor bewahrt, weil sie anstatt Toilettenpapier in Rollen den ›New Statesman‹ benutzen. Dadurch rücken sie intellektuell höher, während das andere sie sozial tiefer platziert. Du hast sie ja noch nicht kennen gelernt. Sie ist eine ziemlich eingebildete Pute, aber nicht schlecht, doch er ist grässlich. Ein kleiner Mann, der einen immerfort betätscheln muss. – Was ist da für ein Lärm? Kommen unsere Männer doch schon zurück?«

Es war aber kein Auto, sondern ein Motorrad. Wir blickten uns stumm an, als das Rattern näher kam. Ich sagte: »Der hat aber einen Nerv, tatsächlich auf dem Ding zu fahren!«

»Mick, Maus, kommt herein! Nun sollst du sehen, Susan, dass ich nicht bloß leere Worte mache – und zum Kuckuck mit dem Panjandrum!«

»Larry, du willst doch nicht etwa …?«

»Selbstverständlich will ich, aber du sollst nicht mit hineingezogen werden. Also geh nach vorn ins Haus, er wird sicher an die Hintertür kommen, wie das hier jeder tut.«

»Wenn du bleiben kannst, kann ich das auch. Aber trotzdem …«

»Oh, ich will ihn nicht etwa verstecken, nur dem armen Teufel was zu essen geben, ihn dann laufen lassen und keinem Menschen ein Wort sagen. – Pst, er kommt!«

Ich hatte noch nie einen entflohenen Gefangenen gesehen. Er sah genau aus wie gewöhnliche Menschen, freilich unordentlich, Hosen und Pullover waren sehr staubig. Das Motorrad sahen wir nicht, er hatte es am Tor gelassen. Er war höflich und ganz kühl – aber vielleicht nur, weil er wusste, dass unsere Männer fort waren? Seltsamerweise wurde ich gar nicht nervös.

Er fing an: »Guten Abend. Ob ich wohl hier …«

Wie ein Blitz unterbrach ihn Larry: »Ja, gewiss, nur sprechen Sie kein Wort, nicht eins. Ich weiß über Sie genau Bescheid. Das heißt, wir wissen beide Bescheid.«

Der junge Mann blickte uns erschrocken an. Sicher hatte er nicht geglaubt, dass die Polizei ihm schon so dicht auf den Fersen war. Er versuchte wieder zu sprechen, doch Larry fiel ihm abermals ins Wort. Sie war sehr energisch und tat ganz geheimnisvoll, und ich merkte, dass sie ungeheuren Spaß an der Sache hatte. Sie forderte den Mann auf zu warten, bis sie ihm Essen geholt hätte. Er versuchte abzulehnen, was ich anständig fand, weil ich glaubte, er wolle uns nicht in Konflikte bringen. Doch Larry schob seine Einwände beiseite. Ehe ich bis zehn zählen konnte, hatte sie dem Widerstrebenden einen Laib Brot, Butter und Fleisch in die Hände gedrückt.

»Stecken Sie das in diesen Beutel, und den werfen Sie weg, wenn Sie's aufgegessen haben – oder verbrennen Sie ihn lieber. Nein sprechen Sie nicht, die können jede Minute kommen, dann kann ich wenigstens ehrlich behaupten, dass Sie mit mir nicht gesprochen haben. Hier haben Sie noch eine alte Decke. Und viel Glück! Fahren Sie auf Deubel komm 'raus!«

Völlig verblüfft wollte er sich entfernen, da schrillte das Telefon, scharf und anhaltend. Larry legte einen Finger auf den Mund. »Verduften Sie rasch, ich muss hören, wer am Apparat ist.« Sie ging hin.

Der junge Mann aus Borstal war ein kaltblütiger Knabe. Er versteckte sich nicht, sondern blieb glatt stehen, wo er war und glotzte mich an. Wie versteinert, dachte ich. Da er mir schrecklich Leid tat, flüsterte ich: »Hoffentlich kommen Sie gut durch.«

»Ist wohl besser, ich verschwinde. Ist sie …? Ich meine …«

Ich wusste nicht, was er meinte, aber nach seinem Gesicht zu urteilen, glaubte er wohl, Larry sei nicht ganz bei Trost. Wahrscheinlich war er selten freundlich behandelt worden, sodass dieser unerwartete Empfang ihn maßlos erschreckte.

Ich hörte Larry am Telefon sagen: »Habe nichts beobachtet, nicht das mindeste. All right, ich gebe Ihnen dann Bescheid.«

Ja, sie waren ihm auf der Spur! Larry kam sofort wieder.

»Es wurde angefragt, ob wir einen Fremden gesehen oder ein Motorrad gehört hätten. Man wollte mir gerade Einzelheiten erklären, doch da habe ich aufgehängt; viel besser, man weiß gar nichts. Nun verduften Sie aber, bevor die Verfolger kommen und Sie entdecken!«

Jetzt konnte er gar nicht schnell genug wegkommen. Ein paar Mal drehte er sich noch um, als sei er nun doch nervös geworden. Kaum war er außer Sicht und das Klopfen seines Motors in der Abendstille verklungen, da ließ Larry sich in einen Sessel fallen.

»So – was kümmern mich der Colonel und die ganze Polizei! Jedenfalls haben wir dem erschöpften Mann auf den Weg geholfen, und darüber bin ich froh.«

»Und ich auch. Aber er kam mir so komisch vor, nicht gerade sehr dankbar.«

»Oh, auf Dankbarkeit habe ich nicht gerechnet«, behauptete Larry großspurig. »Musst bedenken, dass der Mensch, wenn er weiß, dass alle gegen ihn sind, die feineren Gefühle verliert. Hauptsache ist, dass wir weder ihn noch uns selbst in eine Klemme gebracht und sogar noch geholfen haben.«

»Ich bin neugierig, was Paul und Sam sagen werden«, bemerkte ich nachdenklich, aber gerade in dem Augenblick läutete das Telefon. Ich eilte hin, in der Hoffnung, von unseren Männern zu hören, doch es war Miss Adams aus dem Laden.

»Guten Abend, Mrs. Russell. Kommen Sie nicht heute zum geselligen Abend? Es ist freilich für Sie ein weiter Weg. Ich frage mich, ob die Sache überhaupt stattfinden kann. Sie wissen ja, dass es sich um die Begrüßung des Geistlichen handelt, und der ist bisher noch nicht eingetroffen. Ich habe gerade Mrs. Lee gefragt, ob sie ihn nicht gesehen hätte, aber sie war in großer Eile und hängte gleich ab.«

In meinem Gehirn schlug eine Taste an, ich stieß einen stöhnenden Laut aus, und ein tolles Verlangen zu kichern ergriff mich.

»War er denn etwa auf dem Weg zu uns?«, fragte ich matt.

»Davon weiß ich nichts, aber auf der Straße nach Ihrer Farm ist er gewesen, mit dem Motorrad. Jemand hat erzählt, er sei ein paar Meilen vor Ihrer Farm gestürzt und würde vielleicht zu Ihnen kommen, um sich zu säubern. – Wie er aussieht? Ach, wie viele andere junge Leute, ziemlich groß und robust – Schön, rufen sie uns bitte an, wenn Sie von ihm hören.«

Als ich mich wieder gefasst hatte, sagte ich zu Larry: »Kein Wunder, dass er dich für leicht bekloppt hielt.«

Sie wurde ziemlich böse. »Und es war das letzte Stück Fleisch, das ich im Hause hatte! Na, Hauptsache ist, wir lassen nichts davon verlauten. Wenn das nämlich ’rumkommt, werde ich ewig damit gehänselt. Nicht mal unseren Männern werden wir's erzählen.«

Aber die erzählten es natürlich uns, gleich am nächsten Tage nachdem sie durch Tiri gekommen waren. Der entflohene Gefangene war meilenweit von uns verhaftet worden, aber den Pfarrer hatte sein Erlebnis ganz überwältigt. Er hatte es in seiner Predigt, umschrieben zwar, aber deutlich genug, hervorgehoben und gesagt, welche Freude es ihm gemacht habe, zu erfahren, dass der Geist christlicher Barmherzigkeit in der Gemeinde so lebendig sei. Der Colonel soll in helle Wut geraten sein.

Paul sagte nur: »Ihr zwei werdet euch noch mal in Deubelsküche bringen, euch fehlt es an genügender Beschäftigung.«

Ich blickte nach dem Berg Geschirr im Ausguss und dann nach dem vollen Wäschekorb, der aufs Plätten wartete. Auch mit der Gartenarbeit hatte ich angefangen, und Paul hatte mich, da diese Woche im Laden kein Brot angekommen war, in der Kunst des Brotbackens unterrichtet. Er folgte jetzt meinen Blicken.

»Nicht genug zum Nachdenken habt ihr, das meinte ich«, sagte er energisch. »Hier im Hinterland haben die Frauen zu viel freie Zeit, nicht genug geistige Anregungen. Ich habe schon immer gesagt, Larry müsste ein Hobby haben.«

Anscheinend wollte er auch für mich eins finden. Meine Sache stand schlecht. Plötzlich kam ihm die Erleuchtung: »Warum machst du eigentlich nicht mit deiner Schriftstellerei weiter? Vielleicht bringst du es sogar zu einem Buch?«

Ich antwortete nicht, sondern begann den Brotteig zu kneten.

5

Nach dem Schafbaden schienen sich gewisse Aussichten auf eine Pause in der Landarbeit zu eröffnen. Jetzt hielt ich die Gelegenheit für günstig, das Haus in Ordnung zu bringen. Natürlich war es sauber und sah mit den neuen Möbeln ganz anders aus als vorher, doch so vieles musste noch getan werden. In einigen Zimmern war die Tapete verblichen und ziemlich schmutzig. Vom Holz war die Farbe abgeblättert. Ich trug Paul vor, was ich plante. »Hast du sehr viel zu tun, Liebling?«

Er maß mich mit dem wachsamen Blick, den jeder Mann seiner Frau zuwirft, wenn sie diese Frage stellt. Wie ein Raubtier, das Gefahr wittert. Später war ich über die Bedeutung dieses Blickes keinen Moment mehr im Zweifel.

»Es gibt immer eine Menge notwendiger Arbeiten. An den Weidezäunen zum Beispiel. Buschholz muss geschnitten werden, und nächste Woche soll der Kunstdünger hier sein, und dann ...«

Ich fand es richtig, jetzt dazwischenzufahren: »Selbstverständlich, ich weiß, dass es immer Arbeit gibt, wenn man sich welche sucht.«

»Da brauche ich nicht erst lange zu suchen. Wir müssten nämlich auch ...«

Taktvolle Andeutungen schienen bei Paul nicht zu verfangen, daher probierte ich es mit einem Frontalangriff. »Ich möchte aber gern im Haus so einiges gemacht haben.«

»Im Hause?« Er war ehrlich erstaunt. »Was sollte denn da nicht in Ordnung sein?«

Jetzt war Vorsicht geboten. »Ach, in Ordnung ist es ja, streng genommen. Auch das Altmodische hier gefällt mir, und ich liebe es, wie es ist.«

Paul legte mir den Arm um die Schulter. Ich war auf dem richtigen Wege – nun also den überraschenden Vorstoß!

»Es wäre aber doch nett, wenn wir es innen ein bisschen auffrischten. Schließlich hast du hier drei Jahre als Junggeselle gewohnt und mir doch gesagt, dass die Leute, die vorher das Haus hatten, nichts erneuert haben. Die Tapete hier ist doch eigentlich schauderhaft, und die im Esszimmer ist ganz verschossen und fleckig vom Regen, der bei offenen Fenstern hereingeschlagen war. Ich weiß, dass wir beide zusammen ein Zimmer ebenso gut tapezieren können wie ein Fachmann. Es kommt nur darauf an, die Tapeten zu kaufen, und ich dachte, wir könnten dazu ein paar von unseren Hochzeitsschecks verwenden.«

Sein Griff um meinen Arm wurde härter. »Also nun hör mal zu! Ich bin doch nicht bankrott, kann dir alles kaufen, was du für die Wohnung brauchst. Aber es handelt sich um die Zeit dafür!«

Spätere Erfahrungen haben mir gezeigt, dass auch der großzügigste Farmer in einem Punkt geizig ist – mit seiner Zeit. Ich sagte Paul, wir könnten doch dann lieber gleich mehrere Zimmer tapezieren und neu machen. Und weshalb nur die Abwaschkammer so abscheulich grau gestrichen sei, ob denn elfenbeingelb da nicht hübscher wäre! Er ertrug alles heldenhaft, zog sein Scheckbuch und sagte: »Ich werde dir einen Blankoscheck geben. Auf alles, was du möchtest, und wann es dir am besten passt. Wir werden uns die Arbeit dann bei Regenwetter vornehmen.«

Seit damals habe ich mir ausgerechnet, dass, selbst wenn es sieben

Jahre täglich regnete, die meisten Farmer dann immer noch nicht mit den Arbeiten fertig würden, die sie bei ihren Frauen für den ersten Regentag versprochen haben.

In dem unklaren Gefühl, dass diese Stunde genutzt werden musste sagte ich: »Wie lieb von dir! Wann wollen wir zur Stadt fahren?«

Paul stopfte langsam seine Pfeife. Da ich merkte, dass er Zeit gewinnen wollte, drängte ich gleich: »Warum nicht schon morgen?«

»Ja, weißt du, ich habe Sam versprochen, ihm von morgen an bei seinem Grenzzaun zu helfen. Das dauert nur drei Tage. Dann kommt Tim, um mit mir unser Brennholz für den Winter 'ranzuholen. Dafür werden wir ungefähr eine Woche brauchen, und anschließend hacken wir gleich das Brennholz für ihn. Und dann müssen wir erst noch ...«

Ich unterbrach ihn mit höchst sanfter Stimme: Paul, ich möchte aber mit der Wohnung bald beginnen. Es hat keinen Zweck zu warten, bis alles andere erledigt ist. Schließlich ist das Haus wohl ebenso wichtig wie die Felder.«

Er zündete seine Pfeife an und sagte: »Na, immerhin ist die Farm unser Lebensunterhalt.«

Mir war klar, dass ich dieses Schlagwort nun noch viele lange Jahre hören würde. Am besten, ich gewöhnte mich gleich daran.

»Also ist es dir vielleicht lieber, wenn ich allein fahre?«, fragte ich in der Hoffnung, dass er Nein sagen würde. Ich dachte auch an die steilen, gewundenen Bergpfade und das recht sonderbare Auto. Doch er machte sofort ein frohes Gesicht.

»Bei Gott, das ist ein guter Gedanke. Ich gebe dir den Scheck, dann kannst du dir anschaffen, was du willst, und dir beim Einkaufen auch Zeit nehmen. Wird dir ganz gut tun, dich mal einen Tag zu amüsieren.«

Resigniert stimmte ich ihm zu, stellte mir die zwei Straßen der ›Stadt‹ vor, das Kino, das nur an Markttagen vormittags spielte, und den winzigen Erfrischungsraum, in dem man sich stundenlang ›amüsieren‹ konnte. Vielleicht dachte Paul auch gerade daran, denn er sagte plötzlich: »Wie wär's, wenn Larry mitführe? Könnt dann abwechselnd steuern, und sie kann dir auch das Sehenswerte zeigen.«

Diese Rundfahrt konnte ja nicht lange dauern, war aber mit Larry zusammen gewiss netter. Ob sie allerdings Lust hatte? Zu Hause konnte sie so lustig sein, doch vielleicht hatte sie gerade wieder eine ›Laune‹, wenn sie gebeten wurde, mitzukommen?

Aber sie hatte keine, sondern große Lust, als ich sie anrief. »Gern!

Schön, mal einen Tag von hier wegzukommen. Und von den grässlichen Männern.«

Mir war schon aufgefallen, dass Larry, die ihren Sam so liebte, die sonst viel lieber Männer als Frauen um sich hatte und den Männern auch besser gefiel, immer von den ›grässlichen Männern‹ oder den ›großen plumpen Geschöpfen‹ sprach, sobald sie sich über etwas geärgert hatte.

»Also dann morgen, wenn du wirklich gern mitfährst.«

»Und wie gern!« – Nun war ihr Zorn ganz deutlich.

»Was war denn los? Wieder ein entlaufener Gefangener?«

»Schlimmeres! Hundsgemeine Leute aus der Stadt! Sie kommen in diesem Monat häufig, um Pilze zu sammeln. Du weißt ja, wie viele am Straßenrand wachsen. Diesmal waren es ganz fremde Leute, das heißt fremde sind es oft, aber sie benehmen sich, als gehöre ihnen das Land. Ich war gerade oben auf der Anhöhe und sah, wie sie unten in der Senke durchs Tor kamen und es offen ließen. In ihrer Nähe weidete die alte Daisy, und du weißt ja, dass sie sowieso gern mal ausbüxt. Wie der Blitz war sie draußen auf der Straße.«

»Die Milchkuh? Wie ärgerlich! Ich hoffe, du hast den Herrschaften die Meinung gesagt?«

»Hatte keine Gelegenheit dazu. Ich rannte natürlich gleich 'runter, aber sie hatten die Körbe schon voll und stiegen in ihren Wagen, ehe ich hinkam. Und das war noch nicht alles. Von den Schafböcken, die auf derselben Koppel weiden, schlüpften auch ein paar durch das offene Tor. Und sämtliche Tiere wären noch 'rausgelaufen, hätte ich nicht aufgepasst.«

Ich kicherte, doch Larry blieb vollkommen ernst.

»Den Viechern machte das natürlich nichts aus, die liefen einfach los, Daisy hatte schon eine halbe Meile Vorsprung und machte Kapriolen vor Freude. Ach, ich hätte die Leute umbringen können! Jedenfalls habe ich die Nummer ihres Autos!«

»Und vermutlich hattest du die Pilze für euch selbst haben wollen?«

»Sehr richtig! Aber wütend machte mich nur diese Unverschämtheit. Daisy hat ihre Freiheit in vollen Zügen wahrgenommen. Eine ganze Stunde habe ich gebraucht, die Tiere wieder auf die Koppel zu kriegen – Spiel und Sport, kann ich dir sagen –, und die elende Kuh gab abends nicht mal einen Becher voll Milch. – Oh, solche Leute hasse ich!«

»Das ist aber auch wirklich die Höhe! Wenn du ihre Nummer hast, wollen wir morgen mal sehen, dass wir sie ausfindig machen, dann kannst du ihnen die Leviten lesen.«

Als ich Paul das erzählte, meinte er voller Verständnis: »Ja, so sind manche Leute aus der Stadt. Möchte wissen, ob es denen behagt, wenn wir uns bei ihnen im Garten auf den Rasen legen und ihre Blumen abrupfen.«

Da ich stets in der Stadt gewohnt habe, leuchtete mir dieser Vergleich ganz gut ein. Ich glaube, die Leute stehen auf dem Standpunkt, das Land sei für jedermann da. Ich wusste, dass auch meine Mutter oft Pilze sammelte, ohne zu fragen, aber Weidetore hatte sie noch nie offen gelassen. Was würde sie wohl empfinden, wenn sie morgens aufwachte und eine Familie vom Lande sich auf ihrem Tennisplatz breit gemacht hätte?

Als wir am nächsten Morgen durch den Wald fuhren, berichtete ich Larry, was Paul gesagt hatte. Sie lachte zuerst, dann sagte sie sinnend: »Du, das ist ein guter Einfall.« Später sollte ich erfahren, dass dieser Satz ein Gefahrensignal war. Larry gehörte zu den Leuten, denen gute Einfälle verboten werden müssten.

Für Tagesausflüge war sie eine prächtige Begleiterin, zu allem bereit, brennend interessiert an jedem Einkauf, den ich machte, und bewaffnet mit Thermosflaschen voll Tee für ein Picknick. Das sei doch viel netter als in den teuren und zweitklassigen Teestuben in der Stadt, meinte sie.

»Was wir essen wollen, kaufen wir uns eben Fisch und Kartoffelchips. Das lasse ich von Sam immer besorgen, und wir essen es unterwegs, wann wir Lust haben.«

Sam erzählte mir später, Larry könne einem Picknick nie widerstehen. Leider habe er diese schreckliche Schwäche vor der Heirat nicht gekannt. Sie würde sogar vor dem Himmelstor bei Petrus noch ein Picknick machen, sagte er. Vorausgesetzt, sie käme dorthin.

In den Läden hatten wir viel Spaß. Larry, die von den Nachbarn draußen ziemlich bekrittelt wurde, war in der Stadt beliebt. Sie sah auch so hübsch aus und trat so liebenswürdig auf, dass die Männer sich förmlich überstürzten, sie zu bedienen. Zu ihren weniger angenehmen Eigenarten gehörte die Gewohnheit zu flüstern. Sie glaubte dadurch ihren Mitteilungen einen vertraulichen Charakter zu geben, flüsterte aber so laut und scharf zischend, dass einem fast die Trommelfelle platzten. Es klang so diskret wie ein Lautsprecher. Anfangs sprach sie auch im Wagen normal, doch sobald wir die Geschwindigkeits-Höchstgrenze von 60 Kilometern erreichten, fing sie mit dieser unglaublichen Flüsterei an.

Im Eisenwarengeschäft bediente eine reichlich lässige junge Dame die Tochter des Besitzers, die uns eine Tapete mit wahrhaft erschreckendem Muster vorlegte.

»Grausig«, sagte Larry, als das Mädchen sich kaum einen Meter entfernt hatte. »Einfach scheußlich. An so einer Tapete würde jeder betrunkene Mann hochzuklettern versuchen. Kommt für Paul nie in Frage.«

Da Paul keineswegs betrunken nach Hause zu kommen und an der Tapete hochzuklettern pflegte, war mir Larrys Äußerung recht peinlich, besonders weil alle Leute im Laden sie hörten und mich verstohlen und mitleidig anblickten.

Es gab noch eine zweite peinliche Episode, als Larry mich fast gewaltsam in einen mittelalterlichen Hutladen geschleppt hatte, in dem eine Dame mit blauem Haar und knallroten Fingernägeln bediente. Kaum steuerte diese Erscheinung auf uns zu, da flüsterte Larry mit aller Stimmkraft: »Nichts, absolut nichts, außer dem Ding da drüben, das für Lieschen Müller ganz passend sein könnte.«

Ich beeilte mich sehr, hinauszukommen, worüber Larry sich auch noch wunderte. »Ach, Unsinn, die konnte mich natürlich nicht hören. Ich habe doch ganz dezent geflüstert, denn ich kränke ja nicht gern Leute.«

Nun suchte ich nach einem abwaschbaren Kunststoff für Gardinen im Badezimmer. Zwar wusste ich, dass wir draußen im Busch keine neugierigen Fenstergucker hatten, doch meine ganze Erziehung verlangte in einem Badezimmer nach Gardinen.

Larry wandte sich entsetzt von dem uns vorgelegten, wirklich gräulichen Stoff ab. »Nein, nein, Susan, das kannst du keinesfalls nehmen. Lieber schamlos sein – habe ich nicht Recht …?« Sie warf dem Jüngling, der mit offenem Mund hinter dem Ladentisch stand, einen strahlenden Blick zu. Durch ihr Lächeln verwirrt, beeilte er sich, ihr zu versichern, dass sie ganz Recht habe.

Im Übrigen ging alles glänzend. Ich kaufte Tapeten für drei Zimmer, ganze Ozeane schöner Farbe mit den dazugehörigen Pinseln und Stoff für neue Gardinen in unserem Wohnzimmer. Inzwischen hatte ich

Heißhunger gekriegt und fragte Larry, wie sie übers Mittagessen dächte. Erst zögerte sie mit der Antwort, dann sprach sie sehr schnell. »Ja, Mittagessen, selbstverständlich. Ich bin mordshungrig und du sicher auch. Aber ich muss dir erklären, dass ich einen bestimmten Plan für unser Essen habe, und zwar nach Pauls Idee.«

Ich hatte keine Ahnung, was sie meinte. Sie redete schnell weiter, ohne mir in die Augen zu sehen. »Denk jetzt mal an diese ganz abscheulichen Leute, die gestern zum Pilzesuchen draußen waren. Also, ich habe mich im Rathaus nach ihnen erkundigt, während du deine Gardinenstangen kauftest. Bin zum Stadtsekretär gegangen – ein urgemütlicher Knabe, den ich schon ewig kenne, seit ich zum ersten Mal eine Strafe für zu langes Parken bekam –, na, dem gab ich die Autonummer, und er sagte mir die Adresse. Ich habe mir nun gedacht ...« Sie musste laut lachen.

Voreilig sagte ich: »Na, was denn? Ich mache alles mit.« Ich kannte eben Larry noch nicht richtig!

»Schön, das habe ich auch vorausgesetzt, aber du brauchst dich nicht in die Sache verwickeln zu lassen.« – Später stellte sich heraus, dass sie das in solchen Fällen immer sagte, und immer war ich prompt mit ›verwickelt‹. – »Wenn es dir lieber ist, darfst du im Wagen bleiben.«

Ich bat um Aufklärung, doch sie sagte nur, ich würde schon sehen, wenn wir da wären. Vermutlich wollte sie die Leute aufsuchen, um ihnen mal ›den Marsch zu blasen‹ – eine wenig schöne Aufgabe, die mir nicht recht zu ihr zu passen schien. Aber ich kannte sie ja bisher nur von einer Seite. Die andere sollte ich bald kennen lernen.

Wir fuhren durch das Tor vor einem sehr schönen Haus mit entzückendem Garten, in dem Larry anhielt und den Wagen verließ. Zu meiner Verwunderung breitete sie auf dem gepflegten Rasen eine Decke aus, legte ihre Thermosflasche und ein unordentliches Paket mit Fischhappen und Kartoffelchips daneben und sagte: »Bleib ruhig im Wagen, es dauert nicht lange, ich muss nur ein Picknick machen.«

An einem Fenster des Hauses erschien ein Gesicht. Ich brauchte meine ganze Courage, um Larry nicht davonzulaufen. Immerhin stieg ich aus und lungerte mit dem unbehaglichen Gefühl, sie könnte vorübergehend geistesgestört sein, beim Wagen herum. Sie wanderte, offenbar seelenruhig, kreuz und quer durch den Garten, sah sich alles an und pflückte hier und da eine Blume. Ich verfolgte erst mit den Blicken ihre gemessenen Schritte, dann betrachtete ich unser schäbiges Mittagessen, und nur die Treue zu meiner leider erkrankten Freundin hinderte mich, wie ein Angsthase auf die saubere Vorortsstraße zu entfliehen. Da ging mit einem Bums die Haustür auf und eine gutangezogene Frau in mittleren Jahren kam heraus. Unter normalen Verhältnissen hätte sie gewiss nett ausgesehen, doch jetzt wirkte sie ganz konsterniert. »Was machen Sie da eigentlich, zum Kuckuck?«, rief sie fast schreiend. »Wer sind Sie überhaupt?«

Durch die stille Straße hallten die Worte wie ein Echo. Ein Fleischerlehrling stieg von seinem Fahrrad und lugte über die Hecke. Im Haus gegenüber wurde ein Fenster geöffnet, der nebenan arbeitende Gärtner stützte sich ungeniert auf seine Hacke, um zu lauschen. Der einzige Mensch, den das nichts anzugehen schien, war Larry, die plötzlich verrückt geworden sein musste und nun anscheinend auch taub. Sie spazierte weiter durch den Garten und pflückte, sichtlich mit Kennermiene wählend, eine schöne Dahlie. Die Frau vor der Haustür kreischte fast. »Sind Sie von Sinnen? Wollen Sie sofort aufhören, meine Blumen abzureißen? Oh, meine schönsten Dahlien! Halt, habe ich gesagt!«

Es lehnten sich jetzt schon sieben Leute über die Hecke. Der eine ein junger Mann mit hellbraunen Schuhen und welligem Haar, lachte laut heraus, während die Hausbesitzerin vor Bestürzung eine Art Kriegstanz aufführte. Larry ging träumerisch weiter, eine besonders schöne Blume fiel ihr gerade zum Opfer. Ich hielt den Griff der Wagentür umklammert und wünschte, ich wäre mutig genug, um feige davonzulaufen.

»Welches ist denn die Verrückte«, fragte der Fleischerlehrling, »die mit den Blumen oder die Alte, die eben Polka tanzt?«

Larry schien sich in einer abgeschlossenen Welt zu bewegen, ihre Hand verhielt zögernd über einer Chrysantheme, die einen Preis auf der Gartenschau verdient hätte.

»Jemine!«, sagte ein freches kleines Mädchen mit sommersprossigem Gesicht. »Warum kommt denn hier kein Polyp?«

Die Frage brachte die erregte Frau auf einen Gedanken. Sie kam zu mir gerannt. »Sagen Sie mal, sind Sie die Wärterin dieser Person? Oh, weshalb hat man die bloß freigelassen? Es ist wohl besser, wenn ich die Polizei anrufe!«

Da überwältigte mich, muss ich zu meiner Schande gestehen, das Lachen, ich verfiel in einen der schrecklichen Lachkrämpfe, die viel schmerzhafter sind als Tränen. Und das gab der Frau den Rest. Ich glaube, jetzt hielt sie es für ausgemacht, dass wir nicht verrückt, sondern bösartig waren. Sie schritt auf Larry zu, die inzwischen beim Gemüsegarten angelangt war und eine große reife Tomate streichelte, und sagte mit deutlicher Erbitterung: »Ich werde sofort die Polizei anrufen und Sie wegen unbefugten Eindringens verhaften lassen.«

Einige Zuschauer riefen gedämpft hurra, andere schimpften missbilligend, aber alle schubsten sich um die besten Plätze an der Hecke.

Larry drehte sich mit einem Ruck um. Sehr hübsch sah sie aus, wie sie dastand, die Hände voll Blumen, in ihren Augen das Funkeln einer echt irischen Wut. Die Frau schien für dieses schöne Bild kein Verständnis zu haben, aber die Zuschauer hatten es, und ihre ganze Sympathie galt Larry.

»Die is' knorke, was? Die andere ist die mit dem Vogel.«

Ich hoffte, dass damit die Hausbesitzerin gemeint war, aber vielleicht galt es auch mir?

»He, Miss, schenken Sie uns 'ne Blume! – Soll ich mal 'rüberkommen und ihr ordentlich eine wischen?«

Larry zuckte mit keiner Wimper. Sie sagte sehr deutlich und höflich: »Ich bitte darum, rufen Sie Ihren Polizisten, dann kann ich Sie gleich festnehmen lassen, weil Sie gestern unbefugt mein Grundstück betreten haben.«

Die Frau blickte wieder ganz verdutzt hin und her, während die Zuschauer vor Entzücken den Atem anhielten. »Was soll das heißen? Ich soll gestern …? Wir sind den ganzen Tag auf dem Land gewesen!«

»Und gerade da haben Sie das getan. O ja, das kann man sehr wohl, sogar auf dem Lande. Besitzen Sie ein Auto mit der Nummer 19743!«

Völlig perplex murmelte sie: »Ja, ja, so eine ähnliche, aber was …?«

»Und sind Sie von hier sechzig Kilometer über Land gefahren?«

Die andere nickte ergeben, der Fleischerlehrling sagte: »Menschenskinder, da is'n Mord passiert.«

»Und Sie fuhren auf eine Farm, wo sie Pilze sammelten? Sie haben das Tor nicht hinter sich zugemacht, sodass die Kuh ausbrechen konnte, und Sie hatten niemand um Erlaubnis gebeten. Auch ein paar Schafe sind fortgelaufen, und Sie haben keinen Versuch gemacht, sie zurückzubringen. Nachdem Sie so viel Pilze gesammelt hatten wie Sie wollten, fuhren Sie die Straße hinab, wo die Kuh eine ganze Strecke vor Ihnen herlief, ohne dass Sie auch nur versuchten, sie zurückzutreiben. War das unbefugtes Betreten eines Grundstockes oder nicht? Oder kennt man das nur in der Stadt?«

Unterdrückter Beifall erklang von der Straße, und eine grobe Stimme rief: »Gib's ihr, Kindchen! Auf sie mit Gebrüll, diese alte Hexe!«

Die Hausbesitzerin war brennend rot geworden, sie sah sehr bedrückt aus. »Ja, das stimmt alles«, sagte sie. »War das Ihre Farm? Tut mir furchtbar Leid, aber die Kuh haben wir gar nicht bemerkt und uns nichts dabei gedacht.«

»Ja, es war unsere Farm, und Sie hätten sich dabei etwas denken müssen! Ich habe die Kuh zurückgetrieben, zu Fuß! Ich habe die Schafe wieder auf die Koppel gebracht, mit großen Schwierigkeiten, und heute wollte ich mal sehen, wie es Ihnen gefällt, wenn ich … Hier haben Sie Ihre Blumen, ich will sie nicht. Bin nicht zum Stehlen hergekommen, wollte Ihnen nur eine Lektion erteilen.«

Es war ein prächtiger Aktschluss. Larry drehte sich um und hob ihre Thermosflasche auf, während die Leute am Zaun in gewaltiger Begeisterung saftige Bemerkungen machten und die Frau stumm dabeistand. Vielleicht war es bedauerlich, dass Larrys würdevolle Szene unter den Fischhappen mit Kartoffelchips litt, die aus der Verpackung platzten und ringsum auf den Rasen fielen, doch das übersah sie großzügig. Ich krabbelte erleichtert in den Wagen.

Und nun geschah Erstaunliches: Die Hausbesitzerin, diese anrüchige Pilzdiebin und Toroffenlasserin, begann plötzlich schallend zu lachen. Sie kam zum Wagen und streckte Larry die Hand entgegen. »Sie sind vollkommen im Recht, ich habe Ihre Vorwürfe durchaus verdient. Bitte verzeihen Sie mir und kommen Sie auf eine Tasse Tee mit hinein.«

So kam es, dass wir zehn Minuten später in ihrem Wohnzimmer saßen und so lebhaft plauderten, als kennten wir uns schon von klein auf. Die Menge draußen ging, enttäuscht, dass nichts Aufregendes mehr folgte, laut schwatzend auseinander. Auf dem Rasen fraß gerade der Hund des frechen kleinen Mädchens die Reste von unserem Fischimbiss. Ich war noch fast atemlos vor Erstaunen, wohl weil ich mir damals noch nicht klar machte, dass man bei Larry das Ende eines Unternehmens nie vorher ahnen konnte.

Als wir nach Hause fuhren, sagte sie: »Selbstverständlich waren wir vollkommen im Recht, und außerdem stammte der Einfall von Paul. Trotzdem wollen wir das lieber für uns behalten.«

Drei Tage später wies ich Paul, als er gerade das Lokalblättchen aufschlug, darauf hin, dass an der Geschichte er allein schuld sei. Er las stumm seinen Artikel zu Ende, der ganz witzig und mehr als deutlich war, unter der Überschrift: ›Wie du mir, so ich dir – Land schlägt Stadt‹.

Nachher sagte er: »Vielleicht habe ich es schon erwähnt, aber es ist doch so, dass man sich schließlich nur im Umgang mit Kindern jedes Wort genau überlegen muss. Bei Erwachsenen nimmt man doch nicht gleich an, dass sie … Jedenfalls handelt es sich darum …«

Unser Gespräch bewegte sich nun ganz ›im gewohnten Rahmen‹.

Als Larry mich anrief, war ihre erste Frage: »Welche von den Bestien, die hinter der Hecke standen, mag sich als Reporter betätigt haben?«

»Ich glaube, der mit den braunen Schuhen. Weil er so merkwürdige Haare hatte. War Sam böse?«

»Schlimmer als das, er nahm es ohne Murren zur Kenntnis. Und Paul?«

Ich gab ihr eine Schilderung, worauf sie sehr ernst antwortete: »Susan, Sam hat fast dieselben Worte gebraucht, von Kindern und Unmündigen und so. Ich habe über solche Fragen schon früher nachgedacht und bin zu der Überzeugung gekommen, dass wir, wenn wir jemals Frieden haben wollen, einfach die Offensive ergreifen müssen, sobald die Männer wieder anfangen mit ›ihr beiden Mädels‹ und so weiter.«

Ich antwortete, das klänge großartig, bedürfe aber noch der Erklärung.

»Na, ganz einfach. Ich habe festgestellt, dass man sehr energisch werden muss, wenn man hoffnungslos im Unrecht ist. Bei Sam lohnt sich das.«

»Und worin hat die Offensive bestanden?«

»Ich habe ihm nur vorgehalten, wenn das Leben hier nicht so langweilig wäre, brauchten wir nicht selbst für Abwechslung zu sorgen. Die meisten ›Mädels‹ hätten ja ihren Gatten, der sie mal ausführt.«

Als ich über diese glänzende Strategie einen Augenblick nachgedacht hatte, fragte ich: »Und was geschah daraufhin?«

»Du wirst feststellen, dass die Männer nur eins fürchten: wir könnten uns im Busch langweilen. Verrückt, was? Aber sehr nützlich, dass sie diese Sorgen haben. – Übrigens möchte Sam gern wissen, ob ihr beiden am Donnerstagabend mit ins Kino nach Te Rimu fahren wollt? Es gibt ›Das gestürzte Idol‹.«

Ich sagte, das sei ein reizender Gedanke, nur wüsste ich nicht recht, wie ich bei Paul die Offensive ergreifen sollte.

Larry erwiderte: »Fang einfach an, von der Tapete zu reden, das wird ihn geneigt machen.«

Und sie hatte richtig prophezeit.

6

»Das Leiden mit dir ist, dass dir ein bisschen Farbe gleich in den Kopf steigt«, sagte Paul verdrießlich.

Tatsächlich schien eine ganze Menge ›hineingestiegen‹ zu sein, besonders in mein Haar.

Es war 12 Uhr mittags an einem heißen Apriltag, der Schweiß rann mir in die Augen, ich war ganz mit Farbe bespritzt, hatte aber wenigstens die Küchenwand mit weit ausholenden, breiten Pinselstrichen bemalt. Ich hielt es für geboten, Pauls Bemerkung zu ignorieren.

»Malen ist keine Schnellarbeit«, fuhr er geduldig fort, »das muss man langsam und sorgfältig machen. Die Wand hier sieht ja aus wie ein impressionistisches Gemälde.«

Ich legte den Pinsel hin, ganz sanft, dass niemand denken konnte, ich sei ärgerlich. »Das Kritisieren lass nur bleiben«, sagte ich. »Vielleicht möchtest du lieber selbst malen?«

»Also gut«, sagte mein Gatte, abscheulich vernünftig. »Bis Mittag haben wir noch eine Stunde, dann kann ich's jetzt gleich machen.«

Eine Stunde bis Mittag! Der Arme musste länger warten. In wahrer Leidenschaft für das Malen befangen, hatte ich an so prosaische Dinge wie Essenkochen gar nicht gedacht. Spielen etwa die Mahlzeiten eine Rolle, wenn man seine Wohnung renoviert? Essen konnten wir doch zu beliebiger Zeit. Freilich wollte Paul das nicht einsehen.

Auf diese Weise verging im April fast jeder Tag. Im März war bedauerlich trockenes Wetter gewesen, also drängte naturgemäß die Landarbeit. Daher hatte ich schließlich vor Verzweiflung allein mit dem

Renovieren angefangen. Zumindest hatte ich die Wohnung verändert, was nicht jeder von sich behaupten kann. Ein paar Mal hatte erfreulicherweise Regen gedroht. Dass er nicht kam, war nicht meine Schuld. An den Tagen hatten wir zwei Räume ganz ordentlich tapeziert. Ich muss sagen, dass Paul wohl langsam arbeitet und nicht leicht zufrieden ist, aber jedenfalls macht er alles gründlich, und insofern ergänzten wir uns gut.

Larry war sehr entzückt von den Tapeten und meinte, die Arbeit sähe ganz fachmännisch aus. Sie wurde beinah ärgerlich, weil bei ihr kein Zimmer neue Tapeten oder Farbe brauchte. »Das ist das Schlimmste an einem neuen Haus«, sagte sie. »Kein Spielraum für Originalität. Einfach langweilig.«

Na, unseres war jedenfalls originell. Es ist verblüffend, wie viel Individualität der Mensch beim Bemalen einer Wand entfalten kann. Jeder konnte mit einem Blick erkennen, wo mein Temperament aufhörte – mit einem schneidigen Spritzer – und wo Pauls bedächtige Arbeit anfing.

Doch das Schlimmste sollte erst kommen. Angespornt durch das schöne Ergebnis unserer Tapeziererei, wurde ich so verwegen, dass ich das Schlafzimmer an der Vorderseite in Angriff nahm. Dieser Raum war nachträglich an die Veranda angebaut worden und hatte sogar eine tapezierte Decke gehabt, ein Gräuel früherer Epochen. Inzwischen hatten die Jahre ihr Werk getan: Die Tapete hing in trübseligen Fetzen herunter und wischte einem jedes Mal, wenn man ins Zimmer kam, durchs Haar.

»Dieses Zimmer müssen wir unbedingt schleunigst renovieren« hatte ich zu Larry gesagt; »die Decke ist ja ein Drecknest, so richtig wie in den Schilderungen von Hinterhöfen in Büchern.«

»Ja, schön ist sie nicht. Aber sag mir, Susan, hast du schon mal probiert, eine Zimmerdecke zu tapezieren oder zu malen?«

»Nein, doch das wird ja wohl nicht anders sein als bei einer Wand«, erwiderte ich.

Larry kicherte und schwieg.

Ich begriff sowohl ihr Kichern wie ihr Schweigen, als wir mit der Decke begonnen hatten. Wir waren beide von Anfang an nicht in Form. Da der Rundfunk schlechtes Wetter vorausgesagt hatte, schnitten wir die Tapeten über Nacht zurecht, und ich rührte Kleister in riesigen Mengen an. Als der Morgen sonnig und heiß begann, las ich in

Pauls Augen hellen Zorn, dass er nicht zum Zaunflicken gehen konnte. Prompt erklärte ich ihm, der Kleister würde vielleicht unbrauchbar werden, wenn wir ihn nicht gleich benutzten. Wahrscheinlich hat er das keinen Moment geglaubt, doch er gab nach.

Abgesehen davon, dass wir die dünne Zwischenwand ausbessern mussten, war es mit den Wänden nicht so schlimm.

Paul hängte beharrlich und sehr akkurat einen Streifen nach dem andern auf, indes ich mit allen möglichen Handreichungen hin und her flitzte. Holte die Rollen, schmierte Kleister auf und hielt ihm die langen klebrigen Streifen bereit. Als er sich gerade an einem schwierigen Winkel bemühte, hörte er plötzlich auf und sagte in hartem Ton: »Zum Deubel, was ist denn das für ein Biest?«

Ich dachte, es sei mindestens ein fremder Bulle in unseren Garten gedrungen, doch er wies nur auf eine ziemlich kleine Wespe, die vor seinem Gesicht summte. Da staunte ich, denn Paul ist eigentlich ein sehr tapferer Mann, was er im Kriege bewiesen hat. Er hat auch vor wirklich ekligen Tieren und Dingen, wie Ratten, Verkehrsampeln und Spinnen, keine Angst. Aber eine schwache Stelle hatte er wohl doch. Ich blieb sehr ruhig.

»Ist ja nur eine Wespe«, sagte ich. »Nimm mir dieses Papier ab.«

»E-hm, wie meinst du?«, fragte er in rauem Flüsterton, anscheinend, um die Wespe nicht aufmerksam zu machen.

»Eine Wespe. Schnell, das Papier reißt ja sonst ein! Hast du noch keine Wespe gesehen? Da fällt mir ein: Es ist tatsächlich das erste Mal, dass mir hier eine auffällt. Oh, ich persönlich bin an sie gewöhnt, wir hatten vorigen Herbst in der Stadt viele. Nun sind sie also bis hierher gekommen. Solltest dich gar nicht um sie kümmern.«

Das Papier riss, und ich sagte ordentlich böse: »Verdammte Wirtschaft!«

»Wenn es etwas gibt, was ich nicht ausstehen kann«, sagte Paul so gleichgültig, wie er vermochte, »dann sind es alle Tiere, die stechen: Bienen, Mücken – und nun tauchen auch noch die Wespen auf.«

In dem Ton hätte vielleicht in grauer Vorzeit ein tiefbekümmerter Ägypter von einer der großen Landplagen gesprochen.

Da ich merkte, dass es sich um einen ›Komplex‹ handelte, erzählte ich ihm, wie harmlos Wespenstiche seien, und sagte zum Schluss: »Voriges Jahr hatte ich vier, und kein einziger ist angeschwollen.«

Womit ich bewies, dass man nichts als allgemein gültig behaupten soll, denn in diesem Moment durchbrach die Wespe Pauls zitterige Abwehrstellung und stach zu. Er stieß ein halb unterdrücktes Gebrüll aus, ließ das Ende der Tapete fallen und klappte eine Hand vor seine hart betroffene Nase. Ich blieb ganz heiter. »Das piekt nur für eine Minute, nachher weißt du überhaupt nichts davon.«

Aber irgendetwas ging doch schief. Nach kaum einer halben Stunde glich Pauls hübsche Nase einem kleinen überreifen Apfel, und wir arbeiteten in schwüler Hitze, bei unbewegter Luft hinter verschlossenen Türen und hermetisch abgedichteten Fenstern.

Es wurde kein harmonischer Vormittag, doch er war noch Gold gegen den Nachmittag, denn da nahmen wir die Decke in Angriff. Inzwischen war Pauls Nase so geschwollen, dass er kaum über sie hinwegblicken konnte. Er machte ungeheures Theater mit der Sache, ein Beweis, wie empfindlich sogar die tapfersten Männer auf sehr geringe Nöte reagieren können. Obendrein schien er mich für das Benehmen der Wespe verantwortlich machen zu wollen, als hätte ich ihm ihre Unschädlichkeit garantiert.

Unser Schweigen bekam eine grimmige Note, die muffige Luft wurde unerträglich. Das Tapezieren einer Zimmerdecke lässt sich mit nichts auf Erden vergleichen. Paul stand auf einer Art Tischgerüst, während ich ihm die Streifen zureichte. Immer wieder rutschte das Papier ab, sodass wir von neuem anfangen und Schritt für Schritt die schlechten Stellen ausflicken mussten. Fortwährend tropfte uns Kleister ins Haar und in den Nacken, und die ganze Zeit – das kann ich leider nicht verschweigen – zankten wir uns.

»Kannst du nicht höher reichen?«, fragte Paul gereizt.

»Du wirst dich doch wohl bücken können! Brauchst nicht steif wie ein Ladestock dazustehen, und ich bin nicht einsneunzig groß.«

»Dieses Stück hast du aber schlecht bekleistert.«

»Nein, das ist tadellos – war tadellos, bis du es zerrissen hast.«

Sie kennen gewiss diesen Zustand, den ich aber höchst bedauerlich finde, wenn man erst zwei Monate verheiratet ist. Noch ehe die Decke fertig wurde, ertappte ich mich bei dem Gedanken, ob es wirklich klug gewesen war, sich mit einem Mann nach nur achttägiger Bekanntschaft zu verloben. Was Paul gedacht hat, möchte ich keinesfalls wissen.

Aber später, als ich ihm meine abwegigen Gedanken beichtete, um mein Gewissen zu erleichtern, fragte ich ihn doch, worüber er so finster gegrübelt hätte. Er antwortete schlicht, er hätte an nichts gedacht, nur dass er nie wieder so eine verflixte Decke tapezieren würde. Über mich hätte er nicht nachgedacht, da kein Grund vorlag.

Eine sehr unbefriedigende Antwort, die mein Gewissen nicht ganz reinigte. Als ich es Larry erzählte, sagte sie, das sähe den Männern so recht ähnlich, die erwecken immer gern in den Frauen ein Schuldbewusstsein.

Zuletzt warfen mich die Hitze und die innere Wut fast um. »Hier erstickt man ja«, keuchte ich. »Eine Minute wenigstens muss ich das Fenster aufmachen. Von Wespen ist nichts mehr zu sehen, wahrscheinlich war das die einzige.«

Aber damit hatte ich wieder Unrecht. Wie hätte ich wissen sollen, dass eine Kollegin der ersten gerade in dem Moment hereingesegelt kam, als Paul sehr geschickt, wenn auch sehr mürrisch, einen Streifen Tapete festmachte! Sie schwirrte dicht vor ihm, gewiss um zu sehen, was ihre Vorgängerin mit seiner Nase fertiggekriegt hatte.

Er stieß einen gellenden Schrei aus, ließ die Tapete los, tat in der Verzweiflung einen Schritt rückwärts und krachte längelang zu Boden. Langsam und elegant schwebte das Papier von der Decke herab und umhüllte ihn. Die Wespe summte, hörbar kichernd, aus dem Fenster.

Paul richtete sich zornig mit einem Ruck auf. Bei dieser unbedachten Bewegung stieß sein Kopf durch die Tapete, und nun saß er da mit zornfunkelnden Augen und der dicken Wespenstichnase! – Im selben Augenblick hörte ich Klopfen an der Haustür.

»Jemand zu Hause?«

Ich wollte antworten, konnte aber vor Lachen nicht. Paul reckte sich steif hoch und versuchte aufzustehen, doch in dem Moment kam eine andere Wespe – vielleicht war es auch die vorige – durchs offene Fenster, um fröhlich Umschau zu halten! Paul duckte sich, wobei er die Tapete wie ein Leichentuch um sich wickelte. Die Wespe aber, völlig unbekümmert, stach mich ins Handgelenk und schwirrte ab. Die Tür ging auf, eine herzhafte Stimme sagte jovial: »Kam mir doch so vor, als ob hier allerlei Fez gemacht wird. Ist ja klar, dass Neuvermählte munter Unfug treiben. – Oh, großer Gott …«

Ich konnte dem Fremden diesen Ausruf nicht übel nehmen, aber Paul meinte hinterher, ein Mann, der in amtlicher Eigenschaft käme, müsse wissen, wie weit er in seinen Äußerungen gehen dürfe. Bis wir beide uns wieder gefasst hatten, war es Paul gelungen, sich aus seiner Verwicklung zu lösen und einen Teil des Kleisters aus den Augen zu wischen. Dann schloss er das Fenster mit einem Knall und stellte mir den Besucher vor. Es war der auch für diese Siedlung zuständige Inspektor von der ›Rehab‹. Mir gefiel er ebenso wie den ehemaligen Soldaten, bei denen er beliebt war. Natürlich behaupten die, er sei kein Fachmann. Was könne der schon von der Schafzucht verstehen, wenn er einmal im Leben in seinen Ferien aufs Land gefahren war und in einem Kuhstall ein bisschen geholfen hatte! Aber ich habe schon gemerkt, dass die Farmer über Beamte immer so reden.

»Und der Himmel mag wissen«, sagte Paul, »was der sich dachte, als er mich hier im schönsten Sonnenwetter beim Tapezieren sah anstatt bei der Arbeit draußen.«

Das war ›so echt Mann‹, wie Larry sagen würde – die Frau hoffnungslos ins Unrecht setzen.

Sie fuhren zusammen ins Gelände, und ich tapezierte den Rest der Decke allein, während mir die Wespen um den Kopf summten. Ich ertrug das aber tapfer in dem schmeichelhaften Bewusstsein, wie viel tapferer als die Männer wir Frauen in mancher Hinsicht sind.

Am nächsten Morgen wünschte Paul sein Mittagessen mit nach draußen zu nehmen. Ich schnitt ihm die Brote ebenso freudig, wie er sie in Empfang nahm. Solche Stunden muss es selbst in der glücklichsten Ehe geben, und ich darf nebenbei erwähnen, dass es auf unserer Farm bis zum Grenzzaun eine ganz tüchtige Strecke Weges ist.

In der Gewissheit, einen langen friedlichen Tag vor mir zu haben, fand ich es angebracht, zunächst einen Fußboden zu streichen. Da wir uns Teppiche für alle Zimmer nicht leisten konnten, hatte ich beschlossen, mehrere Fußböden selbst zu streichen und nur Matten zu legen. Für das noch unbenutzte Zimmer hatte ich schöne hellgrüne Farbe gekauft, die gut zur Tapete passte, und freute mich schon auf die Malerei. Ein Fußboden war ja so angenehm niedrig nach dem Deckentapezieren.

Schon ganz früh schrubbte ich den Raum aus, und sobald er trocken war, ergriff ich den Pinsel. Die Farbe kostete viel Geld, also war ich grimmig entschlossen, zu zeigen, was ich konnte, wenn man mich allein ließ.

Ich stellte das Radio an, um mir die Zeit zu verkürzen. Da die Farbe zähflüssig war, hieß es gut aufpassen. Beharrlich malend, war ich ganz hingerissen von der hübschen Wirkung. Das Telefon klingelte ungeduldig, doch ich ließ es bimmeln, denn ich hätte sonst über das frisch Gestrichene gehen müssen. Sicher war es bloß Larry, und die konnte ich ja anläuten, wenn ich fertig war.

Das Rundfunkprogramm wurde Recht kümmerlich, und ich hätte es gern abgeschaltet, aber der Apparat stand nebenan, und von der Tür trennte mich eine Fläche feuchter Farbe. Also musste ich es weiter erdulden. Freilich ließ sich der Gedanke nicht ganz abweisen dass ich den Durchgang erst zuletzt hätte streichen sollen.

Gegen 12 Uhr hatte ich großen Hunger, doch ich beschloss, aufs Mittagessen zu verzichten, wenigstens vorläufig. Es wäre sonst deutlich zu erkennen gewesen, wo ich aufgehört hatte, falls ich die Arbeit für eine Weile unterbrach. Es ging gegen zwei, als ich merkte, dass nur noch bedenklich wenig Farbe im Kanister war. Da es der einzige war, den ich in der Stadt auftreiben konnte, und ich bestimmt den gleichen Farbton nicht mehr bekam, malte ich nun langsam und bedächtig. So vertieft, dass ich ganz überrascht war, als ich entdeckte, wie wenig noch zu malen übrig blieb, nur ein kleines Stück um das Bett herum. Unter dem Fenster und in der Nähe der Tür glänzte der Fußboden schön wie ein hellgrüner See, aber ein sehr nasser.

Ich kletterte aufs Bett, und es gelang mir, indem ich mich, sozusagen nur an den Zehen hängend, gefährlich weit über den Rand beugte, die Fläche unter dem Bett rundherum zu streichen. Und erst, als ich den allerletzten Rest Farbe verbraucht hatte, überlegte ich, wie ich nun herauskommen sollte. Über den klebrigen Boden gehen wollte ich nicht, besonders weil keine Farbe mehr da war, um Schäden auszubessern. Mein Hunger rang mit dem Stolz auf mein Werk. Ich beschloss, im Bett zu bleiben. Wollte versuchen, ein wenig zu schlafen, dann verging die Zeit schneller.

Endlich schlief ich auch ein, und gleich träumte mir, es ginge jemand über die Veranda. Unsinn! Das konnte nur eine Erinnerung an den gestrigen Überraschungsbesuch sein. Ich kicherte, als ich an Pauls Gesicht dachte. Wie komisch hatte er mich angeglotzt durch das Loch, das er mit dem Kopf in die Tapete gemacht hatte. Und die Nase! Der Gedanke an die Nase muss mich aufgeweckt haben. Es ging wirklich jemand auf der Veranda!

Ich hörte einen Mann, der anscheinend mit sich selbst sprach: »Es muss jemand da sein, das Radio ist doch im Gange.«

Mich hatte der Lärm des elenden Apparats so abgestumpft, dass ich schließlich gar nicht mehr daran dachte, ob er lief oder nicht. Aber die Stimme draußen kam mir bekannt vor. Wo hatte ich diese energische, knappe Stimme schon gehört? Jetzt sprach der Mann lauter, wie mir schien, zu jemand im Hintergrund. »Es antwortet keiner, liebes Kind. Ich muss mal an die Hintertür gehen, das ist ja hier so üblich.«

Der Colonel! Kein anderer Mensch als der Panjandrum hätte so geringschätzig von einer Hintertür sprechen können.

Was sollte ich tun? Wenn er ums Haus ging, musste er an meinem Fenster vorbei. Es hatte eine hohe Brüstung, doch der Colonel war ja nicht klein. Selbst der feinste und höchste Herr würde wahrscheinlich einen Blick durch die Scheiben werfen und sah dann – eine sehr schmutzige Frau auf einem ungemachten Bett liegen! Rasch beugte ich mich über die Kante und betastete den Fußboden. Noch so nass wie vorher! Eine sehr langsam trocknende Farbe. Aber für keinen Colonel der Welt hätte ich meinen schönen Anstrich verdorben. Am besten, wenn ich mich jetzt gleich meldete.

Gerade wollte ich das tun, da kam sein Kopf am Fenster vorbei. Ein echter Pukka Sahib! Mit ›Augen rechts‹, vom Fenster abgewandt, ging er dahin.

Ich blökte schwächlich: »Colonel Gerard, sind Sie es?«

Die Schritte hörten auf. Er schaute noch nicht herein, trotz meiner jammernden Töne. Ich packte den Stier bei den Hörnern: »Würden Sie bitte ans Fenster kommen?«, fragte ich. »Ich kann nicht aus dem Zimmer heraus; helfen Sie mir bitte!«

In seinem Gesicht, als es endlich am Fenster erschien, rang die Galanterie eines Ritters der alten Zeit mit der aus guter Erziehung geborenen Reserve eines modernen britischen Offiziers, der sich nicht gestattet, ins Fenster – offensichtlich das Schlafzimmerfenster – einer Dame zu blicken. Er lüftete den Hut zum exakt abgezirkelten Gruß. »Guten Tag, Mrs. Russell. Ich muss um Entschuldigung bitten, dass ich …«

»Oh, durchaus nicht. Entschuldigen müsste ich mich. Aber – ich habe nämlich den Fußboden gestrichen – finden Sie ihn nicht hübsch? – und da war ich so begeistert, dass ich immerzu weitermalte.« Und ich stammelte immerzu weiter zusammenhangloses Zeug, was ich sehr wohl merkte, aber einfach nicht lassen konnte. Seine starre Höflichkeit hatte mich völlig verwirrt. »Und die Farbe wurde mir knapp, und ich habe keine mehr davon, und zuletzt merkte ich erst, dass ich mich direkt ins Bett eingemalt hatte. Und nun kann ich nicht 'raus.«

»Sehr peinlich, ja. Ist außer Ihnen niemand im Hause?«

»Ach nein. Paul hat am Grenzzaun zu tun. Er hat von der Malerei die Nase so voll, dass er bestimmt erst zurückkommt, wenn's dunkel ist, und ich – ich wollte ihn überraschen.«

»Das wäre Ihnen gewiss auch gelungen.«

Dieser Satz klang schon verheißungsvoller. Ich forschte in seinem Gesicht, ob es keine Ironie zeigte. Nein, nur die erhabene Ruhe des Panjandrum.

»Ich bin schon stundenlang hier«, fuhr ich fort. »Einfach festgeklebt – das heißt, ich hätte festkleben können.« Jetzt, als meine Erklärungen schon ans Idiotische grenzten, fand ich es geboten, zur Sache zu kommen: »Können Sie mir heraushelfen? Vielleicht könnten Sie ein Brett holen – ein langes – und es über die Fensterbank legen, sodass ich das andere Ende aufs Bett legen kann? Dann könnte ich darauf bis zum Fenster kommen und 'rausspringen. Sehr hoch ist es ja nicht.«

»Gewiss. Und woher soll ich nach Ihrer Meinung ein Brett beschaffen?« Eine Frage, die mich mattsetzte. Ich konnte mir vorstellen, wie beim Colonel der Geräteschuppen aussah: Reihen blanker Werkzeuge, Stapel sauberer Bretter. Unserer war ganz anders, und ich wusste selbst im günstigsten Falle nie, wo dies oder jenes zu finden war. So sagte ich aufs Geratewohl: »Es werden sicher ein paar da sein. Oder, wenn keine da sind, könnten Sie vielleicht eins losreißen und wenn's vom Hause ist.«

Er blickte mich bloß an. Kein Zweifel, er hielt mich für wahnsinnig. Aber schließlich ging er auf die Suche. Nach einer langen, für mich peinlichen Pause kam er mit einem sehr schmalen Brett wieder.

»Oh, wie wundervoll haben Sie das gemacht!«, rief ich überschwänglich, obwohl ich wusste, dass er Überschwänglichkeit am wenigsten leiden konnte. »Wo haben Sie es denn her?«

»Von einem alten Schweinestall, der, so hoffe ich, nicht mehr benutzt wird.«

Das war mir ein fast unerträglicher Gedanke, doch das Brett erschien bereits im Fensterrahmen und kam tastend auf mich zu. Ich ergriff das eine Ende und legte es fest aufs Bett, während der Colonel das andere hielt und die Hoffnung zum Ausdruck brachte, dass es nicht wackeln werde. Ich antwortete blöde, es gäbe ja viele Leute, die auf Seilen gehen könnten, wenigstens im Zirkus. Eine Bemerkung, die zu beachten er für unter seiner Würde hielt.

Vorsichtig betrat ich das Brett. Der Weg schien mir weit, auch ohne die beängstigende Gegenwart des Colonels. Keinesfalls wollte ich den guten Anstrich ruinieren, von dessen Erhaltung es abhing, ob ich für geistig normal gehalten werden konnte. Doch vor lauter Nervosität glitt ich aus und wollte nun ganz schnell hinüber. Die letzten beiden Schritte wurden zum hilflosen Gestolper, ich musste mich dem Colonel in unziemlicher Haltung in die Arme werfen. Das kam ihm unerwartet. Zweifellos dachte er, weil er an Umgang mit korrekten Damen gewöhnt war, ich würde lieber verunglücken als einen fremden Mann umhalsen. Doch er lernte jetzt rasch. Freilich noch nicht schnell genug. Er sprang einen Schritt vor, dann einen zurück – und schon kippten wir beide um. Da er groß und schwer war, konnte ich mich glücklich preisen, dass ich oben zu liegen kam. Für ihn war es weniger angenehm, denn ich presste sein aristokratisches Haupt in den Staub. Gerade wollte ich mich entschuldigen und ihn putzen, da rief eine klare jugendliche Stimme: »Aber Papa, was machst denn du da?«

Es war die berühmte Tochter, frisch von ihren Triumphen in Übersee zurück.

Sie glich kein bisschen dem Bild, das ich mir von ihr gemacht hatte. Sehr jung noch, mit einem runden Gesicht, blauen Augen und lockigem blonden Haar, war sie nicht ausgesprochen hübsch, aber auf den ersten Blick sympathisch. Ich versuchte mir vorzustellen, wie ihre Mutter wohl ausgesehen hatte, denn ihrem großen Vater mit dem kantigen Gesicht sah sie kein bisschen ähnlich. Und sie lachte, als könnte sie nie wieder aufhören. Das brauchte ich gerade zu meiner Erleichterung – ich lachte sofort mit.

»Schrecklich, dass ich Ihren Vater umgeworfen habe. Er hat mich doch gerettet! Ich habe nämlich den Fußboden gestrichen – er sieht doch schön aus, nicht wahr? – und da habe ich immer weiter und weiter gemalt und nicht gemerkt, dass ich mich ins Bett eingemalt hatte. Da musste ich wer weiß wie lange hocken und bin sehr schmutzig und sehr, sehr hungrig geworden – und Colonel Gerard hat mich mit diesem Brett gerettet.«

»Genau wie die Feuerwehr. Oh, Papa, wie tapfer! Und dann hat sie deinen Kopf in den Staub gedrückt!« Sie lachte wieder. Ich warf dem Panjandrum einen Blick zu. Er betrachtete seine Tochter so entzückt wie der Kenner ein kostbares Juwel. Ein ganz wundervolles sogar: Sie also war seine Achillesferse!

Anne redete weiter: »Natürlich durften Sie diesen Fußboden nicht ruinieren, denn der ist ja herrlich und passt genau zur Tapete. Aber ich finde es zu ulkig, dass Sie so lange weitergemalt haben, bis Sie merkten, dass Sie ins Bett klettern mussten. Oh, ich liebe Menschen, die so was machen!«

Da kam mir der Gedanke – und vielleicht dem Colonel auch –, dass sie dann Larry und mich sehr lieben musste. Sie war unwiderstehlich nett und nicht so superklug wie meine Schwestern.

»Bitte, darf ich Sie mal besuchen?«, fragte sie beim Abschied. »Das mochte ich gern.«

Ich glaube, der Colonel verzog keine Miene, dafür war er ja auch ein extra feiner Pukka Sahib. Er verabschiedete sich von mir ganz kordial und sagte, er sei eigentlich nur gekommen, um mit Paul über ein paar Rinder zu sprechen, doch das könne er auch abends telefonisch nachholen.

Sobald ich wieder mit Larry zusammenkam, berichtete ich ihr ausführlich über die Tochter, aber sie meinte nur: »Na, Susan, nun werde bloß nicht butterweich wegen dem Mädel! Sie ist die einzige Tochter des Colonel, wird mal sehr reich sein und ist für eine glänzende Partie prädestiniert – ›glänzend‹ bitte mit großen Buchstaben zu schreiben …«

7

Im März und April hatte ich überhaupt nichts Geselliges mitgemacht. Ich war besessen von der Hausarbeit, und wie Paul sagte, war die Farbe mir in den Kopf gestiegen. Aber ich war wenigstens mit allem fertig geworden, was ich mir für diese Zeit vorgenommen hatte, und Paul war nicht mehr der leicht reizbare und ständig protestierende Innendekorateur, sondern wieder in erster Linie der seriöse Farmer und mein guter, wenn auch manchmal in sich gekehrter Kamerad. Ich war mit der Wohnung zufrieden und sah mich nach neuer Betätigung um.

»Larry, ich will mal bei Mrs. Archer und Mrs. Jolson vorsprechen«, sagte ich. »Du weißt doch, dass die gerade an einem Tage zu mir kamen, als alles ganz durcheinander war. Komm bitte mit.«

»Ich will nirgends mit dir hingehen, höchstens zu Miss Adams. Sie ist der einzige Mensch hier, mit dem zu verkehren sich lohnt. Übrigens wird hier im Busch nicht bei jemand ›vorgesprochen‹, sondern wir machen ›Visite‹.

Aha, so ging das also vor sich. Ich fuhr aber doch zu der netten Mrs. Archer und muss sagen, dass ich Larrys Ansicht nicht teilte. Mrs. Archer verdiente freundschaftlichen Umgang, und je näher ich sie kennen lernte, umso mehr gefiel sie mir. Dem Besuch bei Mrs. Jolson sah ich etwas unruhig entgegen. Sie war so merkwürdig verschlossen gewesen. Aber Mrs. Archer wollte mich begleiten.

»Sie wohnt nur eine Meile von hier. Nein, mein Kind, Sie brauchen wirklich nicht nervös zu sein, denn sie wird sich über Ihren Besuch sehr freuen.«

Dann erzählte sie mir von der Tragödie, unter der Mrs. Jolson litt. Sie war schwächlich und hatte sich stets ein Kind gewünscht. Endlich hatte sie, sehr spät, eins bekommen; sie liebte es innig, aber es starb mit drei Monaten. Die Ärzte erklärten, sie dürfe kein Kind mehr bekommen, und darüber hatte sie sich so gegrämt, dass sie beinah mit den Nerven zusammenbrach. Zum Glück hatte sie den denkbar besten Mann, der sie rührend pflegte und ihr wieder in ein normales Leben zurückzufinden half. Ich vermutete, obgleich davon kein Wort erwähnt wurde, dass Mrs. Archer an diesem Genesungsprozess erheblichen Anteil hatte.

Der Nachmittag wurde recht nett, keineswegs eine Strapaze. Das kleine Haus war so sauber, dass ich in den Möbeln mein etwas gezwungen lächelndes Gesicht sich spiegeln sah. Mrs. Jolson war diesmal nicht so schüchtern, sie behielt uns zum Tee und zeigte lebhaftes Interesse für die Beschreibung meiner neuen Innendekoration. Aber ich spürte die ganze Zeit, dass sie erregt war, und das kam schließlich auch zur Sprache.

»Oh, liebe Mrs. Archer, ich habe mich schon den ganzen Tag nach Ihnen gesehnt. Mrs. Russell wird mir verzeihen, wenn ich nun mal ein bisschen von meinen eigenen Angelegenheiten rede. Sie werden mir kaum glauben, was bevorsteht. Albert meint, es wäre nett, wenn wir ein Baby adoptieren könnten.«

Ich merkte, dass Mrs. Archer von der Idee nicht allzu begeistert war, denn sie gehörte bestimmt nicht zu den Leuten, die für Adoptionen zu haben sind. Immerhin benahm sie sich sehr nett und verständnisvoll. Anscheinend hatte der Arzt, der Mrs. Jolson gut kannte, ihr erklärt, dass sie sich wohler fühlen würde, wenn sie für ein Kind zu sorgen hätte; dadurch war schließlich auch Albert, ihr Mann, der sich bisher gesträubt hatte, überzeugt worden.

»Und wo wollen Sie eins finden?«, fragte Mrs. Archer zweifelnd, ungefähr als ginge es darum, ein wildes Tier für den Zoo einzufangen.

Damit kamen wir zum aufregenden Teil der Geschichte. Der Arzt hatte sie zu seiner Schwester geschickt, einer Ärztin, die gern Adoptionen förderte.

»Und Dr. Margaret meint – ist eigentlich frech, dass ich sie so nenne, aber es heißt, dass jeder sie mit dem Vornamen anredet –, also sie sagt, sie wüsste genau das richtige Baby für mich. Ein kleines Mädchen, drei Monate alt. Mehr weiß ich nicht. Albert macht die Sache perfekt. Ich möchte gar nicht wissen, wer die Eltern des Kindes waren. Mir genügt, dass es uns gehört, wenn es erst da ist.«

Es war eine Freude, ihr glückliches Gesicht zu sehen, aber ich zweifelte, ob sie gesundheitlich die Kinderpflege aushalten konnte. »Wird es ihr nicht zu viel werden?«, fragte ich Mrs. Archer auf dem Heimweg.

»Für ein Kind sorgen ist keiner Frau zu viel. Leise Zweifel habe ich allerdings auch.« Da sie bei diesen Worten den Mund so sarkastisch verzog, fragte ich zaghaft, ob sie Mrs. Jolsons Schritt nicht für gut hielte.

»Gut für das Baby, gewiss. Sie hat sich ja so nach einem gesehnt, dass wir das Kind wohl glücklich preisen können. Und trotzdem gefällt mir die Sache nicht – für Mrs. Jolson nicht. Man weiß ja doch nie, welche Eigenschaften ein adoptiertes Kind entwickelt. Vielleicht Trunksucht oder kriminelle Neigungen. Sicher bekommt sie doch eins von den so genannten illegitimen.«

Ich erwiderte heiter, das sei ja wohl so gut wie sicher, aber diese Kinder seien oft die nettesten. Und die Vererbung? Nun, was das beträfe, so wisse man ja auch bei den eigenen Kindern nie, wie sie später würden. Jeder von uns hätte doch auch den oder jenen absonderlichen Verwandten. Ich erzählte ihr von meinem Großonkel Peter, der so viel Geld hatte, dass ihm die Leute nicht übel nahmen, wenn er bellte wie ein Hund, und von Mutters Kusine Anny, die immer wartete, bis die Gäste im Hause schliefen und sich dann in ihre Zimmer schlich, um die falschen Gebisse aus den Wassergläsern auf ihren Nachtschränkchen zu entwenden.

Meine Schilderungen heiterten Mrs. Archer sehr auf, sie erinnerte sich eines Onkels, der alles zu trinken pflegte, was ihm in die Finger kam, sogar Methylalkohol, und eines Vetters, der bei jeder Gelegenheit wettete und einmal fünf Pfund auf eine Fliege verlor, weil sie langsamer als ihre Konkurrentin über eine Fensterscheibe krabbelte. Er beschloss sein Leben in einer kleinen Strandhütte, wo er Seetang und leere Flaschen sammelte. Allmählich kamen wir in so ausgelassene Stimmung, dass wir uns einigten, Mrs. Jolson künftiges Baby werde sich genauso zufrieden stellend entwickeln wie alle übrigen kleinen Kinder.

»Wie Sie ganz richtig sagten, meine Liebe, ist alles ein Glücksspiel, und ich glaube, wir können froh sein, dass unsere Kinder uns nicht plötzlich mal nachts über den Schädel hauen«, erklärte sie vergnügt. Doch als wir uns trennten, flüsterte sie zischend: »Hauptsache, es ist kein dunkles!«

Als ich verwundert fragte, warum sie so für Blondinen sei, erklärte sie mit gedämpfter Stimme, dass sie die dunkle Hautfarbe von Mischlingen meinte. »Und es ist sehr schwer, das schon beim Baby zu erkennen«, fügte sie düster hinzu, »höchstens an den Augen.«

Woraus ersichtlich wurde, dass Mrs. Archer ein Vorurteil gegen Mischehen hatte. Ich war überzeugt, sie würde sofort, wenn Mrs. Jolson das Baby mal allein im Zimmer ließ, die Augenlider des unglücklichen Wesens hochdrücken, um nach der bläulichen Färbung zu forschen, die laut ihren Erklärungen ein sicheres Zeichen für ›Mischmasch‹ war.

Das alles fand ich sehr interessant, während Larry sich dabei langweilte.

»Die Vorstellung allein, dass jemand ganz kaltblütig ein Kind annimmt! Schon schlimm, wenn man ein eigenes hat. Die ewige Windelwickelei und die dauernden Übelkeiten …«

Ich fragte sanft, wem denn übel werde, ihr oder dem Baby?

»Mir vorher und ihm hinterher«, erwiderte sie mit ihrem üblichen Mangel an Logik. »Arme Mrs. Jolson! Ich hätte ihr ein junges Hündchen gekauft, wenn ich gewusst hätte, dass sie sich so einsam fühlte. Der Mann, von dem ich meinen Spaniel habe, hätte mir billig eins abgegeben. Ich bin nämlich jetzt schrecklich sparsam. Onkel Richard hat mir zum Geburtstag einen Scheck geschickt und außerdem eine Nähmaschine, ein prächtiges Exemplar.«

»Aber du hattest mir doch gesagt, dass du überhaupt nicht selber nähst.«

»Richtig, stimmt, doch wenn ich nähen würde, dann mit der Maschine«, gab sie triumphierend zurück.

Darauf konnte ich nichts mehr sagen.

In der folgenden Woche fuhren wir zu Miss Adams. Larry wollte unbedingt mit. »Selbstverständlich will ich Tantchen besuchen, ich verehre sie sehr.«

Paul sagte: »Freut euch, dass ihr hinfahrt, die Frau ist unvergleichlich.« Und wenn Paul das sagte, war es wirklich ein Kompliment.

»Ja, ich werde zu Hause sein«, sagte Miss Adams bei meinem Anruf. »Ich verlasse samstags selten den Laden, außerdem haben wir jetzt im Tal ein paar Kranke, da bleibe ich sowieso in der Nähe des Telefons.«

So fürsorglich war also offenbar der ›Kundendienst‹ bei den Hinterwäldlern, und die Leutchen schienen das fast als selbstverständlich zu betrachten. Aber undankbar waren sie nicht.

Das kleine Haus von Miss Adams war mit dem Laden verbunden und hatte telefonischen Nebenanschluss. Alle Menschen in der Umgebung wussten, dass sie zu jeder Stunde, ob Tag oder Nacht, die Gespräche annahm. Somit waren sämtliche Frauen in der einsamen Landschaft von der Furcht befreit, keine Hilfe zu finden, wenn sie nachts einmal ernstlich krank wurden.

Das Häuschen war alt, aber malerisch. Kletterpflanzen verbargen seine hässlichen Wände, kleine Flügelfenster blickten auf einen lustig bunten Garten.

»Erzählen Sie doch mal Susan, wie es aussah, als Sie herkamen«, forderte Larry sie auf.

Miss Adams' blaue Augen blinkten hinter dem randlosen Klemmer, den sie in trotziger Ablehnung der modernen Hornbrillen stets trug. »Schauderhaft! Ich wäre beinah mit dem nächsten Postwagen zurückgefahren. Und das noch an einem Winterabend. Der Posthalter war sowieso nicht dageblieben, um mich in die Geschäfte einzuführen, sondern war zur Stadt geeilt, ehe die Kneipen zugemacht wurden.«

»Er war ein toller Kerl«, sagte Larry. »Sam hat mir viel von ihm erzählt. Er ließ keinen Menschen in seine Wohnung außer seinen Saufkumpanen, und dann ging's hoch her.«

»Es wollte auch niemand anders hinein. Im Übrigen war das fast unmöglich, denn die Zimmer waren überfüllt mit Gerümpel. Da lagen leere Bierflaschen in Massen, auch volle Flaschen mit Bier und schwarzgebranntem Schnaps, ein Berg längst ausgewachsener Zwiebeln und viele andere Schätze. Ich glaube, der Mann ist nie auf den Gedanken gekommen, mal etwas wegzuwerfen, denn in der Wohnung häuften sich auch die Abfälle aus dem Laden, gesprungene und zerbrochene Tassen und Becher, wurmige Haferflocken, ein Teetopf ohne Tülle, unverkäufliche zerbeulte Dosen mit Fleisch. Nur ein Blick, dann ging ich gleich in die Pension, um dort die Nacht zu verbringen.«

»Entschieden das Beste, was Sie tun konnten.«

»Es war aber nicht sehr gut, vor allem war das Haus sehr schmutzig, doch damit musste ich mich abfinden und schlief endlich auch ein, indem ich mich zwang, nicht darüber nachzudenken, was am Körper so juckte. Aber es gab, wie es in den Groschenromanen heißt, ein raues Erwachen.«

»Was? Etwa ein Dieb?«

»Nein, hier sind die Leute durchweg ehrlich. Aber ein Mann war es! Also aufregende Momente für eine vertrocknete alte Jungfer. Vielleicht passte die gerade recht in diese einsame Gegend? Vielleicht wusste hier jemand sie zu schätzen? Na, ich fühle mich jedenfalls geschmeichelt, allerdings auch beunruhigt. Und dann zerriss der Schleier der Illusion. Es war der Hausbesitzer, Mick O'Connor – von dem kann Larry erzählen –, eins unserer Originale.«

»Und was wollte der mitten in der Nacht?«

»Oh, es waren nicht meine Reize, die ihn anlockten – er suchte ein Versteck für seinen schwarzgebrannten Schnaps. Flüsterte mir in einer Fahne von Whiskyduft zu, die Polizei wäre hinter ihm her. Sein Destilliergerät läge sicher verwahrt mitten im Urwald, den Heiligen sei Dank. Welchen Heiligen, sagte er nicht. Aber er hatte kleine Flaschen bei sich – vier holte er aus verschiedenen Taschen seines Anzugs – die er leider nicht hatte verstecken können. Er beklagte sich bitter, dass die Polizei, die der Teufel holen sollte, überall in seinem Hause stocherte und stöberte. Der kleine Mann sei aber auch vor nichts sicher. Jetzt wären sie bereits im Nebenzimmer, doch sie würden bestimmt nicht so weit gehen, das Bett einer Dame zu untersuchen – wenn sie drin läge. Und so wäre es äußerst liebenswürdig von mir, wenn ich … Kurzum, ich sollte die Flaschen mit ins Bett nehmen.«

»Und das haben Sie getan?«

Der Klemmer glitzerte, als müsse er sie verteidigen, die Augen hinter den Gläsern blickten freimütig. »Ja, habe ich. Was sollte ich sonst machen? Den Wicht etwa anzeigen? So etwas habe ich noch nie fertig gebracht. Na, er verschwand fix, ich sprang von meiner unschuldigen Couch und verbarg die vier Flaschen ›Schwarzen‹ unter der Matratze.«

»Aber die Polizisten kamen doch gar nicht in Ihr Zimmer?«

»Doch, sie kamen herein. Oh, sie haben sich sehr entschuldigt und fühlten sich auch nicht wohl bei der Aufgabe. Sie trugen eine Petroleumlampe wie einen Schirm vor sich her und suchten auch sonst zu beweisen, dass sie nur einwandfreie Absichten hatten. Mit Hilfe einer Taschenlampe durchsuchten sie das Zimmer sehr gründlich. Sie meinten, Mick, der durchtriebene Bursche, hätte sicher das Zeug gut versteckt. Ich lag im Bett und beobachtete sie mit viel Würde, wobei ich versuchte, auf meinen unbequemen Bettgenossen still zu liegen.«

»Und die Polizisten gingen fort?«

»Ja, nach kurzer Zeit schon, doch ich war zu erschrocken, um die Flaschen herauszunehmen. Vielleicht kamen sie wieder, und ich war jetzt Komplice. Ein netter Anfang für meine Arbeit im Dienst Seiner Majestät. Die ganze Nacht wälzte und warf ich mich auf der äußerst dünnen Matratze hin und her, und morgens schimpfte ich Mick aus, wie es ihm wohl noch nie passiert ist. Er hängt seitdem an mir wie eine Klette. Oh, ich sage Ihnen, der konnte schmusen! Er weinte beinah, als er mich bat, alle vier Flaschen anzunehmen – und dann sollte ich sie mit ihm zusammen austrinken und schließlich versicherte er, dass er mir immer, wenn ich Durst bekäme, liebend gern zu Diensten sein würde. Nun, ich habe ihn seitdem noch nicht in Anspruch genommen, ihm aber erklärt, ich hoffte, dass er beim nächsten Mal geschnappt würde. Und da hatte der Mensch die Frechheit, mir zuzublinzeln!«

»Sam hat mir erzählt, dass die Geschichte durchgesickert ist«, sagte Larry. »Das war natürlich noch, ehe ich hierher kam. Na, fest steht, dass sie alle feierlich mit dem schwarzen Schnaps auf Ihr Wohl getrunken haben. Diese Männer würden für Sie alles tun.«

»Alles, außer ihre Rechnungen bezahlen. Ich habe jedenfalls mit Mick ein unbesiegeltes Bündnis, auf der Grundlage, dass sich jeder nur um seine eigenen Angelegenheiten kümmert.«

Das Telefon schrillte, heftig und lange. Zu meinem Erstaunen ging Miss Adams nicht an den Apparat, sondern schenkte weiter ruhig den Tee in ihre hübschen kleinen Tassen. Als die Klingelei lästig wurde, sagte sie ganz nebenbei zu Larry: »Sie könnten mal den Anruf annehmen, ja? Das ist Pat Murphy, der drüben am andern Berghang wohnt. Den erkenne ich an seinem wilden Kurbeln. Er will bloß schwätzen. Wimmeln Sie ihn ab, einerlei wie.«

Larry kam kichernd zurück: »Er dachte, Sie wären selbst am Apparat, und ich ließ ihn in dem Glauben. Sagen Sie mal: Nennt er Sie immer Liebling und macht Ihnen Heiratsanträge?«

Miss Adams verzog keine Miene. In ungeschmälerter Würde reichte sie mir die dünnen Butterschnitten. »Gewöhnlich nur sonntags«, gab sie zurück, »dann kriegt er nämlich seinen Kater und fühlt sich hundeelend und verlassen.«

»Ich hätte an Ihrer Stelle seinen Antrag angenommen. So eine Chance zu verpassen!«

»Sie haben in letzter Zeit sowieso schon genug Unfug angestiftet. Entsprungenen Gefangenen helfen, den Pfarrer mit ihnen verwechseln, in die Vororte eindringen und sich von unserem Großkopfeten aus dem Schlafzimmer retten lassen – na, ich muss schon sagen, ihr zwei sorgt dafür, dass keine Langeweile aufkommt!«

Larry zuckte ärgerlich die Schultern. »Ach, der verflixte Bezirk! Wie hier geklatscht wird!«

»Geklatscht wird auf dem Lande überall, genauso in den kleinen Städten und Vororten der großen. Darum sollten Sie sich nicht kümmern. Wenn Sie Streiche machen, müssen Sie dafür einen gewissen Preis zahlen. Ein bisschen Spaß will schließlich jeder haben, und dafür sorgen Sie ja. Sie beide sind ein wahrer Segen für die Gegend. Bei dem Wirbel, den Sie gemacht haben, bleiben wir andern mal eine Weile verschont.«

»Der Panjandrum hält uns aber nicht für einen Segen. Er hat kürzlich erst zu Mrs. Archer gesagt, es sei höchst bedauerlich, dass die beiden Damen – wir und Damen! – dass also die beiden Damen, die eine führende Rolle im kulturellen Leben des Bezirkes spielen könnten, nur daran dächten, dumme Späße auf Kosten anderer Leute zu machen. Was meint er mit dem ›kulturellen Leben‹?«

»Den ›New Statesman‹ als Toilettenpapier benutzen«, gab ich zu bedenken, »und aus Zuckersäcken nützliche Sachen fürs Armenhaus anfertigen.«

Tantchen lachte. »Ihr zwei habt schlechten Einfluss aufeinander, ihr seid fast hoffnungslose Fälle. Aber glauben Sie nicht, Mrs. Russell, was Larry über den Colonel sagt. Der ist ganz in Ordnung, solange man ihn nicht ernst nimmt.«

Ich beneidete Miss Adams um die Fähigkeit, den Colonel so leichthin abzutun. Mir wäre das nicht möglich.

»Übrigens erwarte ich heute Nachmittag noch Anne Gerard. Die Tasse für sie steht schon da. Sie will Ware abholen, die Mrs. Evans bestellt hat.«

»Mrs. Evans ist die Haushälterin«, sagte Larry bissig. »Ihr Mann ist Butler beim Colonel. – ›Selbstverständlich haben wir Personal!‹« imitierte sie.

»Larry ist gehässig, Mrs. Russell. Die Evans sind feine Menschen. Er war im Ersten Weltkrieg Bursche beim Colonel und macht hier die Gartenarbeit und so weiter, und sie führt den Haushalt. Das ist natürlich nur das Hauspersonal. Für die Farm sind ein Inspektor und eine Anzahl Arbeiter da.«

»Ganz feudal«, kommentierte Larry. »Und hier kommt die Erbin persönlich.«

Anne Gerard sah jetzt noch weniger wie eine reiche Erbin aus als bei unserer ersten Begegnung, aber recht hübsch. Mit Larry konnte sie sich natürlich nicht messen, doch sie war jung und hatte goldenes Haar und aufrichtige blaue Augen. So natürliche und impulsive Mädchen trifft man selten. Ich merkte, dass sie mit Tantchen schon ganz vertraulich stand, und freute mich, dass sie sich, obwohl sie Larry bewundernd ansah, an mich wandte und mir sagte: »Ich möchte ja so gern mal zu Ihnen kommen. War ja schon neulich vor Ihrem Hause, wollte aber nicht gern stören, solange Sie die viele Arbeit hatten.«

»Die Hauptsache ist geschafft, vorläufig. Sie dürfen jederzeit kommen.«

»Ach, das wäre schön! Es ist natürlich himmlisch, wieder zu Hause zu sein, aber mir fehlt so sehr der Umgang mit jungen Menschen. Ich habe doch nur die Evans und Pappi.«

Ich sah, wie Larry leicht zusammenzuckte. Den Panjandrum mit ›Pappi‹ bezeichnet zu hören war ihr offenbar zu viel.

Wir waren mit unserm Tee fast fertig, als Anne plötzlich sagte: »Oh, ich vergaß, Sie zu fragen, Miss Adams … Wir erwarten nämlich Julian Arden zu Besuch. Er ist mein Vetter, oder eigentlich mehr ein Vetter von Pappi. Ich weiß, dass sie mir sein Telegramm am Apparat vorgelesen haben, versäumte jedoch es aufzuschreiben, und kann mich einfach nicht mehr erinnern, an welchem Tage er ankommt. Morgen doch, nicht wahr?«

»Heute, mein Kind. In dem Telegramm stand: ›Komme mit Wagen Samstag gegen Abend.‹«

Anne lachte und stand rasch auf. »Meine Güte, was wird Mrs. Evans sagen! Ich hatte ihr gesagt, er käme morgen. Nun muss ich aber lossausen. Hoffentlich ist er nicht schon da. Julian hat nämlich immer den besten Wagen, den es gibt, und fährt ein tolles Tempo. Es wäre einfach schrecklich, wenn er eher im Hause ankäme als ich!«

Ein fröhliches Winken mit der Hand, ein knirschendes Schalten der Gänge, eine Staubwolke, und fort war sie. Wir sahen ihr alle drei freundlich lächelnd nach, dann sagte Miss Adams mit einem Seufzer: »Armer Colonel!«

Sofort griff Larry kampfbereit ein. »Wieso arm? Ist ja allerhand, bei dem Glück, das der Mann gehabt hat! Wie kommt er nur zu so einer Tochter? Madame Panjandrum muss ja ein Weltwunder gewesen sein.«

»Ich glaube, das war sie auch«, sagte Miss Adams. »Aber trotzdem – armer Colonel. Es ist ein Jammer, nur ein Kind zu haben.« Und zu mir gewandt: »Sie wissen wohl, dass er seinen einzigen Sohn im Kriege verloren hat?«

Larry legte den Arm um sie und drückte kurz ihre schlanke Taille. »Das sollte ein Vorwurf für mich sein. Die Gute hier, findet an jedem etwas Nettes, angefangen vom alten Mick mit der heimlichen Schnapsbrennerei bis zum Panjandrum mit seinem ekelhaft patronisierenden Benehmen.«

Als wir noch schwatzend an Larrys Auto standen, hörten wir ein sanft wischendes Gleiten von Gummireifen: Fast geräuschlos war ein auserlesen schöner Wagen neben uns gerollt und hielt. Am Steuer saß ein ganz auserlesener junger Mann. Er war genau der Typ, von dem man erwartet, dass er sich das neueste amerikanische Modell kauft – in einer Zeit, in der jeder fleißige Arzt und Farmer seine alte Karre zurechtflickt.

Auch seine Manieren waren exquisit. Obgleich er hutlos ankam, hatten wir den Eindruck, als lüfte er beim Aussteigen einen Hut mit der graziösen Geste feinster Erziehung. Er ließ den Blick, mit dem er über uns streifte, auf Larry ruhen, die er dann auch anredete. Unzweifelhaft gehörte er zu den jungen Männern, die aus jeder Gruppe die bestaussehende Frau sofort herausfinden und sich auf sie konzentrieren, aber er machte das so geschickt, dass wir andern uns nicht gekränkt fühlen konnten. »Sind Sie in der Lage, mir zu sagen, wie ich zu Colonel

Gerard komme? Bedaure, Ihnen lästigzufallen, aber ich bin in dieser Gegend zum ersten Mal.«

Larry gab ihm kurz und ohne unnütze Herzlichkeit die Richtung an. Doch sein feiner Schliff wurde auch durch die fast schroffe Antwort nicht getrübt. Er dankte ihr im schönsten Stil und stieg, in seiner Sicherheit unerschüttert, wieder in den kostbaren Wagen. Mit einem letzten reizenden Lächeln, das uns alle drei einschloss, zog er sanft gleitend davon und hatte in einer Sekunde die Straße erreicht.

»Vetter Julian«, bemerkte Tantchen. »Scheint nett zu sein, und ich hoffe nur, Anne hat Zeit gefunden, mit Mrs. Evans Frieden zu schließen.«

»Es wäre schade, wenn nicht zum Empfang ein roter Läufer ausgelegt würde«, sagte ich, beinah gehässig, weil ich ja, wenn auch keine Schönheit wie Larry, nicht gerade hässlich war. Manchmal kränkte es mich nämlich, wenn ich übergangen wurde.

Larry lachte, als wir in ihren klapprigen alten Wagen stiegen. »Erster Akt: Der begehrenswerte Freier tritt auf …« sagte sie, während sie den Anlasser geräuschvoll betätigte.

8

Es wurde Juni, bis ich Anne und ihren schönen Vetter öfters zu sehen bekam, aber gehört hatten wir schon genug. Im ganzen Distrikt schwirrte sozusagen die Luft von all dem aufgeregten Geschwätz, und Mrs. Archer rief mich wiederholt an, um mir ›pikante‹ Neuigkeiten zu berichten. Julian stammte nicht von Neuseeland. Er hatte im Krieg als Pilot bei der britischen Luftwaffe gedient und hatte Anne kennen gelernt, als sie bei seinen Eltern in England zu Besuch war. Jetzt war er, mit seinem Wagen ausgerüstet, auf lange Ferien herübergekommen und hatte sich in Tiri häuslich eingerichtet.

»… und sie sind ein reizendes Paar. Der Colonel freut sich wie ein Honigkuchenpferd, denn ihm wäre es natürlich gegen den Strich gegangen, wenn seine Tochter einen simplen ›Kolonialen‹ geheiratet hätte.«

Ich protestierte lebhaft, denn mir missfiel der Ausdruck ›Kolonialer‹.

»Na ja, das ist doch begreiflich. Diese Insel-Engländer, die Geld haben, halten zusammen. Nun kann der junge Mann sich hier niederlassen und die Farm übernehmen, zumal der arme Colonel keinen Sohn mehr hat.«

Ich hielt das für reichlich weitgespannte Zukunftspläne und wechselte daher aus unbestimmtem Mitleid für Anne das Thema: »Erzählen Sie mir doch von Mrs. Jolsons Baby, ja? Es ist angekommen, nicht wahr?«

»Ja, und sie ist wirklich glücklich, hat ihr Leid völlig vergessen und lebt vergnügt wie eine Lerche. Freilich macht sie manchmal seltsame Bemerkungen. Erst gestern sagte sie: ›Ach, Mrs. Archer, ich habe das Kind beinah mehr lieb, als wenn es mein eigenes wäre. Aber es ist doch auch meins – ich kann mir sogar noch vorstellen, was für Schmerzen ich hatte, als es geboren wurde, und ich weiß noch, wie ich es zum ersten Mal betrachtete.‹ Merkwürdig, wie? Bringt sie nun das Kind mit dem ersten, das gestorben ist, durcheinander, oder ist sie geistig etwas gestört?«

»Nein, das ist sie bestimmt nicht, auch nicht konfus. Ich habe schon andere Frauen ähnlich über adoptierte Kinder sprechen hören, wenn sie vorher besonders starkes Verlangen nach einem Kind gehabt hatten und das neue gleich sehr liebten. Wie sieht das Baby denn aus?«

»Ein hübsches kleines Ding, das muss ich schon sagen. Blondes Haar und blaue Augen. Nur eins ist mir ...« Die letzten Worte klangen recht unwillig. »Aber um das festzustellen, ist es noch zu früh. Manchmal treten ja die Merkmale der dunklen Rasse erst später hervor.«

Inzwischen war der Winter mit Macht angebrochen, worüber ich mich freute. Natürlich wurde es sehr kalt und es gab heftige Stürme. Zu Hause hatten mich alle vor den Stürmen an der Westküste gewarnt, und Mutter war überzeugt, ich müsste hier umkommen. Sie schickte mir sogar wollene Westen und schrieb, Lungenentzündungen seien in dieser Gegend häufig. Da ich niemals Wollwesten getragen hatte, gab ich sie der Kirchengemeinde für ihre Auktion, und diese erzielte gute Preise dafür.

Im Winter gibt es auf einer Farm mit hügligem Gelände viel Freude. Wir hatten herrliche klare Tage mit funkelndem Frost und strahlendem Sonnenschein, doch als ich mir noch länger solches Wetter wünschte, sagte Paul: »Das verhüte der Himmel«, und erklärte mir, durch den Frost bliebe der Graswuchs auf den Weiden verteufelt zurück. Die Stürme gefielen mir weniger, der Tiere wegen, aber auf unserer Farm, die ziemlich geschützt lag, gab es viele dicke Baumstämme und Stubben, hinter denen sich das Vieh zusammendrängen und warm halten konnte.

Das Schönste am Winter ist jedoch für eine Frau die plötzliche Entdeckung, dass sie einen Mann hat, mit dem sie kleine Arbeiten zusammen verrichten und sich unterhalten kann, denn er sitzt abends lange mit ihr vor dem hell lodernden Kaminfeuer, wo sie wirklich miteinander reden können. Und wir beide mussten uns ja auch noch gründlich kennen lernen und jeder vom andern noch mancherlei Wichtiges erfahren.

Einsam brauchten wir uns nie zu fühlen, denn Pauls Freunde kamen häufig, da die ›Drei Musketiere‹ sich schon immer bei allen schweren Farmarbeiten gegenseitig geholfen hatten. Sam war mir sehr ans Herz gewachsen, und allmählich glaubte ich sogar Tim richtig zu kennen, denn mir ward immer deutlicher, weshalb die andern so viel von ihm hielten. Er hatte alle guten Eigenschaften eines richtigen Mannes und war obendrein geradezu lächerlich hübsch.

An dem Tage, als Anne Gerard anrief, um zu fragen, ob sie uns mit ihrem Vetter besuchen dürfte, spalteten die drei Männer gerade einen dicken Baumstamm.

»Ja, kommen Sie nur zum Essen her, dann sind die Männer auch da. Wie? Oh, zwei mehr machen uns überhaupt keine Umstände.«

Larry, die nicht begeistert war, meinte, es sei immerhin erfrischend für uns alte Ehefrauen, ein junges Liebespaar zu beobachten.

Bei ihrer Ankunft machten sie freilich nicht den Eindruck, als ob sie sehr verliebt wären. Im Gegenteil: Nach dem, was wir hörten, als wir zu ihrer Begrüßung vors Haus gingen, schienen sie sich ›ziemlich in der Wolle zu haben‹, wie Larry es ausdrückte. Julian sprach zwar friedlich, doch mit einer Geduld, die einen wild machen konnte.

»Mein liebes Mädel«, sagte er, »du musst wirklich noch lernen, einen schweren Wagen richtig zu fahren. Es ist nicht nötig, ihn mit so einem Ruck zu bremsen, denn die Bremse zieht ganz sanft an.«

»Aber nicht bei mir. Das funktioniert nie. Mir wäre lieber, wenn du nicht verlangtest, dass ich diesen scheußlichen Wagen steuere. Du weißt doch, dass ich nur an meinen kleinen gewöhnt bin.«

Als sie hereinkam, sah sie noch ganz bekümmert aus. »So was Albernes. Erst zwingt Julian mich zu fahren, und dann nörgelt er an mir herum.«

Larry lächelte sie beide bezaubernd an. »Die Männer sind ja so stur und grob, sie möchten zu gern ihrer kleinen Frau etwas beibringen, was sie selbst gar nicht will und auch nicht kann – und nachher schimpfen sie, wenn's nicht klappt.«

In diesem Moment kam Tim herein. Er lachte. »Schön deutlich gesagt. Und wer ist hier grob zu wem?«

Julian wurde vorgestellt, dann beendete Anne das Thema, indem sie in ihrer sanften Art sagte: »Um ehrlich zu sein: Ich bin wirklich eine elend schlechte Fahrerin. Bei mir ruckt und springt und donnert jeder Wagen.«

»Da haben Sie noch Glück, bei mir bleibt jeder stehen, und der Motor stirbt ab.« Das kam selbstverständlich von Larry.

Beim Mittagessen ging es sehr lustig zu. Immer wieder musste ich denken, wie gut ich es getroffen hatte, in so einen Freundeskreis zu kommen. Anne hatte wohl denselben Gedanken, denn als die Männer wieder gegangen waren und wir den Tisch abräumten, sagte sie: »Wie gut sie sich hier alle kennen, und wie vergnügt sie zusammen sind! Ich fürchte, dass Julian es bei uns zu Haus furchtbar langweilig findet, denn das ist's ja manchmal sogar für mich.«

Ich war erstaunt, jetzt ›Larry die Schwierige‹ sagen zu hören: »Nun, wir haben in unserer Runde noch Platz für ein paar mehr, sind ja keine geschlossene Gesellschaft. Mitglieder werden streng in der Reihe ihrer Charakterfehler aufgenommen. Was halten Sie davon?«

»Oh, es wäre wundervoll, mit Ihnen allen hin und wieder etwas zu unternehmen!«

»Dann lasst uns feiern, indem wir heute was wirklich Schneidiges anstellen. Im Dorf hat der Basketballklub einen Tanzabend. Da wollen wir hin.«

Ich staunte noch mehr, denn Larry hatte doch immer beteuert, keine zehn Pferde kriegten sie zu so einem Abend.

Anne war hochbegeistert: »Pappi ist fort und kommt erst spät wieder, aber ich kann Mrs. Evans anrufen und sie bitten, eine Notiz für ihn hinzulegen. Er wird nicht böse sein.«

Larry warf mir einen schalkhaften Blick zu, während ich entsetzt war über Annes prächtigen Optimismus.

»Aber ich kann doch nicht in diesem Kleid zum Tanz gehen, nicht wahr?«, fragte sie.

Sie trug ein blaues, wahrscheinlich von einem Londoner Schneider angefertigtes Wollkleid.

»Aber natürlich«, sagte Larry, »die Leute tragen da alles Mögliche: dicke Jacken, Rock und Bluse oder sogar, bedauerlicherweise, lange Abendkleider. Wir müssen nur eins tun, Susan: schleunigst ein paar Kuchen fertig machen. Wie macht sich euer alter Herd jetzt?«

»Fein. Paul hat ihn gestern innen gereinigt, nun bullert er wie von Leibschmerzen erlöst. Wir backen gleich genug Kuchen für uns drei, ja?«

Da Anne uns fragend anblickte, erklärte ihr Larry: »Haben Sie das Plakat nicht gelesen? ›Herren 2½ Schilling, Damen eine Platte!«

»Eine Platte? Könnte nicht Mrs. Russell uns einfach die Platten leihen?«

Larry musste genauer erklären, was bei den Hinterwäldlern eine Platte bedeutete: »... und jeder setzt seinen Stolz darein, so viele verschiedene Kuchen und Torten zu backen, wie er kann, eine noch üppiger als die andere. Gelingen sie nicht einwandfrei, dann wird einfach tüchtig Schlagsahne darüber geschmiert, und schon ist jeder zufrieden. Aber keine Sorge deswegen; da wir ja nicht hochnäsig sind, werden wir nur so viel backen, wie der Anstand erfordert. Es wird sowieso immer zu viel aufgefahren, und jeder stopft sich bis obenhin voll.«

Sofort begann eine lebhafte Backerei. Larry gab die Anweisungen und hielt das Feuer in Gang, Anne rührte den Teig nach Instruktion ein, und ich, als die ruhigste, wog und maß die Zutaten. Größtenteils gerieten unsere Backwaren gut, und als die Männer hereinkamen, empfing sie ein wahrer Berg von Kuchen aller Art, sodass ihnen schon anstandshalber nichts weiter übrig blieb, als die Bäckerinnen abends auszuführen.

Mir war, als hätte Julian bei der Erwähnung des dörflichen Tanzbodens die Brauen hochgezogen. Ich hörte ihn leise zu Anne sagen: »Dein Vater«, doch sie erwiderte ganz fröhlich: »Ach, der ist ja nicht zu Hause, und wenn ich's ihm nachher erzähle, wird er nicht böse sein. Einmal wollen wir uns doch ordentlich amüsieren, ich habe seit einem halben Jahr nicht mehr getanzt.«

Auch Sam hatte seine Zweifel. Er kam herein, als ich mit Larry allein war, und sagte zu ihr: »Also hör mal zu, mein Kind, du weißt doch ganz gut, dass dem Colonel der Kragen platzen wird, wenn er das erfährt.«

Larrys Augen strahlten unschuldsvoll. »Aber weshalb denn? So ein harmloses kleines Vergnügen. Du weißt genau, dass es bei dieser Feierei mehr als anständig zugeht.«

»Mag sein. Aber bitte keinen Unfug oder neckische Spiele. Oh, den Blick kenne ich schon, also lass solche Pläne fallen, ja?«

Ihre Entrüstung und ihr heftiges Protestieren bewiesen mir, dass sie etwas im Schilde führte, zweifellos dumme Streiche. Jedenfalls fuhren Sam und Larry schleunigst ab, um sich umzuziehen, und sie waren schon zurück, ehe wir aufbrachen. Das Gespräch drehte sich jetzt um die Wagenplätze.

»Nein, Julian, ich setze mich nicht ans Steuer. Fällt mir nicht ein Abends hasse ich das sowieso, und vor den Wegen hier habe ich Angst«, sagte Anne.

Zu meiner Verwunderung mischte Tim sich ein: »Wozu der Streit? Wir sind doch freie Menschen hier zu Lande. ›Jeder tut, was ihm gefällt‹ ist mein Wahlspruch.« Sein gutmütiges Grinsen konnte zum Widerspruch herausfordern, doch Julian ließ sich nicht im Mindesten reizen.

»Kommen Sie doch mit in meinen alten Wagen, Miss Gerard« fuhr Tim unerschrocken fort, »der läuft unter Garantie nicht schnell und Sie brauchen ihn nicht zu steuern.«

Larry rettete die Situation: »Ja, tun Sie das doch, dann können Sam und ich ganz plutokratisch in der Limousine Ihres Vetters hinfahren und zurück mit Paul. Ich wollte schon immer mal gern in einer Limousine sitzen.«

Sie stimmten zu, und ich merkte, dass Larry sich in Julian Arden ›verknallt‹ hatte. Deshalb also tat sie ein bisschen kindisch. Einer ihrer Kniffe. Auch Sam fiel das auf, er blinzelte mir zu, schien aber, da er seine Larry kannte, gar keine Bedenken zu haben.

Ich war zum ersten Mal in dem Saal in Tiri, der meinen Vorstellungen wenigstens annähernd entsprach. Ein großer scheunenartiger Bau mit einem guten Tanzboden und einer kleinen Bühne, neben der zwei Winkel als Garderobe abgeteilt waren. Die Küche, komplett eingerichtet mit Kupferkessel und langen Tischen, war am anderen Ende des Saales. So ergab sich, dass jeder Gast seine manchmal nicht leichten Pakete mit Kuchen, und was er sonst für den Abend eingepackt hatte, durch den ganzen Saal tragen musste.

Natürlich kamen wir zu spät, die Plätze zu beiden Seiten waren schon besetzt, als wir eintraten. Doch Larry ließ sich nicht in Verlegenheit bringen; sie hatte ihre und Sams Schuhe in eine große Tüte gepackt, sodass ihr magerer ›Beitrag‹ wesentlich imposanter wirkte. Mir schien es, als schrumpfe mein Paket zusammen und meine Füße würden größer, während ich vor versammelter Menge mit laut hallenden Schritten durch den Saal ging.

Der Essraum war tadellos sauber und recht gemütlich. Die Verteilung der Kuchen hatte die immer freundliche Mrs. Archer übernommen. Sie war entzückt, uns erscheinen zu sehen, und lobte alle unsere Erzeugnisse.

»Es ist hier – das Baby«, flüsterte sie mir zu, »und Mrs. Jolson ist so stolz. Sie hat ja seit dem Tode ihres eigenen keine Gesellschaft mehr mitgemacht.«

»Ich möchte gern hier bei Ihnen bleiben und helfen«, bot ich ihr pflichtmäßig an.

»Kommt nicht in Frage. Sie gehen hübsch in den Saal, mein Kind, und amüsieren sich. Ich betreue immer den Kessel mit dem Teewasser, mein Mann füllt ihn und macht das Feuer an. Nein, auch Tassen herumreichen sollen Sie nicht, denn Sie sind ja als Gäste hier.«

Also gingen wir wieder hackenklappernd durch den Saal, wo die Leute jetzt mit feierlichen Gesichtern im Twostepp ihre Kreise zogen. In der Garderobe lag schön warm Mrs. Jolsons Baby im Kinderwagen, ein liebliches Bild. Ich beugte mich in der albern wirkenden ekstatischen Freude, die mich beim Anblick ganz kleiner Kinder stets erfasst, über den Wagen. Larry blickte das Kind nur flüchtig an und schlug vor, nur ›mal rasch das Weiße in seinen Augen zu untersuchen‹. Ich weigerte mich entschieden, also betätigten wir nochmals unseren Lippenstift und verließen zögernd die Garderobe.

Gerade war der Tanz zu Ende, doch wir sicherten uns Plätze auf den harten Bänken, indem wir ungehörig schnell hinsausten. Es war ziemlich kalt dort, wir hätten unsere Mäntel besser nicht in der Garderobe lassen sollen. Ich bemerkte, dass aus ziemlicher Entfernung eine Frau mit strengem Gesicht sehr böse zu mir herüberschaute: Mrs. Grant. Sie hatte mich kürzlich angerufen und mich an einem Tage besuchen wollen, der mir sehr schlecht passte, aber ich hatte vorgebeugt, indem ich sagte, ich würde so bald wie möglich zu ihr kommen. Und das hatte ich dann vergessen.

Larry half mir nicht aus der Verlegenheit. »Ach, daran kannst du im Augenblick nichts ändern. Drück dich vor ihr, solange es geht. Aber ich weiß ja, du wirst nachgeben, wenn sie verlangt, dass du nächste Woche zu ihr kommst. Aber ohne mich, vergiss das nicht!«

Die Beleuchtung war schwach. Elektrisches Licht gab es selbstverständlich nicht, sondern es hingen an der Decke fünf große Petroleumlampen, in einem Wust von Papierfahnen, die einmal sehr bunt gewesen, aber jetzt ganz verblichen und verstaubt waren. Larry erklärte mir, sie würden jedes Jahr einmal erneuert, zum Weihnachtsfest für die Kinder.

Die Frauen waren, wie sie gesagt hatte, sehr verschieden angezogen. Die älteren trugen Jacken über Bluse und Rock, die meisten jungen Mädchen dünne Kleider, ein paar kühne Geister erschienen in teuren Abendgewändern. Larry machte ziemlich abfällige Bemerkungen, während ich fand, dass die meisten Mädchen ebenso nett aussahen wie in der Stadt beim Tanzvergnügen.

Und sie verstanden, andern das Tanzen beizubringen. Ich bildete mir ein, dass wir drei uns als Tänzerinnen in jedem Ballsaal sehen lassen könnten, aber diese Mädchen vom Land tanzten ganz vorzüglich. Sie nahmen ihre Sache auch sehr ernst, denn hier interessierte sie nur der Tanz, durch den allein sie ihre künstlerische Begabung ausdrücken konnten. Also verschwendeten sie wenig Zeit mit Gesprächen.

Im Übrigen bewegten sie sich steif und korrekt. Keiner fiel ein mit einem Mann ins Freie zu gehen. Sobald ein Tanz zu Ende war, ließen ihre Partner sie los wie einen heißen Stein und gesellten sich zu den Männern, die nicht getanzt hatten und schwatzend in der Nähe des Eingangs standen. Sie kamen erst wieder zum Vorschein, wenn auf dem Klavier, vor dem ein stämmiger Mann mit rotem Gesicht saß, der zugleich als Tanzmeister fungierte, eine neue Melodie angeschlagen wurde.

Es war Mick O'Connor, Tantchens spezieller ›Freund‹. Er trug ein komisch wirkendes, bunt gestreiftes Sportjackett und schrie jedes Mal, wenn er auf die Bühne kletterte: »Nun mal 'ran mit euch Jungs! Diesmal ist's bestimmt ein Walzer.«

Bald waren alle von der Tanzlust gepackt. Jede tanzte mit jedem, wie es sich gerade fügte. So ging es fröhlich durch die Quadrillen und viele andere Tänze, die mir völlig unbekannt waren. Wir amüsierten uns alle großartig und beschlossen, oft herzukommen. Freilich war zu bedenken, wie der Colonel sich dazu stellen würde.

Das Merkwürdigste war, dass Anne wenig mit ihrem Vetter tanzte, mit dem sie, wenn wir den Gerüchten glauben konnten, doch schon so gut wie verlobt war. Sie schien sich viel mehr mit Tim abzugeben, und die beiden waren ein hübsches Paar, obgleich sie ihm nur bis zu den Schultern reichte. Ihr rundes Kindergesicht strahlte vor Glück, es bildete einen feinen Kontrast zu seinem schönen dunklen Kopf.

Ich bedauerte eigentlich Julian, doch als ich mitleidig nach ihm Umschau hielt, sah ich, dass er ebenso glücklich war. Er tanzte unglaublich schwungvoll, ausnahmslos mit Larry. Obgleich sie nur ein Nachmittagskleid und er einen grauen Anzug trug, brachten sie es fertig, wie ein Paar aus einer Modezeitschrift auszusehen. Aber was mochte Sam denken? Auch um ihn brauchte ich mich nicht zu sorgen. Er amüsierte sich ausgezeichnet, tanzte mehrmals mit mir und noch öfter mit Mrs. Archer, die er von ihren Pflichten in der Küche weggelotst hatte. Sie war eine auffallend gute Tänzerin.

Beim Abendessen erreichte mich die Nemesis in Gestalt von Mrs. Grant. Selbstverständlich war ich so nachgiebig, wie Larry verkündet hatte: Ich demütigte mich mit ganz unnötigen Entschuldigungen, die sie kaum zur Kenntnis nahm, und versprach ihr, sie nächste Woche zu besuchen. Mein Gewissen zwang mich, bei ihr zu bleiben, während die andern vorn am Podium eine lustige Gesellschaft waren. Natürlich nutzte sie ihre Gelegenheit voll aus.

»Nein, wenn man so bedenkt – die Tochter des Colonel! Noch dazu, wo er in die Stadt gefahren ist. Na ja, wenn die Katze weg ist – Sie wissen ja. Aber es ist wundervoll, was eine nette, fröhliche Gesellschaft ausmacht! So so, das ist also ihr junger Mann. Ein hocheleganter Herr. Scheint für Mrs. Lee mächtig eingenommen zu sein, aber die ist ja im Stande, mit jedem zu flirten.«

Ich freute mich innig darauf, Larry diese Bemerkung zu übermitteln. Das hatte sie, glaube ich, verdient.

»Ich finde, für ein Mädchen, das ans Londoner Gesellschaftsleben gewöhnt ist, muss es hier doch langweilig sein. Hat sich wohl extra für uns bescheiden angezogen, wie? Das blaue Kleid ist fast genau wie meins zu Hause, nur ist meins wohl doch eleganter. Habe es mir selbst geschneidert. Aber diese Mrs. Lee, die benimmt sich ja reichlich hochfahrend, ihr Mann weiß eigentlich nie, wie er mit ihr dran ist.«

In diesem Moment erlöste mich Mrs. Jolson. »Oh, Mrs. Russell, haben Sie meine Elizabeth schon gesehen? Kommen Sie doch mit und schauen Sie sie an.«

Mrs. Grant hatte gerade noch Zeit, zu murmeln: »Hoffentlich bleibt das Kind so süß! Die Leute sagen ja, sie hätte es aus einem Heim geholt.« Das Wort Heim sprach sie aus, als meinte sie die Hölle. Ich entfernte mich schleunigst.

Als wir aus der Garderobe kamen, wo wir das schlafende Baby bewundert hatten, wartete Paul auf mich.

»Komm«, sagte er, »das ist unser letzter Tanz. Wollen lieber sehen, dass Anne nach Hause kommt, ehe der Colonel den Rest der ehemaligen Heimwehr zur Suche ansetzt.«

Sonderbar, wie wenig Paul mit mir getanzt hatte. Die eine Woche unserer fröhlichen Stimmung vor der Verlobung schien schon in weiter Ferne zu liegen. Unsere Schritte passten freilich noch gut zusammen, und der Tanz war mir viel zu kurz. – Nach flüchtigem Abschied von Mrs. Archer empfahlen wir uns französisch.

»Na, also dann, meine Liebe, kommen Sie wieder, mit den andern zusammen. Mrs. Lee wird uns weniger schlimm finden, wenn sich sich erst an uns gewöhnt hat.«

Hiergegen vermochte selbst Larry nichts Bissiges zu sagen.

Diesmal gab es auch kein Hin und Her über die Wagen. Anne stieg lammfromm in Julians Limousine, Tim ratterte munter in seinem Vorkriegsmodell heimwärts, wir übrigen zwängten uns in unser eigenes Vehikel.

Als die letzte Steigung begann, sagte Sam streng: »Ob ich euch wieder ausführe, werde ich mir zwei Mal überlegen. Mit unbekannten jungen Männern flirten und eure armen lieben Gatten zu Mauerblümchen machen, wie?«

»Hör' sich das einer an. Dabei tanzt du liebend gern mit Mrs. Archer, und wenn wir schon von Flirten reden …«

Paul sagte scharf: »Ich wünsche zu wissen, was ihr jetzt wieder vorhabt.«

Larry lachte schläfrig. »Oh, Paul, stelle keine Fragen. Warte schön ab. Ich habe eine ganz wundervolle Idee.«

Beide Männer stöhnten laut.

9

Welche Pläne Larry in ihrem unruhigen Kopf auch wälzen mochte, sie konnten vorläufig nicht ausgeführt werden. Am nächsten Morgen rief sie mich nämlich an, um mir mitzuteilen, dass sie ›schlimme Nachrichten‹ hätte.

»Mrs. Lee kommt, meine Schwiegermutter. Habe ich dir nicht schon gesagt, dass sie bald fällig wäre? Allerdings dachte ich, sie würde warten, bis es wärmer ist.«

»Na, darüber wirst du auch hinwegkommen.«

»Aber schlechter hätte es gar nicht passen können, die Wohnung sieht wüst aus, und meine Hunde hasst sie sowieso. Und ich habe doch auch noch die arme kleine Christina!«

Christina war der unwahrscheinliche Name für eine ganz kleine schwarze Ziege, die Larry mutterlos und vor Kälte zitternd draußen gefunden hatte und die sie sehr liebevoll behandelte. Tim behauptete, sie schliefe in kalten Nächten zwischen Sam und Larry, und wenn Sam das auch heftig bestritt, so beherrschte die Ziege doch den Haushalt. Larry schwor, sie sei so gut wie stubenrein, aber trotzdem riet ich ihr, das Tier, solange Mrs. Lee dabliebe, ins Waschhaus oder in den Geräteschuppen zu sperren. Worauf Larry mir nur erwiderte, die Ziege sei ein besserer Gesprächspartner als ihre Schwiegermutter.

»Und sie erwartet von mir, dass ich sie Mutter nenne oder sie mit einem dieser scheußlichen Kosenamen rufe! Du, ich muss aufhören, Sam kommt gerade, und jetzt finde ich mich niederträchtig, so über sie zu reden, denn schließlich gehört sie ja auch zu den Geschöpfen Gottes, und Sam ist nicht schuld an ihrer Existenz. – Aber vergiss nicht, Susan, dass du mir unbedingt beistehen musst. Es dauert eine Woche, die mir sehr, sehr lang werden wird.«

Zufällig kam ich in die Lage, ihr helfen zu können. Es war reiner Dusel, denn am selben Tag erhielt ich ein langes Telegramm von Mutter. Es fing wie ein Triumphgesang an:

> Felicity mit Robert Erskine verlobt Punkt Heiraten in drei Monaten Punkt Bin völlig erledigt und brauche Acht Tage Ruhe Punkt Kann ich dich besuchen Fragezeichen Habe direkt Sehnsucht nach deinem neuen Heim Ausrufezeichen

Arme liebe Mama! An den vielen Punkten erkannte ich, wie ihr zu Mute sein musste, denn sie ist sonst bei Telegrammen sehr sparsam. Es war nett von ihr, sich nach meinem neuen Heim zu sehnen, aber als ich ihr zu Beginn des Winters vorschlug zu kommen, hatte sie ihre Sehnsucht recht gut unterdrückt. Ich wusste aber auch, dass sie mit Felicity, die mehr als lebhaft ist, noch allerlei Trubel haben würde. Immerhin, sie hatte die Geschichte zum guten Ende gebracht und würde bestimmt nicht wegfahren, wenn sie die Sache nicht für ganz gesichert gehalten hätte. Die beiden waren bestimmt ein ›prima Paar‹. Robert ist reich und solide und eine Portion älter als Felicity. Ein sehr netter Mann, der kluge Geschäfte mit Aktien und Gesellschaften und dergleichen macht. Eine Heirat so ganz nach Mutters Herzen. Welchen Spaß musste es ihr gemacht haben, die Partie zu Stande zu bringen! Wenn ich das Leben in der Stadt mit hier vergleiche und mir Robert an Pauls Stelle denke – das sind Unterschiede.

Ich drahtete sofort meine Glückwünsche und teilte Mutter mit, dass ich sie am folgenden Tage in Te Rimu abholen würde.

Ach, es war doch schön, sie wieder zu sehen. Mir wurde ordentlich warm bei dem Gedanken. Vielleicht hätte sie mir viel mehr fehlen müssen? Hoffentlich würde ihr alles gefallen. Ich eilte hinaus, um Paul die Neuigkeit zu melden, die er heldenmütig entgegennahm. Dann flog ich ans Telefon.

»Larry, meine Mutter kommt! Sie hat Felicitys Verlobung perfekt gemacht und hat nach der Anstrengung buchstäblich die Puste verloren. Sie kann sich doch mit Mrs. Lee zusammentun, dann hast du's erheblich leichter.«

»Oh, dem Himmel sei Dank! Ich verlebe jetzt eine schreckliche Zeit, weil ich den Hunden beibringen muss, dass sie das Gästezimmer nicht betreten dürfen. Aber ob deine Mutter sich mit Mrs. Lee wirklich verstehen wird?«

»Das denke ich doch. Sie verträgt sich eigentlich mit allen Menschen und lässt niemand merken, wenn sie ihn nicht schätzt. Spielt Mrs. Lee auch Bridge?«

»Wie eine Wilde! Deswegen langweilt sie sich ja hier so.«

»Na, dann werden wir vier Spieler zusammenbringen und sie öfters auf kleine Touren schicken.«

»Wohin denn? Vielleicht zu Mrs. Archer oder Mrs. Grant? Oh, Susan, du bist eine Optimistin! – Ich muss auflegen. Ach, was habe ich jetzt alles um die Ohren! Sam hat einen jungen Fasan gefunden, der den Flügel gebrochen oder sich sonst wie verletzt hat. Den hat er mir zur Pflege in die Wohnung gebracht, und ich kann dir sagen: das gibt ein Theater mit den Hunden!«

»Kannst du das anders erwarten von Hunden, die etwas taugen?«

»Oh, wenn sie erst merken, dass der Fasan mir gehört, werden sie ihn als Familienmitglied behandeln.«

»Und du nennst mich eine Optimistin! – Auf Wiedersehen! Ruf mich morgen an, wenn deine Schwiegermutter da ist, ja?«

Das Wiedersehen mit meiner Mutter wurde nett. Sie war so erschöpft, dass ihr die erholsame Ruhe ›im Hinterwald‹ sehr zusagte. Sie meinte, das Haus böte ›viele Möglichkeiten‹ und bewunderte sogar unsere Malerei. Und was Paul für ein hübscher Mann sei, käme ihr eigentlich erst jetzt so recht zum Bewusstsein. »Unser lieber Bob« – sie nannte Robert nur Bob – »ist ja von ganz anderem Schlag, aber so nett, Susan. Ganz reizend.« Paul müsse tatsächlich ein sehr rücksichtsvoller Gatte sein, und ich hätte noch nie so gesund ausgesehen. Sie schien wirklich ungeheuer erleichtert, mich nicht als elendes Opfer eines brutalen Mannes in einer jämmerlichen Hütte zu finden.

Als sie im besten Schwung war und mir viele Episoden aus ihrem ›Feldzug‹ um Erskine und von den zahlreichen Flirts, die Felicity sich nebenbei erlaubte, erzählen wollte, klingelte das Telefon. Der Colonel wünschte Paul zu sprechen. Mutter spitzte die Ohren.

»Ein Colonel, Kind? Von dem hast du ja noch gar nichts erwähnt. Wer ist es denn?«

»Für dich ohne Bedeutung, liebe Mama. Für unsere Dawn ist er zu alt, und er hat auch keinen Sohn.«

Mutter stellte sich empört. »Du nimmst doch wohl nicht an, Susan, dass ich schon wieder eine Tochter verlieren möchte! Noch lange, lange nicht. – Welchen Namen hat Paul eben genannt? Doch nicht Gerard, wie?«

»Ja, der ›Große Panjandrum‹. Colonel Gerard, früherer britischer Offizier.«

Jetzt sah Mutter ganz erregt aus. »Doch nicht etwa Cholly Gerard? Aber das muss er sein! Da fällt mir nämlich ein: ich habe gehört, dass er ohne ersichtlichen Grund irgendwo ins Ausland verzogen sein soll. Es ist bestimmt Cholly.«

Cholly! Unmöglich! – Ich wandte schwach ein, so weit mir bekannt, hieße er Charles Cholmondeley Gerard.

Entzückt rief Mutter: »Da hast du's ja! Ein alter Freund von mir! Den habe ich schon als junges Mädchen in England gekannt. Oh, was haben wir für Unfug zusammen getrieben! Er war sehr befreundet mit meinem armen Bruder James. Weißt du, dem, der im Ersten Krieg gefallen ist. Evelyn, seine spätere Frau, kannte ich auch. Ganz hübsches Mädchen mit ihrem runden Gesicht und den blauen Augen. Sag doch Paul, er soll mich mal mit ihm sprechen lassen, wenn sie das Geschäftliche erledigt haben.«

Mir lag daran wenig, denn ich konnte mir nicht vorstellen, dass unser würdiger Panjandrum jemals ein ›Cholly‹ gewesen war, doch Mutter schob mich beiseite, wie das nur eine Frau kann, die entschlossen ist, alte Spuren wieder aufzunehmen.

»Bist du das, Cholly? Ach, nach so vielen Jahren! – Brenda ist hier. Brenda Abbot! – Oh, ich dachte, du könntest dich noch erinnern ... Ja, ja gewiss ...«

Geladen mit Neuigkeiten kam Mutter vom Apparat zurück.

»Liebe Kinder, das ist ja eine höchst erfreuliche Überraschung! Der brave alte Cholly! War ja immer schon recht pompös, ein ganz ulkiger Vogel, aber ein lieber Kerl. Er möchte uns gern morgen besuchen und seine Tochter mitbringen. Anne heißt sie wohl, wenn ich richtig verstanden habe? Aber er sagt, du seiest mit ihr schon befreundet, Susan. Und Julian ist auch da, Julian Arden. Seinen Vater habe ich gut gekannt, war ein schwerreicher Mann. Ich glaube, das Mädel soll den Julian heiraten. Sehr passende Partie. Schließlich sind sie ja nur Verwandte dritten Grades, und dabei denkt sich heute kein Mensch mehr was.«

Mutter hatte im Geist die Ehe bereits perfekt gemacht. Mir war es beinah schon ein Rätsel, wie Paul und ich es fertig gebracht hatten, unsere Heirat bei ihr durchzusetzen.

Ich rief Larry an und bat sie, mit ihrer Schwiegermutter zum Tee zu kommen, um meine Mutter und den Colonel kennen zu lernen.

»Nein, wahrhaftig, Susan«, sagte sie, »ich hätte nie gedacht, dass du gesellschaftlich so vorwärts kämest, bis in die Oberen Zehntausend sozusagen. Du hast es weit gebracht.«

»Mrs. Lee ist wohl nicht zu Hause? Wie kommst du überhaupt mit ihr zurecht?«

»Ach, es ist fürchterlich. Sam hat sie zum Glück auf einen Spaziergang mitgenommen. Der Arme, für ihn ist die Situation scheußlich, aber ich glaube allen Ernstes, dass mit ihr keine junge Frau gut auskommen kann. Natürlich, die ganze Sache fing gleich schlecht an. Du weißt doch, was ich dir von dem jungen Fasan erzählt hatte. Na, als ich zum Omnibus musste, hatte ich's rasend eilig und wollte das Tierchen irgendwo in Sicherheit bringen, denn die Hunde haben sich doch noch nicht an diese Gesellschaft gewöhnt. Also, ich steckte es in die oberste Schublade in dem kleinen Hinterzimmer. – Wieso? – Oh nein, das Tier war sehr sauber.«

»So stubenrein wie Christina vermutlich?«

»Sei nicht so hässlich. Ich habe eine Masse Papier in das Schubfach getan. Wie sollte ich wohl ahnen, dass meine Schwiegermutter ausgerechnet in das Zimmer platzt, wo sie schon mehrmals war, um die Augen vor einem geradezu widerlich schlechten Foto zu verdrehen, auf dem sie so mütterlich ihren Sam als Dreijährigen auf den Knien hält! Na, ich hatte diesmal vergessen, das Bild, das sonst weggepackt ist, extra für sie auf die Kommode zu stellen. Und was soll ich dir sagen? Sie macht die Schublade auf, um das Bild zu suchen – und prompt fliegt ihr die kleine Janey direkt ins Gesicht! Sie kriegte beinahe einen Nervenschock, es war entsetzlich aufregend für mich.«

»Du willst doch nicht etwa sagen, dass sie richtig böse geworden ist?«

»Wer denn? Ach so, meine Schwiegermutter? Nein, wegen der regte ich mich nicht auf, sondern wegen der armen kleinen Janey, die nun frei herumflog. Und dabei schlich Maus, der Neufundländer, durch die Gegend und freute sich wohl schon auf den Braten. Na, ich habe Janey dann schließlich eingefangen, und Sam hat sofort einen Stall für sie gezimmert, sodass die Sache noch gut endete.«

»Und Mrs. Lee?«

»Sie entschied sich dafür, gute Miene zum bösen Spiel zu machen, indem sie mühsam scherzte: ›Hier darf man sich aber wirklich über nichts wundern, liebes Kind!‹ Und noch so ein paar Redensarten, die zwangslos klingen sollten. Ach, mir hätte übel werden können.«

»Du urteilst zu hart über sie, findest aber auch alles verkehrt, was sie macht.«

»Ja, das wird wohl auch so bleiben«, erwiderte sie unumwunden mit fröhlichem Lachen. »Aber ich werde sie morgen zum Tee mit euren großartigen Freunden bringen. Mit dem Colonel wird sie wenigstens eins gemein haben …«

»Wie bitte?«

»Gemein, ja das ist der richtige Ausdruck ... Aber jetzt muss ich fliegen und eine Mahlzeit auf den Tisch hauen. Und dann werden wir uns einen langen, gemütlichen Abend machen, wir drei ganz unter uns. Ach, es ist zum K ...!«

Bestimmt war Larry mal wieder ›in Laune‹. Wie mochte Sam sich dabei fühlen? Ich bedauerte ihn und sogar Mrs. Lee.

Als ich das später zu Paul sagte, nahm er ausnahmsweise heftig Partei für Larry: »Die Schwiegermutter weiß sich schon zu behaupten, nur keine Angst. Und Larry muss ich eins zugute halten: sie belästigt niemals Sam mit unangenehmen Dingen. An uns andern lässt sie ihre Launen ja aus.«

»Wie ist diese Mrs. Lee eigentlich?«

»Ein Panzerwagen«, sagte Paul schlicht und fügte, um ehrlich zu sein, hinzu: »Nicht äußerlich, da wirkt sie eigentlich sehr hübsch.«

Also ein ›Panzerwagen‹, aber sie war wirklich hübsch und für ihr Alter wunderbar jugendlich. Absolut rücksichtslos, eine Stärke, die sie mit einem schrecklich wirkenden spielerischen Gebaren zu verbinden wusste, besonders wenn sie über Larry sprach. Es war unverkennbar, dass sie Larry nicht mochte und in dem Glauben lebte, ihr Sohn habe sich mit der Heirat etwas vergeben. Sie brachte es stets fertig, Larry lächerlich zu machen, ohne sich so klar auszudrücken, dass man ihr beikommen konnte. Sicher gehörte sie in die Klasse der strapaziösesten Schwiegermütter.

Über den Fasan machte sie sehr treffende Witze und schloss das Thema mit der Bemerkung: »Unsere liebe kleine Hilary« – so nannte sie Larry oft aus reiner Bosheit, weil sie ihr das vertrauliche ›Larry‹ nicht gönnte – »unsere liebe kleine Hilary hat immer einen Sack voll Überraschungen bereit.«

Ich zog mich mit Larry in die Küche zurück, wo sie mit einem Seufzer der Erschöpfung auf die Brotkiste sank.

»Wieso sagte sie immer ›kleine‹? Ich bin einssiebzig groß und drei Zentimeter größer als sie. Ach, noch sechs lange, deprimierende Tage! Heute Morgen wäre ich beinah geplatzt. Gott sei gelobt, dass ihr uns zum Tee eingeladen habt!«

»Trag das nur nicht so dramatisch vor. Bei schönem Wetter fahren wir sie spazieren, und wenn's regnet, zwingen wir die Männer, mit ihr Bridge zu spielen. – Da kommt gerade der Colonel angefahren.

Nun können wir ja beobachten, wie dic zwei sich wieder erkennen.«

Larry blickte böse aus dem Fenster. Nichts war ihr heute recht. »So einen Wagen wie der hat, schafft man sich doch nur aus Protzerei an. Aha, die nun wieder ortsgebundene Tochter kommt mit, aber leider kein Julian. Das wird ja heute ein gelächterloser Tee, wie ich so etwas nenne.«

»Ein Glück, dass Julian zu Hause geblieben ist, dann kannst du wenigstens nicht vor den Augen deiner Schwiegermutter mit deinen Eroberungen dicketun.«

Als ich hinausging, um den Colonel zu begrüßen, merkte ich deutlich, dass er sich mir gegenüber weniger formell geben wollte, während er Larry noch etwas frostig begrüßte.

»Wenn der versucht, mich vor den Kopf zu stoßen, werde ich ihn mit Cholly anreden«, murmelte sie, ohne dass die andern es bei ihrem lebhaften Geschwätz hören konnten.

Allem Anschein nach war er hocherfreut, Mutter zu sehen. Eigentlich war das ein rührendes Bild und für mich ein Beispiel, wie alten Leuten zu Mute ist, wenn sie plötzlich jemand wiedertreffen, mit dem sie in jungen Jahren vergnügt waren.

»Weißt du, Brenda, eine kleine Glocke schlug in mir schon an, als ich deine Tochter kennen lernte. Eine gewisse, wenn auch nur schwache Ähnlichkeit fiel mir gleich auf, doch ich konnte mich nicht besinnen, wem sie ähnlich sah.«

Mutter sagte mit sichtlichem Behagen, er solle nur abwarten, bis er Felicity zu sehen bekäme, die gliche haargenau dem jungen Mädchen, mit dem er damals in England bekannt war. Ich grinste Larry an, während ich daran denken musste, wie kalt der Panjandrum gewesen war, als ich ihn im Laden kennen lernte, wie kühl er sich auf dem Hof beim Schafebaden benommen und wie steif und humorlos er mich aus dem Schlafzimmerfenster gerettet hatte. Wie wäre er wohl hier aufgetreten, hätte nicht die ›kleine Glocke‹ in ihm angeschlagen, die sowieso nur sehr leise geklungen haben konnte.

Immerhin hatte ich es, wie Larry sagte, ›weit gebracht‹. Der Nachmittag wurde höchst erfolgreich. Mrs. Lee war so liebenswürdig, dass sie sogar vergaß, sich über die ›Schundromane‹ zu mokieren, die Larry las. – »Im allgemeinen, Susan, erzählt sie jedem Menschen, ich hätte kein Interesse an guter Literatur – das habe ich allerdings auch nicht, aber sie braucht das trotzdem nicht so hochtrabend zu sagen.« – Ich spürte deutlich, dass sie nun der Ansicht war, Larry hätte hier doch die richtigen Freunde gefunden.

»Mein Bedarf ist bald gedeckt«, sagte Larry, als wir drei hinausgingen, um für den Tee zu sorgen.

»Weshalb redest du denn nicht?«, fragte ich. »Stumm wie ein Fisch hast du dagesessen und mit deiner Schwiegermutter den ganzen Nachmittag kein Wort gesprochen.«

»Weiß ich. Vor anderen Leuten rede ich nur selten mit ihr, einfach, weil ich keine Anrede für sie habe«, erwiderte sie kühl. »Sie Mutter zu nennen bringe ich nicht fertig, zumal ich an meine Mutter, die sicher ganz anders gewesen ist, gar keine Erinnerung mehr habe. Und wenn ich sie Binkie nennen müsste, würde mir speiübel. Nun weißt du Bescheid. Seit drei Jahren habe ich eine Anrede vermieden und kann doch jetzt nicht, nur dir zuliebe, damit anfangen.«

Auch ohne Larrys aktive Mitwirkung war unser Tee ein entschiedener Erfolg, der für die ganze Woche den Ton angab. Sie sagte später, sie hätte nie geglaubt, dass ihre alljährliche Leidenszeit diesmal so glimpflich verlaufen würde. Ihre einzige Sorge sei jetzt, dass eine halbjährliche daraus werden könnte.

Das Wetter war ganz prächtig, sodass wir mehrere Ausflüge machen konnten: zum Colonel, zu einem besonders schönen Aussichtspunkt und zur Westküste, wo wir die Brandung bestaunten. Außerdem wurde abends Bridge gespielt. Der Colonel und Julian spielten beide sehr gut. Tim und Anne legten eine komplizierte Patience, bei der anscheinend um jeden kleinen Vorteil furchtbar viel geredet werden musste. Es wurde eine vergnügliche Woche, in der mir erst richtig zum Bewusstsein kam, wie reizend meine Mutter im Grunde ist. Jeder hatte sie gern, und Larry sagte zu Paul, sie wüsste gar nicht, was sie verbrochen hätte, um eine Schwiegermutter wie Mrs. Lee zu kriegen.

Mutter hatte eine Schwäche für Julian, der klug genug gewesen war, sich von Larry möglichst fern zu halten, solange Mrs. Lee da war.

»Ich freue mich sehr auf Cholly«, sagte Mutter. »Er wird dann natürlich seine Farm hier verkaufen und wieder nach England ziehen. Die Ardens schwimmen ja in Geld und haben sogar bei diesen kümmerlichen Zeiten einen sehr guten Stand im Bezirk.«

Wir verabschiedeten alle zusammen die Mütter. Der Panjandrum bestand darauf, beide ›Mamas‹ persönlich nach Te Rimu zu fahren.

Schon der Gedanke, dass sie den Postomnibus nehmen sollten, verursachte ihm eine Gänsehaut. Sam brachte als braver Sohn seine Mutter bis ins Abteil, während wir andern, Anne, Larry und ich, Julian, Tim und Paul, begeistert winkten, bis der Zug um die erste Kurve verschwand. Dann ließ Larry einen gewaltigen Seufzer vom Stapel.

»Ach, jetzt möchte ich mich tatsächlich mal ordentlich betrinken oder saftige Witze erzählen! Da ich aber leider keinen Schnaps mag und nicht weiß, was die Leute unter saftigen Witzen verstehen, bin ich lackiert.«

Immerhin konnte ich einen wirklich gute Sherry auftischen, ein Geschenk von Papa. Larry ließ sich herbei, ihn zu probieren. Während wir alle auf die lieben Abgereisten tranken, gab sie doch eine Geschichte zum Besten.

»Meine schönste Erinnerung an diesen Besuch, liebe Tafelrunde«, begann sie mit feierlicher Miene, »wird der Vorfall mit Christina bleiben, als sie sich einmal vorbeinahm. Ihr wisst ja, dass das Zicklein an und für sich stubenrein ist, jedenfalls beinah, aber bei Regen mag sie nicht aus der Wohnung gehen. Meine Schwiegermutter kam in die Küche, ehe ich Zeit fand, Besen und Kehrschaufel zu holen, und sah das Entsetzliche. Gerade wollte ich mich entschuldigen, da sagte sie: ›Das sieht unserer lieben kleinen Hilary wieder mal ähnlich: Korinthen ausgerechnet dann zu verschwenden, wenn Trockenfrüchte so schwer zu bekommen sind!!!‹«

»Und was haben Sie geantwortet?«, fragte Julian. »Na, heraus mit der Sprache, wir sind aufs Schlimmste gefasst.«

»Nichts. Kein Wort. Aber ich war in schrecklicher Versuchung diese ›Korinthen‹ zusammenzufegen und sie ihr anzubieten, damit sie für ihren nächsten Bridgeabend einen schönen Obstkuchen backen konnte. Getan habe ich das freilich nicht. Das ist eben das Üble, wenn man eine Lady sein muss.«

»Ja, dadurch wird Ihnen das Leben außerordentlich erschwert«, stimmte Julian verständnisvoll und ganz ernst zu.

10

Mit der friedlichen Winterstille war es plötzlich aus, als der Juli kam. Eine Serie böser Stürme setzte ein, unsere Tage galten nur der Sorge um die Schafe. Paul war den ganzen Winter über drei Mal wöchentlich zu den Mutterschafen geritten, doch jetzt machte er das jeden Tag. Das hieß: sofort nach dem Frühstück aufbrechen, mittags im Galopp zu einer eiligen Mahlzeit nach Hause und gleich wieder hinaus bis zum Einbruch der Dunkelheit. Abends war er so müde, dass er in seinem Sessel vor dem Kamin einnickte.

Kurzum: ich hatte mit den Junifrösten meinen Ehemann verloren. Es musste etwas geschehen, um das zu ändern. Bei schönem Wetter ritt ich mit ihm auf die Weiden, wodurch ihm freilich nichts abgenommen wurde, aber mir behagten die langen, allzu ruhigen Tage im Hause nicht mehr. Ich hatte geholfen, verlassene Lämmer aufzuspüren und zurückzuholen, ich hatte gelernt, auf jeder Koppel die Stelle zu finden, von der aus sich die Schafe am besten überwachen ließen – warum sollte ich keine Schafhirtin werden?

»Ich könnte doch ein paar von den nächstgelegenen Koppeln übernehmen, denn ich weiß ja jetzt Bescheid«, sagte ich zu Paul.

Er sah mich erfreut, aber zweifelnd an. »Das bedeutet allerdings, bei jedem Wetter draußen zu sein.«

»Na und? Ich erkälte mich nie, außerdem habe ich einen guten Ölmantel und Gummistiefel.«

»Lädst du dir damit nicht zu viel Arbeit auf?«

»Aber nein! Ich bin dann wenigstens gezwungen, mit der Hausarbeit keine großen Umstände zu machen. In Wirklichkeit habe ich doch nichts weiter zu tun als Scheuern und Putzen, Lesen und Bekannte besuchen.«

»Ich dachte, du hattest ein Buch schreiben wollen?«

»Das habe ich aber nicht getan, und ich bitte dich, davon nicht mehr zu reden. Wenn das nämlich erwähnt wird, treibt mich mein Gewissen ans Sockenstopfen oder Fensterputzen oder zum Briefschreiben. Lieber will ich den ganzen Tag herumreiten.«

Also fing nun Paul jeden Morgen, bevor er losritt, Tommy ein und gab ihm ein Bündel Heu, damit das Tier Beschäftigung hatte, bis ich in wildem Tempo meinen Haushalt besorgt, die Glut im Herd zugedeckt und die nötigsten Kleinigkeiten besorgt hatte. Dann brach ich auf, in einem Anzug, in dem ich scheußlich formlos aussah, und ritt um drei Schafkoppeln. Als ich nach vierzehn Tagen weder ein ›verworfenes‹ Lamm übersehen noch ein Tor offen gelassen hatte oder vom Pferd gefallen war – die drei möglichen Katastrophen nach ihrer Rangfolge aufgezählt –, war Paul so zufrieden, dass er mich weitermachen ließ.

Wir konnten es nun so einrichten, dass wir nachmittags auch andere Dinge zusammen erledigten. Manchmal holten wir die Post oder besuchten Sam oder Tim. Freilich war es bei Paul meistens so dass er gleich, wenn er mal Zeit hatte, neue Arbeiten fand. Aber jetzt brachte er es wenigstens manchmal fertig, abends wach zu bleiben und ein Buch zu lesen oder über Bücher zu sprechen, was mir sehr recht war.

Larry hatte Sam schon immer geholfen. Sie erklärte mir, die Wohnung sähe oft toll aus, doch das sei ihr wurscht. Natürlich war das nicht ernst zu nehmen, denn sie verstand es durchaus, ihre Doppelrolle gut zu spielen. Sie war als Hausfrau nicht eitel, hatte jedoch stets alles so in Schuss, dass die Wohnung sich sehen lassen konnte. Tiere hatte sie allerdings immer mehr als genug um sich: in der Waschküche ein zu früh geborenes Kalb, in ihrem großen Fliegenschrank den inzwischen fast ausgeheilten Fasan, vor dem Kamin die beiden Hunde und in der Sattelkammer vielleicht noch ein verwaistes Lamm, das um sein Leben rang. Die Ziege trottete natürlich überall herum, sie folgte Larry beim Schafetreiben oder zankte sich auf dem Hof mit den Hunden. Larry lebte inmitten ihrer seltsamen Familie ganz gelassen. Sie setzte Sam anständige Mahlzeiten vor und machte Witze über sich und jeden, der ihr in den Sinn kam.

Eines Nachmittags, als ich zur Post fuhr und ihr Guten Tag sagen wollte, traf ich vor ihrem Tor Julian Arden in tadellosem Reitdress, wie er gerade von einem gepflegten Halbblut sprang. Larry kam gerade in Reithosen heraus und winkte uns fröhlich zu.

»Sieh dir den englischen Gentleman im korrekten Parforcedress an. Der ist doch einfach süß!«, rief sie. »Dem werde ich jetzt einen strammen Ritt zeigen, denn er spürt selbst, dass er sich zur Abwechslung ans einfache Leben gewöhnen muss. Ist doch nett von mir, dass ich meinen guten Ruf dabei riskiere.«

»Steht der wirklich auf dem Spiel? Kannst du nicht ausreiten mit wem du willst?«

»Meine liebe, simple junge Frau, Sie sind hier im Busch, wo verheiratete Damen mit ihren Männern oder ihren so genannten Freundinnen ausreiten, aber nie mit einzelnen Herren. Ich frage mich, ob ich Julian jetzt noch in diesem Sinne als meinen Freund bezeichnen kann. Ich hoffe doch. Würde mich dann wohl fühlen wie ein Backfisch.«

Julian schüttelte sich in übertriebener Weise. Larry redete weiter: »Wie wäre es, wenn du mitkämst, Susan? Wir würden unsere guten

Namen retten und mehr Spaß haben. Überleg nicht lange, steig aus dem gräulichen Wagen, wir reiten alle drei los. Sams Pferd steht dir zur Verfügung,'und ich kann dir meine zweitbesten Reithosen geben. Wir brauchen dann nicht auszuposaunen, dass Anne wegen Erkältung nicht mitmachen konnte.«

Wir nahmen Satteltaschen, für die Post mit und klapperten von dannen. Larry sah auch mit ihrer höchst lächerlichen Baskenmütze und dem verblichenen roten Jersey schön aus. Ihre Reithosen waren für mich zu lang, und ich hielt mich fast nicht für würdig, ein so elegantes Stück zu tragen.

Tantchen begrüßte uns voller Freude. Sie erklärte, nachmittags sei das Geschäft flau gewesen. Ob wir ins Haus gehen und für uns alle Tee zubereiten würden? Sie wollte inzwischen nur noch die Ware für Mrs. Grant einpacken, dann käme sie gleich nach.

Als wir unseren Tee getrunken hatten, setzte sie sich kerzengerade und machte ein strenges Gesicht.

»Jetzt kommt eine Bombe! Es wird Zeit, dass ihr jungen Leute mal etwas tut, um eure Existenzberechtigung zu beweisen. Das heißt, euch für die Gemeinde betätigt, zu der ihr gehört.«

Larry stellte ihre Tasse mit einem Ruck hin. »Wenn Sie uns etwa zum Eintritt in den Frauenverein überreden wollen, reite ich nach Hause.«

»Das ist nicht meine Absicht, aber es gibt bestimmt Schlimmeres. Die vom Verein veranstalteten Geselligkeiten sind den einsamen Frauen, die keinen festen Freundeskreis haben wie Sie, sehr lieb. Euch geht es doch so gut, und ich bin überrascht, Larry, dass Sie nicht auch mal an andere denken.«

»Ich weiß, meine Liebe. Einfach abscheulich von mir. Sie haben mir das alles schon früher einmal gesagt, aber genützt hat es kein bisschen. Und welche Falle wollen Sie uns jetzt stellen? Was haben Sie in petto? Ich hatte gleich den Eindruck, dass Sie uns heute mit verdächtig großartiger Herzlichkeit empfingen.«

»Weil ich Sie mit Tee besteche, wie? Ja, das musste eigentlich auffallen. Also – wir wollen Geld fürs Rote Kreuz aufbringen. Sie wissen ja, dass jeder Bezirk einen bestimmten Anteil schaffen soll, und wir hinken nach. Anderswo haben sie jede Woche eine Tombola, und die Frauen, die in den Erfrischungsständen bedienen, geben den Reinertrag als ihren Anteil ab; bei uns aber findet ja nur alle drei Monate eine Auktion statt. Deshalb …«

»Ah, jetzt verstehe ich. Na, Julian, Sie sind ja der große Finanzmann, also 'raus mit dem Scheckbuch.«

Tantchen warf ihr einen strafenden Blick zu. »Aber Larry, wenn ich von Mr. Arden einen Beitrag erwartete, würde ich ihn direkt und unter vier Augen bitten. Und wenn Sie mich zu Wort kommen ließen, würde ich erklären, dass ich Sie um etwas bitten will, was bei Ihnen schwerer wiegt als Geld, nämlich einen Teil ihrer Zeit und Ihrer Arbeitskraft.«

»Du lieber Himmel, das klingt ja bedrohlich, aber spucken Sie brav aus, was Sie bedrückt, meine Liebe.«

»Sie sind ordinär, Freundchen. – Also schön, es handelt sich um folgendes: Nächsten Monat soll ein großes Konzert stattfinden, und da möchte ich, dass auch von Ihnen jeder etwas zum Programm beiträgt.«

»Oh, das kann lustig werden. Julian könnte sein Gesicht schwärzen, und ich könnte als seine Doña oder wie man das nennt auftreten. Susan könnte Gedichte vortragen, wirklich komische Sachen, aber nur anständige natürlich. Und Tim – was könnte Tim beitragen?«

»Wenn Sie doch mal still wären, würde ich erklären, wie ich's mir gedacht habe: dass Sie einen kleinen Einakter aufführen, oder dergleichen. Das wäre eine schöne Abwechslung, die sicher großen Beifall bei unserem Publikum fände.«

»Oh, ich glaube nicht, dass wir das machen können«, stotterte ich dazwischen, »da würden nämlich unsere Männer streiken. Sie wissen ja, wie die sind.«

»Den Männern bringe ich das schon bei – die würden gar nicht wagen, mich durch Absagen zu kränken. Ich habe nämlich die Verantwortung für die zweite Hälfte des Programms übernommen, und wenn ihr ein Schauspiel einstudiert und es mir gelingt, Mrs. Grant, die absolut jodeln will, davon abzubringen, hätten wir das schon ganz gut geregelt. Mr. Whyte und Mr. Arthur können beide leidlich singen, womit dann meine Programmhälfte schon ausgefüllt wäre.«

Und sie brachte es den Männern bei! Bei Paul überließ ich ihr das allein, indem ich ihm vorher nichts erzählte. Miss Adams brauchte zehn Minuten, aber sie kriegte ihn klein.

Ich kann nicht behaupten, dass wir besonders begeistert gewesen wären, denn wir hatten ja alle genug zu tun, sodass wir abends müde waren, und keiner hatte Lust, dann noch aus dem Hause zu gehen, um

Theaterstücke einzupauken. Aber ich wies darauf hin, dass wir ja sowieso ungefähr einmal in der Woche zusammenkämen und die Rollen in unseren Wohnungen studieren könnten. Im Saal brauchten wir dann nur die Generalprobe zu machen.

Hinter Tantchens Rücken war die Stimmung unserer Männer recht lau. Einer wie der andere erklärten sie, es fiele ihnen nicht ein, sich für das Rote Kreuz oder sonst was lächerlich zu machen. Warum nicht einfach Geld spenden! Tantchen! Hm, das war natürlich eine andere Frage. Fortwährend hatte sie uns allen Gefälligkeiten erwiesen, und jetzt zum ersten Mal bat sie uns um ein wenig Hilfe. Also wurde man sich doch wohl auf die verflixte Geschichte einlassen müssen.

Nun begann die Suche nach einem geeigneten Einakter. Ich bat Mutter ganz aufgeregt per Telegramm, aus ihrem Bücherbestand möglichst viele auszusuchen. Auch an den Theaterverein in Te Rimu wandten wir uns. Nichts schien passen zu wollen. Entweder waren die Stücke zu anspruchsvoll, hatten zu viele Rollen, waren zu lang, zu kurz, zu albern, oder benötigten zu viel Ausstattung. Oder es wurde eine riesige Tantieme verlangt.

Unsere Nachforschungen verschlangen eine ganze Woche, und Ende August sollte das Konzert stattfinden. Eines Abends elektrisierte Paul uns förmlich, indem er mich plötzlich fragte: »Weshalb schreibst du nicht einfach ein Stück? Kurzgeschichten hast du doch schon verfasst, und so groß kann der Unterschied eigentlich nicht sein. So was drischst du doch ganz fix herunter.«

Ich wurde puterrot und antwortete: »Herunterdreschen! So siehst du aus. Mach's doch selber!«

Aber meine Ausrede half mir nichts. Jetzt wussten alle von meinem köstlichen Geheimnis, und alle redeten gleichzeitig auf mich ein.

»Oh, Susan, du hast Geschichten geschrieben? Ach, wunderbar!«, rief Anne, wohl wollend wie immer.

»Eine Schriftstellerin! Da haben wir uns aber Verantwortung aufgeladen«, sagte Tim.

»Und sie schien sonst so eine reizende junge Dame zu sein, wie Mrs. Archer erst vorige Woche gesagt hat«, steuerte Sam unfreundlich ironisch bei.

»Ich glaube, Sie stiften da Segen wie eine Briefkastentante – lösen alle Liebesprobleme der jungen Mädchen, wie?«, meinte Julian.

Und Larry sagte, sie hätte schon immer gewusst, dass ich ein peinliches Geheimnis hütete. Ein gewisser Zug in meinem Gesicht habe ihr zu denken gegeben!

Nach vielem unnützen Gerede erklärte ich mich zu einem Versuch bereit. Wenn sie eine Handlung entwerfen – denn das war nie meine Stärke – und mir helfen würden, wollte ich schreiben. Julian behauptete, das Zeug zum Schriftsteller in sich zu haben, wollte aber keinesfalls als Schauspieler mitwirken. Endlich wurden wir einig, dass sich jeder eine Abschrift von dem Stück machen sollte, sobald ich es geschrieben hatte. Paul versuchte auch, sich vom Mitspielen zu drücken, er wollte stattdessen die Kulissen herstellen, doch darauf ließen wir uns nicht ein. Schließlich ging es ja nicht ganz ohne Akteure.

Wenn ich an das alberne kleine Theaterstück denke, das ich damals verbrach, erröte ich jetzt noch. Am ersten Abend hockten wir alle herum, lachten viel und kamen uns recht klug vor bei den vielen verrückten Vorschlägen. Dann sagte Anne: »Warum nehmen wir nicht einfach ein Thema, das jeder Mensch hier versteht? Eine junge Frau auf dem Lande, die dieses Leben überdrüssig ist und ihren Mann verlässt …«

»Mein liebes Kind, das Wichtigste ist, dass wir nicht unser eigenes Nest beschmutzen«, sagte Tim ernst.

»Ach, sie fährt doch dann bloß nach Hause zu ihrer Mutter«, ergänzte Anne hastig und war ganz verdutzt, als alle lachten.

Also bauten wir eine Geschichte in diesem Stil zusammen. Die übliche Sache von einem Mädchen, das sich langweilt, ihre Illusion verliert, nach Hause flüchtet und dann wieder Sehnsucht bekommt nach ihrem starken, schweigsamen Gatten und dem schlichten Leben, das sie aufgegeben hat. Die Mutter bemüht sich sehr, die zwei wieder zu vereinen, der Vater sitzt vor dem Kamin und hält kluge, aber nutzlose Moralpredigten. Es tritt ferner ein nettes junges Mädchen auf, das den starken Schweiger bewundert und nach den Freuden des Landlebens hungert. Sie schürt die Eifersucht der Geflüchteten, deren früherer Anbeter ebenfalls bemüht ist, die Kluft zwischen den Eheleuten zu erweitern. Selbstverständlich gibt es ein Happy End: Die Irrende kehrt in die Arme ihres Gemahls zurück, und alles wird wieder gut.

Die Besetzung ergab sich ebenso leicht wie die Handlung. Larry musste die verirrte Gattin spielen und Anne das harmlose brave Mädchen. Die durchtriebene alte Mama übernahm ich, Sam den witzig moralisierenden Vater. Paul wurde der kraftvolle Schweiger und Tim der Versucher, der sich zuletzt von seiner alten Liebe ab- und dem harmlosen Mädchen zuwendet. Julian blieb über alle Rollen erhaben, er wollte – Gott sei ihm gnädig – die Regie führen.

Es war wirklich ein albernes kleines Stück. Sollte ich jemals Schriftstellerin werden, so wird man es in meinen Gesammelten Werken nicht finden. Der Inhalt bestand aus allerlei landläufigen Witzeleien – jeder steuerte von seinem Vorrat einige bei –, aus vielen krankhaft sentimentalen Äußerungen und Hunderten abgedroschener Redensarten. Ich zeigte es Miss Adams, deren Augen vor Zufriedenheit leuchteten. Sie sagte, es sei genau das richtige, so gut geeignet für den Geschmack unseres Publikums. Alle Einzelheiten könne sie ruhig uns überlassen, und vom Erfolg sei sie überzeugt.

Wir begannen unverzüglich, unsere Rollen zu lernen und zu proben. Da wir nur noch einen Monat hatten, beschlossen wir, uns drei Mal wöchentlich zu treffen. Die Männer seufzten vernehmlich und meinten, so ein Pech ausgerechnet in der Lammzeit könnten auch nur sie haben, und es wäre doch toll mit den Frauen, dass sie immer so gern ihre Gesichter bemalten, um sich vor einer Rotte kichernder Dummköpfe in Pose zu setzen. Aber das knurrten sie nur uns vor, nicht Miss Adams.

In Wirklichkeit richteten wir keinerlei Schaden an. Kein Mensch kann seine Landarbeit nachts machen, und da wir keinen elektrischen Strom hatten, war es auch zwecklos, morgens noch früher aufzustehen. Der einzige Ausfall lag im Verzicht auf unsere gemütlichen Abende am Kamin, denn wir mussten ja hinaus, weil wir abwechselnd in den vier befreundeten Häusern probten.

Zuerst fand das bei mir statt, dann bei Larry, und schließlich in Tims spartanischem Junggesellenheim, wo wir auf Küchenstühlen saßen und es vermieden, auf den mit Linoleum bedeckten Fußboden und den nackten Tisch zu starren. So bewegten wir uns gleichsam die Straße hinab, wollten aber in den ›Marmorsälen‹ des Colonel erst erscheinen, wenn wir unsere Rollen gut beherrschten und die Sache nicht hoffnungslos schlecht wirkte.

Der Panjandrum hatte, unter den zwingenden Argumenten seiner Tochter und der Posthalterin, gegen Annes Erscheinen auf der Bühne nicht mehr opponiert, aber im Herzen missfiel ihm das doch. Gewiss, es nahmen ja auch Brendas Tochter teil, die er jetzt wohl wollend ansah, und Mrs. Lees Sohn, der kein schlechter Kerl war, nur leider nicht die richtige Frau gewählt hatte. Ich glaube, dass Anne ihm unter vier Augen hart zugesetzt hatte, denn er war, als wir schließlich unter seinem Dach unsere Proben machten, ganz liebenswürdig, vermochte aber sein Bedauern, dass Julian keine Rolle übernommen hatte, nicht zu verhehlen.

»Ein Regisseur, der alles im Auge behält, ist wirklich wichtig, Sir«, sagte Julian energisch, und dem Colonel sah ich an, dass er leise Zweifel hatte, ob dieser Regisseur alles im Auge behalten würde. Nur sehr widerwillig vertraute er uns seinen kostbarsten Besitz an.

Im Grunde konnte ich ihm das nicht verdenken. Private Theaterspielerei kann ein wenig ›demoralisieren‹, besonders wenn alle Teilnehmer einander gut kennen und die Sache als Vergnügen ansehen. Selbstverständlich hatte ich bemerkt, dass Tim schon vor diesem Ereignis Anne oft mit zärtlichen Blicken betrachtet hatte und dass sie sich jedes Mal, wenn Julian zu überlegen oder ungeduldig mit ihr sprach, an Tim wandte. Schon am ersten Abend war mir das aufgefallen, als der Streit um die Wagenplätze ziemlich unfreundlich wurde, und bei jeder Probe unseres Stücks ward das deutlicher.

Aber wieso hatte Larry es nötig, sich in den Streit einzumischen? Freilich musste man bei ihr stets auf Überraschungen gefasst sein, doch ihre energischen Bemühungen, Julian zu ‚trösten‹, kamen ganz unerwartet. Ihr leichtes Flirten war gewiss harmlos, denn sie verstand sich, wie Paul mir versicherte, mit Sam viel zu gut, als dass Julian in ihrem Leben auch nur die kleinste bedenkliche Rolle spielen konnte. Immerhin brachte sie es durch ihr Verhalten dahin, dass Tim und Anne mehr zusammen sein konnten als sonst. Dem Colonel hätten sich bestimmt, wenn auch ihm das aufgefallen wäre, die Haare gesträubt, und die Klatschbasen hätten wieder ganz prächtigen Stoff gehabt. Zum Glück trat das nicht ein.

Mir aber fiel weiter auf, dass sowohl Paul wie Tim ein wenig gereizt mit Larry umgingen. Bisher waren sie mit ihr so eng befreundet gewesen, dass sie ihre launischen Sprünge tolerant hinnahmen. Eines Abends, als wir nach der ersten Probe beim Colonel in unserem kleinen Wagen die Steigung hinaufkeuchten, brach Paul ein langes Schweigen mit dem Satz: »Larry muss mal der Kopf gewaschen werden!«

»Vielleicht, aber dazu hat nur Sam das Recht, und den scheint ihr Benehmen nicht zu stören«, erwiderte ich schläfrig und fragte mich im stillen, ob der Wagen wohl seinen Geist schon aufgeben würde, bevor wir oben ankamen.

»Ach, Sam. Ja, der kennt seine Larry gewiss, aber die Sache wird ein bisschen peinlich für Anne. Wirft ihre schönen Pläne über den Haufen.«

»Darüber scheint sie aber gar nicht böse zu sein. Und die schönen Pläne hat ja eigentlich mehr ihr Vater … Meinst du, dass uns das Benzin ausgegangen ist?«

»Nein, die Karre springt gleich wieder an, hat sich nur zu heiß gelaufen. – Natürlich ist es dumm vom Colonel, das Leben anderer Leute zu dirigieren. Larry kann ihn und seine Tochter noch ganz hübsch in die Klemme bringen.«

Der ungewöhnliche Wortschwall Pauls zeigte mir, dass er sich ernstliche Sorgen machte. Im Grunde – das wusste ich genau – nur Tims wegen, doch keine zehn Pferde hätten ihn dazu gebracht, das zuzugeben. Plötzlich erinnerte ich mich einer Bemerkung Larrys bei anderer Gelegenheit.

»Ich weiß gar nicht, warum sie es tut«, sagte ich sinnend, in der Hoffnung, von Paul näheren Aufschluss zu erhalten. »Ich glaube, sie macht das nur zum Spaß, oder hat sie bestimmte Gründe? Weißt du, als wir an dem Tanzabend nach Hause fuhren und sie so lachte und uns erklärte, sie hätte einen herrlichen Plan? Neulich fragte ich sie danach, doch sie antwortete bloß: ›Verlasst euch auf die kleine Hilary, dann klappt alles, und alle werden glücklich sein.‹ Aber vielleicht meinte sie das nur als Witz über unser Theaterstück.« Wir hatten es nämlich betitelt: ›Und alle lebten glücklich und in Freuden.‹

»Das mag der Himmel wissen. Bei Larry kann man sich immer sehr täuschen.«

»Sie ist ein lieber Mensch, aber manchmal kann sie einen ganz wild machen.«

»Verrückt sogar, nicht wild. Es hat keinen Zweck, in die Lebensführung anderer Leute einzugreifen.«

Zuweilen urteilt er über Larry ganz streng, obwohl er sie so gern hat. Eines Tages hatte sie zu ihm gesagt: »Du bist natürlich bange, dass deine vielgeliebte Susan durch ihre disziplinlose Freundin schlecht beeinflusst wird. Freust dich, dass wir uns gut vertragen, weil du immer Angst hast, sie könnte sich langweilen, aber auf keinen Fall möchtest du, dass sie der tollen Frau deines armen Freundes Sam im Geringsten ähnlich wird.«

Er hatte nur erwidert: »Manchmal hast du ein ganz helles Köpfchen.«

Vielleicht hatte sie das auch in Bezug auf Julian und Anne. Ich versuchte, Paul das anzudeuten.

»Larry hatte es nämlich auf den Panjandrum abgesehen, sie denkt vielleicht, er will Anne zum Heiraten zwingen, ehe sie alt genug ist, sich selbst einen Mann zu suchen.«

Nur ein Knurren war die Antwort. Paul unterhält sich ja nicht gern lange über Mitmenschen.

»Manchmal habe ich schon gedacht, dass Julian sie gar nicht richtig liebt, weißt du, denn er behandelt sie mehr wie eine kleine Schwester.« Wieder nur ein Knurren, aber ich ließ nicht locker: »Was meinst du dazu?«

»Da fragst du mich zu viel. Kann mich schlecht in die Gefühle anderer Leute hineinversetzen.«

»Sei doch nicht so langweilig. Natürlich kannst du das, du willst bloß nicht darüber sprechen. Na, mir tut jedenfalls Julian ziemlich Leid. Er befindet sich in einer peinlichen Lage, weil jeder ihn schon für den Schwiegersohn in spe hält, und da kann er eigentlich kaum anders. Vielleicht hat Larry die Absicht, ihn zu ›retten‹?«

Nun mussten wir beide lachen, da wir uns Larry bei Rettungsaktionen schwer vorstellen konnten. Durch Pauls Gelächter ermutigt fuhr ich fort, noch etwas zaghaft: »Vielleicht denkt sie, dass ein anderer, jemand wie Tim ...«

In diesem Moment erklärte Paul energisch, unser keuchender Wagen sei genug abgekühlt, um weiterzufahren. Er startete ihn mit so erschütterndem Motorengedonner, dass jede Diskussion über Tims mögliche Zuneigung zu Anne einfach ausgeschlossen war.

So sind die Männer! ›Grässliche Geschöpfe‹, wie Larry zu sagen pflegt.

11

»Das Theaterstück hat uns gerade noch gefehlt! Als ob wir im August nicht schon genug zu tun hätten!« Den Satz brachten Sam und Paul ihren Frauen, denen sie – ich wüsste allerdings nicht, inwiefern – die ›Schuld‹ an der ganzen Sache beimaßen, oft zu Gehör.

Da wir in dieser Zeit von einer Aufregung in die andere kamen, konnte ich ihnen im Herzen nur beistimmen. Mit dem Lammen hatten wir, da das Wetter unfreundlich war, alle Hände voll zu tun, denn es gab viele Geburten schnell hintereinander. Die Muttertiere waren nach dem langen Winter nicht in bester Form, und das Futter wurde knapp. In der Stadt hatte ich den August immer schon als Frühling empfunden, aber hier, dreihundert Meter über dem Meeresspiegel, war mit dem neuen Graswuchs nicht vor Mitte September zu rechnen, oder noch später.

Aber jetzt, zum ersten Mal, fand ich die Schafe interessant und gab Paul Recht, dass die Behauptung, sie sähen alle gleich aus, barer Unsinn ist. Damit will ich nicht sagen, dass sie äußerlich sehr verschieden sind – jedenfalls für mein Auge sind sie das nicht –, sondern dass es bei ihnen schlechte und nachlässige, kluge und vollkommen verrückte Mütter gibt. Die guten nehmen ihre Lämmer ganz prächtig in Schutz, schubsen sie in hohle Baumstümpfe und hinter liegende Stämme und riskieren sogar, in rührend unbeholfener Weise, einen Kampf mit den Hunden.

Ich machte keinen Versuch, die jungen Mutterschafe überall auszusondern, denn das war ein großes Stück Arbeit, dem Paul sich zwei Mal täglich intensiv widmen musste. Die Tiere brachten ihre Lämmer überall zur Welt, mit Vorliebe an Abhängen; die gleichgültigen ließen sie da hinunterrollen oder liefen einfach fort, ohne sich um sie zu kümmern. Andere weigerten sich, ihre Jungen zu nähren. Wir sperrten meistens ein paar in die Pferche auf dem Hof, wo wir sie zwingen konnten, ihre Mutterpflichten zu erfüllen. Übrigens gehörte es auch zu meinen Pflichten, aufzupassen, dass die mageren Lämmchen täglich ihr Quantum Milch bekamen.

»Ja, das ist eine ganz verflixte Aufgabe«, bestätigte mir Larry am Telefon. »Es ist schon zwölf Uhr, eben bin ich erst in die Wohnung gekommen und habe noch keinen Handgriff von meiner Hausarbeit getan. Der Herd ist voll Asche, die Aschenbecher quellen über von Zigarettenstummeln, und ich wette, es kommt Besuch, ehe ich aufräumen kann. Jetzt muss ich erst mal drei Lämmer füttern, die ein Geschrei machen, dass das Haus wackelt, und muss dann zu so einem Biest gehen, das wir eingesperrt haben, weil es sich um seine Zwillinge nicht kümmern wollte. Weshalb haben wir bloß Farmer geheiratet, Susan?«

»Dir hätte es in der Stadt sicher gefallen. Möchte dich mal in einer Vorstadtvilla sehen, wenn du jeden Morgen mit einer Flasche Milch von der Molkerei kommst und dich am Staket gemütlich mit deiner

Nachbarin unterhältst. Oder wenn du den Kinderwagen in die Stadt schiebst und mit Paketen beladen zurückkommst.«

»Nicht mit dem Kinderwagen, meine Liebe. Da sympathisiere ich mit den jungen Schafen, bin empört, dass man ihnen schon die Mutterschaft zumutet. Aber mal abgesehen von Babys und so, schön wäre es ja, ein hübsches, sauberes Haus und einen hübschen, gepflegten Mann zu haben und einen Wagen, der wirklich läuft, ohne so zu zittern, dass man denkt, er zerfällt gleich in Stücke. – Holla, da kommt einer angefahren, der richtige Typ! – Na, was habe ich gesagt! Oh, Gott sei Dank ist es nur Julian. Na, der kann wenigstens die Lämmer füttern.«

»Ist Anne mit im Wagen?«

»Was für eine hässliche Gesinnung du hast! Also, sie ist nicht mit. Oh, Susan, du musst mir schnell, ehe er 'reinkommt, noch etwas erklären. Hast doch eine gute Schulbildung gehabt, anders als ich. Julian wird nämlich über Bücher und dergleichen reden wollen, das ist für mich so anstrengend, weil ich diese modernen Schriftsteller gar nicht verstehe. Er schwärmt ganz mächtig für gewisse Yeats. Was sind das für Dinger, weißt du's?«

Ich erklärte ihr, dass Julian von dem Dichter Yeats spräche, das Wort also kein Plural sei. Worauf sie meinte, der Mann käme ihr in seinen Schriften so kleinmütig vor. »Aber ein Glück, dass ich wenigstens dich habe, um nach so was zu fragen. Ich habe das schon bei Sam probiert, doch der ist darin niederträchtig: Er sagte, für mich sei nur wichtig, zu wissen, dass es glänzende Sensationsromane von Alice Meynell gibt. Darüber kommt Julian einfach nicht hinweg Sam hat sich königlich amüsiert, aber mir wäre es lieber, wenn die Leute mir nicht unbedingt Verstand zutrauen wollten, den ich doch gar nicht habe. Wiedersehen, Susan!«

Paul lachte tüchtig, als ich ihm ihre Frage: »Was sind Yeats?« wiedergab. Und ich war sehr froh, wieder zu merken, dass wir beide fast ausnahmslos dieselben Bücher und ganz ohne Ausnahme dieselben Witze gern hatten.

Einmal hatte ich ihm gesagt, es wäre doch furchtbar für ihn gewesen, wenn ich die Romane von Elinor Glyn besonders liebte, aber da meinte er, ich stände in dem Falle vor ihm noch groß da, denn er sei über Edgar Wallace nicht hinausgekommen. Nach lebhaftem Hin und Her meinten wir dann beide, unser Geschmack sei immerhin nicht der schlechteste.

Trotz allem Geknurr und unserer schweren Arbeit hatten wir doch an den Theaterproben viel Spaß. Wir begannen damit pünktlich um halb acht und aßen um 9 Uhr ein einfaches Abendbrot, worauf alle nach Hause fuhren, um schlafen zu gehen. Das Stück ließ sich gar nicht so übel an. Besonders lieblich wirkte Anne, wenn sie sich mit erstaunten Kinderaugen nach dem einsamen Landleben sehnte und den verlassenen Ehemann zu trösten suchte.

»Sie haben natürlich die Rollen den Mitspielern gleich auf den Leib geschrieben«, sagte Julian, als wir Anne ein Kompliment machten.

»Ein schöner Tribut für die Leistung meiner werten Gattin« sagte Sam lachend. »Na, Larry, wann wirst du dich denn nun entscheiden, mich sitzen zu lassen?«

Ihre Augen trafen sich mit einem lachenden Blick von so vollkommener Einigkeit, dass niemand zu befürchten brauchte, Sam müsse sich um Julian oder einen andern ernstlich Gedanken machen.

Larry war kolossal in ihrer Rolle und hätte uns alle an die Wand spielen können, wenn sie gewollt oder wenigstens ihren Text genau gelernt hätte. Stattdessen schlug sie sich mit allerlei Witzchen durch, die ihr leicht wurden, weil sie schnell ›schaltete‹, die uns aber die Einsätze erschwerten. Paul, der meistens im Dialog mit ihr zu sprechen hatte, klagte bitter darüber, half sich jedoch erstaunlich geschickt mit Improvisationen und löste beinah ebenso viel Gelächter aus wie Larry.

Wir andern machten unsere Sache schlecht und recht. Sam und ich spielten mit Hingabe das Elternpaar. Da musste ich Larry ermahnen, brav zu sein und zu ihrem Gatten zurückzukehren, während Sam pfeiferauchend vor einem Feuer saß, das aus kalten Holzscheiten und rotem Papier bestand. Er hatte seine Rolle sofort sorgfältig gelernt und brachte niemand durch eigene Texte aus dem Konzept.

Tims Rolle war ziemlich undankbar. Er trat als Mann von Welt auf, der früher Larry verehrt hatte und nun die Kluft zwischen ihr und Paul erweitern half. Und er spielte nicht einmal gut, sondern gab sich kalt und steif. Die Blicke, die er seiner Verehrten zuwarf, sprachen mehr von Abneigung als von Verlangen.

»Ach, du meine Güte«, rief sie eines Abends ganz böse, »kannst du mich nicht etwas fester in die Arme nehmen? Vielleicht bin ich nicht hübsch, aber so hässlich schließlich auch wieder nicht.«

»Quatsch« rief Tim erbittert, »soll man etwa der Heldin jedes Mal die Rippen brechen, wenn man sie anfasst! Zum Donnerkeil, es sind doch Theaterumarmungen, also nimm das gefälligst nicht so genau!«

»Aber du könntest wenigstens aussehen, als ob es dir Spaß macht, und nicht wie ein Fisch mit Lungenentzündung! Habe ich nicht Recht, Julian? Kommen Sie mal her und machen Sie's ihm vor, ja? Sie sind doch hier der Regisseur.«

Das war eine so klare Provokation, dass Sam und Julian beide lachten, während Tim jetzt Larry einen Blick zuwarf, den man als fast feindlich hätte deuten können, wären wir nicht über ihre enge Freundschaft genau im Bilde gewesen. Er drehte ihr den Rücken und wandte sich Anne zu, die ein ziemlich ratloses Gesicht machte.

Was mochte sie sich bei diesem Verhalten wohl denken? Keiner wusste es. So jung sie noch war, besaß sie schon große persönliche Würde. Nie sah ihr jemand die geringste Verärgerung an, auch schien sie die Aufmerksamkeiten, durch die Julian ständig Larry auszeichnete, gar nicht zu bemerken. Immer lächelte sie verbindlich, und abends setzte sie sich mit der ruhigen Freundlichkeit einer Schwester zu Julian in den Wagen.

»Vor dem jungen Ding ziehe ich meinen Hut«, sagte Paul unvermittelt, als wir nach Hause fuhren.

»Anne? Ja, in der steckt allerhand, viel mehr als ich zuerst vermutet hätte. Aber findest du nicht, dass Sam sich merkwürdig benimmt? Er müsste doch wenigstens ab und zu Larry einen Dämpfer geben.«

Ein langes Schweigen folgte. Wir waren wieder auf gefährlichen Boden geraten, denn es drehte sich ja um Pauls beste Freunde. Doch auf einmal schien er sich entschlossen zu haben, mich sozusagen ins Allerheiligste einzulassen. Er sagte langsam: »Es ist doch so: Sam kennt Larry durch und durch und weiß, dass er ihr vertrauen kann. Aber es gibt ja auch Pferde, die mit lockerem Zügel geritten werden müssen, weil sie sofort durchgehen, wenn man die Kandare anzieht.«

Ich antwortete nichts, da ich spürte, dass er keine Erwiderung wünschte und ja auch Recht hatte. Dafür belohnte er mich, indem er plötzlich ganz ungerecht sagte: »Diese Theaterstücke sind ein Deubelszeug. Hättest du nicht lieber ein Buch schreiben können?«

Ein wenig hitzig erwiderte ich, ein Buch hätte ja Miss Adams für das Konzert wenig genützt, er solle lieber seine Wut an ihr auslassen. Und beinah schroff setzte ich hinzu: »Woher soll ich denn die Zeit nehmen, überhaupt etwas zu schreiben?«

Er bereute sofort seine Äußerung und lenkte ein: »Ja, du hast mächtig viel Arbeit, das muss ich zugeben. Zu viel sogar.«

»Nein, das stimmt nicht, ich lebe genau, wie ich's mir gewünscht habe. Wozu sollte ich ein törichtes Buch schreiben?«

»Aber du könntest es, das weiß ich. Und Stoff gibt's ja hier massenhaft. Denk an den Panjandrum und an Tantchen. Und nicht zuletzt auch an Larry.«

Hätte einer von uns das Bühnenstück ernst genommen, so würde ihn Larry wild gemacht haben, denn sie betrachtete das Ganze als Witz, und das steckte an. Immerhin setzten wir als ziemlich sicher voraus, dass unser Publikum nicht allzu kritisch sein und es schon amüsant genug finden würde, uns alle auf der Bühne zu sehen – in einem »Original-Schauspiel«, von einem gnädigerweise ungenannten Verfasser.

»Ich verspreche getreulich, nächstes Mal meine Rolle ganz genau zu lernen«, sagte Larry. – Oder: »Wie könnt ihr erwarten, dass ich das lerne, wenn Sam mir fortwährend halb tote Lämmer anschleppt, die ich wieder lebendig machen soll?« – Oder: »Ich hätte bestimmt den Text haargenau im Kopf, aber Micky hat doch alle Ecken von meinem Rollenheft abgekaut. Wie kann ich da immer meine Stichworte wissen?«

»Wenn du wenigstens diese eingestreuten Witze wegließest«, bat Paul. »Ist ja schön, dass du so was kannst, sogar verteufelt gut kannst du's – aber ich vergesse nachher, wenn's drauf ankommt, bestimmt meinen Einsatz und glotze dich bloß dumm an. Geschähe dir ja ganz recht.«

»Unsinn. Du wirst inspiriert werden. Alle werden inspiriert.«

Aber als der bewusste Abend kam, fühlten wir uns keineswegs inspiriert, vielmehr packte uns das Lampenfieber. Vielleicht schon, weil der Saal zum Ersticken voll war. Weit vorn saß der Colonel, liebenswürdig, aber nervös, neben ihm sein getreuer Mr. Evans mit Frau, die beide etwas entsetzte Gesichter über die Gesellschaft machten, in der sie sich hier befanden. Hinten im Saal drängten sich in Scharen die Kinder und Maoris, die zufrieden auf Kisten saßen und ungeniert laute Bemerkungen über die Konzertierenden machten.

Mick O'Connor, der, wie üblich, die äußere Regie besorgte, war über das Heben und Senken des Vorhangs sorgsam instruiert worden, denn das Ding war alt und hatte seine Mucken. O'Connor sah recht imposant aus, begrüßte uns furchtbar zeremoniell und begleitete uns durch den Saal zu den Stühlen, die auf praktische Weise reserviert waren, indem man sie einfach umgedreht hatte.

Larry warf nur einen Blick auf die Plätze, und schon sagte sie: »Neben dem Colonel? Nee, kommt für Klein Hilary nicht in Frage. Ich verziehe mich in die Garderobe, muss ein ruhiges Fleckchen haben, um meine Rolle zu studieren.« Damit verschwand sie, ihr Rollenheft betont wichtigtuerisch umklammernd.

Die Garderobe für das ›Ensemble‹ war nichts weiter als eine Verlängerung des Speisezimmers und eignete sich gut, weil sie direkt an der Bühne lag. Wir hatten sie mit Mrs. Archers besten Plüschgardinen, die sie uns großzügig lieh, abgeteilt. Da keiner sich für seine Rolle umzukleiden brauchte, benutzten Männlein und Weiblein gemeinsam die Garderobe, denn wir hielten moderne Männer für abgehärtet genug, den Anblick sich schminkender Mädchen zu ertragen. In diesen Hafen also flüchtete Larry, um in letzter Minute ihre Rolle noch einmal zu büffeln. Als ich in einer Konzertpause hineinlugte, sah ich, dass Julian ihr ganz ernst ihre Rolle vorsprach.

»Ist er nicht ein braver Kerl, um meinetwillen das Konzert zu verpassen, wo er doch so musikalisch ist?«, rief Larry mir zu. »Aber was heißt denn ›Steht l. h. E.‹, zum Kuckuck?«

»›Steht linke hintere Ecke‹, heißt das. Habe ich Ihnen doch schon mehrmals erklärt.«

»Ach, so viel Schererei. Als ob es wichtig wäre, wo ich stehe!«

»Sie werden selbst merken, dass das wichtig ist, auf einer so winzigen Bühne. Es ist ja nur eine Tür da, und wenn Sie Paul den Ausgang versperren, gibt es ein Durcheinander. Wahrscheinlich rennt er Sie dann glatt über den Haufen – geschähe Ihnen recht.«

»Das soll er mal probieren, dann wird er sich wundern!«

Mir schien es geboten, die beiden allein zu lassen. Als ich an meinen Platz zurückkam, erkundigte sich der Panjandrum gerade, wo Julian sei. »Ist wohl sehr mit seiner Regie beschäftigt?«, fragte er mich.

»Bis zum Hals in der Arbeit«, sagte ich rasch und nicht der Wahrheit gemäß, wobei ich vermied, in Sams grinsendes Gesicht zu blicken.

In der zweiten Programmhälfte gab es nur zwei Konzertstücke, dann folgte unser Schauspiel ›Und alle lebten glücklich und in Freuden‹. Erst schmetterte Mr. Archer mit seinem jovialen Bass das Lied ›Am Meeresstrand‹, indes seine Frau, die im Türrahmen zum Speisezimmer stand, ihn stolz anstrahlte. Er sang nur dieses Lied, und als Zugabe ließ er

›Englands Landwehr‹ folgen. Beides nahmen die Zuhörer so begeistert auf wie immer. Nach ihm rührte Mr. White, der Geschäftsführer der Mühle, die Kinder zu Tränen mit ›Cowboys letzter Ritt‹, und gab ihnen den Rest mit ›Es hängt ein Pferdehalfter an der Wand‹.

In dem Moment, da sein letzter, verhaltener Ton ausklang, traten wir mit Schwung in Aktion. Viel Szenerie hatten wir nicht aufzubauen: Die kleine Bühne brauchte nur auszusehen wie ein normales Wohnzimmer, was wir mit Sofa, Tisch und Stühlen, Möbeln von Miss Adams, bewerkstelligten. Der Kamin war ein Triumphstück: ein umgedrehter Hühnerstall, mit rotem Papier voll gestopft.

»Fertig! Kommen Sie, Larry, Sie machen den Anfang«, rief Julian. »Nicht vergessen, aus dem Fenster zu blicken. Aber doch nicht da, Mädchen, sondern aus dem mit Gardinen. Zerren Sie bloß nicht daran, sonst kommt die Bescherung 'runter! Also: Sie lassen einen ungeheuren Seufzer los und sagen betrübt: ›Ach, wie langweilig ist es hier! Koppeln, Schafe und Busch, Busch …‹«

»Ich weiß, ich weiß, macht mich nicht konfus«, erwiderte Larry mit einem letzten verzweifelten Blick in ihr Rollenheft. »Seien Sie still und stellen Sie sich dicht hinter den Vorhang, damit Sie mir Stichworte geben können. Ich kann mich auf nichts mehr besinnen.«

»Dafür sei dem Himmel gedankt«, sagte Paul andächtig.

Doch das Stück begann trotz aller Aufregung gut. Von dem Augenblick an, als der Vorhang bedenklich schwankend hochging und man Larry sah, die sinnend ›ins Freie‹ schaute und alles Mögliche daherredete, was ich überhaupt nicht geschrieben hatte, war das Publikum entzückt. Als Paul in der Rolle von Larrys Ehemann John auftrat, ertönte aus dem Hintergrund der Zwischenruf: »Und was hält die Frau Gemahlin davon?« Doch als Anne auf der Bühne erschien, herrschte respektvolle Ruhe. Die Leute begnügten sich mit bescheidenem Gemurmel: »Möchte wissen, wie das ihrem Papa gefällt.« Alle bewährten Witze begrüßten sie mit Begeisterung und brüllten vor Entzücken, als Paul, der nicht überlegte, dass das Papier im Hühnerstall ein offenes Feuer darstellen sollte, sich ein Stück davon abriss, um seine Zigarette anzuzünden.

»Und jetzt hat sich der Gute das Händchen verbrannt?«, rief gleich jemand aus dem Hintergrund.

Zu meinem freudigen Erstaunen zuckte Paul nicht mit der Wimper, sondern schüttelte nur hastig seine Hand und sagte zu Larry: »Lass dir das als Lektion dienen, dass man mit Feuer nicht spielen soll!« Und diesmal musste sogar Larry sich anstrengen, schnell eine passende Antwort zu finden.

Annes Rolle war selbstverständlich die beliebteste. Ein Publikum von ›Hinterwäldlern‹ war naturgemäß ganz auf Seiten des Mädchens, das nach den einfachen Freuden des Landlebens seufzte. Es applaudierte kräftig, als sie erklärte, das wahre Leben könne der Mensch nur auf dem Lande führen. Damit hatte sie die Sympathie des ganzen Saales gewonnen, und die jüngeren und noch unternehmungsfreudigen Zuschauer brachten unverblümt die Hoffnung zum Ausdruck, sie möge mit dem leidenden Paul davongehen und seine unfreundliche und ungetreue Frau sitzen lassen. Die älteren Herrschaften aber wahrten die Moral, sie klatschten tüchtig, als Larry schließlich doch ins traute Heim zu ihrem Gatten zurückfand. »Wird auch höchste Zeit«, erklärte einer laut.

Alle hofften, Annes schlichte Tugenden würden ihren Lohn in der ›Verbindung mit Tim‹ finden, doch diese Frage hatten wir im Stück offen gelassen, denn da war schon alles eindeutig genug, ohne dass wir die Leute noch zu Paaren zusammenbringen mussten wie Noah die Tiere in seiner Arche. Daher überließen wir es der Fantasie des Publikums, sich ihr weiteres Schicksal vorzustellen, wobei durch gewisse Nebenbemerkungen angedeutet war, dass auch für sie ein Happy End folgen würde. Außerdem waren Paul und ich unter vier Augen zu der Feststellung gekommen, dass der Colonel sowieso schon genug ›zu ertragen‹ habe, ohne noch ansehen zu müssen, wie seine Tochter in die Arme so eines ›Rehabilitationsfritzen‹ sank.

Hier aber griff das Schicksal ein, unterstützt durch Mick O'Connor, dessen häufige Besuche bei seinem in bequemer Nähe geparkten Lastwagen zur Folge hatten, dass sein Gang mit dem fortschreitenden Abend immer unsicherer wurde.

12

In die Sphären hoher Moral gehoben, klatschte das Publikum mächtig Beifall, als es Larry zum Schluss in den Armen ihres Mannes sah, doch von den hinteren Plätzen ertönten Protestrufe gegen die mangelnde Innigkeit der Umarmung und Ratschläge, wie es gemacht werden müsste: »Halt sie fest, Menschenskind, die geht dir sonst durch die Lappen!« – »Herrjeh, kannst du kein Mädel küssen? Die beißt doch nicht.«

Paul lächelte liebenswürdig und umarmte Larry fester, während seine weniger feinfühligen Anhänger im Hintergrund jetzt allerlei derbe Anspielungen machten. Dann löste sich holpernd der Vorhang unter Micks unsicherer Lenkung und sank wackelig bis auf den Boden. Das Spiel war aus – jedenfalls dachten wir das.

Wir hatten uns nämlich geeinigt, uns nicht hervorrufen zu lassen. Paul hatte sich dabei ordentlich ereifert: »Ich nehme es noch hin; mich lächerlich zu machen«, sagte er, »allerdings nur dies eine Mal, vergesst das nicht« – wobei er Larry und mich ganz feindselig anblickte, als hätten wir etwas verbrochen –, »aber ich will verflucht sein, wenn ich mich Hand in Hand mit der Heldin vorn an die Bühne stelle und albern grinse!«

»Bilde dir nur nicht ein, dass es mir Spaß machen würde, mich vor den hiesigen Bauernlackeln in Positur zu werfen, während du neben mir grinst wie ein Irrer«, hatte Larry ganz beleidigt erwidert. »Bin also vollkommen einverstanden – keine Vorhänge.«

Sam sagte beschwichtigend: »Die Leutchen sind ja so schon ganz kribbelig, sie wollen möglichst rasch essen, um sich in den Tanz zu stürzen. Aber trotzdem müssen wir Mick gründlich eintrichtern, dass er den Vorhang unten lässt, denn der Knabe hat bestimmt eine Menge Schnaps draußen im Auto und wird im Laufe des Abends entsprechend über die Stränge hauen.«

Also machten wir allesamt dem guten Mann eindringlich klar, dass der Vorhang, sobald er am Schluss gefallen war, keinesfalls wieder hochgezogen werden dürfe. Die Männer sollten dann die Möbel wegräumen und die Bühne wieder in Ordnung bringen, während wir Frauen uns abschminken und unauffällig in den Saal schlüpfen wollten, bereit, allerseits die Glückwünsche entgegenzunehmen. Mick schien das vollkommen zu verstehen, ging aber nachher so häufig an seine ›Bar‹ im Lastwagen, dass er beim Senken des Vorhangs am Schluss nur knapp eine Katastrophe vermied.

Kaum war der Vorhang unten, da brach wie ein Gewitter der Beifall los, und es ertönten allerlei lustige, zum Teil so plump vertrauliche Rufe, dass der Colonel sich gewiss innerlich krümmte. Doch das war uns egal, das Stück war aus und hatte ganz schön geklappt, also durften wir uns jetzt auch unser Vergnügen gönnen. Larry und ich stürmten in die Garderobe und wollten uns gerade die Schminke abwischen, als so plötzlich eine Stille eintrat, dass wir uns unwillkürlich umdrehten. Die Bühne war leer – bis auf Anne und Tim, die sich fest umschlungen hielten. Waren die plötzlich verrückt geworden?

Unser Schreck stieg ins Maßlose, als wir jetzt den Vorhang hochgehen sahen. Mick riss hastig an den Seilen, wobei er strahlend nach allen Seiten lächelte. Im Saal herrschte vollkommene Stille, die Zuschauer saßen entzückt.

Natürlich dauerte das Ganze nur eine Sekunde, und in dieser einen Sekunde packte Larry Paul am Arm und murmelte ergrimmt: »Los, lächle und mach Witze, schnell, es muss sein!« Damit schritt sie ruhig zur Mitte der Bühne. »Sie sehen ja, wie es geht, meine Herrschaften«, sagte sie so laut und deutlich, dass die begeisterten Zwischenrufe, die aus dem Hintergrund zu tönen begannen, sofort verstummten, »es ist schrecklich ansteckend! Diese beiden hier haben sich entschlossen, unserem Beispiel zu folgen und fortan miteinander glücklich zu sein. Finden Sie das nicht sehr vernünftig von ihnen? Trotzdem glaube ich keinen Moment, dass sie das so erfolgreich darstellen können wie Sie oder ich. Was meinst du dazu, mein lieber John?«

Der ›liebe John‹ brachte mit aller Gewalt ein gefrorenes Lächeln zu Stande. Ich konnte sehen, dass sein Adamsapfel, der sich sonst kaum bemerkbar macht, beträchtlich zuckte. Ob er der Situation gewachsen war? Eine furchtbare Sekunde lang dachte ich, er fände keine Worte, doch dann sprach er. Seine Stimme glich einem verzweifelt unterdrückten Gebrüll. »Erfolgreich?«, blökte er, »na ja, es kann auch wohl niemand erwarten, dass in jeder Ehe ein so vollkommener Friede und solche Einigkeit besteht wie in unserer, mein liebes Kind.« – Das saß, denn im ganzen Stock wurde das Gegenteil bewiesen! – »Immerhin wollen wir ihnen alles Gute wünschen und hoffen, dass sie fortan glücklich und zufrieden leben.«

Bei dem nun einsetzenden allgemeinen Beifall fand Larry die Zeit, sich dem verlegenen Pärchen zuzuwenden, das sich jetzt getrennt hatte. Die beiden standen so weit voneinander wie es die kleine Bühne erlaubte. Ich hörte Larrys scharf zischendes Flüstern: »Fasst uns an, los, und alle vorn an die Rampe. Lächeln, unbedingt lächeln!«

Das unselige Paar, jetzt vollkommen zerknirscht, wankte nach vorn und besaß gerade noch genug Vernunft, dem Gebot zu gehorchen. Die vier gingen an die Rampe, während Paul und Larry wie im Duett einen Singsang anstimmte: »Da sehen Sie's, da sehen Sie's, es leben alle glücklich nun …«

Und dann ließ Sam, der den schwankenden Mick O'Connor grob zur Seite gestoßen hatte, den Vorhang so jäh herabsausen, dass das ramponierte Exemplar unheilbaren Schaden erlitt.

Plötzlich kam es uns auf der Bühne sehr still vor, als hätten wir ein ganz privates Stelldichein. Draußen klatschten die Zuschauer noch immer, der zweite Schluss hatte noch mehr Erfolg als der erste. Einen Augenblick starrten wir sechs uns stumm an, bis Paul sich die Stirn wischte und sagte: »Junge, Junge, ich bin ganz nass geschwitzt! Larry, vor dir muss ich mich verneigen!«

Sam nahm sie beim Arm und meinte stolz: »Nicht übel, Frauchen. Mag sein, dass du nicht viel Verstand hast, aber sicher ist, dass er schnell funktioniert.«

»Larry, du warst grandios!« Ich war noch ganz verwirrt, musste aber unbedingt etwas sagen. Überhaupt redeten wir jetzt alle wild drauflos, um zu verhindern, dass die beiden andern den Mund auftaten.

Tim war sehr blass geworden. Er murmelte: »Danke schön, bin ein blöder Kerl. Selbst Schuld. Verzeihung …«

Doch dann nahm ihm Anne, die immer aufrecht handelte und sich vor keiner Peinlichkeit drückte, das Wort aus dem Munde: »Ihr seid alle liebe Menschen, aber Schuld hat nicht Tim gehabt. Ich bin am Kamin gestolpert und beinahe gestürzt, und da hat er mich aufgefangen, und dann, und dann …«

Tim gab einen schwachen, gurgelnden Laut von sich und wollte etwas erklären, doch Larry fiel schnell ein: »Liebhaber-Theater ist schärfstens zu verurteilen. Ich bin überzeugt, dass Mrs. Grant sich gerade jetzt draußen so äußert. Trotzdem hat ihnen unser neuer Schluss gefallen, also seien wir zufrieden. Nun kommt aber, sonst verhungere ich noch. Vorher hat mich mein künstlerischer Elan gehindert, etwas zu essen.«

»Zu kochen, meint sie. Wenn ich das Mittagessen gekocht hatte, hat sie's immer prompt gegessen.« Sam wusste stets Larry richtig beizuspringen.

Alle redeten dummes Zeug. Es durfte ja nichts ›zur Sache selbst‹ gesagt oder getan werden. Anne kämpfte bitterlich gegen Tränen, und Tim zeigte die wütend verbissene Miene, die ein Mann aufsetzt, wenn er weiß, dass er sich lächerlich gemacht hat und durch eine Frau gerettet worden ist.

Ich nahm Anne beim Arm und lief mit ihr in die Garderobe, wo wir uns das Gesicht über einem Eimer mit Wasser abwuschen, an dessen Herkunft oder vorherige Verwendung ich gar nicht denken mochte. Als im allgemeinen Geschwätz eine Pause eintrat, hörten wir Mrs. Archer begeistert sagen: »Das war ja erstklassig. Habe mich köstlich amüsiert. Waren alle ganz auf der Höhe, ebenso gut wie Filmschauspieler.«

Und dann sprach Mr. Jolson: »Mir hat der Schluss so gut gefallen. Ich fürchtete schon, sie würden das kleine Mädel leer ausgehen lassen; dabei spielte sie am besten von allen – so zufrieden mit dem Landleben und kein bisschen eingebildet. Freue mich, dass sie noch ihren Mann gekriegt hat.«

»Oh, das muss ja sein, in Theaterstücken bleibt doch keiner in der Luft hängen. Die enden immer nett und geordnet.«

Nun kam Mrs. Grant mit bissigen Tönen dazwischen: »Oh, ein patentes Bühnenstück, kann man wohl behaupten. Aber glauben Sie vielleicht, dass es den Colonel erfreut hat, wie seine Tochter den jungen Mann abküsste? Ich konnte ihn von meinem Platz aus sehen, sein Gesicht war schrecklich! Wie vom Donner gerührt stand er da! Apropos Donner: nach meiner Ansicht bedauert er, dass er seiner Tochter überhaupt den Verkehr mit dieser Mrs. Russell und ihrer Freundin erlaubt hat, die sich so ungezogen und laut benehmen.«

Wir begannen uns alle drei sofort mit großer Stimmkraft zu unterhalten, aber ich wusste auch, dass Paul seinen Spaß haben würde, wenn er erfuhr, dass Larry und ich ein ungezogenes und lautes Benehmen hätten. Uns störte diese Kritik gar nicht, doch das, was Mrs. Grant vom Colonel gesagt hatte, machte uns Kopfschmerzen.

Wo steckte Julian? Weshalb griff der nicht rettend ein? Er war seit dem ›geänderten‹ Schluss des Stückes nicht mehr zu sehen gewesen. Wie mochte er sich jetzt fühlen? Aber jetzt war nur eins wichtig: Anne das Rückgrat zu stärken, bevor sie mit ihrem Vater zusammentraf. Julians gekränkte Gefühle, wenn er wirklich gekränkt war, waren von zweitrangiger Bedeutung.

Ich sagte: »Legen Sie noch ein bisschen mehr Lippenstift auf, das beruhigt so schön. Und vergessen Sie nicht, dass Sie uns beistehen müssen. Wir haben uns plötzlich entschlossen, den Schluss des Stückes zu ändern, klar? Mehr ist da nicht zu sagen.«

»Nur den Kopf hoch, Anne, wir boxen Sie schon 'raus, und Sie müssen mitmachen, auch um Tims willen. Er kommt sich ja so schrecklich blamiert vor. Aber nur keine Aufregung deswegen, machen Sie ein frohes Gesicht, Tante Hilary wird den Papa schon besänftigen.« Jetzt kicherten wir alle drei beinah hysterisch.

Nachdem wir noch einmal tief Luft geholt hatten, segelten wir in den Saal. Die Stühle waren zur Seite geschoben, um Platz zum Tanzen zu schaffen, und alle saßen erwartungsvoll bereit. Ich bildete mir ein, dass uns die ganze Corona fixierte, und das war gewiss gar keine Einbildung. Einerlei, es galt jetzt, dem Colonel die Situation zu erklären, und je eher wir damit fertig wurden, umso besser.

Er stand gerade dicht vor der Bühne, wo er mit Miss Adams und Julian sprach. Ich fand sein Gesicht recht bedrohlich, obwohl er sich, selbstverständlich, bestens beherrschte. Julian kam sogleich auf uns zu und beglückwünschte uns wortreich, aber außer mir sah keiner, wie er ganz kurz über Annes Kopf hinweg Larry zublinzelte. Er war ganz der höfliche, aufmerksame Kavalier, der Anne mit seinem Charme gleichsam wohlig umhüllte. Als handle es sich um die freudigste Begegnung der Welt, führte er sie zu ihrem Vater. Der sprach noch mit Tantchen, die uns lebhafter begrüßte als gewöhnlich und sichtlich rötere Wangen hatte als sonst.

»Sehr fein habt ihr das gemacht, wirklich«, sagte sie, »ich bin ganz stolz auf euch alle. Habe mich den ganzen Abend im Widerschein eures Ruhmes gesonnt. – Das Stück gehörte nämlich zu meinem Programmteil, Colonel.«

»Der Masse hat es bestimmt gefallen.«

»Bin ganz Ihrer Meinung. Hauptsache, eine Darbietung findet Anklang, ob sie künstlerisch ist oder nicht.« Und dann fuhr sie fort, während ihre Augen hinter den täuschenden Gläsern des Klemmers unergründlich glänzten: »Ich bin mit Ihrem Vater nicht einig geworden, Anne. Über den Schluss. Habe ihm erklärt, dass wir erst bei der letzten Probe die Änderung beschlossen hatten. Ich persönlich fand, dass diese Schlussszene mehr Eindruck gemacht hat als die vorherige, doch Colonel Gerard bleibt dabei, sie sei zu demonstrativ gewesen.«

Das war, für Miss Adams, eine sehr lange Rede, also ein Beweis, dass sie etwas nervös war. Doch sie hatte uns das rechte Stichwort gegeben, wofür wir dankbar waren.

»Ich hielt die Szene für vollkommen überflüssig«, sagte der Colonel unversöhnlich.

»Aber Sie müssen auch den ländlichen Geschmack entsprechend berücksichtigen, Colonel. Die Leutchen hier möchten alles gern ganz genau wissen«, sagte Julian freundlich. Seine untadelig korrekte Aussprache des reinsten Oxforder Englisch trug die Worte bis zu den ein Stück von der Bühne entfernt sitzenden Leuten. Ich wusste nicht, ob ich ihn wegen seines gönnerhaften Auftretens hassen oder ihm für seine Unterstützung dankbar sein sollte.

»Auf jeden Fall, Sir, bin ich für die Vorstellung verantwortlich, als Regisseur. Ich hielt es für gut, den schlichten Landleuten keine Probleme zu stellen – und ich glaube, es ist ein Erfolg geworden.« Wieder sah ich dabei in seinen Augen das fast unmerkliche Blinzeln, das Larry galt.

Ich fiel schnell ein: »Wir konnten uns nicht schlüssig werden, ob wir es so machen oder den ursprünglichen Schluss beibehalten sollten. Anfangs schien es uns richtig, der Fantasie etwas Spielraum zu lassen, bis erwähnt wurde, dass der Titel, nach dem fortan ›alle‹ glücklich leben, eigentlich einen Schluss erfordert, bei dem alle Paare sich kriegen.«

Mein Aufklärungsversuch war nicht sehr glücklich, er hätte sich gewiss besser ausdrücken lassen, wie ich sofort merkte, als die Worte heraus waren.

Der Colonel blieb höflich wie immer, aber seine Antwort klang recht kühl: »Gewiss, gewiss. Ich muss zugeben, dass ich überrascht war, doch vielleicht kann ich den hiesigen Geschmack nicht recht beurteilen.«

Wie Larry später sagte, war das ein echtes Beispiel von ›Panjandrumismus‹. Ich war überzeugt, dass der Colonel mir kein Wort geglaubt hatte, aber als echter Gentleman tat er so als ob. Ein Beweis, dass ein richtiger Gentleman auch erfreuliche Seiten hat.

Larry konnte sich damit natürlich nicht zufrieden geben.

»Letzten Endes ging es ja nur um die einheimischen Landleute, nach deren Geschmack wir uns richten wollten. Mir gefiel das Stück gerade in dieser Art, muss wohl mein Niveau sein. Aber jetzt eine Frage: Wer ist für Abendessen?«

»Abendessen?«, sagte der Colonel ziemlich schroff. »Zum Essen brauchen wir doch wirklich nicht hier zu bleiben, Anne. Ich bin sehr dafür, nach Hause zu fahren.« Sein Ton ließ merken, dass er schon zu Beginn des Abends ›dafür‹ gewesen war.

Aber Anne fand plötzlich die Stimme wieder. Ich spürte, dass sie nach der Gelegenheit suchte, Tim wieder zu sehen, der im Saal nicht mehr zu erblicken war.

Julian sprang gleich für sie ein: »Wenn ich mir erlauben darf, Sir, möchte ich sagen, dass ich bisher kaum Gelegenheit hatte, mit Anne zu tanzen, und der Tanzboden hier ist durchaus nicht schlecht.«

Ich musste an die vorige Veranstaltung in diesem Saal denken: wie wenig da Julian die Gelegenheit gesucht hatte, mit Anne zu tanzen.

Selbstverständlich musste der Colonel jetzt nachgeben. Er tat das in ganz guter Form, indem er ohne sichtlichen Schauder eine Tasse mulmigen Kaffee annahm. Wir entfernten uns von ihm, dankbar dass es geklappt hatte. Ich muss wohl ein bisschen hysterisch gewesen sein, denn ich aß zu viel und bekam tüchtiges Bauchkneipen.

Im Übrigen benahmen sich alle tadellos. Wir hörten keine plump vertraulichen Ankündigungen mehr aus dem Munde O'Connors, denn der brave Mann hatte sich in sein Schicksal gefügt: Er schlief tief und fest in seinem Lastwagen, umgeben von leeren Flaschen, die ›schwarzen‹ Schnaps enthalten hatten. An seiner Stelle forderte Sam die Herren auf, ihre Partnerinnen für den ersten Tanz zu engagieren. Er führte Larry auf den Tanzboden. Ihm folgten Julian und Anne, und, ein bisschen verlegen, Paul und ich. Wir mussten uns beide eingestehen, dass wir sehr deprimiert und erschöpft waren.

»Als Freundin bist du Gold wert, liebes Kind«, sagte Paul, »aber als Lügnerin eignest du dich schlecht.«

»Oh, Paul, haben wir etwa mit unserem Stück keinen Erfolg gehabt?«

»Bei der breiten Masse, ja. Beim Panjandrum bezweifle ich das allerdings. Na, er muss ja wenigstens den Schein wahren.«

»Mick könnte ich umbringen! Was war dem nur in die Krone gestiegen?«

»Blau war er wir ein ›Lord‹. Fing beinahe an zu heulen, als ich ihm Vorwürfe machte, und quasselte mir allerhand dummes Zeug vor, er hätte sich doch so um uns und unsere Damen bemüht, und so weiter. Dann verzog er sich, um seine Sorgen zu ertränken. Der schläft glatt bis morgen früh im Wagen. Ich hoffe nur, dass er sich eine saftige Erkältung holt.«

»Larry war großartig in ihrer Geistesgegenwart! Und du auch!«

»Ich?«, rief Paul. »Ich bin beinah erstickt. Musste mir alle Mühe geben, ihr zu folgen. Du hast Recht, dass sie unerhört schnell schaltet. Aber das musste sie auch, denn im Grunde war doch alles ihre Schuld.«

»Ihre Schuld? Dass ihr Männer immer so gern eine Frau beschuldigt!«

»Mir brauchst du damit nicht zu kommen. Weißt ganz gut, dass es so war.«

Zumindest wusste ich, was er meinte. Larry hatte den Stein ins Rollen gebracht, und der war über die Klippe gerollt. Aber wo steckte bloß Tim? Wir wunderten uns alle, dass er unsichtbar blieb. Am Schluss des dritten Tanzes sagte Larry plötzlich zu mir: »Komm, wir wollen uns die Nase pudern. Ich glaube, ich glänze ganz speckig nach meinen noblen Bemühungen.«

In der Garderobe war niemand außer der kleinen Elizabeth Jolson, die sehr sauber und warm in ihrem Kinderwagen lag. Larry mahnte mich ungeduldig, als ich das Kind betrachtete: »Hör auf, mit dem Baby zu quakeln, hilf mir lieber. Wir müssen Tim finden. So ein Drückeberger!«

»Wo kann er bloß sein?«

»Draußen. Hockt sicher in seinem Wagen. Wäre gewiss schon nach Hause gefahren, wenn er nicht dich und Paul mitnehmen müsste, weil er euch hergebracht hat. Bei jedem andern würde ich sagen, er tröstet sich mit Whisky, aber nicht bei Tim. Also komm schon, suchen wir ihn.«

Wir nahmen meine Taschenlampe und verließen leise die Garderobe. Und richtig, Tim saß in seinem Wagen mit finsterem Gesicht und fragte mich knurrend: »Na, wollt ihr nach Hause fahren?«

Larry schrie ihn ärgerlich an: »Selbstverständlich fahren sie noch nicht! Und weshalb hockst du hier eigentlich im Dunkeln, wie? Komm mal mit und bade die Geschichte aus!«

»Ausbaden? Was denn?«

»Oh, das weißt du schon! Also los, komm und tanze mit uns, der Reihe nach.«

»Warum denn nur? Ihr seid doch drei Paare. Kann denn der Mensch nicht mal 'ne Weile allein bleiben?« Das war ein ganz veränderter Tim, jungenhaft zornig und leicht gekränkt.

»Allein bleiben kann er natürlich nicht, wenn er sich vorher lächerlich gemacht hat – sich und ein junges Mädchen – und sich dann wie ein Feigling verdrückt und sie in einer peinlichen Situation im Stich lässt. Wir haben alle für dich lügen müssen wie verrückt, und du benimmst dich wie ein verzogener Bengel.«

Da mir Tim sehr Leid tat, fasste ich ihn behutsam am Arm. »Komm bitte mit«, sagte ich, »sonst fällt dein Fehlen noch auf. Und es ist schon wieder alles in Ordnung. Wir haben dem Panjandrum eingeredet, wir hätten die Szene absichtlich so gespielt, und nun muss er wenigstens so tun, als ob er das glaubt. Aber du musst unbedingt mit in den Saal kommen und tanzen. Voriges Mal hast du den ganzen Abend mit Anne getanzt, und wenn du sie heute links liegen lässt, gibt's eine tolle Klatscherei.«

Er schimpfte vor sich hin, stieg aber langsam aus dem Wagen. »Du bist ein guter Kerl, Susan, nicht so eine Teufelin wie Larry.«

»Eine Teufelin bin ich?«, rief sie. »Das nenne ich Dankbarkeit – nachdem ich deine elende Seele gerettet habe, indem ich auf die Bühne sprang und Unsinn redete!«

»Ach, so habe ich das gar nicht gemeint. Ich wollte – du hast ja die Sache so eingefädelt und weißt das auch. Vermutlich wieder eine deiner beliebten Sensationen, was?«

Larry blieb wie angewurzelt stehen und war einen Augenblick sprachlos. Ich hatte den Eindruck, dass sie wirklich gekränkt war. Schließlich waren sie doch alte Freunde. Aber sie lachte und sagte leichthin: »Das wirst du eines Tages zurücknehmen, mein Junge, und Susan wird als Zeugin dabei sein. Vorläufig aber musst du mit mir tanzen und dir verdammt Mühe geben, so auszusehen, als ob es dir Spaß macht. Dann tanzt du mit Susan, nachher mit Anne – und wenn du jetzt die gebotene Chance nicht ausnutzt, armseliger Knabe, dann bist du nicht wert, dass dir geholfen wird!«

Er brummelte wütend vor sich hin, kam aber mit in den Saal und tat, wie ihm geheißen. Meinen nächsten Tanz machte ich mit Sam, und wir mussten beide lächeln, als wir sahen, wie wirklich ausgezeichnet Tim mit Larry tanzte. In ihren verzückten Gesichtern hätte niemand lesen können, dass er sie eben erst eine Teufelin und sie ihn einen armseligen Knaben genannt hatte. Als er zum zweiten Tanz mich holte, hatte er sich wieder ganz gefasst und engagierte danach ebenso unbefangen Anne, die bei ihrem Vater und Julian stand. »Julian, Sie Egoist, der nächste gehört mir! Wollen Sie tanzen, Anne?«

Ich sah, wie die Backenmuskeln des Colonel sich spannten, doch die drei lachten ungezwungen miteinander, bis Anne mit Tim zu tanzen begann, während Julian sich mit mir zufrieden gab.

Trotz allem wurde es ein anstrengender Abend, und ich war – infolge der Aufregungen oder weil ich zu viel gegessen hatte – wirklich froh, als wir endlich, ohne aufzufallen, hinausschlüpfen konnten, um heimzufahren. Tim und Paul waren schon draußen beim Wagen, während ich mich beim Zusammenpacken meiner Sachen verspätete. Schuld war ›Miss‹ Jolson, die gerade aufwachte. Das kleine Ding blinzelte verschlafen ins Licht und kicherte so drollig, dass ich das dicke Gesichtchen einfach ansehen musste und mich kaum von dem Bild trennen konnte, bis das heftige Hupen der Ungeduldigen mich zum Aufbruch mahnte. Das sah Tim, der sonst so gute Manieren hatte, gar nicht ähnlich, doch an diesem Abend war er ganz aus der Form geraten. Ich schlüpfte durch die Seitentür, um möglichst schnell zum Wagen zu kommen und mich nicht mit weiteren Verabschiedungen aufzuhalten. Es war sehr dunkel draußen. Da die Batterie meiner Taschenlampe verbraucht war, fiel ich beinah über zwei Leute, die mit dem Rücken zu mir standen und so in ihr Gespräch vertieft waren, dass sie mich nicht kommen hörten.

Es war also doch nicht Tim gewesen, der so gereizt hupte, denn er stand hier und hielt Anne eng umschlungen. Ich hörte ihn in einem Ton höchster Seelenangst sagen: »Oh, Anne, Anne, warum musst du nur noch so jung sein, so jung …«

Da machte ich kehrt und entfloh nach der entgegengesetzten Richtung, wobei es mich kaum kümmerte, dass ich über die eigenen Füße stolperte und mir eine Leiter in meine besten Nylonstrümpfe riss.

Nicht einmal Paul erzählte ich, was ich gehört hatte, aber Tims Stimme verfolgte mich. Was war da im Entstehen?

13

Die Antwort musste wohl lauten: Nichts Besonderes.

Ich hatte geglaubt, nach dem hochdramatischen Abend müsse sich Gewaltiges ereignen, doch alles schien in vollkommener Flaute zu enden. Das war eine Enttäuschung, zugleich aber beruhigend. Wir waren froh, dass der Abend des lauten Geselligkeitsrummels hinter uns lag und ordneten uns zufrieden wieder ins Alltagsleben ein. Und selbst wenn wir gewollt hätten, wären wir nicht dazu gekommen, alles noch einmal durchzusprechen, denn Anne sahen wir in den nächsten zwei Wochen nicht und Larry sprach ich nur am Telefon.

Wir waren jetzt mitten in der Lammzeit, und da fand Tim wahrscheinlich keine Zeit zum Grübeln.

In den nächsten Wochen brachten wir fast jeden Tag draußen bei den Schafen zu. Viele Lämmer kamen in schneller Folge zur Welt, und für uns wurden die Strapazen noch größer durch einen der wilden Stürme aus Westen, die den Herden der Farmer im Hochland oft beträchtliche Verluste zufügen. Die Mutterschafe suchten tapfer ihre Jungen hinter Baumstümpfen und Stämmen zu schützen, doch es starben trotzdem eine ganze Menge. Wir mussten uns so anstrengen, dass wir abends müde in die Sessel vor dem Kamin sanken und nur Rundfunk hören konnten oder einnickten.

Ich habe mich eigentlich im Leben selten erkältet, aber hier war ich wohl doch zu unvorsichtig gewesen, sodass es mich nun tüchtig packte. Drei Tage lag ich mit einem tollen Schnupfen im Bett, ekelte mich vor jedem Essen und rief nur krächzend nach heißem Zitronensaft. Als ich aufstand, hatte ich sehr schlechte Laune, weil es mir peinlich war, Paul in einer Zeit des Hochdrucks nicht geholfen zu haben. Doch ich sollte schnell Gelegenheit finden, das wieder auszugleichen, denn jetzt bekam Paul einen, wie er sagte, ganz ›urigen‹ Schnupfen, viel schlimmer als meiner gewesen war. Er lehnte natürlich spöttisch ab, sich pflegen zu lassen, und ritt weiter bei dem bösen Sturm, der auch schwere Regenschauer brachte, durch unwegsames Gelände zu seinen Schafen, mit dem fast selbstverständlichen Ergebnis, dass er Fieber bekam und auf eine Lungenentzündung lossteuerte. »Na, jetzt wirst du also doch im Bett bleiben müssen«, sagte ich.

Er richtete sich auf und musterte mich erhaben. »Im Bett bleiben? Unfug. Kommt gar nicht in Frage!«

»Und weshalb nicht?«

In seiner strengen Haltung glich er Lord Kitchener, als er antwortete: »Es gibt gewisse Verrichtungen, die ich niemals eine Frau für mich tun lassen werde!«

»Sei nicht blöde, ja? Aber vielleicht siehst du jetzt ein, dass der Weg zum Häuschen nicht so weit sein dürfte? Gesagt habe ich ja schon immer, wenn mal einer von uns krank würde …«

Er krächzte: »Hatte dir doch erklärt, dass ich keinen Zement kriegen konnte.« Sprach's und drehte sich zur Wand.

Ich fühlte mich dem Kommenden nicht gewachsen und suchte telefonische Hilfe.

Larry lachte gewaltig über Pauls Prüderie, hatte aber gleich praktische Vorschläge: »Hier ist ein Mann vonnöten, und zwar Tim, nicht

Sam, denn das würde Paul ärgern, weil er denkt, ich erführe dann alles. Ich rufe Tim heute Abend an, und zu Paul kannst du sagen, dass ich mich mit Sam heute Nachmittag um seine Schafe kümmern werde. Es wäre also vollkommen überflüssig, dass er sich aufrafft und doch nichts Rechtes ausrichten kann, klar?«

Abends erschien Tim mit einem Handkoffer und redete sachlich wie ein Arzt so lange auf Paul ein, bis der nachgab und sich in das Unvermeidliche fügte. Larry arrangierte alle Einzelheiten, und ich verließ fünf Tage lang nicht das Haus. Sam und Larry versorgten unsere Schafe – wie sie die Zeit dafür aufbrachten, ist mir ein Rätsel –, und jeden Abend gegen sechs kam Tim und schickte mich zu Bett. Er setzte sich dann ans Feuer und hielt Wache bei Paul, der jetzt ernstlich krank war. Um zwei Uhr nachts stand ich auf und löste Tim ab. Tim schlief wie ein Klotz bis acht, frühstückte rasch und fort war er, denn auch ihm brannte die Arbeit auf den Nägeln.

Es waren anstrengende Tage und fünf sehr sorgenvolle Nächte. Der nächste Arzt wohnte in Te Rimu; er hatte allein ein großes Gebiet zu betreuen, und gerade jetzt gab es zahlreiche Grippefälle. Ich rief ihn täglich zwei Mal an, wollte ihn aber nicht den weiten Weg kommen lassen, wenn es nicht unbedingt nötig wurde. Vermutlich wäre Paul dann auch aufgestanden und hätte ihn mit dem Beil in der Hand empfangen.

In dieser Zeit begriff ich so recht, was eine Frau wie Miss Adams im ›Hinterwald‹ wert ist. Die Telefonverbindung nach Te Rimu sollte amtlich nur bis fünf Uhr nachmittags in Betrieb sein und sonnabends und sonntags überhaupt nicht. Hätten wir eine ›normale‹ Posthalterin gehabt, die ihren Dienst nur in den vorgeschriebenen 48 Stunden versah, dann hätten wir, wenn wir so dumm gewesen wären, abends oder am Wochenende krank zu werden, elend zu Grunde gehen können. Aber nicht bei Tantchen! Die schien eine Schlusszeit überhaupt nicht zu kennen und verstand es, einen noch abends um neun ganz gemütlich anzurufen.

»Na, wie geht's dem Patienten? – O ja, ich will mich gerade hinlegen, aber ich habe einen leichten Schlaf und werde beim ersten Klingeln wach. Dann kann ich Sie, wenn Sie wünschen, in fünf Minuten mit dem Doktor verbinden – was mir Paul freilich nicht danken würde, denn er stellt sich ja so komisch an. Jedenfalls denken Sie daran, dass es mir gar nichts ausmacht, geweckt zu werden. Ich bin dann in zwei Minuten wieder weg, und es schadet mir bestimmt nicht.«

Ich bin zwar überzeugt, dass diese Behauptung nicht ganz der Wahrheit entsprach, doch bisher hatte es in Notlagen keiner anders von ihr gehört.

Anne meldete sich auch und bot in sehr lieber Weise ihre Hilfe an, was wir aber dankend ablehnten. Wir hatten einen ganz hübschen gefährlichen Bazillus entwickelt, den wir, wenn es irgend ging, für uns behalten wollten. Larry sah das ebenfalls ein.

»Richtig. Die Schafe versorge ich mit Sam weiter, aber ins Haus werde ich nicht kommen. Wenn wir uns ansteckten, wäre niemand gedient. Es hat auch keinen Zweck, dass ich so tue, als ob ich mich sehr zur Barmherzigen Schwester eignete. Bin doch grässlich unweiblich, das steht ja nun fest. Paul weiß das auch, er würde jede andere lieber um sich haben als mich.«

Und das stimmte. Erst heute Morgen hatte er in kümmerlich heiseren Tönen gesagt: »Was für Scherereien! Aber ich bin froh, dass du bei mir bist und nicht Larry, denn die wirkt auf mich wie ein Senfpflaster.«

Tim benahm sich prima. Obgleich er den ganzen Tag schwer zu arbeiten hatte, schien es ihm geradezu Vergnügen zu machen, noch bis zwei Uhr nachts wach zu bleiben. Für mich war es eigentlich keine große Zumutung, den Wecker auf diese Geisterstunde zu stellen, wenn ich wusste, dass ich nachher in ein warmes Zimmer mit hell loderndem Feuer kam, und Tim mich heiter begrüßte: »Das Wasser kocht schon. Eine Tasse Tee wird dich munter machen, und für mich wird sie zum Schlaftrunk.«

In diesen fünf Nächten lernte ich Tim noch genauer kennen als Sam. Bisher hatte ich nie ganz verstanden, wie zurückhaltend und wie anspruchslos er war, und ich glaube, dass er selbst gar nicht merkte, wie hübsch und sympathisch er war, offenbar frei von aller Eitelkeit. Ich dachte über ihn und Anne nach und sagte mir: »Na wenn ich eine Tochter hätte, dann wüsste ich schon.«

Nur einmal kamen wir auf die Peinlichkeiten des Abends im Tanzsaal zu sprechen, gerade als es Paul am schlimmsten ging und ich in der Nacht kaum geschlafen hatte. Ich war deshalb schon um Mitternacht anstatt um zwei zur Ablösung erschienen und saß mit Tim vor dem Feuer. Wir unterhielten uns zerstreut, ziemlich einsilbig. Er betonte zwar, er sei nicht müde, doch ich wusste, dass er das nur vorgab, um mir noch Gesellschaft zu leisten.

Wir hatten darüber gesprochen, ob ich den Arzt kommen lassen sollte. Ich fühlte mich schwach und hätte am liebsten geweint, so merkwürdig einsam kam ich mir vor. Ich schaute aus dem Fenster. Das Land lag in hellem Mondschein. Kaum ein Laut war zu hören, nur in der Ferne das müde Blöken eines Mutterschafs, während in der Nähe eine der grässlichen kleinen Eulen, die als Unglücksbringer gilt, vom Ast eines großen abgestorbenen Baums ihre unheimlich klagenden Schreie ertönen ließ. Ich schloss den Vorhang am Fenster und blieb schweigend stehen. Da sagte Tim:

»So einsam wie es dir vorkommt, haben wir es hier gar nicht. Da ist das Telefon, und in wenigen Stunden könnte der Arzt hier sein. Sam und Larry wären in einer halben Stunde auf den Beinen, wenn wir sie anriefen. Ich finde es eigentlich im Busch, wenn der Mensch wirklich in Nöten ist, längst nicht so einsam wie in der Stadt. Hier nehmen die Menschen mehr Anteil aneinander.«

Als ich zum Kamin zurückkam, war ich wieder beruhigt. »Ich wüsste nicht, wie ich hier ohne dich fertig geworden wäre, Tim. Meinst du, dass es richtig ist, Paul ohne Arzt weiterzupflegen?«

»Vorläufig, ja. Paul ist sehr kräftig, und sein Fieber fällt. Die Medizin wirkt bei ihm gut. Wenn du also nicht so sehr in Sorge bist, würde ich erst mal bis morgen warten.«

»Solange du hier bist, sorge ich mich nicht so sehr, weil du immer die Ruhe behältst.«

Er lachte bitter. »Du weißt, dass ich sie verliere, und gerade, wenn ich sie am dringendsten nötig hätte.«

»Ach so, neulich den Abend meinst du? Na, in dem Augenblick hätte jeder aus dem Gleichgewicht kommen können. Das war reines Pech.«

»Verdammtes Pech. Besonders für Anne.«

»Für dich aber nicht minder. Du meinst – wegen dem Panjandrum? Nun, wenn wir ihn auch nicht ganz getäuscht haben, haben wir ihm wenigstens Einwände unmöglich gemacht.«

»Ach, zum Kuckuck mit dem Panjandrum! Ich meinte, dass ich ... Na, man nennt das doch ein junges Mädchen ›kompromittieren‹.«

»Die Zuschauer haben das überhaupt nicht bemerkt, und wir zählen nicht mit.«

»Julian aber.«

»Oh, Julian. Seinetwegen brauchst du dir bestimmt keine Gedanken zu machen. Ich glaube, der zählt auch nicht mit. Es ist nämlich ...«

Ich unterbrach mich, weil mir bewusst ward, dass Paul über meine unverblümten Äußerungen entsetzt sein würde. Vertrauensvoll wartete ich, dass Tim mich anstandshalber auffordern würde, weiterzusprechen, doch er tat es nicht. Das kann uns bei den Männern so in Rage bringen. Erzählen wir einer Frau etwas nur halb, dann wird sie uns förmlich zwingen, zu Ende zu sprechen. Erzählst du aber einem Mann eine pikante Sache und machst eine Pause, als wolltest du ihm zu verstehen geben ›Eigentlich darf ich weiter nichts sagen‹ –, bittet er dich dann etwa, fortzufahren? Pustekuchen! Dann ist er immer der Gentleman, wie er im Buche steht. Er wird doch eine kleine Frau nicht zu Indiskretionen veranlassen! – Aber jetzt hatte ich mir sowieso vorgenommen, alles zu sagen, also fuhr ich gleich fort: »Ich glaube, Julian ist in Anne auch nicht mehr verliebt als sie in ihn. Die Leute glauben das nur.«

Wieder eine Pause. Diesmal musste Tim mich doch unbedingt auffordern! Also wartete ich grimmig. Doch es dauerte lange.

»Das scheint doch beschlossene Sache zu sein«, sagte er. »Ich meine, der Colonel erwartet …«

»Na, aber eben hast du doch gerade gesagt: ›Zum Kuckuck mit dem Panjandrum!‹«

»Es dreht sich ja nicht um ihn allein. Julian passt zu ihr, er kann ihr viel geben.«

»Nicht das, was sie braucht, Tim. Ich glaube, du verstehst die ganze Geschichte falsch. Bitte sei mir nicht böse, wenn ich sage, du betrügst dich hier absichtlich selbst. Ich glaube, gerade du passt zu ihr. Der einzige Mann, auf den es ankommt, ist der, den sie heiraten will.«

Am liebsten hätte ich noch gesagt: »So, das verdaue gefälligst, du mit deinem albernen Stolz!« Aber das wagte ich nicht. Ich bin ja nicht wie Larry, die einfach den Leuten alles auf den Kopf zusagt, ob es ihnen passt oder nicht. Ich konnte jetzt Tims Gesicht nicht sehen, weil er im Schatten saß und ich im grellen Licht. Mir fiel gerade etwas ein, ich musste lachen. Tim blickte erstaunt auf.

»Ach, mir kam plötzlich der Gedanke, dass wir jetzt aussehen wie das köstliche Bild, das bei meiner Großtante im Fremdenzimmer hing. Es hieß ›Die Beichte‹. Die Frau saß ebenso da wie ich jetzt und der Mann zurückgelehnt wie du. Als Kinder haben wir uns über das Bild sehr den Kopf zerbrochen, denn wir konnten nie unterscheiden, wer da beichtete, und was.«

Jetzt lachte Tim auch, der intime Augenblick war dahin. Paul beendete ihn sowieso, da er laut, fast wie im Delirium, nach einem Glas Wasser rief.

Es zeigte sich, dass Tim mit Paul Recht gehabt hatte: Es war seine schlimmste Nacht gewesen, am nächsten Morgen war das Fieber gefallen. Nach acht Tagen stand er auf, und nach zwei Wochen lief er wieder umher, sehr mager und klapprig und ziemlich mürrisch. Er erzählte jedem, die Ehe verweichliche einen Mann, und er ließ durchblicken, seine Krankheit sei im Grunde eine Folge meiner Hysterie.

Ich war beunruhigt, weil Felicity gegen Ende September heiraten sollte und ich ihr versprochen hatte, dann mindestens eine Woche nach Hause zu kommen. Es gab jetzt draußen so viel zu tun, dass ich Paul nicht verlassen wollte, zumal er noch nicht wieder ganz gesund war. Er verlangte aber direkt, dass ich fuhr.

Larry versuchte ihn zu überreden, so lange bei ihnen zu wohnen. Jedoch mit der merkwürdigen Selbstlosigkeit, mit der ein Mann behauptet, niemand zur Last fallen zu wollen – wodurch er gerade umso lästiger werden kann –, wollte er absolut in der eigenen Wohnung bleiben. Endlich, nachdem Larry mit ihm getobt und ich sanftmütig und traurig erwähnt hatte, mein ganzer Urlaub würde mir durch den Kummer verdorben, erklärte er sich bereit, mittags immer bei ihnen zu essen. Tim versprach, ihm möglichst jeden Abend Gesellschaft zu leisten, und Tantchen versicherte mir, sie werde sich alle Mühe geben, das Ganze durchs Telefon in Schwung zu halten. Und dabei beließen wir es.

Ich hatte meine liebe Not, Mutter zu überzeugen, dass ein Farmer im September sein Vieh nicht verlassen kann. Sie schrieb mir ganz beleidigt:

> Es ist ein großer Jammer, dass Paul immer mehr in dieses eintönige Leben verfällt, und wenn du ihn unterstützt, wirst du das noch bedauern. Die Schafe! Nach meiner wohl überlegten Ansicht sind sie bestens befähigt, selbst für sich zu sorgen. Eklige, halbwilde Biester, und du weißt, dass ich aus Erfahrung spreche!

Vor dreißig Jahren war Mutter mal auf einer Zuchtfarm zu Besuch gewesen, wo ein starker Bock sie im Hof glatt umgerannt hatte. Seitdem betrachtete sie Schafe in tiefem Misstrauen nur als wilde Tiere, die absichtlich jedem, dem sie begegneten, körperlichen Schaden zufügen.

Ich schrieb ihr mehrere Briefe und setzte ihr schließlich auseinander, dass 1. die Geburt der Lämmer sich nicht immer mit der Präzision eines Ukrwerks vollziehe, 2. unsere Nachbarn alle selbst zu viel zu tun hätten, um zwei Mal täglich unsere Koppeln zu kontrollieren, besonders, nachdem sie das während Pauls Krankheit bereits getan hatten, und 3. jedes Lamm, vor allem jedes weibliche, in unserem Budget eine Rolle spiele.

Der letzte Punkt machte Eindruck auf sie. Unter Aufgabe ihres Widerspruchs schrieb sie:

> Würdest du nicht gern deine Freundin Larry mitbringen? Die Reise wird dir allein gewiss sehr langweilig werden, und sie ist doch eine so hübsche junge Frau. Offen gesagt, ich möchte auch unseren Freunden hier beweisen, dass du nicht gerade zwischen Wilden im Busch lebst. Natürlich kommt auch Cholly Gerard mit Anne und Julian, sie unterbrechen ihre Reise für einen Tag, also werden sie leider nicht mit dir zusammen herkommen können.

Unterbrechen? Welche Reise? Das war mir neu. Ich hatte keine Ahnung, dass die Gerards nach dem Süden fuhren, denn Anne hatte ich seit dem Schauspielabend nur einmal gesehen, wobei sie nichts davon erwähnt hatte. Das sah mir aus, als hätten wir den Panjandrum doch nicht ganz so gut ›in Regie gehabt‹, wie wir neulich hofften. Ich rief Larry wegen der Hochzeit an. Sie lehnte höflich, aber bestimmt die Einladung ab.

»Es ist nett gemeint von deiner Mutter, Susan, und es tut mir wohl, zu wissen, dass ich wenigstens präsentabel bin. Aber ich kann Sam die Plackerei mit den Schafen nicht allein überlassen, gar nicht zu reden von Paul. Natürlich hätte es mir Spaß gemacht, mit dir zu reisen, doch du wirst ohne mich viel mehr Respekt genießen. Wir hätten sonst bestimmt an den falschen Stellen gelacht, und eine vornehme Hochzeit passt sowieso nicht recht zu mir. Außerdem – die Kleiderfrage! Nein, ich werde den heimischen Herd betreuen und Paul jeden Tag ein gutes Mittagessen servieren.«

»Wusstest du, dass Anne mit ihrem Vater und Julian auf Reisen geht?«

Fast eine Minute blieb es still, ein Rekord für Larry, die dann langsam sagte: »Nein, das wusste ich nicht. Das alte Ekel! Ich möchte wetten, er will Anne bloß von uns fern halten, und wir sehen sie ein Vierteljahr nicht!«

Aber ich sah sie – am selben Nachmittag, wenn auch nur kurze Zeit. Sie kam in ihrem kleinen Wagen und erschien ohne Anmeldung in der Küche, wo ich mit dem verteufelten Herd im Kampf lag, der bei starkem Ostwind immer widerspenstig ist. Ich fand Anne blass und ein bisschen elend, doch sie gab sich ganz vergnügt.

»Prima, dass wir uns bei der Hochzeit wieder sehen! Vater hat mir versprochen, es so einzurichten.« Und mit wohleinstudierter Gleichgültigkeit: »Wussten Sie überhaupt, dass wir eine Reise machen? Ja, nach South Canterbury. Da bin ich früher zur Schule gegangen; ich will ein paar alte Freundinnen besuchen. Und Vater hat dort viele Bekannte. Wir sind schon oft eingeladen worden.«

»Das ist ja eine feine Abwechslung für Sie.«

»Ach, ich weiß nicht. Papa legt jedenfalls großen Wert darauf, dass ich mitfahre. Er denkt, hier langweile ich mich zu sehr. Und Julian kennt Neuseeland bis jetzt kaum. Unterwegs werden wir uns vieles ansehen. Ich glaube, es wird schön werden«

Ihre Stimme klang nun doch betrübt, deshalb sagte ich: »Wir werden Sie hier vermissen.«

Ich erzählte ihr von Pauls Krankheit und wie Tim sich bei uns eingesetzt hatte. Sie hörte mit leuchtenden Augen zu, doch als ich fertig war, sagte sie nur: »Ach ja, Sie sind hier alle so vertraut miteinander. Wie wunderbar für Sie!« Und ganz rasch setzte sie hinzu: »Susan, was soll ich auf der Hochzeit tragen?«

Die restliche Zeit ihres Besuches widmeten wir ausschließlich der Kleiderfrage.

14

Ich hatte beabsichtigt, drei Tage vor der Hochzeit zu Hause anzukommen, doch Mutter veranlasste mich durch ein geradezu dramatisches Telegramm, schon zwei Tage früher zu fahren.

»Bin verzweifelt, alles katastrophal, kannst du sofort kommen?«, lautete der Text.

Das regte mich nicht auf. Ich dachte mir, dass Mutter sich vielleicht mit dem Organisten bei der Auswahl der Choräle entzweit oder dass

Felicity sich mehr Exzentrisches geleistet hätte, als man selbst einer Braut zugestehen würde. Immerhin hielt ich es für besser, gleich zu fahren. Ich packte in bedrückter Stimmung, da ich Paul sehr ungern allein ließ und gegen die lange, einsame Fahrt einen Widerwillen hatte.

Paul sagte: »Hoffe, es wird dir nicht zu langweilig, mein Kind, die ganze Zeit am Steuer zu sitzen.«

Es ergab sich, dass ich mich keinen Moment zu langweilen brauchte.

»Könntest eigentlich die alte Karre gleich zum Überholen in der Werkstatt lassen. Weißt ja: ›Was du heute kannst besorgen, das verschiebe nicht auf morgen!‹«

Das Sprichwort bewährte sich jedoch nicht. Ungefähr zehn Meilen vor der Stadt hörte ich plötzlich ein entsetzliches Geklirr und einen Bums, der mich mächtig erschreckte. Es geschah an einer einsamen Stelle, und ich bremste mit dem unbehaglichen Gefühl, dass mir nicht mehr viel Zeit zum Erreichen des Zuges blieb und ich sowieso, was auch am Wagen kaputt sein mochte, den Schaden nicht selbst reparieren konnte. Der Schalldämpfer lag mit dem daran hängenden Auspuffrohr auf der Straße. Paul hatte mir noch gesagt: »Lass den Schalldämpfer mal nachsehen, er kommt mir reichlich laut vor. Vielleicht ist da was zu schweißen.« Und ob!

Also machte ich mich auf die Socken, die zwei Meilen schlechter. harter Straße in guten Schuhen zu laufen, bis ich ein Haus mit Telefon fand. Die Leute in der Werkstatt nahmen die Sache recht leicht. »Nein, da brauchen Sie keinen Abschleppwagen, Sie können mit eigener Kraft weiterfahren. Sicher macht der Wagen jetzt einen Heidenlärm, doch das braucht Sie nicht zu beirren.«

Ich fragte, ob der Wagen nicht in Brand geraten könnte?

»Kommt darauf an, wo das Rohr abgebrochen ist. Wenn es nicht zu weit vorn ist, wird es schon gut gehen. Schrauben Sie das restliche Stück Rohr auch los und kommen Sie gleich her. Wir werden schon herausfinden, ob Brandgefahr besteht.«

Furchtbar gemütliche Situation, besonders da ich nicht wusste, was ›weit vorn‹ in diesem Fall hieß. Der Farmer, bei dem ich telefoniert hatte, war so freundlich, mich in seinem Wagen bis zur Stätte meines Malheurs zurückzubringen. Er schraubte auch das Rohrstück ab und erklärte, er werde mir die zwei Meilen bis zu seinem Hause folgen und aufpassen. Wenn bis dahin der Wagen nicht in Brand geriet, könnte ich nachher unbesorgt sein.

Das Herz schlug mir bis zum Halse, als ich auf den Anlasser trat. Es gab einen Lärm wie von einem Dutzend verrückt gewordener Häckselmaschinen, aber von Feuer keine Spur. Der Farmer hinter mir brüllte ermutigende Worte. Ich legte meinen Handkoffer, der mein Hochzeitskleid enthielt, auf den Sitz neben mir und die Reisetasche auf die Knie, um notfalls beides rasch hinauswerfen zu können, drehte den Rückspiegel sorgfältig so, dass ich am besten die ersten Anzeichen von Feuer beobachten konnte, und fuhr los.

Die zwei Meilen waren eine Tortur für meine Nerven. Dann verabschiedete ich mich zögernd von dem Farmer, der bestimmt froh war, mich loszuwerden, sich aber nichts anmerken ließ, und fuhr von seinem Tor aus allein weiter. Während der nächsten paar Meilen fürchtete ich jeden Moment, dass der Wagen in Flammen aufgehen würde, doch als ich dann an Häusern vorbeikam und anderen Fahrzeugen begegnete, schämte ich mich viel zu sehr, um noch Angst zu haben. Als ich in die Stadt kam, blieben alle Leute stehen und glotzten meinen Wagen an. Ich setzte mich kerzengerade hin und bemühte mich, würdevoll auszusehen.

Und dann passierte noch Schlimmeres. Vielleicht war ich konfus, jedenfalls drückte ich mit dem Ellbogen hart auf die Hupe, die pflichtgemäß losblökte, was wirklich nicht nötig war, denn nur völlig taube Leute hätten mein Kommen überhören können, und denen wäre die Hupe auch nicht von Nutzen gewesen. Aber sie heulte jetzt pausenlos, ich konnte sie nicht abstellen. Meilenweit muss sie zu hören gewesen sein. Von dem Hupengeheul und dem Gedonner des Motors wurden die Anwohner aus ihren Haustüren und Läden gelockt. Als ich es bis zur Werkstatt geschafft hatte, bekam ich beinahe einen hysterischen Anfall.

Zwei Männer kamen unter schallendem Gelächter herausgestürzt rissen die Kühlerhaube auf und zogen an einem Draht, worauf die Hupe schwieg. Ich nahm meinen Koffer, stieg aus und sagte: »Bitte überholen Sie den Wagen, ich kann ihn eine Woche entbehren.« – Fast hätte ich gesagt »für immer«. – Dann schritt ich steif zum nächsten Taxistand, wo zwei Fahrer sich sehr belustigt unterhielten. Ich konnte mir denken, worüber sie lachten.

»Ich möchte den Schnellzug noch erreichen«, sagte ich eiskalt.

»Entschuldigen Sie, Miss, dass wir so lachen, aber das hätten Sie sehen müssen, diese alte Karre, die da kam, ohne Auspuffrohr und mit laut quäkender Hupe. Das war vielleicht ein Bild – und der Radau! Den Fahrer habe ich gar nicht gesehen. Muss wohl selbst so'n alter Kauz gewesen sein wie sein Wagen.«

Ich sagte steif, der Meinung sei ich auch, und ob er so freundlich sein wollte, sich zu beeilen, denn der Zug führe gleich ab.

Es wurde eine lange Nacht, aber wenigstens holte mein Vater mich ab, obgleich ich um sechs Uhr morgens eintraf. Er hatte sich, wie gewöhnlich, die Wartezeit mit einem Kreuzworträtsel vertrieben Ich freute mich sehr, ihn wieder zu sehen.

»Hallo, mein Töchterchen!«, rief er. »Also hat die blöde Heiraterei immerhin ein Gutes: dass du mal zu deinen Eltern kommst! Früh? Ach, Unsinn, in den letzten Tagen sind wir noch früher aufgestanden, und ich bin froh, mal aus dem Hause zu kommen. Ich finde, du siehst mager aus. – Sag mir doch mal ein Wort für ›blau‹, das mit O anfängt und sieben Buchstaben hat.«

»Will's versuchen, aber nach einer nächtlichen Eisenbahnfahrt bin ich nie richtig in Form. Wie geht's allen zu Hause?«

»Rennen 'rum wie die Wahnsinnigen, in heller Aufregung.«

»Arma Mama! Ihr Telegramm klang schon sehr sorgenvoll.«

»Warum ziehen sie bloß die Sache so groß auf? Ist' mir einfach schleierhaft. Bei deiner Hochzeit war's schon schlimm genug, aber Paul hatte wenigstens keine Verwandtschaft. Diesmal erscheint die ganze Sippschaft der Erskines mit sämtlichen Freunden, ungefähr zweihundertfünfzig Personen.«

»Du lieber Himmel! Wo wollt ihr denn die alle zum Essen unterbringen?«

»Es soll ein Zelt über den Rasen gespannt werden. Gott sei Dank haben wir ja schönes Wetter. Essen und Geschirr stellt dieselbe Firma wie bei dir. Aber der Himmel mag wissen, wie ich das durchhalten soll, wenn sich Dawn auch in den Kopf setzt, in den nächsten fünf Jahren zu heiraten! Bin jetzt schon beinahe bankrott. – Kann das Wort ›Oxfordblau‹ heißen?«

»Du sagtest doch ›sieben Buchstaben‹. – Wie geht's denn Felicity?«

»Sie ist schrecklich nervös und öffnet den ganzen Tag Geschenkpakete. Ich kann durchs Haus gehen, wann ich will, jedes Mal verwickle ich mich mit den Beinen in Bindfaden, und überall liegt Papier. Und alle Sachen kriegt sie dutzendweise. Kann mir nicht vorstellen, wo sie die unterbringen will.«

»Oh, die wird sie gewiss weiterschenken, wie sie's mit Weihnachtssachen macht.«

»Hoffentlich stellt sie sich dann ein Verzeichnis auf! Ein Bekannter von mir ist da mal schön in die Patsche geraten: schickte seiner Tante einen Füllhalter, den sie ihm selbst erst ein Jahr vorher geschenkt hatte! Hat ihn fünftausend Pfund gekostet, die sie aus dem Testament strich. – Sieben Buchstaben ... Oxford hat bloß sechs, Enzian auch und fängt nicht mit O an. Du konntest doch früher so gut Kreuzworträtsel, Susan!«

Zu Hause war wirklich fieberhafter Betrieb. Kurz vor einer Hochzeit scheint immer ein hoffnungsloser Wirrwarr zu entstehen, der sich dann am Hochzeitstage wie durch ein Wunder wieder löst.

Aber so ein Chaos wie jetzt hatte ich noch nicht erlebt. Mutter klappte dabei einfach zusammen. Dawn hatte sich mit angeblichen Halsschmerzen ins Bett verzogen. Das Mädel verstand doch immer, sich rechtzeitig zu drücken. Ich aber sah ein, dass es für mich nach der langen Bahnfahrt keine Aussicht auf Schlaf gab, also machte ich mich sofort an die Arbeit.

Abends war ich ganz erschöpft und hatte Sehnsucht nach Paul. Nur gesunder Menschenverstand und Sparsamkeit hielten mich davon ab, gleich ein Ferngespräch anzumelden, um zu hören, wie es ihm ging. Bei dem herrlichen Wetter hatte ich sehr widerwillig den ganzen Tag in der Wohnung gesessen, Telefongespräche angenommen, hatte neun Garnituren Kristallgläser und sieben komplette Teegedecke ausgepackt und sortiert und eine Liste der Geschenke aufgestellt.

Ich dachte an Paul, der gewiss von früh bis spät draußen gewesen war und sich besonders um die wertvolle Hereford-Kuh, die gerade kalben sollte, und um die Mutterschafe gekümmert hatte.

Jetzt saß er vermutlich mit Tim vor dem Kamin, wo sie Zeitung lasen und sich hin und wieder durch ein paar geknurrte Worte verständigten. Na, hier im Hause waren schon genug Temperamente entfesselt, ohne dass meins noch nötig gewesen wäre. Also nahm ich ein gewaltiges heißes Bad und erlaubte mir nachher beim Schein der Nachttischlampe den Luxus, ein Buch zu lesen. Um zehn Uhr schaute Vater ins Zimmer, um mir zu berichten, dass er sein Kreuzworträtsel gelöst hatte. Und ob ich nicht vor dem Einschlafen einen Likör trinken wollte. Wie gern sagte ich ja!

Die Verwirrung schien mit jedem Tag schlimmer zu werden. Nie im Leben hatte ich so pausenlos gearbeitet. Und am Abend vor der Hochzeit schlug plötzlich das Wetter um; gerade als die Männer das große Esszelt aufgerichtet hatten und nach Hause gegangen waren, erhob sich schwerer Sturm. Wir saßen bei unserem verspäteten Tee, als wir ein scharf reißendes Geräusch hörten, dem ein Krach folgte. Ich eilte ans Fenster, Dawn vergaß ihre Kopfschmerzen, oder was sie gerade für ein Leiden hatte, und stürmte zur Haustür. Auf dem Rasen lag als schmutzige Masse das schöne, geliehene Zelt.

Felicity brach in Tränen aus, und Mutter wurde zu einer höchst tragischen Gestalt. »Was nun?«, fragte sie das finstere Gewölk am Himmel. »Liegt nicht ein furchtbares Verhängnis über dieser Hochzeit?« Sie sprach den Satz wie eine der kleinen Hexen aus ›Macbeth‹, doch ich sagte ihr das nicht.

Vater und ich zogen Regenmäntel an und gingen hinaus, um den Schaden zu besehen. Ein ziemlich hoffnungsloser Fall: Das mitten durchgerissene Zelt war so schwer, dass wir selbst gar nichts ausrichten konnten. Also hieß es bis zum Morgen abwarten, um Fachleute kommen zu lassen.

Felicity ging, noch leise schluchzend, in ihr Zimmer. Da wir mit den Vorbereitungen fast fertig waren, gab ich Mutter ein paar Aspirintabletten und einen Whisky und bewog sie, zu Bett zu gehen. Sie hatte erst protestiert, denn sie gehört zu den Menschen, die ständig ihre Abneigung gegen Tabletten betonen und nur welche nehmen, wenn das sozusagen Mode, aber nie, wenn es notwendig ist. Jetzt war sie allerdings so erschlagen, dass ich ihren Widerstand besiegte. Nur Vater und ich wussten, was ich ihr in Wirklichkeit ins Glas getan hatte.

Gewirkt hatte es jedenfalls. Eine halbe Stunde später, als ich zu ihr ging, saß sie kerzengerade im Bett und schlief, ein Buch in der Hand, die Brille noch auf der Nase. Als ich ihr die behutsam abnahm öffnete sie die Augen und sagte: »Vorzügliches Buch, liebes Kind.« Ich nahm es ihr schweigend aus der Hand.

»Wundervoll, wie Aspirin beruhigt, wenn man – wenn man's nicht so oft nimmt«, fuhr sie fort, so würdevoll sie konnte. »Jetzt bin ich überzeugt, dass alles gut gehen wird. Eigentlich gibt's doch nichts Besseres als – als …«

»Whisky?«, fragte ich suggestiv.

Sie sah mich kühl an. »Ich hatte sagen wollen, nichts Besseres als – als den Glauben«, ergänzte sie mit einem Schlusslaut, den ich bei jedem anderen als Rülpser bezeichnet hätte.

Und als wir morgens aufwachten, lachte uns der blaue Himmel eines strahlenden Frühlingstages an. Ich muss freilich zugeben, dass inzwischen, trotz Mutters gläubiger Worte, kein Wunder geschehen war. Das Zelt lag noch genauso zerstört auf dem Rasen. Immerhin war unser Gelegenheitsgärtner schon früh gekommen und bereits mit dem Wegräumen der sonstigen Sturmtrümmer beschäftigt. Ich rief die Zeltfabrik an. Bis Mittag war das beschädigte Zelt entfernt, und ein neues leuchtete blendend weiß im Sonnenschein.

Mutter sagte: »Wirklich, liebes Kind, ich wüsste nicht, wie ich ohne dich zurechtgekommen wäre. Übrigens war es eine gute Idee von dir, mir gestern Abend zum Aspirin einen Löffel Whisky zu geben. Um nichts in der Welt würde ich mich an Rauschmittel und solche Sachen gewöhnen, muss aber sagen, dass ich mich heute Morgen den Strapazen gewachsen fühle. Jedenfalls ist das Schlimmste überstanden.«

Das freilich sollte keine Brautmutter behaupten, bevor der Wagen zur Fahrt in die Flitterwochen außer Sicht ist.

Gerade als sie das sagte, klingelte nämlich das Telefon. Es war Mrs. Shaw, die Mutter von Deirdre, der zweiten Brautjungfer. »Oh, Susan, ein Glück, dass du am Apparat bist, dann kannst du es deiner Mutter und Felicity schonend beibringen! Ach, ich weiß gar nicht, wie ich's dir sagen soll …«

Obwohl mir kalter Schweiß auf die Stirn trat, bat ich sie höflich um nähere Erklärung.

»Ach, es handelt sich um Deirdre. Sie fühlte sich schon gestern nicht wohl, doch ich hoffte, es sei nur eine Erkältung. Nachts wurde es dann schlimmer, na, und heute früh gab es keinen Zweifel mehr. Jedenfalls war eben der Arzt hier, und es ist – sie hat die Masern!«

Mir verschlug es die Sprache. Vier Brautjungfern waren vorgesehen, außer Dawn und Deirdre noch zwei junge Mädchen, die ich kaum kannte. Ich ließ den Hörer fallen und ging zu Mutter. Sie versank bei dieser Hiobsbotschaft in langes, beängstigendes Schweigen. Hier reichten nicht einmal Tränen aus. Schließlich sprach Felicity.

»Das ist eine große Gemeinheit von Deirdre! Ich wusste ja, dass sie wegen Robert eifersüchtig auf mich ist!«

»Ich kann mir nicht denken, dass jemand vor Eifersucht die Masern kriegt«, wandte ich ein.

»Streite nicht, Susan. Aber wir können's nicht ändern. Du musst sie vertreten!«

»Ja, Kind, natürlich muss Susan das tun. Na, sie hat wenigstens dieselbe Größe wie Deirdre. Ich will Mrs. Shaw gleich anrufen, dass sie das Kleid sofort mit einem Taxi herschickt.«

Ich war wieder sprachlos. »Nein, ich kann das wirklich nicht! Es geht nicht bloß um das Kleid, sondern auch um Schuhe, Handschuhe, Strümpfe und so weiter.«

Felicity war erbarmungslos. »Die Handschuhe kann sie auch schicken, die hat sie sowieso von mir geschenkt bekommen. Und Schuhe und Strümpfe kannst du ja noch kaufen.«

Ich war entgeistert, denn hier sollte ich viel Geld für Sachen ausgeben, die ich wahrscheinlich später nie wieder brauchte. Doch ich fand unerwartet einen Verbündeten. Vater musste wohl unser Telefonieren und das aufgeregte Reden gehört haben, denn er kam jetzt scheinbar zufällig in den Flur. Wie meistens in kritischen Augenblicken wurde er nun sehr energisch, während er die beim Kreuzworträtsel aufgeschlagene Zeitung hinter dem Tisch zu verstecken suchte.

»Wenn Susan sich da opfern soll, werde ich ihr schon kaufen, was sie braucht. Sie ist extra hergekommen und hat Paul krank allein gelassen, um sich hier wie eine Sklavin für euch alle zu placken. Ich wüsste nicht, dass einer von euch das für ihre Hochzeit getan hätte. Jedenfalls hat sie genug geleistet.«

Vater greift so selten in häusliche Angelegenheiten ein, dass jetzt alle gleich zusprangen. Nur ich hörte ihn murmeln, als er sich abwandte: »Sieben Buchstaben, der vierte ein E. Ach, ›strenge‹ natürlich!«

Ich schaute auf die Uhr. Zwölf. Drei Stunden blieben für den Kauf der Schuhe und Strümpfe und für die Anprobe des Kleides, doch Vater organisierte das richtig: Er schickte Dawn zum Abholen des Kleides zu Shaws und fuhr mich in rücksichtslosem Tempo in die Stadt, wo er alles kaufte, was ich haben musste. Als wir zurückkamen, war das Kleid schon da. Ein traumschönes Stück! Ich probierte es an, wobei ich einige Zeit vor dem Spiegel verweilte, denn ich fand mich so hübsch und wünschte, Paul könnte mich sehen. Na, es wurden ja sicher Fotos gemacht.

Auf einmal stieß Felicity einen jammervollen Schrei aus. »Ach je, es ist zu weit. Susan! Musstest du ausgerechnet jetzt dünner werden? Siehst einfach furchtbar aus. Na, eine gute Figur hast du ja noch nie gehabt.«

Ich warf mich beleidigt in die Brust, wobei mir das Kleid vom Leibe rutschte. Es hatte nämlich ein durchsichtiges Oberteil, das nur am Büstenhalter befestigt war, ohne Schulterbänder, also schon für den besten Busen sehr riskant, für mich aber der reine Selbstmord. Das gefiel mir auch gar nicht.

Felicity zerrte ungeduldig an der Taille. »Hier kannst du es enger machen, da bemerkt man's nicht«, sagte sie. »Ach, es ist schrecklich, dass ich mich als Braut noch um die Kleider der Brautjungfern kümmern muss anstatt um meine eigenen! Susan, du musst dich unbedingt auspolstern. – Wie das halten soll? Oh, das wirst du schon können. Du musst, es hilft nichts.« Und damit war Schluss.

Zum Glück kamen gerade in diesen aufregenden Minuten die anderen Brautjungfern an, von denen eine – ich weiß nur noch ihren Vornamen Leslie – mir schnell und gewandt aus der Not half. Eine Stunde lang wurde wie wild abgesteckt, eingenäht und gepolstert, und es fehlte nur, dass sie mir das Kleid auf die Haut genäht hätten. Trotz der entschiedenen Verbesserungen war ich nicht glücklich und fühlte mich auch nicht wohler, als Felicity nach flüchtiger Musterung meiner Person sagte: »Dawn, ich verlasse mich auf dich, dass du dir ihr Kleid ganz zuletzt noch mal ansiehst, um dich zu überzeugen, dass es nicht rutscht, wenn wir vor allen Leuten durch die Kirche gehen. Gott sei Dank bist du ja nicht sehr groß, Susan.«

Felicity ist – das brauche ich wohl kaum zu betonen – eine Tochter der Götter, von göttlich erhabener Größe und göttlichster Schönheit, wie ein Dichter das ausgedrückt hat. Immerhin war ich froh, wenigstens in einigen Punkten vor ihr Gnade zu finden.

Sie hatte beabsichtigt, nur um die für die Braut üblichen zehn Minuten zu spät zur Trauung zu kommen, doch nach all dem aufgeregten Hin und Her mit dem Kleid wurde es 3 Uhr 30, bis wir das Haus verließen. Als ich ganz deprimiert in die Taxe krabbelte, heiterte Dawn mich auf, indem sie sagte: »Ach, Mrs. Shaw sagte übrigens, hoffentlich würde das Kleid keine Infektion verbreiten, denn Deirdre hätte es noch gestern anprobiert.«

Ich überlegte ingrimmig, wie reizend es sein müsse, wenn ich mit Masern heimkehrte und Paul ansteckte, der sowieso noch schwach war. Aber nun ließ sich ja nichts mehr tun.

Dawn befolgte den Befehl der Braut, indem sie mich, bevor wir in die Kirche eintraten, genau musterte. Ich gab mir einen leichten Ruck, um Recht gerade zu gehen, und spürte, dass sich etwas bedrohlich lockerte. Es war ein tragischer Moment, doch ich schob meine Brust vor wie eine Kropftaube und stolzierte hinter Felicity durchs Kirchenschiff.

In den letzten Tagen war ich auf sie recht böse gewesen, aber jetzt war auch ich ganz perplex, wie wunderhübsch sie aussah, als sie in erhabener Ruhe Arm in Arm mit Vater dahinschritt. Kein Wunder, dass es in Roberts Gesicht leuchtete, als er sich höchst ungehörig nach ihr umdrehte, und dass ein Erschauern der Bewunderung durch die große Zuschauermenge rann. Für Mütter müssen es Augenblicke ungetrübten Triumphes gewesen sein, trotz der peinigenden Unsicherheit wegen der Bekleidung ihrer ältesten Tochter. Aber ich machte weder ihr noch sonst jemand Schande, vielmehr beherzigte ich die Ermahnungen, schön still zu stehen, ganz tief zu atmen, und die Brust starr wie ein Balkon zu halten. Die Trauung vollzog sich ohne jeden Zwischenfall, und zu unserer Erlösung waren wir schon nach wenigen Minuten in der Sakristei, wo wir lachend die junge Frau küssten.

Die anschließende Hochzeitsfeier klappte tadellos, ganz nach Schema F. Die Gäste tranken tüchtig, aßen aber nicht viel, und die Festreden waren für alle Zuhörer eine Geduldsprobe. Da Felicity freudestrahlend und zuversichtlich in die Welt blickte, war es kein Wunder, dass Robert sich wie in einem Traumzustand bewegte, den wohl nur zum Teil die Abschiedsfeier vom Junggesellenleben am vorigen Abend bewirkt hatte. Mutter sah friedlich und hübsch aus, und der Fotograf war genauso umständlich und witzelte so, wie das bei Hochzeitsfotografen üblich ist.

Der erste Mensch, den ich bei der Gesellschaft bemerkte, war Anne. Sie und ihr Vater und Julian schienen hier viele Bekannte zu haben und standen stark im Mittelpunkt. Anne trug ein entzückendes Kleid und sah sehr hübsch aus, obwohl mir ihr Gesichtchen nicht mehr so rund schien wie sonst. Sobald es möglich war, verzogen wir uns für zehn Minuten in das unbeschreibliche Chaos meines Schlafzimmers.

»Das war aber eine Überraschung für mich, Sie als Brautjungfer hier wieder zu sehen!«, sagte Anne.

»Beinahe hätte es eine schlimmere gegeben«, sagte ich, und erzählte ihr von dem Kleid. Plötzlich kam uns alles sehr komisch vor. Ich fragte schließlich: »Wie gefällt's Ihnen denn in den Ferien?«

»Ach, nicht anders als sonst. Immer dasselbe. Man lernt Leute kennen, fährt mit ihnen herum, ladet sie ein und hofft nachher, dass sie nicht kommen. Ich habe das ja so satt!«

»Wann kommen Sie denn von der Reise zurück?«

Anne wurde rot und blickte mich ganz hilflos an. »Oh, Susan, ich weiß nicht. Anscheinend will Vater von der Farm nichts mehr wissen – und ich liebe doch das Landleben so! Kann mir gar nichts Schöneres denken.«

Ich hielt es für das beste, zu sagen: »Einerlei wann ihr wieder kommt, ich werde mich jedenfalls freuen. Aber jetzt wollen wir lieber zu den anderen zurückgehen, ja?«

Doch sie zögerte noch. »Sie fahren morgen schon nach Hause? Sie Glückliche!«

»Ja, ich freue mich auch. Elegante Hochzeiten sind freilich immer strapaziös. Ich werde Grüße von Ihnen bestellen.«

»Oh, ja, bitte grüßen Sie alle von mir! Ihre Schwester sah schön aus als Braut, und die Hochzeit war herrlich, aber trotzdem …«

»Das muss ich auch sagen, ruhige Hochzeiten sind vorzuziehen.«

Die Hochzeitsfeier machte mir schließlich doch noch Freude. Es war schön, die alten Bekannten wieder zu sehen und von dem oder jenem zu hören, dass man so jung aussähe wie noch nie – auch wenn man insgeheim den Verdacht hatte, dass vielleicht das Gegenteil gemeint war. Lionel Erskine war Trauzeuge für seinen Bruder. Ich kannte ihn schon lange. Mutter hatte da sogar einmal bestimmte Hoffnungen gehabt. Die waren freilich durch nichts begründet, und weder Lionel noch ich litten darunter, dass sie unerfüllt geblieben waren. Immerhin war in dieser Umgebung ein kleiner Flirt ganz reizvoll und ohne Gefahr. Ich nahm das jedenfalls bei einem Hochzeitsfest nicht ernst. Aber der Flirt fand ein jähes Ende. Lionel fiel mir ein bisschen auf die Nerven, bis ich halb wie im Traum sagte, es sei doch lästig, dass der Mensch so leicht die Masern kriegen konnte, und wie er übrigens mein Kleid fände. Deirdre hätte es doch gerade in dem Augenblick anprobiert, als bei ihr die Masern ausbrachen. Das genügte. Er entfernte sich von mir, als hätte er einen Stich bekommen, und ich gab ihm den freundlichen Rat, sofort zu gurgeln. Er brach ziemlich früh auf.

Felicity fuhr unter einem Wirbel fröhlicher Zurufe in einem Regen von Konfetti und Rosenblättern in die Flitterwochen ab. Sie küsste mich trotz des ›maserigen‹ Kleides sehr zärtlich und sagte: »Du bist lieb, Susan, und das Kleid stand dir ja viel besser, als es bei Deirdre ausgesehen hätte, aber denke daran, tüchtig Atemübungen zu machen zur Verschönerung der Büste.«

Ich fuhr am nächsten Abend mit dem Schnellzug ab. Vater und Mutter brachten mich zum Bahnhof.

Mutter sagte: »Die Älteste steht einem eigentlich doch am nächsten, und ich freue mich so, Liebling, dass du auf diese Weise zu dem schönen Kleid gekommen bist.«

Vater meinte: »Warte mit deinem nächsten Besuch nicht erst, bis auch Dawn heiratet, hörst du? Und versuche, deine Kenntnisse in Kreuzworträtseln aufzufrischen. Das wäre doch auch für dich und Paul abends eine erholsame Beschäftigung.«

Ich schlief auf der ganzen Reise fest, an die Schulter eines mir ganz fremden männlichen Wesens gelehnt, das sich ein- oder zwei Mal regte, um mich zu fragen: »Tasse Tee gefällig? Sie wollen sicher zur Universität, nicht wahr?« Ich stöhnte nur eine verneinende Antwort und schlief weiter.

Als ich mich in Te Rimu bei trübseligem Frühlicht aus dem Abteil zwängte, stellte ich mir die Frage, wie ich die Autofahrt nach Hause wohl ganz allein schaffen würde. Doch zum Grübeln blieb mir nicht viel Zeit. Als ich vorsichtig meinen Weg über die Schienen verfolgte – denn der Zug hatte wie gewöhnlich auf halbem Wege zur nächsten Station Halt gemacht – tauchte aus den grauen Nebelschwaden eine Gestalt auf. Eine geliebte Stimme sagte: »Gib mir mal den Koffer. Vorsichtshalber bin ich schon gestern Abend mit dem Postomnibus hergekommen, um dich selbst von hier nach Hause zu fahren.«

Das entschädigte mich für alles.

15

Ich glaube, auch an die Heimkehr zum Ehegatten nach einwöchiger Abwesenheit kann der Mensch sich gewöhnen, aber zumindest beim ersten Male ist es aufregend. Nach einem Schläfchen in Pauls Hotelzimmer, während er Einkäufe machte, fühlte ich mich wieder auf der

Höhe, erholt von der Bahnfahrt und sogar von den Strapazen der Hochzeit.

Auch Paul schien sich erholt zu haben, muss ich sagen, wenngleich darin kein Kompliment für meine zärtliche Fürsorge liegt. Larry hatte ihn jeden Tag sehr nett und reichlich verpflegt, und an den meisten Abenden war Tim bei ihm gewesen. Als ich ihm mein Bedauern über das erzwungene Strohwitwerdasein aussprach, schlug er, wie die Männer es immer machen, einen erhabenen, turmhoch überlegenen Ton an:

»War gar keine Last. Bin's natürlich gewöhnt und habe ja auch ein bewährtes System.« Und als er spürte, dass das für eine noch ziemlich neue Ehefrau kein heißer Willkommensgruß war, setzte er rasch hinzu: »Habe dich mächtig vermisst, das weißt du doch. Ich meinte nur: Die Arbeit hat mir nichts ausgemacht. Hab' schon immer gedacht, dass die Frauen sich mit der Hausarbeit zu sehr belasten. Reine Zeitverschwendung.«

Kurzum: was jeder Ehemann zu seiner Frau gesagt haben könnte.

So war ich denn nicht überrascht, einige Neuerungen vorzufinden, sogar ein paar wirkliche Verbesserungen. Feine Sache, es seinem Mann zu überlassen, mit einer klemmenden Tür zur Abwaschküche, einem ewig tropfenden Wasserhahn und mit Linoleum, das neu festgenagelt werden muss, fertig zu werden. In der Anrichte fand ich jetzt tatsächlich Haken für Tassen und Töpfe – um die ich seit fünf Monaten gebeten hatte –, und im Wohnzimmer empfingen mich Blumen, freilich etwas sonderbar arrangiert. Ferner nahm ich Kenntnis von den üblichen ›klugen Einfällen‹ – Paul nannte sie abgekürzte Verfahren –, nämlich: das Tischsilber haufenweise auf dem Servierwagen liegen zu lassen, anstatt es in die Schublade zu räumen, oder die Tassen nur kalt abzuspülen, und sie wer weiß wie lange zum Abtropfen stehen zu lassen. Ich erklärte, die Dinger hätte ich sowieso über und stellte sie sofort außer Dienst.

Gleich nachdem wir zu Hause waren, beschäftigte mich das Problem, was ich kochen sollte – tüchtigen Hunger hatte ich –, da kamen Larry und Sam in ihrem Wagen an und brachten ein vorbereitetes komplettes Mittagessen für fünf Personen, das nur noch eine halbe Stunde in den Backofen brauchte. Larry schien aufrichtig erfreut, mich wieder zu sehen, und ich war selbst überrascht, wie froh es mich stimmte, dass sie da war, denn wir kannten uns doch erst acht Monate.

»Siehst ja gar nicht wie ein Wrack aus!«, rief sie. »War doch prima, gleich im Hotel auszuschlafen. Wir wollen jetzt mal lustig sein und deine Heimkehr feiern, nur wir fünf hier. Paul, hast du Gin besorgen können? Oh, fein – dies ist eine Gelegenheit zum Trinken. Hast du auch das Insektenpulver für Micky? Na, wunderbar! Es geht ihm ziemlich schlecht, wird sich wohl erkältet haben. Ich habe ihm aus dem alten Hausmantel von Sam einen schönen warmen Umhang gemacht. Sam hat den ja kaum mehr getragen, ich verstehe einfach nicht, dass er sich deshalb so angestellt hat.«

Kein Zweifel, ich war wirklich wieder daheim. Das Leben in einer modernen Vorstadt kam mir bereits wieder seltsam unwahrscheinlich vor und so, als sei es schon eine Ewigkeit her.

Plötzlich fand ich alles urkomisch. Unser Essen wurde ein heiteres Ereignis. Ich erzählte ihnen die Geschichte vom zusammengebrochenen Zelt, von den Masern, Vaters Kreuzworträtseln und Mutters ›Löffel voll Whisky‹. Viel Spaß machte ihnen das gefährliche Brautjungfernkleid, wobei Paul ein betont reserviertes Gesicht machte. Ich sprach auch über Anne, doch Tim ließ sich nichts anmerken, auch nicht, als ich sagte, sie habe mir herzliche Grüße für sie alle aufgetragen. Später jedoch, als die andern unbedingt das Geschirr spülen wollten und ich mit Tim allein saß, fragte er, während er mit peinlicher Sorgfalt seine Pfeife stopfte: »Hat Anne denn Freude an ihren Ferien?«

»Besonders große nicht. Sie sah abgemagert aus und sagte mir, sie wäre viel lieber hier geblieben.«

»Na, und warum blieb sie nicht?«

»Ich glaube, dem Panjandrum passt das schlichte Landleben für sein einziges Kind nicht.«

Diesmal sagte Tim nicht »Zum Kuckuck mit dem Panjandrum.« Das Füllen der Pfeife schien schwierig zu sein, doch nachdem er sich minutenlang ganz darauf konzentriert hatte, sagte er mit leiser Stimme: »Wahrscheinlich hat er ganz Recht. Sie muss Menschen kennen lernen und ihre Chancen haben. Schließlich wird sie ja mal eine reiche Erbin.«

»Ja, das arme Ding.«

»Wieso arm? Die meisten Leute würden sie als Glückspilz bezeichnen.«

»Aber nicht, wenn es heißt ›Geld oder Glück‹, und das Geld siegt einfach, weil der Mann, den sie gern mag, so dummstolz ist und sich nicht nachsagen lassen will, er sei ein Mitgiftjäger.«

Tim äußerte keine Silbe, und das tat er so gründlich, wie nur ein Mann es fertig bringt. Daher war es mir schließlich eine Erleichterung, als die anderen wieder hereinkamen. Im Übrigen hatten wir wirklich eine sehr nette, kleine Party, und keiner nahm es übel, als Paul um neun Uhr sagte: »So, noch einen für den Weg und dann trollt ihr euch. Susan hat eine Woche wie eine Sklavin schuften und eine ganze Nacht in der Bahn sitzen müssen.«

Ich sagte »Aber Paul!« doch sie lachten und fuhren zusammen ab, um uns allein zu lassen. Und das war das Schönste.

Während ich in der Stadt war, hatten verschiedene Bekannte mich gebeten, ihnen zu schreiben, wie ich denn bloß bei den Hinterwäldlern den ganzen Tag auszufüllen wüsste. Nun, ich hätte es ihnen bereits am nächsten Morgen sagen können.

Paul stand schon vor Tag auf, um die Schafe zum Ausmustern mit zusammenzutreiben, und ich brachte den Männern auf der äußeren Koppel den Morgentee. Als ich zurückkam, traf ich den Viehaufkäufer an, der tiefsinnig um unser Haus wanderte. Ich beeilte mich, auch für ihn Tee zu machen, als sich draußen ein gewaltiger Lärm erhob: Der große Orpington-Hahn hatte die kleine, graue Katze angegriffen, die Katzenmama eilte ihr zu Hilfe, und schon war eine erstklassige Rauferei im Gange. Als ich die Tiere getrennt hatte, zog sich die Katze voller Wut auf das Dach des Hühnerstalls zurück, um sich an den Sprösslingen des Hahns zu rächen, während die Henne im Stall hysterische Anfälle bekam.

Bis ich den Aufkäufer erfrischt auf den Weg gebracht, dem Kätzchen die wunde Pfote verbunden, die Löcher im Hühnerstall zugemacht, das Haus gefegt und das Essen aufs Feuer gesetzt hatte, war mir eine ganz energische Antwort auf die Frage, wie ich bei dem simplen Landleben meinen Tag ausfüllte, eingefallen. Wenn es auch das Leben war, das ich mir erwählt hatte – simpel war es sicher nicht.

Dann rief mich Larry an: »Susan, ich habe eine feine Idee!«

Das hatte mir gerade gefehlt! Ich antwortete mit Entschiedenheit: »Davon will ich gar nichts hören«, doch sie lachte nur und sagte, ich sollte nicht so kleinlich sein. »Ich werde mir jetzt meine Kleider selbst nähen«, lautete ihre ›Inspiration‹.

Ich pustete schwer seufzend in die Sprechmuschel des Hörers, sagte aber nichts. Wusste ich doch nur zu gut, dass Larry noch nicht mal einen Topflappen machen konnte, und ich wusste auch, dass sie mich in ihren Plan irgendwie einspannen würde. Vielleicht sogar in der Hauptrolle. Endlich sagte ich: »Aber Larry, du hast ja noch nicht versucht zu nähen. Ich glaube, von der schönen Maschine, die dein Onkel dir geschenkt hat, hast du noch nie den Deckel abgenommen, geschweige denn die Nadel eingefädelt!«

»Na, da bist du aber schwer im Irrtum!«, sagte sie. »Vorige Woche, als ich den Umhang für Micky schneiderte, habe ich sie ausprobiert. Die Gebrauchsanweisung hatte ich vor mir aufgebaut, und es ging gar nicht so schlecht. Zu Anfang tritt wohl jeder mal das Pedal verkehrt 'rum.«

Dieses Pedaltreten konnte ich mir vorstellen, deshalb sagte ich energisch, ein Kleid sei ja wohl doch eine andere Sache als ein Umhang für den Hund.

»Entmutige mich doch nicht. Du hast gut reden, hast ja immer noch deine Schriftstellerei.«

»Meine was?«

»Na ja, du könntest doch schreiben, also etwas erschaffen.«

»Ich habe nicht den leisesten Wunsch, etwas zu erschaffen – höchstens einmal einen neuen Hühnerstall –, und den Wunsch zu schreiben habe ich schon gar nicht. Wann hätte ich dazu wohl Zeit?«

»Doch, du könntest es. Jeder kann, wenn er will. Schreib doch beim Essenkochen oder wenn du wartest, bis das Wasser kocht, und so. Weißt du, wie es die Frau beschrieben hat, die von der Zeitung ›Herald‹ in Sydney den 1. Preis dafür bekam. Die hat gesagt, jede Hausfrau könnte bei ihrer Arbeit ein Buch schreiben.«

»Na, ich nicht. Dann muss ich wohl nicht zu dieser Art von Hausfrauen gehören.«

»Könntest du aber. Weißt du, ich habe gerade einen Artikel in einem amerikanischen Magazin gelesen, dass jeder Mensch etwas Schöpferisches vollbringen kann. Du müsstest wirklich schreiben.«

Ich hätte ihr am liebsten geantwortet, sie solle lieber ein Baby erschaffen als ein Kleid, antwortete jedoch nur, ich hätte für amerikanische Magazine nichts übrig, weil sie gefährliche Gedanken verträten.

»Ich sage dir, der Artikel ist gut. Er heißt ›Der Drang zum Schöpferischen – willst du ihn ersticken?‹ Deshalb sagte ich mir, wenn du schreiben kannst, könnte ich doch nähen. Ich werde mir jetzt alle Kleider selbst machen, und darum rufe ich dich an. Wann kannst du in die Stadt mitkommen und mir beim Aussuchen der Stoffe und Schnittmuster helfen?«

Dass das kam, hatte ich gewusst, und ich wusste auch, wer beim Nähen die meiste Arbeit haben würde. Ausgerechnet Larry sich Kleider nähen! Sie war denkbar unbegabt für das Schneidern, hatte keine Ahnung, maßlosen Ehrgeiz, riesige Begeisterung – aber die war nur Strohfeuer, weil ihr die Geduld fehlte und, so weit ich beurteilen konnte, auch jedes Geschick. Denn seltsamerweise waren Larrys lange, schlanke Hände, die einem Lämmchen so gewandt in die Welt helfen und so ausgezeichnet kochen konnten, äußerst ungeschickt, sobald sie eine Näharbeit anfassten. Sie hatte mir ja selbst erzählt, wie schrecklich sie sich in der Schule mit den Handarbeiten quälen musste. Ich wusste auch, dass sie einfach unfähig war, stricken zu lernen, und ihre entsetzliche Stopferei an Sams Socken hatte ich selbst beobachtet. Einmal hatte ich ihr die Nadel aus der Hand nehmen müssen, als sie den zerrissenen Saum eines Kleides umnähen wollte. Und ausgerechnet sie wollte jetzt ihre Kleider selbst schneidern!

»Ich glaube, ich fange am besten mit einem Abendkleid an«, sagte sie, »denn ich besitze bloß zwei, dieselben, die ich mit in die Ehe gebracht habe. Abendkleider müssen doch sehr leicht zu machen sein – keine Ärmel und oben fast nichts.«

»Ich fände, richtiger wäre eine Schürze.«

»Ach, die kann man sich ja jederzeit kaufen, und wer hat überhaupt Lust, Schürzen zu kreieren?«

Ich fühlte mich besiegt und fragte kläglich, wann sie denn gern zur Stadt fahren wolle.

»In dem großen Stoffgeschäft ist nächste Woche Ausverkauf. Lass uns dann fahren, ja?«

»Ach, diese Ausverkäufe sind ja fürchterlich, die Menschen reißen einen in Stücke.«

»Ich weiß. Anständige Leute verabscheuen das, aber ich finde, es macht kolossalen Spaß. Vielleicht weil ich so ordinär bin.«

Wir erlebten einen munteren Tag. Bei dem Ausverkauf ging es zu wie in einem Tollhaus, doch Larry wollte sich mit mir unbedingt in den Kampf gegen die wogende Masse der Weiber stürzen, die sich gegenseitig Kleidungsstücke aus den Händen rissen und die bedauernswerten Verkäuferinnen pausenlos mit Fragen bombardierten. Ich hatte etwas unüberlegt meine Tasche nebst den Handschuhen auf einen Tisch gelegt, über dem ein Schild hing: »Hier alles 19½ Shillinge«, und musste mir die Sachen regelrecht von einer Frau zurückerkämpfen, die wohl dachte, ich wollte ihr einen Gelegenheitskauf wegschnappen.

Larry platzte beinah vor Wut, als ihr plötzlich der Hut vom Kopf gerissen wurde, von einer kleinen, nervösen Frau die ihn sich mit kühnem Schwung selbst aufsetzte »Ich sehe ja, dass Sie den nicht kaufen wollen, er passt für mich sowieso viel besser!«, rief die Fremde. Und Larry sagte zornig, als sie den Hut wieder hatte, er sei für sie jetzt ein für alle Mal erledigt.

Immerhin brachten wir es fertig, uns bis an einen Ladentisch durchzuschlagen, wo Seidenstoffe verkauft wurden. Alle hübschen Muster waren schon vergriffen, doch Larry stieg auf einen Stuhl und holte aus einem hohen Regal einen Ballen wunderschönen, türkisblauen Samt. Und sofort fielen sämtliche Frauen über den her.

»Lass ihn doch den Damen, Larry«, sagte ich, »den kaufst du doch nicht. Sieh dir mal den Preis an. Wäre lächerlich, gleich mit so teurem Stoff anzufangen.«

»Aber ich weiß doch, dass das Kleid gut wird, wenn du mir hilfst.«

»Ich helfe dir aber nicht, solchen Samt zuzuschneiden. Er näht sich schon mörderisch schwer, und beim Zuschneiden kann man die tollsten Enttäuschungen erleben. Komm sofort hier weg!«

Inzwischen hatten sich alle Frauen wie die Geier um den Ballen gedrängt. Eine hielt ihn gegen ihr recht unschönes Gesicht und grinste in den Spiegel. Larry zog betrübt die Mundwinkel herab, doch ich härtete mein Gemüt. In diesem Moment schob sich mühsam der Ladenbesitzer durch das Gewühl auf uns zu. Es war ein alter Freund von Larry und sicherlich auch einer ihrer begeisterten Verehrer. Ich verlor keine Zeit, ihn für meinen Standpunkt zu gewinnen, und zu meiner Überraschung stimmte er mir vollkommen bei.

»Ihre Freundin hat Recht, Mrs. Lee«, sagte er. »Stehen würde Ihnen der Stoff ja vorzüglich, doch zum Nähenlernen ist er zu teuer. Wir haben aber noch ein Stück sehr hübschen Moiré, den ich noch nicht ausgezeichnet habe, weil wir ja auch für morgen etwas behalten müssen. Wenn Sie sich unauffällig hinter den Vorhang dort zurückziehen, werde ich Ihnen den Stoff bringen.«

Das war Verkaufskunst mit Psychologie. Der geheimnisvolle Vorhang und das Wort ›unauffällig‹ fingen uns ein, wir kauften den Stoff. Larry warf, ehe sie mir kleinlaut zum Schnittmusterladen folgte, noch einen letzten sehnsüchtigen Blick auf den Samt, der jetzt für ein halbes Dutzend Frauen in Stücke geschnitten wurde.

Hier musste ich wieder ihre hohen Ambitionen eindämmen. Zum

Glück legte sie es darauf an, die Einheimischen zu schockieren, indem sie ein Kleid mit dem denkbar geringsten Stoffaufwand wählte, sodass ich – nachdem ich sie überzeugt hatte, dass ein Krinolinenrock unsere Verhältnisse übersteige – einen Schnitt aussuchen konnte, an dem kaum etwas falsch zu machen war, und zwar einen, den ich schon früher einmal benutzt hatte. Trotzdem kam ich ganz erschöpft wieder heim zu Paul, der völlig mitleidlos blieb.

»Es ist doch immer dasselbe, du lässt dich einfach so mitreißen, und Larry wickelt dich glatt um den Finger.«

»Tue sie nicht! Das kann gar keiner. Aber sie hat nur wenig Geld und möchte sich doch ein Kleid nähen.«

»Alles Zeitvergeudung. Der Stoff würde sich zu Gardinen eignen, für ihr hinteres Fremdenzimmer. Falls ihn nicht vorher ihre Hunde zu fassen kriegen.«

Larry vermochte die Zeit schöpferischer Tätigkeit kaum abzuwarten. Vier Tage später, als wir mit den Schafen vorläufig fertig waren, rief sie mich an: »Am besten wäre, du kämst zu mir, Susan, denn du magst doch die Maschine so gern. Mir passt es gut, weil Sam den ganzen Tag nicht zu Hause ist.«

Doch nicht lange danach klingelte das Telefon ganz toll, und diesmal sprach Larry in dem eigenartigen, zischenden Flüsterton, den sie in kritischen Lagen sogar am Telefon an sich hat: »Ach, Susan, es ist zu verrückt. Mrs. Millar rufe mich an, sie will morgen zu mir kommen und dann mit mir zusammen dich besuchen.«

Das wurde auch Zeit. Ich war schon ein bisschen eingeschnappt, dass Mrs. Millar meine Existenz in aller Ruhe zu ignorieren schien. Sie galt als die einzige ›geistig hoch stehende‹ Frau in der Gegend. Jeder hatte zu mir gesagt: »Mrs. Millar, die wird Ihnen gefallen, Sie haben so viel gemeinsame Interessen, Bücher und so weiter.« Aber dabei war es geblieben. Und ich sagte mir, nicht ohne Hochmut, dass mich ja tatsächlich geistige Fragen interessierten. Da war doch zumindest meine Schriftstellerei. Wenn ich daran dachte, wurde es mir nicht schwer – das gebe ich mit Vergnügen zu –, mich selbst auszulachen.

Millars hatte ich bisher erst einmal getroffen, und die Begegnung verlief nicht gerade sehr günstig. Sie waren im Laden gewesen, als ich mit Larry die Post abholte, gerade eine Woche vor unserem unseligen Theaterstück. Miss Adams machte uns miteinander bekannt, und ich beging den Fehler, Mrs. Millar zu fragen, ob sie zu dem Konzert kommen würde. Sie war eine sehr große, hagere Dame und trug eine einer Nonnenhaube nachgeahmte Kopfbedeckung. Ihr korpulenter Mann hatte etwas Gieriges im Blick. Er musterte uns intensiv.

»Der tätschelt und kneift einen immerfort, wenn man ihn zu nahe kommen lässt«, hatte Larry gesagt, und ich konnte es mir vorstellen.

»Nein, das werde ich wohl nicht«, erwiderte Mrs. Millar auf meine Frage wegen des Konzerts. »Abends gehe ich sowieso ungern aus. Aber eine Spende muss ich wohl hinschicken. Bin immer für direktes Geben, Mrs. Russell.«

Nachdem sie gegangen waren – und Mr. Millar vergebens versucht hatte, Larry anzufassen –, lächelte Tantchen nachsichtig und sagte: »Sie ist sehr nett, wenn man sie näher kennt. Hat nur schlechte Manieren. Im Grunde ist es bloß Schüchternheit.«

»Aber reichlich hochnäsig, finde ich. Missbilligt wohl unsere Vergnügungen.«

»Sie würden auch nicht gern zum Tanzen gehen, wenn Paul ebenso erpicht auf Frauenbeine wäre wie Mr. Millar.«

»So sieht er auch aus.«

»Ich glaube aber, es steckt bei ihm nichts Schlimmes dahinter«, wollte Miss Adams weiter erklären, als Larry sie unterbrach: »Liebes Tantchen, Sie glauben nie was Böses von jemand. Wenn Sie mit Stalin zusammengekommen wären, würden Sie auch sagen, er sei im Grunde ein netter Mensch, nur seine Manieren – und natürlich sein Schnurrbart – gefielen Ihnen nicht.«

Miss Adams lachte, erklärte jedoch entschieden, Mrs. Millar sei im Spenden stets großzügig, wenn sie an Veranstaltungen nicht teilnehmen könne.

Das also war alles, was ich bisher mit der ›einzigen Intellektuellen in unserem Distrikt‹ erlebt hatte. Trotzdem war es mir lästig, dass sie gerade morgen kommen wollte. Je eher Larrys schöpferischer Drang sich verflüchtigte, umso besser. Außerdem fand ich, nach dem Tag in der Stadt und mehreren Tagen intensiver Arbeit zwischen den Schafen, wobei ich tüchtig mit zupacken und außerdem den Männern große Töpfe mit Essen hinausbringen musste, die Wohnung nicht gerade empfangswürdig. Und das sagte ich Larry.

»Ach, darüber mach dir nur keine Sorge«, erwiderte sie. »Sie kommt ja gar nicht. Ich denke ja nicht daran, unsere Näherei aufzuschieben, nachdem ich mich schon tagelang darauf eingestellt habe.«

»Larry, was hast du wieder getan?« Ich hatte schon gelernt, ihrem leichten Ton zu misstrauen.

»Getan? Überhaupt nichts. Habe nur gesagt, du erholtest dich noch von einer Influenza, und außerdem müsste ich morgen zur Stadt, den ganzen Tag.«

Ich kenne keinen Menschen, der sich so wenig Skrupel über seine konventionellen Lügen macht wie Larry, und freute mich doch, dass sie die Sache so gedreht hatte. Es konnte nichts schaden, die Millars noch ein bisschen warten zu lassen, schließlich war ich ja schon acht Monate im Distrikt ansässig.

»Eines Tages wirst du dich mit deiner Lügerei mal festfahren.«

»Warum gebrauchst du so hässliche Ausdrücke? Noch dazu, wo ich dir aus der Verlegenheit geholfen habe.«

»Das wäre also das erste Mal, denn gewöhnlich bringst du mich ja hinein.«

Ob hier nicht prophetische Begabung aus mir gesprochen hatte?

16

Am nächsten Morgen in aller Frühe kroch ich auf Händen und Füßen in Larrys Wohnzimmer umher, umgeben von einer Wolke blauen Tafts, den ich zuzuschneiden versuchte.

Ins Fenster lugten, erschreckt durch meine merkwürdige Positur, zwei nervöse Gesichter. Die Hunde waren ausnahmsweise auf die Veranda verbannt. Sam hatte sich ostentativ ein paar dicke belegte Brote zurechtgemacht, um bis zum Abend draußen zu bleiben. Paul hatte, mit der gleichen gekränkten Miene, genau dasselbe getan. Larry hatte mir verständnisvoll Nadeln überreicht und sich dann verzogen, um zum Morgentee delikate saure Häppchen zuzubereiten.

»Ich werde einfach die ganze Hausarbeit liegen lassen«, sagte sie unnötigerweise. »Will mich nur aufs Nähen konzentrieren.«

Ihre Mitarbeit war nicht sehr erheblich, doch war sie wenigstens fähig zu helfen, als ich die Form absteckte. Beim Nähen mit der Maschine brachte sie durch ihren eigenartigen Hang zum Rückwärtstreten den Stoff und die Maschine in Gefahr. Sie war auf diese Schwäche geradezu stolz und schien zu denken, dass sich darin eine seltsame geistige Hemmung manifestierte, die ihr vorher nicht bewusst gewesen sei.

»Es kommen nämlich beim Menschen manche Eigenarten zum Vorschein, von deren Vorhandensein er keine Ahnung gehabt hat. Ich habe darüber in einer amerikanischen Zeitschrift gelesen und habe mir nach einem Inserat das erste Lehrbuch bestellt, das den Titel ›Psychologie für den Laien‹ trägt.«

»Ach, dein verflixtes amerikanisches Magazin«, murmelte ich, mit Stecknadeln im Mund, während ich mich mit einem schwierigen Schlitz abmühte.

Larry ließ sich durch meinen Ärger überhaupt nicht beirren, sondern sagte ganz ernsthaft: »Ich weiß gar nicht, warum ich das tue. Vielleicht kommt es durch Onkel Richard und weil ich eine Waise bin.«

Von ihren Eltern sprach Larry selten. Ich wusste, dass beide, als sie noch ganz klein war, verunglückt waren und sie beim Bruder ihres Vaters aufgewachsen war, als verwöhnter Liebling im Haushalt eines reichen Junggesellen. Da der sie ständig angehimmelt hatte, konnte ich eigentlich nicht finden, dass er an Komplexen bei ihr direkt schuldig sein musste, auch nicht am Rückwärtstreten der Pedale. Sie redete eifrig drauflos und merkte zu ihrem Glück nicht, dass sie einen Saum vom Mieder an den Halsausschnitt heftete. Ich wollte mehr über Onkel Richard hören. Den Schaden konnte ich später wieder ausgleichen.

»Weißt du, er ist ganz reizend, aber in mancher Beziehung fällt er mir auf die Nerven. Ein tadelloser Geschäftsmann und furchtbar großzügig. Aber er hat einen grässlich schlechten Geschmack und verlangt für sein Geld das Äußerste, wenn er ein Geschenk einkauft. Als ich größer wurde, pflegte er mir Modellkleider zu schenken – einfach scheußliche Dinger, sage ich dir. In Farbe und Schnitt für mich völlig ungeeignet. Und dabei wollte er immer sehen, dass ich sie trug. ›Was hast du denn mit dem Mantel gemacht, den ich dir vorigen Monat geschenkt habe?‹ hieß es dann. Ein entsetzliches Stück mit grünen und gelben Streifen. Kannst du dir vorstellen, Susan, wie ich in Grün und Gelb aussehe?«

Der Schlitz schien mir absolut nicht glücken zu wollen, deshalb sagte ich bissig, sie sähe darin wahrscheinlich viel besser aus als in dieser Schöpfung, und wie sie eigentlich dazu käme, das Halsstück mit einer Seitennaht zu verbinden. Gänzlich ungerührt – denn nichts ließ sie kühler, als wenn jemand mit Fug und Recht ärgerlich wurde – sagte sie nur, ein bisschen komisch sei ihr das ja vorgekommen, aber der Mensch könnte sich doch auch mal versehen.

Bis zwei Uhr mittags war der Rockteil im Wesentlichen geschafft, und Larry war so vergnügt und aufgeregt wie ein Kind, das einem Zauberkünstler zuschaut. Das Oberteil verlangte allerlei komplizierte Kunstgriffe, doch beim Stehen und Anprobieren war sie geduldig, und wir waren beide ganz zufrieden mit unserer Leistung, als plötzlich Maus ein schauerliches Gebell losließ und Mick in wilder Aufregung hinter ihr her zum Tor raste.

Larry, nur mit dem Mieder des neuen Kleides und dem leichtesten Unterzeug angetan, schritt seelenruhig zur Tür.

»Natürlich liegt gar kein Grund zum Bellen vor. Sie langweilen sich nur, die armen Tiere. Könnten sie jetzt, da du ja mit dem Zuschneiden fertig bist, nicht hereinkommen? Sie wollen doch immer überall unbedingt dabei sein und werden ja auch keinen Schaden anrichten, weil ...«

Ich sollte ihre weiteren Argumente zu Gunsten zweier Hunde, die sie in einem Meer von blauem Taft herumplätschern lassen wollte, nicht mehr hören, denn sie stieß erschrocken einen quietschenden Schrei aus, sprang zurück und schloss sehr leise die Tür von innen.

»Die Millars!«, rief sie. »Kommen eben im Gänsemarsch die Steigung 'rauf. Er sieht genauso aus wie ein hungriger Bluthund. Was fällt denen bloß ein, wo ich ihnen extra gesagt habe ...«

Ich erhob mich rasch von der Nähmaschine und sagte vorwurfsvoll: »Du hast ihnen doch gesagt, ich litte noch unter der Nachwirkung von Influenza!«

»Weiß ich. Wollen machen, dass wir 'rauskommen, sie müssen gleich hier sein. Ach, mit dir das ist ja nicht so wichtig, denn der Mensch kann oft schneller gesund werden, als zu erwarten war. Aber ich – ich bin doch angeblich in der Stadt! Ich verschwinde – und wenn sie dich abfassen, brauchst du ihnen bloß zu sagen, das käme davon, wenn man den Leuten nicht glaubt, was sie einem erzählen.«

Über diese Logik war ich einfach platt, wollte aber keinesfalls einfach zurückbleiben. Vielleicht stachelte Pauls Bemerkung, dass Larry mich um den Finger wickeln könnte, mich noch auf, jedenfalls meuterte ich sofort und fauchte wütend: »Gar nichts werde ich denen erzählen! Ich werde in deinem Schlafzimmer bleiben.«

Aus dem Flur hörte ich ihr verrücktes Gekicher. »Das würde ich lieber nicht tun. Die Leute haben schon lange den Verdacht, Sam und ich hätten getrennte Schlafzimmer, und jetzt hat Mr. Millar die Chance, das festzustellen. Vor dem bist du nirgends sicher, höchstens in der Toilette, und selbst da kann man nie wissen ... Tschüss!«

Und schon war sie, ohne sich auch nur einen Mantel umzuhängen, in ihrem ungewöhnlichen Aufzug durch die Hintertür verschwunden. Ich warf einen Blick aus dem Fenster. Die Besucher waren schon dicht beim Hause. Kam ja gar nicht in Frage, dass ich mich bei andern Leuten in der Toilette versteckte, schließlich gab's ja noch ein Badezimmer. Das hatte eine Tür nach der Diele und eine zur Veranda, und diese zwei Türen hielt ich – welcher Irrtum! – für einen Vorteil.

Geräuschlos schlüpfte ich hinein, wurde aber ein bisschen kleinlaut als ich feststellte, dass die Tür, wie alle anderen wichtigen Türen im Hause Lee, keinen Schlüssel hatte. Ein verstohlener Blick durchs Fenster zeigte mir, dass die Millars gerade durch die Gartenpforte traten, wo sie von den Zärtlichkeiten der Hunde fast überwältigt wurden, die den Gedanken an gewaltsamen Raub aufgegeben und sich stattdessen entschlossen hatten, diese Gäste ins Herz zu schließen.

Als ich an das unbeschreibliche Chaos von Taft, Nadeln und Schnittmustern im Wohnzimmer dachte, war ich froh, dass Larry die Tür zugemacht hatte. Weshalb waren die Leute bloß gekommen? Etwa in der Hoffnung, Larry bei einer ihrer wohl bekannten Schwindeleien zu ertappen? Wenn das der Grund ihres Besuches war, dann wurde dieser wahrscheinlich ein ganz großer Erfolg. Immerhin, dieses unvermutete Erscheinen sah Mrs. Millar gar nicht ähnlich. Und wo steckte Larry jetzt?

Sie klopften laut an die Haustür. So lächerlich verstört, wie man sein kann, wenn man sich unanständigerweise vor Besuchern verbirgt suchte ich mit den Augen wild nach Gegenständen, um die Tür zu verbarrikadieren. Nichts da, außer einem Stuhl, der zu klein und zu leicht für den Zweck war. Deprimiert ließ ich mich auf den kalten Rand der Badewanne nieder und erwartete mit schlechtem Gewissen die weitere Entwicklung.

Ich hörte Mrs. Millar mit ihrer flötenden Stimme sagen: »Keiner zu Hause. So ein Pech aber auch! Ich hoffte, Mrs. Lee anzutreffen. Meinst du, wir können riskieren, so weiterzufahren?«

»Auf keinen Fall! Der Kühler ist knochentrocken. Eigentlich unerhört von dir, mir zu sagen, er wäre voll gewesen!« Aha! Also gehörte Mr. Millar zu den Männern, die ihre Frauen unter vier Augen anschnauzen.

»Ich weiß, es war falsch von mir, aber du weißt auch dass ich nicht praktisch veranlagt bin. Nun, wir werden sehen müssen, ob wir hier außerhalb des Hauses einen Wasserhahn finden. Aber hier haben sie sogar die Waschküche mit im Haus, und es ist mir zuwider, herumzuspionieren.«

»Spionieren ist gar nicht nötig. Brauchen nur einen Eimer oder einen Topf zu finden.« Und damit verschwanden sie aus meiner Nähe. Sie gingen über die Veranda, also mussten sie unter dem Badezimmerfenster vorbei. Ich hatte vergessen, die Gardine zuzuziehen, und das Fenster war ziemlich niedrig. Wo sollte ich mich verstecken? Es kam nur die Badewanne in Betracht. Geräuschlos kletterte ich in den kaltfeuchten Behälter, legte mich flach hin und deckte mich mit einem großen, weißen Badetuch zu, in der Hoffnung, dadurch weniger aufzufallen. Sie würden doch gewiss nicht durchs Fenster spähen. Ich schloss die Augen, in dem unklaren Gefühl, dadurch geborgener zu sein, und betete, dass ich nicht niesen müsste.

Es ging gnädig ab, die Schritte entfernten sich, doch ich blieb still liegen und horchte, ob sie wieder kamen. Ich konnte Mr. Millars verdrießliche, zänkische Stimme hören und die Antwort seiner Frau, sie dürfe doch schließlich nicht ins Haus einbrechen. Und dann passierte das Schlimmste! Die Schritte kamen zurück, und Mr. Millar sagte: »Na, wenn ich's schon tun muss, gut. Da, im Badezimmer werde ich wohl was finden, und es hat ja eine Tür zur Veranda.«

Ich erhob mich, betete um schnellen Tod – aber lieber Mrs. Millars als meinen – und rutschte so leise und rasch, wenn auch nicht so graziös, aus der Wanne, wie einst Aphrodite dem Schaum der Meereswogen entstieg. So stand ich, überflüssigerweise vom Badetuch umhüllt, als der Türgriff sich drehte.

Ein Segen, dass Mrs. Millar viel fassungsloser war als ich. Und zwar so fassungslos, dass sie ihren stieläugigen Herrn Gemahl aus dem Zimmer hinausschob, obwohl ich doch einwandfrei bekleidet war. Ich begann zu reden und wurde gleich viel zu geschwätzig, wie immer, wenn ich verlegen bin.

»Oh, guten Tag!«, rief ich. »Sie wollen gewiss Larry besuchen, ja! Ich habe Sie gar nicht kommen hören – nach der Influenza bin ich fast taub – es tut mir so leid, Larry ist nicht da, aber …«

»Wie geht's Ihnen denn, Mrs. Russell? Entschuldigen Sie nur die Störung. Ja, ich wusste, dass Mrs. Lee nicht zu Hause ist, aber wir suchten nach Wasser für unseren Autokühler. Der ist anscheinend auf der langen Steigung ganz leergekocht.«

Aus dem Hintergrund klang Mr. Millars unangenehme Stimme durch »Er war sicher schon leer, als wir abfuhren, aber meine Frau sagte …«

»Oh, Wasser haben wir massenhaft«, stammelte ich. »Ich habe ja eben erst ein Bad genommen.«

»Ein Bad?« Es klang höflich, aber sehr verwundert. Hatten wir etwa kein Badezimmer? Wohnten wir vollkommen im Dreck?

»Ja, ja – unangenehm, wenn der Kühler undicht ist, noch dazu bei so trockenem Wetter«, fiel ich gleich wieder ein. Als mir einfiel, dass es letzte Woche zwei volle Tage geregnet hatte und gerade jetzt wieder ein schwerer Guss bevorstand, redete ich blindlings weiter: »Und ich hatte mir ein Buch holen wollen, das ich Larry geliehen und noch nicht zurückbekommen habe.«

»Ach ja, die Menschen gehen oft so gleichgültig mit Sachen um, die einem lieb sind. Vielleicht brauchten Sie es gerade für Ihre schriftstellerische Arbeit?«

»Ja, ja – dafür«, erwiderte ich und türmte auch diese unnötige Lüge noch auf die andern.

»Ich kann vollkommen verstehen, wie unangenehm das für Sie ist«, sagte Mrs. Millar. Das klang alarmierend. »Ihre schriftstellerische Tätigkeit interessiert mich sehr. Wenn Sie wieder ganz gesund sind, wird sich hoffentlich …«

In diesem Moment erstarrte ich vor Entsetzen. Zufällig hatte ich kurz durchs Fenster geblickt und gesehen, dass die Tür vom Holzschuppen aufsprang, und ruckartig ein Wesen herauskam. Es warf einen Blick nach meinem Fenster, sank auf alle viere und kroch in sehr merkwürdiger Gangart, wie eine Riesenspinne, blitzschnell quer über den Hof in den Schutz des Holzstapels. Die ›Spinne‹ trug das Mieder eines dunkelblauen Abendkleids und ein dünnes rosa Höschen und wurde von zwei vor Freude fast hysterischen Hunden begleitet.

Das war zu viel! Ein glucksender Schreckenston entfuhr meinem Munde, während Tränen echter Selbstbeherrschung mir in die Augen traten. Wo befand sich Mr. Millar? Wenn er noch auf der Veranda war, musste ein gewisses Bild im Hof für ihn ja ein köstlicher Leckerbissen gewesen sein! Mrs. Millar sagte freundlich: »Ich merke, dass Sie noch immer erkältet sind, und darf Sie daher nicht mehr aufhalten. Wo mag denn nur Percival stecken?«

Ja, das war die Frage. Hoffentlich nicht hinter dem Holzstapel, betete ich im Stillen. Doch gerade tauchte er in unser Blickfeld. Er trug einen alten Krug, den er am Wassertank beim Kuhstall gefüllt hatte. Mit einem Schwall von Redensarten brachte ich sie rasch auf den Weg, indem ich ihnen noch hinterlistig bis zum Tor folgte, um den Krug zurückzuholen. Als ich »Auf Wiedersehen«, sagte, überfiel mich plötzlich die Scham. Mrs. Millar war wirklich nett, und ich hatte so viele Lügen erzählt!

»Bitte besuchen Sie mich doch recht bald«, sagte ich. »Wollen wir nicht gleich einen Tag festsetzen?« Das taten wir, worauf ich das Gefühl haben durfte, ein wenig wieder gutgemacht zu haben.

Während ich zum Hause zurückeilte, setzte der Regenguss ein, der gedroht hatte. Rachsüchtig dachte ich an Larry, ohne Dach hinter dem Holzhaufen, und mit Bedauern an den schönen blauen Taft. Doch um den hätte ich mich nicht zu sorgen brauchen: Als die ersten dicken Tropfen fielen, traten Larry und ich gleichzeitig ins Haus, sie durch die Hintertür und ich vorn. Sie war noch genauso grotesk gekleidet. Hemmungslos lachend sank sie aufs Sofa.

Ein starkes Schuldgefühl hinderte mich zuerst daran, in ihr Gelächter einzustimmen, dann aber konnte ich nicht anders. Als wir uns wieder gefasst hatten, stöhnte Larry: »Nein, mir so einen üblen Streich zu spielen! Bloß um zu sehen, ob ich die Wahrheit gesagt habe, sind sie gekommen!«

»Nein, deswegen nicht. Sie hatten kein Wasser mehr im Kühler, der furchtbar heiß geworden war.«

»Na, dann bin ich ja froh, dass sie einen Grund hatten. Aber das war knapp mit uns, was? Du hast sie dir ja fix vom Halse geschafft. Meinst du, dass sie was gemerkt hat?«

Kein Mensch sollte wissen, dass ich Mrs. Millar für mich gewonnen hatte durch das furchtbare Geschwätz über meine Schriftstellerei, am wenigsten Larry. So sagte ich würdevoll, aber nonchalant: »Oh, sie hatte sehr viel Verständnis. Nächste Woche will sie mich besuchen.«

Und dann kam mir wieder das Bild auf dem Hof in Erinnerung, sodass mich noch ein wilder Lachanfall schüttelte. »Aber wo hattest du denn nur gesteckt, und warum kamst du auf allen vieren zum Vorschein?«

»Im Geräteschuppen war ich. Und da lief eine Ratte 'rum. Ein Riesenbiest. Die glotzte mich an und leckte sich die Barthaare. Du weißt ja, wie ich mich vor Ratten ekle.«

Ich wusste es und fühlte mich gerächt. »Aber weshalb gingst du nicht normal?«, fragte ich, noch lachend.

»Na, ich dachte doch, sie könnten jeden Moment ans Fenster kommen und mich sehen.«

Und ich wünschte für einen Moment, sie hätten!

»Möchte wissen«, sagte ich sinnend, »ob er dich vielleicht gesehen hat?«

Da erschrak sogar Larry. »Du heiliger Bimbam, war er denn nicht mit im Badezimmer?«

»Nein, auf der Veranda, aber er verschwand plötzlich.«

»Oh, dann ist's ja gut. Wenn er mich nämlich gesehen hätte, wäre er nicht verschwunden, sondern im Galopp angekommen. Na, das ist überstanden, jetzt wollen wir an meinem kostbaren Kleid weiterarbeiten.«

»Nur, wenn du versprichst, das heutige Intermezzo geheim zu halten. Ich kann Paul, wenn das 'rauskommt, einfach nicht in die Augen sehen.«

Aber es sickerte durch. Wie, habe ich nie erfahren. Ich weiß nur dass ich es keinem erzählt habe, obgleich die Versuchung, Paul den ›Spinnenakt‹ zu beschreiben, fast unwiderstehlich war. Doch innerhalb einer Woche wusste schon jemand mit wahrem Hochgenuss zu melden, dass Mrs. Millar gesagt habe, ich sei eine entzückende kleine Frau, nur so schüchtern; ich brauchte einen Ansporn, da ich, zu sehr erfüllt von meinem Schreiben und literarischen Plänen, im praktischen Leben etwas unbeholfen sei.

Also war die ganze Geschichte herausgekommen, und Larry sagte fröhlich: »Was wirst du denn machen, wenn Mrs. Millar mal etwas von deinen veröffentlichten Arbeiten sehen will? Du bist jetzt einfach gezwungen, dich hinzusetzen und etwas zu schreiben.«

Paul jedoch bemerkte nur düster: »Larry wird dich eines Tages noch in eine böse Klemme bringen. Ihr beide seid ja wie Dynamit. Aber es ist wohl zwecklos, dir das zu sagen.«

Und dann – weil in der Menschenbrust ewig neue Hoffnung aufquillt – ließ er sich ausführlich und mit Nachdruck gerade über dieses Thema aus.

17

Wie gewöhnlich hatte Miss Adams mit ihrem Urteil auch über Mrs. Millar vollkommen recht. Ich mochte sie und hatte an dem Nachmittag, als sie mich besuchte, viel Freude, insbesondere da Paul ihren Mann auf die Koppel mitnahm, um ihm einjährige Schafe zu zeigen. Mrs. Millar war tatsächlich schüchtern und ein bisschen preziös, aber gutmütig. Ich fühlte mich ihr zu tiefem Dank verpflichtet, wie es gehen kann, wenn man sich schlecht benommen hat, ohne ertappt zu werden.

Ihr Mann dagegen blieb mir unsympathisch. Larry hatte über Männer ein Recht sicheres Urteil. Als ich das einmal vor Sam erwähnte, sagte er trocken, jeder Spezialist hätte ja sein eigenes Thema. Mr. Millar gehörte zu dem unangenehmen, im Grunde kümmerlichen Typ von Männern, die in mittleren Jahren immer den gierig forschenden Blick haben.

»Er tätschelt«, sagte Larry. »Ein richtiger Wolf im Schafspelz. Ich glaube, der hat den erotischen Komplex nur gekriegt, weil seine Frau so hochnäsig ist. Vielleicht hat ihn auch seine Mutter vernachlässigt.«

Sie stak tief in dem für sehr kindliche Gemüter geschriebenen Buch über Psychologie und machte fortwährend dunkle Bemerkungen über alle möglichen Komplexe und Hemmungen.

Auch Mrs. Millar war vielleicht zu bedauern, freilich in ganz anderer Hinsicht. Sie hatte erst Ende der Dreißig geheiratet und war kinderlos geblieben. Für das Leben im einsamen Buschland taugte sie durchaus nicht und war zu alt, um sich noch daran zu gewöhnen. An Tieren hatte sie keine Freude, die Landwirtschaft war ihr gleichgültig, ihr Mann machte sie nervös – was ich verstehen kann –, und sie hatte Sehnsucht nach ›geistiger Kameradschaft‹, wie sie es nannte. In Ermangelung eines Besseren schien sie – irrtümlich – zu glauben, diese bei mir gefunden zu haben.

Von meinem. Gesichtspunkte aus füllte sie eine Lücke, was mir in diesem neuen, aufregenden Leben öfters zum Bewusstsein kam. Sosehr ich hier alles liebte, vermisste ich doch die Gespräche über Bücher, die Zeitschriften und andere Lektüre, die ich in der Stadt als so selbstverständlich hingenommen hatte. Und jetzt, da wir nicht übermäßig zu tun und Haus und Garten einigermaßen in Ordnung hatten, wurden mir die Bücher knapp.

In Te Rimu gab es drei so genannte Drei-Penny-Leihbibliotheken, deren jede angeblich ungefähr zweitausend Bücher besaß, die jedoch bis auf wenige immer ausgeliehen waren. Es blieb ein ungeklärtes Geheimnis, weshalb da von einer Dreipenny-Gebühr gesprochen wurde, denn jedes in diesem Jahrhundert erschienene Buch kostete mindestens sechs, die neueren wenigstens neun Pence Leihgebühr. Ich befand mich in dauerndem Kreislauf zwischen den dreien, nahm ab und zu ein paar ganz lesbare Reißer und gelegentlich eine ältere Biografie mit nach Hause, oder ›neue‹ Romane, die zumeist schon mehrere Jahre alt waren.

An der Dürftigkeit der Stoffe waren nicht die Bibliothekare schuld, denn neue Bücher waren schrecklich teuer und die Verdienstspannen sehr klein, sodass die Leute wenig Unternehmungslust aufbringen konnten. Wagten sie, Bücher auf Grund guter Kritiken in England zu kaufen, dann waren es oft so ›schwierige‹ Stoffe, dass in unserer Kleinstadt niemand sie lesen wollte, oder sie waren so unanständig, dass die Kunden, nachdem sie jedes Wort begierig gelesen hatten, sie mit vernichtenden Bemerkungen über den Geschmack des Bibliothekars zurückgaben.

Mrs. Millar ermöglichte mir den Beitritt zur Bezirksbibliothek, bei der jeder, der von den kleinen Bibliotheken mindestens zehn Meilen entfernt wohnte, auf dem Postwege monatlich drei Bücher bekommen konnte, die ihn außer dem Rückporto nichts kosteten. Es waren alles Neuerscheinungen, und wenn auch nicht viele Sensationsromane dabei waren, so konnte ich mir die entspannenden leichteren Bücher immer noch in Te Rimu ausleihen. Ich fand es wundervoll, Listen nach den Kritiken in ein paar guten englischen Zeitschriften, die Mrs. Millar mir lieh, zusammenzustellen und nach und nach die meisten dieser Bücher tatsächlich zu bekommen. Das war fast zu schön, um wahr zu sein.

Larry sah mir beim Aufstellen der Liste zu und sprach ironisch von meinem ›geistigen Erwachen‹. Mein Interesse an Mrs. Millar nahm sie mir nicht im Geringsten übel, denn sie wusste ja, dass sich dadurch an unserer Freundschaft nichts änderte. Niemand konnte mir ein so guter Kamerad sein, mir so viel Spaß machen und bei Dingen, die sie verstand, so teilnahmsvoll sein wie Larry. Manchmal machte sie Bemerkungen über die Bücher auf meinem Tisch.

»Sitwell«, sagte sie zum Beispiel, »ja, von dem hat Julian mal was erwähnt, aber ich dachte immer, das wäre der Name für einen Patentsessel – sit well. Ach hier, ›Gelächter im Nebenzimmer‹, was für ein hübscher Titel! Freilich sieht der Mann auf dem Umschlag nicht nach Lachen aus, oder findest du? Aber ich freue mich doch, dass du nun die richtigen Bücher gefunden hast, und da siehst du mal, wie gut es war, dass ich Mrs. Millar den kleinen Schwindel erzählt und euch dadurch zusammengebracht habe. Wenn du hier geistige Not gelitten hättest, wären daraus vielleicht noch alle möglichen psychologischen Verwirrungen entstanden.«

Ich ignorierte diesen Hinweis, erklärte ihr aber, es sei mir immer noch unangenehm, Mrs. Millar belogen zu haben. Bisher hatte ich es noch nicht fertig gebracht, mich so sorglos über Schwindeleien hinwegzusetzen wie Larry.

»Ach, darüber machst du dir Gedanken?«, sagte sie. »Das ist verkehrt, von wegen der Komplexe und so, weißt du. Verdirbt womöglich noch unsere Freundschaft. Ich werde ihr alles erzählen, sobald ich sie wieder sehe.«

»Was willst du ihr erzählen?« Ich war platt.

»Na, dass ich den ganzen Schwindel erfunden habe, und von unserer Schneiderei, die wir gern fertighaben wollten. Und dass ich dann ausgekniffen bin und du allein warst und mich nicht verraten konntest. Sie wird das schon verstehen, ist ja selbst ganz versessen auf schöpferische Tätigkeit. So eine dumme Sache auf dem Gewissen zu haben ist ja auch wirklich grässlich.«

»So? Hast du nicht eine ganze Menge auf dem Gewissen?«

»O nein. Im Allgemeinen ist das einfach wie ein Spiel, nur wenn's dir mal ungemütlich wird, merkst du, dass du schlecht gespielt hast, und machst es wenigstens dann wieder gut.«

»Nun, meinetwegen brauchst du das nicht zu tun. Ich kann mich schon selbst verteidigen, und es war ja auch, wie Paul sagen würde, ganz meine eigene Schuld. Wie kommst du übrigens mit dem Kleid zurecht?«

»Tja, wenn ich ehrlich sein soll, so richtig scheine ich nicht voranzukommen. Ist ja auch Unsinn, was da auf dem Schnittmuster steht von ›unsichtbaren Nähten‹! Wie soll man das denn machen? Ich muss mich immerzu fragen, weshalb ich eigentlich nicht besser nähen kann. Meinst du, dass es auf die Haushälterin zurückzuführen ist, die Onkel Richard hatte, als ich sechs war? Die hat nämlich …«

»Ach wo, das glaube ich nicht. Ist bloß Faulheit. Bring mir das Kleid her, dann mache ich es fertig. Zum Glück habe ich keine ›Hemmungen‹ in dieser Richtung, und wenn du wirklich aufs Nähen wild bist, ist's besser, so eine Arbeit möglichst bald zu erledigen.«

»Was das Schlimmste ist: Die Fachleute erzählen dir viel über die Ursachen von Komplexen, aber nicht, wie du sie überwinden kannst. Eigentlich eine große Enttäuschung. Aber das mit Mrs. Millar muss ich klären. Ist nur gut, dass du dich mit ihr angefreundet hast, weil sie dich nun zum Schreiben veranlassen wird. Bestimmt wird dein Ego, also dein Ich, eine Ausweitung erfahren, wenn du es tust.«

»Ich will gar kein ausgeweitetes Ich und wünschte, Sam würde dein psychologisches Buch verbrennen. Doch im Ernst: Ich wüsste nicht, wie du Mrs. Millar den Sachverhalt erklären könntest, ohne sie zu kränken.«

Aber sie tat es doch, und Mrs. Millar – lachte, womit sie beträchtlichen Humor und ein angenehm ausgeweitetes Ego bewies. Sie begann nun allerdings mir in allem Ernst zuzureden, ich solle doch versuchen, meine ›Gedanken zu Papier zu bringen‹.

Und tatsächlich hatte ich, obgleich ich es nicht einmal Paul erzählte, das Verlangen zu schreiben schon eine Weile verspürt. Es gäbe ja so vieles zu erzählen: von den Tieren, von der Klugheit der Schäferhunde, von meinem Pony, das ebenso gut unter einem Weidegatter hindurchkriechen wie hinüberspringen konnte. Und von den Menschen ringsum: von Miss Adams, dem Panjandrum, vor allem von Larry. Ja, über Larry nicht zu schreiben wurde mir geradezu schwer.

Auf einmal kaufte ich mir, ganz geheim, einen Posten Papier, und eines Tages, als ich allein im Hause war, setzte ich mich hin und beschrieb eine Schafausmusterung im Hochland: wie viel Lustiges dabei vorkam und wie anstrengend die Arbeit war. Seit einiger Zeit hatte ich die Artikel und Skizzen in den Zeitungen studiert und mir ausgedacht, wie ich die Arbeit einteilen wollte und wie lange sie sein durfte. Beschwerlich war, dass ich keine Schreibmaschine besaß. Ich bezweifelte, dass Redakteure sich mit handgeschriebenen Artikeln überhaupt befassen würden. Immerhin, probieren konnte ich es ja. Ich legte einen frankierten Umschlag für die Antwort bei, auf den ich sorgfältig und mit verstellter Handschrift meine Adresse schrieb und brachte endlich das dicke Kuvert, als ich sowieso unsere Post abholen musste, auf den Weg.

Ich wartete nun nervös auf die Rückkehr der Sendung und hatte es immer eilig, die Post durchzusehen, um zu verhindern, dass Paul mich fragte, von wem ich den Brief mit der auffallenden Handschrift hätte. Ober vier Wochen lang ereignete sich nichts, und dann als ich einmal nachmittags gleichgültig die Zeitung aufblätterte, fand ich meinen eigenen Artikel in der Sonntagsbeilage.

Gewaltige Sache! Ich war allein im Hause und wollte gleich impulsiv ans Telefon stürzen, um es Tantchen oder Larry oder sogar Mrs. Millar zu berichten, doch nach einigem Überlegen ließ ich das bleiben. Es war ein Geheimnis, das gewahrt werden konnte. Selbst Paul wollte ich das nicht gleich sagen.

Aber abends, als er die Zeitung aufschlug, beobachtete ich ihn doch sehr gespannt. Ob er den Artikel nicht bemerkte? Während er den Blick gleichgültig über die Unterhaltungsseite schweifen ließ hielt ich den Atem an. Er knurrte bloß und blätterte weiter. So eine Enttäuschung! Nachdem er die ganze Zeitung durchgelesen hatte auch die Pferdesportberichte und Viehmarktpreise, blätterte er zögernd wieder auf die bewusste Seite zurück.

»Hier versucht so ein Idiot, sachverständig über Schafzuchtfragen zu schreiben. Macht sich natürlich bloß lächerlich«, bemerkte er mit schadenfrohem Grinsen, während er den ersten Absatz mit geringschätziger Flüchtigkeit las.

Niemals wurde der erste Versuch eines werdenden Schriftstellers ungünstiger aufgenommen.

Dann richtete Paul sich auf und sagte, indem er seine Pfeife ausklopfte: »Gar nicht so übel! Wenigstens muss dieser Kerl mal in den Sommerferien, in einer Woche auf dem Lande, über Schafweiden geritten sein.«

Ich war wütend. Dachte an die langen Ritte bei Kälte und jedem Unwetter, an die Lämmer, die ich gerettet und die abgeirrten Mutterschafe, die ich wiedergeholt hatte. ›Eine Woche auf dem Lande‹ das war ja allerhand! Nein, Paul war doch furchtbar eingebildet auf seinen Beruf als Farmer und Züchter!

Nachdem er den Artikel halb gelesen hatte, steckte er erst wieder die gräuliche Pfeife an, was mich noch wütender machte. Wie konnte er bei einem so fesselnden Artikel in der Mitte unterbrechen! Ich bäumte mich gleichsam innerlich auf hinter meinem Buch! Als er weiterlas, spähte ich mit drohendem Blick über den Rand. Noch nie im Leben hatte ich so große Lust zum Streit gehabt wie jetzt.

Plötzlich entwaffnete er mich, indem er laut lachte: »Humor hat er tatsächlich auch und – alle Achtung – seine Beschreibungen sind sehr treffend.«

Lieber Paul! Ich wusste doch, dass er stets guten Geschmack bewies. Meine dunkle Wut verflog. Als er zu Ende gelesen hatte, gab er mir das Blatt.

»Sieh dir das mal an. Der Bursche schreibt wirklich nicht schlecht. Versteht was von der Schafzüchterei, und man hat beinah den Eindruck, er will gerade unsere Gegend hier schildern.«

Nicht laut, aber in äußerst hochnäsigem Ton sagte ich: »Gewiss wollte ich das.«

»Was?« Er saß kerzengerade und starrte mich an. »Soll das heißen, dass *du* dies geschrieben hast? Und es ist veröffentlicht! Na, da hört sich doch alles auf!«

Unser weiteres Gespräch – es befriedigte mich tief – hätte einen Redakteur königlich amüsiert. Freilich endete es in wohl bekannter Manier.

»Nachdem du nun mal angefangen hast, musst du weitermachen – und dann hast du auch nicht mehr so viel Zeit, mit Larry dumme Streiche auszubrüten. Was willst du als Nächstes schreiben?«

Er dachte wohl, die Zeitungen, die so über Raummangel klagten und ihren neuen Mitarbeitern weiß Gott keinen Mut machten, würden jede Woche von mir einen Artikel bringen.

Als ich ihm aber sagte, wir wollten das ganz für uns behalten, vergaß ich, wie vertraut hier im Busch jeder mit den Schritten aller anderen war.

Zuerst meldete sich Tantchen. Sie rief schon um sieben an. »Gratuliere! Ich habe ja immer gewusst, dass Sie das können! Und nun ist's Wirklichkeit geworden.«

»Aber – aber woher wissen Sie denn, dass der Artikel von mir ist?«

»Mein liebes Kind, die ganze Gegend wird doch Paul sofort darin erkennen und sich mächtig freuen.«

Ich stotterte: »So, meinen Sie? Und Ihnen hat die Arbeit gefallen? Aufrichtig!«

»Selbstverständlich, denn sie ist gut. Paul wird sich aber jetzt in Acht nehmen müssen.«

Das war ein ziemlicher Schlag. Paul selbst hatte sich nicht erkannt und ich konnte nur hoffen, dass außer Miss Adams niemand die Tarnung durchschaute, die ich für vollendet gehalten hatte. Vergebliche

Hoffnung! Kaum hatten wir unsere Bücher wieder zur Hand genommen, da schrillte abermals das Telefon. Paul, mit sehr selbstzufriedener Miene, eilte gleich an den Apparat. Aha, es war wohl Tim. Das Gespräch schien anfangs ganz lustig. Ich spitzte die Ohren, um möglichst viel aufzuschnappen.

»Ja – prima, was? O nein, überrascht hat mich das gar nicht«, sagte Paul. »Hauptsache war ja, dass ich sie erst mal in Schwung brachte. Aber immerhin doch famos, dass gerade diese Zeitung es angenommen hat, die hat doch für Anfänger nicht viel übrig!«

Nanu, woher wollte er denn das wissen? Konnte er gar nicht. Bloß Angeberei.

»Ja, alles ganz echt in der Schilderung, aber sie hat eben bei mir hier rasch gelernt. Für das Vieh hat sie ja eine geschickte Hand.«

Mir hat er das noch nie gesagt. Ich sehe noch heute vor mir, wie er mit dem Fuß die Tür zuschob – das Telefon stand im Nebenzimmer –, damit ich bei dem Kompliment nicht aufhorchte.

»Was meinst du, Tim? – Oh, natürlich hat sie Zeit dafür, wenn sie nur ordentlich bei der Stange bleibt.«

So echt Mann, wie Larry sagen würde!

»Welche Stelle? – Ach so, wie der Bursche über seine Hunde redet. – Ach, Quatsch! Offen gesagt, Tim, mir war schon der Gedanke gekommen, dass sie damit dich gemeint hat. – Wie? Nein, nein, so benehme ich mich doch nicht! Das hast du alles falsch verstanden.«

Irrte ich mich, oder klang seine Stimme etwas beunruhigt, nicht mehr ganz so selbstgefällig?

»Nein, das ist bestimmt nicht so, sonst hätte sie's mir gesagt. – Jawohl, Tim, klar, werde ihr sagen, dass der Artikel dir gefällt, ja. Tschüss!«

Als Paul wieder zum Kamin kam, lachte er ein bisschen verlegen »Der gute Tim hat sich in den Kopf gesetzt, du hättest in dem Artikel mich beschrieben. Weißt du, als den Burschen, der so protzig über die Erziehung seiner Hunde redet, die dann prompt beweisen dass sie doch nicht gehorchen. Ist ja ulkig geschildert, aber bei mir wäre das doch das Letzte – mit meinen Hunden dickezutun! Hattest du da auf Tim angespielt?«

Ich sagte unbestimmt: »Ach das ist bloß erfunden. Viele Männer reden ja so, und viele Hunde sind auch so. Hat Tim die Arbeit gefallen?«

Die nun folgenden Komplimente verschlang ich förmlich, doch als das Telefon zum dritten Mal klingelte, versuchte ich, zuerst hinzukommen. Aber ich hatte Paul noch nie so schnell von seinem warmen Platz aufstehen sehen wie jetzt, wo unbedingt er den Anruf entgegennehmen wollte.

Diesmal war es Sam, und sogleich schien das Gespräch sich in denselben Bahnen zu bewegen, denn ich hörte Paul ziemlich gereizt sagen: »Aber absolut nicht! Ist doch nicht meine Art. Lass dir gesagt sein, Susan hat eine ganz schöne Fantasie! Mit dem kann jeder gemeint sein. Ist überhaupt ein Irrtum, zu glauben, dass Schriftsteller immer bestimmte Leute beschreiben. Komisch, wie du auf den Gedanken kommst, ich könnte das sein! – Ja, werde ich ihr sagen. – Wie? – Oh, Larry. Am besten, Susan spricht selbst mit ihr.«

Und ob das besser war! Ich sprang auf und riss Paul den Hörer aus der Hand. Larry wollte doch sicher ihre Späße machen!

»Hallo, hoch sollst du leben!«, rief sie. »Wunderbar, einfach fabelhaft! Ja, wirklich, sehr gut. Ist das nicht ein herrliches Gefühl, sich gedruckt zu sehen? Warum steht bloß dein Name nicht darunter? Na, macht nichts, Paul erkennt ja jeder sowieso gleich. Ach, Susan, wie fein du ihn skizziert hast! Ich konnte beim Lesen direkt sein Gesicht vor mir sehen, wie seine Wunderköter hinter den Karnickeln herjagten und die Schafherde sich auflöste. Hat er's übel genommen?«

Ich gab schwache, gurgelnde Laute von mir. Paul horchte ja, das sah ich durch die halb offene Tür. Hastig sagte ich: »Weißt du, Paul war gar nicht darauf gekommen, dass der Artikel von mir stammt. Er hat sich ordentlich erschrocken. Und noch eins, Larry, die dargestellten Personen sind natürlich alle frei erfunden.«

Ihr spöttisches Gelächter, das in der Leitung laut knatterte, muss Paul gehört haben, doch sie sagte nur: »Oh, natürlich, Liebste. Und wie ist nun das Gefühl, wenn der schöpferische Drang seine erste Erfüllung findet? Du musst jetzt dabeibleiben. Ach, noch was, Susan, denk dir, Maus hat mein kostbares Buch über Psychologie vollkommen zerrissen, gerade als ich an die richtig saftigen Stellen kam!«

Als ich wieder zum Kamin schritt fiel mir auf, dass Pauls befriedigtes, stolzes Grinsen einem nachdenklichen Blick gewichen war. Er sagte wie nebenbei: »Eigentlich sonderbar, dass die Leute immer meinen, bestimmte Dinge, die sie lesen, wären auf ihre Bekannten gemünzt. Nie trauen sie den Schriftstellern genug Fantasie zu.«

»Ja, albern, nicht wahr? Natürlich habe ich auch an dich gedacht – und an beliebige andere Schafzüchter. Ich sehe aber ein, dass ich in unserer Gegend recht vorsichtig sein muss. Es empfiehlt sich zum Beispiel nicht, Glossen über den Panjandrum zu schreiben.«

Paul lächelte wieder ganz vergnügt. »Junge, das wäre so ein Spaß! Hauptsache ist aber, dass man's nicht zu auffällig macht. Könnte peinlich werden.«

Ich erkannte, dass er Artikelschreiben unter Umständen für gefährlicher hielt als Larry, diesen ›Dynamitbrocken‹. Und ich wollte ihm doch möglichst den Glauben erhalten, dass es eine ungetrübte Freude war, mit einer begabten Schriftstellerin verheiratet zu sein. Also musste ich nächstes Mal zarter skizzieren.

Immerhin, ich hatte nun wenigstens den Anfang gemacht …

18

Ich ließ die Schreiberei aber vorläufig ruhen. Es war zwecklos, bei den Zeitungen auf die Annahme vieler Artikel zu rechnen, besonders wenn sie nicht mit Maschine geschrieben waren. Im Übrigen hatte ich auch wenig Zeit.

Wer den ersten Frühling im Hochland erlebt, muss ihn wundervoll finden. Der Winter ist so lang, der nasse grüne Busch so eintönig, und der Mensch ermüdet am ewig gleichen Bild des grüngrauen, spärlichen Grases im ständigen Wechsel von scharfem Frost und schweren Regenschauern. Wie eine Offenbarung ist es dann, wenn sich Ende September die ganze Umwelt auf einmal verwandelt.

Überall entfalten sich erstaunlich schnell die Knospen der Pflanzen und Blumen, die Obstbäume sind bedeckt mit wahren Blütenmassen, alle Sträucher im Ziergarten tragen hübsche frohe Farben. Das Gras grünt fast über Nacht, das Vieh wird mit einem Schlage munter, die Schafe ducken sich nicht mehr in warmen Winkeln zusammen, ihre Lämmer werden rundlich und spielen in der Abendkühle wie kleine Kinder, machen Wettlauf und lustige Bocksprünge. Kurzum, alles wird plötzlich schön.

Einiges war weniger erfreulich für mich. Ich hatte jetzt heimliche Zweifel an der Intelligenz der Schafe bekommen. Sobald ihre Wolle dicker und die Versuchung, in der Sonne zu schlummern stärker wurde, begannen sie mit monotoner Gleichmäßigkeit zu lammen. Wo sie gingen und standen, kippten sie um, blieben liegen und warteten ergeben auf ihre Errettung. Das hieß für uns, dauernd den Hirten spielen. Auf den flachen Koppeln war das am schwersten, die mussten zwei Mal täglich abgeritten werden. Ich machte das vormittags, während Paul die höher gelegenen nahm. Nachmittags ritt er noch einmal die flachen ab, indes ich versuchte, meine vernachlässigte Hausarbeit nachzuholen. Jedenfalls musste er fast den ganzen Tag und ich den halben hinter den Schafen her sein.

Sie vom Boden heben machte mir, so schwer sie auch manchmal waren, nicht viel aus. Wütend wurde ich nur über ihr Verhalten, sobald ich sie auf die Beine gestellt hatte. Anstatt vorsichtig zu gehen, rannten sie wie verrückt los, wurden immer wackliger auf den Beinen, um schließlich noch schwerer zu stürzen, natürlich stets auf dieselbe Seite.

»Du musst in der Grätsche über ihnen gehen«, erklärte mir Larry, »dann kannst du sie leiten, wohin du willst, und sie zu ruhigem Schritt zwingen, bis sie ihr Gleichgewicht wieder haben.«

»Ja, du hast gut reden, denn du hast mehr Erfahrung, und deine Beine sind länger. Mit mir laufen sie immer davon, und dann fallen wir zusammen hin, das Schaf jedes Mal auf mich. Ich habe jetzt begreifen gelernt, was man mit ›eingleisigem Verstand‹ meint.«

»Das Üble ist, dass man ihre Spuren fast immer bergab verfolgen muss. Manchmal erwärme ich mich doch sehr für das Stadtleben.«

»Und das sagst du jedes Mal, wenn ich knurre – nur um abzuwarten, ob ich zubeiße. Aber ich habe wirklich die Schafe bald satt. Die Lämmchen mag ich so gern, dass ich am liebsten ein paar im Hause hätte.«

»Wenn du das mal probiert hast, tust du's nicht wieder. Sie möchten dann ihr ganzes Leben spielen und richten mehr Schaden an als eine Kuh im Garten.«

»Das sagte Paul auch. Wenn er mal ein Lamm ins Haus bringt, versucht er stets, es bald wieder einer anderen Mutter unterzuschieben. Dabei gibt es schwere Enttäuschungen.«

Und dann fand ich eines Morgens ein totes Mutterschaf und seine zwei neugeborenen Lämmer, die auch schon halb tot aussahen, dicht neben ihm. Ich vergaß ganz, was Paul gesagt hatte, und beschloss sofort, sie mitzunehmen, um sie als Haustiere zu halten. Ich nahm den Sack vorn vom Sattel, wo wir für Notfälle immer einen befestigt hatten, und umwickelte die kleinen Wesen damit. Sie waren so schwach, dass ich Sorge hatte, ob ich sie noch lebend nach Hause bringen würde, doch als ich sie aus dem Sack holte, atmeten sie noch, konnten aber nicht stehen.

Paul war noch nicht zu Hause, also rief ich Larry an. Wenn sie auch streng dagegen war, Lämmer im Hause zu halten, wusste doch niemand erschöpfte Tiere wieder so zu beleben wie Larry.

»Sie werden nicht sterben, musst nur fix handeln. Leg sie bis an den Hals in warmes Wasser und lass sie genau fünf Minuten so liegen, klar?«

»Aber worin? Sie sind nämlich grässlich verschmiert.«

»In Waschbottichen. Sie sind bestimmt nicht schlimmer verschmutzt als die Anzüge der Schafscherer, und es braucht ja auch keiner zu merken. Also, pass auf: Nachher packst du sie klitschnass in einen Sack und legst sie in den warmen Herd, in den Backofen.«

»In den Backofen? Aber Larry!«

»Natürlich musst du vorher das Feuer 'rauskratzen, musst die Klappe offen lassen und sie öfters anfassen, ob sie nicht zu heiß werden. Lass sie drin, bis sie anfangen, sich zu bewegen, und gib ihnen erst zu trinken, wenn sie danach jammern, und dann nur immer ein bisschen, hauptsächlich Traubenzucker. Hast du eine Saugflasche?«

»Ja, die habe ich schon zum Lämmerfüttern benutzt.«

»Schön, dann mach's so, und lass die Tiere nicht aus den Augen, bis du sie trocken aus dem Ofen hast. Wir hatten mal eine schreckliche Zeit, als Mrs. Archer …«

»Erzähle jetzt nicht, ich kann's mir schon denken. Werde dich später anrufen und dir sagen, wie es,mir gelungen ist.«

Das Rezept war wirksam. Die Lämmer schienen sterben zu wollen, als ich sie ins Wasser legte, doch nach einer halben Stunde im lauwarmen Ofen fingen sie an, sich zu rühren. Ich rollte sie in trockene Säcke, legte sie auf den Herd, und bald blökten sie schwächlich. Nun fütterte ich sie nach Vorschrift und betrachtete hingerissen mein erfolgreiches Werk – da kam Paul herein.

Er sah die Tiere und sagte ärgerlich: »Herr des Himmels!«

Ich wurde zornig. War ich doch so glücklich gewesen, sie gerettet zu haben, und hatte so schöne Pläne mit ihnen! Scharf gab ich zurück: »Das ist nett, nachdem ich mir so viel Mühe gegeben, sie bis von der Flusskoppel hergebracht, sie in warmes Wasser und auf den Herd gesetzt habe und …«

Paul sagte entrüstet: »Larry … Was dieses Mädel für Schaden anrichtet! Na ja, nun werde ich wieder für die zwei eine Mutter finden müssen, was bei diesen Spätlämmern verflixt schwierig ist.«

»Diese wirst du nicht wegnehmen und sie einem Schaf geben, das sie vielleicht vernachlässigt, denn ich will sie im Hause behalten. Es sind beides weibliche.«

»Noch schlimmer! Ich kenne dich. Bist genau wie Larry. Die Tiere werden für zehn Jahre hier leben, durch sämtliche Staketen brechen und überall Schaden anrichten. Und später werden sie Junge kriegen, die noch übler sind als sie selbst. Lass dir von mir gesagt sein: Lämmer als Haustiere sind die ganze Mühe nicht wert.«

»Bist ein richtiger Farmer, denkst immer nur was sich lohnt und was Mühe macht. Aber ich werde sie doch behalten. Ich möchte das eben gern. Sie werden mir Vergnügen machen, und ich will etwas Eigenes haben, das ich betreuen kann, nicht bloß ein Huhn oder einen Ehemann.«

Paul war über meinen Zorn so erstaunt, dass er meinen Vergleich mit dem Huhn gar nicht merkte. Er sagte sanft: »Lämmer sind eine schreckliche Last. Musst immer regelmäßig zum Füttern zu Hause sein, davon wirst du bald genug haben. Glaub mir, Liebling, damit kenne ich mich aus.«

»Oh, selbstverständlich, du weißt ja alles, und ich bin beschränkt. Na, dann werde ich es eben sein. Dir ist vermutlich noch nie der Gedanke gekommen, dass ich mich mal einsam fühlen könnte, wenn ich hier stundenlang allein bin, kein Haustier und nichts Persönliches um mich habe! Ich bin – ich bin unglücklich.«

Nach diesem erstaunlichen Schwindel brach ich – das muss ich zu meiner Schande gestehen – in Tränen aus, lief aus dem Zimmer und schloss mich im Schlafzimmer ein.

Eine halbe Stunde später, als ich wieder aufschloss, hatte Paul kochendes Wasser zum Tee bereit und den Tisch zum Lunch gedeckt. Er sah bekümmert aus und sagte: »Liebling, du darfst die dämlichen Lämmer natürlich behalten. Ich habe mich dumm benommen. – Du kamst mir so glücklich vor …«

Ich schämte mich furchtbar, eilte zu ihm hin, verbarg mein Gesicht in seinem alten, ziemlich nach Schaf riechenden Jackett und flüsterte erklärende und entschuldigende Worte. Nur sechs brauchte ich zu sagen, denn Paul versteht mich ja schnell.

»Liebling, davon hatte ich doch keine Ahnung! Kein Wunder, dass du aufgeregt bist. Das merkt ein Mann manchmal nicht gleich, weißt du. Es kommt mir noch so früh vor – wir sind doch erst neun Monate verheiratet. Larry hat noch keins und ist schon drei Jahre verheiratet.«

»Larry ist das einerlei, sie macht sich sowieso nichts aus Babys – und sie hat ja ihre Hunde.« Meine Stimme klang so kläglich wie das Winseln eines kleinen Hundes, und schon weinte ich wieder.

Paul mag, wie man so sagt, ein schweigsamer Mensch sein, aber wenn ich unglücklich bin, ist er sehr vernünftig und weiß auch zu reden. Ich behielt die Lämmer, und er versprach mir scherzhaft, dass er, wenn wir nach fünfjähriger Ehe noch keine Kinder hätten, ein paar adoptieren würde. Er lachte dabei so lieb, dass ich das Gefühl hatte, alle Sorgen los zu sein.

»Aber vielleicht solltest du – inzwischen lieber was schreiben«, meinte er. »Wenn du erst ein Baby hast, wirst du dazu keine Lust haben. Wette, du kannst leicht einen zweiten Artikel unterbringen. Versuch's mal bei einer anderen Zeitung.«

Doch ich bestand an dem Morgen nur aus Selbstmitleid.

»Will's probieren, aber viel Zweck hat's nicht, wenn er nicht mit Maschine geschrieben ist. Die Redakteure haben für handgeschriebene Artikel keine Zeit. Wenn sie die schon sehen, geraten sie aus der Fassung. Außerdem kommen für meine Geschichten nur wenige Blätter in Frage.«

»Aber du kannst doch tippen, nicht wahr?«

»Besonders gut nicht. Als ich aus der Schule kam, habe ich auf Vaters Wunsch einen Kursus mitgemacht und für ihn Briefe getippt, die er aus dem Büro mit nach Hause brachte. Aber was hilft das? Kein Mensch hier in der Gegend hat eine Maschine. Neulich habe ich mal Tantchen danach gefragt, und die meinte, die Leute würden geradezu empört sein über diese Idee.« Ich brachte trotz meiner verweinten Augen ein Lächeln zu Stande.

»Das ist Pech. Aber mach's doch erst handschriftlich, wir könnten es ja dann in der Stadt mit Maschine schreiben lassen.«

»Ach, das wäre die Sache nicht wert, so gut sind meine Arbeiten gar nicht.«

Wie schon gesagt, kann Paul mich wundervoll trösten, selbst wenn er insgeheim vielleicht denkt, ich stellte mich wegen Kleinigkeiten zu sehr an.

Um mein albernes Babyheulen wieder gutzumachen, setzte ich

mich an die Arbeit, schrieb ein paar Skizzen und war nachher wirklich überrascht, als eine von einer Wochenzeitung angenommen wurde. Ich fand sie recht schwach, doch Paul, der mich um jeden Preis wieder aufheitern wollte, behauptete, sie sei ›gar nicht so übel‹. Mehr zu loben vermochte er sie freilich nicht. Ich glaube aber, er war froh, keine Porträts aus unserem engsten Kreise zu finden denn unmöglich konnte er sein Konterfei in dem eleganten Jüngling entdecken, der zur Jagd ging, Polo spielte und tanzte und in seiner Freizeit eine geradezu lachhafte Farmwirtschaft betrieb. Immerhin brachte mir die Skizze zwei Pfund ein und war eine gute Übung.

Mitte Oktober hatte ich ein reizendes kleines Erlebnis mit Miss Elizabeth Jolson, die jetzt neun Monate alt und einfach goldig war.

Zufällig war ich an dem Nachmittag bei Mrs. Jolson zu Besuch, als ein Telegramm kam, dass ihre alte Mutter im Sterben läge und nach ihr verlangte. Es regte sie schrecklich auf.

»Eigentlich habe ich das ja erwarten müssen«, sagte sie. »Mutter ist fast achtzig und schon lange kränklich. Aber was soll ich inzwischen mit meinem Baby anfangen? Mutter hat nämlich nur zwei Zimmer in einem Miethaus.«

»Dahin können Sie Elizabeth nicht mitnehmen. Lassen Sie sie doch bei mir.«

Sie erschrak förmlich. »Ach, das ist ja rührend von Ihnen! Aber selbstverständlich kann ich es nicht annehmen. Ich denke …«

»Denken Sie nicht, liebe Mrs. Jolson. Packen Sie einfach Elizabeths Zeug ein, ich werde sie dann mitsamt dem Kinderbett hinten im Wagen transportieren. Das wird mir ja so viel Freude machen!«

»Aber mute ich Ihnen denn damit nicht zu viel zu, liebe Mrs. Russell? Ein Baby macht doch sehr viel Mühe, und Sie haben mit Babys noch nichts zu tun gehabt und …«

»Immerhin habe ich schon viele kleine Kusinen und Kinder von Bekannten betreut. Und Elizabeth hat mich gern, das wissen Sie ja.«

»O ja, wohl fühlen würde sie sich bei Ihnen, und bei niemand würde ich sie lieber lassen, doch was wird Ihr Mann dazu sagen? Männer mit den Babys anderer Leute belasten, das geht doch nicht.«

»Paul wird mächtigen Spaß an dem Kind haben«, sagte ich, zuversichtlicher als mir zu Mute war. »Nun aber kein Wort mehr, ja? Nur sagen Sie mir noch, während Sie das Zeug zusammenpacken, wann das

Kind die Flasche kriegen muss und wann Gemüse und so weiter. Wenn Sie morgen schon früh aufbrechen müssen, ist es doch viel besser, ich nehme das Kind heute Abend schon mit.«

So traf ich gegen Abend mit Elizabeth in ihrem Bettchen zu Hause ein. Paul kam wie immer an den Wagen, um mich zu begrüßen, und gerade als ich anhielt, gab das Kind einen krähenden Freudenschrei von sich. Paul sagte duldsam: »Na, was bringst du denn jetzt mit? Einen Hahn?«

»Nein. Ein Baby.«

»Was?«, rief er ganz entsetzt und lugte vorsichtig durchs Wagenfenster. Elizabeth, die ihn bemerkte, lachte glucksend. Jäh zog er den Kopf zurück, als habe ihn etwas gestochen.

Ich kicherte, sagte aber nichts, während er mit offenem Mund dastand. Zu gern hätte ich ihn weiter in der Ungewissheit gelassen, wies jedoch edelmütig die Versuchung von mir und sprang aus dem Wagen. »Es ist Elizabeth Jolson«, sagte ich, »die behalte ich für vierzehn Tage hier, weil Mrs. Jolsons Mutter im Sterben liegt; und sie zu ihr fahren muss.«

Ein gewaltiger Seufzer der Erleichterung entfuhr ihm, und ich sah, wie er sich verstohlen die Stirn wischte, während er lachend sagte: »Komm, lass mich das Kinderbett 'rausnehmen. Du hast mir einen schönen Schrecken eingejagt, du kleine Teufelin! Dachte schon, du hättest unseren Fünfjahresplan ganz vergessen.«

»Aber Liebster, hattest du tatsächlich geglaubt, ich hätte irgendwo am Wege ein Baby aufgelesen, wie man Pilze sammelt? Doch nun sag, wird uns das Kind nicht Spaß machen?«

»Das möchte ich noch nicht behaupten. Werden mal bis heute Nacht abwarten.«

Es machte aber wirklich Spaß, ich genoss jede Minute – sogar als Elizabeth in der ersten Nacht um zwei Uhr wach wurde und bitterlich zu weinen anfing, weil sie sich noch fremd und einsam fühlte. In weiser Voraussicht hatte ich das Feuer im Kamin nicht ausgehen lassen. Ich schürte es wieder, nahm das Kind auf den Schoß, wo es sich gleich still ankuschelte und träumerisch in die glühenden Kohlen starrte.

Plötzlich ging leise die Tür auf, und Paul sagte: »Ach so, dabei muss ich dich ertappen. Wäre ja allerhand, wenn du nun keine Nacht in den zwei Wochen durchschlafen könntest. Geh mal fix wieder zu Bett und gib mir das Baby.«

Nach drei Tagen hing er schon fast ebenso zärtlich an dem Kind wie ich. Er verstand es, mit Märtyrermiene zu sagen: »Weißt du, ich bleibe am besten mal eine Stunde im Hause, und du reitest rasch die flachen Koppeln ab, ja?« Das ging jetzt öfter so, und als ich einmal früh zurückkam, hatte er doch tatsächlich Elizabeth auf den Knien! Stehend! Da das Kind sich bisher immer noch gesträubt hatte, seine Füße anzustrengen, war Paul tief befriedigt, und, so weit man das bei seiner reservierten Art sagen kann, beinah protzig.

»Musst sie nur auf den Gedanken bringen. Nicht viel nachhelfen. Baby braucht bloß zu fühlen, dass du da bist, dann hat's keine Angst. Es kommt einzig und allein auf den richtigen Anfang an.«

Über seine Theorie vom Gehenlernen des Menschen hielt er dann Larry und Sam große Vorträge, als sie einmal abends zum Bridge kamen. Natürlich stellte Larry ihm allerlei interessante Fragen und nannte ihn schließlich unseren ›Spezialisten‹. Sie bot mir aber auch sofort ihre Hilfe an, als ich ins Schlafzimmer ging, um Elizabeths Windeln zu wechseln und sie für die Nacht gut zu betten. Das Kind weinte um diese Zeit nie, es schlief sofort ein. Larry beugte sich über das Bettchen, um es zu beobachten, und ich fand ihr Gesicht im Kerzenschimmer so schön und weich.

»Ein recht niedliches Kind, das dir sicher viel Freude bereitet«, sagte sie, fügte jedoch, weil sie sich um jeden Preis von der härteren Seite zeigen musste, rasch hinzu: »Aber ich mag sie lieber, wenn sie schon stubenrein sind.«

In dieser Zeit lernte ich Dr. Chavasse kennen. Als Larry eines Nachmittags bei mir war, hatte Elizabeth einen roten Kopf und jammerte über einen durchbrechenden Zahn.

»O, ich denke, das ist nichts von Bedeutung, und du scheinst ja mit Babys ganz auf der Höhe zu sein«, sagte sie. »Wenn es sich allerdings um das Kind anderer Leute handelt, macht man sich natürlich größere Sorgen. Das arme kleine Ding, ein Jammer, dass es sich so quälen muss. Können wir ihm denn gar nicht helfen? Du, eben fällt mir ein, ich habe ja noch ein altes Buch über diese Sachen. Gelesen habe ich darin noch nie, meine Schwiegermutter hat es dagelassen. Es heißt ›Ratschläge für Mütter‹ und ist von Dr. Chavasse. Ich rufe dich heute Abend noch an.«

Als sie dann anrief, war sie von Dr. Chavasse so begeistert, dass sie an den Zahn nicht mehr gedacht hatte. »O Susan, dass ich einen solchen Schatz schon so lange im Hause habe, ohne mich darum zu kümmern!

Das Buch ist über hundert Jahre alt und handelt ausschließlich von Damen und fruchtbaren Weinstöcken. Hör dir mal das an: ›Eine jung verheiratete Dame sollte sofort mit regelmäßiger Gymnastik beginnen. Dadurch weitet sich die Brust, die Schultern werden zurückgedrückt, die Muskeln gestärkt, der Geist wird erfrischt wie durch ein Glas Champagner, ohne dass sich je Kopfschmerzen einstellen.‹ Also, wertes Kind, wenn du dich wieder mal bei Nordweststurm mit den Schafen plagen musste, denk daran, dass das besser ist als ein Glas Champagner.«

»Aber wozu erzählst du mir das alles jetzt? Steht nichts vom Zahnen in dem Buch?«

»Leider nicht. Sobald du das Kind hast, bist du ihm ganz ausgeliefert. Folgendes, liebe Susan, diene dazu, dich auf den rechten Weg zu bringen und dich, wie Dr. Chavasse es ausdrückt, fruchtbar zu machen. Pass auf: ›Ein französischer Dichter sang dereinst, dass sein Haus ohne Kind wie ein Garten ohne Blumen, wie ein Käfig ohne Vogel sei.‹ Ich persönlich hasse es ja, wenn Vögel eingesperrt werden, und würde daher den leeren Käfig vorziehen. Nein, Susan, bleib noch am Apparat, dies musst du noch hören: ›Eine Dame sollte morgens recht früh, nicht aber abends spät spazieren gehen. Es ist schade, dass viele hübsche Gesichter von keinem Windhauch berührt werden dürfen.‹ Warte bitte, hier ist noch was Reizendes: ›Eine Dame sollte enthaltsam leben, indem sie nur frische Milch, Buttermilch, Brot, Kartoffeln und Mehlspeisen zu sich nimmt, aber sehr wenig Fleisch und keinerlei Stimulantien.‹ Die letzten zwei Worte in doppelt großen Buchstaben. Also wirfst du am besten gleich den Sherry weg, den dein Vater dir geschickt hat. Soll ich weiterlesen?«

»Nein, um Himmels willen nicht! Ich muss jetzt zum Baby.«

»Wie geht's denn überhaupt dem armen kleinen Wurm?«

»Tadellos! Und es ist kein ›armer kleiner Wurm‹, verstanden?«

»Liebling, wie nett und mütterlich von dir! Du hättest Dr. Chavasse bestimmt gefallen.«

Von dieser Stunde an trat der weise alte Arzt bei ihr an die Stelle des Buches über Psychologie, Gott sei Dank!

Elizabeth blieb zwei Wochen bei uns, und ich vermisste das Kind sehr, als Mrs. Jolson – nachdem sie ihre Mutter zur letzten Ruhe gebracht – es wiedergeholt hatte. Auch Paul vermisste die Kleine; ich wusste, dass er mich unruhig beobachtete, ob ich nicht zu grübeln anfinge oder mich beklagte, dass ich einsam sei, und heimlich weinte. Die Lämmer hatten die Wohnung verlassen und eine Pflegemutter bekommen. Ich hatte dem leichten Herzens zugestimmt als Elizabeth kam, und spürte keinen mütterlichen Drang mehr zur Pflege der kleinen Tiere.

Ich grübelte weder, noch weinte ich. Obgleich das Haus jetzt still und leer war, tröstete ich mich insgeheim mit dem Gedanken an das oft gehörte, angeblich sicherste Mittel für eine Frau, die sich ein Kind wünscht: Sie soll vorher ein fremdes betreuen. Vielleicht bewährte sich dieser Glaube bei Elizabeth?

19

Auf einer Schaffarm gibt es im November keine Zeit zum Trübsal blasen, sondern nur einen Gedanken, die Schur, und die Frage, ob das Wetter sich hält.

Die Farmer, die zu den ›Rehabilitierten‹ gehören, hatten einen gemeinsamen Schuppen zum Scheren, der auf unserem Grundstück lag. Also trieben die beiden anderen ihre Schafe zu uns, und dann wurde, auch wenn das Wetter dauernd gut blieb, drei Wochen pausenlos geschoren. Es war ein viel tollerer Betrieb, als ich mir vorgestellt hatte.

Die Scherer waren Maoris, die hier schon mehrere Jahre gearbeitet hatten. Der Haken dabei war, dass wir sie beköstigen mussten. Und das war ein Stück Arbeit mit der Verpflegung! Von Sonnenaufgang bis spät abends folgte eine Mahlzeit der anderen, die ganze Zwischenzeit war mit Kochen und Geschirrwaschen ausgefüllt.

Ich fragte Larry, wie es möglich sei, dass die Leute so viel äßen. Das ginge ja den ganzen Tag.

Sie antwortete lachend: »Die Arbeit ist sehr anstrengend, und das Essen gehört mit zum Lohn, liebes Kind.«

Am nächsten Tag brachte sie ein Buch mit – das erste Mal, dass Larry mich auf ein literarisches Gebiet führte. Noch dazu Verse. Sie las mir laut ein ganz witziges Gedicht vor, das die pausenlose Folge der Mahlzeiten schildert, denen die Scherer sich widmen.

In dem Buch, das sich mit dem Landleben im Busch beschäftigte, waren die Schafscherertypen echt und vorzüglich gezeichnet und war viel von ihrer grenzenlosen Esslust die Rede. Zu meiner Freude stellte ich fest, dass unsere Scherer mein gutes Essen zu schätzen wussten.

Die Farmer in unserem Gebiet schimpften eigentlich gewohnheitsmäßig über die Maoris. Paul gab zwar zu, dass sie besser schoren als die Pakehas, behauptete aber, sie seien unzuverlässig und schwer zu behandeln. Jedoch das lag wohl daran, dass er nicht besonders gut mit ihnen umging und sie ihn deshalb nicht sonderlich mochten. Ich fand sie höflich, und ihre unbesieglich frohe Laune gefiel mir sehr.

Natürlich hatten sie auch ihre Eigenarten. Ihre Verpflichtung, am 1. November zur Stelle zu sein, hielten sie nicht ein, vielmehr erschienen sie mit strahlendem Lächeln erst am Abend des 2., als Paul schon nicht mehr mit ihnen rechnete und fluchend die Schafe wieder vom Hof auf die Koppeln gejagt hatte. Zehn Tage klappte alles tadellos, aber dann, als sie gerade mit Tims Schafen zur Hälfte fertig waren, kamen sie mit kummervollen Gesichtern zu ihm und erklärten, eine ihrer Tanten sei gestorben, sie müssten unbedingt zur Totenfeier. So gern, so überaus gern sie weiterscheren wollten, es helfe nichts: diese Tante hätten sie zu sehr geliebt. Ich weinte beinah aus Mitgefühl, so rührend brachten sie das heraus.

Sie schworen, nach drei Tagen wieder da zu sein. Als vier vergangen waren, fuhr Tim voller Wut zu dem vermeintlichen trauernden Witwer, wo ihn jedoch die ›Verstorbene‹ selbst begrüßte. Mit ihrer Hilfe und unter Anwendung erheblicher Gewalt holten sie die ›trauernden Neffen‹ zusammen, die Tim sofort im Wagen zum Wirtschaftshof zurückbrachte, wo er ihnen befahl, ihren Rausch in der Scheune auszuschlafen. Am nächsten Morgen kamen sie harmlos freundlich und fröhlich zum Vorschein und sprachen, gewiss auf Verabredung, kein Wort mehr über den Tod ihrer Tante.

Die Schurzeit wurde für mich äußerst anstrengend. Ohne Larry, die mir jeden Tag half, hätte ich kaum durchgehalten.

»Jetzt sind sie doch bei Pauls Schafen, da hast du keine Veranlassung, mir zu helfen«, sagte ich.

»Ja, aber bald kommen unsere an die Reihe, und dann wirst du mir helfen. O nein, das ist kein besonderer Edelmut, so haben wir es doch immer gehalten, nur dass ich bisher alles allein machen' musste. Dann brachte ich einen ganzen Monat in der Küche zu, allein. Aber jetzt, seitdem du hier bist, macht es mir Spaß!«

Ja, mit Larry machte alles Spaß, sogar das Kochen der gewaltigen Mahlzeiten. Wie in dem Gedicht gesagt wurde, begann die Kocherei schon morgens um fünf. Dann hatte Paul schon einen Kessel Wasser für den Tee zur ersten Rauchpause auf dem Feuer. Das Frühstück erforderte viel Arbeit: Haferflocken mit dicker Sahne, gebratene Hammelkoteletts oder Würstchen und Kartoffeln, Berge von gerösteten Weißbrotscheiben und starker Tee. Wenn ich dann vor einem Abwaschbecken voller kalter, fettiger Teller und Schüsseln stand, kam Larry in leichtem Galopp die Anfahrt herauf, nachdem sie ihren eigenen Haushalt schon versorgt und oft auch für die zweite Rauchpause unserer Scherer schon Teekuchen oder Brötchen gebacken hatte.

Sie griff bei allen Arbeiten mit zu, ob ich das Haus fegen, im Hof die Schafe zum Scheren zusammentreiben musste oder im Scherschuppen zu tun hatte, wenn die Männer draußen auf den Koppeln waren. Und während der ganzen Zeit redete sie fast pausenlos allerlei ulkiges dummes Zeug. Paul und Tim mussten, sooft sie auch ihre allzu lebhafte Art kritisierten, doch zugeben, dass sie nicht nur im Reden, sondern auch in der Arbeit unübertrefflich war.

Das Wetter hielt sich so gut, dass die Schur – bis auf den ›Urlaub‹ der Scherer zu dem angeblichen Begräbnis – störungsfrei über drei Wochen andauerte. Als alles fertig und der letzte Ballen Wolle signiert und auf den Lastwagen geladen war, fuhr Paul wieder einmal zur Stadt, um vielerlei längst nötige Besorgungen zu machen. Ich war zu erschöpft, um mitzufahren. So legte ich mich für den einen Tag ins Bett, mit einem guten Roman und dem herrlichen Gefühl der Freiheit nach großen Strapazen.

Gegen 7 Uhr abends hörte ich seinen Wagen den Hang heraufkeuchen; ich nahm die Schubkarre und fuhr sie ihm ein Stück entgegen, denn gewöhnlich hatte er eine Menge Pakete im Wagen und seine Heimkehr machte immer viel Freude, da er meistens ein paar Überraschungen und kleine Geschenke für seine ›Strohwitwe‹ mitbrachte. Ich musterte dann heimlich schon die Pakete, während wir sie auf die Karre stapelten.

Diesmal brachte er auch einen Sack feines Gerstenmehl, ein Bündel Stiele für Äxte und Hackmesser, eine neue Säge, einige Arbeitshosen und ein großes Paket Lebensmittel mit. Für mich schien nicht viel dabei zu sein. Eigentlich eine Enttäuschung. Aber auf dem freien Vordersitz lag ein großer Karton, den ich nicht herausnehmen durfte.

»Der ist zu schwer für dich – hier fang auf! Das übrige kann noch auf die Karre.«

Na ja, dachte ich, Fisch und Bananen isst er ja selbst so gern. Der Sherry war immerhin etwas. Er schien den sonstigen Paketen keinen Wert beizumessen und ging gleich wieder hinaus, um den großen Karton zu holen. Schon fühlte ich mich etwas gekränkt. Irgendein neues Gerät für die Farmarbeit sicherlich. Immer und ewig die Farm. Er setzte ihn vorsichtig auf den Küchentisch und bat mich, noch einmal im Wagen nachzusehen, unter dem Vordersitz müsse noch eine neue Feile liegen. Ich ging, ziemlich widerwillig.

Eine Feile fand ich nicht, doch als ich wieder in die Küche kam stand auf dem Tisch eine nagelneue Schreibmaschine! Paul prüfte gerade, ob nichts fehlte, und machte ein fast ängstlich gespanntes Gesicht. Als ich mich von dem freudigen Schreck wieder erholt und ihm gedankt hatte – ›anständig‹ gedankt, wie die Kinder sagen –, sagte er triumphierend: »Jetzt kannst du richtig schriftstellern!«

»Oh, Paul, die muss ja ein Vermögen gekostet haben, und dabei hast du selbst so viele Sachen nötig!«

»Jetzt kannst du dich revanchieren«, erwiderte er. »Wir sind ja Partner, nicht wahr?«

»Aber wie hast du die bloß kaufen können? Ich dachte, unser ganzes Wollgeld ginge für die Pacht drauf.«

»Ja, das für die offiziell abgelieferte. So ein altmodischer Wagen hat bei seiner Größe auch Vorzüge – du würdest staunen, wie viele Säcke mit Wolle sich hinten verstauen lassen.«

»Oh, du hast privat noch welche verkauft? Wenn die Verwaltung das nun erfährt? Sind das nicht Schwarzmarktgeschäfte?«

»Ist mir völlig schnurz, ob das so genannt wird. Die ›Rehab‹ hat drei Mal so viel gekriegt, wie sie erwarten konnte – und du hast jedenfalls jetzt eine Schreibmaschine.«

Da fand ich es am klügsten, nichts mehr zu sagen.

Es war eine herrliche kleine Maschine. Noch am selben Abend probierte ich sie aus, während Paul besorgt beobachtete, ob sie auch keinerlei Mängel hätte. Dann tippte er selbst ganz ernst mit dem Zeigefinger ein paar Worte und brachte es fertig, sämtliche Tasten ineinander zu verklemmen.

»Lass es lieber«, sagte ich. »Kannst aber noch mein Sekretär werden.«

»Unsinn! Das würde ja komisch wirken. Ein Farmer tippt keine Briefe.«

»Würde aber mächtig imponieren. ›Werte Herren von der Rehab, in Beantwortung Ihres sehr geehrten vom Soundsovielten, in Sachen der vermissten Wollsäcke‹ – in diesem Stil, weißt du?«

Er benahm sich wie ein aufgeregter Schuljunge. Noch nie seit dem Abend, als ich versprach, ihn zu heiraten, hatte ich ihn so froh gesehen und so viel reden hören.

Selbstverständlich musste ich mich nun auch hinsetzen und schreiben. Ich dachte an eine ganze Reihe mehr oder weniger origineller Artikel, die sicher in Neuseeland gern gelesen werden würden und von denen die meisten sich eigneten für kleine landwirtschaftliche Zeitschriften, die den weiblichen Schriftstellern auf dem Lande ganz gewogen waren. Also versuchte ich mich an Skizzen, Kurzgeschichten und Artikeln, von denen ein paar in diesen Blättern erschienen und mehrere tatsächlich auch in Australien angenommen wurden.

Andere kamen zurück. Wenn das geschah, war Paul sehr empfindlich und sprach abfällig über Zeitschriften, die er jahrelang mit Vergnügen gelesen hatte. Ich aber härtete mich ab gegen die Enttäuschung, wenn solche lange und dicke Kuverts wieder ins Haus kamen. Das gehörte eben dazu und musste ohne Ärger ertragen werden.

Und dann erlebte ich eine gewaltige Glückssträhne. Davon ahnte ich noch nichts, als Mrs. Millar mich anrief und mich dringend bat sie nachmittags zu besuchen. Im Gegenteil, ich schimpfte vor mich hin, denn ich war mitten in einer Geschichte, die ich für recht gut gelungen hielt und gern fortgesetzt hätte. Da ich aber keine dringende Entschuldigung vorzubringen wusste, musste ich der Aufforderung folgen.

»Ich habe eine alte Freundin hier, mit der ich Sie so gern bekannt machen möchte. Sie interessiert sich sehr für Ihre literarische Arbeit«, erklärte Mrs. Millar.

»Was geht mich die an?«, dachte ich. »Wird wohl irgendeine alte Glucke sein, die sich aufplustert und dir einreden will, du seiest eine Katharine Mansfield, weil ein paar belanglose Kurzgeschichten von dir veröffentlicht sind.«

Da Mrs. Millar immer so nett zu mir gewesen war, versprach ich ihr, ungefähr um drei zu kommen. Ich war inzwischen, wenn ich Post holen fuhr, schon mehrmals bei ihr gewesen, da ihr Haus nur etwa drei Meilen von der Post entfernt liegt. Wir hatten uns jedes Mal gut unterhalten. Vermutlich aber zeigte sie sich jetzt, wenn eine dritte Person zugegen war, wieder von der schüchternen, weniger angenehmen Seite.

Und damit hatte ich mich, wie meistens, erheblich geirrt, denn ihr Gast war alles andere als eine alte Glucke, vielmehr eine sehr moderne und elegante und anscheinend höchst temperamentvolle Dame, für die die Bezeichnung ›alte‹ Freundin gar nicht passte. Die Dame hatte mit dem Rundfunk zu tun, und zwar mit dem Frauenfunk, was ein wenig peinlich für mich wurde, da ich mir den selten anhörte, meistens nur zufällig, wenn ich fürs Zeitzeichen anstellte.

»Was halten Sie von unserem Frauenfunk?«, fragte sie mich und ergänzte lachend: »Aber ich kann Ihnen ja vom Gesicht ablesen, dass Sie den nicht hören.«

»Ich muss gestehen, dass ich wirklich keine große Radiohörerin bin.«

»Ah ... Dann sind Sie aber nicht auf der Höhe! – Wir sind ständig auf der Suche nach etwas Neuem, und da habe ich mir gedacht, einige Themen aus dem Farmerleben wären eine willkommene Abwechslung. Florence hat mir ein paar Skizzen von Ihnen gezeigt, und das ist der Grund, weshalb ich Sie kennen lernen wollte.«

Ich lächelte geziert, ohne zu erkennen, was ich dabei sollte.

»Also, diese Skizze vom Landleben. Das Günstige bei Ihnen ist, dass Sie nicht nur Ihren Stoff genau kennen, sondern auch wirklich zu schreiben verstehen. Wie wäre es, wenn Sie für uns mal so etwas machten? Ich glaube, Ihre Stimme würde recht gut ›rauskommen‹.«

Ich war sprachlos. Das wurde ja aufregend!

Sie fuhr gleich fort: »Wenn Sie das in Betracht ziehen wollen, lassen Sie uns gleich die Sache anpacken. Ich bleibe nur drei Tage hier, aber vielleicht haben Sie einen Nachmittag für mich übrig? Schön, soll ich dann zu Ihnen oder wollen Sie hierher kommen?«

Mrs. Millar sagte sehr liebenswürdig: »Bitten sie doch Mrs. Russell hierher, dann braucht sie sich dabei nicht zu verzetteln, indem sie uns mit Tee bewirtet und so weiter. Ich würde Sie beide allein lassen.«

Ich dankte ihr, noch ganz benommen. Miss Graham nahm sofort ihren Faden wieder auf und sagte mit klarer, energischer Stimme: »Für Vormittagssendungen zahlen wir nicht besonders viel, aber wenn wir Sie gut finden, bekommen Sie wahrscheinlich zwei Pfund für jede, und ein halbes Pfund extra, wenn Sie selbst vorlesen. Sollen wir es zunächst mit einem halben Dutzend versuchen, denen, wenn sie sich gut einführen, weitere folgen könnten?«

»Ja – o ja, aber – aber wie soll ich das von hier aus machen?«

Sie lachte. »Na, Sie sind bestimmt keine fanatische Rundfunkhörerin. Von ihrer Wohnung aus sprechen können Sie natürlich nicht, sondern Sie müssen in die Stadt kommen; dort werden die Vorträge auf Band aufgenommen, gleich alle fünf oder sechs, damit wir sie dann nach Wunsch ins Programm aufnehmen können.«

»Ach so, ich verstehe. Ja, ich bin tatsächlich sehr dumm. Ich dachte nur von sehr bekannten Leuten würden Bandaufnahmen gemacht.«

»Während des Krieges, als das Material schwer zu bekommen war, haben wir nicht viele Aufnahmen gemacht, doch jetzt liegen die Dinge anderes. Sie müssten natürlich erst zu einer Sprechprobe kommen, aber für die erste Probe übernimmt unsere Gesellschaft die Reisekosten, und die ganze Geschichte wäre an einem Tage erledigt. Nun, wie denken Sie darüber?«

»Selbstverständlich würde ich gern die Probe machen – wenn Sie glauben, ich könnte es.«

»Aber gewiss werden Sie das können. Es dauert nicht lange, nur zehn bis fünfzehn Minuten. Ich möchte vorschlagen, dass Sie eine zusammenhängende Geschichte in Fortsetzungen bringen, mit einer Hauptfigur, um die sich alles dreht – zum Beispiel aus dem Leben eines Landmädchens, mit viel Romantik und ein paar schönen Pferden. Sie wissen schon, wie ich's meine. Lebensecht und heiter müsste es sein.«

Ich verabschiedete mich wie im Traum. Miss Graham hatte mir geraten, gleich am nächsten Tage die Sache in Stichworten aufzuschreiben, wir könnten dann an ihrem letzten Nachmittag hier alles Nähere besprechen. Einen Namen für das Mädchen, also die Heldin, zu finden war die erste Schwierigkeit.

»Der muss beim Hörer gleich haften bleiben und müsste auch den Titel für die Serie bilden. Bedenken Sie, dass Sie die Aufmerksamkeit ermüdeter Frauen fesseln sollen, die sich bei einer Tasse Tee erholen möchten. Es muss ein im ›Busch‹ vertrauter Name sein, finden Sie nicht auch? Florence, welchen Namen soll unsere Heroine haben?«

»Warum nicht ›Susan‹?«

Ich erbleichte, doch zum Glück lehnte Miss Graham ab.

»Nein. Gut wäre einer mit Alliteration. Wollen mal überlegen. B's sind schwierig. Aber könnten wir sie nicht als richtigen Wildfang erscheinen lassen und sie ›Bobby‹ nennen? In Wirklichkeit heißt sie dann also Roberta. ›Bobby im Buschland‹ wäre gewiss ein Titel?«

Ich sah in Gedanken Pauls angewidertes Gesicht und konnte Larrys belustigtes Lachen hören.

»Nicht ›Bobby‹«, murmelte ich in schwachem Protest, »und vielleicht braucht's auch nicht mit ›Busch‹ verbunden zu sein. Ist diese Bezeichnung nicht schon reichlich abgedroschen?«

»Na, jedenfalls muss der Titel flott klingen! Es gibt doch noch mehr Namen. Nur nicht Beatrice, das passt zu schlecht. Ich überlasse es Ihnen. Suchen Sie einen Namen aus und skizzieren Sie die Handlung. Sie darf ruhig mager sein, Hauptsache, dass sie lebhaft und romantisch ist und vor allem: echt. Und viele Tiere müssen vorkommen, besonders Pferde. Merkwürdig, dass die Leute so gern von Pferden hören, während wir alle im Auto leben!«

Über den Namen dachte ich auf dem ganzen Rückweg nach, ohne einen zu finden. Ich war so aufgeregt, dass ich beinah aus dem Sattel fiel, als Tommy im Zwielicht vor einem hellen Baumstumpf scheute.

Paul kam heraus, sobald er den Hufschlag des Ponys hörte. »Kommst ja recht spät wieder«, sagte er. »Hätte nicht gedacht, dass Mrs. Millar dich so fesselt.«

Ich ließ mich zur Erde gleiten und wäre fast über meine eigenen Beine gefallen. Paul stellte mich auf die Füße und sah mich aus erhabener Höhe an. »Was ist denn?«' fragte er. »Bist doch nicht schwindlig, wie? Fühlst du dich krank?«

Ich blickte an ihm vorbei in den dunkelnden Himmel und sagte, als spräche ich aus weiter Ferne: »Paul, ich gehe in den Äther.«

Er drehte sich zu mir um, sah mich scharf an und betrachtete dann, meinen Blicken folgend, die ersten, noch schwach blinkenden Sterne. Ich merkte ihm an, dass er glaubte, ich sei plötzlich irregeworden.

»Ich meine, ich werde für den Rundfunk arbeiten. Frauensendungen über das Landleben. Bei Mrs. Millar ist eine gewisse Miss Graham zu Besuch, die eine maßgebende Rolle beim Funk zu spielen scheint und der Ansicht ist, dass meine Skizzen sich für ihre Sendungen eignen.«

Schon spürte ich, dass ihn dieser Gedanke mächtig erregte, was er aber keinesfalls zeigen wollte.

»Na ja, warum denn nicht«, sagte er. »Wird bedeutend besser sein als das Zeug, das einige Weiber im Radio über Babys quärren. Über was wirst du denn sprechen?«

»Über das Leben im Busch – Schafe, Pferde, Hunde.«

»Ach das? Na ja, über die wirst du ja so allmählich ein bisschen Bescheid wissen.«

Ich bäumte mich wieder innerlich auf. ›Allmählich ein bisschen‹! Dabei meinte ich, in Neuseeland schon als Kapazität in puncto Buschleben zu gelten. »Susan Russell, die einer großen Hörergemeinschaft das Leben nahe bringt, das sie so gut kennt und liebt.« Und ein Bild von mir in der Funkzeitschrift ›Listener‹. Zu Pferde. Aber nicht auf Tommy. Der war nicht repräsentativ genug. Dazu wollte ich mir Pauls ›Consul‹ leihen.

Der Name für den Titel meiner Sendung war noch immer problematisch. Lange beriet ich darüber abends noch mit Paul, der schließlich ganz vernünftig meinte: »Ach, man wird sich doch nicht wegen eines Namens festfahren. Nenne das Mädchen, wie es dir gerade einfällt, und schreib los. Kannst es doch später noch ändern. Nenne sie einfach Belinda.«

Den Namen fand ich gar nicht schlecht. Er war modern und klang heiter. Seine Trägerin konnte sehr wohl romantisch veranlagt und dabei mädchenhaft sein. Also tauften wir die Heldin ›Belinda‹, tranken mit dem Rest Sherry auf ihr Wohl und gingen zu Bett.

Natürlich konnte ich nicht einschlafen, die ganze Nacht tanzten die Wörter ›Reiten‹ und ›Romantik‹ wie höhnisch vor meinen Augen. Endlich dachte ich mir einiges aus, was Belinda tun konnte, zündete eine Kerze an und stahl mich aus dem Bett, um die Stichworte auf einem alten Kuvert zu notieren.

Tags darauf sauste ich wie ein Wirbelwind mit dem Besen durchs Haus, in Gedanken die ganze Zeit bei Belinda. Ich gab Paul kalten Aufschnitt und Apfelkompott zum Abendessen und setzte mich vor meine Schreibmaschine. Skizzierte sechs Abenteuer Belindas und ihrer Freundinnen und schrieb abends einen Abschnitt fertig. Zum ersten Mal empfand ich, dass der Mensch sich in eine Geschichte ganz versenken und wie verrückt arbeiten kann, solange die Stimmung anhält.

Am andern Morgen nahm ich den Besen nicht einmal in die Hand, sondern schrieb zwei Fortsetzungen, ehe ich die Schreibmaschine in den Wagen packte und abfuhr, um Miss Graham zu besuchen. In meinem Kopf sah es wirr aus, doch mein Herz jubilierte.

›Belinda im Busch‹, modern und doch voll Romantik. Gut so.

Und das Wunder war, dass Miss Graham sich aufrichtig freute. Natürlich musste das Ganze noch ein bisschen ›beschnitten‹ und stellenweise etwas lebendiger gestaltet werden. Sie zeigte mir eine Menge Fehler, indem sie mich aufklärte, dass gesprochner Text ganz anders als geschriebener formuliert sein muss, und sie bewies mir das durch ein einfaches Exempel: Ich musste eine der Skizzen laut vorlesen. Und sofort hörte ich, wo die Sprache geschraubt oder unnatürlich klang.

»Wäre gut so für ein Literaturblatt, aber hier sprechen Sie zu schlichten Leuten. Zerstört das Ihre Ambitionen?«

»Selbstverständlich nicht. Ich gebe mich über das, was ich schreibe, keiner Täuschung hin, nur wünschte ich, mehr Rundfunkvorträge gehört zu haben.«

»Fangen Sie damit lieber jetzt nicht an – dann versuchen Sie bloß, sie nachzuahmen, und geraten durcheinander. Könnten Sie die Fortsetzungen bis Mitte Dezember fertig bringen?«

Ich hatte das Gefühl, sie bis zum nächsten Mittag vollenden zu können, sagte das jedoch nicht. »Mitte Dezember? – O ja, das könnte ich schaffen.«

»Gut. Dann schicken Sie sie mir zum Überprüfen, ja? Machen Sie für sich eine Kopie von allen. Die ersten werde ich für Mitte Januar ins Programm einsetzen, dann wahrscheinlich in Abständen von vierzehn Tagen die weiteren bringen. Könnten Sie kurz nach Neujahr zur Prüfung Ihrer Stimme und für die Aufnahmen in die Stadt kommen?«

Ich wünschte, es hätte sich ein anderer Zeitpunkt finden lassen, denn im Januar konnte Paul sehr schlecht die Farm verlassen, das hatte er mir ja im letzten Jahr deutlich gemacht mit der Erklärung, er hätte nur im Februar Zeit, mich zu heiraten. Ich sagte aber Miss Graham zu und fuhr auf dem Heimweg schneller als vernünftig war, um zunächst zu Larry zu kommen, denn ich hatte seit Beginn des Rundfunkplans noch nicht den Kopf von der Schreibmaschine erhoben, um die Neuigkeit ›in die Welt‹ zu telefonieren Jetzt hielt mich nichts mehr, ich musste es ihr erzählen.

Larry war hingerissen. »Wie wundervoll, Liebste!«, rief sie. »Ich sehe dich schon als richtige Rundfunktante, immer freundlich und verständnisvoll, wenn die Leute dir schüchtern ihre Fragen schicken, wie sie die beste Currysauce machen oder sich die Liebe ihres Mannes erhalten können. Das muss ja riesigen Spaß machen! Und du solltest deine Vorträge auf mein Niveau abstellen, denn ich bin einer der so genannten Durchschnittshörer und ich höre tatsächlich manchmal die

Frauenstunde. Nein, ich bin sogar ein ungebildeter Hörer, genau von der Sorte, die du brauchst. Ja, du musst mir alle Geschichten gleich vorlesen.«

»Das könnte ich nicht, du würdest mich zum Lachen bringen. Aber vielleicht kannst du mit mir in die Stadt kommen, wenn sie aufgenommen werden? Anfang Januar. Paul kann dann einfach nicht weg. Wenn wir zusammen führen, das wäre doch prima!«

»Selbstverständlich kann ich. Das möchte ich mir auf keinen Fall entgehen lassen; du musst mich unbedingt mitnehmen. Ich war noch nie in so einem Rundfunkpalast, den ich schon immer gern sehen wollte. Dann kann ich auch mal feststellen, wie sie die Pferde zum Galoppieren und das Wasser zum Sprudeln und Rauschen bringen, wenn die Heldin beinahe im Fluss ertrinkt! – Oh, Susan, was haben wir noch Vergnügen vor uns! Wer hätte gedacht, dass ich mal eine Freundin haben würde, die sich plötzlich als berühmte Schriftstellerin entpuppt!« Niemand konnte sich so mitfreuen wie Larry.

20

Ich schrieb stürmisch weiter über Belinda und beendete die Serie in vier Tagen. Sonderbar, wie der Mensch sich beim Schreiben an einen Charakter ganz verlieren kann, um ihn nur gelegentlich zu verlassen und erst, wenn die Arbeit fertig ist, gleichsam an die Oberfläche zu kommen und wieder ins normale Leben zu finden. Ich wusste wohl, dass es den Meistern der Literatur so ging, hatte aber nicht geahnt, dass es auch bei so geringfügigen Arbeiten der Fall sein konnte.

Nicht, dass ich die Bedeutung von ›Belinda‹ falsch eingeschätzt hätte. Sie war als nettes, natürliches und freundliches Mädchen dargestellt, brachte mir ein paar Pfund ein und das schmeichelhafte Gefühl, um die Artikel gebeten worden zu sein. Außerdem eine kleine Reise mit Larry und eine ganz neue Erfahrung, an der ich sicher Spaß haben würde. Und schließlich: Falls ich jemals das Buch schreiben sollte, auf das Paul immer noch dunkel anspielte, war die Arbeit mir eine gute Vorübung gewesen.

Das alles sagte mir mein guter Menschenverstand, und trotzdem hatte ich den Sinn für Proportionen verloren. Zuerst ließ ich die Manuskripte von Paul prüfen, der sie geduldig las und ein paar Mal zaghaft lächelte. Schließlich meinte er, während ich atemlos auf sein Lob wartete, ihm lägen diese Art Geschichten nicht besonders, doch viele Frauen würden sicherlich ganz erpicht darauf sein.

Das war ein Schlag! Das Schlimmste, wenn man sich zu sehr vertieft hat: Man meint immer, ein Meisterwerk geschrieben zu haben und braucht eine ganze Weile, bis man merkt, dass das nicht der Fall ist. Na, durch Paul kam ich erheblich schneller zu dieser Einsicht.

Ich sagte schmollend: »Tut mir leid, dass du sie nicht magst, aber vielleicht bist du so nett, sie vor allem darauf durchzusehen, ob ich in puncto Farmwirtschaft einen Fehler begangen habe, bei den Schafen oder Pferden oder bei der Jagd. Du kennst die Jagd hier, ich aber nicht, und da kann sich leicht etwas Falsches eingeschlichen haben.« – Belinda musste selbstverständlich auch Jägerin sein, denn das passte zu ihr.

Paul nahm die Manuskripte und beschäftigte sich, mächtig qualmend, zwei Stunden gewissenhaft damit. Ab und zu notierte er sorgsam ein paar Worte auf einem Formular für die Einkommensteuer. Als er fertig war, hatte er eine richtige Liste aufgestellt und machte seine Witze über einen Hürdensprung, den ich Belinda zuschrieb, als sie auf den Helden wütend war. »Nur ein erstklassiges Rennpferd, könnte das leisten«, sagte er.

Ich nahm ihm die Blätter ab und machte hochmütig, noch immer ein wenig gekränkt, die Korrekturen. Am nächsten Morgen fuhr ich zu Larry, in der Hoffnung, bei ihr mehr Begeisterung zu finden. Es war mir peinlich, dass sie mich zwang, den Text laut vorzulesen. Das dämpfte am wirksamsten meinen Hochmut.

Sie benahm sich genau wie erwartet: lauschte hingegeben den Liebesszenen, lachte stets an der richtigen Stelle, kritisierte aber erbarmungslos jeden Versuch, einen vornehmen Stil zu schreiben. »Diese Sätze taugen gar nichts«, sagte, sie, »so redet ein Mädchen niemals. Ja ja, ich weiß, dir gefällt gerade diese Fassung, aber du hast beim Lesen deine Stimme verstellen müssen. Das war Predigen, kein normales Sprechen. Vergiss doch nicht, dass deine Charaktere echt sein sollen und simple Leute. Keine Angeber.«

Das war ja noch schlimmer als Pauls Kritik! Angeber – nein, so etwas! Mich beschlich aber doch die Furcht, dass sie Recht haben könnte, also strich ich die mir so sympathischen Sätze aus.

Und schließlich bat ich noch, nicht ohne allerlei Entschuldigungen, Mrs. Millar um ihr Urteil über Belinda. »Ich weiß, dass die Geschichte durchaus nicht nach Ihrem Geschmack ist, aber ich werde ganz konfus. Zuerst dachte ich, meine Personen wären echt, aber jetzt habe ich das Gefühl, dass sie scheußlich sind. Sagen Sie mir wenigstens, ob man sie sich so vorstellen kann. Sie haben ja gehört, was Miss Graham sagte, und wissen auch, für welches Publikum ich schreiben soll. Wenn Sie glauben, ich müsste alles neu schreiben, werde ich nicht gekränkt sein. So niederschmetternd wie Pauls und Larrys Kritik kann Ihre kaum werden.«

Sie war so gutmütig! Aufmerksam hörte sie sich meine Vorlesung an und lächelte ein paar Mal. Ich beobachtete sie verstohlen und wurde immer unsicherer. Am Schluss sagte sie: »Ich glaube, es ist gut so. Genau das, was Cecily Graham haben will. Ich bin überzeugt, Sie können Besseres leisten als diese sehr leichte Ware, aber es klingt nett, ist lustig und lebensecht und wird sich angenehm von dem abheben, was Miss Graham im Allgemeinen bringen muss.«

Das Urteil genügte mir. Ich beschloss, nichts zu ändern, mir keine Kopfschmerzen mehr zu machen und in Ruhe auf die entscheidende Kritik zu warten. Ohne viel Umschweife lieh ich mir von Mrs. Millar ein großes Kuvert, und auf dem Heimweg gab ich die Sendung zur Post. Dann wartete ich, zwischen Hoffnung und Verzweiflung schwankend. Nach acht Tagen hatte ich ein Schreiben von Miss Graham in Händen.

> Die Manuskripte sind prompt eingetroffen und haben Anklang gefunden. Mir gefallen sie, Änderungen sind nicht notwendig. Wir nehmen alle sechs Geschichten an und werden aus ›Belinda‹, wenn sie sich durchsetzen sollte, eine ständige Serie machen. Inzwischen kommen Sie bitte am 10. Januar um 11 Uhr ins Studio. Ich werde dann dort sein, um Ihnen bei der Sprechprobe und der Lesung zu helfen.

Also war alles klar. Als Paul ins Zimmer kam, sagte ich wie selbstverständlich, dass meine Geschichten Miss Grahams Beifall gefunden hätten, und ihr Urteil sei ja schließlich maßgebend. Zu meiner Enttäuschung schien er die leichte Schärfe in meinem Ton ganz zu überhören, denn er sagte liebenswürdig: »Schön, das habe ich mir gleich gedacht! Für dergleichen bin ich ja nicht kompetent, aber dass du es kannst, wusste ich.«

Ach, mein lieber, nicht immer hellsichtiger Paul! Ich umarmte ihn der Friede war wieder hergestellt.

Larry, von Miss Grahams Lob sichtlich beeindruckt, blieb, wie immer, trotzdem bei ihrem eigenen Urteil. »Na, da hast du's! Ein Segen, dass ich dich dazu gebracht habe, die hochtrabenden Redensarten wegzustreichen. Und ein Glück für dich, dass du mich hier hast, denn ich bin doch die typische Vertreterin des Publikums, für das du schreibst. Eine Frau ohne Grips, die aber bei der Hausarbeit so müde wird, dass sie gern die Füße hochlegt und sich eine nette Geschichte im Radio anhört. Also ganz die brave Hausfrau, die ihr Vergnügen im eigenen Heim findet. Der Typ, den Dr. Chavasse so schätzt – hier, hör zu: ›Die stille Zurückgezogenheit im eigenen Heim sollte der größte Genuss einer Dame und ihr kostbarstes Privileg sein.‹ Kurzum: ›Larry, die echt frauliche Frau.‹ Fein, was?«

»Und jetzt leg mal die verflixten Papiere beiseite und rede nicht mehr davon«, sagte Paul zu mir. »In die Stadt brauchst du ja erst in vier Wochen zu fahren, also mach dir nicht jetzt schon Sorge um die Rundfunkaufnahmen. – In vierzehn Tagen haben wir Weihnachten. Wie denkst du darüber, deine Mutter möchte uns doch gern bei sich sehen. Wenn du Wert darauf legst, könnte ich mich ein paar Tage frei machen. Möchtest du gern Weihnachten zu Hause sein?«

»Nein«, gab ich zurück, »ich möchte zu Hause bleiben!«

Ich spürte, wie ihm diese Antwort zu Herzen ging.

So besprach ich das mit Larry, und wir beschlossen, am Weihnachtstag hübsch mit unseren Männern zu Hause zu bleiben. Zum Abendessen wollte ich nur gern Tim bei uns haben. Er war, als Paul krank im Bett lag, so nett zu mir gewesen, dass ich ihn richtig lieb gewonnen hatte.

»Na schön, dann nimm du ihn«, sagte Larry, »mit mir muffelt er nämlich immer noch 'rum. Abends könnten wir ja dann alle fünf mit den kalten Resten vom Festessen eine nette Party machen.«

Als ich zustimmte, fuhr sie fort: »Fünf. Ist es nicht spaßig, dass wir nun wieder bloß fünf sind? Eine Zeit lang waren wir immer sieben, aber Anne und Julian werden wohl kaum jemals wieder zu uns kommen. Vier Monate ist Anne nun schon fort. Vermutlich ist sie kuriert! Na ja, Spaß haben wir schon gehabt, als sie da war.«

Mehr hatten wir während der ganzen Zeit über die betrübliche kleine Liebesaffäre nicht gesagt. Eine der besten Eigenschaften Larrys, die kaum zu ihr zu passen schien, war ihre Zurückhaltung in Herzensangelegenheiten, in eigenen wie auch in fremden.

Es schien wirklich, als sollte unser Kreis sich nicht wieder auf sieben erweitern, denn es kam keinerlei Nachricht über eine voraussichtliche Rückkehr der Gerards. Gelegentlich traf von Anne ein Brief für Larry oder mich ein, und Miss Adams bekam, wie es schien, von ihr fast regelmäßig Nachricht. Danach hatten sie die vier Monate recht munter verbracht, indem sie zuerst Julian die Sehenswürdigkeiten der Umgebung zeigten und dann der Reihe nach die im Süden wohnenden Freunde und Bekannten des Panjandrum und Annes Freundinnen besuchten. Sie hatten dort eine ganz andere Lebensweise kennen gelernt als bei uns, das Leben der großen Zuchtfarmen von Canterbury und Otago, wo die Schafe nach Tausenden gezählt werden und die Wolle alljährlich ein Vermögen einbringt.

Zugegeben, dass diesem Leben die frühere Leichtigkeit und das Weiträumige fehlten. Die meisten der alten Gutshäuser standen leer, ihre Besitzer wohnten in kleineren, bequemeren Häusern, wo das Leben für die geplagte Hausfrau leichter war. Da es sowohl für den Haushalt wie für die Farm wenig Hilfskräfte gab, mussten alle übermäßig arbeiten. Trotzdem hatte das Leben dort Stil und Tradition. Die Ländereien wurden vom Vater auf den Sohn vererbt, das Ackerland war nicht erst vor wenigen Jahren aus dem Urwald gewonnen wie bei uns. Ich hätte gern gewusst, ob das Anne imponiert und ob der Panjandrum durch seine offensichtliche ›Kriegslist‹ das gewünschte Ziel erreicht hatte. Aus Annes Briefen war das nicht zu entnehmen.

Und dann rief sie mich eines Morgens an. Es war in der Woche vor Weihnachten. Ich glaubte sie noch unterwegs, doch sie waren schon zu Hause.

»Eigentlich rechneten wir selbst noch nicht damit«, sagte Anne, »aber zum Schluss ging es ganz plötzlich. Angekommen sind wir erst gestern Abend. Oh, Susan, wie herrlich ist es, wieder hier zu sein!«

»Werden Sie denn diesmal hier bleiben?«

»Hoffentlich! Ist noch unbestimmt. Ich – ich werde Ihnen alles erzählen, wenn ich Sie besuche. Wann darf ich kommen?«

»Jederzeit, je eher, desto besser. Wie wäre es heute Mittag? Ich muss zwar die Post besorgen, brauche aber nicht so früh fort. Auch ich habe Ihnen viel zu erzählen.«

»Ach, ich kann's gar nicht abwarten! Heute ist es mir allerdings nicht möglich, zu kommen, weil ich Miss Adams versprochen habe, sie nachmittags zum Tee zu besuchen, und beides würde ich nicht schaffen. Aber vielleicht kann ich Sie dort treffen?«

»Gern. Ich werde sie telefonisch fragen. Haben Sie schon mit Larry gesprochen?«

»Nein, ich wollte sie anschließend anrufen. Oh, Susan, wie freue ich mich, Sie und Larry nach so langer Zeit wieder zu sehen!«

Ihre Stimme klang so traurig, dass ich mich fragte, was sie mir wohl zu erzählen hätte. Von Tim hatte sie natürlich keine Silbe gesagt, und ich brachte nicht die Courage auf, damit anzufangen. Vielleicht hatte sie auf der Reise Trost und Zerstreuung gefunden, denn sie war ja noch sehr jung. Ich bildete mir ein, jede Veränderung in ihrem Gesicht sofort erkennen zu können, sobald ich sie wieder sah.

Hatte Tim von ihrer Rückkehr erfahren? Seit Wochen hatte er ihren Namen nicht mehr erwähnt. Anfangs, als ich die ersten Briefe von ihr bekam, berichtete ich ihm noch die Neuigkeiten, doch sein stummes Zuhören war nicht gerade ermutigend. Selbst wer ihn so gut kannte wie ich, durfte sich bei ihm keine Freiheiten herausnehmen. Er schien immerfort nur an die peinliche Szene auf der Bühne und seine wenig heldenhafte Rolle nachher zu denken. Hatte der verletzte Stolz seine Liebe zu Anne getötet? Das wollte ich nicht glauben, doch er war in letzter Zeit entschieden noch einsilbiger geworden und wirkte älter.

Als ich nachmittags ins Dorf fuhr, malte ich mir romantische Szenen mit Tim und Anne aus, die ich zusammenbringen wollte. Ich wusste nur noch nicht, wie. Immer noch hörte ich Tim, wie er im Dunkeln so schmerzlich gesagt hatte: »Oh, Anne, warum bist du nur so schrecklich jung!« Außer mir wusste kein Mensch davon, und keiner ahnte, wie sehr sie aneinander hingen. Ich kannte Tim und wollte unbedingt verhindern, dass Anne einen der besten Männer der Welt verlor. Ach, dieser alte Panjandrum mit seinen hoch geschraubten Ansprüchen! Den wollte ich überlisten und die Sache zu einem glücklichen Ende bringen. Mir war wohl ›Belinda‹ zu sehr in den Kopf gestiegen.

Als ich in den Laden kam, fand ich Miss Adams nicht vor, hörte aber irgendwo im Hintergrund ihre Stimme. Anne war nicht gekommen, ich sah weder ihren Wagen noch das hübsche, temperamentvolle graue Pferd – ein Geschenk ihres Vaters –, das sie immer ritt. Hinterm Haus, bei dem alten Stall, entdeckte ich Tantchen. Ich musste staunen. Sie stand in der Stalltür und versuchte, Annes Pferd in den unfreundlich dunklen Raum zu zerren. Sie warf geradezu wilde Blicke um sich, ganz rot im Gesicht und – ein ungewohnter Anblick – ganz zerzaust. Eine Flechte ihrer adretten Frisur war übers Ohr gerutscht, und der Klemmer saß ihr ganz schief auf der Nase; in den Augen hinter den Gläsern glomm es beinah bösartig.

»Nie habe ich Pferde leiden können!«, rief sie. »Grässlich dickköpfige Tiere. Den ganzen Tag ums Haus herum habe ich diesen Gaul gezerrt, und jetzt will er nicht in den Stall!«

»Aber warum soll er denn auch? Kann er nicht ebenso gut vorn an den Zaun gebunden werden? Weshalb wollen Sie ihn denn in den Stall haben?«

»Lassen Sie doch die Fragerei«, rief sie fast grob. »Hauen Sie lieber dem Biest mal eins drüber. Nie im Leben habe ich mich so anstrengen müssen. So eine Strapaze! Und dabei hat mir das Tier den Hals ganz besabbert, und zwar nicht aus reiner Zuneigung.«

»Was ist denn mit Ihrem Bein? Ihr Strumpf ist ja ganz zerrissen.«

»Als ob ich das nicht wüsste! Noch dazu ein Paar extra teure. Aber nicht bloß der Strumpf ist hin, auch die Haut am Hacken ist abgescheuert! Das gräuliche Vieh sprang plötzlich ohne Grund auf mich los und fuhr immerzu mit der Schnauze am Bein entlang.«

Ich musste wider Willen laut lachen, nahm aber die Zügel, und forderte sie auf, beiseite zu treten. Und das Pferd – so sind ja Pferde manchmal – ging sofort ohne Widerstand in den Stall, indem es Miss Adams einen vorwurfsvollen Blick zuwarf, als wollte es fragen, warum sie so viel Aufhebens von einer so einfachen Sache machte.

»Nun sehen Sie sich das an!«, rief Tantchen empört. »So ein unerhörter Querkopf! Machen Sie jetzt fix die Tür fest zu, dass der Gaul nicht 'raus kann! Mit dem scheint jeder sich auszukennen, bloß ich nicht, für mich sehen alle Pferde gleich aus.«

Völlig perplex schloss ich die Tür, verzichtete aber auf weitere Fragen, denn wenn Tantchen etwas nicht erklären wollte, gab es kein Mittel, sie dazu zu bewegen. Sie schob ihre Frisur wieder zurecht, schüttelte empört den Kopf über den ruinierten Strumpf und bemerkte – während wir vorn herum zum Laden gingen – ganz gleichmütig, Anne sei in der Küche schon beim Teeaufgießen. »Und«, fuhr sie fort, mit ihrem bekannten undurchdringlichen Blick hinter dem wieder korrekt sitzenden Klemmer, »es ist ganz unnötig, zu erwähnen, dass ich das Pferd in den Stall gebracht habe.«

Was mochte sie nur im Sinn haben? Ob sie unter der Hitze gelitten hatte?

Mein erster Eindruck von Anne war ebenso sonderbar: Sie stürzte sich zur Begrüßung förmlich auf mich. Wie hatten wir uns nur einbilden können, sie verloren zu haben! Sobald aber die Aufregung des Wiedersehens sich gelegt hatte, bemerkte ich ihr verändertes Wesen. Sie war viel schlanker geworden und wirkte deshalb wohl auch größer. Das kindlich runde Gesicht hatte feinere Züge bekommen und erschien älter. Kurzum: Anne war in diesen vier Monaten eine Erwachsene geworden.

Ruhiger war sie auch. Als wir sie drängten, uns ihre Erlebnisse von der großen Reise zu erzählen, sagte sie fast monoton: »Ach, es war alles sehr nett. Papa und Julian haben die Reise bestimmt genossen, denn denen behagt diese Lebensweise.«

»Und Ihnen nicht?«

»Oh, mir hat es auch Freude gemacht, aber so richtig wohl fühle ich mich nur hier.«

Wir tranken plaudernd unseren Tee, doch hin und wieder entstanden merkwürdige kleine Pausen, als merke Anne, dass wir an ein gewisses Thema nicht rühren wollten. Wir vermieden ängstlich, Tim zu erwähnen, und mir wurde langsam klar, dass mein Plan mit diesen Liebenden viel schwerer durchzuführen war, als ich mir gedacht hatte. Diese Anne war nicht mehr das zutrauliche, naive Kind vom vorigen Winter.

Als ich ihr gerade von der ›Belinda‹ berichtete, hörten wir einen Wagen vorfahren. Anstatt wie sonst das Läuten der Ladenglocke abzuwarten, lief Miss Adams zu meinem Erstaunen hinaus. Kurz darauf hörte ich ihre Stimme, unnatürlich und beinah nervös. »Ja, kommen Sie hier herein, die Papiere sind im Schreibtisch, in einer Minute habe ich sie zur Hand.«

Die Tür ging auf, und wer stand da? Tim! – Anne, die mit dem Rücken zur Tür stand, sah ihn nicht gleich. Aber dann ging alles so schnell, dass wir gar keine Bewegung mehr machen konnten.

»Tim!«, sagte sie nur, und schon war er ihr zwei Schritte entgegengekommen, und sie lagen sich in den Armen.

Von der Tür winkte Tantchen ganz aufgeregt. Ich schrak auf und verließ den Raum so schnell, wie ich mich noch nie bewegt hatte. Miss Adams hatte mich am Handgelenk gefasst, und wir eilten durch den Laden in den Stall zu dem grauen Pferd. Hier konnten wir wenigstens die beiden nicht belauschen.

Zum ersten Mal, solange ich die Posthalterin kannte, sah ich Tränen in ihren Augen. Sie nahm den Klemmer ab und wischte sie mit entrüsteter Miene fort.

»Werde noch sentimental, ich alte Närrin! Die zwei sind – sie sind ja so jung!«

Ich weinte beinah schon mit, da legte das Pferd, in einer jähen Anwandlung von Sympathie, seine weiche Schnauze Miss Adams auf den Kopf. Sie stieß es wütend zurück, und wir lachten beide ein bisschen unsicher.

»Ein gräuliches Untier – scheint aber das Herz auf dem rechten Fleck zu haben«, sagte sie.

Und jetzt platzte ich los: »Nun weiß ich, weshalb Sie das Pferd hier verborgen haben! Tim sollte nicht wissen, dass Anne wieder da ist.«

Sie schien mit ihrer Frisur so viel Mühe zu haben, dass sie nicht antworten konnte, doch ich redete rücksichtslos weiter: »Sie haben das ganze Komplott geschmiedet. Hätte nicht gedacht, dass Sie so hinterlistig sein können.«

Nun musterte sie mich mit unschuldigem Blick. »Weiß gar nicht, wovon Sie reden! Ich hatte hier wichtige Postsachen zu unterschreiben, und Tim erklärte sich liebenswürdigerweise bereit, meine Unterschrift zu bestätigen. Er ist extra deswegen hergefahren.«

Ich hielt ihren Blick ruhig aus, während sie eifrig ergänzte: »Wichtige Dokumente, und noch dazu eilig. Müssen rasch auf den Weg gebracht werden.«

Ganz grob sagte ich: »Quatsch!«, worauf Miss Adams sich empört aufrichtete. »Auch jeder andere hätte die Unterschrift bestätigen können«, fuhr ich fort, während wir zum Laden zurückgingen. »Weshalb baten Sie nicht mich darum? Nein, Sie hatten Tim herbeibestellt, damit er Anne hier treffen konnte. Als Überraschung für beide hatten Sie das geplant!«

Tantchen blinzelte mir nun schon wenigstens zu. »Überraschungen können sehr nützlich sein«, sagte sie und fügte, ihre kühle Reserve einmal vergessend, weich hinzu: »Die kleinen dummen Schäfchen! Hätten vielleicht diesen Zustand unbegrenzt andauern lassen und ihre ganze

Jugend vertan. Ich wusste aber, wenn sie sich plötzlich gegenüberstanden, dann …«

Wie klug war diese Frau – und wie skrupellos! Ich sagte reumütig: »Und dabei habe ich alle möglichen komplizierten Pläne gemacht um sie zusammenzubringen! Dachte an wunderbare, dramatische Verknüpfungen, und nun ging es so einfach!«

»Ach, Sie sollten lieber nicht Ihre schriftstellerische Fantasie spielen lassen, meine Liebe. Das Leben ist oft recht simpel – wenn die Menschen es nur so nehmen würden, wie es ist!«

Sie hatte Recht, wie meistens. Endlich öffnete sich die Tür, und die zwei kamen herein; ich saß am Ladentisch, und Miss Adams schien in rechnerische Aufgaben vertieft zu sein. Anne ging auf sie zu und gab ihr einen Kuss. »Sie Gute, Ihnen haben wir alles zu verdanken«, sagte sie. Tim ergriff Tantchens Hand, und eine ganze Weile sah es aus, als wollte auch er sie küssen, doch dann lachte er nur und sagte: »So eine Intrigantin! Von Ihnen hätte ich das bestimmt nicht gedacht!«

So standen die drei da, Hand in Hand. Für mich schien es bei der Szene keine Rolle zu geben.

Nun sagte Anne: »Bitte, raten Sie uns, Miss Adams. Tim möchte direkt zu Papa fahren und mit ihm reden, aber mir wäre es lieber, er würde damit noch warten. Nur bis Weihnachten. Papa ist doch jetzt erst wieder nach Hause gekommen, und ich finde, er ist so ganz anders als früher – schnell reizbar und schwer zu behandeln. Vielleicht, weil er endlich eingesehen hat – ich meine, dass er im Irrtum war und es zwecklos ist … Mit mir und Julian, wollte ich sagen. Ach, das war alles so dumm, weil Julian eigentlich genauso dachte wie ich, aber Papa nun einmal diesen Herzenswunsch hatte. Wenn Tim gerade jetzt zu ihm käme, gäbe es bestimmt Krach, und ich bin doch erst neunzehn, und vielleicht versucht Papa dann erst recht was Dummes –«

Tim runzelte finster die Stirn: »Wir müssen es ihm sagen! Zum Donnerwetter, er muss fair mit ihr sein!«

Tantchen schaltete sich energisch ein. »Ich bin absolut dafür, im alten sportlichen Geist schnurstracks aufs Ziel loszugehen, Tim, aber es gibt Zeiten, da soll man ebenso klug wie schneidig sein. Anne kennt ihren Vater am besten, also richten Sie sich lieber nach ihr und warten Sie noch ein, zwei Wochen, ja?«

Anne blickte ihn bittend an und nahm seine Rechte in beide Hände. »Tim, lass uns ein frohes Weihnachten feiern – wir wollen alle beisammen sein, wie es früher war. Dann haben wir wenigstens das als Erinnerung, was auch geschehen mag.«

Er sah sie, fast verzweifelt, in mühsam beherrschter Liebe an. »Nur das?«, fragte er.

Tantchen lachte lebhaft: »Ja, das – und noch viel mehr. Werdet nicht dramatisch, Kinder. Der Colonel wird vernünftigen Worten zugänglich sein, wenn auch vielleicht nicht sofort, aber er wird es einsehen müssen. Gegen Tim kann er ja beim besten Willen nichts einzuwenden haben, aber selbstverständlich ist es ihm unangenehm, zuzugeben, dass er sich in Julian getäuscht hat. Doch er wird sich beherrschen und euch schließlich seinen Segen geben. Ein bisschen Warten kann nichts schaden. Inzwischen werden wir die Sache hübsch geheim halten, unter uns vieren, ja?«

Ich zögerte, denn ich wollte Paul nicht gern im Unklaren lassen. Er war ja schon mit Tim befreundet, ehe wir uns kennen lernten. Außerdem lag mir das alles so am Herzen, dass ich einfach nicht anders konnte, als es ihm anzuvertrauen. Anne spürte das sofort.

»Wir vier – und Paul«, sagte sie, indem sie mir den Arm um die Schulter legte. »Was Susan weiß, darf auch Paul wissen – aber sonst weiter keiner, nicht einmal Larry und Sam. Susan, es ist Ihnen doch recht, Larry nichts zu sagen?«

Natürlich war mir das recht, und ich wusste auch, dass Larry deshalb nicht böse sein würde. Schließlich war ich ja auch nur zufällig zum Mitwisser geworden. Tantchen hatte hier die gute Fee aus dem Märchen gespielt, nicht Susan mit ihren höchst romantischen Vorstellungen. Also verpflichteten wir uns zum Schweigen – bis nach Weihnachten.

Die Liebenden fuhren ab, aber nicht zusammen. Tim sagte noch energisch: »Wenn dein Vater es noch nicht wissen soll, dann wollen wir uns einstweilen nur wie zufällig treffen, und nie allein. Das müssen wir wohl.«

Er ratterte mit seinem alten Wagen davon, und sogleich zog Anne, hellauf lachend, ihr Pferd aus dem Stall; sie küsste uns beide, stieg in den Sattel und ritt ab.

Und dann hatte ich meinen Triumph. »Diese Dokumente«, sagte ich sanft zu Tantchen, »die sehr eiligen Papiere, deren Unterschrift Tim bestätigen sollte – die scheint er ja ganz vergessen zu haben. Würde dafür meine Unterschrift nicht genügen?«

Ach, ein schönes Gefühl, sich so revanchieren zu können!

21

Larry, die bisweilen auch beim starken Geschlecht, das sie angeblich verachtete, eine gute Eigenschaft fand, hatte einmal zu mir gesagt: »Ein anständiger Zug bei den Männern ist, dass sie nicht lange hin und her reden und immer dasselbe ableiern. Manchmal kann mich das wild machen, aber im Grunde ist es beruhigend.«

In diesem Fall freilich konnte es einen ›wild machen‹, denn Paul hörte sich meinen atemlos vorgetragenen Bericht stumm an, stopfte sehr umständlich seine Pfeife und sagte: »Gut. Ich dachte mir schon, dass es dahin kommen würde. Aber das Geld ist doch oft ein böses Hemmnis.«

Er glaubte offenbar, damit das ganze Thema erschöpft zu haben.

Ich war, wenn ich auch brennend gern alles mit ihm besprochen hätte, insgeheim froh, dass bis nach Weihnachten nichts Entscheidendes geschehen sollte. Für gut eine Woche hatte ich auch genügend ›Emotionen‹ gehabt. Miss Adams hatte Tims Entschluss, die Situation nicht auszunutzen, durchaus unterstützt. »Ihr wisst ja beide, wie ihr miteinander steht«, sagte sie, »und es ist vernünftiger, wenn ihr euch nicht schreibt und nicht zusammenkommt, bevor Tim den Colonel aufgesucht hat. Eines Tages werdet ihr froh sein, so gehandelt zu haben.«

Anne widmete sich daher eifrig den Vorbereitungen für ihre Weihnachtsgesellschaft. Es sollte ein Aufsehen erregendes Fest werden, da sie fast alle Leute aus dem Bezirk einlud, auch die kleinen Farmer, die Lastwagenfahrer und wer weiß wen noch.

»Aber was wollen Sie bloß mit denen allen anfangen?«, fragte ich zweifelnd. »Die werden doch bestimmt nicht warm miteinander.«

»Wir werden im Freien tanzen, Quadrille tanzen, da freunden sie sich schon an.«

Anne hatte von der Reise eine richtige Leidenschaft für Kontertänze mitgebracht, die allmählich auch in Neuseeland große Mode wurden. Ich kannte sie noch nicht, hatte aber Zeitungsartikel darüber gelesen und den falschen Schluss gezogen, sie seien hyperamerikanisch und für unser konservatives Land nicht besonders geeignet, bestimmt aber nicht für uns hier draußen ›im Busch‹.

»Das haben Sie wirklich ganz falsch verstanden«, belehrte mich Anne. »Jeder Mensch tanzt das jetzt – eine Mischung von Volkstänzen und unseren Lanciers und so weiter. Es geht ja so leicht, diese einfachen Tänze lernt man sofort, und niemand geniert sich mitzumachen. Also seien Sie keine Spielverderberin, Susan. Julian ist ganz erpicht auf die Sache, er hat einen Elektriker aus der Stadt geholt, mit dem er sich bemüht, über den Tennisplätzen, wo wir tanzen wollen, farbige Birnen anzubringen.«

Der Colonel besaß – was kaum besonderer Erwähnung bedarf – ein eigenes Kraftwerk, eine vorzügliche Anlage. Er ließ sich nicht auf Kerzen ein, die dauernd tropften, auch nicht auf Patentlampen, die gerade, wenn es darauf ankam, versagten.

Über Julians Begeisterung war ich fast sprachlos, denn von ihm hätte ich so viel Freude an derart kindlichen Vergnügungen am wenigsten erwartet.

»Ach, das macht er ja zu gern! Wir haben während der Reise an vielen Gesellschaften teilgenommen, und ein paar Mal bei solcher bunten Beleuchtung getanzt. Julian meint, die Freude daran entspränge seinen tiefverborgenen primitiven Trieben. Ich hätte bei ihm nie primitive Impulse vermutet, weder tiefverborgene noch oberflächliche, aber durch diese Kontertänze sind sie wohl zum Vorschein gekommen.«

Na, dachte ich, wenn die Tänze das vermögen, werden sie gewiss auch das Wunder vollbringen, die kleinen Siedler und Farmer aufzutauen und munter zu machen. »Aber wir müssten doch eigentlich die Tänze vorher üben? Ich glaube, sie sind ziemlich schwierig.«

»Im Grunde sind sie kinderleicht, man darf sich nur nicht zu ungeschickt anstellen. Julian wird den Tanzmeister machen müssen. Glänzend ist er in der Rolle nicht gerade, aber es wird schon gehen. Übrigens, die Männer sollen sich nur nicht feierlich anziehen, sie können ruhig im Sportanzug erscheinen. – Sagen Sie, Susan, haben Sie nicht vielleicht einen weiten, leichten Rock, so einen buntbedruckten?«

»Ja, ich habe einen, der mal zu einem Strandanzug gehörte. Er hat einen mächtigen Saum, den ich 'rauslassen könnte.«

»Das ist ja herrlich! Ich muss Larry anrufen und fragen, ob sie auch einen hat. Wie alt der ist, spielt keine Rolle, mit Bauernblusen zusammen sehen diese Röcke ja hübsch aus! Wissen Sie, genau so, wie die Frauen der Pioniere zur Zeit der Planwagen sich kleideten.«

Beim Gedanken an Larry stöhnte ich innerlich. Da ich wusste, dass sie keinen besaß, war mir auch klar, dass sie sofort Feuer und Flamme sein und gleich bunten Stoff kaufen würde. Und ich wusste auch, wer ihr dann schließlich den Rock schneidern würde.

Und richtig! – »Liebste, Beste, Anne sagt, dazu brauche man kaum länger als eine Stunde. Es muss bloß eine Menge Stoff in der Taille gefältet werden. Während du mir den Rock schneiderst, will ich für dich gern jede erdenkliche Arbeit erledigen.«

So fuhren wir denn vier Tage vor Weihnachten zur Stadt und kauften einen sehr farbenfreudigen Kattun und die vielerlei Kleinigkeiten, die einem stets noch einfallen, wenn man glaubt, schon an alles gedacht zu haben. Jedenfalls hatte ich das geglaubt, als ich sorgsam jedem, der uns zur Hochzeit ein Geschenk gemacht hatte, eine Weihnachtsgabe sandte. »Mein Gott«, hatte Paul gesagt, »das macht uns ja Bankrott! Da kann ich mir vorläufig keine Hochzeit mehr leisten.« – Immerhin besaß ich noch viele so genannte ›kleine Aufmerksamkeiten‹ und ›winzige Gaben‹ von Leuten, die ich schon vergessen hatte und von denen ich das Gleiche hoffte. Larry ging es natürlich genauso, daher tauschten wir alle möglichen Sachen aus, um die ›Schulden‹ begleichen zu können.

»Du kannst den Shakespeare-Kalender haben, den mir meine Kusine Lucy geschickt hat. Gerade das Richtige für deine alte Oberlehrerin. Aber diese zwei Handtücher will ich nicht dafür, das ist zu wenig. Lieber die Puderdose hier.« In diesem Stil ging das vor sich. Man kennt das ja.

Gerade als wir abfahren wollten, war Mrs. Archer gekommen und hatte unsere Post gebracht. Für Larry war ein kleines Einschreibpäckchen dabei, das aufregend aussah, doch sie warf es nur gelangweilt vorn ins Handschuhfach. »Von Onkel Richard«, sagte sie. »Er zeigt sich zu Weihnachten immer recht nobel, der gute alte Knabe. Es ist aber bestimmt was Scheußliches. Wenn er mir doch lieber einen kleinen, runden Scheck schicken würde! – Nein, ich will's nicht auspacken; dazu fühle ich mich nicht stark genug.«

Unsere Fahrt wurde zu dem grässlichen Gehetze, das jeder bei Weihnachtseinkäufen in letzter Stunde erlebt: Eingekeilt in Massen müde aussehender Frauen und abgekämpfter Verkäuferinnen, bewegten wir uns mühsam zwischen den Waren, die schon reichlich ›angefasst‹ wirkten. Als wir uns am Wagen wiedertrafen, erschöpft, aber mit fast allen Besorgungen fertig, erklärte ich Larry, es sei nun Zeit, Onkel Richards Geschenk zu betrachten. Doch diese Aufforderung deprimierte sie noch mehr.

Und das Geschenk war wirklich gräulich. Ein schwerer, goldener Anhänger in Form eines riesigen, abstoßend hässlichen Käfers mit Brillantsplittern als Augen. Larry stöhnte und wickelte das Ding wieder ein. »Noch schlimmer als sonst – und so aufdringlich. Schnell aus den Augen damit!«

Als wir zusammen frühstückten, öffnete sie plötzlich ihr Geldtäschchen und rief in tragischem Ton: »Nur noch einen Shilling und drei Pence, und dabei muss ich noch Geschenke für sechs grässliche Leute besorgen. Wie viel hast du noch?«

»Hoffentlich genug, um unsern Lunch zu bezahlen. Warte, ich will's mal zählen. Fünf Shilling sieben – oh, da ist noch ein halber. Das wird dir auch nicht recht weiterhelfen.«

»Macht nichts. Weiß schon, was ich tue. – Nein, sei still, ich denke nach.« Das war ein warnendes Vorzeichen, besonders verstärkt, als sie zu denken aufhörte und zu lachen anfing. »Ich werde Onkel Richards Geschenk verkaufen! Ein Pfund muss es bringen. Es gibt hier einen Juwelier, der auch gebrauchte Sachen kauft, der wird's bestimmt nehmen.«

»Das kannst du doch nicht machen, ein Geschenk verkaufen!«

»Als Geschenk gehört es mir, also kann ich darüber verfügen, wie ich will.«

»Aber du hast es doch eben erst bekommen!«

»Um so mehr Grund, es rasch wieder loszuwerden. Es ist ja noch nagelneu. Das werde ich dem Juwelier schon klar machen.«

Aus ihrem berechnenden Blick schloss ich, dass Onkel Richard im Wert stieg.

»Aber wenn der Onkel dich nun fragt, wie es dir gefällt, und es sehen will?«

»Wird er nicht. Er kommt nie hierher. Einmal ist er erst zu Besuch gekommen und fand es furchtbar hier. Und wenn ich ihn mal besuche, kann ich leicht sagen, ich hätte vergessen, es mitzubringen.«

Ich gab zu, dass ihr das sehr leicht fallen würde. Überrascht war ich aber, dass ihr der Verkauf so leicht von der Hand ging. Ich blieb im Wagen sitzen, weil ich nicht Zeuge dieser ›Perfidie‹ sein wollte. Schon nach zehn Minuten war sie wieder da und schwenkte kreuzfidel zwei Pfundnoten.

»Dem Juwelier muss sehr weihnachtlich ums Herz gewesen sein«, rief sie. »Zwei Pfund! Nun kann ich alles erledigen und noch Geschenke für Sam und mich selbst mitnehmen.«

Weihnachten verlief still und friedlich. Tim verhielt sich noch stiller als sonst, doch ich wusste, dass er zufrieden war, bei uns sein zu können, und dass er Pauls geradezu vollendete Schweigsamkeit für die ideale Form der Geselligkeit an diesem Festtage hielt. Das einzige, was beide mit bohrender Unruhe erfüllte, war die bevorstehende Party und vor allem das Quadrilletanzen.

»Begreife nicht, dass es ausgerechnet Kontertänze sein müssen, aber vielleicht ist das was nach dem Geschmack der Stadtfräcke«, knurrte Tim.

»Mich bringt keiner dazu, Kapriolen wie ein Cowboy zu machen und alle zwei Minuten ein Geschrei auszustoßen«, sagte Paul bissig.

In dieser mürrischen Stimmung schleppte ich die beiden um 5 Uhr nachmittags zu den Gerards. Ich wusste wohl, dass Tim in erster Linie unzufrieden war, weil er nicht gerne Gast des Panjandrum sein mochte – auch nicht ein Gast unter fünfzig andern –, solange er das Gefühl hatte, ihn zu hintergehen.

Aber sowohl er wie Anne hielten sich streng an ihre Verabredung und benahmen sich in keiner Weise auffällig.

Natürlich hatten beide Männer eine Ausrede nach der andern vorgebracht, sodass wir verspätet ankamen und bereits so viele Gäste da waren, dass Tim sofort ›untertauchen‹ konnte.

Es kam mir vor, als tummelten sich die Männer des ganzen Bezirks mit Kind und Kegel auf den schönen, gepflegten Rasenflächen vor der Villa. Ich sah die Archers, strahlend und vergnügt, mit ihren Kindern, Mrs. Jolson mit ihrem Baby, das munter umherwatschelte und sich als Königin unter den übrigen Babys zu fühlen schien; ich sah Mrs. Millar, still und schüchtern, die von Zeit zu Zeit nervös zu ihrem Mann hinüberblickte, der sich wie gewöhnlich mit dem jüngsten Mädchen im kussfähigen Alter amüsierte. Auch Mrs. Grant war da, mit etwas säuerlicher Miene, doch offensichtlich von ihrer Umgebung stark beeindruckt.

Anwesend waren ferner, im engeren Kreis, zwei Fremde, mit denen Anne uns sofort bekannt machte. »Jan und Nancy Ross aus Christchurch. Wir haben uns sehr gefreut, als sie gestern Abend unerwartet ankamen. Sie tanzen beide ausgezeichnet Quadrille.«

Als wir für eine Minute allein waren, sagte sie leise zu mir: »Wollen Sie Tim bitte sagen, dass Jan und Nancy bis nach Neujahr bei uns bleiben? Er muss sich unbedingt noch bis dahin gedulden. Grüß ihn herzlich von mir, Susan – er weiß, wie lieb ich ihn habe und sag ihm, wie zuwider mir dieses Warten ist, aber dass wir doch unsere Sache nicht durchfechten können, solange Besuch bei uns ist.«

Der Panjandrum zeigte sich von seiner besten Seite, als feudaler und ritterlicher Gutsherr. Er begrüßte sogar Tim und Larry durchaus nett und scherzte fast übermütig mit Miss Adams; sie hatte tatsächlich einmal ihre Post verlassen, freilich mit der Weisung, sie sei für jedermann im Hause von Colonel Gerard erreichbar. Sie war fein und geschmackvoll gekleidet und jeder gesellschaftlichen Situation gewachsen.

»Wer ist denn die?«, fragte mich Nancy Ross. »Sieht ja äußerst elegant aus.«

»Die?«, wiederholte ich mit Genuss. »Das ist unsere Kolonialwarenhändlerin und Posthalterin.«

»Das ist doch wohl ein Scherz? Na, ich muss sagen, Sie leben ja hier in einem außergewöhnlich interessanten Bezirk. Ich kenne doch eine Menge Dorfkaufleute, aber die meisten wiegen ihre zwei Zentner und riechen nach Speck und Zwiebeln.«

»Tja, unsere Miss Adams ist eine sehr aparte Person, aber Sie dürfen von ihr leicht auf uns schließen.«

Das zwanglose Essen unter den Bäumen, wo jeder sich an den großen Tischen selbst bediente, verlief prächtig. Ich war erstaunt, wie Anne, wenn auch mit Hilfe ihrer tüchtigen Haushälterin und anderer dienstbarer Geister, das alles bewerkstelligt hatte. Sie war ganz in ihrem Element, so lustig, dass jeder sich bei ihr heimisch fühlte. Der Colonel warf ihr immerfort anerkennende Blicke zu, er war offensichtlich stolz wie ein Pfau – so ganz der arme irregeführte Vater, der da glaubt, alles verliefe durchaus seinen Wünschen entsprechend.

Als der Abend dämmerte, halfen alle beim Forträumen der Tische, während Julian seine feenhafte Beleuchtung einschaltete. Da es Julian war, funktionierte die Anlage, bei anderen hätte es bestimmt Versager gegeben. Im Nu wirkte die ganze Szene wie ein Märchenland. Das sorglich erhaltene Stück urwüchsiger Busch bildete einen dunklen und geheimnisvollen Hintergrund. Das Haus sah in der matten Beleuchtung aus wie ein uralter Familienbesitz. Nur die gleichmäßig glatten Rasenflächen waren erhellt. Hier spielten noch die Kinder, die inzwischen ruhiger geworden waren, da sich die Müdigkeit einstellte. Gestört wurde das verheißungsvolle Bild nur durch die finsteren Mienen von Sam, Tim und Paul angesichts der drohenden Kontertänze.

Sehr geschickt lenkte Anne die Kinder auf den abseits liegenden Krocketplatz, indem sie ihnen erklärte, hier sei jetzt ganz allein ihr Reich. Die Erwachsenen würden jetzt tanzen, und dabei dürften sie zuschauen, wenn sie wollten. Dann kam sie zu uns und sammelte die acht für ihre Quadrille.

»Wir werden erst eine vortanzen, um die anderen auf den Geschmack zu bringen«, sagte sie. »Ihr werdet sehen, dass sie bald alle anfangen. – Grammofon bereit, Julian? Ich glaube, am besten ist, wenn Jan den Tanzmeister macht, dann sind wir gerade noch acht aus unserem Kreis. Ich wähle Sie als Partner, Paul, nur schauen Sie mich bitte nicht an, als verabscheuten Sie mich! Sam nimmt Susan, Larry tanzt mit Julian, und du, Nancy, willst du Tim nehmen?«

Bei den Männern erhoben sich laute Protestrufe, aber Larry sagte schnell: »Tanzen im Freien! Das würde der gute Dr. Chavasse zu loben wissen. Ich habe extra für Sie ein Stück aus seinem Buch auswendig gelernt, Anne. Es heißt: ›Ach, dass Frauen vom Lande lieber in der ungesunden, verseuchten Luft der Säle tanzen anstatt in der süßen, frischen, Gesundheit spendenden freien Natur!‹ Na, wir sind da anders, was?«

Anne lachte. »Ist es nicht herrlich? Alle werden ihre Freude daran haben. O ja, auch Sie, Paul – warten Sie nur, bis Sie es probiert haben. Komm mit, Jan, du sollst die Schritte erklären.«

Jan Ross, der eine freundliche und gewandte Art hatte, erklärte uns die Einzelheiten der Quadrille: die Aufstellung, die Promenade, das Kreuzen der Hände und so weiter. Mit Anne zusammen führte er alle die Verbeugungen und Knickse vor, die besonders beliebten ›Touren‹ und das Chassieren. Anfangs schienen die Zuschauenden manches lächerlich zu finden, doch schon nach kurzer Zeit zeigten sie Interesse an dem Tanz.

Paul und Tim hielten am längsten aus. Dann standen sie mit düsteren Blicken da, wie Spielverderber. »Richtige Weihnachtsgesichter«, meinte Larry.

»Und jetzt«, sagte Jan zuredend, »werden wir das Ganze nur schreiten, damit wir alle Bescheid wissen. Ohne Musik.«

Wir gingen – ziemlich tollpatschig – und die Männer blickten noch unfreundlicher drein; sie konnten aber, selbst wenn sie gewollt hätten, nicht so tun, als sei der Tanz sehr schwierig. Sie kamen sich nur ungeschickt vor, waren verlegen und über die ganze Geschichte nach einem langen Tag mit viel Feierei verärgert.

Dann stellte Jan das Grammofon an, eine großartige Apparatur, wie beim Panjandrum nicht anders zu erwarten. Eine altvertraute, oft gefiedelte Melodie, ›Lindy Lou‹, ertönte, von einer hübschen Stimme halb gesungen, halb gesprochen. Und nun ging es los: »Verbeugung vor Ihrem Partner und der Dame zur Linken« – wir machten es richtig – »alle sich anfassen und im Kreise nach links« – auch das konnten wir – »im Kreise nach links und dann … chassez!« Wir wurden schon recht munter.

Weiter ging's, immer ein wenig leichter, sicherer und graziöser. Breit rundeten sich im Schwung die Baumwollröcke, wir knicksten und promenierten und schwenkten links, rechts, im Kreise. Sogar Paul wurde munterer und lächelte mir zu. Tim absolvierte mit Nancy eingehakt eine höchst elegante ›Windmühle‹. Ja, die Quadrille begann hier populär zu werden.

Als nun noch der Mond aufging und über den bunten Laternen erglänzte, muss die Gesellschaft wie eine Szene aus dem ›Sommernachtstraum‹ – in amerikanischem Stil – ausgesehen haben. Und mir war, als sei dies einer der glücklichsten Abende meines Lebens.

Ob es nun die weihnachtliche Atmosphäre war oder die großzügige Bewirtung mit Sherry und Bier, die der Colonel uns bot, könnte ich nicht sagen – jedenfalls formierten sich sogleich die Paare zur nächsten Quadrille, und zur dritten, und in einer halben Stunde gaben sich alle eifrig dem Tanz hin. Und bei jedem neuen machte Jan uns die Anfangsschritte vor, nur schreitend und ohne Musik. Dann vibrierte die Luft von der Melodie ›Sally Goodin‹, und los ging's. Das war ein Promenieren, ein Wirbeln und Schwingen, und niemand war im geringsten schüchtern oder unsicher. Wer eine Ahnung hat, wie es sonst auf dem Lande in bunt zusammengewürfelter Gesellschaft zugeht, wird begreifen, dass dies ein wirklich wunderbarer Erfolg war.

Spät abends wurde ich müde und schlich für eine Weile beiseite. Von weitem zuzusehen machte ebenso viel Spaß. Tantchen zu beobachten, die leichtfüßig wie ein junges Mädchen, aber würdevoll, ihren Knicks vor dem Colonel exerzierte, wobei nur ein leichtes Schwanken ihres Klemmers die besondere Anstrengung merken ließ die diese Eleganz sie kostete. Anne tanzte, fröhlich und liebreizend wie eine Fee, Hand in Hand abwechselnd mit Sam, Paul oder Tim und Larry war in dem lächerlichen buntbedruckten Rock die hübscheste von allen. So brauchte sich niemand über die Verehrung, die Julian ihr deutlich zollte, zu wundern.

Eine innere Stimme sagte mir: »Diese Szene wirst du nie vergessen!« So etwas kam bestimmt nie wieder. Die ganze Atmosphäre hatte sich verändert, und es hieß, sich des Augenblicks freuen, bevor er verging. Das wunderbare Gefühl entsprang wohl zum Teil der stillen Schönheit der warmen mondhellen Nacht; es entstand wohl auch aus dem schönen Bewusstsein, dass dies mein erstes Weihnachten mit Paul war, dass wir für Anne und Tim ein romantisches Geheimnis wahrten und – ich selbst an einem besonderen Geheimnis trug, das ich bisher noch keinem anvertraut hatte. Ich war zufrieden, ein Weilchen neben der kleinen Elizabeth Jolson sitzen und sie beobachten zu können.

Das Kind schlief friedlich im Schatten eines großen Baumes auf einem Lager, das seine Mutter ihm bereitet hatte. Die winzigen Händchen lagen frei, die Finger krümmten oder lockerten sich bisweilen im Schlaf. Da kein Mensch in Hörweite war, konnte ich mich ungestört über die Kleine neigen und ihr zuflüstern, dass sie wirklich ein sehr kluges Kind sei. Denn ich fühlte jetzt endlich, vielleicht ein wenig verspätet, doch im höchsten Triumphgefühl, dass Miss Elizabeth Jolson die Wendung bewirkt hatte und dass ich im Frühjahr selbst ein Baby bekommen würde.

22

Das Schicksal schien Tim nicht wohlgesinnt. Ich wusste, wie gern er zu Colonel Gerard fahren und seine Sache durchkämpfen wollte, doch Jan und Nancy Ross komplizierten den Fall ungewollt, sie blieben nämlich länger als beabsichtigt, und zwar auf Drängen des Panjandrum, der vielleicht dachte, nachdem seine Pläne mit Julian zunichte geworden waren, könnte er auf Jan ›zurückgreifen‹.

Anne ließ Tim durch Miss Adams eine Mitteilung zukommen, in der sie ihn beunruhigt bat, Geduld zu bewahren. Er biss die Zähne zusammen und verrichtete weiter seine tägliche Arbeit. Zu tun gab es reichlich. Der Januar ist auf Schafzuchtfarmen ein arbeitsreicher Monat. Zuerst kommt die Schur, dann das Ausmustern der Herde, um festzustellen, welche Tiere verkauft und welche behalten werden sollen, und zuletzt kommt der Verkauf, der gewöhnlich darüber entscheidet, ob der Züchter im nächsten Jahr arm oder reich sein wird.

Diesmal war das schon durch den Verkauf der Wolle entschieden. Die Preise waren fantastisch hoch gewesen, und ich hatte jetzt keine Skrupel mehr wegen der Säcke voll Wolle, von deren Ertrag meine Schreibmaschine gekauft worden war. Die ›Rehab‹ konnte diese geringe Menge wohl entbehren. Die Zinsen und den Amortisationsbetrag konnten wir aus dem Erlös der Wolle decken, und der Schafverkauf brachte später noch mehr. Wir rechneten uns aus, dass wir, wenn die guten Preise noch drei Jahre anhielten, das ganze Darlehen zurückzahlen konnten, sodass dann das wertvolle Farmland bis zum letzten Morgen unser Eigentum war. Ein grandioser Gedanke.

Er hielt mich während der sehr anstrengenden Woche der Schafschur aufrecht, die am 27. Dezember begann und bis über die Neujahrstage andauerte. Wir rechneten stark damit, dass unsere Maoris die zum Scheren kamen, am ersten Tage der Pferderennen des neuen Jahres wieder einen Verwandten zu bestatten haben würden, doch sie erzählten ganz vergnügt, sie hätten bei dem Rennen zu Weihnachten so viel verloren, dass sie jetzt nicht einmal das Geld für die Eintrittskarten aufbringen könnten, sondern erst wieder welches verdienen müssten. »Also wir bleiben und scheren dem Boss die Schafe«, sagten sie bieder.

Diese sieben Tage ständiger Hetzerei bei großer Hitze machten mir keineswegs Freude, aber schließlich hatten wir sie überstanden, Ich fühlte mich nicht gerade krank, aber reizbar und nervös, ganz anders als sonst. Da ich aber wusste, dass Kinderkriegen auch seine Schattenseiten hat, fand ich es zwecklos, viel Aufhebens davon zu machen. Außerdem wollte ich nicht gern, dass Paul erst viel fragte, bevor ich sicher wusste, ob ich gallenkrank war oder guter Hoffnung. Der Anblick der enormen Frühstücksportionen von gebratenem Fleisch, das die Scherer bekamen, hätte mich freilich beinahe schwach gemacht. Ich war froh, als die Woche hinter uns lag.

Gleich anschließend kam die Fahrt zur Stadt, in Sachen ›Belinda‹. Larry hatte sich ebenso wie ich mächtig darauf gefreut, wenn ich auch bei dem Gedanken an die Aufnahmen nervös wurde. Trotzdem war es himmlisch, sich auszumalen: Zwei Abende in der Stadt und zwei Tage zu essen, ohne selbst kochen zu müssen. Der Rundfunksender lag nicht in meiner Heimatstadt, sondern viel näher. Da die Entfernung nur hundert Meilen betrug, entschlossen wir uns, mit dem Auto zu fahren.

Am Abend vor der Abfahrt gab Paul mir einen Scheck über 10 Pfund und hielt mir eine kleine Rede.

»Für deine Unkosten – kannst auch mehr haben, wenn du möchtest. Und das Geld, das du vom Rundfunk bekommst, geht mich nichts an, klar? Von dem sollst du auf dieser Reise nichts verbrauchen und auch nichts davon für den Haushalt nehmen.«

Ich musste lachen. »Und was soll ich sonst damit machen? Ich; werde es ja diesmal noch gar nicht bekommen; habe von meinem eigenen Geld etwas mitgenommen, um mir daraufhin einiges zu leisten. Ich bekomme nämlich, wenn meine Stimme gut ist, 15 Pfund ausgezahlt.«

»Mir egal, was du damit machst, es gehört ja dir. Verpulvere es, wie du Lust hast. Du hast weiß Gott mal ein Vergnügen verdient.«

»Aber Liebling, ich kann es doch nicht in drei Tagen verpulvern!«

»Larry wird dir dabei großartig helfen. Kauf dir doch was Schönes. Ein paar Hüte vielleicht. Ich glaube, an Hüten bist du knapp.«

Ich stellte mir Hüte im Wert von 15 Pfund auf dem Kopf einer Frau vor, die nie einen Hut trägt, wenn sie es vermeiden kann. Doch ich nahm Paul in die Arme und erklärte ihm, ich würde daran denken und sei sehr froh, einmal mit Geld um mich werfen zu können. Er sah zufrieden aus, und wir fuhren in großer Form ab.

Diesmal fiel mir der Abschied von Paul nicht schwer, da die Männer ja auf ihren Höfen täglich zusammen zu arbeiten hatten und sich gegenseitig trösten konnten. Wir wollten ja auch nicht lange fortbleiben. Jedenfalls nahm ich im Augenblick alle Veränderungen in Ruhe hin.

Nicht freilich die Art, wie Larry in der Stadt den Wagen steuerte. Ich war entsetzt darüber, da sie im Busch auf den gewundenen schlechten Wegen sehr gut zu fahren verstand. In der Stadt aber fuhr sie ohne Hemmungen und erschrak kein bisschen, als sie zwei Mal Kreuzungen bei ›Rot‹ überquert hatte und dabei mehrere nützliche Bürger fast unter die Räder gekommen wären. Am meisten beängstigte mich an ihrer Fahrerei gerade diese vollkommene Selbstsicherheit.

Einen leichten Schrecken bekam allerdings auch sie, als sie einen Verkehrspolizisten beinah überfuhr. Und jetzt war sie so aufrichtig bestürzt und so besorgt, ob der gute Mann keinen Nervenschock erlitten hätte, und machte sich so bittere Vorwürfe, dass er gleich sein Notizbuch lächelnd wieder einsteckte und sich schließlich sogar verpflichtet fühlte, sie zu trösten. Doch verlangte er zu meiner Erleichterung kategorisch ihre Ablösung am Steuer. Er sagte zu mir: »Lassen Sie die Dame gar nicht wieder probieren. Sie hat das Herz auf dem rechten Fleck, aber in ihrem Kopf herrscht keine Ordnung. Ihr fehlt das richtige Fingerspitzengefühl, sie schätzt die Situationen im Verkehr falsch ein, möchte ich behaupten.«

»Da stimme ich Ihnen voll und ganz bei«, sagte ich und ergriff energisch das Steuer. Wir waren uns zweifellos sympathisch.

Schon vier Wochen vorher hatten wir uns Zimmer in einem guten ruhigen Hotel reservieren lassen. Der Verkehrslärm machte uns einen Heidenspaß, wenn er uns auch eine Weile am Einschlafen hinderte, und der Gedanke, essen zu können, was wir nicht selbst zubereiten mussten, war einfach berauschend. Das stieg uns so zu Kopf, dass wir sogar beschlossen, im Bett zu frühstücken. Konnten uns, die Wollköniginnen für einige Stunden, ein paar Shillinge Aufschlag erschüttern?

Abends führten wir weder Telefongespräche mit unseren Freunden zu Hause, noch kümmerten wir uns um die sonstigen Versprechen, die wir gegeben hatten. Wir wussten wohl, dass wir eigentlich Sams Mutter besuchen müssten, gingen aber stattdessen lieber ins Kino, wo wir den ›Dritten Mann‹ sahen. Freilich entsprach das nicht meinen Begriffen von einem lustigen Abend, aber es war wenigstens ein guter Film. Schön war auch, nachher durch die Straßen zu schlendern, ein kleines Café noch offen zu finden und gegen halb zwölf langsam zum Hotel zu bummeln, mit dem Gefühl, morgens lange schlafen zu können.

Doch als es Morgen wurde, wachte ich ganz erschrocken auf, und nicht einmal das Frühstück im Bett konnte mich besänftigen, denn mir ward plötzlich bewusst, dass ich ja an diesem Tage auf Tonband sprechen sollte. Mit schmerzhafter Konzentration begann ich, die Texte meiner ›Belinda‹ zu büffeln, obgleich ich sie fast auswendig konnte. Alle in den letzten Wochen bemerkten unangenehmen Symptome, die ich gestern ganz vergessen hatte, zeigten sich mit voller Wucht wieder. Zwischendurch fühlte ich mich grässlich elend und grübelte. Meine Geschichten mussten ja Versager werden, es war eine große Dummheit gewesen, sich überhaupt zur Mitarbeit zu verpflichten. Bestimmt blamierte ich mich im Studio. Vielleicht musste ich mich sogar vor allen Leuten übergeben! Solche Gedanken peinigten mich.

In diesem Moment kam Larry, schön im kühlen Leinenkostüm, heiter und tatkräftig nach einem guten Frühstück hereinspaziert.

»Lampenfieber, mein Goldkind«, sagte sie. »Die Arbeit ist gut, und du wirst glänzenden Erfolg haben. Es wird dir gewaltigen Spaß machen.

Ich habe schon oft jene geheiligte Pforte betrachtet und mir gewünscht, ins Innere blicken zu dürfen.«

Ich musste aufstoßen, so elend war mir. »Ach, wenn du mich nur vertreten könntest, das wäre mir lieber«, sagte ich bedrückt.

In dieser jammervollen Stimmung stieg ich mit ihr die steile Straße hinauf und kam pünktlich um 10 Uhr an. Kein Mensch schien sich für uns zu interessieren. Eine sehr mondäne Blondine schickte uns in eine andere Abteilung, wo eine schöne, aber gleichgültige Brünette uns noch ein Stück weiter dirigierte, zum ›Aufnahme-Warteraum‹. Das war ein großer, mit verchromten Möbeln und jungen Intellektuellen gefüllter Raum. Einer erklärte sich bereit, Miss Graham zu suchen, während ich zu einem Sofa wankte und wie verrückt meine ›Belinda‹-Texte zu repetieren begann. Larry war kein bisschen eingeschüchtert, sie lugte gerade aufgeregt durch die Glaswand ins Nebenzimmer, das sie ›Operationszimmer‹ nannte. Von dort blickten drei junge Männer, die an Plattenspielern und anderen Apparaten hantierten, sie recht interessiert an.

Es kam uns vor, als müssten wir schrecklich lange warten, und ich hatte furchtbare Angst, dass mir übel werden würde. Lag es an Belinda oder an dem Baby? Im Augenblick erschien mir das nicht sonderlich wichtig.

Endlich kam Miss Graham, sehr flott und tüchtig.

»Bedaure, dass Sie warten mussten«, sagte sie, »aber wir haben heute Vormittag eine sehr prominente Persönlichkeit hier – Ausländer, Musiker und recht ungeduldig –, also müssen Sie Verständnis haben. Aber jetzt passt es, wir können Sie einschieben. Sind Sie nervös? Es ist ganz leicht. Stellen Sie sich einfach vor, Sie wären zu Hause und sprächen mit Ihrem Mann.«

Wie sehr wünschte ich mir jetzt, bei ihm zu sein, meilenweit entfernt von diesen aufdringlich glitzernden, betriebsamen Räumen. Ich erklärte schluckend, ich hätte Angst, es nicht gut zu machen, doch Miss Graham führte mich energisch fort, indem sie Larry entließ mit dem kurzen Hinweis: »Wenn die Aufnahmen fertig sind, dürfen Sie vielleicht einige hören. Inzwischen werden Sie sich ja bestens die Zeit vertreiben können.«

In diesem Moment machte der höchst prominente Herr ein imposantes Entree, umgeben von beflissenen Jünglingen nebst einem fahrigen weiblichen Wesen, das einen auffälligen kunstgewerblichen Schal um die Schultern trug. Larry, die den Herrn gespannt beobachtete, sagte zu Miss Graham, sie werde schon allein zurechtkommen. Woran ich kein bisschen zweifelte.

Wir gingen in einen schalldichten Raum, dessen nüchterne Einrichtung aus einem Stuhl, einem Tisch, einem Aschenbecher und einem Glas Wasser bestand. Über dem Tisch hing ein großes, grässliches Ding in Form einer Orange, offenbar das Mikrofon. Da zwei Wände des Zimmers aus Glas bestanden, kam ich mir vor wie ein armer, kleiner Goldfisch im Aquarium. Durch die eine Glaswand konnte ich in Larrys ›Operationszimmer‹ schauen, wo die drei jungen Männer jetzt mit verbissenen Gesichtern intensiv tätig waren.

Miss Graham machte mich mit ihnen bekannt und sagte: »Mr. Jackson wird, kurz bevor wir beginnen, eine grüne Lampe einschalten. Behalten Sie ihn im Auge, und fangen Sie sofort an, wenn er Ihnen zunickt. Es wird jetzt nur eine Sprechprobe, nicht so sehr wichtig. Sie brauchen bloß einige Seiten aus Ihrem Manuskript vorzulesen.«

Nun überließ sie mich meinem Schicksal und ging zu den drei Jünglingen nebenan. Es folgten für mich ein paar schmerzliche Minuten, in denen meine Überzeugung wuchs, dass ich 1. den Schlucken kriegen würde, 2. meine Kehle so trocken war, dass ich höchstens ein heiseres Krächzen würde produzieren können, 3. dass ich unbedingt Wasser trinken müsse, und dass 4., wenn ich das täte, das grüne Licht aufleuchten und ich geräuschvoll trinkend auf dem Tonband verewigt werden würde.

So wartete ich, leckte fieberhaft meine trockenen Lippen und wünschte mir, tot zu sein.

Plötzlich ging die grüne Lampe an. Ich richtete meine verglasten hervortretenden Augen auf den jungen Mann. Der lächelte gemütlich, und schon senkte sich sein Arm. Das gefürchtete Signal! Ich riss den Blick von ihm los und fing an, brachte aber wie erwartet, nur ein schrilles Quieken wie von einem Kaninchen heraus. Verzweifelt kämpfte ich meine Nervosität nieder und fing erneut an in normalem Ton. Ich las eine Seite und begann mit der zweiten als überraschend aus einer Ecke des Raumes eine Stimme erklang. Es war Mr. Jackson, der mich durch einen seiner infernalischen Apparate anredete. »Danke schön, das reicht vorläufig«, sagte er. »Miss Graham kommt gleich zu Ihnen.«

Um mir schonend beizubringen, dass ich versagt hätte, dachte ich. Es musste ja schief gegangen sein. Aber wenn auch – Texte für Sendungen schreiben konnte ich immer noch, selbst wenn andere sie vorlesen mussten.

Miss Graham kam lächelnd herein. »Recht gut! Begreiflicherweise waren Sie anfangs nervös. Das nächste Mal geht es glatt, nur ein paar Kleinigkeiten müssen Sie sich merken. Kein Überhasten beim Vortrag. Lassen Sie sich Zeit, natürlich zu sprechen. Rascheln Sie bitte nicht mit den Papieren, denn man soll Sie ja nicht vorlesen, sondern erzählen hören. Ferner achten Sie mehr auf Ihr Atmen, das darf man einfach nicht hören. Vor allen Dingen aber stillsitzen! Sie sind zwar nur wenig hin und her geschwankt, doch das hat genügt, um die Lautstärke zu verändern. Sie verstehen: die Stimme wird dann mal leiser oder lauter, als sie sein soll.«

Ich war ganz verdattert und bat sie, mir das alles noch einmal zu sagen, aber langsam. Dann trank ich einen großen Schluck Wasser und versuchte mir ins Gedächtnis zu prägen: »Nicht hasten, nicht rascheln, nicht bewegen, und – offensichtlich – nicht atmen.« Das kam mir ein bisschen schwierig vor.

Doch so schlimm war es gar nicht, nachdem ich über den Anfang hinaus war. Als ich drei Abschnitte gelesen hatte, trösteten sie mich mit einer Tasse Tee und sagten, sie würden Larry hereinholen. Aber Miss Graham kam sogleich wieder, um mir zu sagen, meine Freundin sei in ein Gespräch mit dem Prominenten vertieft, der jetzt zum ersten Mal an diesem Vormittag in guter Laune zu sein schiene; deshalb hätten sie lieber nicht stören wollen. Ich hatte zwar nichts anderes erwartet, fühlte mich aber doch ein wenig vernachlässigt.

Die letzten drei Aufnahmen gingen glatt vonstatten, und Miss Graham war zufrieden. »Ich bitte Sie, in drei Monaten für die nächste Serie wieder herzukommen. Jetzt wollen wir ein paar von den Aufnahmen abspielen.«

Larry riss sich von dem faszinierten Blick los, mit dem der Prominente sie förmlich umarmte, aber erst nachdem sie versprochen hatte, um 1 Uhr mit ihm in seinem sehr vornehmen Hotel zu speisen. Sie brachte mir das ein wenig zerknirscht bei, doch ich versicherte ihr, ich wolle ja gar nicht unbedingt mit ihr zusammen essen gehen, sondern wünsche mir nichts weiter, als mich in unser Hotel zu begeben und im verdunkelten Zimmer zu liegen.

Vorher aber mussten wir uns noch ein paar von den Aufnahmen anhören. Ich war tief enttäuscht. Meine Stimme klang scheußlich, gespreizt und affektiert, doch die anderen behaupteten, sie klänge genau, als wenn ich direkt mit ihnen spräche – was mich noch mehr deprimierte.

»Immerhin«, sagte Larry boshaft, »diesmal hast du wie eine richtige Dame gesprochen.« Und gerade das hatte ich befürchtet!

Ich ging ermattet ins Hotel zurück und überließ es ihr, die Einkäufe zu machen, bis ihre gräuliche alte ›Prominenz‹ frei war zum Lunch. Wieder in meinem Zimmer, schloss ich dankbar die Tür ab, fiel aufs Bett und schlief eine Stunde ganz fest. Unendlich erleichtert wachte ich auf. Es war vorüber! – Jetzt hatte ich vor mir nur noch die vergnügten Stunden, und dann konnte ich heimfahren, um Paul zu sagen, dass ich doch kein Versager gewesen war.

Larry kam gegen drei herein, strotzend von Neuigkeiten über den großen Lunch. Es schien zwar nicht ganz so verlaufen zu sein, wie sie sich's gedacht hatte, doch sie erklärte, das Essen und der Champagner hätten sich auf jeden Fall gelohnt.

»Er sagte, ich sei liebreizend, aber was wäre Liebreiz ohne Klugheit oder Leidenschaft«, schloss sie belustigt kichernd. Das Übrige könnte ich mir allein ausdenken.

Der Rest des Tages wurde zum ungetrübten Vergnügen, bis auf eine etwas peinliche Stunde bei Larrys Schwiegermutter. Während der ganzen Stunde mussten wir ihr auseinander setzen, weshalb wir in einem Hotel abgestiegen waren, anstatt unter ihrem schwiegermütterlichen Dach zu logieren. Nachdem wir ihr endlich entwichen waren, verbrachten wir den weiteren Nachmittag bei Einkäufen die uns köstlich amüsierten. Ich gab die 15 Pfund, die ich später für ›Belinda‹ bekommen sollte, von meinem Ersparten restlos aus. Um Pauls anscheinend brennenden Wunsch zu erfüllen, kaufte ich mir einen Hut, einen Hut, einen ziemlich billigen, der mir aber gut stand, und für ihn kaufte ich eine hübsche Stockpeitsche und neues Zaumzeug, ganz zu schweigen von einer genaugehenden Taschenuhr. Dann sahen wir uns den Film ›Im Dutzend billiger‹ an, lachten uns müde und gingen schlafen.

Ich hatte für die Rückfahrt einen Besuch beim Arzt in Te Rimu vereinbart und entwetzte Larry, die glücklicherweise zu ihrem Zahnarzt musste. Der Doktor war heiter und freundlich. Jawohl, ich würde ein Kind bekommen. Ja, ganz recht, Anfang August sei es zu erwarten. Jawohl, ich sei vollkommen gesund und normal, dürfte nur nicht zu viel über die Symptome und meine veränderten Gefühle nachdenken. Zu meiner Überraschung ergänzte er plötzlich: »Leben Sie wie bisher. Wenn Sie Raucherin sind, rauchen Sie, wenn Sie zu trinken gewöhnt sind, trinken Sie.«

Das kam mir erschreckend großzügig vor, und ich hoffte nur, nicht den Eindruck einer eingefleischten Raucherin und Trinkerin gemacht zu haben.

Er wolle mich für eine Klinik vormerken, doch ich müsse einmal monatlich zu ihm kommen. »Auf Wiedersehen! Und vergessen Sie nicht, dass es ein ganz normaler Vorgang ist. Sie brauchen weder Angst zu haben noch besondere Vorsichtsmaßnahmen zu treffen.«

Also konnte ich jetzt unbesorgt Paul einweihen! Darauf freute ich mich. Ich hatte schon immer bei Romanen meine Freude gehabt, wenn die Heldin ihrem ungläubigen Herrn Gemahl die großartige Neuigkeit zuflüsterte. Sogar die modernsten Männer schienen dann vor Erstaunen sentimental zu werden, redeten von ›Wundern‹, von ihrem ›kleinen Frauchen‹, und waren ganz treu sorgende Liebe.

Am besten ist, ich sage gleich, dass mein großer Auftritt ohne Wirkung verpuffte. Die Heimkehr war schön. Paul war entzückt, mich wieder zu haben, und ganz gerührt über die ›unerwarteten‹ Geschenke. Ich rückte mit meiner Neuigkeit erst heraus, als wir Abendbrot gegessen hatten und still im Zwielicht saßen – also in einem Recht geeigneten Rahmen. Dann sagte ich, sehr zart, wie offenbar alle werdenden Mütter sprechen: »Paul, ich war auf der Rückfahrt bei Dr. Lake.«

Ich erwartete, dass er sofort aufspringen und mich fragen würde, was los sei. Stattdessen blieb er ruhig sitzen und sagte lässig: »Freue mich, dass du bei ihm warst. Vermutlich bekommst du wirklich ein Kind, ja?«

Ich saß still, stumm vor Enttäuschung. So war mein Geheimnis gar keins gewesen! Überhaupt nahm Paul die Sache viel zu gelassen hin.

Endlich fragte ich ihn, säuerlich lächelnd: »Wie hast du denn das erraten?«

Er lachte, was mich in Wut versetzte. »Mein liebes Kind, ich kenne doch die Tatsachen des Lebens! Einen ganzen Monat hast du nicht mehr geraucht, und du hast erbärmlich ausgesehen.«

Ich hätte den Mann hassen können! »Erbärmlich?«, echote ich.

»Ja, erbärmlich wie eine vertrocknete Mohrrübe«, sagte er vergnügt. »Fiel mir zuerst am Abend der Weihnachtsfeier auf. Hätte nicht geglaubt, dass du noch bis zum Schluss durch die verflixte Tänzerei taumeln würdest, ohne umzufallen. Sahst geradezu abgehärmt aus.«

Taumeln – während ich geglaubt hatte, Pirouetten wie eine Fee zu drehen! Abgehärmt – während ich in dem zarten Glauben gelebt hatte, in der märchenhaften Szene auch märchenhaft hübsch auszusehen! Das war zu viel. – Er merkte überhaupt nicht, wie er mich kränkte, und sprach ganz fröhlich weiter: »Also ist es wohl kein Wunder, dass ich's erraten habe – ich meine, schließlich ist das ja auch nicht so besonders erstaunlich, nicht wahr? Ein ganz natürlicher Vorgang, und ...«

Ein natürlicher Vorgang – allerdings! Vom Arzt hatte ich diesen Hinweis akzeptiert, doch von Paul wollte ich ihn nicht hören! Mühsam brachte ich heraus: »Aber – freust du dich denn gar nicht?«

Er blickte mich etwas beunruhigt an und versuchte, in der schwachen Beleuchtung mein Gesicht zu erkennen. Es dämmerte ihm wohl langsam, dass er vielleicht ins Fettnäpfchen getreten sein könnte. Er sagte: »Freuen? Selbstverständlich! Ich weiß doch, dass du dir ein Kind gewünscht hast. Aber ich kann auch den Gedanken nicht ganz abweisen, dass nun unser Leben nicht mehr dasselbe sein wird. Keine Freiheit mehr, keine gemeinsamen Ausflüge, und auch ...«

Da der Tag sehr lang gewesen war, gab mir das den Rest. Zum zweiten Mal in unserer Ehe kamen mir die Tränen. Paul erhob sich rasch aus seinem Sessel.

Und nun wurde die Szene bedeutend erfreulicher. – Erst kurz vor dem Einschlummern ward mir bewusst, dass mein Mann nicht ein einziges Mal das Wort ›Wunder‹ gebraucht und mich auch nicht sein ›geliebtes kleines Frauchen‹ genannt hatte.

23

Es blieb nicht viel Zeit, uns über das zu erwartende Baby zu freuen denn am nächsten Morgen brach ein Sturm los. Es war erst 8 Uhr als ich Annes Wagen kommen hörte und gleich wusste, dass etwas schief gegangen war. Wie sich zeigte, alles.

Sie hatte geweint und wartete nicht einmal, bis wir allein waren, sondern platzte sofort mit der ganzen Geschichte heraus.

»Oh, Susan, es hat furchtbaren Krach gegeben! Jan und Nancy sind gestern abgefahren, und Julian fuhr auch ab, für eine Woche in die

Stadt. Oh, wenn er doch dageblieben wäre! Er hätte mir beistehen können, denn er ist ja auf unserer Seite. Tim kam abends und hat Papa alles gesagt, und Papa – oh, ich weiß gar nicht, was ihn so wütend machte, aber er war einfach fürchterlich. In jeder Weise. Wollte überhaupt nichts hören. Er sagte, ich sei noch ein Kind und wüsste nicht, was ich täte, und dann sagte er … Nein, Paul, du brauchst nicht hinauszugehen. Bist doch Tims bester Freund und musst uns helfen.«

Paul war nämlich – so sind die Männer – unauffällig zur Tür gegangen. Er kam sehr rot und verlegen, aber auch zornig auf Tim zurück.

»Ihr müsst uns beide helfen«, fuhr Anne fort. »Wir müssen schnell etwas unternehmen. Ich bin heute früh sofort zu Tim gegangen, doch er legte gleich so wild los, dass ich direkt Angst bekam. Und dann dachte ich an euch – dass ihr Rat wissen würdet. Papa sagte, es fiele ihm nicht im Traum ein, mich mein Leben lang auf so einer kleinen Klitsche sitzen zu lassen, und verlangte zu wissen, welche Aussichten Tim hätte, anderswo den Lebensunterhalt zu verdienen. Worauf Tim ihm erklärte, nirgends, er dächte auch nicht daran, die Gegend zu verlassen. Da hättet ihr Papa hören sollen! Nie hätte ich gedacht, dass er so sein kann! Er redete immerfort von Geld und Position, was uns doch ganz einerlei ist. Tim wurde immer blasser und stiller, und …«

Wieder weinte sie haltlos, wie ein kleines Kind. Paul zitterte förmlich, und mir kamen beinah wieder die Tränen.

»Anne, liebes Kind, weinen Sie doch nicht!« bat ich. »Ich kann das nicht ertragen. Ihr Vater wird sich schon besinnen, ganz sicher.«

»Nein, wird er nicht. Das brauchen wir uns gar nicht vorzuspiegeln. Und es ist sowieso schon zu spät dazu. Er will in die Stadt fahren und einen Makler den Verkauf unseres Gutes übertragen. Will nicht einmal warten, bis es verkauft ist. In zwei Tagen reisen wir schon ab – ohne weiteres.«

Bei den letzten Worten stieß sie ein Wehgeheul aus, dass Paul der kalte Schweiß auf die Stirn trat. Er sagte: »Besprecht ihr beiden das lieber allein. Susan wird schon wissen …«

So ein elender Feigling! Es ist verblüffend, wie der Anblick einer hemmungslos weinenden Frau sogar auf sonst energische Männer wirkt! Doch damit sollte er mir nicht davonkommen. Diesmal war ich es, die ihn am Arm fest hielt. Wir brauchten seine Hilfe.

»Ich will Tim nicht verlieren! Er ist so stolz, übertrieben stolz, aber ich lasse von ihm nicht, bloß weil Papa ihn einen – einen Mitgiftjäger genannt hat.«

Paul machte eine halblaute Bemerkung, und sogar ich war empört.

»Tim ist ein Mann, wie ich ihn mir wünsche, ich will keinen andern und werde ihn kriegen. Ihr kennt ja seine Art. Er wird sagen, ich müsste ihn aufgeben, aber ich werde mich nicht aufgeben lassen, verstanden! Und ich will auch nicht zehn Jahre warten, bis Papa sich besinnt – ich lasse mich auch von ihm nicht fortschleppen. Von niemand!«

Paul war ehrlich erschrocken. Ich sah seinem Gesicht an, dass ihn dieses Auftreten der sonst so sanften Anne völlig verwirrte. Doch er redete ihr gut zu, und bald hatten wir von ihr das ganze Ereignis im Zusammenhang erfahren.

Tim war pflichtgemäß, aber auch nervös, beim Colonel erschienen. Anne hatte natürlich gelauscht, was sogar das besterzogene Mädchen getan hätte. Und kaum hörte sie den Colonel brüllen – ja regelrecht brüllen –, als sei Tim ein kleiner Rekrut mit schmutzigen Stiefeln, da war sie dummerweise ins Zimmer gestürzt und hatte versucht, Frieden zu stiften. Ihr Vater befahl ihr hinauszugehen und als sie trotzig dablieb, beendete Tim die peinliche Szene, indem er sich still, aber voll Zorn entfernte.

Dann hatte der Colonel gesagt: »Bin selbst schuld, weil ich dich in so eine Gegend verpflanzt habe. Ich hätte wissen sollen, dass hier gleich ein mittelloser Bursche hinter deinem Geld her sein würde!«

Anne hatte bei diesen Worten die Beherrschung verloren und ihn einen elenden Lügner genannt. – Mich freute das. – Er erschrak darüber sehr, nahm sich jedoch zusammen und erklärte ihr: »Wir werden sofort alles verkaufen, und in wenigen Tagen reisen wir ab! Du bist nicht bei Sinnen, bist nicht mehr meine kleine vernünftige Tochter, doch das wirst du wieder, sobald du über dies alles hinwegkommst. Und das musst du! Du bist minderjährig, kannst nicht ohne meine Einwilligung heiraten – und die bekommst du nie!«

»Und dann«, sagte Anne sehr entschieden, »dann erklärte ich ihm, ich würde nie wieder seine Tochter sein. Ich gehörte Tim, und nur Tim. Er stand bloß da und starrte mich an, und dann – ja, dann ging ich zu Bett.«

Ein leises Mitgefühl für den Panjandrum konnte ich nicht verhohlen. Wenn die Liebe auftritt, gelten Eltern nicht mehr viel.

»Und heute morgen ist er schon um sieben in die Stadt gefahren.

Seit gestern Abend habe ich ihn nicht mehr gesehen. Aber ich werde Tim heiraten, da mag einer sagen, was er will! Ich brauche auch Papas Zustimmung nicht. Kann ja einfach erklären, ich sei einundzwanzig. Und zwanzig werde ich im nächsten Monat sowieso.«

Ich war besorgt. Dem Colonel zu trotzen war bestimmt riskant und wenn sie es so machten, wie Anne wollte, verstießen sie ja gegen das Gesetz. Als ich das jedoch erwähnte, sagte Paul: »Darüber würde ich mir keine Gedanken machen. Er wird nichts unternehmen – ein Vater bringt doch so etwas nicht vors Gericht. Wenn es einmal geschehen ist, wird er sich schon damit abfinden.«

»Ja, aber wie sollen wir es denn machen? Was kann ich tun, damit Tim mich heiratet?«

Von der Tür her sprach eine Stimme sehr kühl: »Sagen Sie ihm einfach, er soll's tun. Fahren Sie Ihren Wagen vor seine Haustür, damit ihn jeder sieht, der auf der Straße vorbeikommt. Dann ziehen Sie den Zündschlüssel heraus und verlieren Sie ihn, wodurch Sie glänzend kompromittiert sind. Dann muss er Ihre Ehre wieder herstellen, verstehen Sie? Nur Mut, meine Kleine, die Sache wird noch mächtig Spaß machen!«

Natürlich war es Larry, die das rief. Sie war zu Pferde gekommen, was keiner gemerkt hatte, bis sie sprach, denn unsere Hunde schlagen bei ihr nicht an. Lustig redete sie weiter. »Entschuldigung, dass ich gehorcht habe, eigentlich habe ich ja nur den letzten Satz aufgefangen, aber ihr habt so laut gesprochen, dass ihr mein Entschuldigungsgemurmel ganz überhört habt. Doch ich kann mir schon denken, was passiert ist.«

»Oh, Larry, wie froh bin ich, dass Sie hier sind und gehört haben, was ich sagte! Sie werden uns bestimmt helfen, denn Ihnen ist ja vor nichts bange, nicht wahr?«

»Vor absolut nichts«, antwortete Larry frech. »Als Onkel Richard mich anödete, dass ich Sam nicht heiraten sollte – in Gegenwart eines grässlichen alten Börsenmaklers –, da habe ich bloß gesagt: ›All right, also werde ich einfach so mit ihm leben, wenn dir das lieber ist, aber abbringen kannst du mich von ihm nicht!‹ Da ist ihm vor Wut beinah eine Ader geplatzt, doch schließlich kam er wieder zu sich; der Panjandrum wird wohl auch wieder zu sich kommen. Oh, Verzeihung für das Wort, aber er benimmt sich doch wie einer, oder nicht?«

»Sehr richtig«, sagte Anne erbittert, und Paul verstieg sich zu der halblauten Bemerkung: »Wie ein aufgeblasener asiatischer Potentat!« Da mussten alle lachen, sogar Anne stimmte ein. Larry hatte, wie stets, ein Wunder bewirkt und wir erzählten ihr nun alles.

»Aber selbstverständlich müssen Sie sofort zu Tim fahren und verlangen, dass er Sie auf der Stelle heiratet – und zwar hinfahren, bevor Ihr Vater zurückkommt. Ich weiß nicht genau, wie's gemacht wird, aber es muss einen Weg geben, die Trauung rasch zu vollziehen. Wie wäre es sonst wohl den meisten von uns ergangen? Und jetzt wollen wir mal eine Tasse Tee trinken, ich zittere schon vor Aufregung.«

Paul, dessen Blick gerade auf die Uhr fiel, sprang vom Stuhl. »Herrjeh, das habe ich ja ganz vergessen: Tim kommt in fünf Minuten, um mir bei den kranken Mutterschafen zu helfen!«

Larry sagte: »Dann will ich Annes Wagen aus dem Gesichtsfeld bringen, sonst kommt Tim, wenn er ihn sieht, ganz stolz herbei und geht traurig wieder fort. Ich fahre ihn hinter den Schuppen, bis Tim im Hause ist. Das Weitere können wir Anne überlassen.«

Ich lächelte still für mich. Wieder die gleiche alte Strategie! Wer hätte gedacht, dass Larrys und Tantchens Gedanken sich auf derselben Linie bewegten? Larry eilte mit Anne aus dem Zimmer, während Paul voller Abscheu zu mir sagte, die Frauen seien doch alle gleich. Es sei das zweite Mal, dass sie den armen Tim hinters Licht führten.

»Aber du weißt doch ganz genau, dass davon keine Rede sein kann! Er betet sie ja an. Wir wollen ihn nur vor Unbedachtsamkeit schützen.«

Über diese alte Ausrede für Einmischung in anderer Leute Angelegenheiten mussten wir beide lachen, doch gleich danach küsste mich Paul, indem er wie zur Verteidigung sagte, die Frauen seien trotzdem raffiniert, kein Mann käme gegen sie auf. Immerhin ging er hinaus, um sich zu überzeugen, dass der Wagen gut versteckt war.

Alles verlief planmäßig. Als Tims alter Kasten die Steigung heraufgekeucht war, huschte Anne blitzschnell hinaus und saß schon vorne neben ihm, ehe er richtig anhalten konnte. Wir andern beschäftigten uns geziemend in der Küche, wo wir den Tee zubereiteten und uns mit voller Stimmkraft unterhielten, bis die beiden hereinkamen.

Alles war in Ordnung, das erkannten wir mit einem Blick. Annes Gesicht zeigte uns, dass sie die älteste und rascheste Waffe der Frau gebraucht hatte: Tränen. Jetzt aber lächelte sie und sprach lebhaft über ihre Pläne.

»Tim ist so dumm in seiner Anständigkeit, er will mich absolut nicht entführen. Da habe ich ihm gesagt, ich würde einfach meinen Wagen vor seine Türe bringen – wie Sie vorgeschlagen hatten, Larry.«

Tim sagte: »So – Larry? Hatte schon überlegt, wer das wohl ausgeheckt hat. Eigentlich hätte ich's mir denken können, dass niemand anders als du in Frage kamst.« Lachend gab er allen die Hand und wandte sich wieder Larry zu: »Du hattest gesagt, ich würde meine Bemerkung von neulich zurücknehmen, doch das tue ich nicht, denn tatsächlich hast du die ganze Sache in Gang gebracht und – ich kann dir gar nicht genug danken.«

Sicher lag es an meinem Baby – ich hätte plötzlich weinen können. Ich fand die beiden so jung, und Anne strahlte so vor Freude! Als ich aber Pauls ängstlichen Blick bemerkte, sah ich ein, dass sein Bedarf an Frauentränen in den letzten vierundzwanzig Stunden voll gedeckt war. Also nahm ich einen großen Schluck Tee und sagte: »Erzählen Sie uns doch ein bisschen mehr von Ihren Zukunftsplänen.«

»Hm-m – Tim sagt, ich müsste erst etwas tun, was er einen anderen Wohnsitz erwerben nennt, das heißt, ich soll in den Ort fahren, wo wir heiraten werden und dort einige Tage bleiben. Ich wollte ihn gern gleich mitnehmen, aber das hat er ganz entrüstet abgelehnt. Also werde ich schon heute abfahren, sobald ich ein paar Sachen zusammengepackt habe. Ich fahre allein los und steige nachher in die Eisenbahn um, die mich in eine kleine Stadt bringt, ungefähr hundert Meilen von hier. Tim meint, wir müssten den Ort auch vor euch geheim halten, weil ihr dann wenigstens schuldlos seid, wenn die Sache 'rauskommt. Den dortigen Pfarrer kennt er vom Kriege her, und ich soll die Trauung für Freitag, morgens 9 Uhr, bestellen. Tim will dann Donnerstagabend hinkommen, und wir heiraten, eh Vater erfährt, wo ich überhaupt bin.«

»Aber wird er sich nicht schwere Sorgen machen, wenn er nach Hause kommt und Sie nicht da sind?« Wieder war mein Baby schuld, sonst hätte ich das gewiss nicht gesagt.

»Oh, ich werde ihm einen Zettel hinlegen. Einfach aufschreiben, dass ich für ein paar Tage fortfahre, bis wir beide uns wieder ohne Groll in die Augen sehen können, und dass ich ihm schreiben werde und es mir sonst gut geht.«

Anne muss vor Freude und Angst wirklich außer sich gewesen sein, sonst hätte sich ihr kleines Herz gegen den Vater, den sie glühend liebte, nicht so verhärten können. Uns sagte sie fröhlich Lebewohl, als ginge sie zu einem Ball. Zwei Stunden später sahen wir sie in ihrem kleinen

Auto vorbeiflitzen. Munter ließ sie die Hupe ertönen, als wir ihr vom Kamm des Hügels zuwinkten. Eine kaum glaubliche Veränderung war mit ihr vorgegangen.

Als wir uns abwandten, wurde ich mit einem Ruck aus meinem Sinnen aufgeschreckt, denn Paul sagte zu Tim: »Selbstverständlich werde ich mit Sam gemeinsam deine fußkranken Mutterschafe behandeln und sie mit unserem Lastwagen holen und wieder hinfahren. Sei ganz unbesorgt.« Worauf Tim erwiderte: »Vielen Dank. Mit Salbe habe ich sie schon behandelt, ich mache das noch fertig.«

Larry sagte lachend: »Zu schade, dass Sam dies alles nicht miterlebt hat. Ich muss rasch nach Hause und es ihm berichten.«

Als ich sie verabschiedete, wagte ich ein bedauerndes Wort für den Colonel einzuwerfen, doch davon wollte sie nichts hören. »Der alte Tyrann! Recht geschieht's ihm! Gott sei Dank, das Mädel ist fort, nun kann nichts mehr schief gehen!«

Sie hatte voreilig gesprochen. Zwei Tage später, als wir gerade Tim zu seinem Zug gebracht hatten, fuhr ich mit Larry zum Postholen. Wir stellten die wildesten Vermutungen über die Heirat an: in welchem Ort sie vor sich gehen sollte, ob die beiden wohl in dieser arbeitsreichen Zeit wenigstens ein paar ›Flittertage‹ finden würden, und was der Panjandrum sich inzwischen denken mochte.

»Miss Adams wird schon Bescheid wissen, und ich wette, sie hat ihre Freude an der Sache.«

Doch Tantchen sah nicht erfreut aus, im Gegenteil, ganz sorgenvoll. Als wir mit ihr allein waren, führte sie uns ins Wohnzimmer und schloss die Tür. Wir bestürmten sie mit Fragen.

»Ja, ich weiß Bescheid«, sagte sie. »Jawohl, habe mit Anne gesprochen. Sie kam zu mir, um sich zu verabschieden und hat mir alles erzählt. Zehn Minuten blieb sie hier, hat die ganze Zeit geredet und fuhr fröhlich wie eine Lerche davon. – Der Colonel? Er blieb länger in der Stadt, als er beabsichtigt hatte. Seine Geschäfte haben ihn aufgehalten. Als er tags darauf zurückkam, fand er ihre Mitteilung vor. Ich habe ihn noch nicht wieder gesehen und auch nicht gehört. Er würde sich mir natürlich auch nicht anvertrauen.«

»Sicher werden Sie es merkwürdig finden, doch ich bedaure ihn.«

»Ich auch. Leider habe ich das zu Anne gesagt.«

»Warum ›leider‹?«

»Weil sich zeigt, wie dumm es von mir war, hier Ratschläge zu geben. Heute bekam ich von Anne einen Brief und für ihren Vater ist auch einer in der Post. Mir schreibt sie, sie hätte sich meine Worte überlegt und sei zu der Erkenntnis gekommen, dass ihr Benehmen gegen ihren Vater nicht anständig sei – und korrekt war es ja wirklich nicht. Daher hat sie ihm geschrieben und ihm mitgeteilt, wann und wo sie heiraten wollen, und hat ihn gebeten, ihr zu telegrafieren und Glück zu wünschen.«

Tiefes Schweigen trat ein. Schließlich sagte ich: »Aber sie ist doch noch minderjährig. Das braucht er bloß den Pfarrer wissen zu lassen, und schon können sie nicht heiraten.«

»Er schafft das nicht mehr bis dahin, dazu fehlt ihm die Zeit denn den Brief hat er ja noch gar nicht. Der ist noch hier. Jim Wilson, der bei ihm arbeitet, holt die Post morgens auf dem Heimweg ab. Aber telefonieren könnte der Colonel noch.«

Wir warfen uns bezeichnende Blicke zu, dann sagte Larry, die mehr riskierte als ich: »Also ist es doch gar kein Problem. Halten Sie einfach den Brief zurück.«

Ich glaubte zu wissen, dass dieser Vorschlag auf Granit stieß, und Tantchens Gesicht bestätigte das sofort. Privat hätte sie für Tim und Anne alles getan, doch als Posthalterin hatte sie sehr strenge Grundsätze.

»Sie wissen ganz genau, dass ich mit der Post nicht manipulieren darf!«, sagte sie.

»Dann geben Sie mir den Brief zur Ablieferung mit, und ich werde manipulieren.«

»Nein, Larry, auch das nicht. Ich habe einen Eid geleistet, dass ich mit den Postsachen korrekt umgehen werde, und dabei bleibt es auch.«

»Auch wenn den beiden das ganze Leben dadurch verdorben wird. – Ach, wie ich solche Pedanterie hasse!«

»Larry, du darfst Tantchen nicht ärgern«, sagte ich. »Außerdem ist es zwecklos. Gegen ihre Pflichtauffassung können wir nichts machen.«

»Oh, Susan, gebrauche nicht so lange Wörter! Tantchen, hören Sie mal zu. Der Panjandrum wird den Brief nicht vor 8 Uhr bekommen, und um neun ist die Trauung. Es bleibt ihm also nur wenig Zeit, sich mit dem Pfarrer in Verbindung zu setzen. Wenn er versucht, ihn anzurufen, könnten Sie doch gewiss sagen ›Teilnehmer antwortet nicht‹ oder könnten die Verbindung verzögern!«

Zum ersten Mal lächelte Tantchen. »Sie schämen sich wahrhaftig nicht, Larry, denn Sie wissen, dass ich auch das nicht tun darf. Das wäre ebenso unkorrekt wie ein Zurückhalten von Briefen. Ich bin hier Posthalterin und muss mein Amt anständig führen. Wir können nur hoffen, dass der Colonel zur Einsicht kommt.«

»Ach, Sie wissen genau, dass das nicht geschehen wird! Ich finde Sie in diesem Punkt wirklich niederträchtig, aber ich werde mir schon noch etwas ausdenken«, sagte Larry und stieg nach diesen trotzigen Worten ziemlich geknickt in ihr Auto. Ich aber wurde das Gefühl nicht los, dass alles verdorben war. Bestenfalls würde Anne mit ihrem Vater fortreisen müssen und vielleicht Tim ein Jahr oder länger nicht wieder sehen. Bei dem Gedanken, wie froh die kleine Anne uns aus ihrem Wagen zugewinkt und gehupt hatte, hätte ich weinen mögen. Das schien bei mir zur Gewohnheit zu werden.

Aber ich hatte mich mit meinem Glauben, Larrys Drohungen bei Miss Adams seien nur leere Worte gewesen, sehr getäuscht, denn plötzlich stieß sie einen ihrer typischen kleinen Schreie aus, der mich sofort mit Bedenken erfüllte, und hielt den Wagen an. »Jetzt hör mal zu, Susan, ich habe einen Plan.«

Und somit komme ich zum schändlichsten Streich, an dem ich in meinem Leben beteiligt war.

Ich versuchte, Larry ihren Plan auszureden, sie zur Vernunft zu bringen und ihr klar zu machen, dass man gewisse Dinge einfach nicht täte, doch sie sagte nur: »Unsinn, ich bin keine Dame, Gott sei Dank, und habe keinen Ehrenkodex. Dass du anders bist, weiß ich ja, und wenn du meinst, du kannst nicht mitmachen, werde ich's schon allein fertig bringen.«

Als ich sehr ärgerlich antwortete, sie solle sich nicht idiotisch benehmen, ergriff sie meinen Arm und sagte: »Liebling, ich wusste ja, dass du es tust! Das wird ein Mordsspaß!«

Als sie mit Reden fertig war, sagte ich: »All right, ich tue es, aber ein Spaß wird's nicht, und Paul wird vor Zorn blau anlaufen.«

»Aber dem sollst du es ja gar nicht erzählen, kein Gedanke! Die andern mit hineinziehen wäre einfach nicht fair.« Dass sie mich hineinzog, schien sie nicht zu bekümmern.

Und so geschah es, dass ich Paul erklärte, ich hätte schlimme Kopfschmerzen, wollte Aspirintabletten nehmen und zu schlafen versuchen. Und wenn's ihm recht wäre, würde ich mir mein Bett im Fremdenzimmer machen, um ungestört zu bleiben, wenn er schlafen ging. Bei seiner zärtlichen Besorgnis kam ich mir furchtbar schlecht vor. Um den Schein zu wahren, fühlte ich mich verpflichtet Tee und Gebäck abzulehnen, und der Hunger machte mich noch nervöser. Als ich hellwach im Bett lag, konnte ich hören, wie Paul – was ihm schwer fiel – behutsam auf Zehenspitzen durchs Haus ging, um mich ja nicht zu wecken. Ich belegte Larry im Stillen mit allerlei wenig schmeichelhaften Ausdrücken, während die Stunden langsam, sehr langsam verstrichen.

Um 3 Uhr früh zog ich mich an, schlüpfte in die Küche, nahm mir eine Hand voll Biskuits und stahl mich aus dem Hause. Larry hatte gesagt: »Früher dürfen wir's nicht machen, falls noch jemand wach ist oder ein dringendes Gespräch nach der Stadt durchgestellt wird. Aber zwischen halb vier und neun kann nicht viel passieren.«

Beim Licht meiner Taschenlampe schritt ich vorsichtig bis zum Gartentor. Larrys Wagen stand schon da.

»Wie bist du denn aus dem Hause gekommen, ohne dass Sam dich gehört hat?«, flüsterte ich, obgleich jetzt diese Vorsicht nicht mehr nötig war.

»Hatte den Wagen in der Nähe des Tors stehen gelassen und Sam gesagt, ich wollte ihn morgens in die Werkstatt bringen. Nachher habe ich nur die Bremse gelöst und bin im Leerlauf leise den Abhang hinuntergerollt. Ganz ohne Geräusch, nicht mal die Hunde haben es gehört. Sam ist ungefährlich, er wacht nie auf, ehe der Wecker klingelt, also um sechs, und bis dahin werden wir schon zurück sein.«

Plötzlich mussten wir beide laut lachen, weil uns bewusst wurde, dass wir auf der völlig einsamen Landstraße wie die Verschwörer flüsterten – was wir freilich auch waren. Aber viel sprachen wir sowieso nicht mehr. Ich glaube, sogar Larry war ganz schön nervös. Als wir durch die schweigenden Straßen der Ortschaft fuhren, musste ich an Tantchen denken, die friedlich schlief, während wir ein Verbrechen gegen eine Institution Seiner Majestät des Königs begehen wollten. Wir fuhren ungefähr drei Meilen bis zu einer Stelle, wo ringsum kein Haus zu sehen und die Straßen beiderseits von dichtem Buschwerk gesäumt waren. Larry lenkte den Wagen ganz an den Straßenrand, schaltete die Scheinwerfer aus und beleuchtete mit der Taschenlampe die Bäume. Ja, da war der Draht, der ein wenig durchhing, dicht neben dem Ast eines großen Baumes.

»Siehst du die Leitung?«, fragte Larry. »Kein Mensch wird sie hier im Halbdunkel bemerken – jedenfalls nicht in den nächsten paar Stunden, und mehr Zeit brauchen wir nicht. Ich werde den Wagen da in die Lücke zwischen das Gebüsch fahren, falls wirklich jemand hier vorbeikommen sollte, was aber bestimmt nicht geschieht. Hinaufklettern kann ich allein, doch du musst Acht geben, ob irgendwo Licht auftaucht, und musst mir, wenn ich auf dem Ast weitergerutscht bin, die Drahtzange reichen.«

Sie hatte eine lange Hose an, in der sie gewandt kletterte. Ich wagte, während ich sie beobachtete, kaum zu atmen und blickte unruhig forschend nach beiden Seiten die stille Straße entlang. Schon hörte ich Larry im Geäst lachen. Sie rief herunter: »Wenn ein Auto kommen sollte, leg dich im Wagen hin und markiere die Betrunkene. Ich werde dann meine Beine hochziehen und Eulenrufe ausstoßen.«

Wie zur Antwort klagte in diesem Moment eine wirkliche Eule von einem nur wenige Meter entfernten Baum. Ich zuckte bei den unheimlichen Tönen unwillkürlich zusammen. In meiner zitternden Hand wackelte die Taschenlampe auf und ab. Larry sprach leise über meinem Kopf: »Oben wäre ich! Muss bloß noch auf dem Ast längs krabbeln. Ein bisschen hart für den Podex. Nun gib mir mal die Drahtschere 'rauf, aber lass sie um Himmels willen nicht fallen, sonst finden wir sie in diesem Dickicht nicht wieder.«

Es gelang mir, die Hand still zu halten und ihr die Schere zu geben. Jetzt hörte ich sie ein paar Mal heftig pusten, dann fiel ein loses Stück Draht vor mir nieder, und kurz danach glitt Larry zu Boden.

»Einen Augenblick noch, ich will den Draht da nicht baumeln lassen. Es könnte ein Schnüffler des Weges kommen, der ihn entdeckt und sich veranlasst fühlt. ausgerechnet hier sein tägliches gutes Werk zu tun. Ich werde ihn hinter diesem Busch zusammenwickeln. – So das wäre erledigt!«

Wortlos stiegen wir wieder in den Wagen und sprachen erst, als wir die ganze Siedlung hinter uns hatten. Ich begann trübselig: »Meiner Ansicht nach können wir hierfür wirklich ins Gefängnis kommen.«

So kühn und laut Larry auch darüber lachte, in ihrer Stimme schwang doch ein leichtes Unbehagen. »Werde nicht dramatisch. Wer kann uns denn etwas beweisen?«

»Jeder Mensch kann sehen, dass der Draht absichtlich durchschnitten wurde.«

»Na und? Aber wie das geschehen ist, kann niemand mit Bestimmtheit behaupten.«

»Es sieht aber zu wenig nach Zufall aus. Der Colonel wird ganz bestimmt gleich an uns denken.«

»Mag sein, dass er einen freundlichen Gedanken auf meine Wenigkeit richtet, aber das ist mir Wurscht! Er soll mal versuchen, mir etwas zu beweisen. Wird er gar nicht versuchen, weil er viel zu beschäftigt ist, sein Gesicht zu wahren. Und auf dich wird er sowieso keinen Verdacht haben. Dich hat er ja gern – ›die Tochter meiner lieben Freundin Brenda‹. Also Kopf hoch, Kleines. Es war brav von dir, dass du mitgemacht hast, und das wirst du nicht bedauern, glaube mir. ›Was wir taten, ist viel besser als es scheint‹ – so sagt doch Shakespeare. Oder war es Dickens? Die beiden bringe ich immer durcheinander.«

24

Es war acht Uhr, als ich erwachte. Paul guckte besorgt in mein Gesicht, eine Tasse schief in der Hand, sodass Tee auf die Untertasse kleckerte.

»Donnerkiel, hast du aber lange geschlafen! Hoffentlich hattest du nicht zu viel Aspirin genommen? Ich hasse diese Betäubungsmittel.«

Mit schwacher Hand nahm ich den Tee entgegen, und er sprach weiter: »Das Butterbrot ist leider ein bisschen dick geraten, ist aber besser als die Biskuits. Ich muss die Dose offen gelassen haben, denn sie sind weich geworden, und es sind überhaupt nur noch wenige da.«

Schmerzlich durchrann mich das Schuldgefühl. Der Kopf tat mir jetzt wirklich zum Zerspringen weh, ich kam mir vor wie eine Hundertjährige. Unsere dunkle Tat bei Nacht ging mir wieder durch den Sinn. Im nüchternen, klaren Tageslicht fragte ich mich, warum ich so verrückt gewesen war. Wie gern, wie gern hätte ich es Paul gebeichtet. Dass ich ehrlich sagen konnte, ich hätte noch Kopfschmerzen, war wenigstens ein kleines Pflaster für mein Gewissen.

Kaum hatte ich müde drei Schlückchen Tee genippt, da kam Paul wieder herein. »Miss Adams möchte dich am Telefon sprechen. Ich habe ihr erklärt, dass du dich nicht gut fühlst, aber sie schien mir nicht sagen zu wollen, um was es sich handelt. Behauptet, es sei dringend.«

Stöhnend kroch ich aus dem Bett. Tantchen sprach ziemlich kurz und entschuldigte sich nicht einmal, dass sie mich aus dem Bett geholt hatte.

»Ich muss Sie und Larry sprechen. – Ja, die habe ich schon angerufen. Sie will Sie gern in ihrem Wagen mitnehmen, falls Sie zu ihr kommen könnten. – Ja, möglichst bald.«

So kurz und bündig sprach Tantchen. Zur Abwechslung war ich einmal fähig, Paul das ganze ›Gespräch‹ zu wiederholen. Er war ziemlich böse.

»Warum sollst du da einfach hinrasen, zum Kuckuck noch mal! Konnte sie nicht am Telefon sagen, was sie will? Das ist doch ein starkes Stück! Sieht Tantchen gar nicht ähnlich, sich so zu ereifern.«

Ich gab keine Antwort, denn ich wusste, dass uns etwas blühte. Zögernd zog ich mich an, während Paul mir in aller Eile Toast röstete und darauf beharrte, dass ich ein paar Scheiben aß.

»Du musst bei Kräften bleiben. Sie kann warten. Weshalb eigentlich nicht? Ich glaube kaum, dass ein Todesfall in unserem Bezirk eingetreten ist, und wenn, dann hat das ja mit euch nichts zu tun.«

Leider betraf es doch uns. Das war ja der Haken. Ich versuchte, Toast zu essen, aber mir wurde fast übel davon. Angenommen, es war jemand um fünf Uhr früh schwer erkrankt, oder die kleine Elizabeth Jolson hatte um sechs Krämpfe bekommen, und der Arzt war nicht zu erreichen gewesen? Na, bis ich bei Larry ankam, war ich in heller Aufregung.

Sie entstieg lässig und anscheinend ganz sorglos ihrem Wagen.

»Unsinn«, sagte sie, als ich meine Befürchtungen vorbrachte, »alle Leute in unserem Bezirk sind geradezu abscheulich gesund – höchstens kann der Panjandrum einen Schlaganfall gekriegt haben, und den hätte er verdient, als Strafe des Himmels.«

Er hatte zwar keinen gekriegt, sah aber aus, als könnte ihm das jeden Moment passieren.

Was uns ins Auge fiel, als wir zum Laden kamen, war zuerst sein Wagen, alsdann der große Mann in Person. Knallrot im Gesicht, vermochte er kaum den Hut abzunehmen und höflich »Guten Morgen« zu sagen. Sonst war niemand zugegen, aber auch Miss Adams sah ungewöhnlich rot und erregt aus. Bei jedem anderen Menschen in diesem Zustand hätte ich befürchtet, dass er im nächsten Moment aus der Haut fuhr.

Sie begrüßte uns mit fast so korrekter Kühle, wie wir sie vom Colonel gewohnt waren.

»Guten Morgen. Ich wollte Sie geschäftlich sprechen. Würden Sie bitte ins Haus gehen, ich muss inzwischen noch ein Ferngespräch für Colonel Gerard anmelden.«

Ein Ferngespräch anmelden! Schuldbewusst schlichen wir ins kleine Wohnzimmer hinter dem Laden. Und dann tat Larry etwas Empörendes. Nachdem sie die Tür betont laut hinter uns geschlossen hatte, machte sie sie sofort leise wieder auf, sodass wir hören konnten, was im Laden gesprochen wurde.

»Ja, gewiss, ich probiere es sofort noch einmal. Habe mich fast ununterbrochen bemüht seit ungefähr 8 Uhr, als Sie mir die Nummer durchgaben. Kann Ihnen aber jetzt versichern, dass es sehr wenig Zweck hat, denn in der Leitung ist überhaupt kein Geräusch.«

Der Panjandrum gab einen explosiven Laut von sich. Larry unterdrückte ein Kichern, dann erklang abermals das Schwirren der schnell gedrehten Telefonkurbel. »Hallo, ist dort jemand? Amt? Bitte, ist da das Amt? Falls jemand mich hört – wollen Sie mich bitte mit Te Rimu verbinden?«

Tantchen wiederholte immerzu ihre dringenden Fragen. Ich hatte Angst, dass sie Larrys Gekicher hörte, und schüttelte Larry – wobei ich gestehen will, dass ich nun auch so nahe an die Tür gegangen war, wie der letzte Funken Anstand es noch erlaubte. Inzwischen schritt der Colonel im Laden wutschnaubend hin und her. Er vermochte sich keinen Augenblick still zu verhalten, jede Sekunde erwarteten wir den offenen Ausbruch seiner Wut.

»Bitte noch mal versuchen!«, rief er. »Ich muss die Verbindung haben! Ist äußerst dringlich. Ach, das sind ja Narrenpossen, irgendjemand spielt mir einen Streich!«

Es folgte ein hässliches Krachen, als der Hörer auf den Haken geschmettert wurde, und Tantchens Stimme ertönte, sehr klar und deutlich. Ich wusste, ohne es zu sehen, dass sie jetzt mit gerötetem Gesicht vor ihrem Gegner stand und ihn durch den Klemmer scharf fixierte. Und hätte wetten können, dass der Klemmer ein wenig schief saß.

»Was wollten Sie damit sagen? Wer könnte Ihnen hier einen Streich spielen? Bilden Sie sich ein, ich hätte mich nicht ehrlich um Ihre Verbindung bemüht? Ich verlange eine Erklärung!«

»Die sollen Sie haben! Zufällig weiß ich, dass Sie meiner Tochter bei dieser ganzen verrückten Eskapade den Rücken gestärkt haben! Ich weiß, dass sie fortwährend in aller Eile hierhergefahren ist. Und ich weiß, dass so etwas nur in diesem verflixten Bezirk möglich ist! Und jetzt, jetzt, da jede Minute kostbar ist – was wird mir da erklärt? Kein Geräusch in der Leitung!« Der letzte Satz eine erbitterte Imitation von Tantchens eigenen Worten.

Larry pfiff ganz leise vor sich hin. »Was ist denn mit dem Pukka Sahib nur los?«, flüsterte sie. »Scheint mir ein bisschen zu entgleisen. Na, ich hab' ja immer gewusst, dass der nicht echt ist.«

Ich spürte, dass in der Stille, die im Laden eintrat, Miss Adams um Beherrschung rang. Als sie wieder sprach, fielen die Worte langsam und eisig. »Es ist in diesem Fall wohl besser, Sie probieren selbst. Da ist der Apparat.«

Nun ging ein Kurbeln, Klopfen und Schreien los, dass wir förmlich erstarrten. Sogar Larry machte es beinah nervös. Und wieder fing der Colonel mit vor Zorn heiserer Stimme an: »Es hat sich einer an der Leitung zu schaffen gemacht, und zwar jemand, der wusste, dass ich anrufen würde! Ich möchte wetten, dass Anne auch Ihnen geschrieben hat!«

»Und ich mich deshalb an der Leitung vergriffen haben soll? Colonel Gerard, diese Beleidigung einer Posthalterin ist verleumderisch! Ein Mensch, der in Telefonleitungen eingreift, hat kein Verantwortungsgefühl.«

»Verantwortungsgefühl! Wo ist bei Ihren Freunden der Sinn für Verantwortung, he? Nicht der mindeste Anstand herrscht da, alle stecken in diesem Komplott!«

»Vielleicht ist es besser, Sie bringen diese Behauptung vor einem Zeugen zum Ausdruck. Das ist glatte Verleumdung.« Tantchens Stimme klang trotz des ruhigen Tones messerscharf.

Jetzt hörten wir ihre Schritte näher zur Tür kommen. Larry hatte eben noch Zeit, wie eine Katze in die Mitte des Zimmers zu springen, als sie erschien. Sie wirkte trotz ihrer kleinen Gestalt geradezu majestätisch. »Mrs. Lee, würden Sie und Mrs. Russell für eine Minute mit in den Laden kommen?«

In diesem Moment schob Mick O'Connor den Kopf durch die Ladentür und sagte kläglich: »Die ganze Leitung habe ich abgesucht, hin und her, mit meinen schlimmen Füßen und mit leerem Magen, ohne gefrühstückt zu haben. Aber keine kaputte Stelle gefunden. Nee, die Leitung, die ist in Ordnung, und Sie wollen doch nicht, dass ich weiter 'rumsuche, wo ich vor Hunger schon beinah in Ohnmacht falle?«

Beim Anblick des hungrigen Mick meldete sich wieder mein Gewissen, und Larry, die nun doch wünschte, dass Tiri wieder mit der

Außenwelt in Verbindung kam, sagte hastig: »Ich will Ihnen einen Vorschlag machen, Miss Adams: Ich werde Mick in meinem Wagen an der Telefonleitung entlangfahren. Für die ersten fünf Meilen läuft sie ja an der Straße, und er kann, während ich fahre, gut aufpassen, ob er einen Schaden entdeckt. Also, steigen Sie schon ein, Mick, ich komme gleich.«

Für einen Moment mit Tantchen allein, versuchte Larry, rasch davonzukommen, doch Miss Adams bannte sie mit unbarmherzigen Blick an ihren Platz. »Ich glaube, Sie wissen, warum ich Sie aufgefordert hatte, herzukommen«, sagte sie. »Dies« – sie deutete auf den Colonel – »ergab sich allerdings nur zufällig. Haben Sie eine Ahnung, was mit der Telefonleitung los sein kann?«

Herausfordernd trafen sich ihre Blicke, scheinbar harmlos und ohne Wimpernzucken. Larry sagte obenhin: »Wissen Sie, ich habe so ein Gefühl, als ob er den Schaden in dem dichten Gebüsch finden wird … Da kann so leicht ein Ast auf den Draht fallen.«

Tantchens Augen funkelten, doch ihr Gesicht blieb unbewegt.

»Und mein Gefühl sagt mir, dass Ihr Gedanke richtig ist. Vielen Dank, dass Sie Mick mitnehmen wollen – das erspart Zeit. Zum Glück sind bisher keine dringenden Anrufe gewesen, aber es kann ja jederzeit einer kommen.« Unhörbar für Larry – aber nicht für mich – murmelte sie: »Und Sie haben viel mehr Glück, als Sie verdienen.«

Bis zum heutigen Tage ist das Thema von den beiden nicht wieder berührt worden.

Sobald Larry und Mick fort waren, wurden wir drei plötzlich nett miteinander. Es war nach halb neun. Der Colonel wusste, dass er sein Spiel verloren hatte. Mit einer Unverfrorenheit, über die ich mich heute noch wundere, bat ich ihn, Anne doch wenigstens einen kurzen Gruß zu senden, nur ein Telegramm, sobald die Leitung wieder in Ordnung gebracht sei. Aber das verweigerte er und fahr schließlich betrübt heim in seine leere Wohnung. Mein scheußliches Schuldbewusstsein wollte mich plötzlich zum Geständnis treiben. Da mir glücklicherweise noch einfiel, dass ich dann ja Larry mitbelasten würde, bewahrte ich die Ruhe und unterließ es.

Freilich war es eine ungeheure Erleichterung, alles vor Paul sozusagen ausschütten zu können, sobald ich zu Hause ankam. Er war völlig entgeistert, doch ich sah offenbar so elend aus, dass er seine Vorwürfe unterdrückte, mich ins Bett packte, mir Cognac einflößte und sich darauf beschränkte, schreckliche Verwünschungen gegen Larry zu brummeln, während er sich über die vernachlässigte Hausarbeit hermachte.

Später, als wir uns aussprachen, wollte es mir beim besten Willen nicht gelingen, ihm klar zu machen, dass die Sache auch ihre komischen Seiten hatte. Vielleicht hatte er Recht mit seiner Bemerkung, Männer hätten mehr Achtung vor den Gesetzen als Frauen. Zuletzt sagte er langsam: »Na ja, ich habe immer gewusst, dass Larry bis zum Äußersten geht. Als Freundin mag sie ja prächtig sein, aber sie wird dich ins Gefängnis bringen. Also nimm dich um Himmels willen zusammen.«

»Oh, Paul, du darfst nicht böse mit ihr sein. So eine Freundin gibt's nicht wieder! Sie hat kolossale Courage und setzt sich für ihre Freunde bedenkenlos ein.«

»Ja, gut, aber weißt du denn, zum Kuckuck, nichts Besseres anzufangen, als ständig an ihren Rockschößen zu hängen und dich von einer Klemme in die andere bringen zu lassen? Ist es dir nicht genug, dass du ein Baby bekommen wirst, einen Hausstand hast und auf der Farm mithilfst, ohne einen ganzen Bezirk durcheinanderzuwürfeln? Ich wünschte wahrhaftig, du schriebst ein Buch, dann bliebst du vielleicht mal eine Weile ruhig.«

Eine beachtliche Predigt für Pauls Verhältnisse. Ich wusste, dass ich sie verdient hatte, und bemühte mich nur noch, bedauernswert auszusehen. Wie unter einer Inspiration sagte ich: »Der Colonel hat mir Leid getan, das kann ich nicht leugnen. Denk doch nur, wie uns zu Mute sein wird, wenn unsere Tochter uns einfach beiseite schiebt wegen eines Mannes, den sie kaum ein Jahr kennt!«

Paul sah unglücklich aus und grübelte gleich über diese in weiter Ferne drohende Tragödie. Aber bald war er wieder vergnügt und sagte: »Ja, mein liebes Kind, dagegen gibt es nur ein einziges Mittel – dass wir einen Sohn bekommen anstatt einer Tochter.«

»Aber ich möchte doch eine Tochter haben, und die werde ich auch kriegen!« – Bei seinen Bemühungen, mich zu überzeugen, dass ein Sohn erfreulicher sei, vergaß Paul prompt meinen ersten Ausbruch ins Kriminelle.

Das Ende der Liebesgeschichte zwischen Anne und Tim verlief programmgemäß, so wie wir es im Herzen schon gefühlt hatten. Larry tat, als langweile sie dieser Abschluss. Sie meinte, er sei genau so wie in altmodischen Märchenbüchern. Nachdem aber die Ehe geschlossen war, hätte nur ein Wahnsinniger versuchen können, sie zu sprengen oder einen endlosen Kampf gegen sie zu führen – und Colonel Gerard besaß, obwohl er zeitweilig den Kopf verlor, sehr viel gesunden Menschenverstand. Er wusste, dass er besiegt war und durch Opposition nur noch mehr verlieren würde. Freilich brauchte es Zeit, die Wunde zu heilen.

Nach vierzehn Tagen kamen Anne und Tim wieder zurück. Inzwischen war auch Julian wieder gekommen und hatte sich redlich für die beiden ins Zeug gelegt. Die Gesellschaft dieses vernünftigen jungen Mannes hatte den alten Herrn erheblich ruhiger gestimmt, doch selbst Julian vermochte nicht, ihn zu einem freundlichen Empfang seiner heimkehrenden Tochter zu überreden. Er hatte auf keinen der Briefe geantwortet, die sie ihm seit der Heirat fast täglich schrieb, und sobald sie ihm das Datum ihrer Heimkehr mitteilte, fuhr er unter dem Vorwand wichtiger Geschäfte zur Stadt und nahm Logis in seinem gewohnten Hotel. Sein falscher Stolz hinderte ihn sogar, für Anne ein paar schriftliche Worte von Liebe und Verzeihung zu hinterlassen.

Zurück aber kam die Anne von früher, nicht die leidenschaftliche junge Frau, die sich mit ihm so wild gestritten hatte. Das Glück hatte ihm seine geliebte kleine Tochter wieder gegeben, die nichts verlangte als seine väterliche Liebe und Güte. Nachdem sie in der alten Wohnung alles mit Julian besprochen hatte, fuhr sie schon zwei Tage später ihrem Vater nach. Wie es ihr mit ihm erging, wusste keiner von uns, doch ich glaube kaum, dass sie es sonderlich schwer gehabt hat, ihn zu versöhnen. Allein, dass sie sogleich aus ihrem neuen Heim und von ihrem Mann zu ihm gefahren war, musste doch tröstlich für ihn gewesen sein. Drei Tage darauf kamen sie zusammen zurück Anne war wieder das lachende, strahlende junge Mädchen wie bei unserer ersten Begegnung.

Colonel Gerard bewies erneut, dass er nichts halb tat, wenn er sich zu einem Entschluss durchgerungen hatte. Er fuhr sofort zu dem kleinen Haus, das Tim bewohnte, und fand seinen Schwiegersohn im Gemüsegarten. Etwas krampfhaft lächelnd deutete er auf Anne, die eben aus dem Auto stieg. Mit den Worten: »Ich bringe dir zurück, was dir gehört – und vielen Dank für die Leihgabe«, hielt er ihm die Hand hin.

Dem stets großzügigen Tim genügte das glückliche Lächeln seiner kleinen Frau, um dem Panjandrum die Hand zu schütteln. Larry aber meinte, die Szene sei wie aus einem altmodischen Theaterstück gewesen, als die Menschen sich noch nicht um Komplexe und dergleichen kümmerten.

Die neue Freundschaft zwischen Vater und Tochter kam zwar nicht sofort zu voller Blüte, doch der Colonel annullierte den Verkaufsvertrag für seine Farm, während Anne unbedingt darauf hielt, ihren Vater täglich zu besuchen. Und schon sehr bald erschien er häufig und lange in dem Häuschen am Berghang, das so viel kleiner war als seins. Zu mir sagte er eines Tages, indem er absichtlich eine bärbeißige Miene aufsetzte: »Wenn Sie in Ihrem Leben jemals Recht gehabt haben, verehrte junge Dame, dann mit Ihrer Behauptung, dass Tim ein prächtiger Mensch ist! Wir stehen, seitdem ich einmal gleichsam an seiner Schulter geweint hatte, viel vertrauter miteinander. Die steife Förmlichkeit mir gegenüber hat er inzwischen aufgegeben.«

Larry war recht betrübt, dass die Fehde einen so zahmen Abschluss fand. Sie brachte es noch immer nicht über sich, an ihrem alten Feind gute Eigenschaften zu entdecken.

»Richtig zu sich gekommen ist er erst«, sagte sie orakelhaft, »als ihm die Fotografie des bewussten alten Bischofs in die Hände fiel und er feststellte, dass es sich um einen Onkel von Tim handelte. Das tröstete ihn gewaltig, aber noch längst nicht so wie die wunderbare Enthüllung, dass Tims Mutter eine hochwohlgeborene Soundso aus Leicester war. Ihr müsst doch direkt hören können, wie er bei seinen Kumpanen angibt: ›Mein Schwiegersohn, natürlich Frontsoldat gewesen, seine Mutter war eine geborene Soundso aus Leicester – Sie wissen ja, große Jäger vor dem Herrn …‹«

Das war entschieden stark übertrieben, und ich wollte nichts davon hören. Von jetzt an stand ich ganz auf der Seite der Eltern. Eltern müssen zusammenhalten!

Tantchen, die mit Larry niemals über die Störung der Telefonleitung sprach, sagte einmal mit wohleinstudierter Gleichgültigkeit zu mir: »Mick O'Connor ist ein misstrauischer Mensch, ihm hat die Sache mit der Telefonleitung keine Ruhe gelassen. Neulich sagte er zu mir: ›Da war ja gar kein Draht gerissen. So ein verflixter Ast ist nämlich draufgefallen und – zack, war der Draht durch, als hätte ihn der Erzengel Michael persönlich mit seinem goldenen Schwert durchgehauen!‹ Aber dann fügte er unzweideutig hinzu, es würde ihn nicht überraschen, wenn sich herausstellte, dass in jener dunklen Nacht eine finstere Tat begangen worden wäre.«

Mein Herz wollte aussetzen, mit unsicherer Stimme sagte ich: »Nein, wie ist so etwas möglich! Und was haben Sie ihm geantwortet?«

Ihre Augen sprühten jetzt kleine Blitze. »Dass ich sehr wohl mit dieser Möglichkeit rechnete. Im Übrigen sei dieser Bezirk schon bekannt genug für dunkle Affären, zum Beispiel Schwarzbrennerei. Seitdem hat er nichts mehr von der ganzen Angelegenheit erwähnt.«

»Oh, Miss Adams, das grenzte ja schon an Erpressung!«

»Ich bin der Meinung, dass gerade ihr – Sie, Susan, und Sie, Larry – lieber nicht darüber urteilen solltet, was kriminell ist«, sagte Tantchen vernichtend – und ich muss zugeben, dass sie damit die Punkte buchen konnte.

25

Nach allgemeiner Auffassung soll sich eine Frau, wenn sie ein Kind erwartet, möglichst wenig aufregen. Mir ging es jedenfalls nach dem nächtlichen Abenteuer alles andere als gut, und Paul war recht sorgsam um mich. Da ich fand, dass er sich das nicht um mich verdient hatte, beschloss ich allen Ernstes, künftig vorsichtiger zu sein.

Aber Larry als Freundin haben und Vorsicht üben, das reimt sich nicht zusammen. Im Hinblick darauf war es günstig, dass Julian jetzt seinen Abschiedsbesuch beim Colonel machte. Er wollte im April nach England reisen, was wir alle sehr bedauerten. Für Annes Hochzeit hatte er segensreich gewirkt. Da er jetzt absichtlich vor den Leuten als abgewiesener Bewerber posierte und Tim zum Schein noch Vorwürfe machte, ihn verdrängt zu haben, konnte der Colonel sich seiner Abreise nicht gut widersetzen. Larry unterstützte ihn tüchtig bei seiner Schauspielerei. Ihre Freundschaft mit Julian war wieder ganz gefestigt, und Julian besuchte sie und ihren Mann häufig. Wenn Sam keine Zeit hatte, ritt und fuhr Julian mit Larry spazieren. Er hatte sich schon so an seine Rolle gewöhnt, dass er immerfort klagte, von den einzigen beiden Frauen, die er im Leben ernstlich geliebt hätte, habe die eine ihn im Stich gelassen und die andere schon geheiratet, bevor er sie kennen lernte. »Aber die letzten Stunden vor der Abreise werde ich noch ordentlich ausnutzen«, sagte er scherzhaft drohend zu Sam, der das natürlich mit heiterer Gelassenheit quittierte, weil er genau wusste, dass Larry nur für ihn allein auf der Welt war.

Ich hatte inzwischen ›ein neues Leben angefangen‹, so offenkundig, dass Paul schon in die Gewohnheit verfiel, ganz selbstsicher seine Bemerkungen anzufangen ungefähr mit den Worten: »Jetzt, nachdem du es aufgegeben hast, Unfug zu treiben und allmählich mehr auf deine Gesundheit achtest ...«

Nötig waren diese Hindernisse nicht. Im Grunde war ich stark enttäuscht, dass ich mich so ›normal‹ fühlte. Mein Mann brauchte nicht dauernd eine wehleidige Ehefrau zu trösten und zu bedienen.

Ich war schrecklich gesund, sodass ich für etwa nicht ausgeführte Hausfrauenpflichten keine Entschuldigung hatte. Nach den ersten drei Monaten fühlte ich mich fast genau wie vorher. Äußerlich war ich allerdings nicht mehr dieselbe. Kein Wunder, dass Larry eines Tages losplatzte: »Susan, ich glaube, du bist eine große Betrügerin! Du wirst nämlich gar nicht dick, sondern gehörst zu den fruchtbaren Weinstöcken, von denen Dr. Chavasse spricht, denn du wirst ein Kind bekommen.«

»Na ja, warum denn nicht? Ich bin überzeugt, die Leute sagen schon, dass es höchste Zeit wäre.«

»Ja, Mrs. Grant hat dich bestimmt schon als völligen Versager abgeschrieben so wie mich – oder hält dich für ein ganz gerissenes Geschöpf, was noch schlimmer ist. Aber ein Schlag ist es doch, meine Liebe. Wie kannst du nur so etwas selbstverständlich Erwartetes und Langweiliges tun?«

»Mag sein, dass es zu erwarten war«, erwiderte ich ein bisschen gereizt, »doch langweilig wird es gewiss nicht sein.«

Mir schien es ein wenig hart, dass weder mein Mann noch meine beste Freundin den kommenden Erdenbürger mit Jubelrufen begrüßten.

»Aber es wird dir mächtig hinderlich sein. Überall nur Windeln und kein bisschen Vergnügen.«

»Ach, du willst dich bloß wichtig machen! Wozu heiraten Frauen eigentlich, wenn sie keine Kinder kriegen wollen? Wer allerdings nur aufs Vergnügen erpicht ist, kann angeblich davon ja unverheiratet viel mehr haben.«

»Versuche bitte nicht, vulgär zu werden, sonst muss ich noch befürchten, dass du mich meinst! Ich wünschte, ich hätte auch ein süßes Geheimnis, das ich dir ins Ohr flüstern könnte! Muss doch mal bei Dr. Chavasse nachlesen, um mich richtig leiten zu lassen.«

»Larry, tu doch nicht immer so abgebrüht! Im Ernst: Warum willst du nicht auch ein Baby haben?«

Zu meiner Überraschung sagte sie nachdenklich: »Na, vielleicht kommt das bald. Ich will erst mal deine Symptome beobachten, und wenn sie nicht zu abschreckend sind, werde ich mich vielleicht für ein Kind entscheiden.«

So trocken über Mutterfreuden zu reden mag merkwürdig erscheinen, doch sie meinte das ganz ernst. Einige Wochen später teilte sie mir das Ergebnis ihrer Beobachtungen mit. »So schlimm ist es wirklich nicht, denn du machst ja einen ganz normalen Eindruck. Gewiss siehst du ein bisschen – na, sagen wir, ein bisschen drall aus, aber davon abgesehen, würde dir eigentlich keiner das süße Geheimnis anmerken.«

Im März, als es kein Geheimnis mehr sein konnte, freute ich mich über die freundliche Anteilnahme, mit der alle Leute meine ›frohe Botschaft‹ begrüßten.

»Das ist ja sehr schön, meine Liebe«, sagte Mrs. Archer. »Ohne ein Kindchen oder zwei hat das Leben wenig Inhalt, und Sie sind die rechte Mutter, um sich an Kindern zu erfreuen.«

»Meine liebe Mrs. Russell, Sie glauben ja gar nicht, wie aufgeregt ich bin«, sagte Mrs. Jolson. »Sie sind eine vorbildliche Mutter, das habe ich schon immer gesagt, als ich Sie mit Elizabeth umgehen sah. Sie werden bestimmt hübsche Kinder bekommen, und wie stolz wird Ihr Mann sein!«

Und Miss Adams sagte: »Braves Mädchen! Paul kommt sich ja schon sehr wichtig vor. An einem Baby werden Sie sehr viel Freude erleben.«

Was Mrs. Grant bemerkte, wurde mir nicht wiederholt. Mrs. Millar erkundigte sich sehr nett nach mir, sie sprach allerdings die Hoffnung aus, dass meine literarischen Pläne nicht unter den Pflichten und Nöten einer jungen Mutter zu kurz kommen würden. Da meine schriftstellerischen Leistungen bisher nur in ›Belinda‹ und ein paar Kurzgeschichten verkörpert waren, befürchtete ich kaum einen großen Verlust für die Weltliteratur.

In den heißen Monaten blieb ich mehr als sonst im Hause, und im Februar beschäftigte ich mich mit dem Einkochen von Gelee und Früchten. Das schien Paul zu gefallen. Ich sagte ihm aber nicht, dass ich es viel reizloser und weit anstrengender fand als kriminelle Taten.

Ende Februar nahm er sich eine Woche frei – die erste seit unseren Flitterwochen – und fuhr mich in die Stadt, wo ich beim Rundfunk weitere Fortsetzungen von ›Belinda‹ sprechen sollte. Anscheinend verschlangen die ›Durchschnittshörer‹ diese Geschichten förmlich. Einer hatte an Miss Graham geschrieben, sie seien ›genau das Richtige für einen arbeitsmüden Menschen, der kaum noch Lust zum Nachdenken hat‹.

Ohne viel Federlesens sprach ich diesmal sechs Fortsetzungen und brachte Miss Graham langsam bei, dass es besser sei, die nächste Serie im Juni von jemand anders besprechen zu lassen; denn mir war der Gedanke unerträglich, in meinem dann noch auffallenderen ›Zustand‹ – von dem Larry so oft sprach, dass ich fast tobte – in dem Glaskäfig auf dem Präsentierteller zu sitzen.

Ende März – es war Julians letzte Woche vor der Abreise – rief Larry in höchster Alarmstimmung an. »Susan, rate mal, was passiert ist!«

Diese Einleitung war mir bestens bekannt, sie klang so sehr nach den ›vergangenen Tagen‹, dass ich ängstlich gespannt auf die weiteren Eröffnungen wartete.

»Onkel Richard kommt her! Heute Nachmittag mit dem Wagen. Sag doch etwas, Susan! – Ja, gewiss, ich bin entzückt, den braven Alten wieder zu sehen, aber … Na, du weißt ja ganz gut, was mich bedrückt: der verflixte Anhänger, den er mir zu Weihnachten geschenkt hat.«

»Nun, ein bisschen peinlich ist das schon, aber du hattest doch damals gesagt …«

»Ach, Susan, du willst mich ärgern! Mich zu erinnern, was ich früher gesagt habe! Selbstverständlich habe ich nicht im Traum daran gedacht, dass er einmal zu uns auf die Farm kommen könnte.«

»Vielleicht hat er's schon vergessen?«

»Zu seinen unerfreulichen Eigenschaften gehört, dass er nie vergisst, was er einem geschenkt hat.«

»Ich denke, du könntest ihm sagen, das Ding sei zur Reparatur beim Juwelier.«

»Dann denkt er, ich hätte es so schlecht behandelt, dass es gleich kaputtging. Außerdem würde er es unbedingt selbst abholen und die Reparatur bezahlen wollen. Er ist ja so gründlich! Nein – ich wollte ihm eigentlich sagen, ich hätte es dir geliehen, das wäre ja ganz einfach. Bist doch gewiss einverstanden?«

»Nein, absolut nicht! Ich weiß, wie die Dinge verlaufen, wenn du behauptest, alles sei ganz einfach. Im Nu sitzt man in der Tinte. Außerdem habe ich Paul versprochen …«

»Ach so! Na, wenn du wegen einem dummen kleinen Versprechen Schwierigkeiten machen willst … Ich muss mich über dich wundern, Susan. Scheinst für mich wenig übrig zu haben. Was ich möchte, ist doch von einer Freundin bestimmt nicht zu viel verlangt. Ich glaube, durch die Geschichte mit deinem Baby bist du so anders geworden, so spießig, so ein ›Rührmichnichtan‹. Wenn du mir nicht helfen willst, muss ich mir eben was anderes ausdenken.«

»Das wird dir auch sicher nicht schwer fallen.«

Zunächst bekam ich Mr. O'Neill, Larrys Onkel, noch nicht zu sehen; erst nach mehreren Tagen rief sie mich an und erklärte, sie werde mit ihm zum Tee kommen, da er am anderen Morgen bereits wieder abreisen wolle. Der Mann war für mich eine Überraschung. Nur schwer konnte ich mir jemand vorstellen, der Larry weniger ähnlich sah. Er muss ganz nach der anderen Seite der Familie geraten sein. Etwas Irisches hatte er überhaupt nicht an sich. Groß und hübsch, mit frischer Gesichtsfarbe, entsprach er eher meinem Bild von einem amerikanischen Geschäftsmann. Er war aber Larry sehr zugetan und lächelte nachsichtig zu allem, was sie sagte.

Wir fühlten uns recht wohl zusammen – da fing er plötzlich an: »Mit Larrys Anhänger, das ist doch eine böse Geschichte, Mrs. Russell. Toll, dass er einfach gestohlen wurde. Das kleine Ding hat mich eine hübsche Stange Geld gekostet, und Brillanten stehen jetzt gerade hoch im Preis.«

Ich verschluckte mich beinah mit dem Tee. Also gestohlen war der Anhänger! Hätte Larry mir das nicht vorher sagen können? Meinem erschreckten Blick begegnete sie mit klaren Augen, während ich irgendetwas stammelte. Brillanten … Die zwei kleinen Dingerchen, die wir für Brillantsplitter gehalten hatten, waren teure Brillanten? Kein Wunder, dass das Ding leicht zu verkaufen war!

Ich riss mich zusammen und stimmte dem Onkel zu, dass die Geschichte höchst bedauerlich sei. Innerlich betete ich um Erleuchtung. Larrys Gesicht zeigte mir, dass von ihr keine Aufklärung zu erwarten war.

»Selbstverständlich ist unsere kleine Larry zu unvorsichtig gewesen, als sie es so herumliegen ließ«, sagte Onkel Richard, »aber andererseits sagte sie ja, hier in der Gegend seien die Leute besonders ehrlich. Ein ganz mysteriöser Fall. Ich möchte eigentlich eine gerichtliche Aufklärung, aber Larry ist zu gleichgültig – sie meint, es hätte keinen Zweck, einen Wirbel zu machen, denn sie hätte schon alles Erdenkliche getan, indem sie es der Polizei meldete.«

Hatte sie das wirklich? Ich blickte sie scharf an, doch sie wandte sich ab und schaute durchs Fenster.

Paul kam herein. Jetzt versuchte ich, Larry aus dem Zimmer zu locken, um ihr einmal tüchtig die Meinung zu sagen, aber sie entzog sich mir konsequent, und erst als die Männer zum Wollschuppen gingen, gelang es mir, sie zu stellen.

»Das ist ja wirklich die Höhe mit dir«, fuhr ich sie an. »So eine Lügnerin ist mir noch nicht vorgekommen!«

»Offen gesagt, Spaß hat mir die Lügerei nicht gemacht, aber du kannst dir doch denken, wie eins zum andern führt … Jedenfalls bist du die letzte, die mir Vorwürfe machen darf, denn wenn du gesagt hättest, ich hätte es dir geliehen, wäre alles klar wie Kloßbrühe gewesen. Aber der gute alte Onkel hat mich richtig in die Klemme hineinbugsiert. Ein regelrechtes Kreuzverhör hat er mit mir angestellt. Von nun an werde ich für alle Leute, die einen Meineid schwören, das größte Verständnis haben.«

»Er scheint sich ja mächtig darüber aufgeregt zu haben. Wenn er nun auf seiner Fahrt durch Te Rimu bei der Polizei nachfragt?«

»Gerade das befürchte ich ja. Ich wünschte, wenigstens einen der Polizeibeamten gut zu kennen, dann könnte ich es ihm erklären und dafür sorgen, dass er mir beisteht.«

»Das dürfte sogar dir einige Schwierigkeiten machen. Lügen noch zu unterstützen, das würde wohl der Polizei zu bunt.«

»Ich muss dich wirklich bitten, Susan, nicht fortwährend von ›Lügen‹ zu reden. Schließlich denken alle Leute, dass mir das Schwindeln besonderen Spaß macht. Dabei war es einfach grässlich, denn ich habe Onkel Richard wirklich lieb, trotz seiner sonderbaren Geschenke. Na, ich habe mir jedenfalls vorgenommen, ihn morgen zu begleiten, damit er glatt durch die Stadt kommt. Das ist die einzige Möglichkeit.«

»Wenn er nun eine andere Frau sieht, die das Schmuckstück trägt und es ihr wegnehmen will und sie der Polizei übergibt, das wäre ein Gaudium, was?«

»Susan, du kriegst allmählich krankhafte Ideen, denkst dir so hässliche Sachen aus. Ich glaube, das kommt davon, wenn man dauernd zu Hause hockt und Obst einmacht. Aber du musst gewiss vorsichtig sein, sonst schadest du dem Baby, nicht wahr? Dr. Chavasse sagt … – Ja, schon gut, ich werde es dir nicht zitieren, wenn du in diesen Ton verfällst.«

»Aber im Ernst: Was würdest du in jenem Fall tun?«, fragte ich gehässig.

»Das passiert eben nicht. Kann es gar nicht. Und wenn, dann wird mir schon etwas einfallen, verlass dich drauf!«

»Hast du dir auch überlegt, wie du wieder nach Haus kommen willst, nachdem du Mr. O'Neill durch Te Rimu gelotst hast?«

»Na klar, das ist alles schon arrangiert. Julian muss sowieso hin, um sich wegen seinem Schiffsplatz zu erkundigen. Er bringt mich zurück. Und er hat gesagt, wenn du zufällig Einkäufe machen müsstest, würde er dich gern in die Stadt mitnehmen. Fahr doch mit, Susan! Wir kommen dann alle zusammen zurück.«

Und hier beging ich einen großen Fehler. Ich hätte Larry wie die Pest meiden sollen, doch der Gedanke, einen Tag aus der Wohnung befreit zu sein und in Julians schönem Wagen zu fahren, muss mir in den Kopf gestiegen sein. Und ich hatte tatsächlich allerlei Einkäufe zu besorgen, also sagte ich schließlich zu, mit Julian mitzufahren.

Als wir am nächsten Tag in die Stadt kamen – wem begegneten wir zuerst? Larry. Sie winkte uns so heftig zu, dass Julian beim Anhalten gleich lachen musste. »Nach Ihrem Gesicht zu urteilen, steht wieder eine Krise bevor«, sagte er. »Jetzt weiß ich auch, was Shakespeare mit der unendlichen Wandlungsfähigkeit der Frau gemeint hat.«

Und ich dachte bei mir, es sei vielleicht ein Glück für Julian, dass er in einer Woche das Land verließ.

Larry war, so weit man das bei ihr sagen kann, ganz verdattert. »Schreckliches ist passiert!«, rief sie. »Nein, wirklich, eine todernste Sache. Dieser elende Wilson, der Juwelier, nicht genug damit, dass er mich mit dem Anhänger betrogen hat – jawohl, das hat er, Susan, indem er mir bestätigte, die Steine seien nur Brillantsplitter –, also nicht genug damit, jetzt hat er das Ding ganz vorn im Fenster hängen, mit einem Schild ›Gelegenheitskauf 5 Pfund‹. Und Onkel Richard pilgert in der ganzen Stadt herum. Wie ein Detektiv habe ich ihn beschattet und bin ihm jetzt nur entwetzt, weil er einen alten Bekannten getroffen hat und mit dem in die Kneipe gegangen ist.«

Sie unterbrach sich, um Luft zu holen und Sympathie zu finden, streifte uns mit einem fragenden Blick und sprach hastig weiter: »Ach, lasst das Lachen, ihr zwei Rohlinge, mir ist wahrhaftig nicht komisch zu Mute. Ich weiß, dass er das Ding entdecken wird. Er betrachtet zu gern Schaufenster, um erzählen zu können, ob die Sachen zu teuer oder preiswert sind.«

»Na, dann wird ihm das Ausstellungsstück ja ein Genuss sein.«

»Wie können Sie so reden, Julian! Zumindest von Ihnen hätte ich ein bisschen Hilfe erwartet. Ein großer starker Mann wie Sie! Wenn ich den Onkel aus der Stadt herauskriegen kann, ohne dass er das scheußliche Ding bemerkt, werde ich im ganzen Leben nicht mehr schwindeln!«

»Ich nehme Sie beim Wort«, sagte Julian rasch. »Also los, wo ist der Laden? Dort in der Arkade? Ich muss mir das skandalöse Stück mal ansehen.«

»Oh, da kommt der Onkel! Warten Sie, ich will Sie ihm erst vorstellen. – Nanu, wo ist den Julian hin! So eine Rücksichtslosigkeit!«

Julian war nämlich, sobald er Onkel Richard sah, schnell aus dem Wagen geschlüpft und hinter ihm verschwunden.

Onkel Richard war als Gastgeber großzügig, aber Larry schien diesmal am Essen keine Freude zu haben. Sobald es vorbei war, sagte er: »Nun habe ich bis zur Abfahrt noch eine Stunde Zeit. Lasst uns noch ein bisschen Schaufenster angucken, Mädels. Ich bin gern in diesen kleinen Landstädten. Vielleicht finde ich einen hübschen Gelegenheitskauf.«

Larry blickte mich an wie ein gehetztes Reh, dann kicherte sie wie eine Verrückte. In der quälenden halben Stunde, die nun folgte, hefteten wir uns wie Blutegel an Onkel Richard, dauernd bemüht, ihn aus der Gefahrenzone zu steuern. Doch der unvermeidliche Schlussakt kam.

»Was gibt's dort in der Arkade? Aha, ein Juweliergeschäft. Kommt her, mal schauen, ob ich da ein kleines Andenken kaufen kann.«

Larry sagte mit mattem Lächeln: »Meinst du nicht, dass wir schon genug gelaufen sind, lieber Onkel? Susan ist schon so müde, und Dr. Chavasse sagt …«

Ich kniff sie in den Arm – ganz grob und tückisch, aber ihr Stöhnen kam nicht von dem schmerzhaften Griff. Aus dem Juwelierladen tauchte eine freundliche, bunte Gestalt auf.

Es war Julian, doch seltsam verändert. Sonst ein Mann von untadelig gutem Geschmack, trug er jetzt einen imitierten Panamahut von der billigen, glänzenden Sorte, noch dazu ganz schief aufgesetzt. Fort war seine dezente Krawatte, an ihrer Stelle prangte ein grausiges Exemplar, knallig bunt und schrecklich gemustert. Was hatte er nur angestellt?

Er blieb stehen, lüftete den unglaublichen Hut und sagte, ehe Larry ihn vorstellen konnte, in langsamen, näselndem Ton: »Guten Tag, Mrs. Lee. Inspektor Grogan – Sie kennen mich wohl noch?«

Mich beobachtete zum Glück keiner, denn jetzt wäre ich sowieso unfähig gewesen, Larry auch nur im Mindesten zu unterstützen. Vielmehr packte mich ein tolles Verlangen zu lachen, anhaltend und laut zu lachen. Dieser Hut, diese Sprechweise und die Unverschämtheit Julians, sich den Namen des berühmten Detektivs aus den Romanen von Margot Neville zuzulegen, das Bild der endlich in der eigenen Falle gefangen Larry – eine unbeschreiblich ulkige Szene!

Larry sah mich nicht an, doch ihre Wangen röteten sich langsam. »Oh, Mr. Grogan … Ja, selbstverständlich kenne ich Sie noch.«

»Hatte noch nicht wieder das Vergnügen, seitdem Sie uns wegen des verschwundenen Anhängers aufsuchten. Nun, Sie werden gewiss froh sein, zu hören, dass wir ihn Ihnen wieder beschafft haben.« Wobei er die Ursache all unserer Nöte aus der Tasche holte.

Larry war jetzt feuerrot. Sie öffnete langsam den Mund und schloss ihn gleich wieder. Zum ersten Mal, seit ich sie kenne, war sie keines Wortes fähig. Onkel Richard umso mehr: Er stürzte sich buchstäblich auf das kostbare Stück und schüttelte ›Mr. Grogan‹ herzlich die Hand. »Wiederbeschafft, tatsächlich! Gute Arbeit, feine Arbeit. Meine Glückwünsche, junger Mann! Ich sage Ja immer, dass unsere Polizei wunderbar ist. Und wie ist Ihnen die Sache gelungen, Mr.–Mr. Grogan? Haben Sie den Burschen dingfest gemacht?«

Julian wandte seinen spöttischen Blick von Larry ab und sagte halb entschuldigend: »Ja und nein. Über diesen Punkt wollte ich ja gerade mit Mrs. Lee sprechen. Den Diebstahl hat nämlich eine Frau begangen.«

»Eine Frau? Na so was! Was die Frauen heute sich alles erlauben!«

»Das habe ich mich auch schon oft gefragt, Sir«, sagte Julian liebenswürdig, indem er wieder Larry anblickte. »Wir wollten aber nicht zu hart mit der Täterin umgehen, denn sie hat sich bisher nichts zu Schulden kommen lassen, und sehr helle ist sie auch nicht.«

»Ha, also eine Schwachsinnige! Das sind oft die Schlimmsten.«

»Nicht direkt schwachsinnig, Sir, aber ein bisschen bekloppt, wie man so sagt.« Trotz meiner Anstrengungen entfuhr mir ein leichtes Schnauben, und prompt wandte sich Julian höflich an mich: »Aha, Mrs.

Russell versteht, was ich meine, sie hat vielleicht auch schon unter solchen Typen zu leiden gehabt. Sind eigentlich keine kriminellen Naturen, nur sehr impulsiv; triebhafte Menschen.«

»Nehme an, die Täterin kam ins Haus, sah den Schmuck auf der Fensterbank liegen, wo unsere nachlässige Larry ihn hingelegt hatte, und nahm ihn mit«, sagte Onkel Richard. »Auf diese Art, liebes Kind, reizt man solche Menschen geradezu zum Verbrechen.«

»Bin ganz Ihrer Meinung, Sir, was Mrs. Lee mir hoffentlich verzeihen wird. Da sie eigentlich ein wenig mitschuldig ist, schlage ich vor, den Fall nicht weiter zu verfolgen. Die Diebin hat eine tüchtige Lektion erhalten und hat Besserung versprochen. ›Wenn ich aus dieser Klemme herauskomme, werde ich nie wieder schwindeln, das schwöre ich!‹ sagte sie zu mir. Sie sieht nämlich ein, dass alles aus ihrer Lügerei entstanden ist – was die Menschen mit dem harmlos klingenden Wort ›schwindeln‹ bezeichnen.«

Larrys Stimme klang jetzt halb erstickt. »O ja, wollen die Sache niederschlagen. Mir wäre es sowieso grässlich, vor der Polizei zu erscheinen, einerlei in welcher Rolle. Nochmals vielen Dank, Mr. Grogan! Ich werde mich von nun an wirklich mehr vorsehen, da ich merke, zu welchen Komplikationen das führen kann.«

»Gut. Wir können alle im Leben noch dazulernen, nicht wahr? Somit darf ich mich empfehlen, meine Herrschaften.« Ohne mit der Wimper zu zucken, zog Julian den Hut, setzte ihn noch schiefer auf als vorher, richtig ordinär, und schlenderte davon.

»Schneidiger junger Kerl. Sein Auftreten gefällt mir, der wird's weit bringen«, sagte Mr. O'Neill. »Sonderbar, dass er gerade Grogan heißt. Es gibt nämlich in Detektivgeschichten einen Mann dieses Namens. Sehr kluger Kopf, für meinen Geschmack bloß ein bisschen hochtrabend, während dieser junge Mann kein bisschen eingebildet war. Ein sehr angenehmer Mensch, nicht wahr?«

»Sehr«, bestätigte Larry aus tiefstem Herzen.

Nachmittags zum Tee kamen wir, wie vereinbart, mit Julian zusammen. Sein furchtbarer Hut war verschwunden und die feine Krawatte wieder an ihrem Platz. Wir setzten uns an einen kleinen Tisch. Ein Weilchen herrschte Schweigen, dann erfasste uns alle drei ein geradezu schmerzhafter Lachkrampf. Mir rollten dabei die hellen Tränen übers Gesicht.

»Nie – nie im Leben vergesse ich diese Szene«, brachte ich prustend heraus.

»Das brauchen Sie auch nicht, liebe Susan«, sagte Julian, »mich hat nämlich ein Straßenfotograf geknipst, wie ich als eleganter Detektiv durch die Arkade ging. Er hat mir seine Karte gegeben. Ich werde dieses Foto holen und Ihnen schenken. Und eine Vergrößerung, eine ganz große, bekommt Larry als Mahnmal!«

»Wenn Sie doch bloß nicht so angeben wollten«, sagte Larry kummervoll. »Immerhin haben Sie sich benommen wie ein Engel und – wie ein Schweinehund.«

»Eine recht kuriose Kreuzung, wie der Farmer sagen würde. Und jetzt wollen wir literweise Tee trinken und uns erholen.«

Larry öffnete ihr Geldtäschchen. »Wie viel haben Sie für das Ding bezahlen müssen? Oh, Julian, Sie haben mir das Leben gerettet!«

»Das bezweifle ich. Irgendwie wären Sie schon aus der Sache 'rausgekommen. Stecken Sie Ihr Geld nur schön wieder weg, Freundchen. Ich werde Ihren Herrn Gemahl, der so viel leiden muss, bitten, das Schmuckstück einem braven Mädchen – oder einer jungen Frau, die von jetzt an immer auf guten Wegen wandeln will – zu schenken. Sie sehen, ich nehme Sie beim Wort.«

»Ja, gewiss«, sagte Larry mit vollendeter Schauspielkunst, »aber trotzdem will ich bezahlen. Schließlich hatte ich ja zwei Pfund dafür bekommen. Seien Sie nicht so dumm, Julian, Sie müssen das Geld von mir annehmen!«

»Nein, stattdessen habe ich Ihr Versprechen akzeptiert.«

»Das gerade ist mir ja so unangenehm! Viel lieber würde ich Ihnen das Geld geben.«

»Wie fein Sie Gedanken lesen können, meine Süße! Sie dachten: Ich will bar bezahlen, dann kann ich mein Versprechen vergessen. Kommt nicht in Frage!«

»Ach, verflixt! Tugendhaft sein und immer die Wahrheit sagen, das würde aber ein langweiliges Leben.«

»Wie wollen ausgerechnet Sie das beurteilen können? Tun Sie nun endlich Ihr Geld weg. Wenn Sam einverstanden ist, soll der Anhänger ein Geschenk sein – und eine furchtbare Warnung. Jedenfalls habe ich den Kerl ordentlich gedrückt, diesen Juwelier.«

»Haben Sie ihm gesagt, er hätte mich übers Ohr gehauen?«

»Nein. Ich fand es besser, über Ihren Handel möglichst wenig zu sagen. Habe ihm nur erklärt, ich wollte es als Geschenk für ein armes, irregeleitetes Mädchen haben, das sich was Böses eingebrockt hätte. Ich weiß nicht, was es sich darunter vorgestellt hat, aber da er auf einmal so vertraulich wurde, hat er wahrscheinlich das Schlimmste vermutet. Ich sagte, das Mädchen habe versprochen, ehrlich zu werden, und sollte von mir den Schmuck als ewiges Andenken bekommen, damit sie ihr Versprechen nie vergisst.«

»Sie sind ja eine Bestie, Julian – einem das so dick unter die Nase zu reiben!«

»Mr. Wilson hielt mich nicht für eine Bestie, sondern für einen menschenfreundlichen Herrn – jawohl, trotz des Hutes und der tollen Krawatte. Er sagte sogar, es sei schade, dass es nicht mehr solche Menschen gäbe, die sich für arme gefallene Mädchen einsetzen!«

26

»Ich glaube, man muss sich damit abfinden, dass das Leben mit den Jahren langweiliger wird«, sagte Larry an ihrem siebenundzwanzigsten Geburtstag.

Es war Ende Juni. Sie schaute missmutig durchs Fenster in die winterliche Landschaft. Nachmittags war sie mit Sam zu uns gekommen, und die Männer hatten sich zu den Schafhürden begeben um Reparaturen zu machen. Tim, Anne und ihr Vater sollten später nachkommen, um bei uns am Festessen zu Larrys Ehren teilzunehmen. Aber das Geburtstagskind war ausnahmsweise einmal ganz schlechter Laune.

»Auf dem geraden und schmalen Pfad der Tugend wird der Menschen schrecklich eingeengt«, sagte sie. »Übrigens habe ich gestern von Julian einen ganz hässlichen Brief bekommen. Habe ihn mitgebracht, damit du ihn lesen kannst. Hast du schon Nachricht von ihm?«

»Ein reizendes Buch mit englischen Landschaftsbildern und ein paar Zeilen dazu hat er mir per Luftpost geschickt.«

»Da hast du mehr Glück als ich. Hör dir bloß das mal an, was mir dieser Bursche schreibt:

> … wie geht es mit dem tugendsamen Leben? Hoffentlich wird Ihnen der bisher noch unbekannte Pfad der Wahrheit nicht zu langweilig. Blicken Sie empor, liebe Sünderin, zu den Bergspitzen der

Reinheit, unter den Füßen jungfräulichen Boden. Kurzum, meine liebe Larry: wie oft haben sie schon Ihr Versprechen gebrochen? Schreiben Sie bald und gestehen Sie es mir …

So ein Frechling, wo er doch genau weiß, dass er alles verdorben hat.«

»Du musst dir ein anderes Vergnügen aussuchen, von dem alten hattest du sowieso genug.«

»Bin damit sehr gut zurechtgekommen, besten Dank. Weißt du noch, Susan, dass ich mal gesagt habe, es würde Spaß machen, das eigene Leben in einer Reihe von Episoden zu schildern? So im Stil der Sensationsromane, verstehst du? Zum Beispiel: ›Das Geheimnis des Rad fahrenden Pfarrers oder Die helfende Hand‹ … Wir hätten doch eine ganze Menge solcher Fälle: ›Der Fall der gestohlenen Pilze oder Fisch und Chips auf dem Rasen‹ und ›Die Sache mit dem hochgehenden Vorhang oder Die Wahrheit will ans Licht‹ …«

»Und ferner: ›Die Affäre der Coloneltochter oder Die Liebe besiegt alles‹«, fiel ich ein. »Und ›Das Geheimnis der Telefonleitung oder Damen auf Abwegen‹.«

»Sind Untertitel nicht prächtig? Schade, dass sie so aus der Mode gekommen sind! Und vergiss nicht ›Die Affäre –‹«

»Schon viel zu viele Affären für zwei ehrbare Ehefrauen«, sagte Sam streng, als er mit Paul ins Zimmer kam.

Larry erschrak. »Oh, Sam, sind wir das wirklich? Und nichts weiter? Das klingt so deprimierend. Sehe ich denn wie eine ehrbare Ehefrau aus?«

»Nicht direkt so, dass man's merkt«, sagte Paul, »aber darüber lass dir nur keine grauen Haare wachsen, es hält sowieso nicht vor.«

»Jetzt muss es aber, nachdem Susan sich auf die würdige Rolle der Mutter eingerichtet hat. Immerhin war es vorher doch schön. – Nun will ich rasch Tee zubereiten. Du bleibst sitzen, wo du bist Susan, und lässt dich auch mal bedienen. Sollst freilich nie vergessen, was Dr. Chavasse sagt: ›Das Unglück heutzutage ist, dass man die Bediensteten sämtliche Arbeiten verrichten lässt, während die Hausfrau untätig bleibt.‹ Immerhin trifft dieses Unglück ja auf dich nicht zu.«

Ich ließ sie gewähren denn ich fühlte mich so träge und hatte seitdem ich schwerer und schwerfälliger wurde, das Leben im Allgemeinen richtig satt. O ja, das Mutterwerden hat auch seine Schattenseiten!

Unsere kleine Party war eigentlich so nett wie immer. Der Panjandrum fügte sich recht schnell in unseren Rahmen ein. Es war rührend anzusehen, wie sehr er sich bemühte, auf unsere Art vergnügt zu sein, was ihm von Natur aus bestimmt nicht lag. Er tat neuerdings alles, wenn er nur in der Nähe seiner geliebten Tochter sein durfte. Wir waren sehr vergnügt und brachten Trinksprüche auf das Geburtstagskind und den abwesenden Julian aus. Um 11 Uhr fuhr Tim mit Anne und ihrem Vater nach Hause, aber Larry trödelte noch herum, unschlüssig, ob Sam und sie auch fahren sollten.

»Der Panjandrum ist gar nicht so übel«, sagte sie zögernd. »Schauderhaft, dass ich mich ausgerechnet an meinem Geburtstag steinalt fühlen muss! Aber dafür werde ich nachsichtig. Morgen muss ich Tantchen besuchen, dass tut mir immer gut. In dieser wechselvollen Welt – Julian fort, du bald eine Matrone, Anne eine strahlende junge Frau, der Colonel ein braver, alter Pappi und ich ein Pfeiler der Wahrheit –, in dieser Welt ist Tantchen die einzige, die sich gleich bleibt, immer dieselbe. Komm doch mit, Susan, ja?«

Zum ersten Mal drehte Paul beinah durch vor Besorgnis. »Nur wenn wir wirklich gutes Wetter haben. Der Weg ist doch schlecht, und Susan ist nicht ganz auf dem Posten. Es wäre besser, sie würde ruhig zu Hause bleiben.«

Larry lachte herausfordernd. »Jeder Zoll der hoffnungsvolle Vater! Als ob Susan sich um ein Stückchen schlechte Straße oder ein paar Regentropfen scherte! ›Welch tiefer Sturz, Landsleute!‹ Es ist das einzige Zitat, das ich aus der Schule behalten habe, nur weiß ich nie, von wem es stammt.«

In mir brodelte jäher Zorn auf. »Wie gern würde ich mit dir fahren, Larry. Ach, dieses langweilige Haus und das Herumhocken als werdende Mutter ist mir so zuwider! Da behagt es mir gerade, wenn ihr Männer daherredet, wir sollten lieber ruhig zu Hause sitzen! Ich wünschte, ihr wäret mal in meiner Lage!«

Sam sah ganz erschrocken aus, und mir fiel ein, dass ich unsere spezielle Vereinbarung gebrochen hatte, nämlich: unsere schmutzige Wäsche nur in der Familie zu waschen. Aber Paul wurde nicht bissig, er packte nur Larry bei den Schultern und sagte sanft: »Hinweg mit dir, Friedensstörerin. Susan ist müde.«

In der Tür drehte Larry sich mit ihrem spöttischen Lächeln um und sagte: »Wieder so echt Mann, den Langmütigen und Märtyrer spielen, wenn die kleine Frau sich müde stellt, um nachher schön mit ihr Krach zu machen! Auf Wiedersehen, ihr Lieben – und vielen Dank für die nette Party!«

Als Paul wieder hereinkam und die Haustür schloss, während ich die Kissen aufschüttelte, dachte ich trübselig, wie leicht man doch in diesem Zustand die Beherrschung verliert und sich schlecht benimmt. Er tätschelte mich jedoch zärtlich und sagte: »War recht nett heute, wie? Gratuliere dir. Aber was ich sagen wollte, Liebling, wie wär's wenn du mit mir in die Stadt fahren würdest – ich muss Mittwoch hin – und gleich dabliebest, bis das Baby kommt?«

Ich gab einen leisen Schreckenslaut von mir. »Aber warum denn das?«

»Es ist hier tatsächlich langweilig und einsam für dich, und du hast zu viel Arbeit. In der Stadt bist du gleich an der richtigen Stelle, wenn etwas passiert. Offen gesagt: Ich habe neulich, als du spazieren gegangen warst, den Doktor angerufen. Er sagte mir, dass es dort ein kleines, aber gutes Erholungsheim gibt, wo sich besonders Frauen vom Lande aufhalten, bis die Geschichte losgeht. Ein guter Gedanke, findest du nicht auch?« Ich war beschämt, denn ich hatte ja gedacht, es sei ihm nicht einmal aufgefallen, wie mir zu Mute war.

»Liebling, mir wäre es ein Gräuel, da zwischen vielen Frauen zu hocken, die dauernd über ihre Symptome reden und die sich nur, wenn's dunkel wird, zu ganz kleinen Spaziergängen hinausschleichen. Nein, am liebsten bin ich hier! Es ist doch mein eigenes Zuhause, und hier will ich bis zur letzten Minute bleiben.«

Trotzdem sah er noch besorgt aus. »Es ist wegen dieser verflixten Fahrt am Mittwoch. Zur Besprechung bei der ›Rehab‹ muss ich unbedingt, und ich kann erst sehr spät zurückkommen. Ich mag dich nicht gern allein lassen.«

»Ach, darüber sollst du dir keine Gedanken machen. Es sind ja noch fast drei Wochen, und das erste Kind kommt immer verspätet. Bei Dr. Chavasse kannst du lesen, dass man's an vielerlei früh genug merkt. Ich habe auch noch so vieles vorzubereiten, da freue ich mich direkt, wenn ich mal einen Tag allein bin. Larry wird dann nachmittags kommen und bei mir bleiben, bis du zurück bist. Außerdem könnten wir doch sofort anrufen, wenn sich etwas bemerkbar machen sollte. Aber das wird es nicht, also zieh kein finsteres Gesicht mehr und lass uns schlafen gehen.«

Die Männer brachen am Mittwoch schon früh auf, sodass ich einen stillen Vormittag hatte, den ich benutzte, um die letzten Stiche an den Sachen für das »klitzekleine Babylein« – wie Larry zu meinem Ärger oft sagte – zu machen. Sie rief mittags an, dass sie um fünf da sein würde – und ob alles in bester Ordnung sei …

»Tadellos. Ich will mich nur vorher gut ausruhen, also lass dir Zeit.«

Ich legte mich hin, konnte aber nicht einschlafen. Gegen 3 Uhr rief ich sie an. »Wäre es dir recht, jetzt gleich herzukommen, oder bist du sehr beschäftigt?«

»Ach, ich lese nur in einem ganz blöden Schmöker. Natürlich komme ich sofort. Was Besonderes los?«

»Nein, ich glaube kaum, aber sei lieb und bring dir einen Schlafanzug mit, falls die Männer sehr spät wieder kommen.« Mein Ton musste sie wohl erschreckt haben, denn sie sagte nur ganz kurz: »Bin in einer knappen halben Stunde bei dir!« und hängte ab.

Ich fand mich selbst nervös und ging ans Fenster. Es hatte den ganzen Tag geregnet. Jetzt brach ein richtiger Sturm los. Die Landschaft wirkte großartig, jedoch sehr einsam. Zur Nervosität hatte ich eigentlich keinen Anlass, es war bloß, wie man so sagt, falscher Alarm.

Freilich war ich, bevor Larry ankam, fast wieder vom Gegenteil überzeugt. Bewegte sich das Baby, das sich bisher so musterhaft benommen hatte, jetzt nicht recht unangenehm? Hatte es die Absicht, vorzeitig zu erscheinen? Eine Minute lang ergriff mich große Angst, ich sehnte Paul herbei. Alle waren ausgeflogen, auch Anne und der Colonel nicht zu erreichen. Als ich wieder an Larry dachte die sicher schon in höchstem Tempo unterwegs war, und an Tantchen, die so unermüdlich Telefonwache hielt, wurde mir wieder warm und behaglich ums Herz.

Larry kam mit hoher Fahrt vors Haus und war in einer Minute bei mir. Leider hatte ich gerade, als sie eintrat, heftige Schmerzen.

»Susan! Heiliger Bimbam, sag mir nur nicht, dass das Kind schon kommen will!«

Mühsam lächelnd erwiderte ich: »›Das Geheimnis des verfrühten Babys oder Die Zeit eilt.‹ Meinst du, dass du mich jetzt zur Stadt fahren kannst?«

»Klar. Aber ich will rasch noch Tantchen Bescheid geben, sie kann dann in Te Rimu bei den Männern anrufen, dass Paul uns mit einem

Taxi entgegenkommt. Das geht dann schneller und bequemer.« Sie flog förmlich ans Telefon.

Auf einmal fühlte ich mich wieder ganz wohl und begann, meinen Handkoffer zuzuschnallen. Mehrmals hörte ich das Telefon klingeln und Larry jedes Mal lauter sagen: »Sind Sie das? Hallo, sind Sie am Apparat? Zum Donnerwetter, ist denn da niemand?«

Sogleich kam sie wieder zu mir, ziemlich blass. »Das vermaledeite Telefon funktioniert nicht! Wahrscheinlich ist der Sturm schuld.« Und sie wurde ärgerlich, als ich sagte: »Jetzt wissen wir, wie dem Colonel zu Mute war. Geschieht uns ganz recht. Aber sei unbesorgt, meine Liebe, wir können es leicht in deinem Wagen schaffen, und ich freue mich eigentlich, dass ich Paul nicht zu beunruhigen brauche. Lass uns erst noch eine Tasse Tee trinken, und dann los. Zeit bleibt noch reichlich.«

Larry sagte: »Gott sei Dank, dass ich den alten Dr. Chavasse mithabe. In dem kannst du noch studieren, während ich fahre.«

Ich hatte mir diese Stunde immer so vorgestellt, dass ich, von meinem Paul sehr zärtlich und fürsorglich umhegt, das Haus verließ, indem ich noch mit einem letzten Blick alles umfasste – ›für alle Fälle‹, um mit Larry zu reden –, doch jetzt war keine Zeit, sentimental zu werden. Wir tranken einen Schluck Tee, dann ergriff Larry das Gepäck. Im Nu hatte sie den Wagen gewendet, und vorsichtig fuhren wir die schlüpfrige Straße hinab.

Anfangs ging es ganz gut. Larry war plötzlich vollkommen ruhig und sicher. Da meine Schmerzen erträglich waren und nur alle zwanzig Minuten auftraten, meinte ich, noch sehr viel Zeit zu haben. Um Larry zu unterhalten und mich abzulenken, las ich aus dem Buch von Dr. Chavasse vor.

»›Die Natur‹«, zitierte ich gewichtig, »›die wohltätige Natur wirkt oft insgeheim und tut uns gute Dienste, indem sie uns auf das kommende Ereignis vorbereitet, ohne dass andere es merken.‹« Hier unterbrach mich ein Schlagloch. Ich sagte grob: »Zum Henker mit der wohltätigen Natur! Mir wäre lieber, sie hätte nicht so ›insgeheim‹ gewirkt.«

Ich blätterte ein paar Seiten weiter. »›Wenn die Wehen einsetzen, wähle man ein großes Zimmer, hell, freundlich und gut gelüftet‹. – Na, die Lüftung haben wir hier ja bestens. – ›Zu viele Menschen in der Nähe sind nicht nur unnötig, sondern sogar schädlich. Sie regen die Patientin auf, bringen Lärm und Verwirrung und verunreinigen die Luft.‹ – Larry, mir scheint, wir sind genau am richtigen Ort zum Kinderkriegen: so viel Luft wie nirgends, und zehn Meilen im Umkreis kein Mensch. Ausgezeichnet!«

Doch diesmal wollte sie durchaus nicht lachen, was ich bedauerte, da mir jetzt die Situation so komisch erschien. Sie machte ein ganz strenges, sorgenvolles Gesicht und schimpfte sogar auf den klugen, alten Doktor, dessen Buch sie so sehr geschätzt hatte. Allerdings war die Straße fürchterlich, rissig und voll Regenfurchen, und im Wald lagen massenhaft vom Sturm abgebrochene Zweige im Weg. Wir fürchteten beide vor jeder Kurve, auf ein unüberwindliches Hindernis zu stoßen.

»Dies ist bestimmt ›Die Geschichte der vorzeitigen Geburt‹«, redete ich weiter. »Aber wir wollen uns nicht unterkriegen lassen, Larry, den Busch haben wir ja bald hinter uns – und diese Fahre wird uns fürs ganze Leben im Gedächtnis bleiben.«

»Ach Quatsch«, fuhr Larry auf, während sie behutsam durch eine Schlammrinne steuerte. »Sei nicht so blödsinnig heroisch, fluche lieber oder kreische oder grunze wenigstens!«

»Nun gerade nicht! Ich werde dir weiter vorlesen. ›Laute Unterhaltung darf keinesfalls gestattet werden, sie erregt nur die Patientin. Lärmende Fröhlichkeit ist ebenso nachteilig …‹ Na, ich muss schon sagen, Larry, du bist die ideale Begleiterin für eine Frau in den Wehen! Verflixt, jetzt wird's auch noch zu dunkel zum Lesen.«

»Dem Himmel sei Dank! Ich würde laut schreien, wenn du weiterlesen würdest, aber die Strafe habe ich verdient, weil ich dir dasselbe angetan habe.«

Kaum waren wir durch den Busch auf die Hauptstraße gekommen, da deutete sich schon das erste Malheur an. Der Motor war überhitzt und gab merkwürdige Töne von sich. Offenbar lief er nur auf drei Zylindern. Larry musste den Gashebel durchtreten, um ihn auf höhere Touren zu bringen.

»Dieser verfluchte Vergaser«, murmelte sie mit verbissener Miene. »Wenn bloß mal ein Wagen käme!«

Aber um diese Stunde kam keiner. Auf der Straße war im Winter sehr schwacher Verkehr, außer an den Markttagen. Es war 17 Uhr und fast schon dunkel. Ich sagte: »Nur die Ruhe … Wenn du eine Taschenlampe hättest, könnte ich dir noch ein bisschen mehr vorlesen« – und in diesem Moment gurgelte der Motor zum letzten Male, tat einen tiefen Seufzer und erstarb. Larry sprang, ohne ein Wort zu sagen, hinaus und öffnete die Haube.

»Ach, weshalb habe ich mich nie um die Eingeweide dieser gräulichen Karre gekümmert! Susan, leg das blöde Buch weg und nimm die Betriebsanleitung aus dem Kasten. Probiere, ob du sie bei meiner Taschenlampe lesen kannst. Vielleicht kommen wir auf den richtigen Dreh.«

Während sie im dichten Regen draußen stand und an den Teilen der Maschine stocherte und werkte, las ich, so weit ich überhaupt etwas erkennen konnte. Sie versuchte alles, was ich vorschlug, doch es ereignete sich nichts. Schließlich knallte sie die Haube wieder zu und lugte in den Wagen. Ich war im Augenblick mit meinen wenig angenehmen Gefühlen beschäftigt.

»Hat keinen Zweck, Susan«, sagte sie »wir müssen Hilfe haben. Das nächste Haus ist das von Dixons, zwei Meilen hinter uns. Wenn ich laufe, kann ich in zwanzig Minuten dort sein. Wir kommen dann in ihrem Wagen her. Kannst du wohl so lange aushalten?«

»Natürlich. Es tut mir schrecklich Leid, dir so viel Last zu machen.«

Zum ersten und letzten Male, seit wir Freundinnen sind, sah ich Tränen in Larrys Augen. »Schwatz nicht solch dummes Zeug! Du bist mir keine Last, und wenn du es wärst, würde ich sie gern für dich tragen. Ach, lass uns bloß nicht noch trübsinnig werden. Aber wenn ein Wagen kommen sollte, halt ihn auf jeden Fall an, hörst du?«

»Werde mich direkt vor die Räder werfen. Bei meinem Umfang bremse ich jeden Wagen.«

Sie lachte ein bisschen zitterig und lief davon wie ein Reh.

Auf der dunklen Straße unter wahren Sturzbächen von Regen war es einsam. Ich wusste, dass es jetzt die Ruhe zu bewahren galt und blickte auf meine Uhr. Wenn sie ein Fahrzeug fand, konnte sie in ungefähr vierzig Minuten zurück sein. Nein, eine Stunde würde es wohl werden. Also nur fünf, höchstens sechs Schmerzanfälle, kein Grund zu großer Aufregung. Der Wagen war einigermaßen dicht, und ich war warm eingepackt.

Es vergingen aber nur zehn Minuten, da hörte ich schon hinter mir munteres Hupen. Ein riesiger Lastwagen bremste neben unserem kleinen Auto. Er schien hinten voller Männer zu sein. Aus dem Fahrerhäuschen hopfte Larry und sagte fröhlich: »Na, da wären wir. Der Wagen ist vom Kraftwerk, sie hatten eine Reparatur an der Straße und wollen uns auf dem Weg nach Hause mitnehmen. Ist das nicht prima?«

Ich bejahte das, während sie rasch hinzufügte: »Sie wollen nur noch unsere grässliche Karre von der Straße schieben, dann fahren wir sofort los.«

Der Fahrer, ein älterer Mann mit freundlichem Gesicht, war ihr gefolgt und spähte bei mir durchs Fenster. »Wir machen das schon klar, Fräulein. Klettern Sie nur in unseren alten Bus. Tue mir Leid, dass es Ihnen schlecht geht. Vielleicht ist es Blinddarmentzündung? Habe ich selbst mal gehabt, das nimmt einen mächtig mit, aber im Krankenhaus werden Sie fix wieder zurechtgeflickt.«

Ich kletterte langsam und wuchtig aus dem Wagen. ›Fräulein‹ und ›Blinddarm‹! Der würde sich jetzt wundern. Als sein Gesicht ins Licht der Scheinwerfer kam, sah ich: Panischer Schrecken stand in ihm geschrieben. Larry sagte schnell zu ihm: »Ich hatte ja keine Zeit, Ihnen Genaueres zu erklären. Sie haben doch wohl keine Angst? Vielleicht klären Sie die anderen Männer auf?«

Er erwiderte langsam: »Ich glaube, das ist nicht nötig, Fräulein.«

Schien mir auch so. An allen Seiten sprangen jetzt Männer vom Lastwagen. Sie hoben Larrys kleinen Pkw buchstäblich vom Boden setzten ihn an den Straßenrand und kletterten gewandt wie verfolgte Katzen wieder auf ihre Plätze. Der Fahrer wickelte mich sorgsam, aber doch hastig in eine Decke und ließ den Motor anspringen. Ich fand, dass ich etwas sagen musste. So nannte ich meinen Namen und sagte, ich sei ihm schrecklich dankbar. »Es ist – es kam ganz überraschend, und mein Mann ist in der Stadt. Sie müssen entschuldigen, dass …«

Er hatte sich wieder gefasst und sagte freundlich: »Ist ja schon gut, meine Dame. Bin selbst Familienvater. Aber jetzt möchte ich, wenn's Ihnen recht ist, nicht groß reden, sondern mich ums Fahren kümmern.« Wir holperten, seinen Gefühlen entsprechend, in wechselndem Tempo dahin. Manchmal schien es mir, als wollte er mich unter allen Umständen los sein, dann wieder hatte er offenbar Angst, mir könnte das schnelle Tempo schaden. Ich wechselte ein paar Mal leise Worte mit Larry. Plötzlich vermochte ich ein Kichern nicht mehr zu unterdrücken. Larry packte mich hart am Arm und zischte mir ins Ohr: »Schnabel halten, Susan, nur jetzt nicht hysterisch werden, sonst kriegt der arme Fahrer noch einen Vogel.«

»Ich bin nicht hysterisch«, zischte ich empört zurück, »ich hatte mir nur eben überlegt, dass wir dies ›Die Geschichte mit dem Baby und dem Lastwagen‹ nennen könnten.«

»Solange es nicht ›Baby im Lastwagen‹ heißen muss – ach, und ich habe meinen Chavasse im Wagen liegen lassen! Gottlob ist es nicht mehr sehr weit bis nach Te Rimu.«

Während wir die Hauptstraße entlangrumpelten, schrie der Fahrer seinen Passagieren zu: »Habt ihr was dagegen, wenn wir direkt zur Klinik fahren? Euch setze ich dann später ab.«

Einmütig, wie kaum zu verlangen gewesen wäre, brüllten hinten zehn Stimmen: »Ja, glatt durch zur Klinik, George, lass deine Pferde nur tüchtig laufen!«

Das tat er, und wir kamen rechtzeitig an. Larry sagte, als sie die Tür aufriss, mit einem Seufzer: »Sam hat doch einmal Recht gehabt: zu viele ›Affären‹! Dies ist nun bestimmt meine letzte. Alles Gute, Susan!«

Als ich von einer sympathischen Krankenschwester ins Haus geführt wurde, tönte es im Chor vom Lastwagen herab: »Alles Gute wünschen wir auch!« Und ein Wagemutiger rief sogar: »Taufen Sie ihn George, nach unserem Fahrer, Madam«, worauf ihn seine taktvolleren Kameraden sofort zum Schweigen brachten. Ich drehte mich um, um ihnen zuzuwinken, wobei ich das Vergnügen hatte, Larry nochmals zu sehen. Sie schüttelte gerade George mit Hingebung die Hand. Jede ihrer Bewegungen, wie sie einander gratulierten, sprach von tiefem kameradschaftlichen Verstehen.

Das zu früh geborene Baby war trotz seiner Abenteuer wohlgeraten. Paul jedenfalls hielt unseren Christopher für das erstaunlichste Kind auf der weiten Welt, und Larry, die natürlich nicht gleich zu ihm durfte, staunte, wie rasch ich mich erholte. Am dritten Tage erklärte ich Paul, ich würde in einer Woche nach Hause kommen; ich war entsetzt zu erfahren, dass er sich mit dem Arzt verschworen hatte, mich volle vierzehn Tage dort zu behalten.

»Ich bin doch wieder vollkommen in Ordnung«, sagte ich, »und es ist einfach altmodisch, so großes Getue ums Kinderkriegen zu machen. Kommst mir vor wie Dr. Chavasse.«

»Du musst noch bleiben, damit du dich auch wirklich erholst.«

»Aber was kann ich denn hier anfangen?«, jammerte ich. »Vom Lesen habe ich genug, und nähen kann ich im Bett nicht.«

Zum fünfzigsten, aber letzten Mal sagte Paul: »Du kannst doch dein Buch schreiben.«

»Aber ich habe ja gar kein Schreibmaterial«, widersprach ich schwach, da ich fühlte, dass es weitere Ausreden nicht gab.

Und richtig, mein Herr Gemahl sagte energisch: »Ich gehe sofort los und kaufe dir Schreibblock und Füllhalter.«

Er kam mit einem großen Schreibblock und einem teuren, schönen Füllfederhalter zurück. Als ich das sah, sagte ich: »Das soll mein Geschenk zum Baby sein, ja? Es ist ja so lieb!«

Paul machte eine gewichtige Miene. »Nein, das gibt's extra. Dein Geschenk zum Baby habe ich schon zu Hause bereit.«

»Oh, Paul, du sollst doch nicht! Hast mir doch schon die Schreibmaschine und so viel anderes geschenkt.«

»Es ist ja was fürs Haus. Was du schon früher so gern haben wolltest.«

»Was ist es denn? Sag's mir schnell!«

»Na also, es ist – der Zement! Ist mir endlich gelungen, ihn zu beschaffen.«

Der Zement? Für eine Minute war ich perplex, dann aber ging mir ein großes Licht auf. Ich musste beinah lachen, doch der Ausdruck in Pauls Gesicht, zugleich triumphierend und ein bisschen ängstlich gespannt, verbot mir das. Gott sei Dank war Larry nicht da, um unser Gespräch über dieses eigenartige Geschenk mitanzuhören!

»Doch nicht etwa …?«, fragte ich. »Und direkt in der Wohnung? Oh, Paul, wie reizend von dir! Aber du darfst unseren ›Schiefen Turm‹ nicht ganz entfernen. Ich habe ihn eigentlich lieb gewonnen, und er sieht als Wahrzeichen in der Landschafe so hübsch aus!«

Würdevoll winkte Paul diesen Einwurf ab. »Als Geschenk zur Entbindung vielleicht etwas sonderbar. – Freust du dich auch bestimmt darüber?« Er wirkte noch ein wenig unsicher.

Ich bewies ihm meine Freude auf die Art, die er am besten verstand. Und das Geschenk erfreute mich wirklich. Eine so ungewöhnliche Gabe!

Als Larry am nächsten Tage kam, sagte sie triumphierend: »Ich habe ihn gesehen!«

»Wen, ihn? Etwa Christopher? Wie hast du denn das fertig gebracht? Ich denke, nur Väter und Großmütter dürfen zu den Babys?«

»Ich habe einfach zu der Schwester gesagt: ›Ach, Unsinn! Eigentlich habe ich ja das Kind zur Welt gebracht.‹ Es war eine ganz junge Lernschwester, sie muss mich wohl für eine Ärztin gehalten haben. – Sieh mich nur nicht so an, Susan, im Grunde entsprach das doch der Wahrheit.«

»Na, und wie findest du ihn?«

»Recht hübsch, wirklich sehr niedlich. Ganz anders als ich erwartet hatte, gar nicht rot oder verschrumpelt. Mir gefällt er. Womit bist du denn da beschäftigt?«

»Paul quält mich, ich soll das elende Buch schreiben.«

»Gut. Will dir was sagen: Du schreibst ein Buch, und ich werde mir ein Baby zulegen. Wetten, dass ich eher so weit bin als du?«

Und diese Wette gewann Larry selbstverständlich!

Truthahn um zwölf

1

»Ich hab' gerade über Weihnachten nachgedacht«, sagte Larry.

»Warum?«, fragte ich gereizt. Es war schließlich erst Oktober, und wir steckten mitten in der Schafschur. Außerdem erwartete ich Tony, die an diesem Nachmittag heimkommen sollte. Larry überzeugte sich durch einen Blick in den Backofen, dass es der riesigen Hammelkeule, die wir für die Schafscherer brieten, an nichts fehlte. Dann sagte sie: »Du weißt, dass wir immer zu spät anfangen. Übrigens hab' ich eine ausgezeichnete Idee.«

Ich schälte weiter Kartoffeln. »Was hast du denn diesmal vor? Ein Picknick im Busch, wie vor zwei Jahren, als dann ein Gewitter kam, unsere Männer tobten und wir uns Erkältungen holten? Oder einen Ausflug zum Fischen in den Hafen, bei dem wir alle zusammen drei kleine Fische fingen und du zuletzt Sams Ohr erwischtest?«

»Nörgle nicht, Susan. Ich hasse Leute, die kleine, längst vergessene Fehler immer wieder herauskramen. Nein, diesmal ist es etwas ganz anderes. Wir wollen alles viel einfacher machen, ganz ohne Umstände. Man macht sich viel zu viel Arbeit mit Weihnachten. Das ist nicht der ursprüngliche Sinn dieses Festes«, und Larry blickte seelenvoll, was bedeutete, dass sie keinen Truthahn braten wollte. Ich schrie fast Hurra. Endlich eine gute Idee. Seit ein paar Jahren pflegte sich unser ganzer Kreis bei einer der Familien zum Essen zu treffen, jedes Jahr bei einer anderen, und dieses Mal waren wir an der Reihe. »Keine Umstände« bedeutete kein warmes Essen.

Larry fuhr fort: »Keine Glückwünsche oder Geschenke, außer für die Kinder. Die ganze Sache wächst uns über den Kopf. Letztes Jahr bekam ich einhundertsiebenundzwanzig Karten und neunzehn Taschentücher. Als ob ich einen Dauerschnupfen hätte.«

»Aber die kamen dir gerade recht für die Leute, die du bis zuletzt vergessen hattest.«

»Ja, nur leider brachte ich alles durcheinander und schickte ein paar Leuten ihre Taschentücher wieder zurück.«

»Die Leute bist du damit los. Sie werden dir dieses Weihnachten nichts schenken.«

»Ja, das ist ein Trost. Aber wir wollen ganz damit aufhören, Susan. Keine Geschenke für Erwachsene, nur für die Kinder. Keinen schrecklichen Truthahn um zwölf. Nur Berge von kaltem Rindfleisch und kalter Zunge, und das gibt es sicher in Tantchens Supermarkt.«

Die Idee mit dem Essen begeisterte mich, aber ich zögerte doch auch, die Geschenke so radikal abzuschaffen.

»Ich hätte von Paul gerne einen neuen Sattel bekommen.«

»Warum nicht? Aber nicht zu Weihnachten. Und keine Geschenke unter uns, auch nicht für Tim und Anne, Julian und die anderen. Wir werden das Geld sparen, und ich weiß, dass alle erleichtert sein werden.«

»Was machen wir mit dem Colonel? Du weißt, wie heilig ihm alle alten englischen Bräuche sind«, denn der Colonel, unser Nachbar, war sehr englisch und sehr patriarchalisch.

»Also gut, beim Colonel machen wir eine Ausnahme. Aber nur eine Kleinigkeit, vielleicht ein hübsches Leinentaschentuch. Übrigens hab' ich gestern diese Ursula Maitland getroffen, seine Nichte. Sie sagte, sie hätte alle ihre Weihnachtseinkäufe schon vor Wochen gemacht, und nur dumme Leute würden bis zum November warten.«

»Passt zu ihr. Ich kann diese Frau nicht ausstehen. Und was hast du gesagt?«

»Ich lächelte nur mitleidig und fragte, ob sie sich wirklich noch mit diesem altmodischen Kram abgebe. Wir hätten das so ziemlich überwunden und würden lieber an den Sinn von Weihnachten denken und es als stilles Fest feiern.«

Ursula musste sprachlos gewesen sein. Ich war es zumindest. Die Idee, dass Larry irgendetwas als ein stilles Fest feiern könnte, war grotesk. Trotzdem freute es mich, dass sie das letzte Wort behalten hatte.

Wir litten alle unter Ursula. Sie hatte uns sehr enttäuscht, zumindest uns drei Frauen. Wir schätzten Colonel Gerard sehr, wenn es auch eine Weile gedauert hatte, bis wir uns an ihn gewöhnt hatten. Er war der »reiche Mann« der Gegend und hatte uns zuerst als dumme Bauern betrachtet. Dann hatte Anne, sein einziges Kind, einen Kriegsheimkehrer geheiratet, und er musste sich notgedrungen mit Tims beiden Freunden aus den Kriegsjahren abfinden. Bald fand er immer mehr Gefallen an Sam und Paul, und jetzt fühlten wir uns wie eine große, glückliche

Familie. Natürlich hatten wir erwartet, dass wir uns auch mit seiner englischen Nichte, Ursula Maitland, gut verstehen würden.

Aber sie gehörte nicht zu den Leuten, mit denen man sich gut versteht – zumindest nicht die Frauen. Sie gab sich sehr überlegen und war eine jener tüchtigen, immer aufrichtigen Frauen, die gerne ihre Meinung sagen und auch genug Geld haben, sich das leisten zu können. Sie war überzeugt, auf alles die richtige Antwort zu wissen, und was das Schlimmste war, sie wusste sie meistens auch. Sie war klug und verstand viel von der englischen Landwirtschaft, und nichts hielt sie zurück, mit den Männern sachkundig über künstliche Befruchtung zu diskutieren. Sie verstand mehr von Gartenbau und Kochen als ich, und wenn sie vielleicht nicht ganz so gut reiten konnte wie Larry oder Auto fahren wie Anne, so glaubte sie wenigstens, es besser zu können. Kurz gesagt, eine jener furchtbar tüchtigen Frauen, die von den Männern bewundert und den Frauen als Vorbild hingestellt werden, und gegen die diese Frauen eine natürliche Abneigung hegen.

Sie hatte ein Pferdegesicht, lang und mit großen Zähnen, aber ein hübsches, eine gute Figur und glattes, immer perfekt sitzendes schwarzes Haar. Sie war Anfang dreißig und sagte gerne, dass sie die Männer eigentlich besser verstünde als die Frauen. Sie gab sich keine Mühe, zu verbergen, dass ihr unsere Männer Leid taten, weil sie sich besser hätten verheiraten können. Eine dieser nicht mehr ganz jungen Jungfern, die immer auf der Seite der Männer stehen.

Als wir uns das erste Mal trafen, fragte sie mich gönnerhaft: »Ihr zwei Mädchen habt Männer geheiratet, die zusammen im Krieg waren, nicht wahr? Und die kleine Anne hat den dritten im Bunde geheiratet. Was für ein Glück, dass ihr euch so gut vertragt.«

Ich sagte: »Ja, das wäre auch nicht sehr lustig geworden, wenn wir uns nicht vertragen hätten.«

»Natürlich ist Ihre Freundin Larry sehr hübsch, aber …« (Die Pause bedeutete: »Aber armer Sani«.) »Und Anne ist ein nettes kleines Ding.«

Ich verlor beinahe die Beherrschung und sagte: »Sie sind beide einiges mehr als das.«

Sie lächelte auf eine Art, die einen auf die Palme bringen konnte. »Ihr bewundert einander ja überhaupt nicht.«

Ich musste zugeben, dass daran etwas war. Und gerade das ärgerte mich. Sicher waren wir eine sehr enge Gemeinschaft, zuerst nur Anne und Tim, Larry und Sam, Paul und ich. Dazu waren mit der Zeit noch

Miss Adams gekommen, unser liebes »Tantchen«, der der Supermarkt hier am Ort gehörte, der Colonel und sein Neffe Julian, der unsere Freundin Alison Anstruther geheiratet hatte. Vielleicht wurden wir tatsächlich langsam recht selbstgefällig und benahmen uns Neuankömmlingen gegenüber wie eine traditionsbewusste Urbevölkerung.

Also so führte sich Ursula bei mir ein. Sie hatte Larry schon bis zur Weißglut gereizt, und sicherlich würde sie es mit Anne genauso machen. Da aber Ursula der Gast ihres Vaters war, übte Anne Nachsicht.

Ich sagte: »Wir sollten lieber hinausgehen, Larry, und Mangold holen. Wie satt man ihn doch hat im Frühling, wenn es nichts anderes gibt … Ich bin gespannt, wann Tony hier sein wird. Weißt du noch, wie wir Bohnen gepflückt haben, und sie mit dem Lieferwagen vom Supermarkt aufgetaucht ist?«

Larry sagte unfreundlich: »Jetzt werd' nicht sentimental, Susan. Du kannst unmöglich für Bohnen tiefere Gefühle hegen. Und noch viel weniger für Mangold. Wenn du nicht aufpasst, schnappst du wegen Tony noch über.«

Ich wusste, dass sie Recht hatte, und dass ich dauernd Gefahr lief, Tony zu bevormunden. Komisch, denn ich benahm mich mit meinen beiden eigenen Kindern relativ vernünftig. Das Schlimmste war, dass Tony vom ersten Tag an, als sie bei uns erschien und so heruntergekommen und jämmerlich aussah, sich so sehr nach Liebe zu sehnen schien.

Sie war ihrer Mutter in Australien weggelaufen, Pauls intellektueller und überlegener Schwester Claudia, und deren zweitem Mann. Weder Paul noch ich machten ihr deshalb Vorwürfe. Claudia war eine schwierige Frau und liebte ihre Tochter eigentlich nicht. Und der Professor, der nun ihr Stiefvater war, machte kein Hehl daraus, dass das Mädchen ihn langweilte.

Tonys richtiger Vater, Alastair Smale, mochte sie sehr gerne und war jetzt, da sie herangewachsen war, sehr stolz auf sie – aber in einer seltsam distanzierten Weise. Er war ein erfolgreicher Geschäftsmann und kam regelmäßig nach Neuseeland. Dann nahm er Tony für eine Woche mit in teure Hotels, elegante Restaurants und führte sie großartig aus. Nach diesen Ausflügen hatte sie sich immer gefreut, zur Farm zurückzukommen, zu ihrem Pferd Babette, zu Paul und den Kindern und mir, und zu ihrer Arbeit in Miss Adams Supermarkt – bis jetzt. Aber der Tag musste kommen, an dem ein kultivierteres Leben – oder einer ihrer

Verehrer, die sie jetzt überall aufsammelte – unsere Tony fesselte, und ich fürchtete diesen Tag.

»Erst zwei Jahre sind es, dass sie hier aufgetaucht ist«, sagte Larry nachdenklich. »Was für ein trauriges kleines verlaufenes Kind sie gewesen ist. Und jetzt ist sie wirklich hübsch. Du und Paul, ihr werdet noch so einiges erleben.«

»Bisher kümmert sie sich noch um keinen ihrer jungen Kavaliere.«

»Du musst ihr Zeit lassen, sich von Norman Craig zu erholen. Aber sie wird es schaffen.«

»Natürlich. Sie war ja noch ein Kind.«

An diese Zeit erinnerte ich mich sehr ungern. Tony war verzweifelt und unglücklich gewesen, obwohl es nur eine Jugendschwärmerei gewesen war. Norman Craig war der Vikar unserer Gegend gewesen, ein nicht gerade kräftiger Mann in den mittleren Jahren, der im Krieg ein Bein verloren hatte und fast ein Heiliger war. Tony hatte ihn verehrt und glaubte, ihr Herz würde brechen, als er nach einem Unfall gezwungen war, sein Amt niederzulegen. Sie sprach jetzt nie mehr von ihm, aber diese Erfahrung hatte sie anderen Männern gegenüber sehr zurückhaltend werden lassen. Vielleicht war das gut für sie, denn sie war recht kindlich für ihre neunzehn Jahre.

Larry schnitt eine Grimasse über ihrer Schüssel voll Mangold: »Gesund und langweilig, aber sonst gibt es nur tiefgefrorenes Gemüse, und das haben wir drei Tage hintereinander gehabt. Wie haben wir das nur gemacht, bevor Tantchen den Supermarkt gekauft hat?«

»Ich weiß es nicht mehr. Und Tony hat dadurch eine Arbeit bekommen.«

Von Montag bis Freitag arbeitete Tony im Supermarkt und am Samstag früh ritt sie heim zur Farm. Claudia gefiel das gar nicht und sie hatte geschrieben: »Ich bin erstaunt, dass Paul seiner Nichte erlaubt, sich für die Arbeit in einem Geschäft herzugeben. Natürlich hat Antonia für so etwas nie Lust oder Eignung gezeigt.«

Tony hätte wohl kaum studieren wollen, aber sie war sehr klug und nur zu hübsch; und wenn Tantchen auch ein »Geschäft« führte, so pflegte doch selbst der Colonel mit ihr Umgang.

»Wie viele von den jungen Farmern es jetzt doch einfacher finden, im Supermarkt zu kaufen, als in der Stadt einkaufen zu lassen!«, hatte sie einmal gesagt, und die Augen hinter ihrem Zwicker hatten gefunkelt.

Natürlich hatte das Geschäft, auch ohne Tony, nun viel mehr Kunden als damals, als wir in die Gegend gekommen waren. Die Straßen waren jetzt gut und überall waren neue Farmen entstanden. Auf der anderen Seite von Tiri ließen sich neue Siedler nieder und wir wurden langsam eine wohlhabende Gemeinde.

Als wir zum Haus zurückgingen, sagte ich: »Hoffentlich ist Ursula bis Weihnachten wieder in England. Irgendwie stört sie bei allem.«

»Weil sie immer Partei für die Männer ergreift. Vor kurzem kam sie am Vormittag auf eine Tasse Tee vorbei. Sam kam ziemlich spät herein, und ich hatte gerade zu tun. Als ich ihm dann Tee einschenken wollte, sprang sie auf und sagte: ›Du gibst dem armen Mann doch sicher nicht diesen abgestandenen Tee? Ich mache ihm frischen‹, und stürzte in die Küche und bediente ihn.«

»Hast du dich geärgert?«

»Überhaupt nicht. Es war erholsam. Ich sehe liebend gerne zu, wenn andere Frauen meinen Mann versorgen. Sam weiß das, und er schaute recht verlegen, fühlte sich dabei aber geschmeichelt.«

»Paul ist genauso. Das ist ja ganz klar, wenn sie ihn so anhimmelt. Er sagt, sie sei sehr tüchtig – und das stimmt natürlich.«

»Ganz klar, dass die Männer sie mögen. Schau doch, wie sie sich für sie einsetzt. Sie fallen darauf herein und fühlen sich so jung und unwiderstehlich. Wir sind schließlich nur ihre Frauen, und wir sind schon lange verheiratet – mindestens kommt es einem manchmal lange vor. Ursula ist eine nette Abwechslung.«

»Das ist alles gut und schön, solange man sich ihr gewachsen fühlt, aber wenn man einmal müde ist oder schlecht aussieht, macht es einen verrückt. Sie ist immer so gut angezogen, und irgendwie erwischt sie mich immer, wenn ich gerade wie eine Vogelscheuche aussehe.«

»Denk dir nichts. Das ist ihr ja gerade recht. Vor kurzem hatte ich ein Loch in meiner Strickjacke, und sie sagte mit süßer Stimme, dass es sofort geflickt wäre, wenn ich ihr die Jacke geben würde.«

»Ich wette, du hast sie ihr gegeben.«

»Nein. Ich hab' meinen Stolz. Ich zog das kaputte Ding fest um mich, und sagte, dass ich es so mochte, und dass ich das Loch vermissen würde, weil es schon einen Monat drin wäre. Sie war ziemlich entsetzt, nahm sich aber zusammen und meinte, sie hätte schon immer gehört, dass Frauen in den Backblocks schnell lernten, sich mit allem abzufinden.«

Ich lachte. Larry sah fast noch so blendend aus wie damals, als ich sie zum ersten Mal gesehen hatte. Zweifellos trug Ursula ihre fünfunddreißig Jahre mit Eleganz, aber sie war eigentlich keine Schönheit. »Wenn sie es fertig bringt, dass schon wir uns so fühlen«, sagte ich, »was kann sie dann erst bei Anne anrichten?«

Ursula war Gast beim Colonel, deshalb sah Anne sie natürlich häufig. Ursula ritt immer hinüber zu Tims Farm. Sie saß gut auf dem Pferd, mit ausgezeichnet geschnittenem Mantel und eleganten Reithosen. Anne hatte fünfjährige Zwillinge und erwartete Ende des Jahres wieder ein Kind. Selbstverständlich musste sie sich unterlegen fühlen.

Besonders, da Ursula gar nicht versuchte, ihre Bewunderung für Tim zu verbergen. Er war ein Adonis und ein schrecklich netter Mensch. Wenn Ursula schon um Paul und Sam viel Getue machte, so behandelte sie Tim wie einen Gott. Sie sprach immer von der »kleinen Anne«, und Anne, die für gewöhnlich so lustig und vergnügt war, zeigte schon Anzeichen von Erschöpfung.

»Die Art, wie sie mich immer ›klein‹ nennt, macht mich verrückt«, sagte sie und lachte, als sie in den großen Spiegel in ihrem Zimmer schaute. »Ich bin zwar nicht groß, aber ich mache das in der anderen Richtung wett, obwohl es diesmal keine Zwillinge sind, Gott sei Dank.«

Aber sie beklagte sich selten, denn sie hatte viel Familiensinn.

»Komisch, wie lästig eine wirklich tüchtige und nette Frau wie Ursula sein kann, wenn sie den Männern dauernd zeigt, wie sie zu ihnen hält«, sagte ich nun.

»Ja, die Armen suchen sich gleich etwas zum Beklagen. Aber ich kann es wirklich nicht ausstehen, dass sie alles immer besser weiß. Sie ist furchtbar genau. Wenn ich ›Hunderte‹ sage, dann lächelt sie und sagt: ›Wahrscheinlich meinst du Dutzende‹.«

Ich lachte. »Das kenne ich. Ich hab' das unangenehme Gefühl, dass sie an meiner Seite lauert, um mir einen Rippenstoß zu geben, wenn ich einen Fehler mache.«

»Selbstverständlich tut sie das. Immer bereit zu sagen, dass es nicht drei sind, sondern 2,999.«

Diese Anstrengung überraschte mich, weil Larry immer sagte, dass sie nicht rechnen könne und entschlossen sei zu sterben, bevor das Dezimalsystem in der Währung eingeführt würde. Diese drei Dezimalstellen zeigten, wie erregt sie war.

»Ich möchte gerne wissen, wie viel der Colonel sieht«, sagte ich. »Meinst du, er merkt, dass Ursula Anne verrückt machen muss?«

»Natürlich nicht. Die Männer sind für so etwas tatsächlich zu dumm«, sagte Larry, die immer recht gut mit den Männern auskam.

Aber wahrscheinlich hatte sie Recht. Der Colonel war ein reizender Mensch und betete sein einziges Kind und die Zwillinge an, doch sicherlich fand er nichts an Ursula, was einem auf die Nerven gehen könnte. Sie war viel zu klug, ihre gebieterische Art in seiner Gegenwart zu zeigen und war reizend zu ihm. Selbstverständlich bewunderte er sie, außerdem war sie die Tochter eines Vetters, den er sehr geschätzt hatte.

Unser Hass war nun erschöpft und wir wandten uns unserer Arbeit zu. Wir kochten jetzt die dritte Woche für die Schafscherer. Es wurde bei uns geschoren, weil wir als einzige von uns dreien einen Stall bei der Farm hatten. So machten wir es gemeinsam und wir Frauen kochten zusammen. Unsere eigene Schur war vorbei und die von Sam ging bald zu Ende. Wenn das Wetter hielt, würde die von Tim in einigen Tagen beginnen.

Ich sagte: »Wir sollten die Kocherei weitermachen und Anne überreden, dass sie daheim bleibt. Es sind nur noch ein paar Tage, und wir sind jetzt gut eingearbeitet. Es geht ihr nicht so gut, dass sie stundenlang in der heißen Küche herumstehen könnte.«

Larry war einverstanden und fügte herausfordernd hinzu: »Das ist unsere Pflicht, besonders deine, Susan, denn Anne ist gerade mit der wahren Aufgabe der Frau beschäftigt – die Bevölkerung zu vergrößern. Es freut mich, dein schlechtes Gewissen zu sehen.«

»Warum meines? Du hast auch nur zwei Kinder!«

»Ich behaupte auch nicht, mütterlich zu sein. Es war dein Fehler, uns als Beispiel voranzugehen. Wenn du dich nicht so beeilt hättest mit deinem ersten Kind, würde ich vielleicht immer noch bei den Schafen herumreiten und mich um liebe kleine Lämmer kümmern. Ungebunden und ohne Kinder.«

Ich machte mir nicht die Mühe, auf ihre Sprüche zu antworten. Larry ist eine großartige Mutter und liebt ihre Kinder genauso wie wir unsere. So sagte ich nur. »Ich bin gespannt, ob du einmal weniger ruppig wirst«, und dann hörten wir ein Auto den Hügel herauf kommen. Ich stürzte hinaus. Endlich kam Tony.

Es war eine großartige Geste von Alastair Smale, seine Tochter mit dem Taxi heimzuschicken, wenn er zu viel zu tun hatte, um sie selbst zu bringen. Im Augenblick gab es für Tony keine Busse und ganz sicher keinen Lieferwagen vom Supermarkt. Das Brummen dieses Autos klang nach viel Geld; offensichtlich war es das beste Taxi von Te Rimu. Als ich zur Gartentüre kam, stürzte Tony aus dem Wagen, ließ die Autotüre offen, kümmerte sich weder um ihr Gepäck noch um das Fahrgeld, sondern stürmte herein, um Larry und mich zu begrüßen.

Sie war noch unsere Tony. Wieder daheim und froh darüber.

Larrys Mark und meine Patience, die noch nicht in die Schule gingen, kamen um das Haus gerannt, als sie das Auto hörten und stürzten sich auf Tony. Nachdem der Lärm sich gelegt hatte, sagte ich: »Willst du nicht das Taxi bezahlen?«

Tony lachte. »Das ist kein Taxi, das ist Colin.«

»Colin?« Meine Freude schlug in Entsetzen um. Tony hatte sich also verlobt, und das war ihr Zukünftiger.

»Du weißt doch. Colin Manson. Hat eine Farm auf der anderen Seite von Tiri. Du hast ihn sicher schon mal gesehen!«

Ich nahm mich zusammen. Nur ein Nachbar, der sie mitgenommen hatte. »Nein, ich glaub' nicht.«

»Er traf uns in Te Rimu, als Daddy gerade ein Taxi rufen wollte, um mich heimzuschicken. Er sagte, er fahre sowieso vorbei und könne mich mitnehmen. Sollten wir ihm nicht einen Drink anbieten? Daddy hat mir einen fabelhaften Wodka für Paul mitgegeben.«

»Selbstverständlich!« Es sollte fröhlich klingen, aber ich war es nicht. Ich erinnerte mich nun an den Namen. Einer der neuen Siedler, die vor etwa einem Jahr gekommen waren, unverheiratet, jünger als unsere Männer und offensichtlich mit viel Geld. Alle Leute sagten, er sei charmant, aber ich hatte ihn einmal kurz im Laden getroffen und er schien mir damals ein sehr erfahrener junger Mann mit scharfer Zunge und unruhigen Augen.

Und jetzt hatte er Tony heimgebracht und holte gerade ihr Gepäck aus dem Auto. Natürlich musste ich ihn ins Haus bitten. Warum nur hatte Alastair Smale seine Tochter nicht mit dem Taxi heimgeschickt?

Ich begrüßte ihn und heuchelte Entzücken: »Wie nett von Ihnen, dass Sie Tony mitgenommen haben!«

Es fiel nicht schwer, freundlich zu ihm zu sein. Colin Manson konnte wirklich reizend sein, und er war es zu mir, wegen Tony. Noch bevor wir ins Haus gingen, waren Christopher und Christina, unsere beiden älteren Kinder, in den Hof geritten. Sie kamen aus der kleinen Backblock-Schule, in die sie nun glücklicherweise gingen. Sie verehrten Tony sehr und nahmen sie gleich in Beschlag, sodass auch der hinreißendste junge Mann keine Aussichten mehr gehabt hätte, von ihr beachtet zu werden. Colin resignierte und wandte höflich seine Aufmerksamkeit Larry und mir zu. Ich merkte, dass ich zu viel redete; wenn ich verlegen bin, mache ich das immer. Als wir einmal kurz allein waren, sagte Larry zu mir: »Susan, du bist ausgesprochen überschwänglich zu ihm. Also weiß ich, dass du ihn nicht magst, aber entschlossen bist, dir nichts anmerken zu lassen. Reg dich nicht auf! Er ist zu alt für Tony.«

Sie brachten gerade mit viel Lärm und Gelächter das Gepäck herein, sodass ich nur noch erwidern konnte: »Zu alt? Norman Craig war vierundvierzig!«, und ich war gekränkt, als Larry lachte.

Aber ich ärgerte mich auch über meine Albernheit. Wie die schlimmste aufgeregte Mutti. Colin war nicht der Schlechteste: Er hatte ausgezeichnete Umgangsformen, besaß Humor, sah aufregend gut aus und lebte in guten Verhältnissen. Claudia hätte sich gefreut.

Und Tony? Sie sah bezaubernd aus in dem neuen Kleid, das ihr Vater wieder einmal so nebenbei für sie gekauft hatte. Ihre früher so wirren kastanienbraunen Locken waren modisch frisiert und ihre braunen Augen schienen tiefer und sanfter denn je. Aber die größte Anziehungskraft lag in ihrem kleinen Gesicht, in dem alles ein klein wenig nach oben geschwungen war, die Augen, die Stupsnase, der weiche, volle Mund. Ein vollkommen anderes Bild als das schlecht gekleidete, einsame kleine Mädchen, das vor zwei Jahren aus dem Nichts vor unserer Türe aufgetaucht war. Es wunderte mich nicht, dass Colin Manson ihr mit den Augen folgte, aber die leichte Vertrautheit überraschte mich, die zwischen ihnen zu herrschen schien. Tony musste ihn schon oft gesehen haben; seltsam, dass sie seinen Namen nie erwähnt hatte. Dann lachte ich mich selbst aus. Ich war wirklich spießig. Es gab viele junge Männer, und außerdem war das heute die Sprache der jungen Leute, auch wenn sie sich nur flüchtig kannten.

Er brauchte für seinen Drink so lange wie irgend möglich, und ich wurde schon unruhig, weil es Zeit für's Essen wurde, als er endlich doch ging. Er verabschiedete sich so nebenbei von Tony, jedoch umständlich von mir und behauptete, erst jetzt gemerkt zu haben, dass es eine so bezaubernde Frau hier in der Gegend gäbe. Ich unterdrückte ein Grinsen, denn außer Paul weiß jeder, dass Larry viel attraktiver ist als ich. Aber ich vertrat bei Tony Mutterstelle und war deshalb interessant. Es war nicht das erste Mal, dass ich in letzter Zeit recht zweckgebundene Komplimente erntete. Colin wollte gerne wieder kommen. Ich musste zugeben, dass ich ihm Unrecht getan hatte; er war wirklich liebenswürdig, aber ich war mir ziemlich sicher, dass er sich mit Tony nur die Zeit vertreiben und nichts Ernsthaftes im Sinn haben würde. Und wenn er auch ernste Absichten hätte, so sagte ich mir, dass er nicht der Richtige für sie sei.

Sie brachte ihn zum Auto hinaus, und Larry sagte: »Susan, du bist auf dem besten Wege, eine unmögliche Mutti zu werden. Du musterst jeden und überlegst dir, ob er gut genug ist – und beschließt, dass er es nicht ist.«

Ich erwiderte bissig: »Red nicht so dumm daher! Ich mach' mir wirklich keine Sorgen um Tony. Jedenfalls ist er nicht ihr Typ. Vergleich' ihn nur mit Norman Craig.«

»Die kann man nicht vergleichen. Tony liebt die Abwechslung. Man kann genug haben vom heiligen Typ. Colin ist eine Erholung dagegen.«

»Unsinn. Tony würde sich nie in diesen Typ verlieben. Seine Absichten sind zu deutlich.«

»Wer redet von verlieben? Lass dem Mädchen Zeit. Sie ist neunzehn, und in diesem Alter begehrt man gerne auf. Sie fürchtet, dass sie sich mit dem Pfarrer lächerlich gemacht hat und jetzt flirtet sie mit jedem, der ihr über den Weg läuft, um sich an den Männern zu rächen. Aber von ›verlieben‹ ist da keine Rede. Die Welt hat sich geändert, liebe Susan, seit wir jung waren.«

Darauf wollte ich nicht antworten und so lachte ich. Tony kam wieder herein, und ihre Augen strahlten sehr. Sie sah so munter und hübsch aus, dass mir etwas unbehaglich zu Mute wurde und ich ganz beiläufig sagte: »Ein sympathischer junger Mann. Ich kenne ihn gar nicht näher.«

»Colin? Der ist schon in Ordnung. Wie geht es mit der Schafschur?«

Waren diese Worte zu leicht hingeworfen?

Als ich an diesem Abend mit Paul allein war, sagte ich: »Tony ist schrecklich hübsch. Hast du diesen Colin Manson schon oft gesehen?«

»Hab' ihn ein paar Mal bei Versammlungen und Ähnlichem getroffen. Ein recht netter Kerl und ein guter Farmer.«

Dann sah Paul mich scharf an, denn man kann ihm so leicht nichts vormachen, und sagte: »Komisch, wie sich Frauen über nichts und wieder nichts aufregen. Du wirst dich zusammennehmen müssen, mein Mädchen, wenn Patience einmal groß ist.«

Worauf ich bissig antwortete, dass es so aussähe, als hätte ich bis dahin Gelegenheit genug zum Üben.

2

Tony war wieder zu ihrer Arbeit im Supermarkt zurückgekehrt und rief mich am Vormittag an.

»Susan, etwas ganz Tolles! Natürlich traurig für uns, aber herrlich für sie. Du kommst nicht drauf. Mrs. Freeman heiratet wieder.«

Sowohl das »Mrs.« als auch das »wieder« war falsch, aber ich sagte nichts. Edith Freeman war keine »Mrs.« und sie war auch nie verheiratet gewesen. Von dem fürchterlichen Freeman, der den Supermarkt aufgemacht und ihn an Tantchen verkauft hatte, als er fast pleite war, hatte sich herausgestellt, dass er ein Dieb und Bigamist war. Es hatte ein großes Theater gegeben und zuletzt verschwand er, niemand wusste, wohin, mit einem großen Teil von Tantchens Bargeld. Als dann die Polizei kam, erfuhr Edith, dass sie nie legal mit ihm verheiratet gewesen war und nun weder Geld noch Namen besaß.

Alle in der Gegend waren sehr nett zu ihr gewesen, und Tantchen hatte ihr wieder auf die Beine geholfen und sie als Hilfe im Supermarkt bei sich behalten. Alle hatten versucht, sie aufzumuntern, aber zunächst schien sie völlig vernichtet. Vor kurzem hatte sie angefangen, sich wieder zu erholen, und es war ihr zu Bewusstsein gekommen, dass sie erst siebenundzwanzig Jahre alt war und das Leben noch vor ihr lag. Ohne Freemans schlechte Behandlung wurde sie auch von Tag zu Tag hübscher und jetzt würde sie also Ted Stewart heiraten, einen kinderlosen Witwer, der eine kleine Farm in der Nähe von Tiri hatte.

Tony redete immer noch. »Stell dir das nur vor, nach allem, was geschehen ist! Er muss schrecklich in sie verliebt sein. Ist das nicht romantisch, Susan?«

Zwar hielt ich es nicht für ausgesprochen romantisch, aber es war eine sehr passende Heirat. Ted war vierzig Jahre und ein ehrlicher, einfacher Mensch; er brauchte eine freundliche Frau, die ihm seinen

Haushalt gut führte. Edith brauchte ein Zuhause und einen lieben, zuverlässigen Mann. Ich sagte: »Das ist wunderbar. Aber wie wird Tantchen zurechtkommen?«

»Ach, sie heiraten erst in zwei Wochen. Dann kann Mick kommen und die schweren Kisten schleppen, bis wir jemand anderen finden.«

Das würde vermutlich schwierig werden. In Tiri waren keine Hilfskräfte zu bekommen, alle Farmer hier waren schon auf der Suche. Mick war recht brauchbar, solange er nüchtern war. Er verehrte Tantchen, aber er liebte den Alkohol noch mehr. Er würde die Kisten vergessen oder fallen lassen, wenn zerbrechliche Sachen darin waren. Sein guter Wille allein genügte nicht, wir selbst hatten nur genug zu tun. Das gute Wetter hielt, wir steckten mitten in Tims Schafschur. Larry und ich hatten Anne so lange bearbeitet, bis sie daheim blieb und uns das Kochen überließ. Sie war sowieso nicht sehr kräftig, hatte keine Hilfe, und das Baby sollte um Weihnachten herum kommen. Sie hatte Jahre lang ein nettes Maori-Mädchen gehabt, das ganz in der Familie lebte, zum Entsetzen des Colonels. Er musste sich aber daran gewöhnen. Aber das Mädchen hatte geheiratet, und Anne hatte gemeint, sie würde es lieber allein versuchen, noch dazu seien die Zwillinge jetzt ja in der Schule.

»Wer möchte schon in die Backblocks kommen und für eine Farmersfrau arbeiten, die so dumm ist, Zwillinge zu haben und noch ein drittes Kind zu bekommen?«, fragte sie lachend. »Sie kriegen ja nicht einmal in der Stadt eine Hilfe, und das wundert mich nicht. Fabriken zahlen besser, und die Arbeitszeit ist kürzer. Also reg dich nicht auf, Papa.«

Aber natürlich regte der Colonel sich auf. Viel fehlte nicht, dass er sich wie vor der Geburt der Zwillinge benahm, und das brachte Tim zum Schweigen oder zu der nervenaufreibenden Bemerkung: »Ich bin selbstsüchtig gewesen. Das Leben hier ist zu anstrengend für Anne.« Die Lage war also nicht besonders glücklich.

Der Colonel dankte uns überschwänglich dafür, dass wir die Schafschur übernahmen.

»Meine liebe Susan, das ist eine Zumutung für Sie. Sie und Larry, Sie haben mit Ihrer eigenen Schur genug zu tun gehabt. Dieses Land wird immer unmöglicher. Alle verdienen viel zu viel Geld und verachten ehrliche Arbeit.« Und er begann, über den Wohlfahrtsstaat zu schimpfen.

Larry setzte dem ein Ende, indem sie ihm ein Geschirrtuch in die

Hand drückte und sagte: »Wissen Sie eigentlich, was man mit diesen Dingern macht?« Und er lachte und fing an, die Teller abzutrocknen.

Seit einiger Zeit konnte sie sich bei ihm alles leisten, aber noch vor ein paar Jahren hatte sie ihn für einen Snob gehalten und ihn »der große Panjandrum« getauft – was so viel wie »großer Wichtigtuer« heißt –, und der Name war ihm geblieben, wurde aber nur noch im Spaß und offen vor ihm gebraucht.

Es war heiß, und die Männer beeilten sich mit der Schur, kamen abends todmüde heim und wollten nur noch ein warmes Bad und ein weiches Bett. Larry und ich waren dauernd mit den Scherern und unseren vier Kindern beschäftigt. Die zwei älteren gingen in die Schule, aber die beiden Vierjährigen, Larrys Mark und meine Patience, waren unzertrennlich und zu allen Streichen aufgelegt. Eines Tages, als Larry die beiden voll angezogen bis zum Hals in einem der Wassertröge gefunden hatte, sagte sie bitter: »Ich kann den Tag kaum erwarten, an dem wir die lieben Kleinen in die Schule schicken. Ich wollte, Barry wäre noch hier.«

Als hier eine Schule eingerichtet wurde, hatten wir einen hervorragenden Lehrer bekommen, aber das war natürlich zu schön, um von Dauer zu sein. Ich vermute, er wäre länger geblieben, wenn wir Tony dazu gebracht hätten, sich um ihn zu kümmern. Aber zu dieser Zeit war sie erst in Norman Craig verliebt und dann untröstlich gewesen, weil er gegangen war. Nicht lange danach erschien Alastair Smale zum ersten Mal und Barry sah ein, dass er wenig Aussichten hatte, die Tochter dieses wohlhabenden Mannes zu heiraten. Tony arbeitet zwar in einem Geschäft in den Backblocks, aber das war eigentlich ein Witz und Smale hatte mit seiner Tochter sicher Besseres vor. So nahm Barry sein nicht allzuschlimm gebrochenes Herz mit in die Stadt zurück, und an seiner Stelle bekamen wir einen lieben, nachgiebigen jungen Mann, der Bertie Dier hieß.

Er war sehr nett zu den Kindern, kannte aber überhaupt keine Disziplin. Die Zustände in der Schule waren unglaublich, aber diese kleinen einklassigen Schulen ziehen selbstverständlich keine guten Lehrer an. Mein Christopher hatte die Gewohnheit, sich in den Keller der Schule zurückzuziehen, wenn das Lernen ihn langweilte, und das war recht häufig der Fall. Christina folgte ihm natürlich und sie verbrachten viele Stunden in den Kellerräumen, spielten geräuschvolle Spiele und klopften von Zeit zu Zeit an den Boden des Schulzimmers, um ihre Anwesenheit kundzutun.

Bertie unternahm nichts dagegen. Er hatte die naive Vorstellung, dass die Kinder wieder kämen, wenn der Drang zum Lernen zurückkehrte. Der kehrte jedoch nie zurück, und das Spiel wäre endlos weitergegangen, wenn Paul sie nicht einmal dabei erwischt hätte. Er war Vorsitzender des Schulausschusses und als er einmal zufällig in die Schule kam, verwunderte ihn das wiederholte Klopfen am Boden. Der lustige kleine Zeitvertreib fand so ein jähes Ende.

Aber sie stellten immer etwas an. Wie viel, das konnten wir aus ihrem Verhalten beim Heimkommen schließen. Wenn sie uns sorgfältig aus dem Weg gingen und sich vor ihren verschiedenen Hausarbeiten drückten, dann war der Tag normal verlaufen. Wenn sie wie die Engel schauten und uns ihre Hilfe anboten, waren sie sicherlich schlimmer als gewöhnlich gewesen. So sehr wir uns darauf freuten, die jüngeren Kinder auch in die Schule zu schicken, so sehr fürchteten wir auch die Folgen, wenn sich das bewundernde Publikum noch vergrößerte. Annes Zwillinge waren auch dort und immer bereit, unsere Kinder in allem zu unterstützen. Sechs von dieser Sorte gäben schon eine ganze Bande, und der arme Bertie tat uns Leid.

Erst als die Schur beendet war, fand ich Zeit, nach Tiri zu fahren und allerhand zu erledigen, was bisher hatte warten müssen. Als ich in den Supermarkt kam, war Tony gerade eifrig mit dem Colonel beschäftigt und Edith packte im Hintergrund Kisten aus. Tony war vergnügt wie immer und sehr zufrieden mit sich. Sie ging mit den Leuten ganz ungezwungen um und betrachtete es als selbstverständlich, dass sie sie mochten – und sie mochten sie auch. Sie behandelte alle gleich, und ich glaube nicht, dass es für sie so etwas wie Rassenunterschied oder Klassenbewusstsein gab.

Der Colonel war sichtlich verwirrt. Er hatte eine lange Einkaufsliste, die ihm seine Haushälterin, Mrs. Evans, gegeben hatte, und gestand, dass er nie wusste, was er wo finden sollte.

»Dieses neumodische Durcheinander, das Supermarkt heißt, Gott weiß, warum. Alles wird hingestellt, und man muss sich tatsächlich selbst bedienen.«

»Wie ungerecht!«, rief Tony. »Wo ich hier doch nur darauf warte, Sie nach Kräften zu bedienen!«

»Warum geben Sie Ihre Bestellung nicht bei Miss Adams auf wie früher?«, fragte ich und amüsierte mich über sein schuldbewusstes Gesicht. Der Grund war, dass er Tony sehr gerne hatte.

Sie kümmerte sich um ihn und ließ ihn überhaupt nichts selbst tun, führte ihn sanft um die Regale und überredete ihn, alles Mögliche zu kaufen, was nicht auf Mrs. Evans Liste stand, was sie aber bestimmt brauche.

»Eine großartige kleine Geschäftsfrau!« Er lachte vor sich hin. »Mrs. Evans Liste fehlt die Fantasie. Sie wird entzückt sein von all den guten Sachen, die ich mitbringe.«

Da war ich mir nicht so sicher. Mrs. Evans war eine jener guten, altmodischen Haushälterinnen, die Neuerungen verachten und das verdammen, was sie »Büchsenzeug« nannte.

Wir verabschiedeten uns, und ich gratulierte Tony zu ihren kaufmännischen Fähigkeiten.

»Machst du das mit allen so? Kein Wunder, dass Tantchens Einnahmen steigen.«

Sie blickte der hoch gewachsenen, hageren Gestalt nach. Er ging nicht mehr ganz so aufrecht wie früher, trotzte aber immer noch der »modernen Gewohnheit der schlechten Haltung«, wie er es nannte.

»Ist er nicht ein Lamm? Anne hat wirklich Glück. Man könnte sie beneiden.«

Das klang wehmütig, und ich habe sie nie etwas sagen hören, was ihre Gefühle gegenüber dem höflichen und distanzierten Alastair deutlicher ausgedrückt hätte.

Sie wandte sich zu Edith. »Übernimmst du den Laden? Ich muss Caleb die Sachen bringen, die er bestellt hat, aber ich bin bald wieder da.« Dann zu mir: »Susan, komm doch mit! Es sind nur ungefähr fünf Meilen, und wir können den ganzen Weg schwatzen.«

Tony fährt sehr gut Auto. Ihr Vater hatte es ihr sehr früh beigebracht, hauptsächlich, um seine Frau zu ärgern und sie kam mit Tantchens kleinem Lieferwagen gut zurecht auf unseren kurvigen Straßen.

»Wer ist Caleb? Ich hab' ihn noch nie gesehen. Ist er einer von den neuen Siedlern?«

»Nicht direkt, der Arme«, sagte Tony, die schnell einige Lebensmittel zusammensuchte. »Er ist seit einem Jahr hier, hat eine furchtbar kleine Farm an einer Seitenstraße und kommt fast nie herunter. Er hat nicht einmal ein Auto.«

»Was hat er dann? Ein Pferd?«

Tony lachte. »Nein. Er ist hoffnungslos ungeschickt mit Pferden, so wie mit den meisten Sachen, aber er ist richtig goldig. Er fährt Fahrrad auf diesen Straßen!«

»Dann muss er fast den ganzen Weg schieben. Warum ist er goldig?«

Was ich da über diesen Caleb hörte, gefiel mir nicht besonders. Ich hoffte sehr, dass er wenigstens schon älter sei, wenn er schon so arm und ein so schlechter Organisator war. Tony hatte die höchst unangenehme Gewohnheit, überall hilfsbedürftige Menschen aufzulesen, die Larry immer lachend als ihre »Schützlinge« bezeichnete und mir dabei prophezeite, dass sie sicher noch einen von ihnen heiraten würde.

»Das kann ich nicht so genau sagen. Er ist schrecklich höflich und nett und bringt alles durcheinander. Dabei ist er absolut ehrlich, er zahlt für seine armseligen kleinen Bestellungen immer auf den Pfennig genau, wofür er dann sein letztes Geld zusammenkratzt, und er kann seine dürftige Farm jeden Augenblick verlieren, weil er die Pacht nicht zahlen kann.«

Das klang bedrohlich. War er verheiratet? »Hart für seine Frau«, warf ich listig ein.

»Er hat keine Frau. Nur eine Katze, und die betet er an. Ein recht garstiges Biest, außer Caleb krallt sie jeden.«

»Ist er Witwer?«, beharrte ich hartnäckig.

»Ich weiß nicht, ob er je eine Frau gehabt hat. Und wenn, dann hat er sie wahrscheinlich verloren oder verschlampt. Er verliert alles.«

Ich machte mich auf das Schlimmste gefasst. »Das klingt nach einem recht ungeschickten jungen Mann.«

»Jung? Aber der gute, arme Caleb ist mindestens fünfzig und er sieht noch viel älter aus.«

Ich war erleichtert. Sicher würde doch sogar Tony die Grenze bei fünfzig ziehen? Dann merkte ich, wie albern ich war und musste Larry Recht geben: Ich schnappte bald über.

Ich half Tony, die Sachen im Lieferwagen zu verstauen und kletterte dann hinein. Es war immer lustig, mit Tony zu fahren, und ich war neugierig auf diesen Caleb.

Wir bogen etwa drei Meilen nach Tiri von der Hauptstraße ab und fuhren auf einer schmalen, lehmigen Straße in den Busch hinauf. Tony nahm die Haarnadelkurven sehr geschickt mit dem Lieferwagen, und ich war froh, dass Tantchen den riesigen, angeberischen Lieferwagen vom Supermarkt verkauft hatte, mit dem Freeman seine Waren ausgefahren hatte. Diese Straße wäre ich nicht gerne in ihm gefahren.

Über eine Meile sahen wir keine Lichtung im Busch. Ich hatte diese Straße noch nicht erkundet, wusste aber, dass sie ursprünglich die Zufahrt zu einem Kohlenbergwerk gewesen war, das sich dann als unrentabel erwiesen hatte. Ich sagte: »Wie kann man hier nur leben! Warum hast du Petroleum dabei? Der arme Mann hat doch sicher elektrisches Licht?«

»Nein. Das hat es an dieser Straße noch nie gegeben. Es lohnt sich nicht, nur für diese eine Farm. Caleb tappt immer mit Kerzen herum oder zerbricht den Glassturz der Lampe, und manchmal explodiert eine Lampe und er versengt sich die Haare.«

»Was hat ihn dazu gebracht, hierher zu kommen?«

»Er suchte vermutlich ein ruhiges Fleckchen, an dem er Gemüse züchten, ein oder zwei Kühe melken und ein paar Schafe halten kann. Er hatte fast kein Geld. Aber der Besitzer verpachtete ihm das Land für sechs Monate.«

»Und wirft ihn vermutlich wieder hinaus, wenn die vorbei sind?«

»Sie sind schon lange vorbei, und ich glaube, der gute Alte hat schrecklich Angst. Die Straße ist unmöglich. Aber wir sind fast da.«

Wir bogen um eine Kurve und die Straße hörte plötzlich auf. Vor uns stand eine kleine Hütte, umgeben von ein paar kärglichen Koppeln. Dahinter begann der Busch. Die Reste eines Gartentors hingen an einer Angel und waren aus dem Weg geräumt. Als wir hineinfuhren, bremste Tony plötzlich und sagte: »Was ist das für ein fürchterlicher Lärm? Da wird gerade jemand umgebracht! Oh, hoffentlich nicht Caleb!«

Es klang entsetzlich. Ein fürchterliches Quiecken kam von der hintersten Koppel. Dazwischen mischten sich angstvolle Schreie. Irgendetwas Grässliches war da im Gange.

Wir sprangen aus dem Auto und liefen zur Koppel. Der Lärm hatte sich verdoppelt, und Tony schrie wild, dass es zwei kämpfende Banden sein müssten. Oben auf der Anhöhe blieben wir wie angewurzelt stehen. Auf der Koppel vor uns befand sich ein äußerst merkwürdiges Knäuel, bestehend aus einem Fischernetz, einem Mann und drei Schweinen. Alle waren in dem Netz gefangen und bemühten sich verzweifelt, frei zu kommen.

Ich starrte gebannt auf das Schauspiel. Ein Fischernetz zehn Meilen vom Meer? Und was taten drei Schweine in seinen Maschen? Und warum wälzte sich ein Mann am Boden herum, wobei er sich immer fester in das Netz verwickelte?

Tony schrie auf. »Das ist Caleb! Er versucht, seine Schweine zu fangen. Komm schnell und hilf ihm!«

Im nächsten Moment war sie schon über den Zaun. Man musste nicht viel klettern, denn er lag zum großen Teil auf dem Boden. Ich sprang ebenfalls darüber und stellte mir Pauls Bemerkungen vor, wenn er mich hätte sehen können. Aber er hätte noch mehr gesagt beim Anblick dieses seltsamen Haufens am Boden.

Das Netz war groß und wahrscheinlich der haltbarste Gegenstand auf der ganzen Farm. Sie schienen sich sehr sorgfältig hineingewickelt zu haben. Man fragte sich nur, wozu? Aber der Augenblick war für solche Fragen nicht geeignet. Tony sagte kurz: »Wir müssen Caleb rausbringen und die Schweine drinbehalten. Ein Segen, dass er sie endlich erwischt hat. Was du auch tust, Susan, lass sie nicht raus!«

Das war leicht gesagt. Aber es kostete einige Anstrengung. Einmal hatte ich ein Schwein fest in meinen Armen und stand einem zweiten auf dem Ohr. Tony hatte das dritte beim Schwanz und überschrie das Getöse: »Einmalige Gelegenheit, Caleb! Kommen sie raus! Schnell, solange wir sie haben.«

Er schlug um sich, aber zunächst verstrickte er sich dabei nur immer fester in das Netz. Wir versuchten verzweifelt, die Tiere fest zu halten, dabei entwickelten sie alle drei viel mehr Geschick sich den Maschen zu entwinden als Caleb. Endlich gelang es ihm, langsam unter einer Ecke des Netzes herauszukriechen. Aber noch ehe sein Kopf ganz aus dem Schnurgewirr aufgetaucht war, machte sich das Schwein, auf dessen Ohr ich gestanden war, frei und kletterte über seinen Rücken in die Freiheit.

Tony befürchtete, dass ich auch noch das zweite laufen lassen könnte, um auf eine aussichtslose Jagd nach dem ersten zu gehen und schrie: »Lass es laufen! Zwei haben wir. Halten wir die wenigstens fest!«

Das taten wir auch, mehr weil Tony und ich uns verbissen an die Tiere klammerten, als weil Caleb uns geholfen hätte. Als er sich endlich ganz aus dem Netz befreit hatte, wickelten wir sie einzeln hinein und trugen die beiden quietschenden und strampelnden Kokons direkt in die Hütte.

»Es hat keinen Sinn, sie in den Stall zu bringen«, sagte Tony. »Er ist morsch. Wir sperren sie lieber ins Schlafzimmer, und Sie, Caleb, machen bitte die Fenster fest zu. Au, das ist die Katze.«

Ein bösartiges Miauen und Fauchen, und eine große gelbe Katze war aus dem Schlafzimmer geschossen und hatte im Vorbeiwischen Tony ins Bein gekrallt. Caleb entschuldigte sich: »Sie sind doch nicht verletzt? Ich fürchte, Annabella ist etwas aufgeregt!«

»Annabella?«, keuchte ich, denn selbst in diesem Moment konnte ich nicht glauben, dass eine gelbe Katze ein Weibchen sein könnte. Tony lachte. »Caleb hoffte auf viele kleine Kätzchen. Aber glücklicherweise hat Annabella keine bekommen«, erklärte sie, und anscheinend fand sie das ganz natürlich. Ich konnte ja nicht ahnen, dass Annabella ein Kater war.

Ich folgte Tony in das Schlafzimmer, während Caleb Fenster und Türe schloss und sich dabei dauernd entschuldigte. »Solche Umstände. So eine Anstrengung für zwei Damen! So außerordentlich liebenswürdig.«

Atemlos und aufgelöst versuchten wir, in dem gleichen höflichen Ton zu antworten. Endlich hatte ich Zeit, mir Caleb anzuschauen. Und trotz der Mühe, die er uns gemacht hatte, und meinem ersten Eindruck nach auch immer machen würde, musste ich ihn einfach gern haben.

Er war mindestens fünfzig, und ich fürchte, der Colonel hätte ihn einen »heruntergekommenen Gentleman und armen Kerl« genannt. Groß und hager, mit grauen Haaren und einem leicht verwirrten, liebenswürdigen Gesichtsausdruck, als ob er sich immer fragen würde, was er jetzt schon wieder falsch gemacht habe. Er war überraschend sauber, oder musste es vor seinem Kampf mit den Schweinen gewesen sein. Das verschossene Hemd und der geflickte Arbeitsanzug waren vor kurzem gewaschen worden, und er benützte offensichtlich regelmäßig die große Zinkbadewanne, die vor dem verrosteten Küchenherd stand. Er sah schrecklich ungeschickt aus, eigentlich wie ein Versager, war aber ein freundlicher und höflicher alter Mann.

Er murmelte immer noch vor sich hin: »Wie freundlich, wie außerordentlich nett von Ihnen«, als Tony ihn unterbrach, um ihn mir in aller Form vorzustellen.

»Es tut mir Leid, dass Sie solche Ungelegenheiten hatten«, begann er umständlich, und ich fand, dass »Ungelegenheiten« eine charmante Art war, von dem gerade beendeten Kampf zu sprechen.

»Ich kann mir nicht vorstellen, wie ich ohne Ihre Hilfe herauskommen hätte sollen«. – Wir konnten es uns offen gestanden auch nicht vorstellen. – »Das Netz ist so groß und fest. Es war ein guter Kauf.«

»Aber, Caleb – was tun Sie hier mit einem Fischernetz?«

Er missbilligte meine Frage. Sie war auch nicht sehr intelligent, denn ich hatte ja gesehen, was er damit tat. »Es wurde bei einer Versteigerung angeboten. Vor sechs Monaten, als ich etwas Geld hatte und ich dachte, es wäre einfacher, vom Fischen zu leben.«

Dass es innerhalb von zehn Meilen keinen einzigen Fisch gab, war ihm nie aufgefallen. Tony anscheinend auch nicht. Sie sagte nur: »Aber wie habt ihr euch alle hineingewickelt?«

»Es schien so einfach. Ich hab' irgendwo gelesen, dass man Schweine am besten fangen kann, wenn man ein Netz zwischen zwei Bäume spannt und sie hineintreibt. Wissen Sie, sie waren so schwer zu fangen, und ich wollte sie gerade heute haben, weil Jim Forbes ihretwegen herauskommt, und ich dachte, das Geld ...« Hier wurde er wieder undeutlich, und Tony forschte weiter.

»Also haben Sie es zwischen die Bäume gebunden, und dann?«

»Es hat ganz fest ausgesehen, aber unglücklicherweise hat es doch nachgegeben und uns alle eingewickelt, und ich kann mir nicht vorstellen, wenn Sie nicht gekommen wären ...«

Er hatte die Angewohnheit, seine Sätze nicht zu Ende zu führen, aber Tony hörte ihm ernsthaft zu und sagte dann: »Als Nächstes müssen wir sie aus dem Netz herauswickeln und sicher festbinden, bevor der Mann kommt. Jim Forbes, haben Sie gesagt? Das ist gut, er wird sie gut bezahlen. Ich mag Jim. Kommen Sie Caleb, Sie wickeln sie aus, und Susan und ich helfen beim Festhalten.«

Es war ein heikles Geschäft, aber wir schafften es dann doch. Caleb machte sich große Sorgen, weil Annabella verschwunden blieb, und murmelte dauernd vor sich hin, dass der Kater hoffentlich nicht denken würde, die Schweine seien jetzt seine Lieblinge, und eifersüchtig wäre. Tony sagte munter: »Er wird schon zurückkommen. Nur keine Aufregung. Bitte suchen Sie einen Strick.«

Das dauerte lange, aber schließlich und endlich hatten wir die Schweine sicher angebunden im Stall. Für ein paar Stunden, meinte Tony, seien sie vollkommen sicher. Caleb versicherte uns, dass jetzt alles in Ordnung sei, dankte uns nochmals überschwänglich und bot uns eine Tasse Tee an. Mir war nicht ganz wohl bei diesem Gedanken, wenn ich mir das Schlafzimmer betrachtete, das wie ein Schlachtfeld aussah. Da die Einrichtung aber nur aus einem Bett und einem aus Petroleumkanistern zusammengebauten Regal bestand, stimmte ich Caleb zu, als er sagte, dass ein Topf heißes Wasser und ein Besen das schnell wieder in Ordnung bringen würden. Aber ich misstraute dem Tee.

Diese Sorgen waren unnötig. Die kleine Küche war spärlich eingerichtet, aber sauber, das Steingutgeschirr stand blankgeputzt in einem Schrank, und die Milch war in einem blitzsauberen Topf. Als Farmer mochte Caleb hoffnungslos ungeschickt sein, aber seinen Haushalt hielt er sauber.

Überall waren Anzeichen einer tiefen Armut. Im Fliegenschrank ein wenig Butter, ein Brotlaib in einem Blechkasten und etwas Zucker und Tee in Gläsern. Mehr Essbares konnte ich nicht sehen. Ich war froh, dass Tony die Lebensmittel mitgebracht hatte, obwohl es wenig genug war, wenn ein Mann davon ein paar Tage lang leben wollte.

Sie schien ihn sehr gut zu kennen und behandelte ihn mit der gleichen leichten Vertrautheit wie die meisten Leute. Sie holte seine Einkäufe herein und räumte sie in den Schrank, während er Tee kochte, und nahm mit ernster Miene die Silbermünzen in Empfang, mit denen er zahlte.

»Ach, jetzt hätte ich es fast vergessen, hier ist Ihre Post«, sagte sie, und ich sah Caleb stutzen, als er die Schrift auf dem Umschlag erkannte.

Er entschuldigte sich sehr förmlich und öffnete den Brief. Er enthielt sicherlich eine schlechte Nachricht, und ich war etwas entsetzt über Tonys Frage: »Geht es um die verfluchte Pacht, Caleb?«

Ich ließ sie damit alleine und ging in den kläglichen Gemüsegarten hinaus. Alles wuchs schlecht und am falschen Platz. Die Bohnen hatten die beste Stelle und hatten wild ausgeschlagen, die Gelben Rüben hatten die schlechteste und waren winzig. Ein paar Krautköpfe waren geschossen, weil sie nicht gedüngt worden waren, und ein paar grüne Kartoffeln waren ausgebuddelt und vergessen worden. Als ich mich genauer umsah, bemerkte ich plötzlich ein Paar gelbe Augen, die mich aus dem Sauerampfer heraus anstarrten. Ich mag Katzen gerne, aber mein leises »Miez, Miez!« wurde mit einem lauten Fauchen beantwortet und Annabella schoss durchs Gras mit einem Schwanz wie eine Flaschenbürste.

Caleb dankte uns beim Abschied noch einmal für unseren »rechtzeitigen Beistand« und versprach Tony, in einer Woche wieder nach Tiri hinunterzuradeln. Als wir zum Tor hinausfuhren, drehte sie sich um, winkte der einsamen Gestalt zu und seufzte tief auf.

»Ich mach' mir solche Sorgen um ihn. Sie wollen ihn hinauswerfen. Wir müssen irgendetwas unternehmen. Du siehst ja, wie lieb er ist.«

So hätte ich ihn nicht gerade genannt, aber er war ehrlich, und man musste einfach Mitleid mit ihm haben. Einer von den Menschen, denen immer alles schief geht. Die Erinnerung an die sich windende Gestalt, die mit den Schweinen in dem riesigen Netz gefangen war, brachte mich zum Lachen.

»Eine verrückte Idee, sie so fangen zu wollen! Und warum hat er das Netz gekauft? Ist er immer so?«

»Ja, immer. Irgendwie packt er alle Sachen falsch an, dabei immer mit den besten Absichten. Aber irgendwas muss es doch geben, was er tun kann, wenn es mir nur einfallen würde.«

»Was hat er vorher getan? Wie ist er hierher gekommen?«

»Er hat alles Mögliche versucht und immer Pech gehabt. Es ist immer alles schief gegangen. Nicht durch seine Schuld, immer Macht des Schicksals, wie man so sagt. Einmal hatte er einen kleinen Laden und er hätte sich rentiert, aber es wurde eine neue Straße gebaut und er saß auf dem Trockenen, niemand kam mehr vorbei und kaufte etwas. Dann versuchte er es mit Fischfang und sein Boot ging kaputt. Er machte eine Geflügelfarm auf, aber es brach ein Feuer aus und die Eier wurden gebraten statt ausgebrütet. Als er Tomaten züchten wollte, wurden sie vom Mehltau befallen, und als er es mit Obstbau versuchte, fraßen die Opossums alle Früchte auf. Ach, und noch vieles Andere, aber es endete alles gleich. Einmal verkaufte er Besen und verdiente ein wenig dabei, aber er stolperte über einen Besenstiel und brach sich ein Bein ...«

In diesem Moment kam uns an einer sehr engen Stelle ein kleiner Lastwagen entgegen und Tony fuhr zurück, um ihn vorbeizulassen. Der Fahrer rief ihr einen Gruß zu, es war wohl Jim, der die Schweine kaufen wollte. Tony strahlte ihn an und sagte. »Die Schweine sind wunderbar und warten schon auf Sie – wenigstens zwei von ihnen. Schauen Sie, dass Sie ihn gut bezahlen, Jimmy.«

Als wir weiterfuhren, sagte sie traurig: »Weißt du, ich glaube, jetzt hat er nichts mehr zu verkaufen als die Kuh, und die braucht er wegen der Milch für Annabella. Wir müssen einfach etwas tun! Irgendein Plätzchen finden, wo man ihn brauchen kann.«

Ich glaubte, dass man da lange würde suchen müssen. Aber ich kannte Tony, und deshalb zweifelte ich nicht daran, dass sie etwas finden würde.

3

Als wir zum Supermarkt zurückkamen, sagte Tony: »Wie lange bleibt diese Frau denn noch beim Colonel?«

»Ursula Maitland? Ich weiß nicht. Sie hat von ein paar Monaten gesprochen, als sie ankam. Ich hab' irgendwo gehört, dass sie um Weihnachten herum abreist.«

»Teufel. Ich wollte, sie würde verschwinden. Sie verdirbt einem alles.«

»Wieso? Du siehst sie ja nicht oft, oder?«

»Immer noch oft genug. Sie kommt mit dem Colonel, geht um die Regale herum und sagt: ›Schau dir das komische alte Ding an. Sowas habe ich seit Jahren nicht mehr gesehen!‹ oder: ›Sie haben das nicht? Aber ich dachte, das führt jedes moderne Geschäft, sogar in Neuseeland.‹ Sie mag mich nicht.«

Das wunderte mich nicht. Ursula bemühte sich nicht, Angehörige ihres eigenen Geschlechts zu mögen, besonders, wenn sie jung und anziehend waren. Tony fuhr fort: »Nett, dass man den Colonel mal wieder ohne sie gesehen hat. Vermutlich ist sie bei Tim. Ich kann mir nicht vorstellen, wie Anne das aushält.«

»Wie meinst du das?«

»Die Art, wie sie ein Theater um Tim macht und Anne herablassend behandelt. Es ist gemein von ihr, denn natürlich sieht man im siebten Monat nicht gerade blendend aus. Tim gefällt ihr natürlich. Ursula benimmt sich in mancher Hinsicht genau wie – wie ein eingebildetes Pferd.«

»Ich liebe sie auch nicht besonders, aber wir müssen nett zu ihr sein, wegen des Colonels.«

»Dir und Larry macht das ja wenig aus. Ihr kommt gegen sie auf. Mich stört es wenig, wie eine dumme Dienstmagd behandelt zu werden, aber für Anne ist es scheußlich. Ich kann Frauen nicht ausstehen, die sich so ausschließlich den Männern widmen. ›Ach Paul, wie müde Sie aussehen! Ich hole schnell etwas zum Trinken für Sie. Nein, ich bestehe darauf. Sie bleiben hier still sitzen und ruhen sich aus.‹«

Ich lachte. Sie hatte Ursula sehr gut nachgemacht. »Nun ja, man kann es aushalten. Manche Frauen sind eben so, auch wenn es uns nicht passt. Ich seh' sie sowieso nicht oft.«

Wir tranken mit Tantchen Kaffee und erzählten ihr die Geschichte vom Schweinefangen. Als Tony wieder von Ursula anfing, merkte ich, dass Tantchen wohl der gleichen Meinung war, aber sie war objektiv wie immer.

»Miss Maitland fühlt sich einfach nicht zuhause hier in den Backblocks«, sagte sie.

»Warum fährt sie dann nicht heim? Warum bleibt sie nicht in England und heiratet so eine sportliche Type, irgendeinen Pferdenarren, dem es gefällt, wenn seine Frau selbst wie eines aussieht?«, fragte Tony.

Ich lachte. »Vielleicht findet sie hier so jemanden.«

»Ach, nie«, sagte Tony. »Sie hat erst vor kurzem gesagt, dass keine zehn Pferde sie dazu brächten, sich in Neuseeland niederzulassen. ›Absolut keine Kultur, wirklich!‹ Sie ist eben eine von der Sorte, die sich mit größtem Vergnügen auf die Ehemänner anderer Frauen stürzt.«

»Jetzt übertreib' nicht«, griff Tantchen ein. »Sie ist eine sehr tüchtige Frau.«

»Und sie weiß so viel!«, stimmte ich zu. »Das musst du zugeben, Tony.«

Tony murmelte etwas Unverschämtes über Leute, die viel wissen, und ging in den Supermarkt zurück.

Als wir allein waren, sagte ich: »Komisch, wen Tony mag und wen nicht. Caleb zum Beispiel. So eine gottverlassene Gegend. Erstaunlich, jemand so sanften und gebildeten dort zu finden.«

»Da haben Sie Recht. Ich mag Caleb Fielder gerne. Er ist ein ordentlicher Mensch, aber er hätte sich nie an eine Farm wagen dürfen. Er leistet nur etwas, wenn er alles gesagt bekommt. Er ist einer von Tonys ›Schützlingen‹ und sie ist rührend zu ihm.«

»Vor kurzem hab' ich einen anderen ihrer Freunde getroffen, der nun wirklich kein ›Schützling‹ ist. Ein schicker junger Mann. Colin Manson. Kennen Sie ihn näher?«

»Nur vom Geschäft. Er ist sehr erfolgreich und charmant.«

»Das heißt, dass Sie ihn nicht besonders mögen?«

»Also Susan! Man muss ihn einfach mögen, wenn er sich so von seiner besten Seite zeigt, und alles wegen Tony.«

»Meinen Sie ...?«

»Meine Liebe, regen Sie sich nicht gleich auf. Tony weiß schon, was sie tut. Es gibt noch genug andere junge Männer und sie muss sich austoben. Ich glaube nicht, dass sie es mit einem von ihnen ernst meint.«

»Der Tag wird kommen«, sagte ich düster. Aber selbst in meinen eigenen Ohren klang das so nach klagender Mutti, dass ich auflachte. »Ich bin froh, dass Larry mich nicht hören kann! Ich fange schon an, mich über alles Mögliche und Unmögliche aufzuregen. Ich werde langsam alt.«

»Davon hab' ich noch nichts gemerkt. Wie oft hab' ich gewünscht, Sie und Larry würden ein bisschen vernünftiger werden und weniger Schaden anrichten. Was haben Sie noch für Sorgen, Susan?«

»Ich hab' nur das Gefühl, dass es Anne nicht gut geht, und ich wollte, wir könnten ihr mehr helfen.«

»Da haben Sie Recht, aber darüber soll sich der Colonel den Kopf zerbrechen. Er ist wie wild hinter einer Hilfe für sie her. Ich glaube, er hat jetzt tatsächlich eine aufgetrieben.«

Alles Nähere erfuhr ich, als ich heimkam. Anne rief an und ihre Stimme klang recht kläglich.

»Susan, Papa ist wieder auf dem Kriegspfad! Erinnerst du dich noch, wie er sich vor der Geburt der Zwillinge aufgeführt hat?«

Und ob ich mich erinnerte. Das Theater, das er und Tim gemacht hatten, würde ich wohl kaum vergessen. Anne brannte schließlich durch und bekam ihr Kind – oder besser ihre Kinder, wie sich herausstellte – allein in der Stadt. Ihr Vater und ihr Mann hatten sie mit ihrer Fürsorge fast verrückt gemacht und sie waren alle zusammen sehr unglücklich gewesen.

»Klar erinnere ich mich. Was hat er diesmal vor?«

»Er sagt, dass ich unbedingt eine Hilfe haben muss und er hat hinter unserem Rücken eine Anzeige aufgegeben, in der er einen fantastischen Lohn bietet. Es ist nicht anzunehmen, dass Tim davon begeistert ist.«

Das nahm ich auch nicht an, murmelte aber nur irgendetwas und sie redete weiter: »Und das Schlimmste ist, dass er jemand gefunden hat. Er hatte einen ganzen Stoß Zuschriften, wohl weil der Lohn so hoch ist. Ich finde, er hätte mich meine Hilfe selbst heraussuchen lassen können, meinst du nicht auch?«

Im Stillen stimmte ich ihr zu, aber der Colonel tat mir Leid. Sie bedeutete ihm alles, und obwohl Anne so sanft und friedlich war, konnte sie doch viel rücksichtsloser sein als Larry oder ich, wenn es einmal so weit kam.

Ich sagte: »Vermutlich hat er eine brauchbare erwischt und will sie gleich fest halten, denn man bekommt so schwer Hilfen. Wie ist sie?«

»Ganz wunderbar, sagt Papa. Schon älter und eine Witwe. Sehr tüchtig und kinderlieb – was aber noch nicht heißt, dass sie meine Kinder lieben wird. Vermutlich wird sie gleich das Kommando übernehmen und mir immer sagen, dass ich für zwei essen und die Beine hochlegen muss.«

»Warum auch nicht? Ich wäre nur zu froh, wenn ich das könnte. Nimm es nicht tragisch, Anne. Vielleicht ist sie tatsächlich eine Perle.«

Aber Anne war schlecht gelaunt und meinte, sie hätte lieber eine Jüngere.

»Ein Mädchen kann schrecklich unbequem sein. Macht Tim schöne Augen und ist auf Männerfang. Eine ältere Frau ist in dieser Hinsicht vollkommen sicher«, machte ich ihr klar.

»Stimmt, da hast du Recht. Jedenfalls kommt sie morgen. Papa fährt selbst sie abholen. Komm doch bitte mit Larry herüber. Ich hab' das Gefühl, dass ich Unterstützung brauchen werde.«

Wir kamen und waren beeindruckt von Mrs. Silver, auch wenn sie uns nicht sehr gefiel. Sie war eine sehr würdevolle ältere Dame, dünn, hielt sich gerade und sah sehr tugendhaft aus. Sie arbeitete offensichtlich gut, denn das ganze Haus war auf Hochglanz poliert, aber sie trug wenig zur guten Laune bei. Sie zwang sich missbilligend zu einem schwachen Lächeln, wenn wir es wagten, einen Witz zu machen. Als Anne uns vor dem Weggehen ein Glas Sherry anbot, blickte sie schmerzlich berührt und lehnte sehr betont ab.

Und als wir uns Zigaretten anzündeten, fragte sie, ob sie das Zimmer verlassen dürfe, sie vertrage keinen Zigarettenrauch.

Larry schnitt eine Grimasse hinter ihr her. »Für mich ist sie zu erhaben über jeden Fehler, aber wahrscheinlich hat sie enorme Fähigkeiten. Kannst du ihren Grundsätzen gemäß leben, Anne?«

»Es ist anstrengend, aber ich muss. Papa ist begeistert und spricht von ihr immer als von einer großartigen Frau und seiner Entdeckung. Er sagte doch tatsächlich zu Tim, dass es nur ein wenig Initiative gebraucht habe, das Problem zu lösen. Ich hätte gerne gesagt: – und viel Geld!‹, weil er darauf besteht, ihren Lohn zu zahlen – weit mehr, als wir uns auch nur im Traum leisten könnten. Ihr könnt euch Tims Begeisterung ausmalen.«

Sie taten mir alle zusammen Leid. Wahrscheinlich würde Anne wieder der Anlass zu Schwierigkeiten sein zwischen den beiden Menschen, die sie am meisten liebte. Das Komische war, dass der Colonel und Tim für gewöhnlich glänzend miteinander auskamen. Schwierigkeiten gab es nur, wenn Anne ein Kind erwartete. Man konnte nur hoffen, dass Anne sich mit drei Kindern begnügen würde.

Doch Mrs. Silver blieb nicht lange. Rein zufällig wurde ich Zeuge dessen, was Larry ihre »Demaskierung« nannte. Ich hatte den Colonel in der Stadt getroffen und mich überreden lassen, mit ihm hinaufzufahren, um zu bewundern, wie sehr sich Annes Gesundheit gebessert habe seit der Ankunft »dieser hervorragenden Frau; meiner Entdeckung, Sie wissen ja«.

Wir kamen um zehn Uhr zur Farm und fanden Anne schwer mit der Familienwäsche beschäftigt. Wo war die unbezahlbare Mrs. Silver?

»Hat sich hingelegt, weil sie Migräne hat. Scheint schlimm zu sein. Ich hab' sie stöhnen hören.«

Ich fragte, ob ich für die Leidende etwas tun könne.

»Ich glaube nicht. Vor ein paar Minuten hab' ich ihr Aspirin angeboten, aber ihre Türe ist zugesperrt und ich glaube, dass sie gesagt hat: ›Schau, dass du wegkommst!‹«

Der Colonel war bestürzt. Schau, dass du wegkommst? So etwas würde seine wunderbare Entdeckung doch sicher nicht sagen? Anne und ich tauschten besorgte Blicke. Aus Mrs. Silvers Zimmer drangen äußerst beunruhigende Geräusche, es klang wie eine Mischung aus Stöhnen und dem Versuch, zu singen. Der Colonel murmelte: »Seltsam, höchst seltsam. Eine so zuverlässige Frau. Nicht ihre Art, ein Theater zu machen. Vielleicht sollten wir besser den Doktor holen? Diese Geräusche gefallen mir gar nicht.«

Mir auch nicht, aber ich sagte mir, dass mein Verdacht unsinnig sei. Wenn ich je eine vollkommen tugendhafte Frau gesehen hatte …. Und wie sehr sie unser Glas Sherry missbilligt hatte …

Aber in diesem Moment flog die Türe mit einem Krach auf, und eine Gestalt erschien, die ich kaum als die bewunderungswürdige Frau wieder erkannte, die ich vorher getroffen hatte. Ihr Haar war zerzaust, ihre Augen blickten glasig, und sie trug einen schmutzigen Morgenrock über ihrem Nachthemd. Der Colonel murmelte: »Außer sich vor Schmerz!« – aber ich hatte meine Zweifel. Sie sah nicht leidend aus, und sie war von einem Geruch umgeben, schlimmer als Mick O'Connor.

Sie begrüßte mich mit einer abstoßenden Fröhlichkeit, die sehr im Gegensatz zu der würdevollen Zurückhaltung bei unserer letzten Begegnung stand. Dann erblickte sie den Colonel und geriet in eine beängstigende Verzückung. »Mein Allerliebster!«, rief sie, stürzte sich auf ihn, und umklammerte seinen Arm so hartnäckig, dass man sie nur mit brutaler Gewalt hätte losmachen können.

»Nach dir allein hab' ich Sehnsucht gehabt«, schrie sie entzückt. »Nach dem liebenswürdigen Herrn, der mich hierhergebracht hat … und warum holte er mich? Um seiner Tochter zu helfen? Um auf ein paar verfluchte Bälger aufzupassen?« Sie schüttelte den Kopf so heftig, dass sie fast das Gleichgewicht verloren hätte, und klammerte sich noch fester an den Colonel, wobei sie ihn mit einer ekelhaften Vertraulichkeit anblinzelte. »Dafür doch nicht, oder, Colonel? Ach, wir, wir wissen es!«, und sie schmachtete unangenehm verständnisvoll in sein entsetztes Gesicht.

Für einen Moment war er wie gelähmt. Nie in seinem Leben hatte ihn jemand so behandelt und er war der Situation nicht gewachsen. Angeborene Ritterlichkeit hielt ihn davon ab, rohe Gewalt gegen eine Frau anzuwenden, nicht einmal, wenn sie vollkommen betrunken war. Mrs. Silver hielt ihn fest wie in einem Schraubstock und lächelte albern zu seinem abgewandten Gesicht hin.

Anne war zu entsetzt um zu reden und ich sagte unsicher: »Bitte, Mrs. Silver, nicht …«

Das war genau das Falsche. »Was nicht?«, kreischte sie schrill, plötzlich wütend in der unberechenbaren Art aller Betrunkenen. »Nichts davon, mein Mädchen! Du bist eifersüchtig! Aber er gehört mir. Finden heißt behalten. Und der Colonel sagte erst gestern Abend, dass ich seine Entdeckung sei. Stimmt's, Liebster?«

Es stimmte und mit einem Mal fühlte ich das unpassende Verlangen, laut loszulachen. Aber Anne sah sehr blass aus, und ich nahm mich schleunigst zusammen und dankte dem Himmel, dass Larry nicht hier war. Ich nahm Mrs. Silver fest beim Arm und versuchte, sie vom Colonel wegzuziehen, wobei ich mit einer Stimme, die beschwichtigend sein sollte, auf sie einredete: »Kommen Sie, und legen Sie sich hin. Sie wissen nicht, was Sie tun. Sie – Sie sind nicht ganz gesund.«

Anscheinend war das nicht die richtige Art mit Betrunkenen umzugehen, denn ich erntete nur eine Flut von Beschimpfungen. Mittendrin ging die Türe auf, und Tim kam herein wie ein Retter vom Himmel.

Mit einem Blick erfasste er die seltsame Lage. Schnell, ich konnte nicht sehen wie, machte er die unangenehme Frau vom Colonel los und schob sie mit sanfter Gewalt in ihr Zimmer. Dann stellte er ihr ein Ultimatum durch die geschlossene Türe – »Sie haben eine halbe Stunde Zeit zum Packen, dann fahre ich Sie zum Zug. Wieder nüchtern werden können Sie unterwegs.«

Dann befahl er mir: »Susan, du kochst schwarzen Kaffee, möglichst viel. Anne, du legst dich besser hin. Das hat dir verdammt schlecht getan. Nein, Sir, der Frau fehlt nichts. überlassen Sie nur alles mir.«

Wir überließen es ihm dankbar. Paul hatte schon immer gesagt, dass Tim mit heiklen Situationen ausgezeichnet fertig würde, aber ich hatte nicht gewusst, dass zu diesem Gebiet auch betrunkene und schimpfende Frauen gehörten. Mrs. Silver gab nicht so schnell nach. Erst fünf Tassen Kaffee und Tims Unerbittlichkeit brachten sie dazu, ihren Koffer zu packen. Es war seltsam, wie wir ihm alle ohne Widerspruch gehorchten. Ich kochte Kaffee, Anne verschwand und legte sich hin, und der Colonel stand ein paar Minuten verloren herum, bis Tim sagte: »Es wäre vielleicht besser, Sie verschwinden, Sir. Nur bis ich sie aus dem Haus hab'. Sie regen sie offensichtlich auf.«

Ich unterdrückte gerade noch ein Grinsen. Die Untertreibung war herrlich. Was sollte der arme Colonel nun tun? Ich wollte nicht gehen, bis die anderen aus dem Haus waren, und dann wollte ich mich um die Wäsche kümmern. Als ich dem Colonel das sagte, meinte er: »Dann bleibe ich auch. Ihr Auto ist in Tiri, und ich muss Sie zurückfahren. Außerdem kann ich Ihnen vielleicht helfen. Aber – wo?«

Er meinte, wo er sich verstecken sollte. Ich musste nun wirklich lachen, aber in diesem Moment hörten wir Geräusche, als würde Mrs. Silver gleich aus ihrem Zimmer kommen. Es wäre möglich, dass sie durch das ganze Haus toben und den Colonel finden würde, auch wenn er sich in einem Schrank verbarg. Ich sagte hastig: »Irgendwo draußen. Vielleicht in einem von den Ställen«, und er warf mir einen dankbaren Blick zu, der zum Erbarmen war, als er verschwand.

Tim gelang es, sie in der festgesetzten halben Stunde aus dem Haus zu schaffen, er schrieb einen Scheck, packte sie ins Auto und ließ sich durch die Beschimpfungen nicht stören, die sie bis zuletzt ausstieß. Als sie abgefahren waren, machte ich mich auf die Suche nach dem Colonel und sah ihn gerade noch beschämt aus dem Hühnerstall auftauchen. Er blickte mich trotzig an und versuchte, seine Würde zu bewahren.

»Schien der beste Platz zu sein. Keiner von Tims Ställen hat ein Schloss«, und ich pflichtete ihm bei, dass die Hühner ihn gut verborgen hatten, während ich ihm half, die Federn von seinem Mantel zu bürsten. Er sagte es zwar nicht, aber ich merkte, dass er vor allem nicht wollte, dass Mrs. Evans etwas von dem Vorfall merkte.

Dann machten wir uns an die Wäsche, und ich hätte gerne gewusst, was die gute Mrs. Evans gesagt hätte, wenn sie ihren Colonel dabei hätte sehen können. Er versuchte gerade, Betttücher aufzuhängen. Aber er bemühte sich wirklich zu helfen und inzwischen konnten wir schon ein bisschen über die ganze Sache lachen.

»Sie hatte so gute Zeugnisse«, sagte er traurig, und ich tröstete ihn wohl kaum mit dem Hinweis, dass ich gehört hätte, sie schrieben sie sich normalerweise selbst.

»So eine anständige Frau. Und ich glaubte, sie sei so eine einmalige Entdeckung.«

Das war zu viel für mich, und nun begann sogar der Colonel zu sehen, dass die Sache auch ihre amüsanten Seiten hatte.

»Aber wo kann sie den Alkohol hergehabt haben?«, überlegte er. »Ich hab' ihren Koffer selbst ins Haus getragen und er ist ziemlich leicht gewesen.«

»Ich nehme an, dass er bei ihrer Abreise nicht mehr ganz so leicht gewesen ist. Sie wird sich über den Brandy gemacht haben, den Sie für Anne gekauft haben.«

Ich hatte Recht. Der Brandy war weg, dazu noch eine Flasche Gin. Weder Mrs. Silver noch ihr Koffer hatten das Haus leer verlassen.

Anne erholte sich schnell und kam heraus, um uns Vorwürfe wegen der Wäsche zu machen.

»Das war ein Theater!«, lachte sie. »Susan, wie konntest du nur sagen, dass ältere Frauen vollkommen sicher sind? Sie sind viel schlimmer als junge Mädchen. Oh Papa, Liebling, ich hab' dich immer für so tapfer gehalten, aber du schautest so restlos entsetzt drein, als diese Frau dich zu umarmen drohte. Was hätten wir ohne Tim nur gemacht?«

Der Colonel schüttelte sich. »Verdammte Sache, wenn man gegen eine Frau Gewalt anwenden muss.« Dann wechselte er das Thema und hielt eine lange Rede über die modernen Zustände, bei denen man so schwer Hilfen bekam – und die offensichtlich der Grund für Mrs. Silvers Fall gewesen waren.

»Aber ich versuche es noch einmal«, sagte er entschlossen, als wir nach Tiri zurückfuhren. »Ich bekam mehrere Zuschriften, und es war reines Pech, dass ich diese unerfreuliche Person ausgesucht habe. Das nächste Mal versuche ich es mit einer Jungen, sie wird wenigstens nicht …«, und er verstummte.

»… nicht angeln wollen, lieber Colonel«, ergänzte ich, und er grinste verlegen.

Anne tat ihr Bestes, ihn davon abzuhalten, aber er war wie ein Jagdhund auf einer Fährte. Innerhalb von drei Tagen hatte er gefunden, was er »ein junges Mädchen aus kleinen Verhältnissen, aber sehr arbeitswillig« nannte.

Diese Beschreibung entsetzte mich, und er fügte entschuldigend hinzu: »Sie heißt anscheinend Ruby.«

Bald holte er das junge Mädchen aus kleinen Verhältnissen, brachte es zu Anne und hoffte sehnsüchtig, dass seine Bemühungen diesmal Erfolg haben würden.

»Ich kann es ihm einfach nicht ins Gesicht sagen, aber sie ist fürchterlich«, vertraute Anne mir eine Woche später an, als sie die Zwillinge von der Schule abholte und mich dabei besuchte. »Sie ist jetzt seit einer Woche bei mir und hat noch kein Mal gebadet. Und einmal hat sie die Kartoffeln trocken geschält und sie gekocht, ohne sie zu waschen. Als der Brei fertig war, hatte er eine dunkelgraue Farbe. Alles in der Küche ist pappig oder fettig und die Handtücher …«

»Kann sie kochen?«

»Ach was«, sagte Anne resigniert. »Einmal brachte sie Tim eine Hammelschulter zum Frühstück, die eine halbe Stunde im Ofen gewesen war. Sie sagte, sie hätte sie für ein Kotelett gehalten. Und du solltest sie bügeln sehen! Sie fährt mit dem Eisen einmal über die Sachen drüber und rollt sie dann zusammen.«

»Was kann sie eigentlich?«

»Mal überlegen«, sagte Anne und kämpfte mit sich, um gerecht zu sein. »Sie spült halt so ab, nur sind die Teller alle schmierig; und sie spielt gerne mit den Kindern. Aber am liebsten geht sie anscheinend hinüber zum Camp und macht Tee für die Männer, die Tim für die Arbeit am Zaun hat.«

Ruby schien also auch kein besonderer Erfolg zu sein; ich war erleichtert, als Anne ein paar Tage später anrief und erzählte, dass Tim sie an diesem Vormittag in den Bus zur Stadt gesetzt hatte.

»Was ist diesmal passiert? Wieder Gin?«

»Nein, getrunken hat sie wenigstens nicht und sie hat auch nichts gestohlen. Aber heute früh ist Tim zufällig um fünf aus dem Haus gegangen, weil er Schafe mustern wollte, und er traf sie, wie sie gerade vom Camp zurückkam. Sie sagte, einer der Männer hätte furchtbar Zahnweh und hätte Trost gebraucht.«

Ich lachte. Das war diskret ausgedrückt. »Was hast du dem Colonel gesagt?«

»Nur, dass wir uns der Verantwortung für sie nicht gewachsen fühlten.«

Was sicherlich ebenso diskret ausgedrückt war.

Obwohl Anne seine Gefühle so weit wie möglich geschont hatte, sah der Colonel recht niedergeschlagen aus, als er und Ursula Larry besuchten. Ich war zufällig auch dort, und wir versuchten ihn zu trösten.

»Es hängt alles so vom Zufall ab, wenn man per Anzeige Hilfe suchen muss«, sagte ich zu ihm. »Manche Leute denken sich gar nichts dabei, wenn sie eine Arbeit annehmen. Sie wollen nur das Geld und haben sowieso nicht vor, länger als ein paar Wochen zu bleiben. Aber es muss doch noch jemand Zuverlässiges zu finden sein!«

»Wohl kaum jemand, der auf einer Farm in den Backblocks Hausarbeit machen will«, sagte Larry. »Man kann das niemandem übel nehmen. Was wird schon geboten außer dem Lohn? Und in einer Fabrik in der Stadt kann man besser verdienen. Es ist nicht nur auf dem Land so, in der Stadt haben sie genau die gleichen Schwierigkeiten. Heutzutage macht niemand gerne Hausarbeit. Ich selbst zum Beispiel auch nicht.«

Die Herausforderung galt Ursula, und sie biss sofort an. Sie warf einen prüfenden Blick auf die Fenster, denen das Putzen nichts geschadet hätte, und sagte: »Aber eine Frau muss die Hausarbeit auf sich nehmen. Es ist ihre Pflicht ihrem Gatten gegenüber. Ein Mann kann mit Recht erwarten, dass sein Haus in Ordnung gehalten wird.«

»Meinen Sie? Sam tut das nicht. Er hat diese Hoffnungen aufgegeben«, entgegnete Larry vergnügt. »Er ist dankbar für drei Mahlzeiten am Tag und ein Paar Socken, an dem die Hunde nicht herumgekaut haben.«

Larry machte bloß Sprüche. Sie ist eine sehr tüchtige Hausfrau, und

Fenster sind eigentlich ihr einziger schwacher Punkt. Und ihre Hunde natürlich. Normalerweise läuft immer ein junger herum, und gerade bearbeitete ein goldiger Neufundländer einen alten Schuh von Sam.

Er war nur für den Hund zum Spielen aufgehoben worden, aber Ursula konnte das nicht wissen. Sie errettete ihn mit der vorwurfsvollen Bemerkung, dass man den Zerstörungstrieb eines Tieres nicht unterstützen dürfe. Sie fuhr fort: »Mich wundert es immer wie die Männer sich mit Schoßhündchen abfinden. Sie müssen ihre Hunde, die für die Arbeit da sind, draußen in Hundehütten halten, und es muss sie verrückt machen zu sehen, wie ein unnützer junger Hund ihre eigenen Sachen kaputt macht.«

Ich sah Larrys Augen aufblitzen. Über sie, über Sam und die Kinder konnte man sagen, was man wollte, aber sie bekam mit großer Wahrscheinlichkeit einen Wutanfall, wenn jemand etwas gegen ihre Hunde sagte. Ich wechselte schleunigst das Thema, was sich noch als verhängnisvoll herausstellen sollte.

»Wenn wir alle zusammen überlegen, dann fällt uns schon jemand ein, der Anne helfen kann, meint ihr nicht auch?«

Und dann passierte etwas Fürchterliches. Ursula Maitland sagte in ihrer direkten Art mit einem lauten, lebhaften Lachen: »Wisst ihr was – wie wäre es mit mir? Mich nützlich machen, wisst ihr, mit zugreifen und auch Tim helfen. Der tut mir richtig Leid. Als ich vor kurzem dort war, kam er müde heim und machte sich tatsächlich wieder an die Arbeit, spülte ab und brachte die Kinder ins Bett.«

Das war zu viel für Larry. »Weil es Anne an diesem Tag nicht gut gegangen ist!«, schnauzte sie Ursula an. »Und warum auch nicht? Es sind genauso seine Kinder und seine Teller übrigens auch. Und auch sein Baby, das in ein paar Wochen kommt. Es ist völlig in Ordnung, dass er mit zugreift.«

Das war ein Ablenkungsmanöver und ich hoffte auf seinen Erfolg. Es wäre schrecklich, wenn Ursula sich in Annes friedlichem kleinen Heim einnistete. Sie würde sie herumkommandieren und hinter Tim herrennen und wie wild arbeiten, um ihm zu zeigen, wie tüchtig eine Frau sein und dabei immer noch gepflegt aussehen kann.

Ich sagte schnell: »Tim hilft ihr ja gerne. Das tut jeder Mann in dieser Situation. Normalerweise kommt Anne ausgezeichnet zurecht, aber im Moment geht es ihr nicht besonders gut.«

Aber es war zu spät. Das Gesicht des Colonels hatte sich aufgehellt, und ich konnte sehen, dass der Gedanke an Ursula als Annes Beistand und Hilfe von seinen Gedanken Besitz ergriffen hatte. Er sagte: »Ursula, meine Liebe, das hat dir der Himmel eingegeben. Unwahrscheinlich lieb von dir. Du spielst also tatsächlich mit dem Gedanken …?«

Wieder dieses Lachen. Es war nicht nur meine Einbildung, dass es wie Pferdegewieher klang. Ich suchte krampfhaft nach einer Möglichkeit, diesen Plan zu vereiteln, der Annes Glück sicher stören würde. Ich sagte: »Selbstverständlich ist es furchtbar liebenswürdig, aber ich glaube, vielleicht …« Und dann fiel mir nicht mehr ein, wie ich den Satz beenden sollte, oder wie ich ihr beibringen könnte, dass Anne von dieser Idee sicher nicht begeistert sei.

Larry begann: »Wisst ihr, eigentlich hab' ich gedacht, dass ich leicht zwei Mal in der Woche zu Anne gehen und ihr beim Waschen und Bügeln und solchen Sachen helfen könnte. Ich würde es wirklich gerne tun … Und Susan sicher auch, nicht wahr?«, wandte sie sich mit einer verzweifelten Bitte an mich.

Aber Ursula beachtete uns überhaupt nicht. »Ich bin glücklich, wenn ich dir damit einen Gefallen tun kann«, strahlte sie den Colonel mit schlecht gespielter Bescheidenheit an. »Ich brauche nicht faul herumzusitzen, wenn ich mich wo nützlich machen kann. Hausarbeit? Dagegen habe ich wirklich nichts. Muss ja oft bei Bekannten aushelfen, wenn die Aufwartefrau nicht kommt. Einfach genug in Annes kleinem Haus, noch dazu sind die Kinder den ganzen Tag in der Schule. Ich konnte nie verstehen, warum Anne sich deshalb so anstellt, dabei hilft Tim ihr doch und er ist so tüchtig.«

Larry holte tief Atem und sah mich an. Ich schüttelte den Kopf. Der Colonel strahlte vor Glück und Erleichterung. Das mussten sie untereinander ausmachen. Es gab nur eine Rettung – Tim zu erwischen und ihm irgendwie klar machen, wie unangenehm das für Anne werden würde. Inzwischen beglückwünschten der Colonel und Ursula einander in einer aufreizenden Weise und als sie sich erhoben, um zu gehen, sagte der alte Mann herzlich: »Ich bin dir außerordentlich dankbar, Ursula. Wie selbstlos von dir. Du bist wirklich freundlich und tüchtig. Ich bin sicher, dass es meinem kleinen Mädchen jetzt gut gehen wird.«

Ursula versuchte wieder, bescheiden auszusehen. »Nicht der Rede wert«, sagte sie abweisend. »Aber ich werde mein Bestes tun, um mich nützlich zu machen.«

Was ich ihr aufs Wort glaubte.

Als sie gegangen waren, wandte sich Larry zu mir und schob mir die ganze Schuld zu. »Warum hast du diese idiotische Bemerkung über ›alle zusammen überlegen‹ gemacht? Und warum hast du es so weit kommen lassen? Siehst du nicht, dass diese Frau in den nächsten beiden Monaten Anne das Leben zur Hölle machen wird?«

»Natürlich sehe ich das – aber was hätte ich machen sollen? Du warst ja auch nicht klüger!«

»Weil du den Kopf geschüttelt hast! Ich wollte gerade sagen, dass Anne davon sicher nicht begeistert wäre, und dass sie und Tim viel besser allein auskommen.«

»Das wäre wirklich taktlos gewesen. Und es hätte einen Krach gegeben.«

»Das wollte ich ja. Nun, es ist passiert. Was machen wir jetzt? Du kennst Anne ja. Sie schluckt alles, bis es ihr dann plötzlich zu viel wird und sie durchdreht. Niemand kann es aushalten, wenn Ursula sich bei ihm nützlich macht – keine Frau, wollte ich sagen – und Anne hat jetzt schon genug von ihr. Susan, wir müssen einfach etwas dagegen tun!«

Ich hatte diesen Satz in den letzten Jahren oft genug gehört, und er brachte für gewöhnlich Schwierigkeiten mit sich. Dieses Mal war ich fest entschlossen, nur mit Tim zu reden und mich weiter nicht einzumischen.

Ich sagte: »Wir können nur versuchen, Tim die Sache klar zu machen. Wenn ich daran denke, wie er mit Mrs. Silver fertig geworden ist, dann weiß er sicher auch Ursula zu nehmen.«

»Da hab' ich wenig Hoffnung. Du weißt selbst, wie vernarrt die Guten in diese großartige Frau sind. Wir können es ja einmal versuchen. Sie arbeiten heute alle drei auf eurem Hof. Gehen wir und reden wir mit Tim.«

Aber es wurde ein vollständiger Reinfall. Dummerweise konnten wir Tim nicht allein erwischen. Die drei Männer tranken gerade in der Küche ihren Tee, als wir kamen, und Sam sagte sofort: »Was gibt's? Ich sehe es Larry an der Nasenspitze an, dass etwas nicht stimmt.«

Larry stürzte sich in den Kampf. »Also, der Colonel und Ursula waren gerade bei uns, und sie haben einen Plan ausgeheckt, der dich interessieren dürfte, Tim.«

»Großer Gott, was hat der alte Knabe denn jetzt schon wieder vor? Noch so eine Ruby?«

Hier beging Larry einen Fehler. Sie sagte: »Nein, schlimmer. Ursula hat sich erboten, zu euch zu kommen und sich nützlich zu machen, wie sie es nennt.«

Alle drei Männer starrten uns an, als wären wir vom Himmel gefallen. Dann sagte Paul: »Aber das ist verdammt nett von ihr. Du hast Glück, Tim.« Und Sam schloss sich an: »Wirklich eine gute Nachricht. Anne ist ihre Sorgen los. Genau das, was man von so einer großartigen Frau erwartet.«

Wir schauten Tim an. Er war unsere letzte Hoffnung. Aber er grinste albern. »Donnerwetter, die Idee ist gut. Mächtig anständig von ihr. Keine Sorgen mehr für Anne. Ursula wird sich um alles kümmern.«

Und Paul gab uns den Rest: »Du wirst ein herrliches Leben haben, Tim. Sie wird sich um Anne kümmern und die Kinder versorgen. Sie wird es dir richtig gemütlich machen. Sie gehört zu den Frauen, die wissen, was Männer schätzen.« Dann fing er meinen wütenden Blick auf und fügte schnell hinzu: »Natürlich geht es hier um Anne. Ursula wird ihr eine große Hilfe sein.«

Ohne ein weiteres Wort drehten Larry und ich uns um und verließen die Küche.

4

Innerhalb von drei Tagen hatte Ursula sich in Annes Haushalt eingerichtet und führte ihn. Anne reagierte wie erwartet und ließ sich nichts anmerken. Sie sagte zu mir am Telefon: »Es ist schrecklich lieb von ihr, Susan«, und es klang wie eine Verteidigung. Ich stimmte hastig zu; es würde für sie noch anstrengend genug werden, da brauchte ich es ihr nicht noch schwerer zu machen.

Und Tim war so ein Dummkopf. Als die drei einmal auf dem Heimweg von Te Rimu hereinschauten, grinste er wie ein Honigkuchenpferd.

»Es geht wunderbar mit Ursula!«, vertraute er mir in der Küche an. »Sie teilt ihre Zeit so großartig ein. Heute früh hing die Wäsche doch tatsächlich schon um acht Uhr auf der Leine, und sie kam heraus, um mir das Schafgatter aufzumachen und die Nachzügler zusammenzutreiben. Sie reitet ausgezeichnet.«

Ich murmelte etwas ins Spülbecken und ärgerte mich. Anne ritt ebenfalls ausgezeichnet, und sie hatte sich immer eifrig bemüht, Tim zu helfen, wenn die Zwillinge ihr Zeit dazu gelassen hatten. Doch musste ich zugeben, dass sie weder Ursulas Reitstil noch eine englische Reitausrüstung besaß.

Tim redete weiter: »Weißt du, sie ist viel bei Jagden geritten und hat angeboten, Sahib das Springen beizubringen. Das wird ein Spaß, wenn er beim Sportfest mitmacht. Selbstverständlich wird sie ihn reiten.«

Selbstverständlich würde sie Annes Pferd reiten und selbstverständlich würde sie gewinnen. Ich war so unvernünftig, mich noch mehr zu ärgern. Sahib war ein temperamentvoller schwarzer Wallach, etwa einen Meter fünfzig hoch, den der Colonel Anfang des Jahres zu einem Preis gekauft hatte, den er nicht verriet, und seiner Tochter geschenkt hatte. Wegen ihrer Schwangerschaft hatte Anne ihn fast nie reiten können, und das tat ihr sehr Leid. Nun würde sie zusehen müssen, wie jemand anderes mit ihrem Pferd einen Sieg erritt – jemand, der das sicher nur seinen eigenen Fähigkeiten zuschreiben würde.

Ich wünschte mir sehr, ein Pferd zu besitzen, das es mit Sahib auf unserem Sportfest in Tiri aufnehmen konnte. Dann hätte ich Larry gebeten, es zu reiten, und Ursula hätte einen gefährlichen Gegner gehabt, denn so gut sie auch ritt, sie hatte doch nicht den Kontakt zu den Pferden wie Larry – diese völlige Übereinstimmung, die Pferd und Reiter eins scheinen lässt. Aber weder Larry noch ich hatten ein Pferd, das beim Wettspringen hätte mitmachen können, nicht einmal bei dem hiesigen Sportfest. Ich sagte gehässig: »Und findet sie auch Zeit, Anne genauso zu helfen wie dir?«

»Natürlich! Deshalb ist sie ja bei uns. Es ist erstaunlich, wie sie sich alles so gut einteilt, dass sie es ohne Schwierigkeiten schafft. Der Colonel sagte erst gestern, dass es doch etwas ganz anderes wäre mit so einer Frau im Haus und dass wir großes Glück hätten.«

Ich konnte mir diese beiden Dummköpfe gut vorstellen, wie sie dasaßen und einander beglückwünschten, und Ursula schnurrte dazu wie eine Katze. Zweifellos musste Anne sich sehr klein und hässlich vorkommen. Aber es ist seltsam, dass auch die besten Männer kein Verständnis dafür haben, wie empfindlich eine Frau sein kann, besonders, wenn sie in wenigen Wochen ein Kind erwartet und höchst unvorteilhaft aussieht. Und die arme Anne sah sich einer sehr schlanken, eleganten Frau gegenüber, die auf alles die passende Antwort wusste und sie auch mit großem Nachdruck gab.

Immerhin hielt Anne es bisher erstaunlich gut aus. Durch ihre natürliche Würde ließ sie sich nie in die Rolle der eifersüchtigen und unvernünftigen Ehefrau drängen. Sie bekräftigte alle meine Höflichkeiten und stimmte zu, dass das Leben nun viel leichter für sie sei, seit Ursula sich nützlich machte. (Wir hatten uns anscheinend alle diesen Ausdruck angewöhnt, und ich hatte ihn schon gründlich satt.)

Der Besuch verlief angenehm. Wie immer kümmerte sich Ursula recht auffällig um Tim und bediente ihn, der es sonst gewohnt war, sich bei uns selbst zu versorgen. »Noch eine Tasse Tee, Tim?« Und ich ließ sie hinauseilen und den Tee holen, wobei sie bemerkte: »Zwei Löffel Zucker, oder? So wichtig für dich, wenn du den ganzen Tag Energie verbrauchst.«

Als sie aufbrachen, bot sie zu meiner Überraschung an, zu fahren.

»Du hast selten Gelegenheit zum Ausspannen. Willst du mit Anne hinten sitzen?«

Tim war etwas verlegen, lehnte aber entschieden ab. Vielleicht konnte Ursula mit Autos nicht so gut umgehen wie mit allem anderen – Frauen immer ausgenommen.

Ursula war offensichtlich verärgert, und ihr Lachen klang gereizt. »Du traust wohl meinen Fahrkünsten nicht ganz. Ich kann dir versichern, dass ich durch ganz England und halb Europa gefahren bin.«

»Das glaube ich dir gerne«, sagte er beschwichtigend. »Aber du musst doch zugeben, dass die Straßen hier bei uns ein wenig anders sind als da drüben?«

Es war ihr unerträglich, dass jemand ihre Fähigkeiten bezweifelte, aber sie nahm sich zusammen. »Ich finde eigentlich nur eure Autos ein bisschen schwer zu handhaben. Ich versuchte es kürzlich mit Pauls, und ich fand die Plackerei mit den Gängen recht ermüdend. Aber daran gewöhnt man sich vermutlich.«

Anne sagte, etwas zu höflich: »Oder die Autos sind zu alt. Die neuen Modelle sind recht einfach zu fahren, aber das hier ist – genau wie Pauls – fünf Jahre alt.«

So wenig es auch war, zeigte es doch deutlich genug, dass ihr diese Frau schon auf die Nerven ging.

Ich ging ins Haus zurück und sagte zu Paul: »Ich verstehe nicht, wie sie das schafft.«

Natürlich meinte ich, wie Ursula es fertig brachte, so reizend zu den Männern zu sein, dass sogar die intelligenten darauf hereinfielen; aber Paul sagte mit einer Wärme, die ich bei ihm nicht gewöhnt war:

»Ja, es ist erstaunlich, wie sie das alles fertig bringt. Anne hat wirklich Glück.«

Als ich am nächsten Tag Larry von Pauls Reaktion erzählte, lachte sie nur: »Typisch. Aber wenn wir uns merken lassen, wie sehr wir uns ärgern, machen wir uns nur lächerlich. Wir werden also Ursulas Loblied immer mitsingen, wenn uns die Männer hören können.«

»Weißt du, dass sie Annes Sahib für das Sportfest trainiert?«

»Ja. Sie reitet gut, aber ich wollte …«

Ich wusste, was Larry wollte – sich ein Pferd wie Sahib leisten können. Aber Sam hatte keine hundert Pfund übrig, um so ein Pferd für seine Frau zu kaufen, und so etwas hätte Larry auch niemals von ihm verlangt. Nichts hätte sie dazu gebracht, auch nur mir gegenüber zuzugeben, dass sie sich ein anderes Pferd gewünscht hätte als ihr braves Pony, das sie seit Jahren ritt.

Wir freuten uns alle auf das Sportfest von Tiri. Die Idee war neu für unsere Gegend, und wir hielten es dieses Jahr erst zum dritten Mal ab. Das Ganze war noch dilettantisch, aber uns gefiel es so. Ein richtiges Provinztreffen mit ein paar Außenseitern, bei dem sich lauter alte Bekannte trafen. Natürlich kamen auch gute Pferde aus anderen Gebieten, aber Tiri war zu abgelegen, um die anzuziehen, die bei den anderen Provinztreffen die Runde machten und die Preise kassierten. Es war zu mühsam, wertvolle und gut trainierte Pferde auf unseren kurvigen Straßen über weite Entfernungen zu transportieren, nur wegen der sehr bescheidenen Preise, die wir uns leisten konnten. Wir waren nur froh darüber und genossen unser anspruchsloses Sportfest so wie es war. In den beiden vergangenen Jahren hatte es im Februar stattgefunden, das war für die Farmer am günstigsten, das Heu war eingeholt, die Lämmer verkauft und das Wetter verhältnismäßig beständig. Aber dieses Jahr mussten wir es in den Dezember legen, denn jeder andere Termin war schon von einem Sportclub aus der Nähe oder einem Kricketspiel oder einem Schulpicknick belegt. Wir fanden das Fest genau am Samstag vor Weihnachten zwar lästig, aber es gab keine andere Möglichkeit.

Ursula würde einen neuen Maßstab in Eleganz setzen, und wenn es ihr gelang, sich mit Sahib zu befreunden, dann würden sie ein eindruckvolles Paar abgeben. Wir unterhielten uns eines Abends darüber, als Tony heimkam, und ich sagte: »Er ist ein prachtvolles Pferd. So etwas gibt es nicht noch einmal in der Gegend, aber natürlich konnte auch nur der Colonel so einen Preis zahlen.«

Das hätte ich nicht sagen sollen. Paul hatte Tony zum Geburtstag ein sehr gutes Pony geschenkt, zu einer Zeit, als sie wegen Norman Craig sehr unglücklich gewesen war. Babette hatte kein Vermögen gekostet, weil wir keines ausgeben konnten, aber wir hatten sie zu einem sehr günstigen Preis bekommen, da ihr früherer Besitzer einen guten Platz für sie suchte. Er hatte sie aufgezogen und war dann sehr enttäuscht gewesen, als er zu schwer für sie war. Außerdem war er in der gleichen Kompanie in Afrika gewesen wie alle unsere Männer. Paul hatte günstig eingekauft und Babette war Tonys wertvollster Besitz.

Paul schaute ein wenig beleidigt, sagte aber nichts, Tony dafür umso mehr.

»Sahib ist überhaupt nicht besser als Babette. Er ist etwas höher, dafür hat Babette einen hübscheren Kopf und einen viel liebenswürdigeren Charakter. Sahib ist scheußlich nervös und reizbar und mag keine Fremden. Die gute Babette stört so etwas gar nicht, sie ist ein vollkommenes Lamm. Ich bin sicher, dass sie genauso gut springen kann, obwohl ich es bisher nur über Baumstämme versucht hab'. Wenn ich nur besser reiten könnte, dann würde ich beim Sportfest mitmachen und vielleicht gegen diese Frau gewinnen.«

Paul war nicht begeistert von der Art, mit der sie über die tüchtige Ursula sprach, die er so bewunderte, und sagte scharf: »Ursula Maitland reitet ausgezeichnet, natürlich im englischen Stil. Du kannst dich unmöglich mit ihr vergleichen. Sie ist in England viel bei Jagden geritten, und diese Engländerinnen kann man schon ihres Stiles wegen nicht schlagen.«

Das sind genau die Bemerkungen, die das Herz jeder Neuseeländerin höher schlagen lassen!

Tony steckte den Anschnauzer widerspruchslos ein, sie hielt nicht viel von ihren Reitkünsten, und Paul fährt einen so selten an, dass wir dann immer nachgeben. Sie sagte: »Ach, ich weiß, dass ich es nicht könnte, und ich mach' mir auch nichts daraus, aber ich hätte so gerne, dass Babette zeigen kann, wie gut sie ist. Könntest nicht du oder Susan sie reiten?«

Ich sagte hastig: »Ich nicht, Tony. Es tut mir Leid, aber ich gehöre nicht zu den gelernten Springreiterinnen.«

Paul sagte freundlich, aber ziemlich uninteressiert: »Mein liebes

Mädchen, du unterschätzt immer deine Reitkünste. Ursula natürlich …«

(»Ursula natürlich …« – Ich hatte mich inzwischen daran gewöhnt, das zu hören.)

»Und wie steht es mit dir, Paul?« Tony wollte unbedingt, dass ihre Babette mitmachte.

Dann fiel mir Larrys Gesicht ein, als sie sagte: »Aber ich wollte …«, und ich hatte die Lösung des Problems. »Tony, würdest du sie Larry leihen? Sie ist nicht schwer, trotz ihrer Größe, und du weißt, wie sie mit Pferden umgehen kann. Wenn jemand auf Babette gewinnen kann, dann sie.«

Tonys Gesicht hellte sich auf. »O Susan, was für eine himmlische Idee! Aber ob Larry das tun wird? Es braucht doch viel Zeit!«

Paul lachte. »Larry nimmt sich die Zeit für sowas, und wenn die Familie von Brot und Wasser leben müsste.«

Das ärgerte mich. Larry hatte zwar ihre eigene zwanglose Art, war aber genauso tüchtig wie Ursula, und ich war so dumm, das zu sagen, und erhielt die Antwort: »Du kannst die beiden nicht vergleichen. Larry wird zwar immer irgendwie fertig. Sie ist sehr klug. Aber sie hasst Routine und Methode, und das muss man haben, um wirklich tüchtig zu sein.«

Ich sandte ein Stoßgebet um Geduld gen Himmel und schwieg. Nur weil Larry damit angibt, dass sie keine Routine mag, und sich weigert, montags zu waschen, und um neun Uhr abends den Küchenboden putzt, wenn es sie packt, meint Paul, sie könne sich ihre Zeit nicht einteilen. Ich hielt es für ungefährlicher, das Gespräch wieder auf die Pferde zu bringen.

»Natürlich müsstest du Babette ganz Larry überlassen. Das bedeutet, dass du sie die Woche über nicht in Tiri haben kannst, aber ich kann dich gut am Montag Morgen hinbringen und am Freitag Abend wieder abholen. Da hab' ich gleich eine gute Ausrede, Tantchen öfter zu besuchen.«

Tony stürzte zum Telefon. »Larry, ich möchte so gerne, dass Babette am Sportfest beim Springen mitmacht. Sie wäre sicher gut. Der Mann, von dem Paul sie gekauft hat, hat es gesagt, aber ich hab' es nur so auf der Koppel ausprobiert und ich reite sowieso nicht gut genug. Würdest du sie trainieren und beim Rennen reiten?«

Die Antwort kam prompt. »Würde ich wohl gerne in den Himmel

kommen? Nur, dass Babette reiten mehr nach meinem Geschmack ist. Ja, ganz klar, Tony, liebend gerne. Aber – wie steht es mit dir? Kannst du sie einen ganzen Monat entbehren?«

»Natürlich. Am Wochenende komm' ich dann immer und schau euch zu. O Larry, glaubst du, sie kann Sahib schlagen?«

»Wir werden verdammt gute Chancen haben. So ein Spaß, Tony, und gerade im richtigen Moment. Ich hab' mich schon so gelangweilt, dass ich mit dem Gedanken spielte, einen Hausputz zu machen. Sam wird dir schrecklich dankbar sein. Er hasst die Putzerei, weil ich immer neue Ideen habe, wie man die Zimmer einrichten könnte, und dann muss er Möbel rücken. Lächerlich, dass ein großer, starker Mann deshalb so ein Theater macht.«

Sam, der gerade im Zimmer war, schnappte sich den Hörer aus der Hand seiner Frau und sagte: »Tony, hör dieser Frau nicht zu. Heute Früh bestand sie darauf, das ganze Schlafzimmer so umzuräumen, dass sie vom Bett aus zum Fenster hinausschauen kann. Als wir fertig waren, entschied sie, dass man so alle kaputten Stellen im Teppich sehen kann und meinte, ich würde doch sicher gerne alles wieder zurückräumen. Dann stellte sie mir noch eine Kommode auf den Fuß. Jetzt werde ich mein ganzes Leben lang hinken. Hausputz ist die Hölle auf Erden. Mir wäre es wesentlich lieber, sie ritte ein halbes Dutzend Pferde im Zirkus.«

»Sie wird keine Zeit mehr für einen Hausputz haben, wenn sie Babette nimmt und ihr das Springen beibringt.«

»Dem Himmel sei Dank. Eine gute Idee, das Pferd beim Sportfest mitmachen zu lassen. Ich hab' gehört, dass Ursula Maitland Sahib trainiert. Gegen ihn hat Babette selbstverständlich keine Chancen, besonders, wenn Ursula ihn reitet. Diese Engländerinnen sind im Geländeritt vielleicht nicht so gut, aber sie verstehen was vom Springen.«

Als Tony mir dieses Glanzstück später wiedergab, fügte sie nachdenklich hinzu: »Ich finde das wirklich komisch. Die Männer mögen Ursula alle so gerne, und doch hat sie nicht geheiratet.«

Ich sagte boshaft: »Jemanden aus der Ferne zu bewundern und seiner Frau als Vorbild hinzustellen, das ist einfach. Mit ihr verheiratet zu sein, das ist etwas anderes.« Und Tony meinte, es müsse nervtötend sein, wenn jemand einen dauernd kritisierte, besonders beim Frühstück.

Sie sagte: »Ein Mann, der sie nicht für großartig hält, ist Colin Manson. Er sagte vor kurzem zu mir, dass eine Frau, die alles zu wissen und zu können glaubt, schrecklich langweilig sei. Überhaupt nicht charmant, sagt er.«

Jetzt wollte ich Ursula plötzlich verteidigen und sagte scharf: »Er ist vermutlich einer von denen, die das Heimchen am Herd schätzen, das zu seinem Herrn und Meister aufblickt und sich ihm fügt.«

Worauf Tony mit Recht erwiderte, dass ich anscheinend schwer zufrieden zu stellen sei. Zwar mochte ich Ursula selbst nicht, aber ich nahm anscheinend an, dass hingegen Colin dazu verpflichtet sei.

Der Grund dafür war, dass Colin in Tonys Leben eine wichtige Rolle zu spielen schien, und ich war so dumm, mich darüber aufzuregen. Letztes Wochenende war er unter dem Vorwand zu unserer Farm gekommen, dass er mit Paul über den Kauf eines Hubschraubers reden wolle, mit dem man Unkrautvertilgungsmittel über die steilen Hügel sprühen konnte. Ob er sich mit Colin und noch ein paar anderen zusammenschließen und an dem Hubschrauber beteiligen wolle? Ich fand das recht unnötig. Er wohnte fünf Meilen weit auf der anderen Seite von Tiri, und dort gab es einige andere erfolgreiche Farmer, die sicher gerne bei dem Unternehmen mitgemacht hätten, ganz zu schweigen vom Colonel und Julian. Aber er erklärte, dass die Anschaffungskosten für die Maschine beträchtlich seien, und je mehr Verwendung man dafür finden könne, desto besser.

Paul war von der Idee begeistert, genau wie Sam und Tim. Unser Grund ist an manchen Stellen sehr steil, und es war fast unmöglich, den Ginster auszurotten, der eindrang und sich schnell und verheerend ausbreitete. Ein Hubschrauber war die beste Lösung. Die Besprechung dauerte so lange, dass Colin zum Essen dablieb und nachher mit Tony über die Farm ritt.

Er war sehr geschickt und lobte alles überschwänglich, als er zurückkam.

»Wunderbar, wie Sie das alles gemacht haben! Sie haben Recht, das ist die beste Methode, mit dem Ginster fertig zu werden. Immerhin haben Sie davon nicht so viel wie ich. Aber mit dem Hubschrauber werden wir ihm schon Herr werden. Ich hielt das für die beste Lösung, wollte aber erst mit jemand so erfahrenem wie Ihnen darüber reden und Ihre Meinung hören. Sie kennen das Land gut.«

Natürlich sagte Paul nachher, er sei ein netter Kerl und habe die richtige Einstellung zur Landwirtschaft. »Nicht einer von diesen Besserwissern, die kommen und meinen, sie könnten uns was erzählen.«

»Es geht doch nichts über neue Gesichter in der Gegend«, sagte ich boshaft, denn unsere drei Männer waren neuen Siedlern gegenüber nie so freundlich gewesen, wie es sich eigentlich gehört hätte. Aber Colin hatte es geschickt angefangen und Tony hatte ihn zweifellos gerne. Seine leichtfertige Einstellung dem Leben gegenüber brachte sie zum Lachen. Wenn sie sich Abwechslung gewünscht hatte, so war ihr die jetzt sicher, denn niemand hätte ein größerer Gegensatz zu Norman Craig sein können.

Ich hoffte, dass nicht mehr dran war, denn meiner Meinung nach war Colin nicht besonders zuverlässig. Außerdem hatte ich gehört, dass er recht erfahren mit Mädchen war. Offensichtlich fand er Tony anziehend, was aber nicht viel bedeutete, denn unser verlorenes kleines Mädchen von vor zwei Jahren schien für Männer nun ziemlich unwiderstehlich zu sein. Er war oft im Supermarkt, wenn ich auch gerade kam, und Tony war vergnügt und flirtete kräftig mit ihm. Aber dann behandelte sie alle anderen genauso und war sich vermutlich klar darüber, dass Colin keine ernsten Absichten hatte. Ich versuchte, mir das einzureden, und Larry mein Unbehagen nicht merken zu lassen.

Tantchen ahnte offensichtlich meine Gedanken, denn sie sagte eines Tages tröstend: »Tony hat viele Verehrer, Susan. Es ist interessant, wie schlecht manche Junggesellen ihren Haushalt plötzlich führen können. Früher haben sie mir einmal in der Woche eine telefonische Bestellung aufgegeben, und jetzt kommen sie jeden Freitag Abend vorbei und brauchen schrecklich viel Zeit zum Einkaufen.«

Ich erzählte ihr von dem Hubschrauber. »Ich weiß, dass die Idee gut ist. Paul wollte es schon lange einmal damit versuchen, aber Colin wird es als Vorwand benützen, sich an unsere Familie anzuschließen.«

Sie schüttelte missbilligend den Kopf. »Also Susan, nehmen Sie sich zusammen. An so was müssen Sie sich gewöhnen. Wenn Sie das stört, dann hätten Sie keine so hübsche Nichte bei sich aufnehmen dürfen.«

Sie wechselte schnell das Thema und fragte, wie Larry mit Babette vorankäme.

»Sie hat sie ja noch nicht lange, aber Sam hat ein paar gute Hindernisse aufgebaut, und Larry ist ganz weg vor Begeisterung. Sie sagt, Babette sei die geborene Springerin und sehr intelligent. Haben Sie eine Ahnung, wie Sahib sich entwickelt?«

»Ursula kam am Samstag auf ihm heruntergeritten und entschuldigte sich furchtbar, weil sie mich am Wochenende störe. Sie sah sehr elegant aus und vermutlich hätte Sahib jedem Pferdefreund gefallen. Er tänzelte umher, aber das störte das Mädchen nicht. Er warf dauernd den Kopf hoch in der ekelhaften Art, wie es Pferde eben tun, aber sie lachte nur darüber und sagte, es sei ein Jammer, dass er an eine so schlechte Reiterin wie Anne vergeudet würde.«

»Das hat sie wirklich gesagt? Typisch für sie. Dabei hat sie Anne kein einziges Mal auf einem Pferd gesehen. Sie haben ihr hoffentlich gründlich die Meinung gesagt?«

»Aber Susan, Sie wissen doch, dass mir das nicht liegt. Ich sagte nur sanft, dass Babys und temperamentvolle Pferde schlecht unter einen Hut zu bringen seien, dass Anne aber später sicher viel Freude an ihm haben würde. Es ist sinnlos, sich mit dieser Frau zu verfeinden. Sie benimmt sich so gut sie kann und sie hilft Anne durch eine schwierige Zeit.«

»Kurz gesagt, sie macht sich nützlich. O ja, ich weiß, sie ist ein Muster von Tugend.« Worauf Tantchen nur antwortete, es sei ein Jammer, dass ich die meine nicht mehr pflegte, und dann mit der Frage ablenkte, ob ich schon gehört hätte, dass Peter Anstruther in ein oder zwei Tagen heimkommen sollte.

»Nein. Ich hab' Julian und Alison seit einiger Zeit nicht mehr gesehen. Sie wird sich freuen, wenn ihr Bruder wieder da ist. Das war eine lange Reise, nicht wahr?«

»Sechs Monate. Er hat es nötig gehabt, nachdem er jahrelang hier angekettet war und seine selbstsüchtige Mutter bedient hat. Es war ein Glück für die beiden, dass sie heiratete, obwohl Sie und Larry ja bei dieser Geschichte die Hände mit im Spiel gehabt haben. Nein, ich will nichts hören. Je weniger ich von eurem Treiben weiß, desto besser.«

Tantchen hatte sich diese Haltung angewöhnt, seit Larry und ich eines Tages das Verbrechen begangen hatten, die Telefonleitung durchzuschneiden, um ein Eingreifen des Colonels bei der Hochzeit von Anne und Tim zu vermeiden. Bis heute hatten wir über diese Affäre weder gesprochen, noch sie Tantchen direkt erzählt. Aber wir waren uns beide ziemlich sicher, dass sie unsere Rolle dabei schon lange ahnte.

Ich sagte schnell: »Ich kenne Peter eigentlich kaum. Komisch, wo wir doch mit Alison so gut befreundet sind, aber er war immer auf der Farm beschäftigt und war ernsthaft und zurückhaltend. Mögen Sie ihn, Tantchen?«

»Sogar sehr. Und Sie werden ihn auch mögen, wenn Sie ihn erst kennen gelernt haben. Ernsthaft? Nun, er albert eben nicht immer herum, wie gewisse Leute. Aber in meinen Augen steigt er deshalb nur umso höher«, und Tantchen bemühte sich um einen strengen Gesichtsausdruck.

An diesem Abend sagte ich zu Paul: »Peter Anstruther soll diese Woche von seiner Reise zurückkommen. Ich bin gespannt, ob er jetzt etwas geselliger ist, nachdem er sich für einige Zeit von seiner Farm losgerissen hat.«

»Gesellig? Vermutlich meinst du damit, dass er zu allen Tanzveranstaltungen und nach Te Rimu rennen soll? Das kann ich mir von Peter nicht vorstellen. Er ist mehr einer von den Zuverlässigen und Ruhigen.«

Aus Pauls Mund war das das höchste Lob. In meinen Augen war es nicht unbedingt eine Empfehlung, und in Larrys auch nicht. Noch weniger sicher in Tonys.

5

Ein oder zwei Tage später rief Tony an: »Susan, ich möchte so gerne, dass die Hochzeit in der Kirche ist!«

»Jetzt ist es also passiert!«, dachte ich niedergeschlagen. Natürlich Colin Manson. Aber was für eine Art, mir das mitzuteilen! Um Zeit zu gewinnen, murmelte ich: »Was hast du gesagt, Tony?«

»Ich hab' gesagt: eine richtige Hochzeit. Standesämter sind scheußlich. Ich hab' zwar noch nie eines gesehen, aber ich bin sicher, dass es dort nur Staub und verkalkte alte Männer gibt.«

Immer noch um Zeit zu gewinnen, sagte ich konfus: »Ich bin auch noch nie in einem gewesen, aber sie sind sicher nicht sehr aufregend.«

»Und letztes Mal war die Trauung nur standesamtlich, also ein Grund mehr, diesmal in der Kirche zu heiraten. Da kann sie nichts an früher erinnern, denn so verrückt es auch klingt, Susan, ich glaub', sie macht sich immer noch viele Sorgen wegen dem schrecklichen Kerl.«

Ich war erleichtert. Sie sprach von Edith Freeman, wie wir sie nannten, obwohl sie von Rechts wegen Edith Bolton hieß.

»Wann heiraten sie denn? Ich dachte, sie wollten sich in aller Stille davonmachen und sich in der Stadt trauen lassen.«

»Das wollten sie auch. Grässlich langweilig. Das macht überhaupt keinen Spaß.«

Irgendwie hatte ich das auch nie von Ediths Hochzeit erwartet. Edith war von ihren traurigen Erfahrungen mitgenommen, und Ted war zwar ein herzensguter Kerl, aber nicht besonders lustig. Sie regten beide nicht sehr zur Fröhlichkeit an. Als ich das zu sagen wagte, war Tony empört.

»Gerade deshalb müssen sie einen richtigen Start haben! Ich hab' Edith erklärt, dass sie ein passendes Kleid haben und im engsten Kreis in unserer kleinen Kirche heiraten müsse. Und hinterher eine ganz kleine Party, irgendwo.«

Ich war ziemlich sicher, dass das »irgendwo« für die ganz kleine Party unser Haus sein würde; und warum eigentlich nicht? Tony sprudelte weiter.

»Gegen die Kirche spricht gar nichts. Schließlich ist ja keiner von beiden geschieden.«

Da Edith nie richtig verheiratet gewesen war, war das nur zu wahr. Wahr war auch, dass sie für all das nichts gekonnt hatte. Ich war überzeugt, dass kein Pfarrer Einspruch erheben würde, am wenigsten unser netter Mr. Mason, den wir nun an Stelle von Norman Craig hatten. Aber ich fragte mich, ob es dem Paar nicht lieber sei, nur aufs Standesamt zu gehen und irgendeinen Trauzeugen zu nehmen.

Tony war über diesen Einwand entrüstet. »Schrecklich! Nein, diesmal soll sie etwas haben, woran sie sich ihr ganzes Leben lang erinnert. Dann wird sie das andere sicher vergessen.«

Tony war wirklich noch recht jung. Edith würde die Vergangenheit wahrscheinlich nie vergessen. Aber Tony war so begeistert, dass ich sie nicht darauf hinweisen wollte. Mir gelang es schließlich zu sagen: »Aber das Kleid? Ist das nicht unnötig, wenn sie so wenig Geld hat?«

Denn Freeman hatte sie nicht nur ohne einen Pfennig Geld sitzen lassen, er hatte auch auf ihren Namen Schulden gemacht, mit deren Abzahlung sie sich herumzuschlagen hatte. Mit Miss Adams Hilfe und dem Beistand eines Rechtsanwalts war es ihr gelungen, die Sache mit fast allen Firmen zu regeln. Nur eine war geldgierig und hatte kein Mitleid, und sie bekam von ihr immer wieder eingeschriebene Briefe. Wenn die kamen, brach sie immer in Tränen aus.

Tony sagte: »Aber sie braucht sich doch keines zu kaufen. Ich hab' genau das Richtige, und wir haben ungefähr die gleiche Figur. Wenn es nicht passt, dann änderst du es doch, Susan, bitte?«

Das war klar, aber ich wollte wissen, an welches Kleid Tony dachte.

»Weißt du, das, das Daddy mir gekauft hat, als wir zur Jahresfeier seiner Firma gegangen sind. Es ist ein reizendes Kleid.«

Das stimmte, aber ich fand es für Edith als Brautkleid nicht passend. Immerhin war sie schon einmal einem Bigamisten zum Opfer gefallen. Ich wagte zu sagen: »Ist das nicht zu anspruchsvoll? Ich finde, Edith braucht etwas Einfacheres.«

»Aber es ist einfach. Solche Kleider sind jetzt Mode. Es ist nur wegen dem Schnitt und der Stickerei so teuer gewesen. Es ist einfach süß, und ich möchte es ihr so gerne schenken. Daddy kann mir ja ein neues kaufen, wenn er mich wieder zu einer Party mitnimmt, und weil er das sowieso für Ewigkeiten nicht mehr tun wird, hat er das erste dann schon längst vergessen.«

»Hast du dir das auch genau überlegt, Tony? Vielleicht brauchst du es doch noch selbst?«

»Sicher nicht. Können wir heute Abend zur Anprobe kommen? Und hast du oder Larry zufällig einen passenden Hut? Ich setze ja nie einen auf, und wenn, dann so einen albernen, der Edith nicht stehen würde.«

Ich sagte, dass Anne sicher etwas für sie hätte, wenn wir keinen fänden, und dass ich mich freuen würde, Tony heute Abend zu sehen. Dann fragte ich: »Wie geht es übrigens deinem Schützling, Caleb Fielder? Hat sich etwas getan?«

»Noch nicht, aber er erwartet jeden Tag, dass er hinausfliegt, der arme Kerl. Ich grüble immer darüber nach, aber ich muss mich jetzt erst um Edith kümmern.«

Ich lachte, als ich den Hörer auflegte. Wenn Tony nicht so jung und hübsch gewesen wäre, dann hätte es uns sicher gestört, dass sie ihre Nase in alles steckte.

Tony hatte erklärt, sie könnten nur ein oder zwei Stunden bleiben, weil im Supermarkt so viel zu tun sei, und fügte vergnügt hinzu: »Nur um schnell zu sehen, ob du es überhaupt ändern musst. Wenn es gar nicht passt, müssen wir natürlich etwas anderes suchen. Larry ist zu groß, aber vielleicht hast du oder Anne …«

Mir wurde klar, dass wir nun alle hineingezogen wurden.

Ich sagte zu Larry: »Eigentlich schäme ich mich, dass ich mich um Ediths Hochzeit nie gekümmert hab'. Es sah so uninteressant aus.«

»Wir sind natürlich schon ein bisschen zu alt, um von Hochzeiten zu schwärmen. Wir haben das Gefühl – wieder ist eine gute Frau in die Falle gegangen.«

Dann sagte sie ernsthaft: »Tony hat Recht und wir sind egoistisch gewesen. Es stimmt, dass Edith uninteressant und ein wenig langweilig ist. Aber Tony schließt alle immer gleich ins Herz. Wir sollten uns ein Beispiel an ihr nehmen. Also los, sorgen wir dafür, dass die Hochzeit ein rauschendes Fest wird.«

Anne sagte fast das Gleiche. »Ich hab' Tony richtig lieb. Sie ist so ungeheuer jung.«

»Mit deinen sechsundzwanzig bist du auch kein Methusalem.«

»Ich fühle mich aber bald so. Viel älter als Ursula. Susan, sieht sie nicht gut aus?«

»Für einen Pferdefreund vielleicht. Aber wie steht es mit einem Hut, Anne?«

»Da find' ich sicher was. Was für eine Farbe hat das Kleid? Dieses entzückende Blaugrün? Tony müsste bildschön damit aussehen.«

»Das glaub' ich auch. Sie hat sicher viel Erfolg gehabt auf Alastairs Party, mit kastanienbraunem Haar, braunen Augen und magnolienfarbener Haut.« Das Kleid war genau richtig für sie. Nicht für Edith Bolton, die unscheinbar war wie eine kleine Maus.

Anne fuhr fort: »Sicher hab' ich irgendwas – vielleicht dieses Ding aus dunklem Stroh, etwas ganz Schlichtes. Er gefiel mir sehr gut, aber Tim nicht, deshalb hab' ich ihn nie aufgehabt. Sag' Tony, sie soll auf dem Weg zu euch hereinschauen, ich werde ein paar Hüte herrichten.«

Larry hatte versprochen, zu kommen und bei der Kleiderprobe zu helfen. Als sie kam, zog sie die wunderschöne Türkiskette heraus, die ihr Onkel Richard zum letzten Geburtstag geschenkt hatte.

»Ich leihe sie ihr. Sie passt genau zum Kleid. Ist es nicht unglaublich, um wie viel schöner Onkel Richards Geschenke geworden sind, seit er Lydia geheiratet hat? Sie waren früher immer so scheußlich. Das Kleid ist wirklich reizend. Am liebsten würde ich ihr die Türkise schenken, aber ich trau' mich nicht, Onkel Richard hat die unangenehme Angewohnheit, seine Geschenke zu überprüfen, wenn er uns besucht. Als wenn ich nicht in Ehren hielte, was ich von ihm bekomme.«

»Das ›in Ehren halten‹ ist mir neu«, sagte ich boshaft und erinnerte sie an den grässlichen Anhänger, den Onkel Richard ihr vor Jahren geschenkt hatte, und den sie einem Juwelier verkauft hatte. Dabei war sie fast erwischt worden, und allein Julians Geistesgegenwart hatte sie gerettet.

Sie überging das mit der Bemerkung, dass das eine alte Geschichte sei und ich lernen müsse, mich von der Vergangenheit zu lösen. Ich brauchte mir keine passende Antwort mehr zu überlegen, denn Tony und die Braut kamen gerade.

Tony stürzte ins Haus, mit einer Hutschachtel in der Hand. »Anne hat uns ein paar zum Aussuchen mitgegeben. Ich bin schon sehr gespannt. Ist das Kleid nicht reizend? Genau das Richtige für Edith, aber sie stellt sich furchtbar an und meint, dass sie es nicht annehmen könne. Bring du ihr bei, Susan, dass ich es einfach nicht mehr haben will.«

Edith blickte unglücklich drein und sie war nur schwer dazu zu überreden, das Kleid auch nur anzuprobieren.

»Aber das geht doch nicht. Es ist viel zu schön. Tony, es ist dein Kleid, genau deine Farbe und dein Stil!«

»Das stimmt nicht, und außerdem gehört es jetzt dir. Mein Hochzeitsgeschenk – mit dem Unterzeug, das dazugehört. Du wirst dich selbst nicht mehr kennen, Edith, wenn wir erst mit dir fertig sind. Keine Widerrede! Willst du für Ted nicht hübsch aussehen?«

»Ja, schon! Ted ist so gut und lieb zu mir. Aber ich kann dir doch nicht dein neues Kleid wegnehmen und ich bin nicht so hübsch wie du.«

»Abwarten!« Und in kürzester Zeit hatte sie ihr das Kleid über den Kopf gestreift und Larry hatte ihr die Kette umgelegt. Die Wirkung war überraschend. Tony hatte Recht gehabt mit der Farbe, sie bewirkte bei Ediths ordentlicher, unauffälliger Erscheinung das, was die Verkäufer »nachhelfen« nennen. Ihre Augen waren von einer unbestimmten Farbe und schienen nun so blaugrün wie das Kleid, und ihr weiches blondes Haar ließ sie sehr zart aussehen. Sie war eine süße kleine Braut, und Ted Stuart würde glücklich sein.

Der Hut passte genau. Anne erzählte mir später, sie sei sich damit sehr schön vorgekommen, aber Tim habe nur einen Blick darauf geworfen und gesagt: »Der ist für die Gartenarbeit, nicht wahr, Liebes?«, und sie hätte sich nie mehr überwinden können, ihn wieder aufzusetzen. »Also bin ich Edith richtig dankbar, dass sie ihn mir abnimmt.«

Als wir Edith angekleidet hatten und Tony ihr das Gesicht flüchtig, aber wirkungsvoll zurecht gemacht hatte, führten wir sie vor den großen Spiegel in meinem Zimmer. Sie starrte ihr Spiegelbild eine ganze Weile an, und dann stieg ihr langsam eine hübsche Röte in die Wangen. Vermutlich kam ihr da zum ersten Mal der Gedanke, dass in dieser Ehe nicht nur Ted der Gebende war.

»Dem Himmel sei Dank, dass wir einen kleinen Funken Selbstvertrauen in ihr entfacht haben«, sagte Larry nachher. »Stell dir nur vor, wenn sie immer geglaubt hätte, ihm dankbar sein zu müssen. Ted wird dankbar sein, wenn er sie durch die Kirche auf sich zukommen sieht.«

»Ich hätte gerne gewusst, was Ted von diesen ganzen Vorbereitungen hielt.«

»Ach, dem ist es recht«, sagte Tony gut gelaunt. »Edith bat mich, es ihm beizubringen, und er wandte nichts ein. Ich hielt die Gelegenheit für günstig, auch gleich von einem neuen Auto zu reden. Er kann es sich leisten, und seine alte Karre würde bei der Hochzeit fürchterlich aussehen.«

»Und ist er damit einverstanden, dass du alle seine Angelegenheiten in die Hand nimmst?« Das war natürlich Paul.

Tony war erstaunt. »Aber Paul, das tu' ich doch gar nicht! Edith ist nur so unglaublich schüchtern. Ich versteh' das gar nicht.«

»Wirklich? Ich schon«, sagte er grimmig, aber Tony sprudelte weiter.

»Dann, als wir über Autos redeten, fragte ich, wohin sie ihre Hochzeitsreise machen würden. Und stellt euch vor, auf diese Idee ist er überhaupt noch nicht gekommen!«

»Aber ich nehme an, du hast ihm auch das beigebracht?«

»Wirklich nicht! Ich hab' nur gesagt, dass das keine richtige Hochzeit wäre, wenn sie dann gleich zum Kühemelken heimgingen. Und wie wäre es mit Caleb?«

»Wie was mit ihm wäre?«, fragte ich verwirrt. »Was hat er damit zu tun?« Sollte Caleb auch noch in diese Hochzeit verwickelt werden?

»Ich hab' gedacht, er könnte so lange auf Teds Farm leben und die Kühe versorgen.«

»Und damit soll Caleb fertig werden? Er wird versuchen, die einen zwei Mal zu melken und die anderen vergessen.«

»Damit hast du nun wirklich nicht Recht, Susan. Ein paar Tage lang versorgt Caleb alles wunderbar. Es wäre ja nicht für so lange, dass er alles durcheinander bringen könnte, und er ist schrecklich nett und lieb zu Tieren. Und außerdem so zuverlässig und vorsichtig. Und es würde ihm gut tun, wenn er dann auch zur Hochzeit kommen könnte …«

In dem Moment lachten Paul und ich laut los, und Paul sagte: »Beim Teufel, du bist eine Gefahr für die Allgemeinheit, Tony. Du wirst bald alles in der Gegend organisieren.«

Tonys hübsche Augen wurden sehr groß, und sie war beleidigt. »So ein Blödsinn, Paul. Ich versuche nie, jemanden herumzukommandieren. Ich mache nur Vorschläge!«

Das nächste Opfer für einen Vorschlag war der Colonel. Nachdem ihm Tony alles über die Hochzeit erzählt hatte, fragte er: »Wie steht es mit einem Empfang nach der Trauung? So nennt man das wohl heutzutage nicht mehr? Ich meine so eine Art Party. Macht man doch für gewöhnlich?«

»Ja. Susan wird sicher eine geben, und wir wohnen nur neun Meilen von Tiri weg.«

Der Colonel wohnte nur drei Meilen weg.

»Warum so weit laufen? Nein, belästigen Sie Susan nicht damit. Die hat genug zu tun. Ich werde ein Wort mit Mrs. Evans reden, sie liebt Partys.«

Mrs. Evans versorgte den Colonel seit dem Tod von Annes Mutter, und sie war mit allem einverstanden, was der Colonel wünschte. Tony sagte hoffnungsvoll: »Es werden sicher nicht viele. Auch wenn alle von uns aus Tiri kommen, sind wir nur etwa zwanzig.« Aber Mrs. Evans meinte gemütlich: »Meine Liebe, Sie leben hier noch nicht so lange wie ich. Wir werden wesentlich mehr als zwanzig Leute sein. Aber Miss Adams hat Kuchen bestellt, und den Rest übernehme ich gerne. Ich mag diese kleine Frau, und es ist eine Schande, wie dieser Freeman sie behandelt hat.«

Tatsächlich rührte sich bei allen plötzlich das Gewissen.

Für Tony gab es jetzt kein Halten mehr. Als sie das nächste Mal heimkam, sagte sie zu mir: »Susan, könntet ihr mir einen Gefallen tun, du und Larry? Edith hat praktisch keine Aussteuer. Ihr ganzes Geld ist für die Rechnungen von dieser Firma draufgegangen. Sie würde sich sicher ungeheuer freuen, wenn sie ein paar nette Sachen zum Anziehen hätte. Stell dir vor, sie hat sich seit einem Jahr kein neues Kleid mehr gekauft«, und Tony, die ein großzügiges Taschengeld von ihrem Vater bekam und außerdem den Lohn, den ihr Miss Adams unbedingt zahlen wollte, machte ein tragisches Gesicht. Sie fuhr fort: »Daddy hat mir einen Scheck geschickt, damit ich allen Weihnachtsgeschenke kaufen kann, aber ihr habt ja beschlossen, das dieses Jahr einzuschränken.«

Klang das wehmütig? Im Grunde war Tony noch in dem Alter, in dem man an Weihnachtsgeschenken viel Freude hatte. Ich sagte unsicher: »Ach, so genau braucht man es nicht zu nehmen. Nur kein umständliches Essen und keine Unmengen von Geschenken für andere Leute.«

»Ich finde die Idee wirklich ausgezeichnet und so bequem. Natürlich werde ich ein paar Leuten in Tiri etwas schenken, die nett zu mir gewesen sind, wie Mick und der Colonel.« (Ich amüsierte mich darüber, wie sie die beiden in einem Atemzug nannte, und hoffte, der Colonel würde sich auch amüsieren.)

Sie redete weiter: »Im Augenblick kann ich nicht nach Te Rimu fahren, weil wir fürchterlich viel zu tun haben, und du und Larry, ihr wisst sowieso besser, was Edith brauchen kann. Könntet ihr bitte Daddys Scheck für eine Aussteuer für Edith nehmen? Ich weiß, dass er es verstehen wird.«

Das würde er sicher nicht. Edith war sicher nicht nach seinem Geschmack. Aber ich musste natürlich zustimmen. Tony wickelte uns einfach alle um den Finger. Doch ich war froh, dass sie nicht selbst fahren konnte. Ich hatte nicht vor, das ganze Geld, das Alastair seiner Tochter geschickt hatte, für eine Ausstattung für Ediths sehr einfaches Farmerleben zu verwenden, und ich wusste, dass Tony Großartiges vorhaben würde.

Ich erwiderte: »Selbstverständlich machen wir das. Schreib uns nur eine Liste von allem, was wir kaufen sollen«, und beschloss im Stillen, ein Wort mit Paul zu reden. Die Hochzeit begann eine Sache von allgemeinem Interesse zu werden, und wir waren immer so stolz darauf gewesen, dass alle in der Gegend so gut zusammenhielten.

Ich sprach mit Larry darüber, und sie war begeistert. »Ganz klar, dass Sam da beisteuert. Schließlich war es nicht die Schuld dieser armen kleinen Frau, dass sie diese Schulden abbezahlen musste, und außerdem geben wir dieses Jahr nichts für Weihnachten oder ein großes Essen oder sowas aus. Viel besser, dafür etwas zu zahlen.«

Paul war der gleichen Meinung. »Natürlich helfe ich. Viel vernünftiger, als einen Haufen Geld für Geschenke auszugeben, die doch niemand will. Die Frau hat ihr Teil hinter sich, wir sollten ihr wirklich helfen.«

Tony brach fast in Tränen aus, als sie von Pauls Scheck hörte. Dann kicherte sie plötzlich. »Wenn der Gute nur wüsste, dass er der Nächste ist, dem ich einen Vorschlag zu machen hab'! Er muss einfach für Edith den Brautvater machen. Es gibt niemanden anderen, der sich breitschlagen ließe, und außerdem sieht Paul so gut aus.«

Das war zu viel für mich. Ich lachte schwach und sagte: »Wenn du das fertig bringst, dann ist dir wirklich nichts unmöglich – aber trotzdem viel Glück!«

Der Bräutigam tat alles, was er von Tony gesagt bekam. Er hatte ein viel moderneres Auto gekauft, mit Caleb ausgemacht, dass er die Farm für drei Tage übernehmen würde, und mit dem Pfarrer gesprochen. Dann war er nach Te Rimu gefahren und hatte einen Ring gekauft, und war nun sehr zufrieden mit sich.

Die Hochzeit sollte schon in einer Woche stattfinden, und Larry und ich fuhren eiligst in die Stadt, um für Edith einzukaufen.

»Und wir können dabei gleich ein paar Kleinigkeiten für Weihnachten besorgen«, sagte sie beiläufig.

»Ich dachte, wir machen dieses Jahr keine Weihnachtseinkäufe.« Larry wich aus. »Ach, nicht direkt Einkäufe. Nur so bei Gelegenheit ein paar Kleinigkeiten.«

»Aber du hast gesagt, dass es sowas dieses Jahr nicht gäbe. Nicht diese Hin-und-her-Schenkerei. Du hast viel darüber geredet, und ich hab' es für abgemacht gehalten.«

»Komm, Susan, ich wollte, du wärst nicht so stur. Man merkt, dass du älter wirst. Du kennst das doch, wie die Leute im letzten Moment noch Geschenke schicken, wenn man schon hofft, dass sie einen endlich vergessen haben.«

»Und das ist genau der richtige Moment, um festzubleiben und nichts zurückzuschicken.«

Larry lenkte ab, wie gewöhnlich. »Du bist komisch, Susan. Du siehst so lieb und freundlich aus, und im Grunde deines Herzens bist du so grausam. Im Prinzip hast du natürlich Recht, aber …«

Das war es. Dieses »aber« erfasste die ganze Lage.

Anne bestand darauf, dass wir unsere Kleinen zu ihr brachten. Als wir widersprachen und sagten, dass sie uns keine Last seien – was restlos gelogen war – ergriff Ursula den Hörer und sagte fröhlich, dass das gut ginge. Sie werde nicht mit Tim auf der Farm draußen arbeiten und könne sich leicht um die Kinder kümmern. Eigentlich habe sie noch nie verstanden, warum man so ein Getue mit Kindern mache. Sie habe nie Schwierigkeiten mit ihnen.

Als ich Larry das erzählte, lachte sie grimmig. »Warte nur, bis sie Patience und Mark einen Tag lang gehütet hat. Dann hält sie uns vielleicht nicht mehr für vollkommen blöd.«

Der Colonel kam extra heraufgefahren, um die Kinder zu holen und uns den Umweg zu ersparen. »Mühe? Keine Rede davon. Sie werden unter Ursulas Obhut wie die Lämmer sein.«

Wir verbrachten einen herrlichen Vormittag und waren sehr zufrieden mit unseren Einkäufen. Wir kauften für Edith ein paar Baumwollkleider und noch ein eleganteres. Dann konnten wir uns in der Wäscheabteilung lange nicht entschließen und nachher kauften wir sogar noch ein Paar hübsche Sandalen und Schuhe für den großen Tag. Das konnten wir, da Tony Edith ihr einziges gutes Paar geklaut und uns als Muster mitgegeben hatte, und sie es glücklicherweise nicht vermisst hatte. Nach Hüten schauten wir gar nicht, Edith würde selten Gelegenheit haben, einen zu tragen, und wir wollten sie schließlich nicht mit Geschenken überhäufen. Es blieb Tony überlassen, ihr alles zu überreichen und sie zur Annahme zu bewegen. Sie würde ihre Sache sicherlich gut machen, auch wenn sie sich nicht ganz an die Wahrheit hielte.

Am Nachmittag feierten wir die Tatsache, dass wir ohne Kinder unterwegs waren. »Da läuft gerade ein Film«, begann Larry, und das genügte schon.

Auf dem Land geht man wenig ins Kino. Larrys und meine Auffassung von Vergnügen entsprechen sich völlig; notwendige Einkäufe, ein exotisches und schwer verdauliches Mittagessen und ein Film. Als er zu Ende war, wankten wir leicht benommen ans Tageslicht hinaus und lechzten nach einer Tasse Tee.

Dann murmelten wir etwas von »Geschenke für die Kinder kaufen« und trennten uns. Es sei so einfach diesmal, erklärten wir einander, da wir nur für sie einzukaufen brauchten. »Mir tun all die armen Teufel Leid, mit langen Listen in der Hand, die sich um Sonderangebote schlagen«, sagte Larry überheblich.

Bald darauf entdeckte ich Larry mitten im Gewühl, sie hatte sich der kämpfenden Menge angeschlossen. Gleich darauf war ich ebenfalls darin untergetaucht und suchte ein Buch für den Colonel aus und eines für Mrs. Evans und eine Krawatte für Mr. Evans. Dann kam Tantchen an die Reihe – wir hätten auch nicht im Traum daran gedacht, ihr nichts zu schenken. Und so ging es weiter, bis ich mir einen Weg durch die Freitagabend-Einkäufer bahnte, hinein in ein großes Warenhaus, das eine riesige Glückwunschabteilung hatte. Besser, ein paar in Reserve zu haben, so für den Fall …

Ich hatte mir fünf Dutzend beiseite gelegt, als ich eine Stimme sagen hörte: »Ich nehme ein paar von diesem Regal«, und ich war nicht überrascht, als ich Larry sah – erhitzt und zerzaust und mit Unmengen von Paketen in der Tasche. Ich schlüpfte hinter ein hohes Regal und sah ihr zu, wie sie in fünf Minuten fünfzehn Schillinge ausgab. Dann verstaute ich meine eigenen Karten tief in der Tasche und gesellte mich zu ihr mit der freundlichen Bemerkung: »Sag bloß, du gibst dich mit diesem altmodischen Kram ab? So eine Geldverschwendung.«

Auf dem Heimweg fingen wir plötzlich zu lachen an. Larry fragte: »Wie viel hast du ausgegeben? Nicht für Edith, mein' ich. Von deinem eigenen Geld für unnötige Weihnachtsgeschenke?«

Wir bekannten es einander und kamen zu dem Schluss, dass dieses Weihnachten zwar ganz einfach, jedoch nicht billig werden würde.

Tony stellte sich ziemlich an, weil wir nicht ihr ganzes Geld für Edith ausgegeben hatten, aber unsere Einkäufe gefielen ihr sehr. Sie sagte: »Alles klappt wie am Schnürchen. Ted hat ein recht anständiges Auto gekauft, und Caleb kann kommen und die Kühe versorgen. Ich glaub', er ist dankbar dafür, denn er hat so Angst davor, plötzlich hinausgeworfen zu werden. Aber etwas ist passiert, was mir nicht recht ist, Susan. Edith liegt so viel daran, dass ich Brautjungfer mache. Ich glaub', ich werd' furchtbar doof aussehen, aber ich werd' schon etwas zum Anziehen finden, und vielleicht sieht es dann mehr nach einer richtigen Hochzeit aus. Sie hat mich so gebeten, dass ich einfach muss.«

»Ich finde die Idee sehr nett«, sagte ich sofort. Dann kam mir ein Gedanke, und ich fragte: »Aber wen nimmt Ted als deinen Herrn? Du brauchst jemanden. Hoffentlich schlägt er nicht Mick O'Connor vor?«

»Das ist schon geregelt«, sagte Tony vergnügt. »Colin war dabei, als wir darüber redeten, und er sagte: ›Sowas mach' ich mit Vergnügen, es macht mir Riesenspaß. Garantiere, dass ich den Ring in der Tasche hab' und mich um die Brautjungfer kümmer'.‹«

Das glaubte ich ihm, aber ich war niedergeschlagen. Hochzeiten sind gefährlich. Sie können ansteckend wirken.

Larry und ich fanden, dass Ursula recht erschöpft aussah, als wir unsere Kinder nach dem Einkaufsbummel einsammelten, und Larry meinte: »Lieber nicht fragen, aber es sieht so aus, als seien die lieben Kleinen doch nicht so lammfromm gewesen, obwohl sie unter Ursulas Obhut gewesen sind.«

Es war auch nicht nötig zu fragen. Ursula rief am nächsten Tag an und sagte, sie hätte gerne ein Wort mit Larry und mir geredet. Das klang bedrohlich. Hatten diese Bälger irgendetwas Schreckliches verbrochen? So schlimm war es jedoch nicht. Ursula wollte uns nur eine Unterweisung geben in der schwierigen Kunst der Kindererziehung.

»Meiner Meinung nach fassen Sie alles ganz falsch an. Die Kinder sind intelligent, und man könnte sie zum Guten beeinflussen.«

Larry sagte sanft, dass wir sie eigentlich selten zu Verbrechen anregten.

»Ich will damit sagen, dass Sie Ihre Intelligenz zu Hilfe nehmen sollten, um der der Kinder immer voraus zu sein.«

Ich warf ein, dass das nur der Teufel könne.

»Sie sollten ihnen immer einen Schritt voraus sein«, fuhr Ursula fort, ohne mich zu beachten. »Immer schon auf die nächste Frage vorbereitet sein, auf das nächste zarte Keimen ihrer Intelligenz gefasst sein. Hoffen Sie nicht einfach das Beste. Gedankenloser Optimismus ist ein Verbrechen in der Kindererziehung!«

Hier stimmten wir so einmütig zu, dass Ursula uns misstrauisch ansah. Aber sie redete eifrig weiter. Wir wurden restlos abgekanzelt. Wir verzogen unsere Kinder nicht nur, wir richteten sie zu Grunde. Sie benötigten intelligente Unnachgiebigkeit – sie wiederholte das Wort »intelligent«. Sie benötigten eine feste, aber zarte Führung. Kurz, sie brauchten kluge und verständige Eltern. »Ich weiß ja, dass Paul und Sam ihr Bestes tun, aber sie sind nicht immer da. Es ist die Pflicht der Frau« … und so weiter.

Sie verließ uns mit der selbstzufriedenen Bemerkung, dass uns wahrscheinlich bisher nur jemand gefehlt habe, der uns diese Dinge klar gemacht hätte. Als sie gegangen war, dauerte es einige Zeit, bis wir unseren Humor wieder gefunden hatten. Erst kochten wir vor Wut. Dann sagte Larry: »Komisch, dass wir das nicht schlucken können. Keine Mutter kann das. Wir sind genauso voreingenommen wie die anderen und vertragen keine Kritik an unseren Kindern, keinen Kommentar zu unseren Methoden. Susan, was täten wir nur, wenn wir sie ernst nehmen wollten!«

Danach war es leicht, die gewohnten Phrasen über alte Jungfern und Kinder anzubringen und zu lachen. Aber wir beschlossen, den Männern nichts davon zu erzählen. Wir fürchteten, dass sie Ursula Recht geben könnten. Ich sagte: »Am besten versuchen wir es jetzt, Paul beizubringen, dass er bei Edith Brautvater machen soll. Die Gelegenheit ist günstig, denn er ist sehr zufrieden mit dem Geld, das er für die ersten fetten Lämmer bekommen hat.«

Tony interessierte sich zuerst brennend für den Erfolg, den er mit den Lämmern gehabt hatte. »Wie gut du das gemacht hast, Paul! Jetzt hab' ich kein so schlechtes Gewissen mehr wegen des Schecks, den du Susan für Ediths Aussteuer gegeben hast.«

»Schlechtes Gewissen? Nicht nötig. Tue alles, was ich kann, um der armen Frau zu helfen.«

»Meinst du das ernst?«

»Wofür hältst du mich eigentlich?«

»Lieber Paul, würdest du dann noch etwas tun? Ihr nicht nur helfen – sondern ihr auch deinen Arm reichen?«

»Was zum Teufel meinst du damit? Was hast du jetzt wieder vor?«

»Schau, irgendwer muss für Edith den Brautvater machen. Jemand, den alle kennen und achten, keiner von den Neuen. Einer von den Alten. Paul, weißt du, keiner könnte das so gut wie du.«

Ich folgte Tonys Ausführungen mit Anerkennung, während das Lächeln vom Gesicht meines Mannes verschwunden war und einem gehetzten Ausdruck Platz gemacht hatte. Er sagte: »Meinen Arm? Meinen Arm reichen? Nein, Tony, ich stolziere nicht durch die Kirche mit einer Braut am Arm. Nicht für dich und auch für sonst niemanden.«

»Nicht für mich, Paul, sondern für Edith. Du hast gesagt, du tätest alles, was du kannst. Siehst du nicht ein, dass das nötig ist, damit auch alle sehen, dass das Vorgefallene nicht ihre Schuld gewesen ist? Wenn du das tust, dann werden das alle begreifen. Von dir hält man so viel hier in der Gegend!«

»Keine Schmeicheleien! Es gibt genug andere Männer. Warum versuchst du es nicht bei denen?«

»Weil du mein Onkel bist und ich stolz auf dich bin.«

In dieser Art ging es weiter. Paul kämpfte verbissen, aber ich konnte sehen, dass Tony gewinnen würde. Paul machte einen letzten verzweifelten Versuch. Er sagte: »Aber mein Anzug ist uralt!«

Jetzt griff ich ein. Seit drei Jahren versuchte ich, Paul dazu zu überreden, sich einen neuen Anzug zu kaufen. Ich sagte: »Dann kauf dir eben einen neuen! Du kannst ihn dir leisten, und du weißt, dass du ihn dringend brauchst. Außerdem geben wir kein Geld für Weihnachtsgeschenke aus, und du kannst also das Geld dafür nehmen, von dem du mir sonst einen neuen Sattel gekauft hättest.«

Paul blickte verärgert. »Dieser ganze Unfug mit den Geschenken«, brummte er, aber ich war mir klar darüber, dass er nur ablenken wollte, und sagte unbeirrt: »Natürlich sollst du das Geld für dich ausgeben und einen neuen Anzug kaufen. Das predige ich schon seit Ewigkeiten.«

Er starrte vor sich hin. Bei der Wahl zwischen diesen beiden Übeln würde er lieber bei der nächstbesten Braut den Brautvater machen, als gezwungen sein, in die Stadt zu fahren und einen neuen Anzug zu kaufen. Mir wurde klar, dass ich meinen privaten Kampf verlieren würde, Tony den ihren aber gewinnen.

Paul sagte: »Was gibt es an meinem Anzug auszusetzen? Ich kauf' mir keinen neuen, das schlagt euch gleich aus dem Kopf.«

Tony warf mir einen bedauernden Blick zu. Sie wusste, dass sie mich jetzt vernichtete, aber es war notwendig. Sie sagte zuckersüß: »Ist auch nicht nötig! Deiner ist wirklich noch gut, und es ist ja nur eine kleine Hochzeit.«

Er blickte sie finster an, und dann musste er wider seinen Willen lachen. »Du bist ein hinterlistiger kleiner Teufel. Wozu nur all das Getue? Man könnte denken, es sei deine Hochzeit.«

6

Sam und Tim brachten viele Gründe vor, warum sie nicht an der Hochzeit teilnehmen könnten. In Wirklichkeit wollten sie sich nur nicht für drei Stunden von ihren Farmen losreißen. Aber Sam änderte seine Meinung, als er hörte, dass Paul für Edith den Brautvater mache, obwohl Tim sich noch an die vergebliche Hoffnung klammerte, dass Anne nicht gehen wolle.

»Zu anstrengend für sie«, erklärte er, aber Larry zerstörte diese Hoffnung.

»Und du glaubst, du kannst zu Hause bleiben und ihr Gesellschaft leisten? Das gibt's nicht. Anne kommt. Sie freut sich darauf, den von dir verschmähten Hut durch das Kirchenschiff segeln zu sehen. Es wird ihr gut tun. Sie braucht Aufmunterung.«

»Das ist mir neu. Sie ist ja nicht allein. Natürlich vermisst sie die Kinder, seit sie in der Schule sind, aber sie hat doch Ursula. Die leistet ihr großartig Gesellschaft.«

»Das weiß ich. Sie macht sich den ganzen Tag nützlich. Wunderbar für Anne. Trotzdem wird die Hochzeit eine nette Abwechslung sein«, setzte Larry hinzu und nahm sich zusammen, um nichts Boshaftes über Ursula zu sagen.

Tim war beleidigt. »Ich wollte die einjährigen Schafe aussondern.«

»Hättest du sowieso nicht gekonnt. Sam und Paul kommen beide zur Hochzeit.«

»Das macht nichts. Ursula hilft mir sehr geschickt.«

Larry schluckte eine Bemerkung hinunter und blickte Tim besorgt an, sagte aber nur: »Das glaub' ich dir, aber Ursula hätte sicher auch ihren Spaß an der Hochzeit und der Party hinterher. Ich nehme nicht an, dass sie schon einmal auf einer Hochzeit in den Backblocks gewesen ist, und noch dazu ist die Braut schon fünf Jahre mit einem Bigamisten verheiratet gewesen.«

Tim meinte, solche Bemerkungen könne sie sich sparen, aber sicherlich würde Ursula bei der Party eine große Hilfe sein, sie sei so gut im Organisieren.

Larry sagte, dass Ursula unentbehrlich sein werde, und ging dann eiligst zu der Frage über, ob ich einverstanden sei, wenn sie den Brautstrauß richte, ihr Garten sei im Moment voll von Blumen. Ich war erleichtert, denn Larry hat eine geschickte Hand mit Blumen. Sie behauptet, jegliche Blumenkunst zu verachten und sie mache die Sträuße sehr schlampig, aber das Ergebnis ist immer wundervoll.

Die Hochzeit sollte am Samstag Vormittag um elf stattfinden, und die Braut kam Freitag Abend mit Tony zu uns. Wir hatten versucht, Tag und Zeit geheim zu halten, aber es war natürlich durchgesickert. Wir würden uns damit abfinden müssen, dass alle zwanzig Einwohner von Tiri kommen würden und dazu noch einige mit Ted befreundete Farmer. Ich fragte mich, wie viele nachher bei der Party auftauchen würden, aber Mrs. Evans würde allem gewachsen sein. Wenn der Colonel die ganze Gegend einlud, dann tat er es in einer großartigen Weise.

Ich erwachte früh, die Sonne strahlte, und ich schlich auf Zehenspitzen hinaus, um mir etwas Tee zu machen. Ich hörte Geräusche aus dem Gastzimmer und klopfte an die Türe. Edith schlüpfte heraus und sah nicht gerade nach einer Braut aus in ihrem unscheinbaren Nachthemd und den Lockenwicklern im Haar. Ich flüsterte, dass ich Tee machen wolle, und sie folgte mir in die Küche, mit einem alten Mantel um die Schultern.

Ich verlor meinen ganzen Optimismus als ich sie genauer betrachtete. Es würde viel Kleinarbeit kosten, sie in die bezaubernde Braut zu verwandeln, die Tony sich wünschte. Außerdem hatte sie offensichtlich die ganze Nacht geweint, statt dankbar zu sein, und das ärgerte mich. Ihre Augen waren rot gerändert und leicht geschwollen.

In der Küche konnten wir uns unterhalten, ohne jemanden aufzuwecken, und ich fragte sie, ob sie schlecht geschlafen habe.

»Eigentlich nicht, aber ich bin früh aufgewacht und bin dagelegen und hab' nachgedacht.« Dann mit plötzlicher Offenheit: »Mrs. Russell, ich hab' Angst!«

Ich sagte all die Dinge, mit denen man für gewöhnlich eine Braut beruhigt; dass sie Ted gut kenne, dass er freundlich und verständnisvoll sei, dass sie sehr glücklich sein werde, und dass die eigentliche Feier schnell vorbei und die Party sehr lustig sein werde.

»Ach! Alle sind so furchtbar lieb gewesen, und es ist wunderbar, aber …« Und dann rollte zu meiner Verwirrung langsam eine Träne ihre Wange hinunter.

Ich tat, als hätte ich nichts gesehen, schenkte ihr eine Tasse starken Tee ein und sagte, wie nett es sei, dass wir so schönes Wetter hätten. Aber sie wollte mir ihr Herz ausschütten, und fuhr fort. »Natürlich war Percy ein Nichtsnutz, und nach den ersten paar Wochen war er nicht einmal mehr nett zu mir. Aber ich fand ihn großartig. Wissen Sie, ich war noch ein Kind und …«

Das kleine dumme Ding trauerte doch sicher nicht dem widerlichen Freeman nach? Ich dachte an den ruhigen, zuverlässigen Ted und ärgerte mich noch mehr. Ich sagte heftig: »Sie haben ja bald herausgefunden, wie er in Wirklichkeit war, und das Beste, was Sie tun können, ist ihn vergessen, Edith.«

»Ich wollte, ich könnte es, aber es fällt einem schwer, wenn man wieder heiratet.«

Das war eine scheußlich verwickelte Sache, aber der Augenblick schien mir nicht geeignet für den Hinweis, dass sie noch nie verheiratet war. »Aber Sie trauern ihm doch sicher nicht nach? Nach all den unglücklichen Jahren und allem, was passiert ist?«

Zu meiner Erleichterung blickte sie mich erstaunt an. »Ihm nachtrauern? Percy nachtrauern? Natürlich nicht. Darum geht es ja gar nicht, Mrs. Russell. Ich hab' nur so Angst!«

»Wovor fürchten Sie sich denn? Sie sollten sich doch sicher und geborgen fühlen.«

»Das werde ich auch – morgen.«

»Warum erst morgen?«

»Sie kennen doch diese Stelle im Gottesdienst ... Ich hab' es gestern Abend gelesen, und deshalb bin ich heute Früh ganz verstört aufgewacht.«

»In einem Hochzeitsgottesdienst ist nichts, was einen erschrecken könnte, wenn man einmal den Entschluss zu dieser Heirat gefasst hat. Und das haben Sie doch?«

»Sicherlich! Ich liebe Ted wirklich. Es ist ganz anders als das, was ich in jenen ersten Tagen für Percy empfunden hab'. Ich war damals noch so jung. Diesmal ist es so ruhig und glücklich.«

Das war immerhin ein Segen. Ich war aber erbittert und fragte scharf: »Was ist denn dann so furchtbar?«

»Sie wissen doch, dass der Geistliche fragt, ob jemand einen Hinderungsgrund weiß, und wenn, so soll er sprechen oder für immer schweigen«, und dann machte sie Anstalten, wieder in Tränen auszubrechen.

»Na und? Es ist doch alles in Ordnung. Es gibt keinen Hinderungsgrund. Es wäre etwas anderes, wenn Sie ... wenn Sie ...«, ich wollte nicht sagen: »... wenn Sie wirklich verheiratet gewesen wären«.

Jetzt sprudelte alles heraus, und ich traute meinen Ohren kaum.

»Ich hab' das komische Gefühl, dass Percy versuchen wird, die Hochzeit zu verhindern. Er selbst war nicht nett zu mir, aber er wurde immer sehr unangenehm, wenn ein anderer Mann mich nur anschaute. Er würde wahnsinnig vor Eifersucht, wenn er wüsste, dass ich Ted heirate, und dass es eine richtige Hochzeit mit allem Drum und Dran ist.«

»Und was macht das? Er kann es überhaupt nicht wissen, und selbst wenn ... Er könnte nichts dagegen tun. Außerdem ist er nicht hier. Wahrscheinlich ist er in Südamerika, von dort haben wir das letzte Mal von ihm gehört.«

»Aber – sind Sie wirklich so sicher? Sie wissen, wie gerissen Percy immer gewesen ist. Vielleicht ist er zurückgekommen, ohne dass irgendwer es nur ahnt.«

»Sicher nicht. Er wird nie mehr nach Neuseeland zurückkommen, weil er vor der Polizei Angst hat. Um Himmels willen, Edith, reißen Sie sich zusammen. Ihnen sind nur die Nerven durchgegangen. Freeman ist und bleibt verschwunden. Verschwunden, als sei er tot, was übrigens durchaus möglich ist, nach allem, was wir wissen. Vergessen Sie ihn. Schlagen Sie sich solche dummen Gedanken aus dem Kopf.«

Aber sie schaute immer noch wie eine verschreckte Maus, und sie sagte nur: »Jetzt fühle ich mich besser, Mrs. Russell; Sie sind schrecklich lieb zu mir. Ich weiß, dass es albern ist, aber ich werde mich erst beruhigen, wenn die Stelle im Gottesdienst vorbei ist.«

»Wenn Sie sich aufregen, werden Sie überhaupt keine hübsche Braut sein. Stellen Sie sich nur Tonys Enttäuschung vor!«

Das wirkte anscheinend. Sie putzte sich entschlossen die Nase und sagte: »Gut, ich werd' es versuchen, solange nichts passiert«, und da tauchte Tony auf, verschlafen und zerzaust und sehr hübsch, und ich war erleichtert.

»Ist das Wetter nicht wunderbar? Wie auf Bestellung. Alles klappt sicher ganz großartig, Edith. Ich bin froh, dass du daran gedacht hast, die Lockenwickler drinzubehalten, Larry und ich werden dir eine leicht gewellte Frisur machen. Das ist zwar nicht gerade Mode, aber es steht dir sicher glänzend«, und sie ging zum Schrank, um sich eine Tasse zu holen.

Ich ergriff die Gelegenheit, Edith eindringlich zuzuflüstern: »Kein Wort davon zu Tony! Verderben Sie ihr nicht den Spaß!«, und ich war erleichtert, als die dumme kleine Frau mit dem Kopf nickte.

Tony schwatzte, als sie sich den Tee einschenkte. »Als ich weg war, und alle so moderne, schlichte Frisuren hatten, überlegte ich mir, ob ich mir nicht aus meinen Haaren die Locken herausmachen lassen sollte, Aber Daddy war von dieser Idee offensichtlich wenig begeistert.«

»Das bin ich auch nicht«, sagte ich scharf, ich ließ meinen Ärger an Tony aus. »Ich wäre wütend geworden, wenn du beim Heimkommen wie ein Scotch Terrier durch glatte Strähnen geblinzelt hättest. Du weißt gar nicht, was du für ein Glück mit deinen Haaren hast. Ist dein Kleid gebügelt?«

»Kaum. Es ist noch genau so, wie ich es nach dem Ausflug mit Daddy ausgepackt hab', aber diese neuen Sachen knittern nicht, und außerdem ist es mir egal, wie ich ausseh'.«

»Trotzdem wäre es mir lieber, dein Kleid würde nicht aussehen, als hättest du darin geschlafen«, sagte ich und wünschte, dass Tony das reizende Kleid anziehen könnte, das sie der Braut geschenkt hatte. Das Kleid, das sie jetzt anziehen wollte, war hübsch, aber mit dem anderen nicht zu vergleichen. Aber dann überlegte ich mir, dass sie ja die Braut nicht ausstechen sollte, und wenn Colin Manson sie gar zu bezaubernd fand, dann könnte er von den Ereignissen mitgerissen werden und ihr auf der Stelle einen Heiratsantrag machen – wenn er das überhaupt vorhatte. Ich hatte Klatsch über Colin gehört, und da war sicher etwas Wahres dran, aber, wie gesagt, die Stimmung bei Hochzeiten kann ansteckend wirken.

Larry kam nach dem Frühstück und hatte den sorgfältig in einen Pappkarton verpackten Brautstrauß dabei. Er war wunderschön und sehr schlicht und passte ausgezeichnet zu dem entzückenden Kleid. Larry hatte vor, Tony zu helfen bei ihren energischen Anstrengungen, die Braut zu verschönern, und ich überließ ihnen das und versuchte, unsere vier Kinder im Auge zu behalten.

Als die Hochzeit auf den Samstag festgelegt wurde, wegen Tony und Miss Adams, sagten Larry und ich wie aus einem Mund: »O weh, dann müssen die Kinder dabei sein!« Und Tony antwortete strahlend: »Ja, ist das nicht reizend? Es wird lustig sein mit ihnen.«

Larry und ich merkten, dass wir zustimmen mussten. Aber der Gedanke, dass alle sechs Kinder, unsere vier und Annes zwei, bei der Trauung von Edith und Ted dabei sein würden, ließ uns Böses ahnen. Sie würden sicherlich etwas anstellen, wenn wir sie nicht trennten.

Larry hatte ihre zwei nun mitgebracht und entschuldigte sich: »Ich konnte nicht anders, Sam ist noch draußen auf der Farm. Ich hab' ihre Kleidchen für die Hochzeit in diesen Koffer gepackt, also können sie in der Zwischenzeit machen, was sie wollen.«

Der Meinung war ich nicht, vielleicht würde sich eines ein Bein brechen oder ertrinken, und so machte ich mich ein paar Mal auf die Suche nach ihnen, während Larry und Tony die Braut schön machten. Beim ersten Mal holte ich sie von ihren Ponys herunter, die sie gefangen und gesattelt hatten. Das zweite Mal sammelte ich sie vom Stalldach herunter, wo sie eben einen Kriegstanz aufführten, den sie von ihren kleinen Schulfreunden gelernt hatten. Dann glaubte ich, sie spielten Indianer in der alten Hütte, und ließ sie zu lange allein. Ich kam gerade noch rechtzeitig, um die Katastrophe zu verhindern. Sie hatten sich ein paar Schiffchen aus Rinde gebaut und ließen sie schwimmen – und waren zum einzigen tiefen Tümpel gegangen, strikt verbotenes Gebiet, über dessen Rand sie nun aufgeregt hingen.

Ich brachte sie zum Haus zurück und schimpfte den ganzen Weg lang. Christopher bemerkte, dass ich heute eine grässliche Spielverderberin sei, und Christina, seine treue Verbündete, beklagte sich, dass sie eine Hochzeit für einen Spaß gehalten habe, bei dem nicht alles, was man gerne täte, verboten war.

Als ich zum Haus zurückkam läutete das Telefon und ich hörte Ted Stuarts aufgeregte Stimme: »Hallo, Mrs. Russell?«

Edith musste mich angesteckt haben, als sie vorhin die Nerven verloren hatte, denn ich befürchtete das Schlimmste. Er war hörbar beunruhigt. Was war passiert? Natürlich war es unmöglich, dass es etwas mit Percy Freeman zu tun hatte, aber trotzdem …

»Es geht um Trilby, Mrs. Russell.«

Trilby? Ich forschte in meinem Gedächtnis vergeblich nach einer Trilby. War es möglich, dass diese Frau zu Teds Vergangenheit gehörte? Aber er sah so aus, als hätte er nie eine Vergangenheit gehabt, abgesehen natürlich von seiner höchst ehrbaren und glücklichen Ehe.

»Wissen Sie, sie hat angefangen und ich kann sie nicht allein lassen.«

»Angefangen?« Das war ja schrecklich. Nicht Percy, sondern Trilby würde die Hochzeit vereiteln.

»Wissen Sie, es sieht so aus, als könnte sie Schwierigkeiten beim Kalben haben und …«

Ich musste mich sehr zusammennehmen, um nicht vor Erleichterung zu lachen. Trilby war offensichtlich eine Kuh, und sie hatte sich diesen unpassenden Zeitpunkt zum Kalben ausgesucht. Ich murmelte etwas, was hoffentlich mitfühlend und nicht nur albern klang, und er sprach weiter: »Wissen Sie, sie ist meine beste Kuh. Caleb ist ja ein guter Kerl, aber wenn etwas schief geht, wird er nie damit fertig werden und …«

Das klang so verzweifelt, dass ich möglichst freundlich sagte: »Das tut mir Leid, Ted. Aber was wollen Sie tun? Es wäre nicht schön, Edith warten zu lassen, meinen Sie nicht auch? Sie würde sich schrecklich aufregen.«

Denn der Gedanke war für mich zu entsetzlich, Ediths sowieso schon angegriffene Nerven zu beruhigen, während er Trilby versorgte.

Er sagte: »Ich weiß, Mrs. Russell. Es ist wirklich nicht schön, aber vielleicht wird sie rechtzeitig fertig. Ich hab' Mr. Mason angerufen. Er war sehr verständnisvoll und weiß für einen Pfarrer viel über Kühe. Er sagte, wenn das Kalb bis halb elf nicht da wäre, sollte ich ihn wieder anrufen, und Sie sollte ich bitten, Edith bei sich zu behalten, bis ich kommen kann.«

Das war alles recht merkwürdig, aber ich lebte schon lange genug auf dem Land, um mir über die Bedeutung von Kühen im Klaren zu sein, und so sagte ich: »Also gut, wir müssen eben hoffen, dass sie es vorher schafft. Ich werd' es Edith beibringen, und Sie können mich anrufen, sobald Sie wissen, wann Sie Trilby allein lassen und in die Kirche kommen können.«

Dann ging ich ins Schlafzimmer, um es Edith zu berichten. Ich begann: »Ted hat gerade angerufen. Es tut ihm furchtbar Leid, aber …« So hätte ich nicht anfangen sollen. Es klang schrecklich, Tony schnappte nach Luft, und Larry sah erschreckt auf. Und Edith wandte sich mir vom Spiegel zu und flüsterte: »Ist es … ist es Percy? O Mrs. Russell, ich hab' gewusst, dass es so kommen würde.«

Ich dachte: »Jetzt wird sie hysterisch!«, und sagte scharf: »Blödsinn! Wie können Sie nur so dumm sein, Edith! Es ist nur Trilby.«

Ich hatte keine Zeit für Erklärungen, aber ihr Gesicht hellte sich auf. Offensichtlich wusste sie über Trilby Bescheid, denn sie sagte: »Oh, hat sie angefangen? Armer Ted.«

Larry und Tony schauten völlig verständnislos, waren aber erleichtert über Ediths Ton. Ich sagte zu ihnen: »Trilby ist Teds beste Kuh, und sie kriegt heute Vormittag ein Kalb, und er will sie nicht allein lassen, weil es wahrscheinlich nicht glatt gehen wird. Er kommt vielleicht ein bisschen zu spät.«

Tony ließ sich auf einen Stuhl fallen, und Larry fing zu lachen an, aber die Braut war wieder vollkommen glücklich. Offensichtlich war sie nicht eifersüchtig auf Trilby, denn sie sagte: »Gott sei Dank, dass das alles ist. Nicht, dass Trilby unwichtig wäre, aber einen Moment lang hab' ich geglaubt …« Dann fing sie meinen drohenden Blick auf, brach plötzlich ab und sagte: »Ted tut mir Leid. Er wird sich aufregen«, was ich unerwartet vernünftig und verständnisvoll fand. Edith würde mit Ted und seinen Kühen ausgezeichnet auskommen.

Als Larry und ich später allein waren, sagte sie: »Was war denn eigentlich los? Warum ist Edith so erschrocken? Hat sie gedacht, Ted hätte sie sitzen lassen wollen?«

»Ob du's glaubst oder nicht – sie hat Angst vor Freeman.«

»Freeman? Aber wieso denn?«

»Ich weiß nicht. Sie übrigens auch nicht. Aber sie glaubt, dass er durch irgendwelche mysteriösen Umstände in dem Moment auftaucht, in dem der Pfarrer sagt: ›Sprich jetzt, oder schweige für immer!‹«

»Ich hab' nicht gedacht, dass Edith so ein Gefühl für Dramatik hat. Es ist auch eine aufregende Stelle. Ich hoff' immer noch, dass einmal plötzlich jemand auftaucht und sagt: ›Ich spreche!‹, oder was man eben sagen würde.« Dann schämte sie sich. »Natürlich nicht heute. Als ob Freeman das könnte. Edith spinnt ja ein bisschen.«

»Bräute sind oft hysterisch. Sie wird es schon überstehen. Hoffentlich kommt Ted rechtzeitig. Hast du schon jemals gehört, dass ein Bräutigam wegen einer Kuh zu spät gekommen ist?«

»Nicht wegen einer vierbeinigen. Ach, ich würde mich nicht aufregen. Er schafft es bestimmt.«

Und er schaffte es. Kurz vor halb elf rief er an und seine Stimme klang aufgeregt. »Alles in Ordnung, Mrs. Russell. Das Kalb ist da. Eine Tochter! Ziemlich klein, aber es geht ihr gut, und Trilby auch. Ich zieh' mich jetzt sofort um. Ich komm' nicht später als elf Uhr. Aber wegen Caleb tut es mir Leid. Er will Trilby nicht allein lassen. Tony wird enttäuscht sein. Sie wollte ihn so gerne bei der Hochzeit dabei haben.«

Ich wies ihn nicht darauf hin, dass es immerhin seine und Ediths Hochzeit sei, nicht Tonys. Dann beeilte ich mich, der Braut die gute Nachricht zu überbringen.

Sie war fertig, und der Erfolg von Larrys und Tonys Bemühungen war überraschend. Nichts erinnerte mehr an das verschüchterte Wesen mit den roten Augen, das heute früh am Küchentisch gehockt war und von Percy Freeman geredet hatte, der auftauchen und die Hochzeit verbieten würde. Sie war wie verwandelt. Ich stand einen Augenblick nur da und schaute sie an, bevor ich ihnen erzählte, dass Trilby ihnen den Gefallen getan hatte.

Sie hatten eine sehr hübsche Braut aus ihr gemacht, ihr etwas langweiliges blondes Haar hübsch frisiert und einen Hauch von Rouge auf ihre blassen Wangen getupft. Ihre Augen glänzten vor Aufregung, und sie gefiel sich so gut mit dem dezenten und sorgfältigen Make-up, dass das traurige Geschöpf, das wir als Mrs. Freeman kannten, sich in eine sehr anziehende Braut verwandelt hatte, so jung und hübsch, dass sogar die gefühlvolle Tony damit zufrieden war.

Ich hatte die Kinder angezogen, und sie standen bewundernd um sie herum. Christina, die nun alt genug für romantische Gefühle war, sagte: »O-o-oh. Wie hübsch sie ist!«, und Patience, die ihre Meinung wie immer teilte, bemerkte weniger taktvoll: »Kommt vom Kleid; und die Backen sind rot angemalt.« Christopher und Mark fragten mit männlicher Ungeduld, wann wir losführen, und ob wir genug von dem Papierzeug hätten, das sie in Unmengen werfen wollten, sobald wir draußen vor der Kirche wären.

Dann erschien Paul mit düsterem Gesicht, weil er an einem so schönen Tag um elf Uhr vormittags einen Anzug anziehen musste, und nahm Edith und mich und eine Ladung Kinder mit, während Tony mit Larry und dem Rest fuhr. Wir hatten sie sorgfältig getrennt und planten, sie in der Kirche in sicherem Abstand voneinander zu halten.

Ich hatte Recht damit gehabt, dass viele Leute die Trauung sehen wollten. Es waren mindestens fünfzig da. In den beiden vordersten Bänken saß unsere Prominenz: der Colonel mit Anne, Tim und Miss Adams, hinter ihnen Julian, Alison und Sam. Ich war erleichtert, als ich sah, dass Anne die Zwillinge gut im Auge hatte und Julian anscheinend noch von hinten aufpasste. Im ersten Moment erkannte ich den Vierten in der Bank nicht; dann gab es mir einen Ruck, denn es war Peter Anstruther, zurück von seiner Weltreise, und ich staunte, dass er sich bei einer Festlichkeit sehen ließ. Er sah sympathisch aus – groß, wie seine Schwester, aber dunkel, mit einem eckigen ernsten Gesicht. Ich hoffte, dass wir ihn nun öfters treffen würden; früher hatten wir ihn kaum gekannt, denn er war immer auf der Farm beschäftigt gewesen oder hatte sich um seine anspruchsvolle Mutter gekümmert.

Die Kirche war ziemlich voll, es waren noch einige Farmer da, die mit Ted befreundet waren, und alle Einwohner von Tiri. Durch die offene Türe des Gemeindesaals warf ich einen flüchtigen Blick auf den Bräutigam, der recht blass aussah und sich sichtlich unbehaglich fühlte in seinem besten dunkelblauen Anzug, der ein bisschen zu eng war. Er war altmodisch, und mir kam der Gedanke, dass er ihn wahrscheinlich das letzte Mal vor fünf Jahren getragen hatte, bei der Beerdigung seiner Frau. Ich verscheuchte eiligst diese makabre Idee und blickte schnell zu Colin hinüber, der sehr gut aussah und der sich offenbar bei der Sache ausgezeichnet unterhielt.

Für diese Beobachtungen hatte ich nur eine Minute gebraucht, aber das war schon zu lange gewesen. Ich schaute mich nach den Kindern um und sah sie gerade noch durch die Türe des Gemeindesaals entwischen, wobei sie fast den Pfarrer umgerannt hätten. Ich schnappte nach Luft und drehte mich zu Larry um. »Warum hast du nicht aufgepasst?«, flüsterte ich und sah, dass sie mit dem Lachen kämpfte. »Du hast's ja auch nicht!«, flüsterte sie amüsiert zurück. »Aber schau doch nur!«

Wir standen im Vorraum und hatten einen guten Blick über die ganze Kirche, waren aber zu weit weg, um einzugreifen. Es war sowieso schon zu spät. Vermutlich hatte Anne der plötzliche Einmarsch durch die Türe des Gemeindesaals ebenfalls überrascht, oder etwas anderes hatte sie für einen Moment abgelenkt. Dieser Moment hatte genügt. Auf eine unfassbare Weise waren aus den vier Kindern nun sechs geworden, da die Zwillinge von der Seite ihrer Wächter geflohen und unter den einfachen Bänken durchgeschlüpft waren – wir hatten uns bisher für unsere kleine Kirche noch keine besseren leisten können – und sich auf einer leeren Bank weiter hinten zu ihren Freunden gesellt hatten. Die Bande war nun vollständig und würde sicher Unheil anrichten.

Ich sagte zu Larry: »Wir müssen etwas tun – sie zurückholen und fest halten!« Aber es war zu spät. In diesem Moment hatte die Frau des Pfarrers auf dem Harmonium »All people that on earth do well« (Alle Menschen, die Gutes tun auf Erden) angestimmt, die Gemeinde hatte sich erhoben, und Ted, Colin Manson und der Pfarrer hatten ihre Plätze eingenommen. Wir konnten uns nicht mehr um unsere Kinder kümmern, ohne unziemliches Aufsehen zu erregen.

Inzwischen hatte Paul die Braut fest am Arm, Tony stand an ihrem Platz, und wir standen im Weg. Larry fand noch Zeit, Paul zuzuflüstern: »Immer schön langsam! Das ist weder ein Fußballspiel noch ein Wettrennen.«

Er warf ihr einen vernichtenden Blick zu, als wir in eine Bank hinten in der Kirche schlüpften, befolgte aber ihren Rat und glich seine großen Schritte Ediths kleinen an. Es war sehr eindrucksvoll, als sie zusammen die Kirche betraten, und ich war stolz auf alle drei.

Einige der Gemeinde drehten sich um, um die Braut zum Altar schreiten zu sehen. Ihr Erscheinen war eine Sensation. Eine Frau, die vor mir saß, murmelte: »Sie ist wirklich hübsch«, und ein kleines Kind sagte laut: »Das ist nicht Mrs. Freeman«. Ich weiß nicht, ob der Bräutigam diese Bemerkung auch gehört hatte, aber er wandte sich mit sichtlichem Unbehagen um, und ich sah ihn hochfahren. Seine Augen wurden immer größer, sein Mund öffnete sich, und ich befürchtete schon, er würde sagen, dass das wirklich nicht seine Edith sei. Nachdem er sie aber kurz angestarrt hatte, begann er über's ganze Gesicht zu strahlen, und seine Augen blickten triumphierend. Zu meinem Entzücken sah ich ihn mit einem warmen Lächeln zu ihr hinunterschauen und dann seine Hand ausstrecken und ihre kleine Hand in seine riesige nehmen. Wenn ich wegen unserer verflixten Kinder nicht so beunruhigt gewesen wäre, und wenn ich nicht Larrys prüfenden Blick gespürt hätte, dann hätte ich eine stille Träne vergießen können beim Anblick ihres Glücks.

Alles klappte wunderbar. Paul strahlte vor Wohlwollen, und niemand hätte den Kampf ahnen können, den wir mit ihm ausgefochten hatten. Tony sah bezaubernd aus in ihrem zweitbesten Kleid, und Colin Manson stand sehr dekorativ da und schielte immer wieder zu Tony hinüber, was ich ziemlich unnötig fand.

Aber die kleine Braut stellte alles in den Schatten, wie es nur recht und billig war. Sie sah verschüchtert aus und klammerte sich fest an Teds Hand, aber in ihrem Gesicht lag ein so großes Vertrauen, als sie zu ihm aufblickte, dass ich Mick O'Connor zustimmen musste, als er laut hörbar murmelte. »Richtig glücklich wird sie diesmal werden. Nicht wie mit dem Schweinehund von Freeman.« Er war in einer sehr sentimentalen Stimmung, wie immer, wenn er leicht betrunken war. Ich sagte mir dankbar, dass sie nun endlich diese unglückliche Vergangenheit vergessen würde und auch den Mann, der ihr das Leben so schwer gemacht hatte.

Unser Pfarrer war der richtige Mann für dieses Ereignis, nicht zu kühl oder offiziell, sondern wohl wollend und von einer warmen Menschlichkeit. Er lächelte den beiden ermutigend zu und sprach die Worte des Gottesdienstes mit so viel Würde und Gefühl, dass wir alle beeindruckt waren.

Alle – außer den sechs Kindern. Ich hatte bemerkt, dass sie flüsterten und versuchten, das Brautpaar besser zu sehen, und es war mir geglückt, Christophers umherwandernden Blick zu erhaschen und wild den Kopf zu schütteln. Ich sah, wie Paul sich einmal umdrehte und Patience sich hinter die Bank duckte, als der strenge Blick ihres Vaters sie traf, und hoffte, dass wir sie damit gebändigt hätten. Aber dann drückte Larry meinen Arm, und ich schaute zwischen den Leuten durch, die vor uns saßen, zu der Bank, in der die Kinder sich niedergelassen hatten, vorsichtshalber in sicherem Abstand von uns allen.

Zu meiner Bestürzung sah ich, dass ihnen ihre Aussicht endgültig zu schlecht geworden war, und sie auf ihre Bank hinaufgeklettert waren. Ich flüsterte Larry verzweifelt zu: »Tu doch was! Sie wird umkippen!«

Larry schüttelte den Kopf. »Wir können jetzt nicht stören. Wir können nur hoffen«, und ich bereute bitter, dass ich die Bande nicht direkt unter den Augen des Pfarrers getrennt hatte.

Mr. Mason blickte flüchtig zu dem Haufen aufgeregter Kinder hinüber, ließ sich aber nicht stören. Jetzt war der dramatische Augenblick erreicht, vor dem Edith sich so gefürchtet hatte – »So jemand einen Hinderungsgrund weiß« – und so weiter. Er machte eine wirkungsvolle Pause, und einen Moment lang hörte man keinen Muckser in der Kirche, sodass ich schon glaubte, das Herz der dummen kleinen Braut klopfen zu hören.

Und dann passierte es. Ein lautes Krachen, ein Kreischen, ein Stimmengewirr. Der Pfarrer unterbrach sich und blickte strafend auf die Gemeinde. Ted wandte sich erschrocken und blass um, und ich sah, wie Edith zusammenzuckte und nach seinem Arm griff. »Und jetzt fällt sie in Ohnmacht«, hörte ich mich zu meinem Entsetzen laut sagen.

Aber niemand hatte mich gehört, das Durcheinander war viel zu groß. Das Unvermeidliche war geschehen. Die sechs Kinder, die sich um einen guten Platz gedrängt und nach vorne gelehnt hatten, hatten die Bank zum Kippen gebracht und sie war noch auf sie drauf gefallen. Sie krochen nun darunter hervor, und die Leute, die in der Nähe saßen, halfen ihnen aufgeregt.

Niemand war verletzt, aber die Wirkung war ungeheuer. Edith war nicht in Ohnmacht gefallen, aber sie hatte sich umgeschaut und ihr Gesicht hatte für einen Augenblick alle Anmut verloren und war von Angst verzerrt gewesen. Paul, der ganz vorne saß, sprang auf, Sam und Tim drängten sich an den anderen vorbei aus ihren Bänken heraus. Jeder der Väter ergriff seine Sprösslinge und führte sie unnachgiebig an ihre Plätze zurück. Die Kinder waren tatsächlich so entsetzt über ihre Tat, dass sie nicht einmal weinten, wie ich erleichtert feststellte.

Aber die Unruhe hatte auch die Gruppe am Altar erfasst. Ich war glücklich, dass Edith sich wieder gefangen hatte und ruhig dastand. Der Pfarrer wartete und auch Ted hatte seine Haltung wieder gefunden. Aber jetzt trug Colin noch zur allgemeinen Verwirrung bei. Ihm kam plötzlich seine gewohnte Lässigkeit abhanden und er ließ den Ring fallen, den er schon bereitgehalten hatte. Er rollte davon, und ich hörte Tony unterdrückt kichern, als sie sich danach bückte. Im selben Moment beugte Colin sich hastig vor, und sie stießen hart mit den Köpfen zusammen. Diesmal hörte ich Colin unterdrückt lachen, als er sich aufrichtete und seine gelassene Haltung wieder annahm.

Die Krise war vorbei, der Pfarrer fuhr ruhig in seinem Gottesdienst fort. Aber es war nicht verwunderlich, dass Teds Stimme, als er sein Gelübde ablegte, vor Erleichterung so laut war, dass sogar er selbst staunte.

Ich freute mich, dass Ediths Stimme nicht zitterte, und sie ihre Antwort ruhig und fest sprach. Ich glaube, dass dieser Schreck ihre Angst verscheucht hatte und der Geist von Percy Freeman für immer gebannt war.

7

Wenn der Colonel und Mrs. Evans sich entschließen, ein Fest für die ganze Gegend, zu geben, dann steht das Haus jedermann offen. Und alle kommen, von Miss Adams (die der Colonel bedauernd »eine der Unseren« nennt) bis zu Mick O'Connor und vielen kleinen Maorikindern.

Die Party nach Ediths Hochzeit wurde ein toller Erfolg. Die Brautleute waren ganz überwältigt von dem Wirbel, der um sie gemacht wurde. Edith bekam rote Backen und strahlte über's ganze Gesicht, und der Vorfall in der Kirche war vergessen. Ted war blendender Laune, aber sein blauer Anzug war ihm offensichtlich ein wenig unbequem und zu warm. Er verlor kein Wort über den unglücklichen Zwischenfall, jedoch gestand er Tony, dass er sich wegen Trilby große Sorgen mache.

»Das Kalb ist gesund, aber klein. Komisch! Trilby hatte sonst immer solche Prachtexemplare.«

»Regen Sie sich nicht auf, Ted. Es wächst sich sicher zu einer großartigen Kuh aus. Kleine Babys sind später oft die kräftigsten«, sagte Tony und redete wie immer sehr klug daher, ohne etwas davon zu verstehen.

»Haben Sie was dagegen, wenn Edith und ich es nach Ihnen nennen?«, fragte er und strahlte sie plötzlich an und sah genauso glücklich aus wie die Braut. »Schließlich haben Sie diese Idee gehabt.« Er deutete mit seiner großen roten Hand auf die fröhliche Gesellschaft, die sich um das kalte Buffet drängte.

Tony genoss dieses Lob und war sehr mit sich zufrieden. Doch dann sagte sie mit der ihr eigenen Fairness: »Aber nein, Ted. Miss Adams hat den Kuchen gestiftet und Mrs. Evans hat alles andere gemacht. Ist das nicht rührend von ihr?«

Mir gestand Mrs. Evans, dass ihr solche Partys Spaß machten.

»Es kommt ja nicht oft vor, Mrs. Russell, und wir haben noch nie eine Hochzeit im Haus gehabt. Unsere liebe Miss Anne hat ja ganz allein in der Stadt geheiratet.« Ich hatte schon immer vermutet, dass Mrs. Evans über Annes unüberlegten und verzweifelten Schritt traurig gewesen war, weil er sie um die Freude gebracht hatte, eine Hochzeit auszurichten. Sie zögerte einen Moment und sagte dann: »Wie finden Sie, dass sie aussieht? Ein bisschen überanstrengt, nicht? Es wird ihr wohl langsam zu viel?«

Ich konnte mir denken, was Mrs. Evans mit »es« meinte. Sie dachte nicht an den Haushalt und auch nicht an die Zwillinge. Wir blickten einander gedankenvoll an, aber nichts hätte sie dazu gebracht, deutlicher zu werden und sich mit mir oder jemand anderem über die Nichte des Colonels zu unterhalten. Ich sagte leichthin: »Ach, der letzte Monat ist eine scheußliche Zeit. Alles geht einem auf die Nerven. Vielleicht hat Anne ein klein wenig zu viel Geduld. Es ist eine Erleichterung, wenn man sich manchmal gehen lässt.«

»Was ich befürchte ...«, begann sie, führte den Satz aber nicht zu Ende. Doch ihr Blick wanderte zwangsläufig zu Ursula, die sich gewohnt auffällig darum bemühte, dass sich alle bedienten – was sie viel lieber ohne Hilfe getan hätten – und sogar unsere Kinder überredete, sich große Portionen Huhn und Vanilleeis mit hinauszunehmen. Sie hatte wieder einmal alles in ihre Hand genommen, und ich glaube, Mrs. Evans war davon genauso begeistert wie wir anderen.

Aber sie hatte Recht. Anne sah wirklich müde und abgespannt aus. Sie gehörte nicht zu den Frauen – wenn es die überhaupt gibt –, denen das letzte Stadium der Schwangerschaft nichts ausmacht. Sie war zu schmächtig dafür. Ihr liebes rundes Gesicht war schmal geworden und sie sah älter aus als sechsundzwanzig Jahre. Neben ihr wirkte Ursulas bewundernswert schlanke und graziöse Figur besonders vorteilhaft. Mir kam der gehässige Gedanke, dass Ursula dieses unnötig elegante Kleid nur angezogen hatte, um den Unterschied noch stärker zu betonen.

Sie kommandierte alle herum, und ich hörte sie zu Anne sagen: »Komm, du brauchst dich um nichts zu kümmern. Setz' dich hin und überlass' alles mir. Es macht mir großen Spaß, so etwas habe ich noch nie erlebt.« Dann wandte sie sich vertraulich an mich: »Schade, dass Anne darauf bestanden hat zu kommen. Tim hat versucht, es ihr auszureden. Er meinte, ich könne ohne Weiteres ihre Rolle übernehmen«, und in dieser Meinung wurde sie noch vom Colonel bestärkt, der laut sagte: »Weiß nicht, was wir ohne dich täten, meine Liebe. Übernimmst doch die Sorge für alles, nicht? Anne wird dir dafür dankbar sein.«

Anne hatte zugehört, und aus ihrem Gesicht konnte ich sehen, dass sie nicht unbedingt vor Dankbarkeit überfloss, besonders als Tim besorgt sagte: »Liebling, du siehst richtig mies aus! Willst du hier verschwinden und heimfahren?«

Keine Frau hört gerne, dass sie »richtig mies« aussieht, und so sagte Anne mit schneidender Stimme: »Natürlich nicht. Ich kann doch nicht von Papas Fest wegrennen, nach all der Arbeit, die sie sich damit gemacht haben. Es geht mir ausgezeichnet.«

Man hätte meinen sollen, dass Tim sich damit zufrieden geben würde, aber weit gefehlt. Er fuhr unbeirrt fort: »So siehst du aber nicht aus. Ich glaub', es ist viel besser für dich, wenn ich dich schnell heimfahre. Ich kann Ursula ja später abholen, und es ist wirklich nicht notwendig, dass du da bleibst. Sie wird mit allem bestens fertig.«

Annes blaue Augen, normalerweise so sanft und fröhlich, blitzten zornig, als sie mit mühsamer Beherrschung sagte: »Sicherlich. Aber ich bin doch ein recht eindrucksvolles Dekorationsstück, nicht wahr?«

Offensichtlich drang es nun in Tims lieben, aber nicht sehr klugen Kopf, dass er etwas Falsches gesagt hatte, denn er warf ihr einen verwirrten und unglücklichen Blick zu. Schnell sagte ich: »Komm, Anne, wir setzen uns da in die kühle Ecke. Oder hast du gerade was zu tun? Es ist schon lästig, wenn man Gastgeberin ist.«

»Das bin ich anscheinend gar nicht«, sagte Anne bissig, und Ursula, die uns zugehört hatte, verstand endlich einmal, woher der Wind wehte. Darum sagte sie liebenswürdig: »Setz dich in diesen bequemen Sessel hier, Anne. Da kommen alle Leute vorbei. Ich verdränge dich nicht von deinem Platz und sicher wollen sich viele mit dir unterhalten.«

Das war plump. Aber als Anne sich in dem angebotenen Sessel niederließ, flüsterte sie mir schuldbewusst zu: »Weißt du, sie ist schon schrecklich nett. Zumindest versucht sie es«, und sie wandte sich einigen Farmersfrauen zu, die von der anderen Seite von Tiri zu Teds Hochzeit gekommen waren.

Tim war betroffen. »Was ist los, Susan?«, fragte er, als er mich einmal kurz in einer Ecke erwischte. »Mit Anne, meine ich. Hab' ich was Falsches gesagt? Sie ist ganz anders als sonst.«

Ich sehnte mich danach, ihm kurz und deutlich zu sagen, was los war. Ich verspürte sogar die primitive Regung, ihn bei seinen hübschen Ohren zu packen und zu schütteln. Aber der Augenblick war nicht geeignet für Tätlichkeiten, und so sagte ich nur: »Frauen schätzen es nicht besonders, wenn man ihnen sagt, dass sie ›richtig mies‹ aussehen, Tim. Versuch dir das zu merken. Das ist Lektion Nummer eins für werdende Väter.«

Er warf mir einen beleidigten Blick zu. »Du bist genauso launisch wie Anne, aber ohne ihre Entschuldigung«, gab er zurück, und ich konnte nicht anders als sagen: »Ich werde dir Lektion Nummer zwei, drei und vier jederzeit mit Vergnügen erteilen, aber nicht bei einer Hochzeit.« Dann wandte ich mich Ursula mit einem heuchlerischen Lächeln zu: »Ein herrliches Fest. Ich möchte wissen wie Mrs. Evans das macht. Sie sorgt anscheinend mit der gleichen Leichtigkeit für fünfzig wie für zwanzig Leute.«

Ihre selbstgefällige Antwort reizte mich. »Ach, ich bin gestern heruntergekommen und habe geholfen. Von Anne kann man im Augenblick natürlich nicht erwarten, dass sie sich um so etwas kümmert, und ich bin große Feste gewöhnt. Obwohl«, fügte sie mit einem nachdenklichen Blick über die Gäste hinzu, »so etwas habe ich noch nie erlebt. Niemand kümmert sich um Hautfarbe oder Klassenzugehörigkeit des anderen. Höchst interessant. Ich frage mich, ob ich sie ein wenig hätte auseinander halten sollen. So grundverschiedene Menschen.«

Das ärgerte mich. Solche Gedanken kennen wir nicht hier in den Backblocks. Für mich war das völlig in Ordnung, dass Paul gerade mit Mick O'Connor einen trank und Larry ganz selbstverständlich dem kleinsten Maorimädchen die Nase putzte, als sie ihm Vanilleeis auf den Teller löffelte.

Ich sagte: »Darüber brauchen Sie sich wirklich nicht den Kopf zu zerbrechen. Wir haben uns sehr aneinander gewöhnt hier in Tiri.« Aber ich bereute gleich meinen scharfen Ton. Ich vergaß immer, dass Ursula wirklich eine Hilfe für uns bedeutete.

Das war eben das Schlimme mit dieser Frau. Sie brachte es immer fertig, dass Larry und ich uns von der schlechtesten Seite zeigten, und vermutlich ging es anderen Frauen genauso. Das nahmen wir ihr wahrscheinlich so übel, denn eigentlich meinte sie es gut und war wirklich tüchtig. Ich schämte mich für meine Heftigkeit und versuchte eifrig, es wieder gutzumachen.

Alle waren sehr lustig und vergnügt. Die meisten Gäste hatten sich auf die Terrasse oder in den Garten zurückgezogen, und der Colonel und ich unterhielten uns gerade angeregt, als Colin Manson hereinkam und sagte: »Da ist einer an der Tür. Will nicht reinkommen. Hat eine

Nachricht für Ted, so viel ich verstanden hab'. Ist ziemlich aufgeregt. Können Sie mal nachsehen, Sir?«

Neugierig und ängstlich folgte ich dem Colonel auf den Flur. Ediths Nervosität hatte mich angesteckt, denn ich hatte die albernsten Befürchtungen. Es war doch sicher nichts schief gegangen? Verrückte Idee, dass Freeman vor der Türe stehen könnte.

Aber es war nur Caleb Fielder, ein wenig erhitzt und atemlos, aber sein abgetragener Anzug war sauber und ordentlich. Colonel Gerard kannte ihn offensichtlich schon und begrüßte ihn herzlich.

»Nur immer herein, Caleb! Erzählen Sie, was es gibt. Ted hat gesagt, Sie würden die Festung halten, solange er weg ist. Hoffentlich ist nichts schief gegangen?«

Caleb murmelte etwas, was ich nicht verstehen konnte. Beschämt wegen meines Horchens hatte ich mich taktvoll vom Flur zurückgezogen, aber ich konnte den Colonel lachen hören, und er sagte: »Vorzüglich, ganz vorzüglich! Aber kommen Sie herein, mein Bester, und erzählen Sie ihm die Neuigkeit selbst.«

Caleb murmelte wieder etwas, ließ sich aber überreden. Mit der verzweifelten Entschlossenheit eines hoffnungslos schüchternen Menschen stürzte er auf den Bräutigam zu, der ziemlich erschrak.

»Es sind Zwillinge!«, stieß Caleb hervor und seine Stimme schnappte vor Aufregung über. »Zwei kleine Töchter, Ted, und nicht eine, und es geht ihnen beiden gut.«

Ted war so schnell auf den Beinen, dass seine Braut staunte. »Zwillinge?«, brüllte er, »Trilby? Zum Teufel, Caleb, das ist ja toll! Hab' bisher noch nie Zwillinge auf der Farm gehabt. Ich hab' mir schon Sorgen gemacht. So ein kleines Kalb, und Trilby ist so dick gewesen. Hab' in der Kirche immer daran denken müssen …«

Dann merkte er, dass alle ihm zuhörten, und er nahm sich zusammen und sagte unbeholfen zum Colonel: »Entschuldigen Sie bitte, Colonel, dass ich ein wenig aufgeregt bin. Aber ich hab' Trilby selbst aufgezogen, und sie ist meine beste Milchkuh. Hab' mir immer überlegt, ob wohl doch was schief gegangen ist.«

Colonel Gerard ist der perfekte Gastgeber. Er beeilte sich zu sagen: »Und jetzt können Sie beruhigt sein. Ausgezeichnet. Wir müssen auf Trilbys Gesundheit trinken. Eine großartige Leistung, ein richtiges Hochzeitsgeschenk.« Und in kürzester Zeit hatte er Caleb überredet, mit auf Trilby und die Töchter zu trinken.

»Sie müssen einfach mitmachen. Sie kommen dann noch leicht rechtzeitig zum Melken«, sagte er. »Können jetzt nicht wegrennen, nachdem Sie uns die gute Nachricht gebracht haben. Wie sind Sie hergekommen? Doch sicher nicht mit dem Fahrrad? Doch? Dann müssen Sie bleiben. Fahrräder machen Durst und Hunger. Bleiben Sie, und feiern Sie mit.«

Tony war begeistert. »Wie schön, dass es Caleb so gut geht«, wisperte sie mir zu. »Vermutlich ist er seit Jahren auf keinem Fest mehr gewesen und nach der langen Fahrt ist er sicher erhitzt und müde. Er sieht einfach selig aus!«, und sie lachte den alten Mann mütterlich an.

Calebs Freude war jedoch von kurzer Dauer. Die meisten Männer hatten sich nach draußen ins Kühle zurückgezogen und Caleb bestand bald darauf, beim Servieren zu helfen – seine Manieren waren besser, als man bei dem schäbigen Anzug und seiner Ungeschicklichkeit erwartet hätte.

»Ich kann nicht still sitzen und Sie arbeiten lassen, Miss Tony«, sagte er, als Tony ihn zur Rede stellte, und ergriff eine große Schüssel mit Vanilleeis.

Tony begann: »Das ist doch nicht nötig, Caleb«, und machte ein bedenkliches Gesicht. Aber es war zu spät. Caleb entwickelte sich zu einem begeisterten Kellner. »Wenn er nur Ruhe geben würde!«, murmelte Tony. »Entweder verschüttet er etwas oder er lässt es fallen, und es wäre scheußlich, wenn …«

In diesem Moment passierte es. Caleb, der mit seiner Schüssel voll Eis in Ursulas Nähe gekommen war, stolperte über einen Teppich. Paul machte einen Satz und erwischte ihn beim Arm, sodass er nicht hinfiel, aber für das Eis kam er zu spät. Die Schüssel kippte, und der Inhalt ergoss sich auf Ursulas eleganten Schoß.

Es war ein fürchterlicher Augenblick. Caleb war entsetzt und begann stammelnd, sich überall zu entschuldigen, besonders bei Ursula. Sie war mit einem wütenden Ausruf aufgesprungen und von ihrem Kleid tropfte Vanilleeis.

Caleb stieß gequält hervor: »Bitte verzeihen Sie mir, Miss Maitland! Ich bitte um Entschuldigung! Ein schrecklicher Vorfall. Wie ungeschickt von mir. Ihr Kleid. Darf ich ihnen beim Säubern behilflich sein?« Und er zog ein sauberes, aber ungebügeltes Taschentuch heraus und tupfte erfolglos auf dem Kleid herum.

Und dann geschah etwas höchst überraschendes. Ursula, die immer freundliche junge Frau mit den untadeligen Manieren, verlor die Beherrschung. Sie bekam einen knallroten Kopf und murmelte etwas, was verdächtig nach »verdammter alter Esel« klang, und dann, etwas förmlicher, aber noch vernichtender: »Mein Kleid ist ruiniert! Von so einem herumpfuschenden Idioten. Schaut euch nur diese entsetzliche Schweinerei an.«

Und tatsächlich war das Eis in der kurzen Zeit überraschend weit gekommen.

Aber Mrs. Evans reagierte schnell und griff vermittelnd ein: »Regen Sie sich über das Durcheinander nicht auf, Miss Maitland. Und Sie auch nicht, Mr. Fielder. So was kann passieren und ist nicht weiter schlimm«, und im nächsten Moment hatte sie eine Schüssel und einen Lappen herbeigeschafft und putzte das Gröbste ab, während Anne zu ihrer Cousine hinübereilte und versuchte, sie zu beruhigen.

»Das geht beim Reinigen sicher wieder heraus«, sagte sie freundlich. Ursula bedankte sich mit einem Wutanfall.

»Natürlich, aber nicht jetzt sofort! Ich hasse es, wenn jemand so ungeschickt ist und so was anrichtet! Selbstverständlich habe ich ein anderes Kleid hier, Anne. Ich habe nicht alle mit zu dir genommen und natürlich kann ich mich umziehen, aber …«

Larry sagte trocken: »Was für ein Segen, wenn man eine umfangreiche Garderobe hat«, und ihre Stimme drückte deutlich ihre Gefühle aus. »Gehen Sie schon und ziehen Sie das Kleid aus, Ursula, Sie verderben ja das ganze Fest. So was ist doch keine Tragödie.«

Und dann begannen alle gleichzeitig zu reden, und Tonys Stimme war laut zu hören: »Jetzt schauen Sie doch nicht so entsetzt, Caleb. Was macht schon ein bisschen Vanilleeis auf einem Kleid? So was passiert täglich, und niemand macht deswegen so ein Theater. Nur keine Aufregung. Über Teppiche stolpert jeder einmal, und wenigstens sind Sie nicht auf sie drauf gefallen. Das ganze Getue wäre ja berechtigt, wenn Sie sie halb erdrückt hätten«, und dann flüsterte sie mir zu: »Und ich wollte, er hätte sie ganz erdrückt, wenn man das bei dieser Frau fertig brächte!« Glücklicherweise war Ursula da schon verschwunden, von Anne fürsorglich begleitet.

Dann versuchten alle verzweifelt, fröhlich zu sein. Zum Glück waren bei der Geschichte nur wenige im Zimmer gewesen. Der Colonel hatte den Wutausbruch seiner Nichte nicht miterlebt, und Tim und Sam leider auch nicht, aber Paul hatte alles mitbekommen und war offensichtlich fassungslos. Als der Colonel hereinkam, wollte Caleb sich unbedingt entschuldigen, wurde aber beruhigt.

»Machen Sie sich keine Gedanken, mein Bester. Diese Teppiche sind wirklich Fußangeln. Ein Glück, dass Sie sich kein Bein gebrochen haben. Mrs. Evans muss diese Dinger verbrennen. Das Kleid? Völlig unbedeutend. Wahrscheinlich ist es nach dem Waschen so gut wie neu«, und er begann laut und wohl wollend mit dem Bräutigam und Caleb über Kühe zu sprechen – von denen er überhaupt nichts verstand – und machte derbe und freundliche Späße über Trilbys Hochzeitsgeschenk, wie er die Zwillinge nannte.

Aber für Caleb war das Fest verdorben. Er wirkte so verzweifelt, dass Tony schier das Herz brach. »Und er ist so glücklich gewesen! Ich könnte diese Frau umbringen.«

Es überraschte mich nicht, dass er sich davonstahl, sobald er sich unbeobachtet fühlte. Zweifellos war er darauf bedacht, weiteren Kontakt mit der aufgebrachten Ursula zu vermeiden. Ich folgte ihm trotzdem und wollte ihn überreden, doch bis zur Abfahrt des Brautpaares zu bleiben. Aber als ich zur Tür kam, sah ich ihn gerade noch die Einfahrt hinunterradeln, und seine Schultern schienen noch mehr zu hängen als gewöhnlich. Sein einziger Versuch, bei einem unserer Feste mitzufeiern, hatte mit einem Misserfolg geendet, und er kehrte dankbar in Trilbys anspruchslose Gesellschaft zurück. Er tat mir sehr Leid.

Inzwischen hatten sich alle im Salon versammelt, Ted und seine Braut brachen gerade auf. Das erste Mal an diesem Tag kam ich zufällig neben Peter Anstruther zu stehen, der unauffällig und hilfsbereit wie immer gewesen war, aber sich wenig an der Unterhaltung beteiligt hatte. Ich sagte: »Wissen Sie, Peter, dass wir uns zum letzten Mal vor sechs Monaten getroffen haben? Wie war die Reise?«

»Ich bin zufrieden«, sagte er und lächelte dabei. »Aber tun Sie nicht so, als wollten Sie etwas darüber hören. Nichts ist so langweilig wie eine Reise, die man nur erzählt bekommt.«

Das brachte mich aus der Fassung. Normalerweise brennen alle Leute darauf, zu erzählen, was sie in Tokio getan haben und wie sehr Venedig ihnen gefallen hat. Ich sagte unsicher: »Sind Sie froh, dass Sie wieder hier sind?«, und er nickte: »Ist auch Zeit geworden. Der Mann, der inzwischen die Farm versorgt hat, ist zwar ein guter Arbeiter, aber er versteht nichts vom hiesigen Boden.«

»Soll das heißen, dass Sie sich gleich wieder auf Ihrer Farm vergraben wollen? Nehmen Sie sich doch Zeit für ein wenig Vergnügen. Wir haben Sie vermisst!«

»Das ist pure Höflichkeit. Sie haben mich vorher auch fast nie gesehen.«

Das war leider wahr. Peter war immer zu beschäftigt gewesen, erst mit seinem schwierigen Vater und der Farm, dann mit seiner herrschsüchtigen Mutter und der Farm, und zuletzt nur noch mit der Farm, woran wir uns inzwischen schon gewöhnt hatten. Wir mochten ihn alle gern, kannten ihn aber nicht so gut wie seine Schwester Alison. Trotzdem hatte ich immer das Gefühl gehabt, dass es bei ihm einiges kennen zu lernen gab, was der Mühe wert gewesen wäre. Ich konnte nur antworten: »Stimmt, aber das sollte sich ändern!«

Er lächelte unverbindlich und wechselte das Thema. »Der Colonel bewirtet die Gegend immer noch königlich. Ein herrliches Fest.«

In diesem Moment kam Ursula ins Zimmer zurück, gefolgt von Anne. Sie hatte ein anderes Kleid angezogen, das nicht so elegant war wie das erste, und von der Art, wie Larry und ich es nie angezogen hätten. Sie hatte auch ihre gewohnte Haltung wieder gefunden, schämte sich jedoch vielleicht ein wenig für die Szene, die sie gemacht hatte, und war offensichtlich entschlossen, alles im Scherz abzutun. Nur leider waren Ursulas Scherze immer etwas plump. Sie blickte sich in der leicht verlegenen Gesellschaft um und sagte herzlich: »Alles vergeben und vergessen. Aber wo ist er denn, der reizende Herr, der mich mit Vanilleeis überschüttet hat?«

Alles lächelte gequält, und Larry sagte: »Hat sich verzogen, der arme Alte. Radelte dankbar heim zum Frieden seines Kuhstalls.«

Der Ton war beißend, und alle begannen eiligst zu reden, aber Peter sagte ruhig zu mir: »Eins zu Null für Larry. Sie nimmt immer noch kein Blatt vor den Mund. Und das saß.«

Die Wärme dieser Worte überraschte mich, doch dann erinnerte ich mich an eine Bemerkung von Paul, dass Peter Anstruther rot sähe, wenn jemand sich so daneben benimmt. Ich fragte mich, ob das eine unbewusste Reaktion auf die charmante Tyrannei seiner Mutter war. Aber man muss zu den Frauen halten, und so sagte ich nachsichtig: »Na ja, keine Frau ist begeistert, wenn sie das Kleid voll Vanilleeis hat.«

»Trotzdem hat mir die Reaktion dieser Dame nicht gefallen.«

Ich warf einen schnellen Blick zu seinem Gesicht hinauf. Peter Anstruther schloss anscheinend keine Kompromisse. Vermutlich würde er sich nicht der Schar von Ursulas Bewunderern anschließen.

Doch hatte ich jetzt keine Zeit mehr, mich mit ihm herumzustreiten, und Ursula hatte auch keine Gelegenheit, ihn wieder für sich zu gewinnen, denn Ted und Edith begannen sich zu verabschieden. Alle versammelten sich vor dem Haus, um ihnen nachzuwinken. Edith war überwältigt von Dankbarkeit und Glück, und Ted stand neben ihr und strahlte vor Stolz und Zufriedenheit.

»Vielen, vielen Dank!«, hörte ich sie viele Male sagen, erst zum Colonel, dann zu Miss Adams, dann zu mir. Aber bei Tony vergaß sie alle Vornehmheit, fiel dem Mädchen um den Hals und küsste es. »Es ist alles deine Idee gewesen«, sagte sie. »O Tony, warum bist du so lieb?«

Peter, der immer noch neben mir stand, hörte diese Worte und flüsterte mir zu: »Die Frage ist berechtigt. Warum ist sie so lieb? Mit neunzehn ist man nicht selbstlos.«

Ich war überrascht, ließ mir aber nichts anmerken und sagte leichthin: »Ach, Tony tut so was gerne. Kümmert sich mit Begeisterung um die Angelegenheiten anderer Leute. Sie hat sogar Paul dazu gebracht, dass er den Brautvater für Edith gemacht hat.«

Er lächelte: »Dann besitzt sie eine gehörige Portion Überzeugungskraft.« Im nächsten Moment wurden wir getrennt, da alle vorwärtsstürzten, um dem scheidenden Paar zuzuwinken und Glückwünsche nachzurufen.

Ursula lächelte wieder bezaubernd, und niemand hätte geglaubt, dass es diesen hässlichen kleinen Vorfall gegeben hatte. Aber an diesem Abend, als Paul und ich endlich allein waren und erschöpft in die Federn krochen, sagte er: »Ein tolles Fest. Alles war da. Nur schade …«

»Was war schade?«, fragte ich, während ich mit einem Reißverschluss kämpfte.

»Die Sache mit Ursulas Kleid.«

Eine unvernünftige Wut stieg in mir hoch, wie immer, wenn Paul sie verteidigte, und ich sagte: »Na ja, das geht wieder raus, und sie hat eine Menge anderer.«

»So hab' ich das nicht gemeint«, sagte Paul langsam. »Schade, dass sie so hochgegangen ist. Scheußlich für Caleb. Peinlich für alle.«

Ich verbarg sorgfältig die Freude, die mir diese Bemerkung machte. War es möglich, dass Paul einen Makel an der tüchtigen und wunderbaren Ursula entdeckte?

Ich meinte: »Es war ein teures Kleid und die Versuchung war groß.«

Aber Paul brütete vor sich hin. Er sagte langsam: »Natürlich, aber weißt du noch, wie jemand Kaffee über Larrys neues Kleid gegossen hat und wie sie nur darüber gelacht hat? Sie hat nicht viele Kleider gehabt, aber sie hat sich nicht so aufgeführt.«

Jetzt war Vorsicht geboten. »Aber Larrys Kleid ist lange nicht so teuer gewesen.«

Ich war sehr stolz auf diese Anstrengung, und Paul sagte zu meinem größten Vergnügen: »Wahrscheinlich nicht, aber es ist ihr einziges gutes gewesen, und sie hat gesagt, dass es ihr verdammt wenig ausmachen würde.«

Ich hielt es für klüger, nicht weiter über die Sache zu reden und sagte: »Versuch' doch, ob du diesen Reißverschluss aufkriegst.« Aber später wiederholte ich Larry jedes Wort dieser Unterhaltung. Sie lachte nur und sagte: »Dem Guten geht anscheinend ein Licht auf. Wenn Tim nur auch dabei gewesen wäre!«

8

Da ich Tony ja kenne, hätte es mich nicht überraschen dürfen, Caleb Fielder bei meinem nächsten Besuch im Laden zu sehen: Er war eifrig im Lagerraum beschäftigt, wog peinlich genau Kartoffeln und Zwiebeln ab, wobei ihn sein widerlicher großer Kater unverwandt anstarrte.

Aber bei der Erinnerung an die Schweine im Fischernetz und das Eis in Ursulas Schoß sagte ich entsetzt zu Miss Adams: »Sie haben Caleb doch nicht fest angestellt? Was ist mit seiner kleinen Farm? Versorgt die sich selbst?«

»Da ist nicht mehr viel Arbeit. Er hat alle Tiere verkauft«, antwortete sie ausweichend.

Aber ich wollte es genau wissen und fragte: »Also Tantchen, was haben Sie vor? Haben Sie Caleb etwa bei sich aufgenommen?«

Sie musste wider Willen lachen. »Sie meinen, was hat Tony vor? Das Mädchen ist wirklich eine Gefahr für die Allgemeinheit. Nachdem sie Edith erfolgreich verheiratet hat, konzentriert sie sich jetzt auf Caleb.«

»Ich hoffe bloß, sie hat Ihnen nicht diesen hilflosen, alten Mann aufgehalst. Er ist doch für Sie nur eine Last, aber keine Hilfe.«

»Sie sind voreingenommen, Susan. Nur weil er auf der Hochzeit Vanilleeis verkleckert hat – und wie schlecht hat sich diese junge Frau benommen – und weil er eine armselige kleine Farm nicht führen kann, muss er doch nicht auch beim Heben von schweren Kisten und Abwiegen von Sachen ungeschickt sein. Er kann auch das Telefon bedienen und Bestellungen annehmen, wenn die Leute langsam genug sprechen – ein Haufen lästiger Arbeiten, für die Tony und ich keine Zeit mehr haben, seit Edith weg ist. Natürlich hat Mick die besten Vorsätze, aber dabei bleibt es auch oft. Caleb ist uns eine große Hilfe.«

»Soll das heißen, dass Sie ihn anstellen? Wo soll er wohnen?«

»Hinter dem Supermarkt ist Ediths Wohnung, und er hält alles außerordentlich sauber. Fest anstellen? Ich weiß nicht recht, aber ich hab' das Gefühl, er ist es schon.«

»Da haben Sie sich was Schönes eingebrockt! Tantchen, ich hätte Tony nie herschicken sollen. Sie zieht Sie in alles Mögliche hinein. Sie steckt ihre Nase immer in die Angelegenheiten anderer Leute.«

»Was sind denn ihre eigenen Angelegenheiten – oder meine? Steht da nicht etwas in der Bibel von einer Pflicht gegen den Nächsten? Tony scheint das ernster zu nehmen als wir alle. Sie kümmert sich wirklich um ihren Nächsten.«

»Das ist gut, solange sie Ihnen nicht ihre Schützlinge aufhalst. Ja, sie sorgt sicherlich für andere. Ich möchte wissen, warum. Peter Anstruther sagte bei der Hochzeit zu mir, mit neunzehn sei man nicht selbstlos – und das stimmt.«

»Wenn die neunzehn Jahre schon fast vorbei sind und sehr unglücklich waren, dann lernt man, über anderer Leute Nöte nachzudenken. Nein, Susan, machen Sie sich keine Sorgen. Tony macht mir Freude und zieht mich in nichts hinein. Ich bin alt genug, um auf mich selbst aufzupassen, und fühle mich nicht mit solcher Leidenschaft für die ganze Welt verantwortlich wie dieses Mädchen. Caleb wird uns eine Hilfe sein. Natürlich wird er Fehler machen und Sachen fallen lassen, aber wir sind nicht alle Ursula Maitlands, und wir werden dafür sorgen, dass er immer etwas zu tun hat und zufrieden ist. Das Allerwichtigste ist: Er ist absolut ehrlich – und sauber.«

Tony erzählte mir die ganze Geschichte auf der Heimfahrt. Sie freute sich sehr darüber.

»Weißt du, Susan, Trilby war an allem schuld. Ich meine damit, wenn ich nicht ihre Zwillinge hätte sehen wollen – und sie sind ganz gleich und schrecklich süß – hätte ich gar nichts von der Geschichte gemerkt, und Caleb wäre einfach verschwunden.«

»Was gemerkt?«

»Dass er von seiner Farm geflogen war und seine armseligen paar Sachen gepackt hatte, und dass er und sein Kater verschwunden wären, sobald Ted und Edith heimkamen. Stell dir nur vor, bloß mit einer Katze und einem kleinen Koffer.«

»Was ist mit dem Fischernetz passiert?«, war meine erste Reaktion.

»Er hat es dem Mann verkauft, der die Schweine genommen hat. Der hat eine Hütte an der Bucht. Was er für die Schweine und das Netz bekam und was Ted ihm zahlte, war all sein Bargeld. Er und sein Kater wollten zusammen weggehen. Er wusste nicht, wohin. Das klingt romantisch, findest du nicht auch?«

»Vielleicht, wenn man noch sein ganzes Leben vor sich hat, aber Caleb ist alt und wusste nicht, wohin er gehen sollte. Der arme alte Mann. Vermutlich bist du heimgestürzt und hast alles Miss Adams erzählt und sie überredet, ihn zu sich zu nehmen? Wirklich, Tony, du darfst nicht länger anderen Leuten solche Sachen aufhalsen. Erst die Hochzeit und Teds Auto, dann die Hochzeitsreise und das Fest beim Colonel und jetzt Caleb.«

»Du bist nicht ganz gerecht, Susan. Für Ted ist es höchste Zeit gewesen, sich ein neues Auto zu kaufen. So was kann er sich leisten, und die ganze Wirkung wäre beim Teufel gewesen, wenn sie in der scheußlichen alten Karre weggefahren wären. Man hat ihn nur erst auf die Idee bringen müssen, genau wie mit der Hochzeitsreise. Und das Fest hat der Colonel selbst angeboten.«

»Nachdem du es ihm echt deutlich nahe gelegt hattest. Niemand hätte daran gedacht, aus Ediths Hochzeit ein rauschendes Fest zu machen, wenn du nicht damit angefangen hättest.«

»Aber es war doch wunderschön! Für Ted und Edith war es herrlich. Es geht nichts über einen guten Start und das Gefühl, dass man Erfolg hat. Genau das hat Edith nötig gehabt. Und wenn jetzt diese elenden Rechnungen nicht mehr kämen, wäre alles in Ordnung.«

»Welche Rechnungen? Ich dachte, Edith hätte Freemans Gläubiger abgefunden. Genau genommen war sie für gar nichts verantwortlich.«

»Stimmt, und die meisten waren auch recht entgegenkommend. Alle, außer einer gemeinen Firma. Und noch dazu ist die so reich. Aber ich glaube, jetzt haben sie es aufgegeben. Seit einiger Zeit ist schon kein Brief mehr gekommen. Die arme Edith hat sich wegen dieser Briefe furchtbare Sorgen gemacht. Sie hat mir gesagt, es wäre ihr unerträglich, Ted davon zu erzählen – sie würde sich so schämen. Aber ich glaube, das ist jetzt auch in Ordnung. Und du brauchst mir wegen der Hochzeit nichts vorzuwerfen, Susan. Dir und Larry hat es schließlich auch gefallen und alles lief großartig.« Dann, mit einem geschickten Themawechsel: »Außer natürlich das mit Ursulas Kleid. Armer Caleb. Sie trafen sich vor kurzem im Supermarkt, und er bat sie, die Reinigung zahlen zu dürfen. Ist das nicht goldig von ihm, wo er so wenig Geld hat?«

»Hoffentlich war Ursula auch goldig?«

»Ich muss schon sagen, sie hat sich sehr anständig benommen; sagte, dass sie nichts davon hören wolle, dass so was bei Partys immer passieren könne, und schloss damit, dass es Mrs. Evans Fehler gewesen sei, weil sie den Teppich dahin gelegt habe. Sie hatte Zeit gehabt, sich wieder zu sammeln und war wieder ganz große Dame, und alles löste sich in Wohlgefallen auf. Aber war das nicht eigenartig, wie sie damals hochging? Ich hätte ihr das nie zugetraut. Nur gut, dass der Colonel nicht im Zimmer war. Er hätte sich für sie geschämt. So was gefällt ihm gar nicht. Ob wohl der eine Zweig der Familie doch nicht ganz so vornehm war? Schließlich wissen wir überhaupt nichts über ihre Mutter.«

Ich sagte, dass ich es nicht für nötig hielte, bei Ursula Ahnenforschung zu betreiben, und dass viele Leute ihre Beherrschung verlieren würden, wenn sie mit Eis überschüttet würden. Aber Tony schüttelte den Kopf.

»Anne nicht, und du und Larry auch nicht. Ich glaub', Paul war ganz schön schockiert. Ich sah, wie ihm vor Überraschung der Mund offen blieb. Schade, dass Sam und Tim auf der Terrasse waren. Ich hab' die Nase voll von der Frau«, schloss Tony unnötigerweise.

»Hat das noch tiefere Gründe?«

»Wie sie immer anruft und Bestellungen aufgibt, als wäre sie bei Anne Herr im Haus, und als wäre ich, wie der Colonel sagt, ›ein Mädchen aus einer niedrigen Klasse‹.«

»Ach, sie meint es nicht so, und du musst es lernen, was einzustecken. Im Dienst der Allgemeinheit, so ungefähr.«

»Alle bewundern sie sowieso nicht. Nur Paul und die anderen älteren Männer.«

Diese Einordnung meines Mannes schockierte mich etwas, aber Tony fuhr fröhlich fort: »Colin kann sie nicht ausstehen und Peter Anstruther schwieg verbissen, als sie ihn vor kurzem im Laden überschwänglich begrüßte.«

Das war das erste Mal, dass sie Peter erwähnte, und ich fragte: »Siehst du Peter oft? Wie kommst du mit ihm aus?«

»Sozusagen gar nicht. Er kommt herein, holt sich, was er braucht, wechselt drei höfliche Worte mit mir und zieht wieder ab. Ich kenn' ihn überhaupt nicht und lege auch keinen gesteigerten Wert darauf. Er ist ziemlich langweilig, ganz anders als Alison«, und sie fuhr fort, über Colin zu reden, den sie offensichtlich gar nicht langweilig fand.

»Wir redeten über das Sportfest, und er meinte, Babette würde sicher gewinnen. Er sagte, Sahib ist zu nervös für ein Rennen. Es ist zwar gemein, Annes Pferd zu wünschen, dass es durchdreht und deshalb verliert, aber ich könnte es einfach nicht ertragen, wenn diese Ursula gewinnen würde.«

Offensichtlich entwickelte Tony einen soliden Hass. Ich wechselte das Thema.

»Du weißt ja, Tony, dass ich Tiere mag, aber Calebs Kater ist ein ekelhaftes Biest. Ich hab' heute versucht, ihn zu streicheln, und er hat mich kräftig gebissen.«

Tony lachte: »Beweist das nicht Charakter? Er benimmt sich wie ein Hund, ist Caleb ergeben und hasst alle anderen. Wir müssen die Leute warnen, wenn sie hereinkommen, ihn nicht anzurühren. Aber er ist sein Ein und Alles, und sie hängen sehr aneinander.«

»Ein recht schwieriges Haustier. Hoffentlich beißt er nicht eure besten Kunden.«

»Ach, ich hänge ein Schild auf: ›Vorsicht, bissiger Kater!‹, so wie man es sonst bei Hunden macht. Susan, wie kommt Larry mit Babette zurecht? Ich bin schon so gespannt, sie springen zu sehen.«

»Sie machen gute Fortschritte, glaub' ich. Julian und Alison waren gestern da, und er ritt eine Runde. Er hat in England bei vielen Jagdspringen mitgemacht und ist ein ausgezeichneter Reiter.«

»Klingt fast nach Ursula. Aber er sagt, er will beim Sportfest nicht mitmachen. Vermutlich wollen sie jungen Männern wie Colin den Vortritt lassen.«

So zählte also auch Julian schon zum alten Eisen, wie unsere Männer. Das durfte ich nicht vergessen, Larry zu erzählen.

Als Paul hörte, dass Caleb jetzt in Tiri untergekommen war, freute er sich viel mehr, als ich es getan hatte.

»Er ist ein guter alter Kerl und absolut ehrlich. Klar, er bringt immer alles ein bisschen durcheinander, aber wenn man ihm genau sagt, was er tun soll, dann macht er es ordentlich. Ich hab' schon lange gedacht, dass Tantchen da unten einen Mann braucht für die schwereren Arbeiten. Vermutlich wird er einen Teil der Lieferungen übernehmen, und Tony muss sich nicht so plagen.«

Tony sagte: »Das Dumme ist nur, dass er so lange kein Auto gehabt hat. Deshalb hat er seinen Führerschein verfallen lassen.« Sie wollte ihm helfen, seine Fahrkünste wieder aufzufrischen, und dann würden sie wegen der Fahrprüfung nach Te Rimu zum Traffic Officer fahren. Sie hoffte, dass ihm die Prüfung erspart bleiben würde. Der Officer hieß Deardon, wie sie gehört hatte, und das sei doch ein ungewöhnlicher Name. Ihr Vater habe von einem jungen Mann dieses Namens erzählt, der bei ihm im Geschäft arbeitete. Daraufhin versank Tony in nachdenkliches Schweigen. Sie heckte vermutlich etwas aus.

Ganz gegen meinen Willen erlebte ich eine von Calebs Fahrstunden in einem modernen Auto mit. Ich war nach Tiri gefahren, um unseren Wagen abschmieren zu lassen – wir waren sehr stolz auf die neue Servicestation im Dorf – und hatte vorgehabt, die Zwischenzeit bei Tantchen und Tony zu verbringen, wurde aber in den Lieferwagen geladen mit dem Befehl, mitzukommen und zu sehen, »wie gut Caleb vorwärts kommt. Es ist schwierig für ihn, denn er hat bisher nur einen Ford gefahren, aber er lernt schnell. Nur das Rückwärtsfahren macht ihm noch Schwierigkeiten.«

»Das muss er aber noch lernen«, warf ich ein, denn ich selbst kann es auch schlecht und habe oft große Mühe, in der Stadt in belebten Straßen zu parken. »Wo gibst du ihm seine Fahrstunden?«

»Bloß zwei Meilen von hier gibt es ein hübsches, gerades Stück, genau richtig zum Rückwärtsfahren«, teilte mir Tony mit.

Ich hatte da meine Bedenken. Wenn ich mich recht erinnerte, dann hatte diese Straße auf der einen Seite eine steile Böschung. Ich protestierte schwach, dass ich lieber da bleiben und mich mit Miss Adams unterhalten würde, aber das half nichts. Vermutlich hat Paul Recht damit, dass ich Wachs in Tonys Händen bin, denn als sie sagte: »Aber es macht viel mehr Spaß mit dir, Susan«, quetschte ich mich noch mit in den Lieferwagen und fand mich damit ab, dass ich wahrscheinlich jung sterben würde.

Tony war bester Laune und zu meinem Entsetzen bestand sie darauf, dass Caleb sich gleich ans Steuer setzte. »Unsinn, natürlich geht alles gut, wenn Sie nur nicht vergessen, wo die Bremse ist«, sagte sie vergnügt, was mich selbstverständlich ungemein beruhigte.

Wir fuhren in einem beängstigenden Tempo los, aber nachdem Caleb wild in den Gängen herumgerührt hatte, gelang es ihm doch noch, die Bremse zu finden, und schon nach kurzer Zeit fuhren wir mit vernünftigen zwanzig Meilen pro Stunde. Tony war des Lobes voll.

»Großartig, dass Sie diesmal die Bremse gefunden haben. Solange Sie die erwischen, kann nichts passieren.«

In gewisser Hinsicht hatte sie Recht. Zu einem tödlichen Unfall würde es wohl nicht kommen, aber es gab genügend kleinere Zwischenfälle. Zum Ersten kam es, als eine Ziege fest entschlossen war, mitten auf der Straße stehen zu bleiben; darauf folgte eine Begegnung mit einem Kalb, das seiner Mutter davongelaufen war, die friedlich auf der anderen Straßenseite graste. Es wählte für seine Rückkehr genau den Moment, in dem Caleb Gas gab, und der Ruck, mit dem er das Auto zum Stehen brachte, zerrüttete meine ohnehin schon angegriffenen Nerven restlos. Aber Tony lobte ihn dafür, dass er jedes Mal den Unfall gerade noch vermieden hatte und wiederholte ständig, dass nichts über eine gute Bremse ginge, und darin musste ich ihr Recht geben.

»Aber vor dieser bösen Kurve schalten Sie lieber in den dritten Gang zurück«, ermahnte sie ihn, und war begeistert, als er es fertig brachte, wenn auch die Gänge krachten. »Glänzend. Ich glaub' nicht, dass Sie im vierten rumgekommen wären, und wir wären wahrscheinlich über die Böschung gesegelt.«

Ich warf einen Blick zurück. Die Böschung war mindestens vier Meter tief.

Bevor wir die lange Gerade erreichten, von der Tony geschwärmt hatte, hatten wir noch das Pech, dass uns an einer sehr engen Stelle ein Auto entgegen kam. Ich hatte noch eine Gänsehaut von dem winzigen Sicherheitsabstand, als wir auf eine Schweineherde stießen, und, wie Tony sagte, »beinahe den Schinken mit heimgebracht hätten«. Caleb hatte bisher die Katastrophe vermieden, aber er klammerte sich krampfhaft an das Steuerrad, und ich sah den Schweiß auf seiner Stirn. Ein nicht gerade Vertrauen erweckender Fahrer; ich war erleichtert, als wir die letzte Kurve hinter uns hatten und Tony erklärte: »Wir sind da. Keine Gefahr, dass jemand kommt, und die Straße ist gerade. Genau richtig zum Rückwärtsfahren. Stellen Sie sich vor, Caleb, das ist eine enge Straße, und ich bin der Traffic Officer, jetzt schauen Sie, wie Sie zurecht kommen.«

Wie gesagt, ich kann es nicht besonders gut, aber dafür fahre ich wenigstens langsam. Caleb nicht. Aus irgendeinem unerfindlichen Grund fuhr er in einem wahnsinnigen Tempo los. Vermutlich wollte er es so schnell wie möglich hinter sich bringen. Es faszinierte mich, dass er es weder für nötig hielt, in den Rückspiegel zu schauen, noch sich zum Fenster hinauszulehnen. Er biss die Zähne zusammen, schaute geradeaus nach vorne und hoffte das Beste.

Bei seinem ersten Versuch landeten wir fast im Graben, aber wie durch ein Wunder gelang es ihm, den Wagen noch abzufangen, und er begann von Neuem. Diesmal folgte er Tonys Rat, machte die Türe auf und schaute zurück. Unglücklicherweise war er damit so beschäftigt, dass er das Gleichgewicht verlor und hinausfiel. Tony packte ungerührt das Steuer, trat auf die Bremse, und sagte: »Wenigstens ist er nicht verletzt.« Dann stieg sie aus, putzte Caleb ab und beglückwünschte ihn, dass er sich nur das Knie aufgeschürft hatte.

»Man muss nur fallen können, wie beim Reiten«, bemerkte sie. »Seien Sie jetzt aber vorsichtiger. Beim nächsten Mal könnten Sie sich wirklich wehtun. Lehnen Sie sich nicht so weit hinaus und regen Sie sich nicht auf – wird schon nichts kommen.«

Das war ein schlechter Rat. Caleb blickte nur flüchtig zum Fenster hinaus und fuhr mit einem wilden Satz an. Das schien ihn so zu überraschen, dass er statt auf die Bremse auf das Gaspedal trat, und wir schossen mit etwa dreißig Meilen Geschwindigkeit zurück. In diesem Augenblick geschah das, was niemand erwartet hatte. Ein Auto kam mit hoher Geschwindigkeit um die Kurve.

Caleb schrie auf, ich fluchte und Tony beugte sich hinüber und zog die Handbremse. Das andere Auto kam ebenfalls mit quietschenden Reifen zum Stehen. Wir stoppten etwa einen Meter vor dem Kühler eines großen neuen Wagens. Es war nur nebensächlich, dass ich mir den Kopf kräftig anstieß. Als ich es später Tony gegenüber erwähnte, bemerkte sie lediglich, das sei wesentlich weniger schlimm als ein Zusammenstoß mit dem anderen Auto.

»Was zur Hölle …«, begann der empörte Fremde, aber Tony ließ ihm keine Zeit, mehr zu sagen. Sie sprang aus dem Lieferwagen, lächelte ihn entwaffnend an und begann sich zu entschuldigen: »Sie fahren wirklich toll! Bei jedem anderen hätte es gekracht. Und Ihr Auto ist einfach wunderbar. Ich find' diese Marke ausgezeichnet. In Australien hab' ich so eines öfters gefahren. Sind die Bremsen nicht fantastisch? Gottseidank sind sie's.«

Natürlich erlag der verärgerte Vertreter dieser Behandlung. Er musste gegen seinen Willen grinsen und sagte: »Na ja, nichts passiert. Aber warum sind Sie rückwärts gefahren?«

»Gefahren bin nicht ich. Ich bringe meinem – meinem Großvater das Fahren bei, und auf dieser geraden Strecke kann man so gut üben. Wissen Sie, er hat lange kein Auto gehabt und sein letztes war ein Ford Modell T. Sie wissen ja, wie die sind.«

Der Fremde sah nicht so aus, als wüsste er es, sagte aber nur nachsichtig: »Nun, wenn ich Sie wäre, würde ich den alten Herrn dazu bringen, dass er langsamer fährt.«

Ein anderer hätte wohl darauf hingewiesen, er selbst sei viel zu schnell gefahren, aber Tony sagte nur mit süßer Stimme: »Das werd' ich machen. Er ist ein wirklich vorsichtiger Mensch, aber Rückwärtsfahren scheint ihn aufzuregen. Aber jetzt werden wir auf die Seite fahren und Sie vorbei lassen. Vielen, vielen Dank, dass Sie uns nicht böse sind.«

Er amüsierte sich offensichtlich, blickte Tony aber bewundernd an, und das war gut so, denn was jetzt kam, war noch viel peinlicher. Das alles hatte Caleb den Mut genommen, und Tony war zu sehr damit beschäftigt, dem anderen Fahrer lächelnd zuzuwinken, um zu bemerken, dass er wieder den Rückwärtsgang eingelegt hatte. »Schon sind wir weg, und Sie können vorbei«, rief sie vergnügt – und wir fuhren los, wieder genau auf ihn zu.

Ich muss sagen, dass sowohl Tony als auch der Vertreter blitzschnell reagierten. Einen Moment lang sah es so aus, als wolle unser ordinärer kleiner Lieferwagen den Kühler des großartigen Wagens erklettern, aber es gelang ihm nicht, denn seine Beute entwischte ihm und schoss mit ungeheurer Geschwindigkeit zurück. Ein paar Meter fuhren Verfolger und Verfolgter mit hoher Geschwindigkeit rückwärts, und ich fand Zeit für die verzweifelte Frage, was geschehen würde, wenn ein drittes Auto um die Kurve käme.

Aber es kam keines, und schnell kamen beide Autos ohne Schaden zum Stehen. Diesmal aber saß der Mann sehr still da und konnte nur noch »Mein Gott« murmeln, einige Male hintereinander; es klang wie ein Gebet.

Aber das genügte nicht, um Tony einzuschüchtern. Sie streckte ihren Kopf zum Fenster hinaus und rief fröhlich: »Das war eine Jagd! Sie fahren fabelhaft. Ich pass' jetzt auf, also machen Sie sich keine Sorgen. Mein Großvater lässt vielmals um Entschuldigung bitten.«

Der Fremde riss sich zusammen, und als er losfuhr, bemerkte er, sie solle sich lieber eine Weide von zehn Hektar suchen, auf der der alte Herr üben könne. »Eine ohne Kühe!«, war sein letzter Seitenhieb. Dann schlich er um uns herum, als sei unser Lieferwagen mit Dynamit beladen, hupte vergnügt und war verschwunden.

Als Calebs Nerven sich wieder beruhigt hatten, wurde der Unterricht fortgesetzt, und nach einer halben Stunde, während der ich merklich alterte, konnte er endlich mit dem Rückwärtsgang umgehen und die ganze gerade Strecke ohne Zwischenfall fahren. Tony war begeistert. »Jetzt üben wir noch ein paar Stunden das Schalten, und dann sind Sie notfalls auch einer Prüfung gewachsen.«

Caleb war nicht so zuversichtlich, »Hoffentlich muss ich keine machen. Das halt' ich nicht durch. Eine Straße in der Stadt …«, und er verlor sich in undeutlichem Gemurmel, aber Tony beruhigte ihn.

»Der Colonel sagt, die Prüfung sei sehr einfach. Er musste sie letztes Jahr machen, weil er siebzig geworden ist, und er sagt, dass das Büro nicht mitten in der Stadt ist, und dass er nur um den Block fahren und ein paar dumme Fragen über Verkehrsregeln beantworten musste. Das können Sie auch«, sagte sie, und fügte dann mehr zu sich selbst hinzu: »Besonders, wenn es der gleiche Deardon ist, und Daddy hat gesagt, dass der junge Mann von hier ist.«

Ich hielt es für besser, keine Fragen zu stellen, und als ich Caleb ein paar Tage später im Laden sah, war er viel zuversichtlicher und sagte, er erinnere sich langsam wieder an alles. »Einmal ein Autofahrer, immer ein Autofahrer«, bemerkte er optimistisch, und fügte hinzu, dass es ihn wieder an den alten Ford erinnere.

Da ich die Eigenarten eines Modell T kannte, hoffte ich, dass es ihn nicht zu sehr erinnerte, und wartete auf das Wochenende, um Tonys Bericht über ihren Ausflug nach Te Rimu zu hören. Ich konnte nur das Beste hoffen, denn Tony würde bitter enttäuscht sein, wenn Caleb nicht bestehen würde. Außerdem wäre es eine große Hilfe für Miss Adams, wenn er einen Teil der Lieferungen übernehmen könnte. Trotz der nervenaufreibenden Fahrstunde musste ich Paul darin Recht geben, dass er äußerst vorsichtig mit dem Lieferwagen umgehen würde.

Tony strahlte, als ich sie an diesem Freitagabend in Tiri abholte, und konnte es kaum erwarten, mir von ihren Erlebnissen in der Stadt zu erzählen.

»Ob er seinen Führerschein bekommen hat? Na klar! Überhaupt

keine Schwierigkeit. War das nicht ein Glück, dass er sich als der richtige Deardon entpuppte?«

»Der richtige Deardon? Wie meinst du das?«

»Weißt du, ich kenne einen jungen Mann namens Deardon, der vor ein paar Jahren in Daddys Geschäft eingetreten ist. Daddy hält viel von ihm und setzte durch, dass er befördert wurde. Ich traf ihn auf unserer Reise und mir fiel auf, dass er Daddy sehr bewunderte. So meinte ich, wenn es der richtige Deardon wäre ...« Sie machte eine Pause, und ich sagte empört: »Ich verstehe vollkommen. Der Traffic Officer ist sein Vater. Und Caleb hat seinen Führerschein.«

Tony war entrüstet. »Den hätte er sowieso bekommen, aber so ging alles viel reibungsloser. Wir unterhielten uns über Bruce, und sein Vater sagte, dass er alles Daddy verdanke, und es war sehr lustig.«

»Das glaub' ich dir aufs Wort. Und hat Caleb das Rückwärtsfahren geschafft?«

»Na ja, ich hatte etwas Angst davor, aber es ist gut gegangen, und als der Officer ihn in ein sehr schwieriges, enges Gässchen fahren lassen wollte, fiel mir ein, dass Daddy etwas über die Eignung des jungen Mannes für eine leitende Stellung gesagt hatte.«

»Du hast ihn also abgelenkt. Wenn Caleb sich oder jemand anderen auf der Straße umbringt, wissen wir, wer schuld ist.«

»Das tut er bestimmt nicht. Er ist schrecklich vorsichtig. Aber, Susan, mir ist etwas Komisches passiert. Erinnerst du dich an den Mann – den in dem großen Auto, den wir fast zusammengefahren hätten?«

Ich sagte, dass wir einander nie vergessen würden.

»Er hat uns bestimmt nicht vergessen. Als wir gerade vor dem Büro standen, und der Traffic Officer Caleb seinen Führerschein gab und ihm gratulierte, fuhr er langsam vorbei. Die Augen fielen ihm fast aus dem Kopf, als er uns sah, und er hielt an und fragte mich: ›Hat Großpapa seinen Führerschein bekommen?‹ Und als ich nickte, pfiff er ziemlich ordinär und sagte: ›Mein liebes Mädchen, Sie haben eine große Zukunft vor sich. Sie vollbringen Wunder.‹«

Als ich Paul später die ganze Geschichte erzählte und mit dem Kommentar des Vertreters schloss, meinte er niedergeschlagen, manchmal glaube er, wir hätten uns zu viel zugemutet.

9

Als sich an diesem Wochenende die Aufregung über Calebs Führerschein gelegt hatte, schien Tony recht niedergeschlagen. Ihre Fröhlichkeit wirkte gezwungen, offensichtlich bedrückte sie etwas. Als Larry am Samstag Vormittag herüberkam, sagte ich zu ihr, als wir einmal allein waren: »Irgendetwas stimmt nicht mit Tony. Kann etwas mit Colin Manson los sein? Ist sie verliebt in ihn? Irgendwer hat mir erzählt, er sei für seine Flirts bekannt, und ich glaub' nicht, dass er im Moment ans Heiraten denkt.«

Larry sagte aufreizend gönnerhaft: »Meine liebe, arme Susan, genau das hab' ich befürchtet. Du spinnst tatsächlich. Mütterliche Fürsorge in ihrem gefährlichsten Stadium. Hast du nicht genug zum Nachdenken über deine eigenen Kinder? Wenn ich eine fürsorgliche Mutter wäre, würde ich mir wegen dieser elenden Schule Sorgen machen. Bertie Dier ist schon langsam eine Zumutung.«

»Das weiß ich, aber es heißt, dass er am Jahresende geht. Ist etwas Besonderes los? Es stimmt, dass er keine Disziplin hält, aber was können wir dagegen machen?«

»Weiß ich nicht, aber es ist wirklich traurig, dass die Kinder sich alle zu Kriminellen entwickeln werden. Du hast doch sicher von ihren Taten am Freitag Nachmittag gehört?«

Das hatte ich nicht, obwohl mir aufgefallen war, dass Christopher ungewöhnlich still und brav gewesen und mir sehr auffällig aus dem Wege gegangen war.

»Sind dir diese lammfrommen Gesichter nicht merkwürdig vorgekommen? Ich wusste sofort, dass sie etwas angestellt hatten, als Christopher mir anbot, Kartoffeln zu schälen. Normalerweise kann ich sie nirgends finden, wenn ich ihre Hilfe brauche.«

»Wer hat dir davon erzählt?«, fragte ich, denn ich wusste nur zu gut, dass unsere Bande – wie ich sie in Gedanken immer nannte – zusammenhielt wie Pech und Schwefel. Sie würden einander nicht verraten.

»Mrs. White. Sie tat es mit Vergnügen, denn ihr kleiner Bertie ist so vorbildlich.«

Mrs. White hatte entdeckt, dass die Zwillinge und unsere beiden nicht nur Mr. Diers Weihnachtspflaumen gestohlen hatten, sondern sich auch noch mit ihrer Beute zum Bach hinunter verzogen und sie dort mit ihrem Pausenbrot verzehrt hatten. Der arme Bertie, der keine Frau hatte, die seinen Besitz beschützen konnte, hatte ohne besonderen Nachdruck nach ihnen gesucht und es bald aufgegeben, wie gewöhnlich.

»Irgendetwas muss geschehen!«, sagte ich schwach. »Unsere zwei sind schlimm genug gewesen, aber seit die Zwillinge auch in der Schule sind, kann man sie überhaupt nicht mehr bändigen.«

»Und denk nur an nächstes Jahr, da werden Patience und Mark die Bande vervollständigen«, sagte Larry zu meinem Trost. »Aber was sollen wir tun? Wenn sie uns alles erzählt hätten, dann hätten wir etwas unternehmen können, aber sie werden so hinterhältig. Über die Streiche bin ich gar nicht so böse wie darüber, dass sie nichts erzählen. Zu Sam hab' ich kein Wort davon gesagt, du weißt ja, wie Männer sind. Sie wollen immer etwas tun, und ich kann mir nicht vorstellen, was man hier tun könnte. Unsere einzige Hoffnung besteht darin, dass Bertie wirklich geht.«

»So viel ich weiß, geht er. Paul sagt ja kein Wort. Kann er auch nicht, weil er der Vorsitzende vom Schulausschuss ist, aber ich weiß, dass Bertie ein miserables Zeugnis bekommen hat und dass er mit einem Mädchen verlobt ist, dessen Vater ein Textilgeschäft hat. Ich kann ihn mir gut vorstellen, wie er Stoff abmisst und Strümpfe verkauft.«

»Hoffentlich stimmt das. Jedenfalls dauert die Schule jetzt nur noch eine Woche, da kann nicht mehr viel passieren.«

»Da hast du Recht. Aber ich wollte wirklich, sie würden alles offen zugeben. Ich kann alles ertragen, wenn sie nur ehrlich sind.«

»Ich auch, ich hasse Unehrlichkeit.«

Tony kam herein und hörte noch die letzten Worte. »Wer soll was offen zugeben?«, fragte sie, und Larry blickte sie scharf an. Ihr gefiel der Tonfall nicht.

Wir erzählten ihr die Geschichte, und sie sagte: »Keine Angst. Bertie geht. Einer vom Schulausschuss, der es nicht so genau nimmt wie Paul, hat es mir verraten. Einen noch schlechteren Lehrer könnt ihr gar nicht kriegen, also wird aus den Kindern vielleicht doch noch was. Aber ich versteh' nicht, warum sie gleich hinterhältig sein sollen, nur weil sie euch nichts von ihren Streichen erzählen.«

Ich sagte hitzig: »Natürlich sind sie es. Ich kann alles vergeben, wenn man es offen zugibt.«

Tony sagte: »Das hab' ich schon oft genug gehört. Von Mutter zum

Beispiel, und wenn ich dann was erzählt hab', dann hat sie ein grässliches Theater gemacht. Erst sagen sie einem, es würde alles vergessen, und dann machen sie einem die Hölle heiß fürs Erzählen.«

Ich sagte: »Das tu' ich aber nicht. Ich meine auch, was ich sage. Ich mache niemandem Vorwürfe, wenn er aus eigenem Antrieb zu mir kommt und mir alles erzählt – nicht einmal, wenn es um Berties Pflaumen geht.«

»Das glaub' ich dir gerne, Susan. Du reitest nachher nicht drauf herum. Deshalb bekommst du auch viel erzählt.«

»Von meinen eigenen Kindern anscheinend nicht«, sagte ich ziemlich erbittert, aber Larry hatte diesen Wortwechsel verfolgt und sagte plötzlich: »Was ist passiert, Tony? Hast du die Ladenkasse geklaut oder Kunden geküsst? Beichte am besten. Das ist angeblich gut für die Seele, obwohl ich davon noch nie etwas gemerkt hab'.«

Larrys Worte überraschten mich, und ich schaute Tony an. Hatte sie wirklich etwas, was sie sich von der Seele reden wollte? Sie sah tatsächlich schuldbewusst aus. Ihr Gesicht glühte, ihre Augen glänzten, sie war offensichtlich den Tränen nahe. Sie sagte: »Gut, ich kann es euch ja erzählen, aber schimpft mich bloß nicht! Du und Larry, ihr schimpft ja auch nicht, aber Paul. Trotzdem erzähl' ich es euch lieber, ich fühle mich nämlich scheußlich.«

Dann kam die Geschichte recht unzusammenhängend heraus. Tony hatte anscheinend in der Post ihrer Majestät herumgepfuscht, und das war die einzige Sünde, die Tantchen nicht vergeben konnte. Das wusste ich, denn Larry und ich hatten einmal versucht, sie zu überreden, einen Brief nur für vierundzwanzig Stunden zurückzubehalten, und wir hatten eine böse Abfuhr erlitten. Wir hatten die Sache dann selbstverständlich in unsere eigenen Hände genommen und die Telefonleitung abgeschnitten, aber wir waren schließlich keine Beamten und durch keinen Eid gebunden. Was Tony getan hatte, war viel schlimmer.

»Wisst ihr«, verteidigte sie sich. »Edith hat eine schlimme Zeit gehabt mit den Rechnungen von Freeman. Ich hab' euch erzählt, was für Sorgen sie sich deshalb macht. Ich seh' nicht ein, was sie damit zu tun hat, aber sie hat sich geplagt, so viel wie möglich zu zahlen, und diese Firma ist einfach gemein.«

»Das weiß ich alles«, unterbrach ich. »Komm zur Sache!«

»Will ich ja, aber jetzt wirst du schon böse! Diese Firma ist an allem schuld. Sie sind Gauner, und Tantchen bestellt nie was bei ihnen. Sie sagt, Freeman war verrückt, solche Schulden zusammenkommen zu lassen. Aber die Rechnungen kamen immer weiter mit so schlimmen Drohungen, und Edith hatte so Angst, dass das nach ihrer Hochzeit weitergehen würde und sie konnte den Gedanken nicht ertragen, dass Ted die Rechnungen von Freeman bezahlen müsse. Sie schauten herein, als sie von ihrer Hochzeitsreise zurückkamen, sie erwischte mich allein und fragte so verängstigt nach einem Brief, dass ich richtig froh war, als ich sie beruhigen konnte. Was ist mir denn anderes übrig geblieben?«

»Es war nicht deine Sache«, sagte ich streng. »Aber was hast du denn eigentlich getan?«

Larry sagte freundlich: »Das kann ich mir denken. Es ist doch noch ein Brief gekommen, nicht wahr, Tony?«

»Damals noch nicht, aber ein paar Tage später. Und sie sind so glücklich gewesen ...« Diesmal standen ihr tatsächlich Tränen in den Augen. Sie schluckte und sagte: »Und ... und ...«

Larry lachte. »Und dann ging der Brief verloren?«

»Nein, das nicht. Er war eingeschrieben.«

»Eingeschrieben? Aber Tony!« Mein Humor war restlos zu Ende, Larrys aber nicht.

»Hast du – hast du ihn verbrannt?«

»Natürlich nicht«, sagte Tony entrüstet. »Das darf man doch nicht. Aber – ich hab' ihn niemand gezeigt. Ich hab' an diesem Nachmittag die Post sortiert und deshalb ist das gegangen.«

Ich war verzweifelt. Miss Adams ist unbestechlich mit der Post, und sie hatte Tony vertraut. Ich blickte Larry hilflos an und wusste nicht, was ich sagen sollte. Sie fragte: »An wen war er adressiert?«

»An Mrs. Freeman natürlich.«

Larry triumphierte. »Es gibt keine Mrs. Freeman!«

Das stimmte, aber es tröstete mich nicht. »Du meinst, weil sie jetzt Stewart heißt?«

»Das auch, aber ich meine noch etwas anderes. Sie ist nie Mrs. Freeman gewesen. Ich glaub' nicht, dass sie irgendein Recht gehabt haben, ihr diese Rechnungen zu schicken. Sie ist nie seine Frau gewesen. Warum soll sie dann dafür verantwortlich sein?«

Tony strahlte. »Eben. Es gibt keine Mrs. Freeman. Das war nicht Ediths Rechnung. Eigentlich hätte ich den Brief an diese Frau in Australien schicken sollen, aber ich hab' keine Ahnung, wo sie wohnt.«

Ich sagte streng: »Eigentlich hättest du ihn Miss Adams zeigen und sie fragen sollen, was du damit tun sollst. Außerdem musste man Edith damit belangen können, sonst hätte sie keine von diesen Rechnungen bezahlt. Noch dazu war es ein eingeschriebener Brief.«

»Ach, Susan, sei doch nicht so stur«, sagte Larry. »Man kann keinen Brief, nicht einmal einen eingeschriebenen, an jemand schicken, der tot ist oder den es nie gegeben hat. Genauso wenig wie an ein ungeborenes Baby.«

Das war zu hoch für mich. Ich sagte schwach: »Das ist nicht der springende Punkt. Es geht überhaupt nicht um die abscheuliche Firma – es geht um Tantchen.«

»Wieso?«, fragte Larry. »Sie weiß gar nichts davon. Sie hat mit der Sache nichts zu tun.«

»Sie ist die Posthalterin und Tony ist nur ihre Angestellte. Deshalb ist sie verantwortlich für das, was Tony tut.«

Tony hatte wieder den Kopf hängen lassen. Aber sie hatte ein wenig Hoffnung, denn Larry brachte ihre Argumente so geschickt, dass sie fast vernünftig klangen. »Aber was hat Tony denn getan? Nur einen Brief jemand nicht zugestellt, den es nicht gibt! Ich nenne das schlicht und einfach vernünftig.«

Es war unser Pech, dass gerade da Paul hereinkam und diese letzte Bemerkung noch hörte.

»Was ist so vernünftig? Wenn Larry das sagt, dann wette ich meinen letzten Dollar, dass da etwas faul ist.«

Larry lachte und hätte sicher von etwas anderem angefangen, aber Tony machte ein unglückliches Gesicht. Sie sagte mit dünner Stimme: »Susan, du bist schockiert, und dabei hast du versprochen, dass du nicht böse bist, wenn ich nur alles erzähle. Ich kann das nicht aushalten, wenn du mir böse bist, Susan.«

Paul blickte uns der Reihe nach an. Tony hatte einen roten Kopf, Larry war streitsüchtig und bereit, sich in den Kampf zu stürzen, und ich fühlte mich elend. Ich liebte Tony sehr, aber ich liebte Tantchen auch, und mein Herz wurde hin und her gerissen. Ich sagte: »Ach, bei der Sache können wir jetzt sowieso nichts machen, Paul, also reden wir nicht darüber.« Ich habe vor Paul nur sehr ungern Geheimnisse, aber ich wusste, wie viel Tony daran lag, dass er nichts erfuhr. Aber ich hatte mich verrechnet. Sie wollte jetzt unbedingt alles gestehen und sagte zu meiner Überraschung: »Ach, hören wir doch mit dieser Betrügerei auf!

Das ist ja schlimmer als bei den Kindern. Ich erzähl' Paul die Geschichte lieber, dann bin ich es los.« Und sie berichtete es ihm auf der Stelle.

Als sie geendet hatte, schwieg Paul eine ganze Weile. Er hatte sie nicht unterbrochen, und sein Gesicht war ernst. Dann begann er langsam: »Du hast Recht damit, dass man die arme kleine Frau für Schulden schröpft, die sie nie gemacht hat.«

Larry genügte das, und sie sagte: »Mein lieber Paul, ich bin stolz auf dich. Diesmal bist du wirklich vernünftig. Selbstverständlich hätte man diese Halsabschneider nie beachten sollen. Es ist ein Jammer, dass Edith sich so lange mit dem Zahlen abgemüht hat.«

Er fuhr fort, als hätte sie nichts gesagt: »Der springende Punkt ist aber, dass dir die Post anvertraut ist, Tony. Du hättest den Brief entweder an Edith Stewart schicken müssen, dann hätte Ted die Sache in die Hand genommen, oder Miss Adams um Rat fragen sollen. Erzähl' noch einmal genau, was du mit dem Brief gemacht hast.«

»Ich hab' ihn zurückgeschickt und draufgeschrieben: ›Name und Adresse unbekannt‹.«

»Und das ist auch wahr«, unterbrach Larry. »Den Namen gibt es bei uns nicht. Es gibt keine Mrs. Freeman und es hat sie nie gegeben. Außer der Frau, die in Australien lebt, wie Tony sagt, und du hättest doch sicher nicht erwartet, dass sie den Brief umadressiert an ›Mrs. Freeman irgendwo in Australien‹? Ich will damit nur sagen, dass man unmöglich einen Brief jemand zustellen kann, den es gar nicht gibt.«

Paul betrachtete sie missbilligend. »Das ist Haarspalterei, das weißt du ganz genau. Es geht weder um die Firma noch um Edith Stewart.«

»Männliche Logik«, warf Larry ein. Sie wollte ihn unbedingt ablenken. »Natürlich geht es um Edith. Ein Jahr lang hat sie geschuftet, um diese Schulden zu bezahlen. Jetzt ist sie endlich frei und glücklich verheiratet, und da versuchen die, es ihr zu verderben. Paul, wie kannst du nur sagen, dass es nicht um sie geht?«

Diesen Ausbruch überhörte Paul in einer höchst aufreizenden Weise. »Du musst an Miss Adams denken, Tony. Du arbeitest bei ihr. Sie vertraut dir, und, was noch mehr ist, sie hat dich sehr gerne. Und jetzt pfuschst du mit der Post herum!«

Tony war völlig geknickt. Es sah so aus, als würde sie jeden Moment in Tränen ausbrechen, und Larry warf Paul einen wütenden Blick zu. Ich saß stumm da und war unglücklich. Wenn Tony ihre Stellung aufgeben müsste, was würde dann geschehen? Tantchen brauchte sie dringend. Tony war glücklich und gab sich Mühe. Es wäre falsch, sie auf der Farm zu behalten. Das würde bedeuten, dass sie uns verlassen müsste um Sekretärin oder Krankenschwester zu werden. Sie würde jemanden in der Stadt heiraten und keinen netten Farmer hier aus der Gegend. Alles wäre verdorben.

Endlich sprach sie mit sehr unsicherer Stimme: »Dann meinst du, es ist besser, ich erzähl' die ganze Geschichte Miss Adams?«

Paul sagte zu meiner Überraschung: »Das nützt jetzt gar nichts mehr. Sie würde sich nur aufregen. Hinauswerfen würde sie dich wohl nicht, aber sie würde dir nie wieder die Post anvertrauen, und das würde viel ausmachen. Sie ist nicht mehr die Jüngste, und sie hat viel zu viel zu tun. Du bist ihr eine große Hilfe.«

»Aber ich würde es ihr lieber erzählen. Ich hasse es, etwas zu verbergen. Besonders jetzt, wo du es für so wichtig hältst.«

Paul sagte freundlich: »Ich weiß, dass du niemanden gerne betrügst, aber wir müssen jetzt an Miss Adams denken. Eigentlich hat es keinen Sinn, ihr die Geschichte zu erzählen. Dich würde es vielleicht glücklicher machen, aber das ist dein Problem. Wenn man so etwas tut, muss man dafür bezahlen, und du musst eben den Mund halten.«

Larry sagte: »Paul, du bist ganz schön eklig. Dabei hat sie doch nur jemandem einen Gefallen tun wollen.«

»Sie hat ihre Nase in fremde Angelegenheiten gesteckt. Das nimmt noch ein böses Ende, Tony.«

Larry überging das und fuhr fort: »Du kannst nicht erwarten, dass Susan und ich über Tony zu Gericht sitzen. Es ist nichts gegen das, was wir vor Jahren gemacht haben.«

»Ich weiß, was ihr angestellt habt. Die Telefonleitung abgeschnitten, damit der Colonel Annes Hochzeit nicht verhindern konnte. Das werd' ich nie vergessen. Aber ihr wart zwei junge Dummköpfe ohne irgendein Verantwortungsbewusstsein.«

»Besten Dank. Auf alle Fälle hat es genützt und Tantchen hat deshalb nie ein Theater gemacht.«

»Weil sie es nie genau gewusst hat. Sie hat es sich denken können, aber ihr habt wenigstens den Anstand besessen, nicht herumzurennen und die Sache zu erzählen. Dann hätte sie etwas unternehmen müssen, so wie sie es jetzt muss, wenn Tony ihr Gewissen durch eine Beichte erleichtert. Das nützt jetzt nichts mehr.«

»Aber ich fühle mich scheußlich«, jammerte Tony, die wieder einmal den Tränen nahe war. »Ich hab' der lieben Miss Adams etwas Schreckliches angetan, und dabei wollte ich doch nur jemand anderem einen Gefallen tun.«

»Den Fehler machst du gerne«, sagte Paul unerbittlich. »Lass es dir eine Lehre sein. Renn nicht zu Miss Adams und belaste sie damit. Kopf hoch, du stehst es schon durch.«

»Lebe im Bewusstsein deiner Schuld«, mokierte sich Larry. »Ehrlich, Paul, so einen Unsinn hab' ich noch nie gehört. Es ist kein Verbrechen, klarzustellen, dass es keine Mrs. Freeman gibt, denn es ist wahr.«

»Liebe Larry«, begann Paul vorsichtig, »dein größter Fehler ist, dass du kein Verständnis für Gut und Böse hast« – und dann merkte er, dass er genau das tat, was Larry wollte. Sie hatte seine Aufmerksamkeit von Tony abgelenkt und ihr so Zeit verschafft, sich wieder zu fangen. Sie lachte aufreizend und sagte: »Ich muss schon sagen, Paul, deine unschuldigen Kinder tun mir Leid. Du redest wie ein Vater aus dem vorigen Jahrhundert. Der Himmel stehe Christopher und Patience bei, wenn sie älter werden.«

Tony hatte sich in der Zwischenzeit erholt und sagte mit dünner Stimme: »Gut, Paul, ich erzähl' ihr nichts, obwohl es mir viel lieber wäre. Ich hab' immer das Gefühl, dass ich sie betrüge.«

»Du wirst es überleben. Aber noch etwas, Tony. Larry kann so viel spotten, wie sie will, und behaupten, dass ich ein altmodischer Vater bin – aber ich bin tatsächlich für dich verantwortlich. Als deine Eltern dich hier gelassen haben …«

»Vertrauten sie es deiner zärtlichen Fürsorge an, das arme kleine Ding«, warf Larry vergnügt ein. »Und jetzt verschüchterst du sie …«

Paul unterbrach sanft: »Rechtmäßig bin ich mehr oder weniger dein Vormund, Tony, bis du einundzwanzig bist. Deshalb halte ich es für richtig, dich um ein Versprechen zu bitten.« Tony blickte sehr ernst, aber sie fühlte plötzlich, dass alles wieder gut werden würde. Paul redete immer noch – ein sehr ungewöhnliches Ereignis bei ihm. »Vergiss die ganze Geschichte mit dem eingeschriebenen Brief. Erzähl niemandem davon. Du bist zwar möglicherweise im Recht, aber Tantchen gegenüber war es nicht richtig. Gib mir dein Wort, dass du nicht mehr mit der Post herumpfuschst, was immer auch geschehen mag. Das meine ich wortwörtlich, auch wenn du meinst, du vollbringst eine edle Tat und rettest ein Leben. Auch dann darfst du nichts tun, ohne Miss Adams um Rat zu fragen.«

Tonys Augen waren groß und feierlich. »Ja Paul, das verspreche ich. Was auch immer geschehen mag, ich tue mit der Post nur noch das, was mir Miss Adams anschafft. Aber stellt euch bloß vor, wenn jemand versucht, Mick O'Connor zu erpressen oder Caleb Drohbriefe zu schreiben!«

Wir lachten alle los. Die Idee, dass jemand Mick O'Connor erpressen könnte, war zu komisch. Paul sagte übertrieben dramatisch: »Sogar wenn Larry und Susan darin verwickelt sind, sogar wenn du glaubst, du könntest meine Ehre retten, wenn du einen Brief vernichtest – sogar dann, Tony!«

»Sogar dann, das verspreche ich. Aber ist das wirklich richtig, Paul? Soll ich Miss Adams nichts erzählen?«

»Vollkommen richtig. Du würdest nur dich selbst glücklicher machen, aber sie würde sich Sorgen machen.«

»Kurz gesagt: Schweigen!«, ahmte Larry ihn nach. »Immer währendes Schweigen! Ach, was für ein Lärm um nichts. Paul, du wirst humorlos. Vergessen wir die ganze Geschichte und machen uns auf die Suche nach unseren schrecklichen Kindern. Wende deine Aufmerksamkeit lieber deiner eigenen Familie zu, denn wenn es je eine Bande von potenziellen Verbrechern gegeben hat …«

Aber so schnell konnte Tony sich nicht erholen. Sie kam nicht mit uns, um nach den Kindern zu sehen, sondern schlenderte allein in den Garten. Ich hatte Larry ein Stück begleitet und kam über die Koppel zurück, als ich ein Auto vor dem Tor halten sah, aus dem Peter Anstruther ausstieg. Ich hoffte, er würde Tony nicht in Tränen aufgelöst im Garten finden.

Im nächsten Moment hörte ich ihre Stimmen durch die Hecke. Tony versuchte gerade, tapfer zu sein: »Nein, nichts, nur ein bisschen verschnupft. Bin irgendwo in den Zug gekommen.« Und er antwortete: »Scheußlich lästig, so was.«

Es entstand eine Pause, dann sagte Tony plötzlich: »Wirklich nett von Ihnen, dass Sie so tun, als hätten Sie nichts gemerkt. Ich hab' mich benommen wie ein kleines Kind. Keine Erkältung. Mein schlechtes Gewissen.«

»Anstrengend, so ein schlechtes Gewissen. Kann mir nicht vorstellen, wofür wir so was haben.« Peter versuchte, leicht darüber hinwegzugehen, aber es klang nicht sehr überzeugt.

Tony sagte unvermittelt: »Die Sache ist so, dass ich etwas Schlimmes getan hab' und es gerne gestehen möchte. Keine Angst, nicht Ihnen! Sondern dem, den die Sache angeht. Aber alle sagen, ich soll es nicht tun.«

»Wahrscheinlich haben sie Recht. Oft besser, den Mund zu halten als zu reden.«

»Meinen Sie wirklich? Aber Geständnisse sind so eine Erleichterung.«

»Das ist es ja. Man selbst ist erleichtert. Aber der nicht, dem man es auflädt beim Abladen.«

Das war ein komischer Satz, aber Tony verstand ihn, denn ich hörte sie seufzen, anscheinend war Schweigen eine schwere Strafe für sie. Ich beeilte mich und lauschte nicht weiter, aber als sie ins Haus kamen, schaute Peter Tony an, als sähe er sie zum ersten Mal. Sie war plötzlich eine selbstständige Persönlichkeit, nicht nur Pauls hübsche Nichte.

Er blieb nicht lange. Er machte uns fast nie einen richtigen Besuch, und wenn er kam, weil er etwas zu sagen hatte, dann sagte er das und ging wieder. Er war wirklich nicht sehr gesellig, aber wir mochten ihn alle sehr gerne, trotz seiner Schweigsamkeit und seiner Zurückhaltung. Bevor er ging, strengte er sich jedoch ungewöhnlich an, offensichtlich tat ihm Tonys Niedergeschlagenheit Leid, und brachte das Gespräch auf das Sportfest und ihr Pony.

»Wie geht das Springen?«

»Ganz toll. Larry sagt, dass Babette leicht zu reiten ist. Überhaupt nicht nervös, und sie springt gerne. Sie kommen doch zum Sportfest, oder?«

»Natürlich, obwohl es ja recht unpraktisch liegt, zwei Tage vor Weihnachten. Es kommen ja nie viele von auswärts, aber dieses Jahr kommt sicher gar niemand. Warum reiten Sie Ihr Pony nicht selbst?«

»Ich reite nicht gut genug, und sie muss unbedingt gewinnen. Wissen Sie, Ursula Maitland reitet Sahib.«

Er grinste. »Aha … Nun, nächstes Jahr werden Sie sie selbst reiten können. Macht mehr Spaß. Larry ist schon eine ausgezeichnete Reiterin.«

»Oh, glauben Sie, dass sie wirklich Chancen gegen Ursula hat?« Tony glühte vor Begeisterung und die Tragödie war vergessen.

»Weiß ich nicht. Hab' das andere Pferd noch nie gesehen, aber Babette ist ein sehr gutes Pony«, und Tony sah aus, als wollte sie ihm um den Hals fallen.

Als sie seinem Auto nachsah, sagte sie: »Peter hat heute tatsächlich mehr zu mir gesagt, als alle die Male zusammen, die ich ihn bisher getroffen hab'. Wohl weil er mich schniefend im Garten erwischt hat. Er ist richtig nett und sympathisch, findest du nicht auch?«

Ich sagte, dass ich ihn für sehr nett hielte, aber dass es schwer sei, ihn näher kennen zu lernen. Und an diesem Abend, als die anderen schon im Bett waren, sagte ich zu Paul: »Ich wollte, Peter würde etwas mehr aus sich herausgehen. Vermutlich haben die Jahre mit seiner Mutter Hemmungen in ihm erzeugt, die er jetzt nicht wieder loswird.«

Paul schaute mich an, als wäre ich leicht verrückt, und sagte: »Er ist verdammt nett. Dass ihr Frauen immer wollt, dass ein Mann geschwätzig ist«, was ich unfair fand und was mich veranlasste, mich in beleidigtes Schweigen zu hüllen. Paul brach es mit der Bemerkung: »An deiner Stelle würde ich aufhören, mir wegen Tony Sorgen zu machen. So was macht sie sicher nicht noch einmal.«

»Ich weiß nicht, ob es Tantchen gegenüber richtig ist. Sie vertraut uns allen.«

»Es macht alles nur schlimmer, wenn wir ihr die Sache auftischen. Das Mädchen arbeitet gut, und Tantchen ist so zufrieden mit ihr. Lass sie in Ruhe.«

Ich sagte mürrisch, dass ich auch nichts anderes vorgehabt hätte. »Schließlich war es auch kein großes Verbrechen. Larry versuchte ja zu erklären, dass wir wirklich keine Mrs. Freeman kennen.«

»Ach, Larry«, sagte Paul nur müde.

10

Caleb lebte sich bei Tantchen gut ein und erwies sich als so nützlich, wie es die anderen von ihm erwartet hatten. Ich hatte mich getäuscht, als ich bei dem Gedanken an die Schweine im Fischernetz und den fürchterlichen Kater erwartet hatte, dass er für Miss Adams nur eine Last sein würde. Er war freundlich und zuvorkommend, immer bereit, bei allem zuzupacken und missachtete die Vierzig-Stunden-Woche völlig. Er fuhr sogar den Lieferwagen, zwar nicht gerade hervorragend, jedoch äußerst vorsichtig und übernahm einen Teil der Lieferungen.

Er war auch beliebt. Vorher, als er noch auf seiner verlassenen Farm gelebt hatte, hatte er fast niemanden gekannt, aber jetzt hatte er viele

Freunde, die nicht einmal Annabella abschrecken konnte. Er lebte sichtlich auf und war glücklich und zufrieden. Natürlich machte er auch Fehler, aber Tony sagte, sie hätten seine schwachen Stellen schnell herausgefunden.

»Man darf ihn nicht hetzen. Wenn man ihn in Ruhe lässt, macht er die Abwiegerei glänzend. Und man bittet ihn besser gar nicht erst, etwas im Supermarkt zu suchen, der bringt ihn nämlich durcheinander. Er lässt dann alles fallen und gibt an der Kasse falsch heraus.«

»Er ist wirklich eine Hilfe«, sagte Tantchen, »er nimmt uns all die lästigen Arbeiten ab, die so aufhalten. Ich hab' auch noch nie gesehen, dass er ungeduldig wird oder den Leuten schlechte Zwiebeln gibt oder zu wenig Kartoffeln. Er ist sehr vorsichtig mit dem Lieferwagen und bringt nie die verschiedenen Bestellungen durcheinander. Er ist genau das, was Tony und ich gebraucht haben.«

»Macht sich nützlich, wie Ursula«, lästerte Larry. »Nur auf eine viel nettere Art. Ich kann mir nicht vorstellen, wie Anne das aushält. Sie wird froh sein, wenn dieser Monat vorbei ist. Sie ist fest davon überzeugt, dass das Kind am Weihnachtstag kommt, weil bei ihr ja nichts ohne Komplikationen geht. Sie nennt es jetzt schon immer Nicola.«

Wir saßen in Tantchens kleinem Wohnzimmer und unterhielten uns gemütlich in einer ihrer wenigen ruhigen halben Stunden, als Larry plötzlich ein entsetzlicher Gedanke kam.

»Was passiert in der Zeit, in der Anne zur Entbindung in der Stadt ist? Ich weiß, dass sie wieder die nette kartanische Krankenschwester kommen lassen will, die schon das letzte Mal da war, und die wird sich um die Zwillinge kümmern. Vielleicht bleibt Ursula aber dort und spielt weiter die Hausherrin, damit dem lieben Tim auch nichts abgeht?«

»Wenn sie das tut, dann geht die Schwester. Nicht einmal dieses nette Mädchen wird sich von Ursula herumkommandieren lassen«, prophezeite ich düster.

»Mit welchem Vergnügen ihr Mädchen Schwierigkeiten voraussehtt«, sagte Tantchen. »Angeblich reist Miss Maitland gleich nach Weihnachten ab. Und wenn nicht, wird sie wohl froh sein, wenn sie wieder zum Colonel zurückkehren kann. Euch ist anscheinend nicht klar, dass sie hart arbeitet und tatsächlich eine große Hilfe ist.«

»Selbstverständlich ist uns das klar«, gab Larry zurück. »Man kann keine fünf Minuten mit ihr zusammen sein, ohne das zu merken.« In diesem Moment klopfte Caleb an die Türe.

Nachdem er uns mit übertriebener Höflichkeit begrüßt hatte, fragte er: »Miss Adams, würde es Sie stören, wenn ich ein paar kleine Schreinerarbeiten in dem alten Schuppen da hinten machen würde?«

»Natürlich nicht, Caleb. Er wird sowieso nie benutzt und fällt bald zusammen. Tun Sie dort nur, was Sie wollen.«

Als er gegangen war, sagte Larry: »Ich kann mir nicht vorstellen, dass Caleb ein geschickter Schreiner ist. Ich glaub', dass alles, was er zusammennagelt, wieder auseinander fällt.« Aber Tony kam da gerade herein und versicherte uns, dass Caleb recht gewandt mit Werkzeugen sei und immer sehr sorgfältig Maß nehme.

»Schrecklich langsam natürlich. Ich möchte furchtbar gerne wissen, was er in dem Schuppen tun will. Er hat eine ganze Menge Holz gesammelt und damit sehr geheimnisvoll getan.«

»Vielleicht baut er einen kleinen Käfig für seinen Kater«, schlug ich vor, denn in diesem Moment war das Tier in der Toreinfahrt erschienen und beäugte uns bösartig. »Man sollte ihn einsperren können, wenn jemand kommt, den er nicht mag.«

Jemand rief vom Supermarkt herüber, und Tony verschwand. Ich hatte die Stimme erkannt und war deshalb nicht überrascht, dass Tony rötere Backen als gewöhnlich hatte, als wir zum Supermarkt hinübergingen. Sie stritt sich mit Colin über verschiedene Waschmittel.

»Als wenn es dir nicht egal wäre! Du bringst deine ganze Wäsche ja immer in eine Wäscherei in der Stadt. Du kannst kein Waschpulver vom anderen unterscheiden, und du tust nur so klug, weil du streiten willst.«

»Aber nein, ich will nur einen Grund haben, dazubleiben und mich mit einem so bezaubernden Mädchen zu unterhalten, anstatt zu meinem einsamen Haus und zu meiner schmutzigen Wäsche zurückzukehren«, sagte er in einem Ton, von dem sogar ich zugeben musste, dass er betörend war. »Also gib mir das, was du für das Beste hältst. Obwohl ja das letzte Mal, als ich deinen Rat befolgte, meine Socken gerade noch groß genug für Micks Dreijährigen waren.«

»Eigene Dummheit, wenn du sie auskochst.«

»Aber es hatte auch seine Vorteile. Das Taschentuch, das ich mitkochte, nahm ein ganz reizendes Grau an. Ich werd' es so in die Tasche meines grauen Anzugs stecken, dass es ein wenig heraussteht.«

Sie hatten ihren Spaß miteinander, und man konnte seinen Charme nicht leugnen. Larry warf mir einen kurzen Blick zu und sagte dann laut: »Ich unterbreche diese familiäre Diskussion zwar sehr ungern, aber wir fahren heim, Tony. Meinst du, dass ich schnell einen Blick in den Schuppen werfen kann und schauen, was Caleb vorhat?«

»Hat keinen Zweck. Ich hab' versucht, es herauszubringen, aber er redet nicht darüber, es muss ein großes Geheimnis sein. Jetzt ist er sowieso nicht dort. Er tut nie seine eigene Arbeit in Tantchens Zeit. Wahrscheinlich bleibt er dort, bis es dunkel wird und weckt uns morgen früh wieder mit dem Gehämmere.«

Colin wandte seinen Charme Larry zu: »Wie geht die Dressur? Ich hab' gehört, dass der Colonel einen großartigen Pokal für den Holzhackwettbewerb stiftet. Vermutlich wird Babette alle Preise bei den Pferdewettbewerben gewinnen?«

»Ach, nie. Ich mach' mit ihr nur bei zweien oder dreien mit. Sie ist noch nicht gut genug geschult. Sie scheint zwar ausgesprochen ruhig zu sein, aber man weiß ja nie genau, wie ein Pferd auf Lärm und eine Menschenmenge reagiert.«

Colin antwortete sofort: »Warum probieren Sie es nicht aus? Ich komme und mache einen Lärm, um den mich jede Menschenmenge beneidet«, und bevor ich eigentlich wusste, wie es geschah, war schon ausgemacht, dass Colin Tony am Freitag Abend heimbringen und bei uns übernachten würde, und am nächsten Morgen würde er sich nach Kräften bemühen, Babettes Nerven zu testen.

Auf der Heimfahrt konnte ich mich nicht zurückhalten, zu Larry zu sagen: »Wirklich, dieser junge Mann hat Nerven. Er und Tony scheinen ja mächtig befreundet zu sein.«

»Nimm dich zusammen, Susan. Waschpulver ist kein romantisches Gesprächsthema, und Tony ist zu allen nett. Als ich das letzte Mal herunten war, verhandelte sie gerade ernsthaft mit Peter Anstruther über Ölsardinen.«

Das tröstete mich. Tony hatte nicht mehr von Peter gesprochen seit dem Tag, an dem er sie mit Tränen in den Augen im Garten gefunden hatte.

Ich konnte mir nicht vorstellen, dass er sich wirklich brennend für Ölsardinen interessierte. Vielleicht freundeten sie sich an. Es wäre nett, wenn … Hier beherzigte ich Larrys Rat und nahm mich zusammen.

Sie fuhr fort: »Du musst dich einfach damit abfinden, dass Tony mit allen recht vertraulich umgeht, und dass das meistens überhaupt nichts bedeutet. Ganz klar, dass so ein hübsches Mädchen viele Verehrer hat. Sie kennt wirklich genug andere, also beruhige dich.«

Ich war Colin Manson gegenüber eben voreingenommen. Mir gefielen die Geschichten nicht, die ich über seine Flirts gehört hatte. Außerdem fiel es mir schwer zu glauben, dass bei Tony die Sache tatsächlich so oberflächlich war, wie man aus ihrem Benehmen schließen konnte. Auf jeden Fall war er ein charmanter Gast, und Paul mochte ihn.

»O ja«, sagte ich gehässig, »er weiß genau, wie er mit den Leuten umgehen muss. Gute-Nacht-Geschichten für Patience, ein bisschen Kricket mit Christopher, viel kluges Geschwätz über Schafe für dich, und abtrocknen für mich. Der ideale Gast.«

Paul sagte: »Was ist denn in dich gefahren? Ich muss schon sagen, du bist schwer zufrieden zu stellen. Vor kurzem hast du dich beklagt, dass Peter so wenig aus sich heraus geht. Colin tut es – und er ist dir wieder nicht recht. Der ist schon in Ordnung. Gerede? Natürlich gibt es hier in der Gegend Gerede über einen gut aussehenden Junggesellen. Es ist mal eine nette Abwechslung, einen Gast zu haben, der sich für alles interessiert.«

»Besonders für Tony«, sagte ich unbedacht, und Paul setzte eine Duldermiene auf.

»Komm, sei vernünftig. Du stellst dich doch sonst nicht so an! Dich reiben die Weihnachtsvorbereitungen auf. Ein Jammer, dass wir dieses Jahr alle anderen einladen müssen, aber du sollst dich deshalb nicht aufarbeiten. Geh lieber ins Bett.«

Ich brummte übel gelaunt, dass Weihnachten noch nie so einfach gewesen sei. Nur unsere eigene Familie, alle anderen brächten etwas mit. Kein schrecklicher Truthahn. Kein Plumpudding. Das sei die richtige Art, Weihnachten zu feiern, und niemand hätte viel Arbeit damit.

Am nächsten Tag schien mir das nicht mehr so sicher. Alle waren weggegangen, um Larry und Babette zu bewundern, und ich war allein zu Haus, als das Telefon läutete und Tantchen ein Ferngespräch meldete. Es war Mutter, und es musste etwas Aufregendes passiert sein, denn so großzügig Mutter sonst ist, mit Ferngesprächen ist sie sparsam.

»Susan, kannst du mich hören? Ist diese unmögliche Leitung in Ordnung?«

»Einigermaßen, und wenn du langsam sprichst, kann ich dich auch verstehen.«

»Also, die Sache ist sehr einfach. Du weißt, dass dein Vater und ich

Weihnachten bei Dawn verbringen wollten? Also, das Mädchen scheint sich für überanstrengt zu halten. Lächerlich, mit einem Kind und der Hilfe ihrer guten Mutter! Ich versteh' das einfach nicht.«

Mutter musste sich sehr über Dawn ärgern, wenn sie sich bei einem Ferngespräch die Zeit nahm, sich über sie zu beklagen. Ich fragte: »Geht es ihr nicht gut?«

»Es geht ihr ausgezeichnet, aber du weißt ja, wie Geoffrey sie verwöhnt, und er hat beschlossen, über Weihnachten eine Kreuzfahrt mit ihr zu machen. Redet davon, dass er den ganzen Rummel umgehen will, wobei ich nicht weiß, welchen Rummel er meint, er bestellt immer einen Tisch im besten Hotel fürs Essen. Aber ich will keine Zeit mit Reden verschwenden, Susan, denn ich hoffe, dich bald zu sehen.«

Ich mag Mutter gerne, aber ich muss gestehen, dass meine gute Laune schwand. Ich konnte mir denken, was nun kommen würde.

»Wir haben daran gedacht, euch zu besuchen, mit euch Weihnachten zu feiern und noch ein paar Tage zu bleiben. Dein Vater freut sich schrecklich darauf. Er sagt, er habe Paul und die Farm seit zwei Jahren nicht mehr gesehen. Und ich sehne mich natürlich danach, meine allerliebsten Enkel zu sehen.«

Ich dachte daran, wie ich die allerliebsten Enkel zuletzt gesehen hatte. Ziemlich schmutzig und unordentlich hatten sie sich eiligst davongemacht, um ihren Wochenendarbeiten zu entgehen. Sie waren fest entschlossen, die Zeit mit Christina und Mark zu verbringen und um ihre Eltern einen großen Bogen zu machen. Mutter redete inzwischen eifrig weiter.

»Hörst du mich? Dieser Anruf wird mich ruinieren. Können wir kommen, Susan? Wird es dir nicht zu viel?«

»Aber nein, Mutter. Ich freu' mich drauf, euch zu sehen. Wann wollt ihr kommen?«

Hoffentlich klang das begeistert, aber mir war nun klar, dass es nichts würde mit unserem geplanten ruhigen und unkonventionellen Weihnachtsfest, und der Gedanke an Truthahn und Plumpudding dämpfte merklich meine Freude, die Eltern zu sehen.

»Am Tag vor Weihnachten, Liebling, und nur für vier Tage. Ich weiß, das ist schrecklich kurz, aber wir sind über Neujahr im Süden eingeladen. Wir freuen uns sehr darauf, euch wieder zu sehen, und ein gemütliches Weihnachtsfest in den Backblocks zu feiern.«

Ich legte den Hörer auf, setzte mich hin und warf alle unsere Pläne über den Haufen. Meine Eltern waren seit fünf Jahren an Weihnachten nicht mehr bei uns gewesen, deshalb mussten wir es natürlich groß feiern, dass sie diesmal kamen. Paul schätzte meinen Vater sehr und würde sicher auf ein »richtiges« Weihnachtsfest Wert legen, und ich wollte natürlich auch, dass es ihnen bei uns gefiele.

Das bedeutete eine Einladung mit allem Drum und Dran. Ich überlegte mir, ob der Truthahn, von dem Paul ein oder zwei Mal wehmütig gesprochen hatte, und der auf der hinteren Koppel mit seinen vielen Frauen lebte, ausreichen würde oder ob wir zwei brauchten – ein schrecklicher Gedanke. Ich durfte auch den Schinken nicht vergessen und musste mit Larry und Anne das Essen besprechen.

Es würde eine große Gesellschaft werden, da ich an der Reihe war, die anderen Familien einzuladen. Das wäre nicht schlimm gewesen, wenn wir das Weihnachtsfest so hätten feiern können, wie wir verabredet hatten. Jetzt jedoch begann ich verzweifelt zu zählen: der Colonel, Ursula, Julian und Alison, Miss Adams und Caleb, Larry, Sam und die Kinder, Anne, Tim und die Zwillinge und, nicht zu vergessen, meine Eltern. Und auch Peter, der versprochen hatte zu kommen, wenn auf der Farm nichts Besonderes los sei. Ich gab das Zählen auf, entschied aber, dass es das würde, was Larry »Truthahn um Zwölf« genannt hatte, dass zwei Truthähne nötig wären und ein großer Schinken, und dazu noch das Rindfleisch und die Zunge, von denen wir einmal in unserer Naivität gehofft hatten, dass sie allen Ansprüchen genügen würden. Ich seufzte und ging mein Pferd einfangen, um die Menschenmenge zu vergrößern, die Babettes Nerven testen sollte.

Sam hatte ein paar Hindernisse aufgebaut, die denen beim Sportfest ganz ähnlich waren. Die Menschenmenge bestand aus Colin, der mit einer Gießkanne bewaffnet war, Tony und unseren vier Kindern, die zusammen einen irrsinnigen Lärm veranstalteten. Babette störte das überhaupt nicht, und als ich mich dazu stellte, wandte Larry sie zum Startplatz und ritt eine fehlerlose Runde, zu Tonys größtem Entzücken. Larry war mit ganzen Herzen dabei. Sie ritt Babette leicht, hatte sie aber vollkommen in der Hand, und nahm den Beifall der Menge bescheiden entgegen. Gerade in diesem Moment gesellte sich zu unserer Überraschung Sam zu uns.

Ich sagte. »Sag bloß, du nimmst dir eine halbe Stunde Zeit, um die Reitkünste deiner Frau zu bewundern?«

Er war verlegen. »Eigentlich nicht. Ehrlich gesagt, ich wollte mit

Larry reden, weil wir ein Telegramm bekommen haben. Ich bin nochmal ins Haus zurück, um meine Peitsche zu holen, und da hat Tantchen gerade angerufen. Jetzt bin ich auf der Stelle herausgekommen.«

»Ein Telegramm?« Larry sprang von Babette und übergab sie Tony, die in ihr Pony kindisch vernarrt war. »Sicher was Aufregendes, sonst wärst du nicht gleich herausgerannt. Sag bloß, ich hab' was im Preisausschreiben gewonnen. Ich weiß, was ich damit mache. Ich verkaufe es und mache einen Einkaufsbummel.«

»So was ist es nicht«, sagte Sam und schluckte nervös. »Ehrlich gesagt, es ist von meiner Mutter.« Larry warf mir einen besorgten Blick zu. Sie und Mrs. Lee mögen einander nicht, und obwohl ich ihr immer erkläre, es sei nicht fein, sich mit seinen angeheirateten Verwandten nicht zu vertragen (ich selbst habe keine außer Claudia, und die ist weit weg in Australien), weiß ich, dass ich mit Sams Mutter auch nicht auskommen könnte. Sie ist eine gut aussehende ältere Dame, die glaubt, dass ihr einziger Sohn viel zu gut für Larry sei, und eine herablassende Art hat, ihre Schwiegertochter als Dummkopf hinzustellen. Larry muss immer einiges über sich ergehen lassen, wenn sie ihren jährlichen Besuch macht, aber sie käme nie auf die Idee, ihren Ärger an Sam auszulassen.

Jetzt sagte sie: »Hoffentlich ist alles in Ordnung? Deine Mutter telegrafiert nicht oft.«

»Stimmt, und diesmal ist sogar die Rückantwort bezahlt.«

Sam machte eine Pause und ich ahnte Schlimmes. Larry wohl auch, denn sie sagte mit erzwungener Freude: »Kommt sie. zu Besuch?«

»Ja, sie will mit uns Weihnachten feiern. Ich – ich wollte dich erst fragen, bevor ich ihr eine Antwort schicke. Ich weiß ja, dass wir Weihnachten diesmal anders feiern, ohne Rummel und Arbeit, und ich glaube, es ist das Beste, das gleich zu sagen. Sie kann ja dann im Januar kommen.«

»Du darfst ihr auf keinen Fall absagen. Natürlich muss sie Weihnachten zu uns kommen, wenn sie gerne möchte. Du bist ihr einziger Sohn, und Weihnachten ist eine traurige Zeit für Witwen«, schloss Larry. Offensichtlich hatte die Sache sie recht verwirrt, sonst hätte sie keinen solchen Unsinn dahergeredet, denn man kann sich schwer jemanden vorstellen, der weniger trauernde Witwe ist als die lebhafte und hübsche Mrs. Lee. Und außerdem ist ihr Mann schon vor fünfundzwanzig Jahren gestorben, sodass sie sich inzwischen an Weihnachten ohne ihn gewöhnt haben dürfte.

Sam war rührend dankbar, sagte aber: »Macht es dir auch wirklich nichts aus? Wir wollten doch ganz unter uns sein …«

Jetzt musste ich eingreifen, und ich unterbrach ihn ziemlich düster: »Wir werden sowieso nicht unter uns sein. Ich bin noch nicht dazu gekommen, es euch zu erzählen, aber meine Mutter hat heute Vormittag angerufen. Dawn hat sie für Weihnachten wieder ausgeladen. Sie macht irgendeine Spritztour und will ihre Ruhe haben, deshalb kommen meine Eltern hierher.«

Einen Moment herrschte Schweigen, dann lachte Larry los. »O Susan, es musste ja so kommen. Das erste Mal, dass wir ein stilles Weihnachtsfest haben wollten! Aber es ist natürlich herrlich, wenn deine Eltern kommen. Dein Vater ist einfach süß, und Mrs. Lee und deine Mutter vertragen sich so gut.«

Das stimmte. Schon einmal, als Mrs. Lee sich zu einem Besuch bei Larry herabgelassen hatte, war die Situation durch Mutters Ankunft gerettet worden. Trotz ihrer Gegensätze verstanden die beiden sich offensichtlich sehr gut, und die Tatsache, dass Colonel Gerard und meine Mutter vor vielen Jahren in England befreundet gewesen waren, hatten die Ferien für Mrs. Lee zu einem großartigen Erfolg werden lassen. Larry wandte sich zu Sam, der erleichtert war. »Natürlich musst du gleich telegrafieren, dass sie unbedingt kommen soll. Lad sie ganz herzlich ein, Sam«, und er bemerkte im Weggehen, dass er es mit »Larry« unterschreiben werde, das werde seine Mutter freuen.

Als er gegangen war, sagte Larry: »Außerordentlich, was ein Mann alles glauben kann, wenn er will. Sich freuen über ein Telegramm von mir! Er wird es auch noch übertreiben und ›in Liebe‹ drunter schreiben, und sie wird genau wissen, dass die kleine Hilary, wie dieses Weibstück mich immer nennt, das weder in einem Telegramm noch sonst jemals zu ihr sagen würde. Ach Susan, Sam tut mir Leid, dass er uns damit überfallen musste. Für ihn ist es eigentlich noch viel schlimmer als für mich, denn er muss zuschauen und zuhören bei all den Sticheleien. Er weiß nämlich, was ich denke, obwohl ich mich bemühe, nichts zu sagen. Sie ist schließlich seine Mutter, und er hat sie sehr gerne.«

»Ja, es ist einfach scheußlich für euch beide. Ich kann mir nicht vorstellen, warum sie kommen will. So gut gefällt es ihr hier auch wieder nicht.«

»Jemand anderes muss sie versetzt haben, so wie Dawn deine Eltern. Wir müssen uns damit abfinden, Susan, dass wir nur Lückenbüßer sind.

Aber wir müssen beginnen, fest an Weihnachten und Nächstenliebe zu denken. Bei deinen Eltern ist es natürlich etwas anderes, aber ich weiß, dass meine ganze Weihnachtsstimmung beim Teufel sein wird, wenn ich Mrs. Lees Auto die Einfahrt heraufkommen sehe. Deine Leute mögen Paul, obwohl deine Mutter sicher nicht besonders begeistert gewesen ist, dass du dich in den Backblocks begraben hast. So nennen das die lieben Verwandten immer. Ich werde nie vergessen, wie Onkel Richard sich aufgeführt hat.«

»Er glaubte wohl, du wärst viel zu gut für Sam?«

»Bevor er Sam kennen lernte, war er fast so sehr dagegen wie Mrs. Lee. Du hättest sie bei unserer Hochzeit sehen sollen. Sie waren zwar einigermaßen höflich, betrachteten einander aber mit offenem Hass. Dem Himmel sei Dank, dass sie sich seither nicht getroffen haben und es auch nicht tun werden.«

Unser Weihnachtsfest schien ziemlich kompliziert zu werden, aber das war noch nicht alles. Noch am gleichen Abend rief Larry an, und daraus, dass sie mit einem hysterischen Lachen kämpfte, schloss ich, dass etwas Entsetzliches geschehen war.

»O Susan, warum hab ich das nur gesagt? Es war Wahnsinn! Eine Herausforderung des Schicksals.«

»Wovon redest du eigentlich? Du forderst das Schicksal immer heraus.«

»Und diesmal hat es zugeschlagen! Warum hast du mich das nur sagen lassen, dass Onkel Richard und Mrs. Lee sich nie wieder treffen würden?«

»Du meinst ... Aber das ist doch nicht dein Ernst, Larry?«

»Doch, vollkommen. Sie werden sich Weihnachten unter diesem Dach treffen. Unser stilles Fest ...«

»Hör auf zu lachen und erklär mir das genau. Soll das heißen, dass Onkel Richard ...?«

»Ja, Richard und Lydia. Sie haben heute Abend angerufen.«

»Und sie kommen an Weihnachten?« Das war ja entsetzlich.

Wir alle liebten Lydia, die Richard O'Connor kennen gelernt hatte, als sie unsere Kinder unterrichtete, und wir hatten auch Richard sehr gerne. Aber es waren zwei Leute mehr, und Mrs. Lee und ihr Feind würden sich treffen. Zwei mehr – unser Weihnachtsfest wuchs uns langsam über den Kopf – wo blieb da unsere viel gepriesene Weihnachtsfreude?

Ich sagte: »Aber Larry, das geht einfach nicht … Ich meine, drei Leute … Und du sagst, dass sie sich alle nicht mögen.«

»Das ist milde ausgedrückt. Mrs. Lee kriegt immer eine Gänsehaut, wenn jemand von unserem Richard spricht, und ich hab' einmal gehört, wie sie zu Sam sagte, er sei ein typischer Geschäftsmann und sehr gewöhnlich. Und Richard spricht immer von ›dieser verdammten Frau‹. Sie vergeben einander nie, dass Sam und ich geheiratet haben. Richard mag Sam inzwischen, aber er glaubt immer noch, dass ich etwas besseres hätte erwischen können, wie er sagt. Und Mrs. Lee denkt, Sam sei viel zu gut für mich«, und Larry lachte wieder verzweifelt.

»Das kann ja heiter werden. Wie willst du sie denn alle unterbringen?«

»Sam und ich haben beschlossen, ein Zelt im Garten aufzubauen. Dann haben wenigstens wir da draußen unsere Ruhe. Und Mrs. Lee wird das Vergnügen haben, am Weihnachtsmorgen bei Tagesanbruch von den lieben Kindern geweckt zu werden.«

»Sie mag sie doch sehr gerne?«

»Eigentlich nicht, obwohl sie ein schreckliches Theater gemacht hat, als die liebe kleine Hilary sich vier Jahre lang Zeit gelassen hat. Aber dem Himmel sei Dank für Lydia.«

Lydia kann herrlich mit Kindern umgehen, und unsere hängen sehr an ihr. Obwohl sie Richard O'Connor geheiratet hatte, war es ein schwerer Schlag gewesen, als sie uns verließ. Ich dachte voll Neid an Sam und Larry in ihrem Zelt und fragte: »Hast du deinem Onkel erzählt, dass Mrs. Lee kommt?«

»Natürlich nicht. Er würde nicht kommen, und es hätte so ausgesehen, als wollten wir ihn nicht bei uns haben. Nein, das wird eine hübsche Weihnachtsüberraschung geben. Gott sei Dank kommt Mrs. Lee erst nach dem Sportfest. Sicher verpfusche ich den letzten Sprung mit Babette, und es würde mich verrückt machen, wenn sie mir dabei zuschaut. Ursula wird ihr gefallen. Ganz ihr Geschmack, was eine der größten Unverschämtheiten war, die ich Larry je über ihre Schwiegermutter sagen hörte.«

Die Zahl meiner Gäste wuchs beängstigend. Und es würde bestimmt Schwierigkeiten geben. Wenn ich daran dachte, wie Mrs. Lee an Larry herumnörgeln und wie Onkel Richard Mrs. Lee anstarren würde, und wie Ursula herumrennen, die Männer bedienen und die Frauen herablassend behandeln würde, dann verlor ich allen Mut.

Schon das Essen war ein Problem, obwohl natürlich alle etwas beisteuern würden. Ich musste alles sehr genau planen.

Als ich Paul die Lage eröffnete, schrieb er nur einen großzügigen Scheck aus und schlug vor, wir sollten die Turnhalle mieten. Der Colonel jedoch erwies sich als eine größere Hilfe; er war hocherfreut, Mutter wieder zu sehen, und eine große Familienfeier war ganz nach seinem Geschmack. Ich glaube, er hätte mit Freuden das ganze Fest in seinem Haus veranstaltet, das für so etwas viel besser geeignet war, wollte mich aber mit diesem Vorschlag nicht beleidigen.

Er sagte: »Jetzt müssen wir alle zusammen überlegen. Ihr Mädchen dürft nicht zu viel machen und wir werden alle helfen«, und ich war dankbar, die Leitung des Ganzen, die mir zugestanden hätte, einem so geschickten Organisator zu übergeben.

Wir beschlossen, dass das Wetter schön zu sein hatte. Dann konnten wir im Freien essen, auf dem Rasen und unserer großen, altmodischen Veranda. »Und wenn es regnet«, sagte Larry, »können die Kinder in der Küche herumtoben, und wir müssen uns eben im Wohn- und Esszimmer zusammendrängen.« Pauls Gesicht verdüsterte sich beim Gedanken an ein Essen im Freien: Ich kann nie verstehen, warum unsere Männer, die doch angeblich so versessen sind auf große, weite Räume, es so hassen, dort auch zu essen. Sie wollen im Haus an einem Tisch essen, auf einem bequemen Stuhl sitzen und behaglich zurückgelehnt über die Freuden des Lebens im Freien reden.

Diesmal jedoch würden sie sich mit dem abfinden müssen, was man im Allgemeinen ein »kaltes Buffet« und was Paul »die Hölle auf Erden« nannte. Aber ich machte ihm klar, dass er seinen Teller irgendwie auf den Knien balancieren müsse und sich nicht eine leere Kiste als Tisch suchen dürfe.

»Nur – was sollen wir eigentlich auf unsere Teller tun?« Sams Frage war nicht unbegründet, und Paul ging mit bitterböser Miene hinaus und schoss zwei große Truthähne. Wir seufzten bei ihrem Anblick und dachten an das einfache, leichte Essen, das wir geplant hatten.

»Aber wir müssen uns natürlich Mühe geben«, sagte Larry. »Ich möchte nicht, dass Mrs. Lee in die Stadt zurückfährt und allen ihren Freunden erzählt, der liebe, arme Sam habe so wenige Annehmlichkeiten. Sie redet immer von Annehmlichkeiten, und das hatte ich letztes Mal so satt, dass ich sie fragte, was sie damit meinte, wir hätten schließlich eine Toilette mit Wasserspülung. Sie blickte mich bekümmert an und sagte, das würde ich nie verstehen. Aber ich wusste genau, dass sie damit eine gebildete Frau meinte, die keine Hunde im Haus hat, und deren Kinder gut erzogen sind.«

»Jetzt verbohr dich doch nicht so in deinen Hass! Denk dran, dass Weihnachten ist.«

»Ich kann gar nicht anders. Warum haben wir nur jemals geplant, dieses Jahr Weihnachten still und bescheiden zu feiern? Es wird garantiert schlimmer denn je. Wann fahren wir in die Stadt und decken uns mit Vorräten ein, in Mengen, wie sie nicht einmal Tantchen hat, und besorgen unzählige Geschenke? Das wird teuer!«

Das fand ich auch, aber Paul drückte mir noch einen großzügigen Scheck in die Hand und sagte: »Viel Vergnügen.« Damit fühlte er sich aller Pflichten entledigt und meinte, er habe alles getan, was man von einem Mann erwarten könne.

Als ich Larry das erzählte, lachte sie nur. »Genau wie Sam, für den war Weihnachten damit auch erledigt. Warum kommen nur die Männer immer am besten weg?«

Das berichtete ich Paul und erhielt eine Antwort, die ich besser nicht wieder gebe.

11

Weihnachten war nun schon in nächste Nähe gerückt, und beim bloßen Gedanken daran drehten Larry und ich fast durch. Sie weigerte sich strikt, Babette zu vernachlässigen, und das Training nahm einige Zeit in Anspruch. »Diese Ursula wird mich nicht kampflos besiegen!«

Wir hatten von Julian erfahren, dass Sahib wirklich ein besserer und eleganterer Springer war als die kleine Babette, aber launisch und schwierig zu behandeln.

»Ursula reitet gut, aber sie ist trainierte englische Springpferde gewöhnt. Ich glaube nicht, dass sie sehr geeignet ist, ein ungeschultes Pferd einzureiten«, fügte er hinzu, und das ließ uns hoffen, denn Larry und Babette waren völlig aufeinander eingespielt, und nicht einmal der Krach von Colins Gießkanne hatte sie aus der Ruhe bringen können.

Ein oder zwei Tage später kam Ursula unerwartet auf Sahib zu einem kurzen Besuch bei mir vorbei, und ich konnte nun zumindest das gegenseitige Verständnis selbst beurteilen. Es war offensichtlich, dass er schwierig und nervös war, und dass Ursula ein wenig ungeduldig mit ihm war.

»Er braucht eine feste Hand«, sagte sie zu mir. »Ich kann nicht verstehen, warum Onkel Charles so ein temperamentvolles Pferd für Anne gekauft hat. Sie wird nie mit ihm fertig.«

Das ärgerte mich, wie gewöhnlich, und ich gab zurück: »Ich glaub' schon. Sie reitet sehr gut und hat viel Geduld. Sie müssen bedenken, dass er lange Zeit nicht geritten worden ist. Der Colonel kaufte ihn, kurz bevor Anne wusste, dass sie ein Kind erwartet, und so konnten sie sich kaum aneinander gewöhnen.«

Sie sagte kurz angebunden: »Nun ja, vielleicht, aber deswegen bin ich nicht zu Ihnen gekommen, Susan.«

»Das kann ich mir denken. Haben Sie Schwierigkeiten?«

»Ich nicht. So etwas kenne ich nicht. Aber ich dachte, ich sollte Ihnen vielleicht doch einen Wink geben, da Sie anscheinend Tonys Vormund sind.«

»Nicht ich, Paul. Warum, was hat sie getan?«

»Nichts, außer dass sie sich ziemlich lächerlich macht mit Colin Manson.«

Ich war wütend, ließ mir aber nichts anmerken. »Wieso?«

»Ach, er ist immer im Laden, und sie flirtet recht ausgiebig mit ihm.«

»Ich weiß nicht, was Sie unter ›flirten‹ verstehen. Tony ist zu allen freundlich und immer vergnügt. Wenn er oft in den Laden kommt, so ist das seine Sache, und nicht ihre.«

»Nein, aber sie ist schuld. Sie ermutigt ihn, und ich kann Ihnen sagen, Susan, dass er es überhaupt nicht ernst meint.«

»Das hab' ich auch nie erwartet. Tony auch nicht. Sie sind eben befreundet.«

»So einer Freundschaft traue ich nicht, besonders bei einem Mann wie Colin! Wirklich charmant, aber …«

»Ach, Colin denkt sowieso nicht ans Heiraten.«

»Ich glaube doch. Kennen Sie diese neuen Leute, die Gordons, die das reizende Haus in Te Rimu gekauft haben? Sie haben eine wirklich attraktive Tochter. Stellt die arme kleine Tony richtig in den Schatten. Catherine Gordon ist eine Schönheit – und sie hat Geld.«

Ich erzählte ihr nicht, dass Tony das auch hatte – und später noch viel mehr haben würde. Meine Laune wurde immer schlechter, aber ich sagte nur obenhin: »Und Colin bemüht sich diesmal ernsthaft?«

»Es sieht jedenfalls so aus – und sie passen wunderbar zusammen. Deshalb hielt ich es für meine Pflicht, Ihnen einen Wink zu geben, für den Fall, dass Tony sich ernsthafte Hoffnungen macht.«

Jetzt musste ich tatsächlich lachen. »Etwas Ernsthaftes ist das Letzte, was Tony will. Sie amüsiert sich eben, genau wie Colin. Aber vielen Dank, Ursula, dass Sie es mir erzählt haben. Ich weiß, dass Sie immer nur das Beste wollen. Und jetzt trinken wir noch eine Tasse Tee und reden ein bisschen über das Sportfest. Was für einen wunderschönen Pokal der Colonel dieses Jahr stiftet! Alle sind ganz aus dem Häuschen«, und wir unterhielten uns die nächste halbe Stunde recht angeregt.

Als ich Larry das alles berichtete, sagte sie: »Du bist so selten boshaft, Susan, deshalb freut es mich, dass du ihr gesagt hast, sie wolle nur das Beste. Sicher weiß sogar Ursula, wie schrecklich Leute sind, die immer nur das Beste wollen. So steht das also. Auch gut. Dir hat das ja nie gepasst, jetzt freu dich und mach dir keine Gedanken.«

»Tu' ich auch nicht, nur …«

»Susan, wenn du jetzt auch noch deinen Humor verlierst wie Paul, dann werd' ich verrückt. Ich stecke wegen Weihnachten bis über den Hals in Schulden, aber ich wette mit dir zehn Schilling, dass es Tony völlig egal ist, und wenn Colin sich auch mit einem Dutzend hübscher Catherines verlobt. Sie wird lachen und einen anderen Flirt anfangen, wahrscheinlich mit Peter – obwohl sie da ganz schön zu tun hätte.«

Und dann ging sie in die Speisekammer und betrachtete mit Bedauern die beiden großen Truthähne, die Paul geschossen hatte.

»Ich nehme den einen mit, und du kümmerst dich um den anderen. Abscheuliche Viecher, aber sie sind eben unser Beitrag, denn der Colonel hat alles so verteilt, dass er für Schinken und Zunge sorgt – oder besser gesagt, Mrs. Evans – und Miss Adams das Roastbeef mitbringt. Obstsalat und Eis teilen wir noch untereinander auf, und Mrs. Evans schickt, wie gewöhnlich, den Plumpudding. Weihnachten wird vielleicht trotz allem gar nicht so schlimm. Und mit Tony ist schon alles in Ordnung.«

Es sah jedenfalls so aus, als ich am nächsten Tag nach Tiri hinunterkam. Sie hatte viel zu tun, war vergnügt und platzte fast vor Neugier auf Calebs Schreinerei. »Er hat früh und spät dort gearbeitet und tut schrecklich geheimnisvoll. Es ist nicht für Annabella, denn er hat gestern zwei Räder gekauft von einem Mann, der ein altes Auto ausschlachtet, und könnt ihr euch Annabella auf Rädern vorstellen?«

Bevor ich ging, wurde das Geheimnis gelüftet. Caleb kam herein und fragte uns sehr schüchtern, ob wir seine »kleine Überraschung« sehen wollten.

Und es war eine Überraschung – ein großer Anhänger, den er als Weihnachtsgeschenk für Miss Adams gebaut hatte. Tony war entzückt. »O Caleb, genau das, was wir brauchen! Wir können doppelt so viel mitnehmen, wenn wir den an den Lieferwagen hängen. Sie sind wirklich klug!«

Ich aber war bestürzt. Sicherlich war es ein herrlicher Anhänger, groß und sehr sorgfältig gebaut, aber wie wollte er ihn aus dem Schuppen herausbringen? Die Tür war schmal, der Anhänger breit. Ich konnte gerade noch stammeln: »Ein wunderbares Geschenk«, als wir draußen jemand rufen hörten und Colin auftauchte.

»Eine schöne Art, ein Geschäft zu führen! Die Kunden schlagen Krach – zumindest dieser hier; niemand passt auf die Sachen im Laden auf, ich will mich bei der Geschäftsleitung beschweren – und die ganze Belegschaft ist hier und starrt irgendetwas an. Was gibt es denn Aufregendes, Tony?«

»Schau nur, was Caleb da ganz allein gebaut hat! Ein Geschenk für Tantchen. Ist er nicht wunderschön?«

»Schon, aber wie steht es mit dem Geschäft? Ich bin nicht der einzige Leid Tragende. Peter Anstruther kam, als ich gerade auf die Suche nach euch ging. Hier ist er.«

In diesem Moment erschien Peter und betrachtete anerkennend den Anhänger. Ich sah ihn einen Blick auf die Tür werfen und wusste, dass er den Fehler bemerkt hatte, den der arme Caleb gemacht hatte, aber gerade da brach Colin in lautes Lachen aus.

»Caleb, mein Bester, es ist ein verdammt guter Anhänger, aber wie wollen Sie ihn hinausbringen?«

Caleb verstand ihn nicht. »Er ist ein Weihnachtsgeschenk für Miss Adams, und deshalb hab' ich ihn versteckt«, begann er, und dann blickte er betroffen auf die schmale Tür. Es war ein fürchterlicher Augenblick, und keiner wagte den anderen anzuschauen, außer Colin, der sich köstlich amüsierte und das auch zeigte. Ich hatte eine Wut auf ihn; es war gemein, über die Ratlosigkeit des alten Mannes zu lachen.

Caleb sagte langsam und verzweifelt: »Daran hab' ich nie gedacht. Der Platz war so gut zum Arbeiten. Niemand konnte mich stören.«

Colin sagte: »Und ich fürchte, hier drin wird er bleiben. Der Anhänger, der sich nicht anhängen ließ!«

Tony fuhr ihn wütend an: »Wie klug du bist! Vermutlich hast du noch nie in deinem Leben einen Fehler gemacht.«

»So einen bestimmt nicht. So was gelingt nicht jedem.«

Mir war seine Überlegenheit höchst unsympathisch, aber Peter rettete die Situation.

»Alles halb so schlimm. Dieser alte Schuppen fällt sowieso schon fast zusammen. Schaut euch die Seite an! Man kann sie leicht einreißen, und den Anhänger da hinausschaffen. Dann kann ich euch helfen, alles wieder zusammenzunageln, wenn ihr wollt. Das ist ganz einfach.«

Tony atmete erleichtert auf und strahlte den Retter an. Caleb war sichtlich ein Stein vom Herzen gefallen, und er sagte. »Vielen Dank, Mr. Anstruther. Es war sehr unüberlegt von mir … Sicher hat Miss Adams nichts dagegen, aber haben Sie so viel Zeit?«

Peter, der es immer eilig hatte, meinte, dass sich das schon machen ließe, und wir waren alle glücklich. Außer Colin, der sich wohl überflüssig vorkam und sagte: »Das ist wirklich eine gute Idee. Den Schuppen niederreißen, damit das heraus kann, was drinnen gebaut worden ist.«

Tony wäre ihm am liebsten ins Gesicht gesprungen. »Und warum nicht? Der Schuppen ist sowieso nichts mehr wert. Man kann ihn leicht wieder flicken. Du bist nur so eklig, weil dir die Idee nicht gekommen ist.«

Aber Colin ließ sich nicht aus der Ruhe bringen. »Du spinnst wohl«, antwortete er ungerührt. »Meinen herzlichen Glückwunsch, Peter. Die Arbeit überlasse ich Ihnen gerne. Und wenn unser bezauberndes Ladenfräulein geruht, sich ihrem Geschäft zu widmen, werde ich in der Lage sein, meine Einkäufe zu tätigen und zu wesentlich dringlicheren Geschäften zurückzukehren.«

Tonys Ärger störte Colin gar nicht, und auch ohne Ursulas Wink wäre ich nun ziemlich sicher gewesen, dass Colin es nicht ernst meinte mit dem kleinen Ladenmädchen. Wenn er ans Heiraten dachte, dann nicht hier.

Und Tony? Das war schwer zu sagen, denn sie behandelte fast alle anderen genauso, manchmal munter und zum Flirten aufgelegt, dann plötzlich ernst und sogar heftig. Aber ich glaube, dass sie sich über Colins Lachen geärgert hatte und plötzlich erkannte, wie viel netter Peter war. Und wenn … »Komm, Susan«, glaubte ich Larrys Stimme zu hören, »hör auf zu spinnen!«

Später, als Colin gegangen war, sagte Tony: »Sie arbeiten immer noch am Schuppen. Nett von Peter. Dabei hat er es immer so eilig, zu seiner Farm zurückzukehren.«

»Er hat es ja selbst angeboten«, sagte ich, absichtlich ohne Begeisterung.

»Er ist freundlich, findest du nicht auch?«, sagte Tony nachdenklich. »Es war wirklich gemein von Colin, den armen, alten Caleb auszulachen. Immerhin ist Freundlichkeit etwas sehr Wichtiges, nicht wahr, Susan?«

Sie sagte das richtig tiefsinnig, aber ich lachte nicht darüber, sondern gab auch eine Weisheit zum Besten: »Sehr wichtig – aber man muss auch noch auf andere Eigenschaften achten.«

»Zum Beispiel, dass jemand amüsant ist? Mit ernsten Leuten kommt man auf die Dauer nicht so gut aus?«

»Meinst du damit humorlos oder ernsthaft? Von Paul kann man wohl sagen, dass er ernsthaft ist, aber ich hab' es nie schwierig gefunden, mit ihm auszukommen.«

»Paul ist ja auch ein Engel«, sagte sie entrüstet, wobei sie vergaß, wie oft sie sich über ihren Onkel beklagt hatte. »Und es wird wohl auf die Dauer langweilig, wenn jemand überhaupt nichts ernst nimmt.«

»Sicherlich schwierig, mit so jemand auf die Dauer auszukommen«, sagte ich, und Tony schüttelte heftig den Kopf und tat die Sache damit ab.

»Ach, auf die Dauer auskommen. Das klingt so scheußlich nach immer mit jemand zusammenleben. Ich meinte, nur so als Freund.«

»Ich selbstverständlich auch«, stimmte ich zu und trat eilig den Rückzug an, aber ich war ziemlich sicher, dass Tony den charmanten Colin langsam durchschaute. Hoffentlich waren ihr die Augen ganz aufgegangen bis zu seiner Verlobung mit Catherine.

Wir unterhielten uns nun über Weihnachten, und ich sagte, dass ich noch einmal nach Te Rimu müsse, um Geschenke zu kaufen für all die Leute, die uns überfallen würden.

»Aber ich hab' gedacht …«, begann Tony, brach aber ab.

»Ich hab' neunundsiebzig Glückwünsche gekriegt, fünf Kalender, neun Taschentücher und jetzt schon genug Seife, um mich ein Jahr lang damit zu waschen«, sagte ich. »Ach, es ist wirklich recht einfach zu sagen, dass man keine Geschenke schickt, aber wenn es Zeit dafür wird, bringt man es einfach nicht übers Herz.«

Tony war hocherfreut. »Dann wird Weihnachten also wie immer?«

»Schlimmer!«

»Die Männer werden enttäuscht sein. Sie haben immer von einem friedlichen Fest geschwärmt.«

»Ich glaube, dass sie sich in Wirklichkeit nur freuen werden. Sie beteuerten zwar, ihnen gefiele die Idee, einmal ein stilles Weihnachtsfest zu feiern, aber plötzlich wurden sie sentimental und schwelgten in Kindheitserinnerungen. Larry und ich hatten ein richtig schlechtes Gewissen. Aber jetzt sind sie wieder vergnügt. Sie haben ja nicht die Arbeit, sondern müssen nur bezahlen, und das ist ein großer Unterschied.«

Tony lachte. »Wenn du nochmal in die Stadt musst, dann komm am Dienstag, da muss ich mit dem Lieferwagen zum Bahnhof und ein paar zerbrechliche Sachen abholen. Die Lastwagenfahrer sind so vergnügt in ihrer Weihnachtsfreude, dass in dieser Zeit immer besonders viel kaputt geht. Caleb kommt auch mit, weil Tantchen nicht mag, wenn ich jetzt vor Weihnachten allein mit dem Anhänger auf unseren Straßen herumkutschiere, was ein Blödsinn ist, denn Daddy und ich haben unser Boot immer siebzig Meilen durch Australien geschleppt. Wir haben uns beim Fahren abgewechselt, aber Mutter hat natürlich nichts davon gewusst. Sie hätte ein Theater gemacht, weil ich erst fünfzehn war.«

Ich hatte den Eindruck, dass Claudia es auch nicht leicht gehabt hatte, aber ich sagte nichts.

Dann geschah etwas höchst Unangenehmes. Der Weihnachtstag fiel dieses Jahr auf einen Montag und bis dahin waren es keine vierzehn Tage mehr. Der letzte Schultag war am Mittwoch, fünf Tage vorher, und an diesem Abend sollte, wie immer, die Weihnachtsfeier für die Kinder sein, mit einem Christbaum und einem Geschenk für jedes Kind, sogar für die Babys, die erst in ein paar Jahren in die Schule kommen würden. Es war eine schwierige Aufgabe, die Geschenke auszusuchen, und dieses Jahr hatten wir uns darauf geeinigt, an eines der großen Kaufhäuser zu schreiben, ihnen Zahl, Alter und so weiter von den Kindern anzugeben und ihnen den Rest zu überlassen. So machten es die meisten Schulen auf dem Lande und es sparte viel Ärger in dem Weihnachtstrubel.

Die Feier und die Geschenke waren Sache des Schulausschusses, nicht des Lehrers und blieben an den Frauen hängen. Die Sekretärin war eine junge Frau, auf die man sich normalerweise vollkommen verlassen konnte, aber dieses Jahr war sie zu der entscheidenden Zeit mit einer Blinddarmentzündung ins Krankenhaus gebracht worden. Niemand merkte, dass sie die Liste mit den Geschenken nicht an das Kaufhaus abgeschickt hatte, bis am Freitag vor Ferienbeginn ihr Mann aufgeregt zu mir kam und sagte, sie hätten in ihrer Sorge wegen der Krankheit beide vergessen, die Liste abzuschicken. Was sollte ich nun tun?

Es gab natürlich nur eine Lösung. Als Frau des Vorsitzenden des Ausschusses musste ich die Sache in die Hand nehmen. Ich sagte: »Machen Sie sich nur keine Gedanken. Es ist Freitag Abend. Ich werde schnell in die Stadt fahren und die Geschenke einkaufen. Larry hilft mir sicher.«

Aber ausnahmsweise konnte Larry nicht. Sie hatte Nachbarn zum Essen eingeladen und konnte nicht um sechs Uhr weg. Ich sagte: »Macht auch nichts. Dann fahr' ich eben allein«, aber das passte Paul nicht. »Die letzten Abende vor Weihnachten, an denen die Geschäfte lang offen haben, sind immer entsetzlich. Ich werde Bertie bitten, mit dir zu fahren. Er hat zufällig erwähnt, dass er noch einkaufen gehen müsse. Er wird froh sein, wenn du ihn mitnimmst, und er kann dir die Päckchen tragen und beim Aussuchen helfen.«

Ich sagte mürrisch: »Ich kann mir niemanden vorstellen, der dafür weniger geeignet ist. Das ist eine dumme Sache. Schlimm genug, dass ich wegen meiner eigenen Einkäufe und nächste Woche mit den Kindern noch einmal fahren muss, aber am Freitag Abend ist das ganz besonders lästig, weil man auch kaum einen Parkplatz findet.«

Paul hatte Mitleid. »Ich würde ja für dich fahren, aber ich kann die Geschenke nicht aussuchen. Doch wenn die Kinder nochmal in die Stadt sollen, dann kann ich das ja übernehmen. Sam und ich können den ganzen Haufen hüten und ins Kino gehen und Santa Claus anschauen. Einen Nachmittag können wir uns schon frei machen.«

Das kam unerwartet. Paul hatte sich noch nie freiwillig bereit erklärt, seine Sprösslinge irgendwohin mitzunehmen, und ich nahm ihm das auch nicht übel. Ich sagte: »Das ist schrecklich lieb von dir, aber könntet ihr nicht auch Tim dazu überreden? Du kannst die Zwillinge einfach nicht weglassen. Die sechs stecken immer zusammen, und du weißt, wie lieb Anne und der Colonel zu unseren Kindern sind.«

Er stutzte ein wenig, sagte aber dann, dass er dafür sorgen werde, dass

Tim mitkäme. Dann fügte er hinzu, dass man genauso gut mit sechsen fahren könne wie mit vieren – was bewies, wie wenig er davon verstand.

Ich holte Bertie ab, der dankbar für diese Gelegenheit zum Einkaufen war und lauter unpraktische Vorschläge für die Geschenke machte. Bald kam heraus, dass er wirklich gehen und seinen Beruf aufgeben würde.

Mühsam verbarg ich meine Freude und sagte: »Aber warum haben wir das nicht gewusst? Wir hätten Ihnen eine Abschiedsparty gegeben,« denn das tun wir liebend gerne in den Backblocks. Abschied wird lieber gefeiert als Willkommen, und Begräbnisse sind beliebter als Taufen.

Bertie bekam einen roten Kopf und murmelte, dass er den Schulausschuss extra gebeten hätte, nichts zu erzählen; er wolle keine Abschiedsparty und werde sich bei der Weihnachtsfeier von seinen Schülern verabschieden. »Ich hab' das Gefühl, Mrs. Russell, dass ich hier nicht sehr erfolgreich gewesen bin«, sagte er demütig, und ich beeilte mich zu fragen, was er nun tun werde.

Er sagte zurückhaltend, dass er ein Mädchen heiraten werde, dessen Vater ein »großes Warenhaus« hätte, wie er es nannte, und nur schwer Leute für sein Büro bekäme. Er war auf der Handelsschule gewesen, bevor er Lehrer wurde und würde nun bald eine »leitende Stellung« einnehmen.

Das freute mich für Bertie. Man konnte sehen, dass er fort und die Backblocks so schnell wie möglich vergessen wollte. Er würde den ganzen Tag zufrieden in seinem Büro sitzen und nie mehr an die unglücklichen Zeiten denken, als die großen Kinder ihm nicht gehorchten und die kleinen während der Schulzeit verschwanden und nicht wieder kamen, als Inspektoren ziemlich unhöflich waren und er sich als Versager fühlte.

Diesen Freitag Abend in der Stadt werde ich nie vergessen. Der Verkehr war fürchterlich und das Parken ein Problem. Es war auch heller Wahnsinn, am vorletzten Freitag vor Weihnachten abends in die Stadt zu fahren. Wir bahnten uns einen Weg durch die Menschenmengen auf der Straße bis zu einem großen Kaufhaus, und als wir dort waren, hatte ich bereits ein Stadium erreicht, in dem mir sämtliche Geschenke restlos egal waren.

Das Kaufhaus war überfüllt und Bertie gelang es nicht einmal, sich hineinzudrängen. Ich hatte mehr Erfolg, ich tauchte unter Ellbogen durch, lauerte auf eine Lücke in der Menge, durch die ich schlüpfen konnte, quetschte mich zwischen entrüsteten Paaren hindurch und verschaffte mir endlich die Aufmerksamkeit eines jungen Verkäufers, der vollkommen erschöpft war.

»Ich hab' hier die Liste für eine Schule. Eine ganze Menge Spielsachen, aber es wird nicht lange dauern.«

Aber sofort wurde er von meiner Seite weggezerrt, und ein dicker Mann sagte heftig: »Halt, nichts da! Ich komm dran. Sie müssen mir zeigen, wie dieses Lastauto funktioniert.«

Das dauerte einige Zeit, und dann gelang es einer Frau, sich auf den Verkäufer zu stürzen und ihm eine lange Geschichte von einem Spielzeug zu erzählen, dass sie gekauft hatte und das ihr nicht gefiel und das sie unbedingt umtauschen wollte. Während ich wartete, hielt ich immer Ausschau nach Bertie. Er hätte nun wirklich genug Zeit gehabt, sich zu mir durchzukämpfen.

Endlich erspähte ich sein verzweifeltes Gesicht, er war zwischen einer dicken Frau mit Regenschirm und einer jüngeren mit einem Kind auf dem Arm eingekeilt. Die dicke Frau stieß ihn anscheinend immer mit dem Regenschirm, und das Baby zog an seiner Krawatte und erdrosselte ihn fast. Er sah so verstört und hilflos aus wie ein verschrecktes Kaninchen. In diesem Moment wandte sich der Verkäufer endlich mir zu.

Ich sagte: »Können Sie dafür sorgen, dass der Herr da drüben zu mir kommen kann? Ich brauche seine Hilfe«, und der junge Mann warf mir einen verzweifelten Blick zu und schrie: »Lassen Sie den Herrn da bitte durch! Seine Frau wartet hier auf ihn!«

Um ein Haar hätte ich wütend protestiert. Ich war bereit, Bertie unter den größten Schwierigkeiten in die Stadt zu bringen, seinem Gejammere zuzuhören, neun Mal um den Häuserblock zu fahren, um eine winzige Parklücke zu finden, mich durch die Menge zu kämpfen, um diese verflixten Geschenke zu kaufen, aber ich ließ es mir nicht gefallen, dass man mich seine Frau nannte. Und in diesem Moment sah ich Ursula.

Sie kam gerade aus dem Ausstellungsraum und war so ungefähr der letzte Mensch, den ich in so einem Geschäft zu treffen erwartet hätte. Sie gehörte nicht in Kaufhäuser und man sah es ihr auch an. Aber sie war hier, ruhig und beherrscht, unterwürfig begleitet von einem »leitenden Angestellten«, wie Bertie sagen würde. Das Erstaunliche aber war, dass die Leute ihr Platz machten. Ursula schritt wie eine Königin durch die Menge und erblickte mich genau in dem Augenblick, in dem der Verkäufer nach meinem »Mann« rief.

Sie sah sich nach Paul um und wandte sich dann kühl und laut hörbar an mich: »Meine liebe Susan, was um Himmels willen tun Sie und Paul denn hier – und wo ist Paul denn?«

Jetzt war ich froh über das Versehen des Verkäufers. Ich glaube nicht, dass es Ursula gestört hätte, wenn ich in diesem Kaufhaus den Wölfen vorgeworfen worden wäre; aber jetzt meinte sie, Paul erretten zu müssen. In dem Lärm war es mir unmöglich, eine Erklärung abzugeben, außerdem war Paul der richtige Köder, um Ursula an meine Seite zu locken. Und wenn sie kam, würde der »leitende Angestellte« auch kommen, und wir würden plötzlich erstklassig behandelt werden. So winkte ich ihr also nur hilflos zu, und sie bahnte sich einen Weg durch die wogende Menge, die sich teilte durch das gleiche Wunder, durch das die Kinder Israels den Jordan überschritten. Der »leitende Angestellte« folgte ihr. Jetzt würden wir bedient werden, und ich war froh, die Sache bald hinter mir zu haben.

Ursula wiederholte: »Wo ist Paul?« Es klang schon drohend, aber gerade da war es Bertie gelungen, sich an meine Seite durchzuboxen. Vor Erschöpfung fing ich fast an zu lachen, und mir gelang es nur noch zu keuchen: »Paul ist nicht hier«, und auf Bertie zu zeigen, »der Verkäufer hat ihn gemeint«. Ursula musterte Bertie, und ihr »den?« sprach Bände. »Aber Susan, wie können Sie …«

Mit Vergnügen bemerkte ich, dass sie dachte, ich amüsierte mich einen Abend mit unserem Lehrer. Sie war nicht nur entsetzt, sie war auch enttäuscht. Statt meines großen, gut aussehenden Mannes stand hier dieser blasse, erschöpfte kleine Mensch, dem der Mantel halb heruntergerissen worden war und der anscheinend den Tränen nahe war.

Ich nahm mich zusammen und sagte schüchtern: »Ursula, bitte helfen Sie uns. Wir müssen alle Geschenke für den Christbaum in der Schule aussuchen und haben eine schrecklich lange Liste dabei. Wenn Sie diesen Herrn vielleicht bitten könnten, dass er uns hilft …«

Ursula liebt solche Bitten. Schweigend nahm sie mir die Liste aus der Hand, wandte sich gebieterisch an den »leitenden Angestellten«, und in einer halben Stunde waren alle Geschenke ausgesucht und verpackt. Ich überließ alles ihr und Bertie und sagte nur: »Sie wissen es sicher besser.« Als das geschafft war und Bertie seine einzige Tat des Abends vollbrachte und die Schachteln zum Auto trug, bedankte ich mich bei Ursula und fügte wahrheitsgemäß hinzu: »Ich weiß nicht, was wir ohne Sie gemacht hätten.«

Sie lächelte herablassend und sagte: »Ach, man muss nur wissen, wie man diese Leute in den Geschäften behandeln muss. Ich habe da nie Schwierigkeiten«, und ich fühlte mich kleiner und unbedeutender denn je. Ich hatte noch die Geistesgegenwart zu fragen: »Aber was tun Sie hier? Ich dachte, sie hätten alle Einkäufe schon im Oktober gemacht?«

Eigentlich war das gemein von mir, nachdem sie mir nun geholfen hatte, aber ich konnte sie gar nicht treffen, denn sie sagte nur: »Natürlich mache ich keine Einkäufe für mich – in so einem Geschäft! Aber Tim merkte plötzlich, dass er ein paar Leute vergessen hatte, und der Arme regte sich so auf. Er schien Anne heute Abend nicht allein lassen zu wollen, und so bot ich natürlich meine Hilfe an.« Dann lächelte sie milde und sagte: »Sie wissen ja, wie die Männer sind!«

Wie oft sagte Larry genau das Gleiche, aber es klang ganz anders. Ich stimmte zaghaft zu und behauptete, schnell hinter Bertie her zu müssen um nachzuschauen, ob er die Pakete mit den Geschenken auch in das richtige Auto bringe. Das war nur die halbe Wahrheit. Zwar wollte ich wirklich sicher gehen, dass Bertie sich noch daran erinnerte, wo wir das Auto geparkt hatten, und wie es aussah, aber ich wollte auch gleich die Gelegenheit nützen, etwas einzukaufen, von dem niemand etwas wissen sollte.

Ich wusste, dass ich mich nicht ganz an die Spielregeln hielt. Wir hatten so viel davon geredet, dass wir einander nichts schenken wollten, aber ich konnte den Gedanken nicht ertragen, dass Paul von mir nichts zu Weihnachten bekäme. Immerhin hatte es auch in den Jahren, als es uns noch schlechter ging, immer für eine kleine Überraschung gereicht, und zu einem richtigen Weihnachtsfest gehörte ein Geschenk für meinen Mann.

Und ich hatte auch schon etwas Bestimmtes im Auge. Paul sagte schon seit einiger Zeit, dass sein altes Fernglas nicht mehr gut sei und er sich bei Gelegenheit ein neues kaufen müsse. Er benützte es viel, wenn die Schafe lammten, und auf unserem unwegsamen und hügeligen Grund sparte man viel Zeit und Arbeit, wenn man das Gelände mit ihm absuchte. Ich wusste, was das »bei Gelegenheit« bedeutete, denn so großzügig Paul sonst ist, so geizig ist er, wenn er für sich selbst Geld ausgeben soll. Für dieses Fernglas hatte ich schon seit einiger Zeit gespart, und jetzt hatte ich die Gelegenheit, schnell zu verschwinden und es zu kaufen, sodass nicht einmal Larry es erfahren würde.

Bertie versuchte gerade, die Tür eines großen und schönen Autos zu öffnen, als ich ihn fand, und ich war nur dankbar, dass ihn dabei weder der Besitzer noch ein Polizist erwischt hatten. Ich führte ihn sicher zu unserem bescheidenen Fahrzeug, setzte ihn hinein und befahl ihm, sich nicht von der Stelle zu rühren, bis ich wieder käme. Dann eilte ich davon zu einem Geschäft, in dem ich genau das gesehen hatte, was ich suchte.

Was immer auch passieren mochte, Paul sollte ein Weihnachtsgeschenk unter dem Baum finden.

12

Die Weihnachtsbescherung in der Schule war am Mittwoch Abend, und die Kinder waren außer Rand und Band, wie immer um diese Jahreszeit. Am aufregendsten war die Aussicht auf den Ausflug in die Stadt, ausnahmsweise unter der Obhut ihrer Väter. Die Männer waren unserem Rat gefolgt und fuhren mit zwei Autos. Paul sollte in unserem Auto einen Teil der Kinder mitnehmen, (»Aber haltet die Zwillinge getrennt, wenn ihr das irgendwie schafft«, sagte Anne) und Tim und Sam im anderen Wagen die ungebärdigeren Geister, um notfalls zu zweit eingreifen zu können. Die Kinder redeten nur noch davon, dass Sie Santa Claus sehen, Lift und Rolltreppe fahren und ins Kino gehen würden.

Die Schulfeier war verhältnismäßig harmlos. Wie gewöhnlich gab es vorher und nachher viel zu tun, und als Frau des Vorsitzenden musste ich den Christbaum schmücken, die Geschenke ordnen, die Blumen richten und das ganze Schulzimmer für das abendliche Fest herrichten. Ich schnappte mir Larry und wir verbrachten einen langen, heißen Nachmittag damit, Luftballons aufzublasen, Sterne und Kerzen am Baum zu befestigen und Päckchen mit Namen zu versehen. Dann eilten wir nach Hause und richteten die »Platten«, was bedeutete, dass wir Kuchen und Kekse buken. Dann fingen wir unsere Kinder ein, zogen sie anständig an und versuchten sie dazu zu bringen, viel zu essen, damit sie nicht wie die Wölfe über die Tische mit dem Abendessen herfielen.

Der Abend verlief wie alle Schulfeste: Ein paar Lieder und Tänze von den Kindern, die sie schlecht und mit viel Gekicher aufführten, ein paar kurze Reden von Erwachsenen, die jeder schon einmal gehört hatte, die Verteilung der Geschenke an die Kinder, zu denen auch ein brüllendes Baby gehörte, dessen Mutter stolz ein Geschenk in Empfang nahm, und zuletzt ein paar Gesellschaftsspiele, die mit Streit und Raufereien endeten. Ich dachte voll Sehnsucht an unseren früheren Lehrer, der sogar auf einer Schulfeier Ordnung halten konnte, und verglich ihn mit dem armen Bertie, der gerade erfolglos versuchte, einen von den Großen zu überreden, den Kleineren nicht alle Luftballons kaputt zu machen.

Ursula war nicht zu übersehen. Sie gab damit an, dass sie die Geschenke ausgesucht hatte und tat so, als hätte sie sich einen ganzen Nachmittag damit abgeplagt. Es war mein Glück, dass ich gerade in der Küche war, als Christopher und der große Junge, der die Kleinen geärgert hatte, aufeinander losgingen. Unsere sechs schlossen sich begeistert zusammen, und natürlich war es Ursula, die sie trennte. Ich hörte sie sagen, die Kinder in Neuseeland seien wirklich kleine Barbaren, aber was sollten die Väter dagegen tun, da sie ja den ganzen Tag arbeiteten.

Wir brachten unsere Sprösslinge früh heim und entschuldigten uns mit dem Ausflug in die Stadt am nächsten Tag, steckten sie ins Bett und erklärten, dass sie Santa Claus nicht sehen würden, wenn wir noch einen Ton hörten. Diesmal wenigstens fielen sie in erschöpften Schlaf und ließen ihre Spielsachen, die wir unter solchen Schwierigkeiten gekauft hatten, unbeachtet auf dem Küchenboden liegen.

Am nächsten Morgen legten Larry und ich sorgfältig die Kleider zurecht, die unser Nachwuchs in der Stadt tragen sollte, und überließen den Rest den Vätern. Wir hatten genug zu tun, das Schlachtfeld in der Schule aufzuräumen. Während wir welke Blumen hinauswarfen, das Geschirr sortierten und das meiste noch einmal abspülten, sagte Larry schlecht gelaunt: »Jetzt könnte Ursula sich wirklich nützlich machen. Sie hat gestern Abend lange genug alle herumkommandiert und damit angegeben, dass wir ohne sie gar keine Geschenke bekommen hätten.«

»Das stimmt. Sie erzählte Alison, dass die arme Susan ihr Bestes tat, aber einfach nicht mit den Verkäufern fertig werden konnte.«

Larry lachte. »Du hättest ihr Gesicht sehen sollen, als ich ihr erzählte, dass die Männer die Kinder heute in die Stadt mitnehmen. ›Aber doch nicht allein?‹ fragte sie. ›Aber was passiert, wenn die Mädchen auf die Toilette müssen?‹«

»Und was hast du gesagt?«

»Dass es schon komisch wäre, wenn Paul und Tim und Sam über gewisse Tatsachen noch nicht Bescheid wüssten. Sie erwiderte: ›Aber es geht nicht ohne eine Frau! Soll ich ihnen nicht helfen?‹«

»Hoffentlich hast du sie nicht davon abgehalten. Ich hätte mit Vergnügen zugeschaut, wie sie sich mit Ursula und den sechs Kindern auf den Weg machen.«

»Ich hab' sie auch nicht abgehalten, sondern Paul. Ich weiß nicht recht, aber seit der Geschichte mit dem Eis ist er nicht mehr so begeistert von ihr. Jedenfalls schaffte er es, ohne sie zu beleidigen, denn ich hörte gleich darauf ihr kurzes, wieherndes Lachen, und sie sagte zu ein paar Leuten: ›Die Väter in Neuseeland sind einfach wunderbar.‹«

Als wir fertig waren, schlichen wir müde heim, tranken Tee und genossen die Ruhe im Haus. Larry sagte unbehaglich, sie hoffe, dass die Kinder sich anständig benähmen, denn es war das erste Mal, dass die Männer sie allein in die Stadt mitgenommen hatten.

Als sie abends um acht wieder kamen, merkte ich sofort, dass sie so etwas sicher nicht noch einmal tun würden. So müde war Paul sonst nicht einmal, wenn er den ganzen Tag bei den Schafen gearbeitet hatte. Christopher war blass, und es war ihm auf der Heimfahrt zwei Mal schlecht geworden, und Patience war so klebrig, dass ich sie nur mit Mühe vom Rücksitz herunterbrachte. Sie wollten beide keinen Tee mehr und Paul sagte mit leisem Stöhnen: »Ich lieber auch nicht. Sie haben ununterbrochen gegessen. Mein Gott, was für ein Tag!«

Als ich die Kinder ins Bett gebracht und meinem Mann einen Schnaps gegeben hatte, erfuhr ich ein paar Einzelheiten. Den Rest hörte ich von den Kindern selbst und von Larry und Anne.

Sie waren früh aufgebrochen, und die Kinder hatten ordentlich ausgesehen in den Sachen, die wir bereitgelegt hatten.

Sie hatten die Kinder nach unserem Vorschlag aufgeteilt, Paul hatte den einen Teil in sein Auto gepackt, und Tim und Sam den Rest.

»Aber irgendwie kamen sie durcheinander. Wir hielten bei der Farm von Atkins, um eine Decke mitzunehmen, die ich ihm geliehen hatte, und Tim pumpte einen Hinterreifen auf. Als wir wieder losfuhren, hatte ich plötzlich beide Zwillinge im Auto.«

»Aber ihr müsst doch gemerkt haben, dass sie die Plätze getauscht hatten?«

Paul hatte ein schlechtes Gewissen. »Wir unterhielten uns mit Atkins. Er hat eines von diesen neuen Dingern, mit denen man Krankheitserreger im Gras feststellen kann, und …«

»Ach so, wenn ihr geschwätzt habt …«

Paul sagte würdevoll, dass man so was nicht Geschwätz nennen könne, und dass, wenn Kinder immer folgen würden, und so weiter …

Die Fahrt in die Stadt war ein Albtraum für Paul gewesen. »Wie kann man bei so einem Verkehr auch noch auf Kinder aufpassen? Sie waren überall, kletterten in dem Moment nach vorn, als ein Polizist vorbei kam, rauften auf dem Rücksitz und stießen mich immer dann, wenn eine heikle Stelle kam. Bei den anderen war es nicht so schlimm. Sie waren ja zu zweit.«

»Du Ärmster. Du hättest Ursulas Angebot annehmen sollen.«

Er warf mir einen beleidigenden Blick zu und fuhr fort: »Und als wir dann in der Stadt waren, verschwanden die Zwillinge. Sie waren auf einmal weg. Ich verstehe nicht, wie Kinder das fertig bringen.«

»Teils Übung, teils eine Art Hexerei. Waren sie lange weg?«

»Nein, leider. Wir fanden sie bei Woolworth, wo sie sich gerade mit Süßigkeiten voll stopften.«

»Ist auch dumm, ihnen Geld zu geben.«

»Haben wir auch nicht. Sie hatten keinen Pfennig.«

»Du meinst – sie haben die Süßigkeiten geklaut?«

»Muss wohl so sein, denn niemand hat ihnen welche gegeben, und sie haben sie sicher nicht gekauft.«

»Hoffentlich habt ihr sie bezahlt!«

Paul fühlte sich sichtlich unwohl. »Nein, wir schafften sie nur schnell hinaus. Es waren so viele Leute da, und wir hätten nur lange herumreden müssen.«

»So habt ihr euch also mit der Beute davongeschlichen?«

»Aber was denkst du denn! Sie stopften alles in den Mund, als sie uns kommen sahen. Was hätten wir denn tun sollen? Einen Scheck ausstellen für die paar armseligen Süßigkeiten? So ein Geschäft macht deshalb nicht Pleite.«

»Du hast immer gesagt, dass es darum gar nicht geht. Aber erzähl ruhig weiter.«

»Das Essen war entsetzlich. Die Zwillinge hatten noch nie Papierservietten gesehen.«

»Wie sollten sie auch? Die Enkel des Colonel!«

»Sie machten sich Papierhüte daraus und als Tim sie ihnen wegnahm, kreischten sie los. So eine Art Duett, wobei Elizabeth die Oberstimme übernahm. Diese Zwillinge sind schlimmer als ein Sack Flöhe. Tim wird überhaupt nicht mit ihnen fertig.«

»Hoffentlich bist du mit unseren zurecht gekommen. Haben sie sich besser benommen?«

»Ach wo! Christopher überfraß sich und Patience wollte ihren Salat nicht essen. Ich befahl es ihr und glaubte, sie hätte gefolgt. Aber nachher fand ich ihn in meiner Jackentasche wieder – Tomaten und alles. Ich glaube, du solltest sie öfter in die Stadt mitnehmen.«

»Besten Dank. Dir scheint es gefallen zu haben.«

»Ich will ja nur sagen, dass wir sie nicht wie die Wilden aufwachsen lassen können.«

»Besser so, als ohne Mutter. Was passierte nach dem Essen?«

Paul zögerte und sagte dann: »Wir gingen mit ihnen in eins von den Kaufhäusern, die alles Mögliche technische Spielzeug haben. Modelleisenbahnen und so was.«

»Das hat ihnen sicher Spaß gemacht.«

Paul sah nun entschieden schuldbewusst aus. Es stellte sich heraus, dass die Kinder davon nichts gesehen, sondern sich auf den Rolltreppen vergnügt hatten. Bis schließlich über den Lautsprecher ausgerufen wurde, dass sich dort sechs Kinder seit einer halben Stunde herumtrieben und offensichtlich ihre Eltern verloren hätten.

»Aber was habt ihr drei gemacht?«

»Weißt du, diese automatischen Dinger sind einfach Klasse, und ...«

An diesem Punkt beendete ich das Kreuzverhör und schenkte meinem Mann noch einen Schnaps ein.

Am nächsten Tag erzählte mir Larry, dass die Männer ihre Sprösslinge über allem möglichen kindischen Spielzeug restlos vergessen hatten. Später hatten sie sie von der Rolltreppe geholt, zu einem schwitzenden Santa Claus mitgenommen und wieder verloren. Schließlich hatten sie sich in ein Kino durchgekämpft, wo sie sich schrecklich für ihre Kinder schämen mussten. Mit letzter Kraft ergriff jeder zwei, sie bekamen aber nur sehr schlechte Plätze in der ersten Reihe, weit auseinander, und sahen einen sehr langweiligen Film.

»Sam hat einen ganz steifen Hals«, sagte Larry. »Und Anne sagt, dass Tim seither Kopfweh hat.«

Dann hat Patience sich anscheinend in einer Damentoilette eingesperrt. Als ihnen ihr langes Ausbleiben auffiel, klopfte Paul schüchtern an die äußere Türe, aber ein resolute Person in einer weißen, gestärkten Schürze versperrte ihm den Weg und sagte: »Nur für Damen! Können Sie nicht lesen?«

Danach nahmen sie ihren ganzen Mut zusammen und überredeten im nächsten Laden ein Mädchen, Patience zu retten. Die hatte sich inzwischen damit vergnügt, für alle Helme aus Toilettenpapier zu machen.

»Und während sie damit zu tun hatten, war Christopher in eine Telefonzelle gegangen und versuchte, die Pennys aus dem Apparat zu holen. Sam meint, es wird wirklich Zeit, dass wir mit diesen Kindern etwas unternehmen. Vielleicht sollten wir ein paar ins Internat schicken.«

Worauf ich empört sagte: »Drei Männer und sechs kleine Kinder. Die Väter in Neuseeland sind einfach wunderbar.«

Diese letzte Woche vor Weihnachten war eine fürchterliche Hetze. Das Sportfest am Samstag machte alles noch komplizierter, und es war für mich einfach unmöglich, noch einmal nach Te Rimu zu kommen. Aber als Tony hinfuhr, gab ich ihr eine ellenlange Liste mit, und es gelang ihr tatsächlich, alles zu besorgen. Wir waren in einen wahren Strudel von Geschenken hineingeraten und trotz Tonys Hilfe hatte ich nichts für fast ein Dutzend Leute, die mir unerwartet Geschenke geschickt hatten. Ich rief Larry an.

»Ich weiß, dass wir beschlossen hatten, dieses Weihnachten hart zu bleiben, aber ...«

»Hör bloß auf! Mir geht es genauso. Im Oktober hat man leicht reden. Was machen wir jetzt nur?«

Zuletzt beschlossen wir, schnell nach Tiri hinunter zu fahren, den Supermarkt zu plündern und Geschenkpapier bei Tony zu kaufen. Auf dem Heimweg konnten wir dann die Geschenke in die verschiedenen Briefkästen stecken.

Einige Frauen suchten in den Regalen, als wir kamen, aber wenigstens war einmal keiner von Tonys jungen Männern da. Edith Stewart war zum Aushelfen gekommen. Sie sah sehr glücklich aus und flüsterte mir zu, dass alles herrlich sei. »Was für ein Segen, dass diese Rechnungen nicht mehr kommen. Sie haben es anscheinend aufgegeben. Kein Wort von ihnen, seit wir wieder zu Hause sind!«

Ich sagte, das freue mich sehr, vermied es aber, Tony anzuschauen.

Caleb fuhrwerkte herum, versuchte zu helfen und war überall im Weg. Sein Kater war nirgends zu sehen, und ich dachte, dass sie ihn jetzt vielleicht einsperrten, wenn im Laden viel Kundschaft war. Tony kam mit Caleb ausgezeichnet zurecht, gab ihm alle möglichen Kleinigkeiten zu tun, kommandierte ihn aber nie herum; und ich konnte nicht umhin, ihre Methoden mit Ursulas zu vergleichen.

Bevor wir von zu Hause weggefahren waren, hatte ich sie angerufen und ihr unsere Notlage geschildert, und sie hatte sich tatsächlich die Zeit genommen, uns ein paar nützliche Kleinigkeiten als Geschenke in letzter Minute herauszusuchen.

»Und nehmt lieber noch ein paar mehr mit, falls noch andere Leute auftauchen«, schlug Tony vor, denn sie war sehr geschäftstüchtig.

Kurz darauf, als wir gerade gehen wollten, kam Colin Manson daher. Er hatte seinen Hund Lass im Auto und erklärte, er habe sich ein paar junge Schafe angeschaut. Er war in der gleichen misslichen Lage wie wir.

»Dieser Weihnachtsrummel und die Freude des Schenkens machen mich ganz fertig. Komm, Tony, du bist ein Mädchen mit Fantasie, und ich hab' es eilig.«

Schon war sie mit ihm hinter einem Regal verschwunden, und man sah ihr nichts mehr von dem Ärger an, den es bei ihrem letzten Zusammentreffen gegeben hatte. Schnell hatte er alles Nötige beisammen und wollte gerade davonstürzen, als draußen ein Riesenkrach losging – wütendes Bellen und das Fauchen einer gereizten Katze. Wieder einmal Annabella.

Bevor wir noch eingreifen konnten, ging das Katzengeschrei in ein seltsames, tiefes Wimmern über. Caleb stürzte händeringend hinaus und stammelte: »Etwas Schreckliches ... Annabella in Nöten ... Bitte, entschuldigen Sie mich ...«

Wir folgten ihm mit noch einigen Frauen, die gerade im Laden waren. Caleb starrte nach oben, sprachlos vor Entsetzen. Lass sprang kläffend um eine hohe Telegrafenstange herum, und ganz oben balancierte Annabella, mit gesträubten Haaren und hervortretenden Augen. Sein tiefes, flehendes Schreien war voll panischer Angst.

Colin lachte. »Lass hat es diesem Vieh gezeigt – und es war höchste Zeit dafür. Als ich das letzte Mal hier war, überfiel es mich aus den Tomaten.«

Tony war halb wahnsinnig vor Angst. »Er wird sich umbringen! Er wird an die Drähte kommen! Was können wir bloß tun?«

Larry sagte schnell: »Telefonleitungen sind nicht gefährlich. Ich glaube, solange er da oben bleibt, kann ihm nichts passieren. Er scheint sich zu überlegen, ob er zu diesem Hochspannungsmast hinüberspringen soll. Das darf er nicht tun!«

Nicht weit weg war ein Mast der Hochspannungsleitung. Annabella machte einen Buckel und schien sich auf einen verzweifelten Sprung vorzubereiten. Caleb rief: »Miez ... Miez ... Komm herunter, Annabella!« Es klang sehr hilflos, und Annabella nahm keinerlei Notiz davon, sondern sah sich nach einem noch höheren Platz um, wo er vor dem kläffenden Hund sicher wäre. Falls er den Hochspannungsmast erreichen sollte, sah es ziemlich schlecht aus. Auch wenn er keinen Schlag bekam, so hatten wir doch keine Leiter, die lang genug war.

Colin schien sich königlich zu amüsieren und rief dem Hund zu: »Gut gemacht, Lass! Das geschieht dem Biest ganz recht.«

Lass war erfreut über dieses Lob und bellte nur noch lauter. Annabella begann wieder mit dem schrillen Geschrei und schätzte offensichtlich die Entfernung für den selbstmörderischen Sprung ab. Caleb rang immer noch die Hände, und Tony stürzte sich wie eine Furie auf Colin.

»Ruf deinen Köter zurück! Steck ihn ins Auto! Siehst du denn nicht, dass er den Kater verrückt macht? Ihr bringt ihn noch so weit, dass er tatsächlich springt!«

Colin ärgerte sich sichtlich über ihren Ton, lächelte aber nur aufreizend und sagte: »Unsinn. Der Hund hat das gleiche Recht, hier zu sein, wie der Kater. Sie ergänzen einander vorzüglich. Ich hab' lang auf etwas gewartet, was dem Biest Vernunft beibringt.«

Tony verlor die Beherrschung und stampfte mit dem Fuß auf: »Wenn du den Hund nicht ins Auto schaffst, tu ich's!«

»Wobei du sicherlich gebissen wirst, meine kleine Kratzbürste.«

Larry griff ein. »Seien Sie kein Esel, Colin. Tun Sie den Hund wieder ins Auto. Sehen Sie nicht, dass Caleb außer sich ist?«

Er murmelte: »Das stört mich wenig.« Dann fühlte er, dass die öffentliche Meinung gegen ihn war, zuckte die Achseln und sagte: »Gut, Mrs. Lee, Ihnen zuliebe – nicht wegen Tony oder dem Katzenvieh – werde ich den Hund wieder ins Auto tun. Komm her, Lass!« Und er sperrte den Hund ins Auto. Dann sagte er freundlich: »Und jetzt entschuldigen Sie mich bitte, ich möchte meine Einkäufe holen und fahren.« Damit verschwand er im Supermarkt und kam gleich darauf mit seinen Sachen wieder.

Tony war entgeistert. »Aber du kannst doch nicht so gehen! Du kannst Annabella nicht da oben lassen!«

»Und was soll ich deiner Meinung nach tun? Hoffentlich bleibt er da oben, bis er sich bessere Manieren angewöhnt hat, oder bis er einen Schlag bekommen hat – was das Allerbeste wäre. Also, tschüss allerseits!«

Tony klammerte sich an die Türe seines Autos.

»Aber es ist doch deine Schuld. Es war dein Hund, der ihn da hinaufgescheucht hat. Du musst einfach etwas tun!«

Colin blickte lässig nach oben, wo Annabella immer noch wie ein verschreckter Vogel saß. »Ich bin nicht sehr geschult im Klettern, selbst wenn ich mein Leben für das hässliche Vieh riskieren wollte«, sagte er ruhig und ließ den Motor an.

Tony brüllte ihn tatsächlich durch das offene Fenster an: »Du bist ekelhaft! Ein gemeiner, egoistischer Feigling, ich kann dich nicht mehr sehen!«

Mir wurde heiß. Tony lässt sich selten von dem hinreißen, was Paul ihr »rothaariges Temperament« nennt, aber wenn es so weit kommt, ist es allen ihren Freunden sehr unangenehm. Natürlich behielt Colin das letzte Wort. »Wirklich, Liebling?«, fragte er sanft. »Eigentlich hatte ich nie diesen Eindruck. Eher das Gegenteil. Ich muss mich jetzt auf die Socken machen, bin aber auf das Ende des Dramas gespannt!«

Die Szene hatte nur wenige Minuten gedauert, und Caleb rief immer noch verzweifelt »Miez!«, während Annabella immer noch vor sich hin wimmerte.

Larry sah mich an und sagte: »Wir müssen etwas unternehmen. Der Kater kommt von selbst nicht mehr herunter und vielleicht setzt er es sich in den Kopf, doch noch zu dem anderen Mast zu springen. Hat Miss Adams eine Leiter?«

Tony hatte sich wieder in der Hand, und die meisten Zuschauer waren in den Supermarkt zurückgegangen, wo sie von Edith eifrig bedient wurden. Caleb meinte: »Ja, eine Leiter ist schon da, aber sie ist nicht lang genug und sehr wackelig.«

Tony rief begeistert: »Holen wir sie! Mich hält sie schon aus, und ich komm' ganz rauf, wenn ich mich auf die oberste Sprosse stelle.«

Ich war entsetzt, besonders, als sie mit der Leiter zurückkamen, die jeden Moment auseinander zu fallen drohte. Caleb erklärte, dass es an ihm sei, hinaufzusteigen, aber ich stimmte Tony zu, die meinte, dass er zu alt und unsicher sei. Zugleich war ich fest entschlossen, sie kein gebrochenes Bein riskieren zu lassen, und sagte: »Warten wir ein paar Minuten. Vielleicht kommt ein Mann vorbei, und seit der Hund weg ist, scheint Annabella auch nicht mehr springen zu wollen.«

Wir stritten uns immer noch, als ein Auto angebraust kam und Peter Anstruther ausstieg. Er sagte: »Tony, ich hab' es verteufelt eilig. Könnten Sie mir ...« Und dann plötzlich: »Was ist denn los?«

Tony zeigte, den Tränen nahe, auf die Stange, und Peter pfiff durch die Zähne: »Himmel, was ist denn in ihn gefahren?«

»Colins Köter hat ihn da hinaufgejagt, und er hat nur darüber gelacht. Aber wir haben eine Leiter. Und wenn Susan kein Theater machen würde, dann könnte ich hinaufklettern. Peter, sagen Sie ihr, dass es nicht gefährlich ist, wenn man so leicht ist wie ich.« Dann erinnerte sie sich an ihre Pflicht und sagte: »Aber Sie haben es eilig. Was hätten Sie gerne?«

»Das kann warten. Der Kater kann nicht – oder wird nicht ... Ich werde es versuchen, Tony!«

Ich sagte: »Aber die Leiter ist nicht stabil. Sie sind schwerer als Tony.«

»Wird schon gehen, glaub' ich. Besonders, wenn ihr alle sie fest haltet. Aber wenn sie zu krachen anfängt, dann schaut, dass ihr drunter wegkommt!«

»Wie ist das mit Annabella?«, fragte Larry sachlich. »Wird er nicht furchtbar Angst haben, wenn Sie nach ihm greifen?«

»Ich glaub' nicht. Er und ich, wir haben uns eigentlich immer recht gut vertragen.«

Ich war erstaunt: »Ich hab' nicht gewusst, dass sich irgendwer mit Annabella gut verträgt.« Aber Tony sagte. »Es stimmt, Peter ist der einzige, von dem er sich überhaupt streicheln lässt, außer von Caleb und mir. Aber das wird ihn jetzt nicht hindern, jeden zu kratzen, weil er so Angst hat. Peter, lassen Sie es mich machen. Ich weiß, dass ich es kann. Mir ist noch nie schwindlig geworden.«

Aber Peter verlor keine Zeit mit Streitereien. Er erkletterte bereits die ersten wackeligen Sprossen, und ohne weitere Worte klammerten Tony, Larry und ich uns an die Leiter und versuchten, sie ruhig zu halten.

Tony schrie eine letzte Warnung: »Seien Sie vorsichtig, Peter! Ich weiß, dass Annabella Sie mag, aber er ist verrückt vor Angst. Er wird Ihren Arm ganz schön zurichten!«

Wir hörten ihn vergnügt lachen: »So ein Kratzer bringt mich nicht um. Auf geht's.«

Die Leiter reichte gerade aus, wenn Peter sich auf die oberste Sprosse stellte und sie mit beiden Händen losließ. Dafür, dass er so groß war, kletterte er schnell und geschickt. Er redete dauernd beruhigend auf Annabella ein, während er ihm näher kam. Das verfehlte seine Wirkung nicht, denn der Kater hörte mit dem schrecklichen Wimmern auf und begann zu miauen, was schon wieder ganz nach einer normalen Katze klang. Der unangenehme Augenblick kam, als Peter die letzte Sprosse erreichte, und für einen Moment schloss ich die Augen.

Larry murmelte: »Er hat losgelassen. Halt fest, dass die Leiter nicht wackelt«, und ich zwang mich, wieder hinzuschauen.

Peter hatte den Kater mit beiden Händen gepackt, und obwohl die Leiter zu meinem Entsetzen gefährlich ins Wanken kam, nahm er ihn unter den Arm und begann langsam und vorsichtig den Abstieg. Da krachte die Leiter bedrohlich, und er rief: »Schaut, dass ihr wegkommt, ihr drei! Der Kater und ich werden schon auf die Füße fallen.«

»Aus fünf Metern geht das nicht!«, murmelte Tony und klammerte sich nur noch fester an die Leiter. Und wie durch ein Wunder hielt sie. Erst als Peter den Boden fast erreicht hatte, zerbrach sie krachend. Er sprang, wir auch; Annabella segelte in hohem Bogen durch die Luft und schoss schreiend um die Ecke. Wir lagen alle übereinander auf dem Boden, niemand war verletzt, außer Tony, die einen langen Kratzer von einem Splitter am Arm hatte, und Peter, der einen noch längeren und schlimmeren von Annabellas undankbaren Krallen hatte.

Als Larry bei dessen Anblick aufschrie, lachte er und sagte: »Kriegsverletzung! Tony hat auch eine.«

»Sie waren fabelhaft, Peter!«, rief Tony. »Dieser widerliche Colin, wenn ich an den bloß denk'! Lacht nur und fährt davon.«

»Ach, ich wollte schon immer Feuerwehrhauptmann werden. Gehen wir lieber in den Supermarkt, Tony, und verbinden einander die Wunden.«

Für Peter war das ein recht gewagter Ausspruch, bemerkte Larry auf dem Heimweg nachdenklich. Es war eine lange Fahrt, denn wir mussten verschiedene Seitenstraßen hinauffahren und kleine Päckchen in die Briefkästen werfen. – »Nur ein paar kleine Aufmerksamkeiten«, wie Larry sie nannte.

»Nun«, bemerkte sie plötzlich, »das war das Ende von Colin Manson, sollte man meinen. Er hat zwar nie einen ernsthaften Anfang gemacht, das Ende war jedoch recht dramatisch.«

»Hässlich, wie er Tony angeredet hat. Für sie hab' ich mich richtig geschämt.«

»Unnötig. Ihr war es egal.«

»Ich bin froh, dass wir ihn nicht zu Weihnachten eingeladen haben.«

»Er wäre bestimmt nicht gekommen. Die Gordons geben eine große Party und da ist er sicher eingeladen. Ich glaub', da gibt's bald eine Verlobung.«

»Dann war es gemein von ihm, weiter mit Tony zu flirten.«

»Unsinn! Wir leben in einem freien Land. Wenn ein Mädchen zeigt, dass es flirtbereit ist (wirklich hübsches Wort!), kann man einem jungen Mann keine Vorwürfe machen, wenn er seinen Spaß haben will.«

Und damit erfasste sie genau die Lage.

Dann sagte Larry: »Ich hätte nicht erwartet, dass Peter auf der Leiter einen Beinbruch riskiert. Er wäre ganz schön wild geworden, wenn er mit einem Gipsbein einen Monat lang nicht hätte arbeiten können.«

»Tony sagt ja, dass er nett ist, und der arme Caleb war völlig verzweifelt.«

Larry warf mir einen Blick zu und lachte. »Die vorsichtige Susan! Du hast tatsächlich etwas dazugelernt.«

Das stimmte. Ich würde nie mehr Pläne schmieden für Tony. Darüber grübelte ich noch nach, nachdem ich Larry heimgebracht hatte, und als Paul herauskam, um mir meine Pakete ins Haus zu tragen, sagte ich noch vor mich hin: »Ich mach keine Heiratspläne für andere Leute mehr. Dabei kommt nichts Gutes heraus.«

Paul war erstaunt. »Ich bin völlig deiner Meinung. Aber wovon redest du?«

»Ach, es war Calebs Kater«, sagte ich heftig, und Paul sagte: »Also wirklich, Susan!«

13

Samstag war der Tag vor Heilig Abend und auf diesen Tag hatten wir unser Sportfest legen müssen. Er dämmerte heiß und wolkenlos herauf, und ich erwachte mit dem Bewusstsein, dass bis zur Ankunft meiner Eltern am Sonntagabend noch hunderterlei zu tun war. Ich hatte

Tony am Freitagabend mit heim genommen, als das Geschäft endgültig schloss, und Tantchen erschöpft zu Bett ging. Tony war auch sehr müde, aber glücklich und aufgeregt. Ihr Herz war also wegen Colin nicht gebrochen. Höchst anschaulich berichtete sie Paul von der Errettung Annabellas und zollte Peter die ihm gebührende Anerkennung. Über Colin sagte sie nur: »Ich hab' ihn immer für einen netten Kerl gehalten. Dass er ein bisschen herzlos ist, wusste ich, weil er so über Calebs Anhänger gelacht hat, aber ich hätte nicht erwartet, dass er so davonfährt und uns unserem Schicksal überlässt. Ich bin froh, dass du ihn nicht zu Weihnachten eingeladen hast, Susan.«

Die Gelegenheit schien mir günstig, und ich sagte leichthin: »Er ist sowieso schon eingeladen. Ein großes Fest bei den Gordons in Te Rimu. Er ist mit der Tochter eng befreundet.«

Tony wurde rot, sagte aber tapfer: »Tatsächlich? Nun, viel Vergnügen.«

Als wir später allein waren, sagte sie: »Komisch, dass sich der gute Colin so um mich bemüht hat, und in Wirklichkeit rennt er hinter einer her, die viel besser zu ihm passt. Susan, gib zu, du hast Angst gehabt, dass ich mich in ihn verliebe und mich wieder lächerlich mache. Stimmt's?«

Ich musste ehrlich sein und sagte widerwillig: »Weißt du, Tony, wenn ich jemand gern hab', stelle ich mich furchtbar an, aber ich hab' ja vor kurzem gesehen, dass er dir völlig egal ist. Ich gestehe dir besser, dass ich erleichtert war. Ich mag ihn, aber du bist erst neunzehn, und er ist nicht beständig.«

Sie umarmte mich flüchtig und sagte: »Du bist schon richtig, Susan. Aber mach dir wegen mir keine Sorgen. Ich mochte Colin gerade, weil er nicht beständig ist. Letztes Jahr hab' ich meinen Denkzettel bekommen, so was passiert mir nicht nochmal. Es ist wirklich lustig mit Colin, aber er ist nicht der ›bis dass der Tod uns scheide‹-Typ. Deshalb hat er mir gefallen. Ich möchte noch lange nichts Ernsthaftes. Wie alt warst du, als du geheiratet hast, Susan?«

»Zweiundzwanzig. Ich finde immer, das ist ein gutes Alter. Man hat seinen Spaß gehabt und weiß, was man will.«

»Das habt ihr auch erreicht, du und Paul. Ich warte, bis ich jemand wie ihn finde, gescheit und sympathisch, mit Humor.«

Paul ist sicher gescheit. Als wir uns für das Sportfest umzogen und kurz allein waren, sagte er: »Der gute Peter macht sich. Nicht schlecht, wie er den Kater da runtergeholt hat.«

»Ja, er wollte schon immer Feuerwehrmann werden, hat er gesagt.«

»Ein gebrochenes Bein hätte ihn nicht gerade gefreut. Jetzt versteh' ich endlich, wo deine Gedanken an dem Abend waren, als du sagtest, du würdest für andere Leute keine Heiratspläne mehr machen. Das ist ein löblicher Entschluss. Aber damals dachte ich, du hättest von Annabella geredet, und wir können nicht noch ein junges Kätzchen brauchen.«

Diesmal war ich an der Reihe: »Also wirklich, Paul …«

Wir mussten um elf auf dem Sportplatz sein, weil Paul im Ausschuss war. Um halb elf war ich mit allem fertig, einschließlich Picknickkorb und zwei relativ sauberen Kindern, und da sah ich Annes kleines Auto die Einfahrt heraufkommen. Ich ahnte Schlimmes, denn ich dachte sofort an die beiden anderen Male, als ihr Kommen Unheil bedeutet hatte.

Sie stieg aus und kam mir langsam entgegen. Ich dachte mir, wie froh sie sein wird, wenn das alles überstanden und sie wieder beweglich und hübsch ist wie immer. Sie sagte: »Susan, du musst mir zuhören. Ich muss mir einfach Luft machen. Fährst du gleich zu diesem verflixten Sportfest, oder können wir uns noch ein bisschen in deinem Zimmer unterhalten?«

Ich zögerte. »Wir müssten eigentlich gehen, weil Paul das Eintrittsgeld kassiert, aber ich hab' gar keine Lust. Ich bin müde und würde bei dieser Hitze viel lieber mit dir hier sitzen bleiben. Ist Tim schon weg?«

»Ja, er und die Kinder. Und Ursula natürlich auch.« Ihre Stimme klang matt, und sie beherrschte sich nur mühsam, deshalb sagte ich schnell: »Dann können wir ja zusammen gehen und brauchen uns nicht zu beeilen. Komm, wir setzen uns auf die Veranda und trinken gemütlich Kaffee.«

»Das wäre himmlisch. Aber ich gehe nicht zum Sportfest. Ich fahr' dich natürlich hin, also lass die anderen schon losziehen.«

»Du musst kommen, Anne! Nur ganz kurz. Nur um Sahib springen zu sehen.«

Sie sagte heftig: »Ich will ihn nicht springen sehen! Hoffentlich gewinnt nicht er, sondern Babette und Larry. Das glaube ich auch, denn Ursula reitet zwar gut, aber Sahib mag sie nicht besonders. Weißt du was? Sie nennt ihn ›mein liebes kleines Pferdchen‹!«

Ich beeilte mich zu sagen: »Ach, wie lustig!«, obwohl ich es überhaupt nicht lustig fand. Aber ich konnte sehen, dass Anne in der verzweifelten Stimmung war, in der sie, ohne mit der Wimper zu zucken, zu den größten Rücksichtslosigkeiten fähig war, nachdem sie viel zu viel geschluckt hatte. Ich wollte Paul und die Kinder aus dem Wege haben, aber in diesem Moment stürzten Christopher und Patience aus dem Haus, um sie zu begrüßen. Manchmal glaubte ich, sie liebten Anne mehr als mich, und sie zwang sich wie gewöhnlich, ihnen zuzuhören und sich für alles zu interessieren. Aber es strengte sie an, sie war am Ende ihrer Kräfte. Ich griff ein und scheuchte die Kinder mitsamt ihrem Vater davon.

»Ich komm' bald nach. Seid schön brav inzwischen!«

Paul sagte: »Wird schon gut gehen. Ich muss am Eingang bleiben, aber Ursula wird schon auf sie aufpassen.«

»Das wird allen viel Spaß machen«, rief ich, und Paul fuhr los, überzeugt davon, dass er mich beruhigt hatte und sehr taktvoll gewesen war.

Ich drehte mich um und lachte, als sie abfuhren. »Du siehst, Paul ist genauso. Nicht ganz so schlimm wie vor der Geschichte mit dem Eis, aber sie ist immer noch die tüchtige Ursula.«

Anne lachte nicht. Sie sagte: »Ich wollte bloß, Papa und Tim hätten gesehen, wie sie sich damals benommen hat. Sie sind immer noch ganz vernarrt in sie – wirklich, Susan, ich halt' es einfach nicht mehr aus.«

Das hatte ich befürchtet. Ich konnte ihr deshalb keine Vorwürfe machen. Ich hätte Ursula auch nicht lange aushalten können und ich war nicht im neunten Monat. Es schien mir das Beste, sie einfach reden zu lassen, Kaffee zu kochen und zuzuhören.

»Normalerweise bin ich wirklich nicht eifersüchtig«, begann sie, »aber vermutlich liegt es daran, dass ich so mies aussehe und mich genauso fühle. Und es ist auch keine richtige Eifersucht, denn ich weiß genau, dass beide, Tim und Papa …«

Sie zögerte, und ich fiel ein. »Selbstverständlich liegt den beiden in Wirklichkeit verdammt wenig an Ursula. Ich meine, es ist dumm, da überhaupt Vergleiche anzustellen.«

»Das weiß ich ja«, sagte sie müde. »Ich sage mir das zehn Mal am Tag, aber trotzdem werde ich immer wieder wütend darüber, wie sie alles übernommen hat – mein Pferd, mein Haus und meine Kinder. Ganz zu schweigen von meinem Mann und meinem Vater. Natürlich wollen sie mir nur jede Mühe abnehmen. Es heißt immer – ›Ursula macht das schon‹. Und Tim sagt: ›Ursula hilft mir schon. Sie kann das gut!‹ Das Schlimme ist, dass sie alles gut kann. Und sogar den Kindern haben sie beigebracht, Mammi in Ruhe zu lassen und Tante Ursula zu fragen.

Und sie reißt alles an sich. Sie drängt mich richtig hinaus. Ich hab' das Gefühl, dass mir eigentlich nichts mehr gehört, nicht einmal Sahib. Ich hab' ihn wirklich gerne gehabt, und jetzt hoffe ich, dass er heute nicht gewinnt. Ach, Susan, ich werde so gemein und boshaft!«

Sie war ehrlich bekümmert, und ich versuchte, sie aufzumuntern: »Arme Anne. In drei Monaten wirst du darüber lachen. Ich weiß, wie man sich in diesen letzten Wochen fühlt, besonders wenn es so heiß ist. Jetzt, wo wir bessere Straßen haben, sollten wir unsere Kinder tatsächlich nur noch im Winter bekommen.«

Anne lächelte nicht einmal. »In drei Monaten? Vielleicht ist diese Frau dann immer noch da.«

Ich war bestürzt. »Aber ich dachte, sie fliegt gleich nach Weihnachten heim? Die Ferien sollten doch eigentlich nur drei Monate dauern?«

»Ja, aber jetzt redet sie davon, länger zu bleiben, und die Männer bestärken sie darin, sie sei eine solche Hilfe für mich, wenn ich mit dem Baby heimkomme. Wirklich, ich weiß nicht, ob sie in Papa oder Tim verliebt ist – oder in beide. Und ob die beiden nicht ein bisschen in sie verliebt sind ...«

Jetzt musste ich lachen. Und es war auch zum Lachen, sich den Colonel, der sechsundzwanzig Jahre lang das Andenken an seine junge Frau in Ehren gehalten hatte und sich seither nur um Anne kümmerte, in Ursula verliebt vorzustellen. Genauso wenig würde Tim, der seine sonst so fröhliche und hübsche kleine Frau anbetete, auch nur einen Gedanken auf sie verschwenden. Ich sagte: »Liebling, du leidest an Depressionen, wie man sie oft am Ende der Schwangerschaft bekommt. Der Colonel und Tim würden Ursula mit Freuden hinauswerfen, wenn sie dir damit nur einen Tag mehr Glück verschaffen könnten, und das weißt du.«

Aber sie war richtig verbohrt. »Nein, Susan, davon weiß ich nichts, und ich kann es nicht mehr aushalten, wie mich diese Frau herablassend behandelt, über mein Aussehen lächelt, über meinen Haushalt spöttelt, den armen Tim bemitleidet und sich abfällig über meine Kinder äußert. Du musst sie dazu bringen, dass sie verschwindet!«

Ich war entsetzt. »Ich? Wie soll ich das machen?«

»Ach, ich weiß es nicht. Aber ihr seid doch so klug, du und Larry. Euch muss einfach etwas einfallen. Ihr habt doch schon alles Mögliche angestellt, Telefondrähte abgeschnitten, Richard O'Connor gezeigt, wie unmöglich Gloria war, oder –«

Hier unterbrach ich sie. Ich hatte keine Lust, noch mehr aus unserer Vergangenheit zu hören. Wir hatten uns oft genug in die Angelegenheiten anderer Leute eingemischt. Wie Paul immer sagte, war es höchste Zeit, dass wir vernünftig wurden und bedachten, dass wir Mütter von heranwachsenden Kindern waren.

Aber ich machte mir Sorgen um Anne. Sie redete immer weiter: »Ich gebe ja gerne zu, dass sie schrecklich tüchtig ist, aber du kannst dir gar nicht vorstellen, was das bedeutet. Sie weiß alles besser als ich und weist mich immer zurecht, und wenn ich mich dagegen wehre, dann gibt es Krach. Ich weiß, dass sie meinen Haushalt erstklassig führt, viel von Landwirtschaft versteht und gut reitet, aber wenn sie auch noch mehr vom Kinderkriegen verstehen will ... Also ... Stell dir vor, als ich vor kurzem sagte, dass ich das Baby sicher an Weihnachten bekommen würde, sagte sie: ›Was für ein Unsinn. Babys kommen immer zu spät!‹«

Sie machte eine Pause, als suchte sie nach passenden Worten. Ich lachte, aber sie blieb ernst, und ich merkte, dass sie ihren Humor verloren hatte, und das war bedenklich. Man hielt es mit Ursula nur aus, wenn man über sie und sich selbst lachen konnte. Und dazu war Anne zurzeit nicht fähig.

Sie stellte ihre Tasse hin und stand müde auf. »Du musst zum Sportfest. Nein, es hat keinen Sinn, mich überreden zu wollen. Ich sehe scheußlich aus und fühle mich auch so, und ich werde diesem Weibsbild bestimmt nicht zuschauen, wie sie Larry besiegt, nur weil Papa viel Geld bezahlt hat für mein Pferd. Ich setz' dich beim Eingang ab und fahre heim und Gott sei Dank werde ich das Haus einmal für mich alleine haben.«

Ich sah ein, dass es sinnlos war, sie überreden zu wollen. Es ging ihr auch offensichtlich nicht so gut, dass sie an einem so heißen Tag, eingezwängt in ein Auto, beim Reiten, Holzhacken und Wettrennen zuschauen konnte. Ich hatte auch keine Lust dazu, denn ich war müde und niedergeschlagen, und die Aussichten auf ein fröhliches Weihnachtsfest wurden immer kleiner. Als ich am Sportplatz ausstieg, sagte Anne: »Susan, du hast mich noch nie im Stich gelassen. Larry auch nicht. Schaut, dass ihr diese Frau verjagt. Versprich es mir!«

Paul hat vollkommen Recht damit, dass ich Leuten, die ich mag, nichts abschlagen kann. Zu meinem eigenen Entsetzen sagte ich: »Ich versprech' es dir. Wenn sie nicht bald von selbst geht, dann wird Larry sich schon etwas einfallen lassen. Ich ruf' dich heute Abend an und schau', wie es dir geht. Du musst mir nur versprechen, dass du inzwischen nichts unternimmst – aber auch gar nichts!«

Sie nickte, und damit hatten wir wenigstens eine Gnadenfrist. Aber was für ein verrücktes Versprechen! Zum Glück würde ich heute nie mit Larry allein sein und vielleicht würde irgendetwas geschehen. Schuldbewusst machte ich mich auf die Suche nach den anderen.

Das Sportfest wäre bestimmt lustig gewesen, wenn ich mir nicht solche Sorgen um Anne gemacht hätte, die jetzt verzweifelt zu Hause saß. Es fiel mir schwer, zu Ursula höflich zu sein, die in ihrem Reitdress sehr elegant wirkte. Sie sagte: »Anne hat sich also doch nicht entschließen können, zu kommen?«

»Nein, sie fühlt sich nicht wohl.«

»Wie schade. Sie hat Aufmunterung nötig. Sie bekommt immer mehr Mitleid mit sich selbst, und das ist anstrengend für Tim.«

»Es ist schon richtig, dass sie nicht gekommen ist. Diese letzten Wochen sind immer aufreibend.«

»Aber finden Sie nicht, dass sie etwas viel jammert? Natürlich sind Tim und Onkel Charles in dieser Hinsicht schlecht für sie. Sie stellen sich furchtbar an wegen ihr. Immerhin ist es etwas ganz Gewöhnliches, dass Frauen Kinder bekommen und es ist ja nicht Annes erstes.«

Ich schluckte eine giftige Antwort hinunter und sagte: »Der Pokal, den der Colonel für den Holzhack-Wettbewerb gestiftet hat, ist wirklich wunderbar. Ich wäre so froh, wenn ihn einer von hier gewinnen würde. Aus anderen Bezirken sind einige gute Holzhacker gekommen. Vermutlich haben sie von dem Pokal gehört. Er erregt einiges Aufsehen. Wir haben bei unserem Sportfest noch nie etwas so Großartiges gehabt.«

Ursula interessierte sich nicht besonders für den Pokal, schaute sich aber mit mir die Preise an. Das Geschenk des Colonel war in der Mitte aufgestellt und wurde gebührend bewundert. Neben ihm verblassten alle anderen Preise, so bescheidene Dinge wie Taschenlampen, Thermosflaschen und Werkzeug.

Miss Adams, die mit den Anstruthers gekommen war, sagte: »Unser Sportfest bekommt durch ihn eine ganz andere Note, finden Sie nicht auch? Ich bin gespannt, wer ihn gewinnt. Mick ist ein guter Holzhacker, und er ist noch unwahrscheinlich nüchtern. Macht Paul auch mit?«

Ich sagte, dass keiner von unseren drei Männern mitmachen würde.

»Sie behaupten, sie seien zu alt, einfach lächerlich. Aber sie haben Peter Anstruther dazu überredet. Wie steht es mit dir, Julian?«

Er lachte. »Liebe Susan, willst du mich auf den Arm nehmen? Ich kann nicht holzhacken. Hab' zu spät damit angefangen. Aber Peter kann es wirklich gut. Ich werde ihn anfeuern.«

»Ich auch!«, rief Tony. »Julian, hast du die Geschichte mit Calebs Kater gehört?«

»Nur sehr ungenau, aber erzähl mir die Heldentat, Tony«, und eine weitere Aufforderung war nicht nötig. Sie war etwa bei der Hälfte ihres aufregenden Berichtes angelangt, als sich zwei Neuankömmlinge zu uns gesellten. Bei ihrem Anblick fühlte ich mich etwas unbehaglich, aber Tony hatte sie nicht bemerkt. Es war Colin Manson in Begleitung eines sehr hübschen Mädchens, dessen Kleid so schlicht war, dass man es für billig hätte halten können – aber nur, wenn man ein Mann war. Das musste Catherine Gordon sein, und ich machte mir Sorgen um Tony. Colin würde sicher auf Rache sinnen.

Aber ich hatte unsere Tony unterschätzt. Plötzlich bemerkte sie die beiden, unterbrach sich und sagte obenhin: »Hallo, Colin – oder redest du nicht mehr mit mir?«

Er antwortete im gleichen Ton: »Unsinn, und darf ich Ihnen allen gleich Catherine Gordon vorstellen. Das ist ihr erstes Sportfest in den Backblocks, und ich möchte, dass sie alle unsere Berühmtheiten kennen lernt.«

Catherine war charmant und interessierte sich für alles. »Was für ein wunderschöner Pokal! Colin, warum machst du da nicht mit? Du kannst doch sicher erstklassig holzhacken.« Aber sie wartete auf keine Antwort. »Tony, wir haben Sie in Ihrer Geschichte unterbrochen. Erzählen Sie doch weiter. Colin hat mir gestanden, dass er sich daneben benommen hat. Es war sicher keine Heldentat von ihm, wegzufahren und den armen Kater sich selbst zu überlassen. Und er verdient es, ausgeschimpft zu werden.«

Das war äußerst geschickt und genau der richtige Ton. Danach ging alles glänzend; Tony machte Witze über die Art, wie sie Colin angegriffen hatte, und er nahm alles mit so viel Humor auf, dass ich ihn bewundern musste. Das war damit also erledigt. Wenn Colin dieses wirklich nette Mädchen heiraten würde, hätte sie bestimmt einen guten Einfluss auf ihn, und für uns wäre sie auch eine große Errungenschaft. Colin würde weiter im Supermarkt einkaufen, sich aber nicht zu lange aufhalten, und Catherine und Tony würden gute Freundinnen werden.

Als wir einen Augenblick allein waren, sagte Larry zu mir: »Ich hoffe, du ziehst deine Lehren daraus.«

Ich gab zurück: »Reit nicht darauf herum. Es gibt noch genügend Schwierigkeiten.«

Sie war verwirrt, sagte aber nur: »Schon meine Nerven. Das Springen der Damen beginnt in fünf Minuten.«

Zehn Teilnehmerinnen versammelten sich am Sportplatz, alle aus der Gegend und gute Reiterinnen. Aber sie ritten ihre Arbeitspferde, und obwohl die nicht schlecht waren, konzentrierte sich das Interesse nur auf zwei: Babette und Sahib. Die anderen schieden bald aus, und ich wurde fast verrückt vor Aufregung, als der Schiedsrichter Ursula und Larry zur Endrunde aufrief. Babette benahm sich ausgezeichnet und schien vollkommen ruhig und gelassen zu sein, doch Sahib war der bessere Springer. Andererseits war er leichter aus der Ruhe zu bringen, und ihm stand schon der Schaum vor dem Maul. Und obwohl Ursula großes Können bewies, schienen sie doch nicht so gut miteinander zu harmonieren.

Sogar Paul musste zugeben, dass Larry wunderbar mit Pferden umgehen kann, ich vermute, weil sie sie so liebt. Sie hatte Babette täglich geritten, und die sanfte, kleine Stute vertraute ihr vollkommen. Als der Lärm der Menge wuchs und das Gedränge dichter wurde, wurde Sahib unruhig. Er schlug ein oder zwei Mal aus und warf den Kopf hoch, als neben ihm der Lautsprecher ertönte, und obwohl so etwas Ursulas gute Haltung nicht stören konnte, merkte ich, dass er immer nervöser wurde. Ursula blickte ein wenig unbehaglich drein, und ich glaubte, dass ihr da zum ersten Mal der Gedanke kam, dass ihr Larry in ihren gut sitzenden, aber abgetragenen Reithosen, der Reitmütze, mit der sich einer ihrer jungen Hunde vergnügt hatte und dem Hemd, das einen grünen Fleck am Ellbogen hatte, vielleicht gefährlich werden könnte.

Neben mir flüsterte Tony aufgeregt: »Ursula wird nervös!«

Sahib ebenfalls. Er war gereizt durch das viele Springen, die Hitze und die vielen Leute, und er fühlte, dass seine Reiterin auch irritiert war. Als Ursula startete, brach er gleich an der Linie böse aus, und sie gab ihm einen scharfen Peitschenschlag. Ich hörte Tim murmeln: »Das war falsch. Sahib ist anders als Babette.«

Er nahm die ersten drei Hindernisse sehr schön, galoppierte aber die doppelte Hecke zu schnell an, und ich sah, dass Ursula vergeblich versuchte, ihn zurückzuhalten. Er kam zu früh ab, übersprang das erste Hindernis hoch und weit, verweigerte aber zu unserer Überraschung das zweite, bockte und ging durch. Die Menge stob auseinander, und Ursula hatte ihn gerade noch so weit in der Hand, dass er Richtung auf den steilen Hügel nahm, wo unsere Autos standen, zwischen denen sie glücklich durchkamen.

Tony fragte: »Was ist denn passiert? Sie reitet doch so gut.«

»Sahib sind die Nerven durchgegangen«, antwortete ich. »Er ist ganz schön stark. Es war gut, dass sie ihn da hinaufgeritten hat, weg von den Leuten.«

Der Colonel sagte: »Schade. Wirklich schade. Ursula ist eine gute Reiterin, aber es hat mir nicht gefallen, wie das Pferd sich verhalten hat. Es ist anders, als ich dachte.« Dann zu Tim: »Ich möchte nicht, dass Anne ein solches Risiko eingeht. Geben wir ihn weg und suchen wir etwas Besseres?«

Ich musste lächeln. Offensichtlich konnte Ursula so etwas riskieren, nicht aber Anne. Ich wollte, sie hätte das gehört; es hätte sie für vieles getröstet.

Dann schwieg alles, denn der Schiedsrichter rief aus: »Die Endrunde von Mrs. Lee auf Babette!«

Tony flüsterte mir ins Ohr: »Ich halt' es nicht aus, ich halt' es einfach nicht aus.« Ich fuhr sie an: »Dann schau eben nicht hin!«, und bemerkte plötzlich, dass ich selbst die Augen geschlossen hatte.

Ich machte sie schnell wieder auf und schämte mich, denn ich hatte gedacht, meine Furcht könnte sich irgendwie auf Larry übertragen. Dann schaute ich sie an, und wusste, dass ich ein Dummkopf war. In Larrys Gesicht unter der alten Reitkappe sah man keine Furcht, nur Freude. Sie lächelte und tätschelte Babette. Dann lehnte sie sich nach vorn und flüsterte ihr etwas ins Ohr. Das Ohr zuckte nach hinten, richtete sich wieder auf, und Babette begann ihre Runde sehr ruhig und sicher.

Sie ging ausgezeichnet. Obwohl alles so leicht und gelassen aussah, kam sie überall gut durch und machte keine Fehler. Alles klatschte, als Larry das Pferd anhielt, und Tony stürzte hin, um erst Babette und dann die Reiterin zu umarmen. Aber ich freute mich, dass auch alle applaudierten, als Ursula wieder den Hügel herunterkam mit dem schwitzenden, aber wieder ruhigen Sahib.

Sie benahm sich, wie man es erwarten konnte, sprang von dem nervösen Pferd und gratulierte Larry höflich, wenn auch nicht gerade herzlich.

»Sie hatten Pech«, war Larrys unvermeidliche Antwort. »Sahib springt wunderbar, aber er ist unruhig. Sie haben Wunder mit ihm vollbracht.«

Dann sagte der Colonel etwas, was niemand von ihm erwartet hätte: »Du bist sehr gut geritten, meine Liebe, aber vielleicht sollten wir ihn nach deiner Abreise lieber Larry geben. Entweder das, oder ihn verkaufen.«

»Aber sie dürfen ihn nicht verkaufen«, sagte Larry schnell. »Es würde Anne das Herz brechen. Sie freut sich so darauf, ihn zu reiten. Es kommt oft vor, dass Pferde die Nerven verlieren, wenn sie das erste Mal so viele Menschen sehen.«

Da fand Ursula zu ihrem gewohnten Ton zurück und sagte: »Ich bin nicht Ihrer Meinung. Onkel Charles sollte ihn verkaufen. Anne kann nie ein so temperamentvolles Pferd reiten.«

Larry ärgerte sich und begann: »Aber Anne …« Dann besann sie sich eines Besseren und sagte: »Sie haben einen ausgezeichneten Sitz, Ursula. Wenn Sie ein trainiertes Pferd reiten, kann sicher keine von uns mithalten.«

Danach begannen, wie Paul es später ausdrückte, die Komplimente nur so zu schwirren und alle waren zufrieden.

14

Ursula trat nun zu keinem Wettkampf mehr an. Sie sagte mit Recht, Sahib sei zu aufgeregt und es sei weder für ihn noch für sie ratsam. Babette gewann das Jagdspringen der Ponys, und Tony überredete Larry, beim offenen Springen mitzumachen, bei dem sie hinter Julians Playboy den zweiten Platz belegte. Tonys Glück war vollkommen und sogar Ursula sagte, Babette sei ein schönes Pony.

Der Tag war sehr heiß, aber glücklicherweise war auf der einen Seite der Koppel, die wir immer für das Sportfest mieteten, ein Hügel mit ein paar großen Bäumen. Diese Koppel war bestens geeignet für unser Fest, denn der Abhang ergab eine natürliche Tribüne, sodass faule Leute von ihren Autos aus alles beobachten konnten.

Nach dem Springen begannen die Zwischenrunden im Holzhacken. Peter hatte sich in einigen Vorrunden recht beachtlich gehalten, und Tony hatte ihn, genau wie die Maoris, bei denen er sehr beliebt war, begeistert angefeuert. Mick war immer noch völlig nüchtern und würde am Finale teilnehmen, der Star aber war ein Maori, den wir alle gerne mochten, Reti Moana, ein riesiger, liebenswürdiger Mann, der aussah, als sei er zu faul, eine Axt zu heben. Er war jedoch ein ausgezeichneter Arbeiter und bekannter Buschmann. Ziemlich sicher würde er gewinnen, und wir fanden, wenn Peter schon geschlagen würde, dann lieber von Reti als von einem anderen.

Dann kam die Mittagspause. Wir waren nicht so fortschrittlich, dass wir ein Teezelt hatten, und natürlich war Alkohol offiziell verboten. Ich war entsetzt, als ich Paul zum Colonel sagen hörte: »Nächstes Jahr müssen wir wirklich ein Zelt aufmachen; die Mädchen können das leicht übernehmen und es würde uns viel Geld einbringen.« Ich schlich mich davon, entschlossen, mich in diese Sache nicht hineinziehen zu lassen, und ich sah mich schon im nächsten Jahr die ganze Woche vorher mit Backen verbringen und Beiträge von den anderen geschäftigen Frauen einsammeln, und den Tag selbst hinter einem Ladentisch in einem glühend heißen Zelt kühle Getränke und Kuchen an die Menge verkaufen. Wenn das mein Schicksal sein sollte, dann wollte ich den heutigen Tag genießen.

Das tat ich auch. Wir waren alle sehr vergnügt und bald verschwand auch die bohrende Sorge um Anne, und ich dachte mir, was für ein Glück wir doch hatten, in einer so einträchtigen Gemeinschaft zu leben. Besonderes Glück hatten wir mit unseren Maoris, die bisher noch nicht den Drang verspürt hatten, in die Stadt zu ziehen, sondern auf ihren eigenen kleinen Farmen lebten und ihr Einkommen mit Arbeiten für die weißen Siedler aufbesserten. Von ihnen waren heute viele da, und wir kannten die meisten; manche hatten bei uns Schafe geschoren, andere den Busch gerodet oder in Ausschüssen mitgearbeitet, und einige hatten mit unseren Männern zusammen im Krieg gekämpft. Niemand achtete hier auf die Hautfarbe, und wir versammelten uns alle unter den Bäumen und verzehrten unser Mittagessen.

Ursula tat mir Leid. Sie war sicher sehr enttäuscht über Sahibs Versagen, aber leider machte sie das noch anmaßender und taktloser als gewöhnlich. Sie kümmerte sich um alles, holte das ausgezeichnete Essen heraus, das Anne eingepackt hatte, und rief Tim und den Colonel zu sich: »Kommt her und würdigt die Mühe, die ich mir mit eurem Essen gemacht habe!«

Larry ärgerte sich, sagte jedoch sanft: »Selbstverständlich musst du alles aufessen, lieber Tim. Anne kocht so gut, und als ich gestern vorbeischaute, backte sie gerade diese Schinkenpastete. Anständig von ihr, wenn sie selbst nicht mitkommt.«

Tim sagte: »Ja, sie arbeitet viel zu viel, aber sie ist nicht aufzuhalten«, und der Colonel, der nicht gerade seinen taktvollen Tag hatte, bemerkte, wenn Anne es gebacken habe, sei es sicher gut. »Kommen Sie und versuchen Sie die Vorspeise, liebe Susan!«

Ursula bekam einen knallroten Kopf, und ich sah meine Vermutung bestätigt – sie war schrecklich eifersüchtig auf ihre kleine Cousine, die sie angeblich so verachtete. Sie warf Larry einen nicht gerade liebevollen Blick zu und sagte: »Sie haben einen scheußlichen Grasfleck auf Ihrem Hemd. Ich muss Ihnen zeigen, wie man ihn wegbringt.«

Es war wirklich nicht erstaunlich, dass Anne so verzweifelt war, aber Julian warf, taktvoll wie immer, besänftigend ein: »Wie gefällt dir dein erstes Sportfest in den Backblocks, Ursula?« Er wurde für seine Anstrengung mit einem gezwungenen Lachen belohnt. »Ach, man darf nicht zu viel erwarten, und für die armen Frauen ist es einmal eine Abwechslung.«

Dieser Ton brachte Larry wieder auf, und sie sagte: »Die meisten dieser armen Frauen haben ziemlich viel Abwechslung. Sie können alle Auto fahren und kommen recht oft in die Stadt. Aber ihnen macht das Sportfest Spaß, weil alle lustig sind und niemand so tut, als sei er was Besseres.«

Miss Adams warf einen drohenden Blick in Larrys Richtung und wandte sich unverfänglicheren Dingen zu. »Der Pokal ist großartig, Colonel. Wir sind alle ganz aus dem Häuschen, und es ist tatsächlich ein Fotograf da, der Aufnahmen von ihm macht. Unser Sportfest wird berühmt.«

Der Colonel war zufrieden, obwohl er sonst über Fotografen und Zeitungen die Nase rümpfte. Er schien jedoch ein wenig bedrückt, und bald zog er mich auf die Seite und fragte: »Susan, Anne ist doch heute zu Ihnen gefahren. Stimmt was nicht?«

Ich zögerte und sagte dann: »Sie fühlt sich nicht besonders gut und ihr geht alles ein wenig auf die Nerven.«

»Drachte ich mir«, sagte der Colonel, sichtlich erfreut über seinen

Scharfblick. »Komisch, dass Tim es nicht gemerkt hat. Aber trotzdem hätte es ihr gut getan, wenn sie gekommen wäre.«

Ich sagte, ich fände es klug, dass sie an diesem heißen Tag zu Hause geblieben sei, und dass der Weihnachtstag für sie noch aufregend genug werde. Kaum war der Colonel gegangen, als Tim zu mir kam und besorgt fragte: »Susan, was ist mit Anne los? Warum ist sie davongerannt und hat dich besucht? Und warum wollte sie nicht zum Sportfest kommen?«

Ich fuhr ihn an: »Und warum sollte sie? Sie fühlte sich müde und niedergeschlagen und ist zu Hause glücklicher.«

»Ich mag es nicht, wenn sie da allein ist. Ich wollte, ich könnte hier verschwinden«, sagte er beunruhigt. »Weißt du, sie war in letzter Zeit so empfindlich. Überhaupt nicht wie sonst. Ich hoffe, ihr Vater geht ihr nicht auf die Nerven. Schon komisch, dass er anscheinend gar nicht merkt, wie sie sich fühlt.«

Ich seufzte. Männer sind einfach erstaunlich, würde Larry jetzt sagen. Aber wenn Tim Sorgen hat, kann man ihm nicht böse sein. »Es ist ja nun bald vorbei. Sie hat eine schwierige Zeit hinter sich.«

»Vermutlich ist das immer schwierig«, sagte Tim geistreich. »Aber ich dachte, es wäre diesmal wirklich leicht gewesen; Ursula hat sich ja so nützlich gemacht und ihr alle Verantwortung abgenommen. Sie kommt sogar noch dazu, mir mit den Schafen zu helfen.«

»Tatsächlich?«, sagte ich in einem Ton, der schneidend klingen sollte. »Wie erstaunlich. Warum verstehst du Anne nicht ein wenig besser? Ich hab' dir gesagt, dass ich dir noch einige Lektionen für werdende Väter geben würde. Warum bist du nicht gekommen?«

Er setzte eine würdige Miene auf. »Ich weiß, dass du mich für einen Dummkopf hältst«, begann er, aber ich stimmte ihm so begeistert zu, dass er gekränkt abzog. Doch für den Augenblick waren unsere Meinungsverschiedenheiten vergessen, denn die Wettrennen der Kinder sollten nun beginnen, und wir drängten uns alle unten auf dem flachen Stück, um zuzuschauen, wie unsere Lieblinge sich auszeichneten.

Das taten sie nicht. Beim Rennen der Kinder unter zehn Jahre hätte Christopher sicher gewonnen, wenn ihn nicht falsch verstandene Ritterlichkeit dazu veranlasst hätte, auf Christina zu warten; deshalb kam das Paar nur auf den zweiten Platz und wurde mit viel zu viel Beifall und Gelächter belohnt, sodass sie sich sehr klug vorkamen. Bei den Kindern unter fünf erwiesen sich Patience und ihr treuer Verbündeter

Mark als großer Erfolg, indem sie unbeirrbar mit äußerster Geschwindigkeit in die falsche Richtung rannten. Immerhin retteten die Zwillinge die Ehre der Bande, sie rannten zärtlich Hand in Hand bei den bis sieben Jahre alten Kindern, und ich wünschte, Anne wäre dabei gewesen, um sie und das Entzücken der Zuschauer bei ihrem Sieg zu sehen. Der Colonel war so gerührt von dem Anblick, und so wütend über seine Rührung, dass er ein wenig schroff zu den Leuten war, die ihm gratulierten.

Danach kam das Finale des Holzhack-Wettbewerbs und die Spannung wuchs. Der Pokal erhöhte die Bedeutung des Wettkampfes ungemein. Peter gewann zwar nicht, belegte aber einen beachtlichen zweiten Platz hinter Reti, und Mick wurde ein populärer Dritter. Wir alle umdrängten sie und gratulierten ihnen, und ich hatte das Vergnügen, zu hören, wie Mick zu Reti und Peter sagte, ob sie nicht jetzt, nach all der Anstrengung, Lust hätten, mit ihm bei seinem Auto einen kleinen Schluck zur Feier des Tages zu trinken. Der kleine Schluck muss ganz schön kräftig gewesen sein, denn als das Sportfest vorbei war, überließen wir das Feld Mick ganz allein, der selig unter seinem unmöglichen, alten Auto schnarchte.

Als der letzte Wettkampf beendet war, versammelten wir uns alle am Hügel, um dem Colonel bei der Preisverteilung zuzuschauen und vor allem Reti zu feiern, der den Pokal gewonnen hatte. Der Colonel begann gerade mit einer seiner eindrucksvollen, kurzen Ansprachen, als hinter mir jemand laut aufschrie. Alles wandte erschreckt den Kopf und ich verlor den letzten Rest meiner Würde und stürzte vorwärts, um Paul beim Arm zu packen.

»Schnell! Sie sind im Auto und haben die Bremse gelöst! Es rollt!«

»Verflucht«, sagte Paul so laut, dass alle bestürzt waren.

Jetzt wandten alle dem Colonel den Rücken zu und starrten gebannt auf unser Auto, das langsam den Hügel herab auf sie zurollte. Paul und Sam stürmten vorwärts, gefolgt von Tim und einigen anderen Männern. Bisher fiel der Hang nur leicht ab, und das Auto war noch sehr langsam, aber als sie es erreichten, wurde es schneller, und sie konnten es gerade noch aufhalten, bevor es über die steile Böschung kippte. Paul langte hinein, zog die Bremse an und brüllte: »Was, zum Teufel, sucht ihr da drinnen?« Aber die Kinder waren diesmal so verängstigt, dass Christopher erst einige Zeit brauchte, bevor er eine Antwort stammeln konnte.

»Das wollten wir ja gar nicht, wir konnten nur nichts sehen und wir dachten, wenn wir ein kleines bisschen nach vorne fahren würden …«

Wie gewöhnlich war es der Colonel, der eingriff, indem er vergnügt von unten rief: »Nichts passiert, Paul, mein Junge. Hab' dadurch länger Zeit gehabt zum Nachdenken, was ich jetzt sagen soll.«

Das war ja schön und gut. Aber das Auto neigte sich jetzt so gefährlich, dass die Kinder sehr vorsichtig herausgeholt werden mussten.

Es musste sofort wieder zurückgebracht werden, und zu meinem Entsetzen kam Paul auf mich zu.

»Macht es dir viel aus, Susan, dich hineinzusetzen und den Hügel hinauf zurückzustoßen? Das geht schon. Wir halten das Auto fest, aber der Fahrer muss leicht sein.«

»Es macht mir sehr viel aus!«, gab ich energisch zurück. »Du weißt, wie ungeschickt ich mich manchmal beim Zurückstoßen anstelle, und hier ist es sehr steil. Es sind genug Männer zum Halten da. Setz du dich doch rein und fahr selbst!«

Paul setzte eine geduldige Miene auf und alle anderen Männer auch. »Verstehst du nicht, dass es auf das Gewicht ankommt«, wiederholte er. »Dir kann wirklich nichts passieren, aber …«

Ich setzte mich widerwillig in Bewegung, aber da ertönte eine hohe, durchdringende Stimme, und ich wurde förmlich zur Seite gefegt. »Verstehen Sie nicht, dass sie jemand leichten brauchen, wenn das Auto so schief steht, Susan? Sie haben doch sicher nichts dagegen?«

»Ach, ich mach' es schon, aber wahrscheinlich sehr schlecht«, begann ich, doch Ursula lachte nur kurz und überlegen auf.

»So ein Theater! Aber wenn Sie Angst haben, versuche ich es eben. Es ist ja so einfach. Ich habe keine Angst vor dem Rückwärtsfahren. Ich kann einfach nicht verstehen, warum manche Frauen sich so anstellen. Keine Aufregung, Paul. Ihr haltet das Auto fest und die Sache ist im Nu vorbei.«

Ich sah, wie Paul zögerte. Er hatte sich nie um Ursulas Fahrkünste gekümmert und wusste nur, was sie selbst gesagt hatte. »Susan kennt das Auto genau. Die Gänge haben ihre Mucken, und mit den Bremsen muss man sich auskennen. Meinen Sie nicht, dass es besser wäre …«

Aber sie war nicht mehr zu halten. Hier hatte sie eine Gelegenheit, ihre Überlegenheit wieder zu beweisen, die unter der Niederlage mit Sahib gelitten hatte. Sie lachte. »Wenn man es nur richtig anpackt, wird man mit jedem Auto fertig. Ich habe Ihnen doch schon gesagt, dass ich mit dem Auto durch ganz Europa gefahren bin«, und im nächsten Moment schob sie sich vorsichtig hinter das Steuer.

Sie war in ihrem Element, von Männern umgeben, und hatte die Gelegenheit, ihre Fähigkeiten ein für alle Mal unter Beweis zu stellen, und sie lachte nur über Pauls Protest: »Sie sind eben nur Susans Fahrerei gewöhnt, Paul. Keine Aufregung. Ich fahre einfach rückwärts den Abhang hinauf, und in ein paar Minuten ist die ganze Sache überstanden.«

Das stimmte, aber in diesen Minuten passierte einiges.

Was wirklich geschah, weiß ich bis heute noch nicht, aber Ursula, die nach ihrer Meinung mit allen Autos umgehen konnte, merkte wohl nicht, wie leicht man in unserem Auto den vierten statt den Rückwärtsgang erwischen konnte. Es ging zu schnell, um sie noch zu warnen. Jemand schrie auf, die Männer stoben wie aufgeschreckte Hühner auseinander, und das Auto schoss den Abhang hinunter. Wie durch ein Wunder überschlug es sich nicht. Ursula trat auf die Bremse, aber die war schwach, wie Paul angedeutet hatte, und das Gefälle stark. Das Auto bewegte sich mit bösartiger Genauigkeit auf den Colonel und den Tisch mit den Preisen zu. Er brachte sich mit einem Satz in Sicherheit, und der Tisch fing die Wucht des Aufpralls ab.

Ein tiefes Stöhnen entrang sich der Menge, und ich hörte eine Stimme, in höchster Erregung: »Oh -h -h! Der Pokal, Retis Pokal! Ganz kaputt.« Und dann hatte Ursula das Auto unbeschädigt zum Stehen gebracht.

Das Auto war ganz – aber sonst herrschte überall Verwüstung. Der Tisch war umgestoßen, die Preise auf dem Boden verstreut, ein paar davon kaputt, und das Schlimmste war, dass genau unter einem Rad unseres verflixten Autos die plattgewalzten Überreste des einst so prächtigen Pokals lagen.

Es war ein schrecklicher Augenblick. All mein Ärger über Ursula war verflogen und ich hatte nur noch Mitleid. Sie war an ihrer stärksten Stelle getroffen, ihrer Tüchtigkeit. Sie hatte mit ihrem Können angegeben, mich und meine Befürchtungen ausgelacht und sich nun in aller Öffentlichkeit lächerlich gemacht. Nichts hätte schlimmer für sie sein können. Sie, die immer Recht hatte, die die albernen Schwächen der Frauen verachtete, hatte genau das gemacht, was man albernen Frauen nachsagt – die Gänge durcheinander gebracht und ein halbes Dutzend Leute beinahe über den Haufen gefahren.

Und einige unserer wertvollen Preise, auf die die Gewinner so sehnsüchtig warteten, hatte sie vollkommen zerstört. Das Schlimmste aber war, dass der Pokal, auf den wir so stolz gewesen waren, nicht wieder zu erkennen war.

Der Colonel benahm sich natürlich wunderbar. Er nahm die Katastrophe gelassen hin, versicherte Reti, dass in kürzester Zeit ein neuer Pokal sein Heim schmücken werde, und half Ursula aus dem Auto mit der Bemerkung, dass so etwas jedem mindestens einmal passiere und es ein Segen sei, dass sie sich nicht wehgetan habe. Damit wäre die ganze Geschichte elegant aus der Welt geschafft gewesen, aber leider verlor Ursula wieder die Beherrschung. Sie stürzte sich wie eine Furie auf Paul.

»Solche Bremsen sind einfach kriminell! Wer hätte erwartet ...«, doch da griff der Colonel hastig ein, bat die Männer, die verstreuten Preise aufzusammeln, versicherte den enttäuschten Gewinnern, dass die kaputten schnell ersetzt würden, und verteilte den Rest. Irgendwie beruhigten sich die Gemüter und alle taten so, als sei nichts Außergewöhnliches passiert.

Aber der Tag war verdorben. Der Pokal, unser ganzer Stolz, war ruiniert. Er war platt wie ein Pfannkuchen, als wir ihn aufhoben, nachdem Paul das Auto weggefahren hatte; der Reporter, der so versessen gewesen war, ein Foto von Reti zu machen, wie er den Preis entgegennahm, schlich traurig davon. Damit zeigte er viel Zartgefühl, wie Larry später meinte: »Denn die ganze Geschichte, mit Fotos von dem Pokal vorher und nachher, wäre ein toller Erfolg geworden.«

Und Ursula? Endlich einmal war ihr die Laune verdorben, für den Augenblick wenigstens. Außer einer leidenschaftlichen Beschimpfung unseres Autos hatte sie gar nicht versucht, sich zu verteidigen, ging sogar unseren Männern aus dem Weg und suchte Schutz an Miss Adams Seite, wo sie Freundlichkeit und Mitgefühl fand. Wenn ich sie lieber gemocht hätte, hätte sie mir lange nicht so Leid getan. Sich in aller Öffentlichkeit zu blamieren, ist schlimm genug, aber für jemanden, der mit so großem Geschick andere Leute lächerlich macht, ist das eine sehr erniedrigende Erfahrung. Ich wollte irgendetwas sagen, konnte aber nur murmeln, dass sie sich hoffentlich nicht zu sehr gefürchtet habe.

Vermutlich sagte ich genau das Falsche, oder meine Bemerkung nahm ihr den letzten Halt. Jedenfalls sah ich beschämt, dass Ursula einen dunkelroten Kopf bekam und ihr Tränen in die Augen traten. Ich sagte hastig: »Jetzt muss ich mich auf die Suche nach den Kindern machen. Sie müssen irgendwo hinter dem Hügel verschwunden sein. Kommen Sie mit«, denn ich hatte schreckliche Angst, dass sie vor allen Leuten in Tränen ausbrechen könnte.

Natürlich wäre ihr so etwas nie passiert, aber ich glaube, sie war dankbar, von den anderen wegzukommen. Als wir den Hügel hinaufgingen, sagte ich: »Zwar haben die beiden Kinder einen gehörigen Schreck bekommen, aber je eher wir heimkommen, desto besser. Meine Eltern kommen morgen, und vor Weihnachten gibt es im letzten Moment immer noch einen Haufen Arbeit. Es wird recht lustig werden, meinen Sie nicht auch?«

Ich wusste, dass ich Unsinn daherredete, aber es traf mich doch unvorbereitet, als Ursula sagte: »Jetzt hören Sie doch endlich auf mit Ihren Versuchen, die ganze Geschichte zu überspielen, Susan! Ich weiß, dass Sie nett sein wollen. Sie sind immer nett gewesen und wahrscheinlich haben Sie geglaubt, dass ich das nicht zu schätzen wusste. Weihnachten? Hoffentlich wird es ein schönes Fest für Sie alle, aber ich werde nicht mehr hier sein.«

»Nicht mehr hier? Aber ich hab' gedacht, Sie bleiben noch länger?«

»Nein. Ich will von hier fort und niemand mehr sehen. Ich habe mich lächerlich gemacht. Ach, Sie brauchen nicht zu sagen, dass das jedem hätte passieren können. Tatsache ist, dass ich unbedingt fahren wollte, und dann … Und der wunderschöne Pokal! Es wäre alles halb so schlimm gewesen, wenn er nicht nachher so platt gewesen wäre.«

Ich wusste nicht, ob ich lachen oder weinen sollte. Es klang so fürchterlich traurig, und Ursula war wirklich am Boden zerstört. Ich sagte: »Ach, das bringt der Colonel schon in Ordnung. Ihm macht das nichts aus. Und in Wirklichkeit sind unsere verflixten Bremsen daran schuld gewesen. Machen Sie sich nichts draus, Ursula. Sie sind zu Anne so nett gewesen, haben so viel getan, sich nützlich gemacht …«

Warum benutzte ich diesen dummen Ausdruck, über den wir uns alle lustig gemacht hatten? Und warum war ich so unaufrichtig, was Anne betraf? Larry hätte mich verachtet. Aber es war das erste Mal, dass ich Ursula wirklich mochte. Sie war auch nur ein Mensch, genau wie wir, und konnte Fehler machen.

Sie schüttelte den Kopf. »Nein. Ich kann nächste Woche einen Platz in einem Flugzeug bekommen. Ich wollte schon absagen, aber jetzt nehme ich ihn doch. Ich werde Onkel Charles bitten, mich morgen in die Stadt zu fahren, ich werde dort auf das Flugzeug warten.«

Ich sagte: »Tun Sie das nicht, Ursula. Sie verderben uns alles. Wenn Sie uns schon verlassen wollen, dann erst nach Weihnachten.« Anne kam mir wieder in den Sinn, und ich wiederholte: »Gleich nach Weihnachten. Fahren Sie nicht morgen. Wir würden es alle bedauern. Wir – wir würden Sie vermissen.«

Als ich das sagte, merkte ich zum tausendsten Mal, dass ich eine sehr schwache Frau bin. Aber schwache Frauen sind manchmal auch nützlich. Nachdem sie lange geschwiegen hatte, sagte Ursula: »Gut, ich warte bis nach Weihnachten, wenn Sie es wirklich für besser halten. Wenn die anderen mich vermissen würden …«

»Natürlich.« Dann beschloss ich, ganz genau zu sein, und sagte höflich: »Sam und Tim und Paul würde es furchtbar Leid tun. Sie sind so ein guter Freund gewesen, so eine Hilfe.«

Das saß. Ursula sagte langsam: »Da haben Sie vermutlich Recht. Onkel Charles auch. Er und Tim sind so abhängig von mir geworden. Aber ich werde gleich nach Weihnachten abfahren. Im letzten Brief schrieben sie mir von zu Hause, dass unser Wohltätigkeitsverein bald eingeht. Alle wollen, dass ich zurückkomme, und immerhin habe ich Anne über die schlimmste Zeit hinweggeholfen. Ja, es ist vielleicht besser, wenn ich über Weihnachten bleibe. Es wird viel zu organisieren geben und Anne ist dabei ja so ungeschickt.«

Kurz gesagt, Ursula hatte sich wieder gefangen.

15

Als ich am Sonntag Morgen aufwachte, war ich richtig verzweifelt, und das am Heiligen Abend. Natürlich waren wir alle müde nach dem Sportfest und die Kinder waren unleidlich. Paul musste früh zu der Koppel gehen, die wir für das Sportfest gemietet hatten, und beim Wegräumen der Hindernisse und Hackklötze helfen. Der ganze Platz musste aufgeräumt werden, da er, wie immer nach solchen Festen, wie ein Schlachtfeld aussah. Das passte mir gar nicht, denn es gab im Haus noch eine solche Menge von Kleinigkeiten zu erledigen, bei denen Paul eine große Hilfe gewesen wäre. Dann kam mir die großartige Idee, ihm vorzuschlagen, die Kinder mitzunehmen; sie konnten die

Flaschen aufsammeln und die leeren Zigarettenschachteln und das Papier aufheben. Auf diese Weise hatten Tony und ich ein leeres Haus, und das war die beste Lösung, wenn wir schon auf Pauls Hilfe verzichten mussten.

Am Weihnachtstag sollte so viel wie möglich kalt serviert werden. Mrs. Evans Plumpudding würde natürlich frisch aus dem Ofen zu uns kommen, und wir wurden eindringlich ermahnt, ihn nicht kalt werden zu lassen und aufzupassen, dass die Zeremonie mit dem brennenden Branntwein genau eingehalten wurde. Aber die Truthähne mussten wir heute braten und das andere Fleisch sollte auch kalt gereicht werden. Am Vormittag müssten wir also nur noch Erbsen schälen, frisch gepflückte Tomaten waschen, Salat schneiden, und es würden genügend Leute da sein, die dabei helfen konnten.

Vorerst war es noch heute. Meine Eltern sollten um fünf Uhr ankommen, und Paul wollte zu einem späten Mittagessen von der Koppel zurück sein. Auf dem Heimweg würde er den Christbaum von unserer Fichtenpflanzung unten an der Straße mitbringen. Eine Fichte ist kein idealer Christbaum. Sie verteilt ihre Nadeln über den ganzen Teppich und macht nur Schmutz. Die hübschen jungen Rimus*, die es überall im Busch gibt, wären besser gewesen, aber es war verboten, sie zu fällen.

Paul sagte: »Ich komme vielleicht zu spät zum Mittagessen. Hängt davon ab, wie viele kommen.«

Da ich wusste, wie schnell die Begeisterung verflog, wenn das Sportfest erst einmal vorbei war, war ich überzeugt, dass das Aufräumkommando aus unseren drei Männern, Evans, Peter Anstruther und Julian bestehen würde. Ich tat so, als sei es ein großes Opfer für mich und sagte, ich könne ihnen ja später ein kleines Mittagessen richten, sie brauchten sich also nicht zu beeilen. Paul warf mir einen spöttischen Blick zu und sagte, das sei ja sehr nett, und fügte sogar noch hinzu, dass er uns leider nicht helfen könne, aber Tony und ich hätten sicher einen friedlichen Vormittag. Nachdem er so angedeutet hatte, dass er sich von mir nicht täuschen ließ, verschwand er mit den Kindern, und Tony und ich winkten ihnen begeistert vom Garten aus nach.

Dann machten wir uns an die Arbeit. Das Haus sah genauso aus, wie man erwarten konnte, wenn die Bewohner es am Tag vorher früh ver-

* Rimu ist ein immergrüner australischer Baum.

lassen und gesagt hatten: »Das machen wir, wenn wir heimkommen«, und dann am Abend so müde zurückgekehrt waren, dass sie nur noch sagen konnten: »Das kann bis morgen warten«. Der Truthahn lag bleich im Kühlschrank, das Zimmer für die Eltern musste gerichtet werden, die Blumen in den Vasen ließen die Köpfe hängen, die Fenster sahen scheußlich aus und beim Anblick der Unordnung im Küchenschrank bekam ich ein schlechtes Gewissen. Es gab noch unendlich viel zu tun, aber bevor wir anfingen, rief ich Anne an.

Ich war vorsichtig. »Bist du allein?«

»Ja, dem Himmel sei Dank. Tim und die Kinder sind auf die Koppel gegangen zum Aufräumen.«

»Wie klug von dir. Ich hatte die gleiche Idee. Was ist mit Ursula?«

»Papa holte sie heute Vormittag ab, damit sie bei ihm packen kann. Ach, Susan, ich schäme mich so für gestern!«

»Wieso? Du hast dir eben Luft machen müssen und ich hab' nicht einmal Larry davon erzählt. Beinahe hätte ich es getan, aber es war dann doch unnötig.«

»Stimmt. Das hab' ich gemeint. Die arme Ursula. Es war scheußlich für sie und es hat sie anscheinend wirklich getroffen, obwohl man aus ihr nichts herauskriegen kann.«

»Kann ich mir denken. Aber du musst auch zugeben, dass es so am Besten war. Sie ist selbst daran schuld. Larry und ich haben uns überhaupt nicht eingemischt. Ich werde wohl alt, Anne. Früher hätten Larry und ich schon vor Wochen deine Verteidigung übernommen, aber jetzt bin ich nur erleichtert, dass es nicht nötig ist.«

»Natürlich wirst du alt. Freunde retten kann ganz schön ermüdend sein. Schlimm genug, wenn man ihr Gejammer anhören muss.«

Anne schien heute Morgen wieder ganz die Alte zu sein. Als ich ihr das sagte, meinte sie: »Ich weiß schon, ich dürfte mich nicht so freuen, es ist gemein. Aber die Vorstellung ist wunderbar, dass Tim und die Kinder und ich wieder allein sein werden, abgesehen natürlich von der Krankenschwester, aber die ist ein sehr nettes Mädchen. Ursula besteht darauf, am Dienstagmorgen zu fahren. Papa bringt sie weg.«

»Wie geht es ihm nach all der Aufregung und nachdem sein Pokal kaputt ist?«

»Ach, um materielle Dinge kümmert er sich nie, das weißt du ja. Aber ich glaube, die Sache mit Ursula hat ihn richtig aus der Fassung gebracht. Nicht so sehr die Tatsache, dass sie mit dem Auto ein fürchterliches Durcheinander angerichtet hat, sondern viel mehr, dass sie Paul vor allen Leuten so angefaucht hat. Fürchterlich peinlich für Papa und auch für Paul.«

»Ein ziemlicher Schlag im ersten Moment, und ich glaub', er hat sich noch nicht ganz erholt. Aber er wird es schon überstehen. Man könnte es den Augenblick der Wahrheit nennen, aber das ist nicht nett. Unser Wagen ist nun einmal schwierig zu fahren und Ursula hat uns schon einmal bewiesen, dass sie auf Katastrophen nicht besonders geschickt reagiert, sondern meist alles noch schlimmer macht.«

»Aber diesmal, vor so vielen Leuten, war es wirklich unangenehm. Erst gestern hab' ich gesagt, Papa und Tim hätten sie damals bei der Sache mit dem Vanilleeis sehen sollen, und jetzt schäme ich mich für dieses Geschwätz. Immerhin ist sie sehr hilfsbereit gewesen und furchtbar nett zu Tim.«

»Ich weiß. Sie hat sich unwahrscheinlich nützlich gemacht. Gottseidank ist das jetzt vorbei. Das Wichtigste ist, dass du niemals die Nerven verloren hast und alles gut ausgegangen ist.«

»Für sie nicht. Sie wird wegfahren und sich nach dem, was gestern passiert ist, wie ein Versager vorkommen.«

»Sie nicht. Sie wird diese unangenehme Geschichte sehr bald vergessen haben und sich nur noch daran erinnern, wie sie Tim bei der Arbeit mit den Schafen geholfen, die Kinder herumkommandiert und sich bei dir nützlich gemacht hat.«

Anne lachte. »Sich nützlich gemacht bei einer sehr ungeschickten jungen Frau, die wegen einer solchen Kleinigkeit wie dem Kinderkriegen ein Mordstheater gemacht hat. Ach, ich weiß ja, was sie sagt, aber mir ist das jetzt egal, weil sie geht. Ich bin bloß froh, dass du sie überredet hast, über Weihnachten zu bleiben. Es wäre schrecklich gewesen, wenn sie heute schon abgereist wäre. Sie sagte, du hättest gemeint, dass das die ganze Freude verderben würde, und dass die Männer sie sehr vermissen würden«, und wir lachten beide, als wir uns verabschiedeten.

Ich erzählte Tony, dass Ursula wirklich abreisen würde, und sie sagte: »Das ist gut. Jetzt können wir uns leichten Herzens an die Arbeit machen.«

Wir genossen die Ruhe und konnten ungestört arbeiten. Nur einmal wurden wir unterbrochen durch einen Anruf von Larry. Sie sagte: »Das war ein Fest! Und es hat eine wunderbare Wirkung: Ursula geht.«

»Ich weiß. Sie sagte es mir gestern Abend.«

»Dann hast du sie also überredet, Weihnachten noch hier zu bleiben. Ich traf sie, als sie mit dem Colonel heimfuhr, und es klang so, als hätte einer der Männer gesagt, sie würde den ganzen Tag verderben, wenn sie abreist. Ich hätte gleich merken sollen, dass du da deine Hände im Spiel hattest.«

»Ach, es ist viel besser, die Sache noch zu einem erfreulichen Ende zu bringen. Gestern war es schrecklich für sie.«

»Schlimm für Paul, vor allen Leute so angegriffen zu werden. Auch für den Colonel, dessen teurer Pokal kaputt ist, und am allerschlimmsten für den armen Reti, der sich so darauf gefreut hat, mit ihm fotografiert zu werden. Um Ursula brauchst du dir bestimmt keine Sorgen zu machen. Der fehlt nichts. Sie sagte heute Vormittag, dass sie sich jetzt nicht mehr verpflichtet fühle zu bleiben, da am 26. die Krankenschwester komme.«

»Nur gut, wenn sie sich so fühlt.«

»Und dann fügte sie hinzu, sie sei froh, dass Tim diese Last nicht allein tragen müsse – das klang, als solle er das Kind bekommen –, und dass es eine Dummheit sei, sich die Krankenschwester so früh zu nehmen, sie persönlich sei überzeugt, dass das Baby erst in einem Monat käme. Annes Einbildung, dass das Kind an Weihnachten käme, sei richtig albern.«

Ich lachte. Es war einfach sagenhaft, dass Ursula mehr vom Kinderkriegen verstand, als wir drei zusammen. Aber trotzdem wäre ich froh, wenn Weihnachten vorbeiginge, ohne dass Nicholas oder Nicola ankäme. Dann tröstete ich mich mit dem Gedanken an unsere guten Straßen. Heute ist es keine Schwierigkeit mehr, rechtzeitig in die Klinik zu kommen.

Larry sagte: »Ich nehme an, jetzt darf ich nicht mehr über Ursula spotten. Wie ich sehe, fließt ihr alle vor christlicher Nächstenliebe über, obwohl ich nicht einsehe, wie sie eure Herzen damit gewinnen konnte, dass sie euer Auto fast und den Pokal ganz ruiniert hat. Ist ja auch egal, bald lebt sie nur noch in unserer Erinnerung, und ich hab' viel zu viel zu tun, um über ihre Abreise nachzugrübeln. Die Gäste, die wir erwarten, sind viel aufregender. Mrs. Lee soll um vier Uhr kommen und Richard und Lydia um fünf. Ich bin gespannt, ob Richard auf der Stelle umdreht und flieht, wenn er meine Schwiegermutter sieht.«

»Selbstverständlich nicht. Er hat zu gute Manieren und mag dich zu gerne. Abgesehen davon würde ihn Lydia zurückhalten.«

»Ich muss jetzt aber aufhören. Ich bin mitten in der Arbeit. Das Zelt ist aufgestellt, und unser Bett sieht sehr einladend aus. Die anderen beiden Zimmer sind auf Hochglanz gebracht, ausgenommen Mrs. Lees Steppdecke, auf der Midge ein paar schmutzige Fußspuren hinterlassen hat. Ich kann mir nicht vorstellen, was in ihn gefahren ist, dass er da hinaufgeklettert ist. Normalerweise tut er so was nicht – und du weißt doch, wie sehr Mrs. Lee Hunde liebt.«

»Wie geht es dem Truthahn?«

»Schmort im Ofen, und ich glaube, wir können stolz auf ihn sein.«

»Ich hab' Tim meine letzten Geschenke und Glückwünsche mitgegeben. Er fährt heute Vormittag nach Tiri.«

»Aber die Post ist doch einige Tage lang geschlossen.«

»Ich weiß. Aber das ist mir egal. Die Sachen sind wenigstens weggeschickt. Ich wollte, Tony wäre dort. Sie würde sicher das Datum auf dem Stempel in den 22. umändern.«

Ich wusste recht gut, dass sie das tun würde und war froh, dass ich sie sicher neben mir hatte, und sie energisch Staub saugte.

Zwei Frauen, die schnell und ohne viel zu reden miteinander arbeiten können, schaffen an einem Vormittag eine ganze Menge. Mittags saßen Tony und ich friedlich beisammen, aßen belegte Brote und beglückwünschten einander zu unserem frisch geputzten Haus. Außerdem hatten wir alle Geschenke ordentlich mit dem Namen versehen, den Christbaumschmuck bereitgelegt, die Girlanden aufgehängt und alles, was noch zu tun war, vorbereitet. Der Truthahn wurde herrlich goldbraun im Ofen. Tony hatte die Gabe, ausdauernd und ruhig zu arbeiten, und mir wurde klar, was für ein Segen sie für Tantchen war.

Natürlich unterhielten wir uns beim Essen über das Sportfest. Tony selbst brachte das Gespräch auf Colin Manson: »Was für ein hübsches Mädchen er da erwischt hat. Kein Wunder, dass er mit sich zufrieden ist. Es wäre nett, wenn sie heiraten würden, und sie hierher käme. O nein, Susan, ich traure ihm nicht nach.«

»Das brauchst du auch nicht. Für dich interessieren sich noch genügend andere.«

»Aber ich will nur flüchtige Bekanntschaften, nichts Ernsthaftes, noch lange nicht.«

»Gut. Dann ist alles in Ordnung. Ursula geht, Colin hat sich gebunden, und du bist glücklich.«

»Ja, aber es ist schade, dass Ursula uns so verlässt. Du weißt, dass ich sie noch nie leiden konnte, aber ich hasse es, wenn sich jemand blamiert. Aber vielleicht merken das Leute wie Ursula gar nicht, oder sie vergessen es sofort wieder.«

»Bis morgen hat sie sich bestimmt erholt. Ich hoffe es jedenfalls. Wir haben dann unsere Gedanken bestimmt woanders.«

Tony lachte. »Euer stilles Weihnachtsfest, und jetzt seid ihr bei einer riesigen Einladung angelangt, habt mehr Geschenke als jemals zuvor verschickt und müsst ein komplettes Festessen kochen.«

»Truthahn um zwölf. Genau das, was wir vermeiden wollten.« Daraus klang zwar nicht gerade die richtige Weihnachtsstimmung, aber wahrscheinlich fühlten viele Mütter in diesem Augenblick genau dasselbe.

Bald darauf kamen Paul und die Kinder zurück und sie brachten zusammen begeistert den Christbaum herein, der seine Nadeln in unserem frisch geputzten Haus verteilte … Sie hatten viel zu erzählen von ihrer Arbeit auf dem Sportplatz.

»Wir haben Hunderte von leeren Flaschen und tonnenweise Papier aufgesammelt«, sagte Christopher, der gerne übertreibt.

»Und wir haben einen Schilling und fünf Pennys im Gras gefunden, und Pappi hat gesagt, wir dürfen sie behalten«, sagte Patience und alle waren zufrieden.

Tony und die Kinder schmückten den Baum und wir bauten die Geschenke rundherum auf. Der Truthahn kam aus dem Ofen und sah einfach wundervoll aus. Bald hatten wir nichts mehr zu tun, als das Abendessen zu richten und auf die Gäste zu warten. Ich war neugierig, wie Larry zurechtkam und musste sie natürlich anrufen, um zu erfahren, ob Mrs. Lee schon angekommen war.

»Ja!«, flüsterte Larry, »und ist wütend wegen Onkel Richard«. Dann sagte sie lauter und übertrieben herzlich: »Wie nett von dir, Susan, dass du anrufst und nach Mrs. Lee fragst. Sie ist vor einer halben Stunde angekommen und freut sich sehr darauf, deine Mutter wieder zu sehen. Sie lässt dich vielmals grüßen.«

Ich erwiderte die Grüße und legte auf. Hoffentlich würde Larry bei dem großen Treffen Gelegenheit finden, mir alles zu berichten.

Mutter und Vater kamen pünktlich um fünf Uhr an. Es war wirklich reizend, sie wieder zu sehen, und ich schämte mich, dass ich ihren Besuch nicht herzlicher begrüßt hatte. Die Kinder waren nicht schmutzig und benahmen sich gut, ihr Auftritt war kurz, aber erfolgreich. Nach einer Tasse Tee ging Vater mit Paul hinaus, »um sich umzusehen«, was bedeutete, dass sie bis zur zweiten Koppel gehen, sich auf einen Baumstamm setzen und ihre Pfeifen anstecken würden. Mutter und ich saßen lange bei unserem Tee und sie berichtete mir alle Familienneuigkeiten.

»Dawn ist einfach verzogen«, sagte sie, als machte sie eine große Entdeckung. »Du wirst mit einer Farm und zwei Kindern ganz allein fertig.«

Ich lächelte. Mutter dachte überhaupt nicht an die langen Jahre, die Dawn schon zu Hause verzogen worden war. Ich war die Älteste gewesen, nicht so hübsch wie Felicity, auch nicht so empfindlich wie Dawn zu sein behauptete, und war so nicht schlecht vorbereitet worden auf mein Leben als Farmersfrau. Ich sagte: »Aber Geoffrey verzieht sie nur mit Dingen, die nicht wichtig sind«, worauf Mutter spitz antwortete, dass Dawns Eltern vermutlich auch zu diesen Dingen gehörten.

»Felicity, das kann ich mit gutem Gewissen sagen, lebt sich gut ein. Aber seit sie auf der Südinsel leben, sehen wir sie nur noch selten. So bist du es, meine Liebe, an die ich mich halten muss.«

Diesmal lachte ich. »Jetzt tu nicht so, als brauchtest du eine Stütze deines Alters«, sagte ich und betrachtete ihr dezent zurechtgemachtes Gesicht und ihre immer noch fabelhafte Figur. »Du bist zwar Großmutter, siehst aber wirklich nicht danach aus. Ihr Fünfzigjährigen schafft wirklich alles spielend.«

Mutter freute sich darüber und erkundigte sich nach unseren Freunden. Sie und Colonel Gerard waren alte Freunde, und sie hatte es bedauert, als sein einziges Kind, genau wie ich, einen Kriegsheimkehrer geheiratet hatte, der auch eine Farm hier in der Gegend hatte.

»Wie nett es gewesen wäre, wenn sie ihren Vetter Julian geheiratet hätte, aber vermutlich ist er sehr glücklich mit diesem reizenden Mädchen, der Alison Anstruther. Übrigens, ist ihr Bruder von seiner Reise zurück? Der junge Mann hat mir gefallen. So ruhig und zuverlässig. Komisch, dass er nicht geheiratet hat.«

Mutter machte eine nachdenkliche Pause, und ich war nicht überrascht, als sie sagte: »Du hast Tony doch gerne bei dir, Susan? Ich meine, vielen jungen Frauen in deinem Alter wäre es nicht recht.«

Ich wusste, was sie meinte. Eine junge und ziemlich hübsche Rivalin. Aber ich war nie eine Schönheit gewesen, und sagte Mutter, dass ich mir nichts Schöneres vorstellen könne, als diesen Familienzuwachs. Sie nickte nachdenklich.

»Du bist immer großzügig gewesen, meine Liebe. Ich meine, du hast es Felicity nie übel genommen, dass sie ... dass sie ...«

»Dass sie so viel hübscher ist. Natürlich nicht, Mutti, und ich nehme es Tony auch nicht übel. Im Gegenteil. ich genieße es, eine Pflegetochter zu haben, um die sich die Männer scharen. Es macht Riesenspaß, und mir wird das Herz brechen, wenn sie sich für einen von ihnen entscheidet.«

»Vielleicht«, sagte Mutter tiefsinnig, »entscheidet sie sich für einen netten Farmer von hier, einen von euren Freunden.«

Ich wollte mich da heraushalten, obwohl ich sehr genau wusste, in welche Richtung Mutters Gedanken wanderten; aber Larry hatte Recht, ich hatte meine Lehre bekommen. Ich wechselte das Thema, und erzählte ihr von Larrys drei schwierigen Besuchern.

»Mrs. Lee ist recht schwierig, aber sie mag dich, und wir haben uns darauf verlassen, dass du dich nützlich machst«, und dieser abgedroschene Ausdruck veranlasste mich, Mutter alles über Ursula zu erzählen.

Sie war überraschend verständnisvoll. Ich hatte erwartet, dass sie vielleicht für die Nichte des Colonels Partei ergreifen würde, besonders, da Ursula aus England kam und deshalb zur »gehobenen Gesellschaft« gehörte. Aber sie sagte augenblicklich: »Ich kenne diese Art von Frauen recht gut. Sie machen einen verrückt. Sie wollen selbst nicht heiraten, aber sie tun alles für die Männer anderer Frauen.«

»O nein, so ist Ursula nicht. Sie will niemand etwas antun.«

»Das weiß ich, aber sie tun es doch. Sie rennen immer hinter den Männern her und die lieben das natürlich, sogar dein Vater.«

Das konnte ich kaum glauben. Vater ist so umsichtig und klug und Mutter völlig ergeben. Er kritisiert sie immer, ist aber wütend, wenn wir ihm zustimmen. Ich konnte es nicht glauben, dass er einmal für jemanden wie Ursula geschwärmt hatte und das sagte ich auch.

»Aber natürlich, Liebling. Alle sind so. Wir kannten einmal ein Mädchen ... Eigentlich sollte ich sie nicht ›Mädchen‹ nennen, denn sie war damals sicher schon zu alt, um sich so kindisch zu benehmen. Sie machte ein fürchterliches Getue um deinen armen Vater und er fühlte sich am Anfang ungeheuer geschmeichelt. Glücklicherweise war das Getue allzu fürchterlich und das verscheuchte ihn. Aber ich kenne diese Frauen. Die kennt jede verheiratete Frau.«

Jetzt fühlte ich mich gleich um einiges besser, denn ich hatte befürchtet, dass wir drei Frauen doch ziemlich gehässig und engstirnig geworden waren.

Danach kümmerte ich mich um das Abendessen und Mutter packte ihre Geschenke aus. Sie waren wunderschön und mussten viel Zeit und Geld gekostet haben. Ich war froh, dass wir unsere Absicht, ein schlichtes Weihnachtsfest, fast ohne Geschenke, zu feiern, wieder fallen gelassen hatten.

Nach dem Essen saßen wir alle auf der Veranda und genossen die Abendkühle, als wir ein Auto hörten. Paul stöhnte und kämpfte sich aus seinem Liegestuhl hoch.

»Hoffentlich keine Besucher am Weihnachtsabend«, murrte er.

Aber es waren nur Onkel Richard, Lydia und Larry, und wir freuten uns, sie zu sehen. Lydia hatte eine Zeit lang zu unserer Familie gehört, und Onkel Richard war ein alter Freund von uns. Immerhin war ich ein wenig überrascht, dass sie so bald nach ihrer Ankunft die Flucht ergriffen hatten.

Lydia sagte: »O weh, ich fürchte, wir sind zu spät gekommen, um die Kinder zu sehen«, und ich antwortete erleichtert, dass sie im Bett seien.

Aber ich hatte natürlich nicht Recht. Sie lagen wach, wie alle Kinder, und hofften, Santa Claus zu sehen. Als sie Lydias Stimme hörten, brüllten und quietschten beide los, waren plötzlich auf der Veranda und stürzten sich auf sie.

Paul fluchte leise, aber ich sagte: »Reg dich nicht auf. Sie werden zufrieden wieder ins Bett gehen, wenn Lydia das übernimmt«; und so geschah es. Lydia und Tony verschwanden im Kinderzimmer, und Mutter folgte ihnen, da sie die kleinen Lieblinge in ihren Betten sehen wollte. Richard O'Connor zog seinen Stuhl nahe zu Paul und Vater und begann eine jener Männerdiskussionen über die Aussichten des Dezimalsystems in der Währung und die EWG. Larry sagte: »Lass sie, Susan, und komm mit ins Haus. Ich platze fast vor Wut.«

Ich überlegte ziemlich erschöpft, dass es erst vor zwei Tagen bei Anne genauso gewesen war, und eigentlich wäre ich auch einmal an der Reihe. Aber da mir gerade keine Sorgen einfielen, setzte ich mich aufs Sofa und legte die Füße hoch. »Ist es so schlimm? ich nehme es fast an, weil ihr herübergekommen seid. Erzähl.«

»Ziemlich. Und außerdem wollte ich Mrs. Lee mit Sam allein lassen. Wenn ich es auch nie betone, so ist sie doch seine Mutter, und er ist auch einmal dran. Als wir wegfuhren, versuchten sie gerade, Mark einzureden, dass Santa Claus nur kommen würde, wenn er ins Bett ginge. Immerhin ist es Sams Mutter und sein Sohn, also können sie auch einmal allein fertig werden.«

»Eine recht gute Idee, dass der Vater auch einmal an der Reihe ist. Aber schieß los, solange wir allein sind.«

»Also, Mrs. Lee kam früh an. übrigens reitet sie wieder darauf herum, dass ich sie so nenne. ›So steif, liebe Hilary, dabei kennen wir einander doch so gut‹.«

»Was schlägt sie vor? Doch nicht Mutter?«

»Doch. Sie behauptet, das wäre ganz natürlich, da ich meine eigene Mutter ja nicht kenne. Ich hätte gerne gesagt, eine Mutter wie sie hätte ich sowieso nie gehabt, lächelte aber nur dümmlich und sagte, dass es mir schwer fiele und darauf sagte sie, dass alle Freunde sie bei einem dummen Spitznamen nennen, Binkie, und das würde mir doch sicher leicht fallen, da ich keine von den zurückhaltenden jungen Frauen sei, die sich mit der freien und unkomplizierten Art in den Kolonien nicht befreunden könnten.«

»Das hat dich wahrscheinlich auf die Palme gebracht?«

»Das hat es. Ich murmelte etwas über Spitznamen, und sie sagte: ›Aber meine liebe, kleine Hilary (kleine – ich bin über einssiebzig groß!), du weißt doch genau, dass gerade du nichts gegen Spitznamen hast.‹ Darauf hätte ich ihr gerne etwas geantwortet, was sie verblüfft hätte, aber ich habe ja nichts gegen unsere Puten, solange sie noch leben. Jetzt kann ich sie überhaupt nicht mehr anreden. Das macht das Leben noch schwerer.«

Das kannte ich alles von früheren Gelegenheiten und sagte nur: »Du wirst es schon schaffen! Was hat sie dazu gesagt, dass Onkel Richard auch kommt?«

»Das war ein Schlag. Sie sagte mit Leidensmiene, für mich wäre es sicher nett, meine Familie hier zu haben, und sie füge sich, Gott sei Dank, überall leicht ein.«

»Und wie war die Begrüßung?«

»Recht freundlich, weil Lydia so taktvoll ist und Sam fest mitgeholfen hat und sie merken ließ, dass sie willkommen waren. Aber Onkel Richard bekam einen Riesenschreck, als er sie sah, und wollte sofort wieder ins Auto. Aber ich hängte mich bei ihm ein und sagte, die Kinder seien schon schrecklich aufgeregt; und in diesem Moment sausten sie ums Haus, hingen sich an Lydia und fragten Richard, was er ihnen mitgebracht habe.«

»Das war zu erwarten. Mir gelang es gerade noch, Christopher zu bremsen.«

»Richard hat seinen Spaß daran und er ist selbst schuld, denn er überschüttet sie immer mit Geschenken. Aber Mrs. Lee war entsetzt. Sie sagte zu Sam, wobei sie mich auffällig missachtete: ›Mein Lieber, habt ihr ihnen nicht erklärt, dass man so etwas nicht sagt?‹ und Richard ärgerte sich und murmelte etwas von verdammter Einmischung.«

»Aber du und Lydia, ihr habt den Frieden bewahrt?«

»Gerade noch. Wenn Mrs. Lee nur nicht immer auf mir herumhacken würde. Mir macht es ja nichts aus, aber Richard. Wenn sie bedauert, dass Hausarbeit mich langweilt, knurrt er, das könne schon sein, ich würde es aber recht anständig machen, und er explodierte fast, als Mrs. Lee sagte: ›Wie ordentlich das Haus ist! Du musst viel Arbeit gehabt haben mit den Vorbereitungen für uns.‹ Sie wollte damit natürlich andeuten, dass ich normalerweise in einem Schweinestall lebe.«

»Kein feines Benehmen für einen Gast.«

»Ach, mir war das egal. Ich sagte nur, ich sei seit Morgengrauen auf und hätte die Böden mit einem Spaten abgekratzt. Richard lief rot an und sagte: ›Red keinen solchen Blödsinn. Sonst glaubt es dir noch irgendein Dummkopf.‹ – Wobei Mrs. Lee natürlich der Dummkopf sein sollte.«

»Das ist einfach albern, denn du führst deinen Haushalt gut.«

»Jetzt fang du nicht auch noch an, mein Loblied zu singen, mir langt Richard. Ich hab' versucht, ihm zu erklären, dass er Mrs. Lee damit nur reizt. Sie mag mich nicht und hat ihren Spaß daran, mir mit zuckersüßer Stimme Bosheiten zu sagen. Er sagte verständnislos: ›Aber warum sollte sie dich nicht mögen?‹, als wenn das völlig unmöglich wäre. Jedenfalls haben wir ausgemacht, dass er still sein soll, wenn ich ihm unter dem Tisch einen Tritt ans Schienbein gebe, und ich hab' das dunkle Gefühl, dass er bei der Abfahrt dort grün und blau sein wird.«

In diesem Moment kamen Lydia, Tony und Mutter heraus und berichteten, dass die Kinder fest schliefen. Santa Claus könnte sich nun an die Arbeit machen und bald zu Bett gehen, wie sie auch.

Lydia sagte: »Es ist reizend, euch alle wieder zu sehen, Susan. Mich stört nur, dass das Fest für Sie recht anstrengend zu werden scheint.«

»Es wird sehr nett werden«, sagte ich tapfer.

»Ich weiß, dass ihr immer in großem Stil feiert, und das ist mein einziger Trost. Ich fand immer, dass ihr euch zu viel Arbeit macht, aber ich weiß ja, ihr wollt es so haben.«

Tony, Larry und ich vermieden es sorgfältig einander anzusehen.

16

Natürlich weckten uns die Kinder am Weihnachtsmorgen um fünf Uhr, aber Mutter und Vater trugen es mit Humor und wehrten sich nicht einmal, als sie in ihr Schlafzimmer stürmten, um ihnen zu zeigen, was Santa Claus in ihre Strümpfe getan hatte. Ich benützte die Gelegenheit, Paul sein Fernglas zu geben. Außer ihm konnte so keiner wissen, dass ich unsere Abmachung – keine Geschenke – gebrochen hatte. Ich begann: »Ich weiß, wir wollten uns dieses Jahr nichts schenken, aber ich konnte nicht ertragen …«, wurde aber von Paul unterbrochen, der in unserem großen Kleiderschrank herumstöberte und mich anscheinend nicht gehört hatte.

Er sagte: »Natürlich war da dieser Unsinn von wegen keine Geschenke, aber so hätte ich dich niemals Weihnachten feiern lassen«, und er zog einen wunderschönen Sattel hervor, als ich gerade aus der Nachttischschublade das Päckchen mit dem Fernglas holte.

Wir fingen wieder gleichzeitig an. Ich sagte: »Liebling, das hättest du nicht sollen …«

Paul sagte: »Schau, meine Liebe, das ist zu viel. Du hättest nicht …«

Und dann prusteten wir beide los und fanden, dass der Weihnachtstag sehr gut angefangen hatte.

Gleich darauf sagte er: »Es ist ein bisschen unangenehm, aber Larry und Sam haben mir das für dich gegeben. Ich wusste, dass es dir nicht recht sein würde, aber was konnte ich machen?«, und er gab mir den Zügel, der genau zu meinem neuen Sattel passte.

Mit schwachen Knien setzte ich mich auf das Bett. »Jetzt muss ich beichten. Ich hab' Larry die große Satteldecke geschenkt, die sie sich schon lange gewünscht hat«, und wir waren uns einig, dass so ein »Weihnachten ohne Geschenke« seine Überraschungen barg.

Später, als die Männer hinausgegangen waren, wandte ich mich an Mutter wegen Ursula. »Wir mögen sie alle nicht besonders, aber sie reist morgen ab, und wir sollten sie herumkommandieren und beweisen lassen, wie unfähig wir anderen Frauen alle sind.«

Tony sagte: »Das Schlimmste ist, dass die Männer nach der Szene von gestern auch nicht mehr besonders viel Wert auf sie legen. Ich werd' mal mit Peter reden, er kann sich ihr widmen.«

Mutter warf mir einen viel sagenden Blick zu, und ich wusste, dass sie Peter für den geeigneten Ehemann hielt für dieses Mädchen, das keinen Ehemann wollte, sondern eine vergnügliche Freundschaft mit einem netten jungen Mann. Ich sagte eilig: »Und dann sind da noch Richard O'Connor und Mrs. Lee. Wir müssen sie voneinander getrennt halten. Richard nimmt kein Blatt vor den Mund und Mrs. Lee verteilt mit Vorliebe kleine Seitenhiebe. Mutter, bitte mach dich nützlich, wie Ursula sagen würde, und wenn die Kinder sich dann noch einigermaßen benehmen, müsste alles gut gehen.«

Mutter lachte. »Das klingt nach einer recht komplizierten Einladung. Außerdem ist da noch die Geschichte mit Annes Baby. Es wäre nicht angenehm, wenn es pünktlich wäre und heute käme. Na, bei euch in den Backblocks ist immer was los, Susan. Sag mal, habt ihr immer an Weihnachten solche riesigen Einladungen mit Bergen von Essen und so vielen Geschenken? Es wird Zeit, dass ihr das Ganze etwas einfacher macht. Viel zu viel Arbeit.«

Tony unterdrückte gerade noch ein Kichern, und ich blickte sie drohend an. Es war unnötig, dass Mutter mehr von unserem geplanten ruhigen Weihnachtsfest wusste als Lydia. Ich sagte: »Wir machen es abwechselnd und alle steuern etwas zum Essen bei. Dieses Jahr bin ich an der Reihe, aber wir machen es ziemlich einfach, und niemand hat zu viel Arbeit«, und ich verscheuchte die Erinnerung an die Hetzerei beim Einkaufen, das fieberhafte Planen und die endlose Kocherei der letzten Tage.

Mutter ist jeder Lage gewachsen, und ich wusste, dass sie sich Mrs. Lee annehmen, den Colonel (den sie zu unserer Verblüffung »Cholly« nennt) charmant an ihre Seite ziehen, und Larrys Schwiegermutter so geschickt schmeicheln würde, dass sie sich als Hauptperson fühlen musste. Sehr nützlich können solche Leute sein, die ihr ganzes Leben lang gesellschaftlich Erfolg gehabt haben, besonders, wenn sie wie Mutter sind, die zu den seltenen älteren Damen gehört, die erkannt haben, dass die Zeiten vorbei sind, in denen sie der Mittelpunkt einer Party gewesen sind, und dass ihnen nun die Aufgabe zufällt, »die sozialen Räder zu ölen«. Und das kann sie ausgezeichnet.

Als alle gekommen waren und ihre Geschenke unter den Christbaum gelegt hatten, war er halb verdeckt. Beim Verteilen der Päckchen würden sich Paul und Sam wohl recht plagen müssen, und ich verkniff mir ein Lächeln, als ich an unseren Leitspruch dachte – »Kein Rummel mit den Geschenken«. Dieses Jahr war es schon kein Rummel mehr, es hatte die Ausmaße von Big Business erreicht.

Alle waren gut gelaunt. Ich fand, dass Anne blass aussah, aber es war sehr heiß und da war es nur natürlich. Sie war sehr vergnügt, als wir uns einen Moment allein sprachen. »Ich wollte, es wäre morgen!«, flüsterte sie, und ich fragte, ob sie Ursulas Abreise, die Ankunft der Krankenschwester oder die Geburt von Nicholas am meisten ersehne.

»Alle drei, obwohl ich mir wegen Nicholas nicht so ganz sicher bin.«

»Sag bloß, Ursula hat wieder Recht, und er lässt noch mindestens eine Woche auf sich warten?«, fragte ich und sie warf mir einen etwas seltsamen Blick zu. Aber bevor ich mir noch darüber Gedanken machen konnte, musste ich eiligst Tantchen und Caleb begrüßen, die ziemlich spät gekommen waren, da Caleb sehr bedächtig fährt. Er sah zufrieden aus in seinem tadellos sauberen alten Anzug, und wurde sofort liebevoll von Tony in Beschlag genommen.

Sie sah sehr hübsch aus, und bald sah ich sie ernsthaft auf Peter Anstruther einreden, der nicht einverstanden zu sein schien. Ich wusste, dass sie ihm klar machte, er müsse sich heute Ursula widmen und ihrer verletzten Eitelkeit schmeicheln.

Auf der Veranda saßen Mrs. Lee, Mutter und der Colonel zufrieden zusammen, und Miss Adams schloss sich ihnen an. Dort würde alles friedlich und harmonisch verlaufen. In der Küche sagte ich zu Larry, alles ginge wirklich ausgezeichnet, und wir brauchten uns keine Sorgen zu machen.

Und dann kam Paul mit einem bitterbösen Gesicht an. Es gibt nur eine Katastrophe, die Paul so aussehen lässt, und bei der er völlig seinen Humor verliert, sodass es mich nicht mehr überraschte, als er brummte: »Die verdammte Klärgrube.«

Trotzdem war es ein Schlag. Unsere Klärgrube ist launisch und läuft gerne über. Aber doch sicher nicht heute? Ich blickte auf den Rasen, auf dem sich die Leute drängten und zu den sechs Kindern, die unter den Bäumen spielten. »Einfach scheußlich«, sagte ich.

Aber Larry behielt einen kühlen Kopf, als wir ihr von dem Missgeschick berichteten.

»Sperr sofort die Toilettentüre ab«, sagte sie zu Paul. »Dann kannst du den Männern Bescheid sagen und Susan und ich können die Frauen und Kinder warnen. Mach schnell. Wie dumm, dass ihr kein Megafon habt. Und hängt einen Zettel an die Tür.«

»Aber – aber wo …?«, stammelte ich, und sie deutete bloß zum Horizont, wo der schiefe Turm immer noch gefährlich geneigt stand und uns an die Zeiten erinnerte, als wir im Haus noch keine Toilette gehabt hatten. »Malt einen Pfeil in Richtung Turm auf den Zettel. Sie werden das schon verstehen«, sagte sie, und ich stellte mir mit Schrecken vor, wie Mutter und Mrs. Lee diese lange Wanderung antreten.

Paul sagte: »Etwas anderes bleibt uns nicht übrig. Und den morgigen Tag werde ich damit verbringen, dass ich die Klärgrube aufgrabe.«

»Warten wir erst einmal ab. Vielleicht erholt sie sich wieder«, sagte Larry heiter, aber Paul blickte nur noch finsterer bei ihrem Optimismus.

Wir gaben die Nachricht durch, aber ich konnte die Reaktion nicht abwarten, weil Ursula auffordernd rief: »Was ist mit dem Essen? Es wird Zeit, dass sich jemand darum kümmert.«

Ich ging folgsam in die Küche, und dort saß Anne schon am Tisch und schälte Erbsen. Unglücklicherweise hatte Ursulas laute Aufforderung Caleb in die Küche getrieben und er war entschlossen zu helfen. Als er hereinkam, stolperte er über ein Spielzeug, stieß gegen den Tisch, und die Erbsen kollerten aus der Schüssel in Annes Schoß. Caleb war restlos entsetzt.

»Nichts passiert«, sagte sie vergnügt. »Ich hab' sie alle aufgefangen. Lange nicht so schlimm, als wenn sie auf dem Boden gelandet wären«, aber Ursula sagte ziemlich laut: »Schafft doch den lästigen, alten Kerl raus. Er wirft nur noch mehr um.«

Caleb hörte das wahrscheinlich. Tony hörte es sicherlich, denn sie blitzte sie böse an und führte dann ihren Schützling hinaus mit der Bitte, das ganze Geschirr und Besteck auf die Tische auf dem Rasen hinauszuschaffen, sodass sich alle bedienen konnten. Bei dieser Arbeit konnte Caleb nichts falsch machen, war aber für längere Zeit beschäftigt.

Ursula hatte in der Küche das Regiment übernommen und bald stand Anne auf und sagte zu mir: »Ich glaube, ich sollte jetzt wieder etwas herumlaufen. Hier in der Küche sind genug, und ich kann mal nachschauen, was die Kinder gerade anstellen.«

Ursula sagte: »Sowieso das Beste, was du tun kannst. Zu viele Köche, und so weiter. Aber kommen Sie her, Peter, und helfen Sie beim Fleischschneiden.«

Ich versuchte, ihr klar zu machen, dass das normalerweise die Aufgabe unserer drei Männer sei, aber sie meinte: »Unsinn. Lasst sie in Ruhe. Die Armen haben heute einen Tag frei.«

Das ist eine von den Bemerkungen, die die meisten Frauen unweigerlich wütend machen, da sie ja selten einen Tag frei haben, und am Abend versuchen, liebevolle Gefühle aufzubringen für einen Gatten, der sich hinter einem Buch verschanzt, während sie nähen oder stopfen. Larry setzte schon zu einer scharfen Antwort an, aber Tony kam ihr zuvor und sagte mit süßer Stimme: »So ist's recht, Ursula. Sie und ich, wir sind die beiden einzigen Unverheirateten, also müssen wir zu den Männern halten.«

Wahrscheinlich hatte sie sich nichts dabei gedacht, aber Peter warf ihr einen kurzen Blick zu und unterdrückte ein Grinsen. Ursula hielt sich daraufhin ein wenig zurück und begnügte sich damit, Peter zu sagen, dass er das Fleisch fürchterlich schlecht geschnitten habe. Natürlich war sie im Transchieren genauso geschickt wie in allem anderen, und als unsere Männer sehr spät auftauchten, lobten sie sie überschwänglich. Ursula wurde sofort wieder munter und neckte Paul mit der Klärgrube. Das ist jedoch sein wunder Punkt. Außerdem hat Paul manchmal altmodische Ansichten und schätzt Unterhaltungen über dieses Thema nicht. Er wand sich und fühlte sich sichtlich unbehaglich, und das amüsierte Ursula. »Was ist denn los, mein Bester? Wie dumm, sich vor völlig natürlichen Tatsachen zu scheuen!«

Larry sagte: »Genaugenommen scheuen wir uns auch nicht davor. Wir reden nur nicht viel darüber. Die Männer mögen das gar nicht. Ist das Gemüse fertig?«

Danach setzte eine verzweifelte Geschäftigkeit ein und bald stand das ganze Essen draußen auf den Tischen und alle wurden gebeten, sich zu bedienen. Bei den Kindern war diese Bitte natürlich unnötig. Sie stürzten sich wie ein Schwarm hungriger Vögel auf die Tische und zogen sich mit beladenen Tellern so weit wie möglich von ihren Eltern zurück. Der Colonel bediente Mrs. Lee und Caleb brachte es tatsächlich fertig, Mutter ihren Teller zu bringen, ohne etwas zu verschütten. Die jüngeren Männer sonderten sich in der schockierenden Weise ab, wie sie es immer tun, wenn sie sich einigermaßen zu Hause fühlen, und sie erklärten, dass es einfach unmöglich sei, die Teller auf den Knien zu balancieren. Sie verschwanden in Richtung auf das Esszimmer und saßen dann bequem um den Tisch.

Die Krönung der Mahlzeit war immer Mrs. Evans Plumpudding, und die Kinder freuten sich, wenn er in Flammen aufgetragen wurde, während die Älteren Obstsalat und Kuchen vorzogen. Mrs. Evans war nicht davon abzubringen, großzügig Münzen mit einzubacken. Das bedeutete, dass wir immer die Portionen der Kinder sorgfältig durchsehen mussten; aber dieses Jahr hatten wir beschlossen, dass sie nun alt und vernünftig genug seien, und darum begnügten wir uns mit Ermahnungen.

Die Männer schämten sich ein wenig für ihre bisherige Faulheit und trugen nun die Fleischplatten ab und der große Augenblick kam, in dem der Plumpudding brennend aus der Küche gebracht werden sollte. Das war immer Annes Pflicht gewesen, aber als ich mich nun nach ihr umschaute, saß sie immer noch in einem Stuhl auf dem Rasen. Ich ging zu ihr hinüber, wobei ich plötzlich Angst bekam und sagte: »Wie steht es mit deinem Auftritt mit dem Plumpudding?«

Sie sagte lächelnd: »Kann das nicht jemand anderer machen? Ich sitze so bequem und bin so faul.«

»Geht es dir gut?«

»Vollkommen, aber das Bewegen ist so anstrengend. Frag doch Ursula, sie wird es gerne machen.«

»Das schon, aber uns wäre es nicht recht.«

Ich machte mir Sorgen um Anne und verlor meinen Kopf. Um Ursula zuvorzukommen, sagte ich: »Das macht besser einer von den Männern.« Dann sah ich mich um, und Caleb war hier in der Küche der einzige Mann.

»Aber es ist keiner hier«, sagte Ursula. Caleb zählte gar nicht.

Das ärgerte mich und ich sagte dummerweise: »Kommen Sie, Caleb. Machen Sie es«, und goss dann etwas zu viel Branntwein über den Pudding. Ich sah, dass Ursula protestieren wollte, und sagte: »Sie können das doch machen, oder? Gehen Sie nur langsam und halten Sie ihn fest«, und dann zündete ich den Branntwein an.

Er war begeistert. Er war sicher seit vielen Jahren nicht mehr auf einer Weihnachtseinladung gewesen, und man hatte ihn bestimmt noch nie vorher gebeten, den Plumpudding zu tragen. Beim Aufheben kippte er ihn ein wenig und spritzte sich so etwas Branntwein auf die Hand.

Ich schrie: »Oh, Caleb, Sie haben sich verbrannt!«, und hörte dann Ursulas Kommentar: »Haben Sie etwas anderes erwartet? Also Susan, ich muss schon sagen ...«

Aber es war Calebs großer Augenblick, und er weigerte sich, den Pudding aus den Händen zu geben. Er achtete nicht auf Ursula, hätte mich im Vorbeigehen fast umgestoßen und segelte auf den Rasen hinaus, den Plumpudding feierlich hoch gehoben. Die Kinder schrien vor Entzücken, die Erwachsenen klatschten, und Caleb setzte seine Last nun sehr vorsichtig mitten auf dem Tisch ab.

Dann sagte jemand: »Aber Ihre Hand ist verbrannt. War es der Branntwein?«, und alle scharten sich um ihn, während ich davonrannte, um Verbandzeug zu holen.

Aber Caleb schien die hässliche Brandwunde auf seinem Handrücken gar nicht zu bemerken. Er war endlich ein Held und fühlte sich glücklich.

Die Aufregung war gerade verebbt, als Mark schrie: »Ich hab' meinen Threepence verschluckt!«, und Larry flüsterte mir zu: »Darauf hab' ich gewartet«, als schon jemand zu Hilfe eilte.

Jeder gab einen guten Rat. Ursula schlug herzlos Senf und Wasser vor; Mrs. Lee sagte, was für ein Jammer es sei, dass Larry seinen Pudding nicht nach Münzen durchsucht hätte; Sam meinte resigniert, dass er dem Kind wohl am besten den Finger in den Hals stecken würde und Paul beschwor ihn, mit dem Opfer vorher zu verschwinden; aber Larry beruhigte alle wieder, indem sie ungerührt sagte, man sollte sich nicht aufregen. In seinem Alter hätte sie alles verschluckt, und wahrscheinlich hätten sie wohl die gleichen Innereien, und Onkel Richard unterstützte sie mit der Geschichte, dass sie mit drei Jahren siebzehn Pflaumenkerne verschluckt hatte und ihr das gar nicht geschadet hatte.

In diesem Moment fand Tony den Threepence im Gras, das sie genau abgesucht hatte, und wir atmeten alle erleichtert auf und setzten uns wieder hin.

Aber die Kinder betrieben diesen Spaß weiter. Diesmal war es Christopher, der triumphierend erklärte, er habe einen ganzen Schilling verschluckt. Das schien uns übertrieben, und Paul meinte ungerührt, er solle keinen Blödsinn daherreden. »Aber er ist nicht mehr da«, verteidigte er sich, und wir begriffen, dass ihn nicht die Gefahr, sondern der finanzielle Verlust beunruhigte.

Der Colonel zog sofort einen Schilling heraus, obwohl wir versuchten, ihn davon abzuhalten. Ich kannte Christopher und hatte so meinen Verdacht. Aber er bestand darauf, und unglücklicherweise war es gerade Ursula, die meinen Sohn später zwei Schillinge aus der Tasche ziehen sah. Er zeigte sie Christina und gab ihr den Rat, es genauso zu machen. Ich schämte mich für ihn, aber Ursulas Kommentar fand ich doch etwas scharf: Sie sagte, dass die Kinder in Neuseeland anscheinend ohne das geringste Sittlichkeitsgefühl aufwüchsen.

Das Weihnachtsessen hatte die unvermeidlichen Nachwirkungen – faul und träge saßen wir da und betrachteten die Stöße von schmutzigen Tellern und warteten darauf, dass jemand aufstünde. Und ausgerechnet Peter sagte dann: »Rühren Sie diese Teller nicht an, Susan. Das machen wir«, und er ging festen Schrittes in die Küche und ließ heißes Wasser ins Spülbecken einlaufen. »Nur hereinspaziert, meine Herren!«, rief er unsere Männer, die gerade beschlossen hatten, dass man jetzt nach dem Essen rauchen müsse. »Beeilt euch. Die Frauen haben genug getan.«

Ich war überrascht. Von Peter, der bei uns nicht so zu Hause war wie die anderen, hatte ich nicht erwartet, dass er die Initiative ergreifen würde, aber natürlich machte ihn das mir nur noch sympathischer. Seinem Aufruf wurde widerwillig Folge geleistet, und Frauen war der Zutritt zur Küche verboten. Dann setzte das riesige Geklapper und Gescheppper ein, das bedeutet, dass einige Männer abspülten und ihren Frauen beweisen wollten, wie einfach das ist. Uns störte das nicht. Larry bemerkte ganz richtig, dass der Preis von ein paar zerbrochenen Tellern dafür nicht zu teuer wäre.

Mit dankbarem Seufzen ließen wir uns auf der Veranda nieder und begannen, Ursula Höflichkeiten im Hinblick auf ihre Abreise zu sagen. Sie war bestens in Form und gab zurück, dass sie das Schiff wohl im falschen Moment verließe. Man könne ja sehen, dass das Baby noch etwas auf sich warten ließe.

In dem Augenblick kam Anne zu uns und sagte ruhig: »Es tut mir schrecklich Leid, dass ich dich belästigen muss, Susan, aber ich mache mich lieber auf den Weg. Ich hatte gehofft, dass nur der Truthahn um zwölf daran schuld sei, aber jetzt bin ich doch zu dem Schluss gekommen, dass Nicola pünktlich ist.«

Larry und ich sprangen auf. Ursula blickte gekränkt. Sie sagte: »Das kommt natürlich nur von diesem lächerlichen Getue um Weihnachten. Eine schwere Mahlzeit und all die Aufregung. Wenn ihr doch nur so vernünftig wärt, Weihnachten als ein stilles Fest zu feiern ...«